The House In The Cerulean Sea

TJ Klune

벼랑 위의 집

아서와 선택된 아이들

TJ 클룬 장편소설

송섬별 옮김

초판 1쇄 발행일 2021년 11월 18일
초판 4쇄 발행일 2023년 7월 24일
글 TJ 클룬
옮긴이 송섬별
펴낸곳 든
출판등록 406-2019-000010호
주소 (10881) 경기도 파주시 문발로 119, 202호
메일 deunbooks@naver.com
블로그 blog.naver.com/deunbooks
인스타그램 www.instagram.com/deunbooks
ISBN 979-11-974614-2-2 (03840)
값 18,000원

잘못된 책은 구입한 곳에서 교환해드립니다.

처음부터 나와 함께였던 이들에게.

우리가 만들어낸 걸 봐요. 고마워요.

1장

"우와, 정말 특별한 능력이구나."

라이너스 베이커는 이마를 훔치며 말했다.

사실 특별하다는 말로는 모자랐다. 라이너스는 데이지라는 열한 살짜리 여자아이가 나무 블록들을 공중 부양시키고 있는 모습을 넋 놓고 바라보는 중이었다. 블록들이 동심원을 그리며 느릿느릿 돌았다. 정신을 집중하느라 데이지는 얼굴을 찌푸리고 혀끝을 잇새에 빼문 채였다. 블록들은 그렇게 1분은 족히 허공을 돌던 끝에야 서서히 바닥으로 내려왔다. 데이지의 통제력은 믿기지 않을 만큼 뛰어났다.

"좋아."

라이너스는 수첩에 맹렬하게 글씨를 휘갈겨 쓰며 말했다. 이곳은 정부에서 지급한 갈색 카펫과 낡은 가구들이 마련된 말쑥한 원장실이었다. 벽에는 꼴사나운 솜씨로 그려진 다양한 자세의 여우원숭이 그림이 쭉 걸려 있었다. 원장은 자신은 그림에 열정을 바치고 있다고, 만약 바로 이 고아원의 원장이 되지만 않았더라면 여우원숭이 훈련사가 되어 서커스 순회공연을 다니거나 갤러리를 열어 작품들을 온 세상에 선보였을 거라고 자랑했다. 라이너스는 인류를 위해서라도 이 그림들은 원장실 안에 머무르는 쪽이 낫다고 생각했지만 이런 생각을 입 밖에 내지는 않았다. 아마추어가 그린 그림을 품평하러 온 게 아니니까.

"그러면 너는 그… 물건을 공중에 띄우는 일을 얼마나 자주 하는 거니?"

고아원 원장이 한 발짝 앞으로 나서더니 얼른 대답했다. 원장은 부스스한 곱슬머리에 체구는 땅딸막한 여성이었다.

"아, 그렇게 자주 하진 않아요."

원장은 시선을 어디 둬야 할지 모르는 채 양손을 마구 비틀어댔다.

"아마… 1년에 한두 번?"

라이너스가 헛기침을 했다.

"한 달에 한두 번이요."

원장은 방금 한 말을 얼른 수습했다.

"내 정신 좀 봐. 왜 1년이라고 했을까? 말이 헛나갔네요. 맞아요, *한 달*에 한두 번 정도랍니다. 아시잖아요. 아이들은 자라면 자랄수록… 능력을 더 많이 발휘하곤 하죠."

"그러니?"

라이너스가 데이지에게 물었다.

"네, 맞아요. 한 달에 한두 번. 더 이상은 안 해요."

데이지가 더없이 기쁘다는 듯 미소를 지으며 대답했다. 그 모습을 보며 라이너스는 혹시 아이가 사전에 어떤 대답을 하라는 지도를 받지 않았을까 하는 생각을 했다. 지금까지도 그런 일들이 있었을 거고, 앞으로도 계속 있을 테니까.

"그렇겠구나."

라이너스는 대답했다. 그의 펜이 종이 위를 누비는 동안 모두가 잠자코 기다렸다. 두 사람의 눈길을 느끼면서도 그는 수첩에 쓰는 글자에만 집중했다. 정확하기 위해서는 집중력이 필요했다. 라이너스는 철저함 빼면 시체였고, 이 고아원에서 맞닥뜨린 새로운 사실들은 과장 없이 엄청났다. 사무실로 복귀한 뒤 최종 보고서를 완성하려면 지금 자잘한 사항들을 최대한 많이 적어 놓아야 했다.

원장은 데이지를 붙들고 흐트러진 검은 머리를 갈무리해 나비 모양 플라스틱 핀을 꽂아주며 수선을 떨었다. 데이지는 바닥에 흩어진 나무 블록들을 다시 한번 공중으로 띄워 올리고 싶다는 듯 쓸쓸히 바라보며 숱 많은 눈썹을 씰룩거리고 있었다.

"능력을 통제할 수 있니?"

라이너스가 묻자, 데이지가 채 입을 열기도 전에 원장이 끼어들었다.

"당연히 할 수 있죠, 저희는 절대…."

라이너스는 한 손을 들어 원장의 말을 막았다.

"원장님, 감사하지만 대답은 데이지에게 직접 듣고 싶습니다. 당연히 아이를 위해 하시는 말씀이겠지만, 데이지 같은 아이들이 좀 더… 솔직담백한 편이니까요."

무슨 말을 더 할 것 같던 원장은 라이너스가 한쪽 눈썹을 들어 올리는 걸 보고서야 한숨을 쉬더니 고개를 끄덕이며 데이지로부터 한 발짝 물러섰다.

메모를 다 끝낸 라이너스가 펜 뚜껑을 닫은 뒤 펜과 수첩을 서류 가방 안에 집어넣었다. 그다음에는 의자에서 일어나 말 안 듣는 무릎을 쭈그려 데이지 앞에 앉았다.

데이지는 눈을 휘둥그레 뜬 채 아랫입술을 잘근잘근 씹어대고 있었다.

"데이지, 네 능력을 통제할 수 있니?"

아이가 느릿느릿 고개를 끄덕였다.

"그럴 걸요? 여기 온 뒤로는 아무도 다치게 한 적 없어요."

다음 순간 아이의 입꼬리가 축 처졌다.

"마커스 전까지는요. 전 다른 사람을 다치게 하는 게 싫어요."

라이너스는 아이의 마음을 충분히 이해할 수 있었다.

"당연히 그렇지. 그래도 때로 우리는 우리가 가진… 재능을 통제하지 못할 때가 있거든. 그게 꼭 그 재능을 가진 사람의 잘못인 건 아니란다."

그래도 데이지의 기분은 나아지지 않는 듯했다.

"그럼 누구 잘못인데요?"

라이너스는 눈을 깜박였다.

"글쎄, 변수가 많지. 최근 연구에 따르면, 극단으로 치달은 감정 상태가 그런 경우를 유발할 수 있다고 해. 슬픔, 분노, 심지어 행복마저도. 어쩌면 너도 너무 행복해서, 실수로 네 친구 마커스한테 의자를 집어던진 게 아닐까?"

라이너스가 이곳에 파견된 건 바로 그 사건 때문이었다. 마커스는 병원에 입원해서 꼬리 치료를 받았다. 꼬리는 기묘한 각도로 꺾여 버렸고, 병원 측에서는 의무에 충실하게 이 일을 마법아동관리부서(DICOMY)에 직접 신고했다. 신고에 따라 조사가 시작되었고, 이를 위해 라이너스가 이 고아원에 배정된 것이었다.

"맞아요, 바로 그거였어요. 마커스가 제 색연필을 훔쳐가는 바람에 너무 행복해서 실수로 의자를 던진 거라고요."

"그렇구나. 사과는 했니?"

그러자 데이지는 다시 나무 블록들을 내려다보면서 발을 꼼지락거렸다.

"했어요. 마커스는 괜찮다고 했고요. 심지어 색연필을 깎아서 돌려주기까지 했어요. 마커스가 저보다 연필을 더 잘 깎거든요."

"마커스는 참 사려 깊네."

라이너스가 대답했다. 손을 뻗어 데이지의 어깨를 다독여 줄까 하는 생각이 들었지만, 그건 적절치 못한 행동이었다.

"마커스를 다치게 할 의도가 없었던 건 알아. 앞으론 감정에 휘둘리기 전에 잠시 멈추고 생각을 해보자꾸나. 어때?"

데이지는 격렬하게 고개를 끄덕였다.

"알았어요. 앞으로는 오로지 제 정신력만으로 의자를 집어던지기 전에는 꼭 잠시 멈추고 생각을 해볼게요."

라이너스는 한숨을 쉬었다.

"아니, 그게 아니라…"

그때, 낡은 고아원 건물 안쪽 어딘가에서 종소리가 들려왔다.

"비스킷 먹을 시간이다!" 데이지가 문을 향해 달려갔다.

"딱 *한 개*만 먹어야 한다. 저녁 먹을 시간 얼마 안 남았으니까!"

원장이 아이의 뒤에 대고 외쳤다.

"알았어요!"

데이지는 고함을 질러 답한 뒤 문을 쾅 닫았다. 복도를 달려 부엌을 향하는 아이의 조그마한 발소리가 울려 퍼졌다.

"분명 잔뜩 먹어버릴 테죠. 매일 그러거든요."

원장이 그렇게 중얼거린 뒤 책상 앞 의자에 털썩 주저앉았다.

"오늘은 그럴 만도 하죠."

라이너스가 대답하자, 원장은 한 손으로 얼굴을 문지르며 마른 세수를 하더니 그를 향해 경계의 눈초리를 던졌다.

"음, 그럼 이제 끝났네요. 아이들 모두와 면담하셨죠. 고아원 내부 점검도 끝냈고, 마커스도 잘 있는 것 확신하셨고요. 그… 의자 사건이 있었지만, 데이지는 절대 마커스를 다치게 할 생각은 없었답니다."

라이너스는 원장의 말을 믿었다. 마커스는 데이지를 곤란에 빠뜨릴 생각은커녕 깁스에 라이너스의 사인을 받으려 안달이었다. 라이너스는 그건 자신의 위치에 걸맞지 않다며 몸을 사렸다. 마커스는 실망하다가도 순식간에 기운을 차렸다. 어떤 일이 닥치더라도 금세 회복하는 아이들의 능력을 볼 때마다 그는 놀라곤 했다.

"그렇죠."

"보고서를 어떻게 작성하실지 말씀해 주시지 않으실 건 압니다만…."

그 말에 라이너스는 발끈했다.

"당연히 말씀드릴 수 없습니다. 아시는 대로 보고서를 제출한 이후에 사본을 받게 되실 겁니다. 그때까지는 보고서 내용에 대해서 그 무엇도 알려드릴 수 없습니다."

"당연히 그렇겠죠."

원장이 허둥지둥 수습했다.

"제가 뭘 부탁드리려던 건 아니고…."

"이해해 주셔서 감사합니다. DICOMY 역시도 감사할 테고요."

라이너스는 부러 서류 가방을 뒤적이면서 만족스러울 때까지 내용물을 정돈했다. 서류 가방을 닫고 잠금장치를 찰칵 채웠다.

"자, 이제 다른 사항이 없다면 이만 가보겠습니다. 그럼…."

"아이들이 선생님을 좋아해요."

"저도 아이들이 좋습니다."

라이너스가 대답했다.

"그렇지 않았다면 이 일을 하지 않았겠죠."

"다른 사람들이랑은 이렇지 않았거든요."

원장은 헛기침을 하며 목을 가다듬었다.

"그러니까, 다른 사례연구원들 말이에요."

라이너스는 문 쪽을 아쉬운 눈길로 바라보았다. 탈출이 눈앞이었는데. 그는 서류 가방을 방패처럼 품에 안고는 되돌아섰다.

원장이 자리에서 일어나더니 책상 주위를 서성였다. 라이너스는 습관대로 한 발짝 물러섰다. 원장은 그에게 가까이 오는 대신 책상에 몸을 기댔다.

"예전에… 다른 분들도 방문한 적 있거든요."

"그렇습니까? 당연히 그랬을 텐데…."

"그 사람들은 아이들을 보지 않아요. 아이들 그 자체를 보는 게 아니라, 그 애들이 가진 능력만을 보죠."

"여느 아이들과 마찬가지로, 능력을 지닌 아이들한테도 기회는 주어져야죠. 이 아이들이 두려워해야 할 존재로 취급받는다면 어떻게 입양을 가겠습니까?"

원장이 코웃음을 쳤다.

"입양은 무슨."

라이너스는 눈을 가늘게 떴다.

"제가 말실수라도?"

그러자 원장은 고개를 저었다.

"아뇨, 못 들은 걸로 해주세요. 어떻게 보면 신선하시네요. 그 낙관에 저까지 물들어 버리겠어요."

"저야 한 줄기 햇살 같은 존재죠."

라이너스는 무미건조한 말투로 대답했다.

"그럼, 달리 하실 말씀이 없으시면 이제 가보겠…."

"도대체 어떻게 그런 일을 하시는 거예요?"

원장은 그렇게 말하자마자 방금 한 말을 주워 담고 싶다는 듯 당혹스러운 표정을 했다.

"무슨 말씀이신지?"

"DICOMY에서 일하시잖아요."

땀 한 줄기가 목덜미를 간질이며 셔츠 깃 안쪽으로 흘러내렸다. 차라리 비가 쏟아지는 바깥에 있는 쪽이 낫겠다는 생각이 아주 오랜만에 들었다.

"DICOMY에 무슨 문제라도 있습니까?"

원장은 머뭇머뭇 입을 열었다.

"기분 나쁘라고 하는 소리는 아닙니다."

"그렇겠죠."

원장은 팔짱을 낀 채 자리에서 일어나며 물었다.

"그냥… 궁금할 때 없으세요?"

"전혀요."

라이너스는 대답부터 던져놓고 그 뒤에야 "뭘 말입니까?" 하고 덧붙였다.

"선생님께서 최종 보고서를 제출하고 나면 고아원이 어떻게 되는지 말이에요. 또 아이들은 어떻게 되는지."

"제가 다시 한번 이곳을 찾지 않는 한, 아이들은 밝고 행복하게 살아가다가 밝고 행복한 어른이 되겠지요."

"자기 자신이라는 이유만으로 계속해서 정부의 규제를 받는 어른말이죠."

궁지에 몰린 기분이었다. 이런 이야기를 나눌 마음의 준비는 되어있지 않았다.

"저는 마법성인관리부서에서 일하는 게 아니라서요. 그 문제는 그쪽과 상의하시지요. 저는 오로지 아이들의 복지만을 담당하지, 나머지는 제 소관이 아닙니다."

원장은 서글픈 미소를 지었다.

"아이들이 영영 아이인 건 아니잖아요, 베이커 씨. 결국은 어른이 된다고요."

"원장님 같은 분들에게 배운 것들을 활용하며 어른이 되면, 입양되지 않더라도 고아원 바깥세상에서 살아가는 법을 알게 되겠지요."

라이너스는 또다시 문을 향해 뒷걸음으로 나아갔다.

"그럼, 버스 시간이 다 되어서 말입니다. 갈 길이 멀어서 버스를 놓치지 않았으면 하거든요. 따뜻하게 맞아주셔서 감사합니다. 다시 한번 말씀드리지만, 보고서를 제출하고 나면 보관용 사본을 받게 되실 겁니다. 질문이 있으시면 그때 문의해 주십시오."

"사실은 또 다른 질문이…."

"서면으로 제출하도록 하십시오."

이미 문 밖으로 나간 라이너스가 외쳤다.

"기다리고 있겠습니다!"

문을 쾅 닫자 빗장이 쩔깍 맞물렸다. 숨을 크게 들이쉬고, 다시 천천히 내쉬었다.

"이제 끝이야. 해냈구나, 나 자신. 저 원장 분명 질문을 수백 개씩 보내오겠지."

"아직 들리거든요."

문 저편에서 원장의 목소리가 들렸다.

라이너스는 그 말에 흠칫 놀라 서둘러 복도를 걸었다.

현관문을 나서려는 순간 부엌에서 발랄한 웃음소리가 터졌다. 라이너스는 걸음을 멈췄다. 그냥 떠나는 게 낫다는 걸 알면서도 그는 소리가 들려오는 곳을 향해 발끝을 세워 살그머니 다가가 보았다. 벽을 지나치는데, DICOMY의 승인을 받은 고아원이라면 어디에나 걸려 있는, 똑같은 메시지가 담긴 포스터가 붙어 있었다. 웃고 있는 아이들의 사진 위로, **관리자의 지시를 따르면 행복해져요.** 그리고 **조용한 어린이가 건강한 어린이입니다.** 또 **상상력이 있는데 마법이 왜 필요해?** 같은 문구들이 쓰여 있었다.

부엌 문 안으로 고개를 슬쩍 들이밀어 보았다.

커다란 나무 식탁에 아이들이 여럿 둘러앉아 있었다.

두 팔이 푸른 깃털로 뒤덮인 남자아이, 마녀처럼 쉰소리로 웃어대는 여자아이. 여자아이는 파일에 적혀 있던 '마녀'라는 설명과 딱 맞아떨어지는 모습이었다.

선원들이 넋을 잃는 바람에 배가 기슭에 충돌하고 말 정도로 유혹적인 노래를 부른다는, 좀 더 나이가 많은 여자아이도 있었다. 파일에서 그 내용을 읽었을 때 라이너스는 주춤했었다.

어깨에 털가죽을 두른 어린 남자아이 셀키*도 있었다.

그리고 물론 데이지와 마커스도 있었다. 데이지는 입에 비스킷을 한가득 문 채 마커스 옆에 붙어 앉아서는 꼬리 깁스를 보며 감탄을 쏟아내고 있었다. 마커스는 식탁 위에 꼬리를 올려놓고 불그레한 주근깨투성이 얼굴로 데이지를 보며 씩 웃고 있었다. 이내 데이지에게 꼬리 깁스 위에 색연필로 그림을 하나 더 그려달라고 부탁하는 모습이 보였다. 데이지는 냉큼 승낙했다.

"꽃 그려줄게. 아니면 뾰족한 이빨과 침이 있는 벌레를 한 마리 그려 줄까?"

"우와, 벌레로 할래. 꼭 벌레 그려줘."

그 모습을 흐뭇하게 바라보던 라이너스는 그대로 그 자리를 떠났다.

현관문을 향해 다가가니 비가 내리고 있었다. 절로 한숨이 나왔다. 또 집에 우산을 두고 나온 것이었다.

"하필이면…."

문을 열고 비가 쏟아지는 바깥으로 한 걸음 나서면서 그는 집으로 가는 기나긴 여정을 시작했다.

---

*Sekie 켈트 신화에 등장하는 바다표범 가죽을 뒤집어쓴 요정. 가죽을 벗으면 인간의 모습으로 변신하기도 한다.

2장

"베이커!"

라이너스는 다른 이들에게는 들리지 않게 끙 소리를 냈다. 그럭저럭 괜찮게 흘러가던 하루였다. 그러니까 어떻게 보자면 말이다. 구내식당에서 산 질척거리는 샐러드를 먹다가 하얀 정장 셔츠에 오렌지 샐러드 드레싱이 튀었는데, 문질러 지우려 할수록 지워지기는커녕 번지기만 했다. 지붕을 거세게 두드리는 폭우는 당분간 멎을 기미가 없었다. 그런데 오늘도 우산을 집에 두고 왔다.

그래도 그밖엔 꽤 괜찮게 흘러가던 하루였다.

대체로는 그랬다.

젠킨스가 이쪽으로 다가오기 시작하자 근처 자리들에서 들려오던 키보드 소음이 잠잠해졌다. 젠킨스는 험상궂게 생긴 여성으로, 머리카락을 어찌나 바짝 당겨 묶는지 일자로 이어진 눈썹이 이마 한가운데까지 치켜 올라가 있었다. 살면서 단 한 번이라도 웃어본 적 있을까? 없을 것 같았다. 뱀처럼 고약한 성미를 지닌 우중충한 사람이었으니까.

젠킨스는 라이너스의 상사인 관리자였기에, 라이너스는 그의 심기를 거스르지 않으려 애를 쓰며 지냈다.

그가 차디찬 돌바닥에 구두 굽 소리를 딱딱 울리며 책상들 사이로 다가오고 있었다. 라이너스는 셔츠 깃을 초조하게 잡아당겼다. 젠킨스의 비서, 비열한 두꺼비를 닮은 건서라는 남자가 직원들의 업무 태만을 기록하는 클립보드와 터무니없을 만큼 기다란 연필을 들고 상사의 뒤를 바짝 따르고 있었다. 건서의 손에서 하루 종일 누적된 벌점은 매주 합산되었고, 한 주가 끝났을 때 벌점이 5점을 넘으면 인사 파일에 기록되었다. 누구도 원치 않는 일이었다.

젠킨스와 건서가 지나치는 책상에 앉은 사람들은 일하는 척 고개를 푹 수그렸지만, 실제로는 라이너스가 무슨 잘못을 저질렀으며 또 무슨 벌을 받을지가 궁금해 바짝 귀를 기울이고 있는 게 뻔했다. 강제로 조퇴를 하고 월급이 깎이려나. 아니면 강제로 일하고 월급은 똑같이 깎이든지. 최악의 사태라면, 해고를 당해 이대로 경력의 끝을 맞고 깎일 월급마저 없어질지도 모른다.

고작 수요일이라는 게 믿기지 않았다.

심지어 다시 생각해 보니 수요일도 아니고 화요일이라는 점이 더 지독했다.

아무리 생각해 봐도 잘못한 일이 없었다. 15분 주어진 점심시간에서 1분을 더 썼다든지, 지난번 제출한 보고서가 만족스럽지 못했던 게 아니라면 말이다. 라이너스의 머릿속은 정신없이 내달렸다. 셔츠에 묻은 샐러드 드레싱 얼룩을 지우는 데 시간을 너무 많이 썼나?

아니면 보고서에 오타가 있었던 걸까? 절대 그럴 리가 없었다. 보고서는 그의 셔츠와는 딴판으로 티 한 점 없었으니까.

하지만 젠킨스의 일그러진 표정을 보니 조짐이 좋지 않았다. 늘 얼어붙을 만큼 춥기만 하던 사무실이 지금은 답답할 만큼 후덥지근했다. 심지어 지독한 날씨 탓에 사무실로 새어드는 외풍조차도 라이너스의 목덜미를 타고 흐르는 땀을 씻어주지 못했다. 컴퓨터의 모니터가 발하는 은은한 초록색 빛조차 눈이 부셔서 라이너스는 호흡을 느리고 고르게 유지하려 애를 썼다. 지난번에 건강 검진을 받았을 때, 의사에게 고혈압이니 스트레스 요인을 제거하라는 말을 들었었다.

젠킨스야말로 스트레스 요인이었다.

그 말은 아무에게도 하지 않았지만.

라이너스의 조그만 나무 책상은 사무실 한가운데에 있었다. 사무실 안, 14개씩 26열로 배열된 책상들 가운데 L열 7번 책상이 그의 자리였다. 책상들은 빽빽하게 붙어 있었다. 마른 사람들은 수월하게 통과할 수 있는 틈새였지만, 배에 군살이 몇 파운드(물론 몇 파운드인지가 중요하겠지?) 더 붙어 있다면? 책상 위에 잡다한 개인 소지품을 놓는 게 허용되었더라면, 라이너스 같은 사람이 책상 틈새로 지나갈 때마다 재난이 일어났을 것이다. 하지만 개인 소지품이 금지된 사무실이었기에 대체로는 널따란 엉덩이를 책상에 부딪치고, 싸늘한 시선들을 향해 다급하게 사과하는 형편이었다. 라이너스가 사무실에서 제일 늦게 퇴근하는 이유 중 하나도 그것이었다. 또 하나는 얼마 전 마흔이 된 그를 기다리는 거라고는 작은 집 한 채, 그 누구보다도 오래 살 게 분명한 까칠한 고양이 한 마리, 그리고 다이어트가 기적을 가져온다는 장광설을 신나게 늘어놓던 의사가 쿡쿡 찌르고 쑤셔대던, 자꾸만 불어나는 허리 사이즈 정도밖에 없기 때문이었다.

구내식당에서 질척거리는 샐러드를 사먹은 것 또한 같은 이유에서였다.

사무실 벽 높은 곳에는 섬뜩할만치 명랑한 표어가 걸려 있었다. 당신은 잘하고 있습니다. 매 순간에 충실하세요. 잃어버린 시간은 낭비이기에. 라이너스는 그 표어들을 볼 때마다 치를 떨었다.

초조한 마음에 손톱으로 손바닥을 꾹꾹 찔러댈세라, 라이너스는 양손을 책상 위에 가만히 올려놓았다. L열 6번 자리에 앉은 트렘블리가 그를 향해 음침한 미소를 보내왔다. 라이너스보다 한참 어린 트렘블리는 일하는 걸 정말 좋아하는 것 같았다.

"골치 좀 아파지겠네요."

그가 라이너스를 향해 중얼거렸다.

입을 일자로 앙다문 젠킨스가 라이너스의 책상 앞에 다가와 섰다. 평소와 마찬가지로 거울 없이 어둠 속에서 아무렇게나 화장품을 바른 것 같은 얼굴이었다. 뺨에는 짙은 자홍색 블러셔를 발랐고, 립스틱은 핏빛이었다. 검은색 바지 정장을 입었는데, 목까지 단추를 바짝 채운 채였다. 어찌나 깡말랐는지, 날카로운 뼈에다가 피부를 있는 힘껏 팽팽하게 당겨 씌워놓은 것 같은 사람이었다.

반면 건서는 트렘블리만큼이나 앳된 얼굴을 한 남자였다. 떠도는 소문으로는 어느 대단한 분, 아마도 최고위 경영진의 아들일 거라고들 했다. 라이너스는 동료들과 말을 섞는 일이 거의 없었지만, 그래도 그들이 속닥거리는 말들을 듣긴 했다. 어릴 때부터 라이너스는 자기가 입만 다물고 있으면 남들이 자기가 그 자리에 있다는 사실을, 나아가 그가 존재한다는 사실마저도 종종 잊는다는 사실을 알았다. 어머니 말로는 어린 시절의 그는 벽에 바른 페인트나 마찬가지로, 그 자리에 있다고 누가 말해주지 않으면 기억조차 희미한 아이였다고 했다.

"베이커."

젠킨스는 으르렁거리듯 그의 이름을 불렀다.

건서가 그 옆에 서서 미소 띤 얼굴로 그를 내려다보고 있었다. 호감 가는 미소는 아니었다. 건서의 치아는 하얗기 그지없는 네모 모양이었고, 턱에는 보조개가 패었다. 잘생겼지만 섬뜩한 남자였다. 다정한 미소를 지어도 눈에는 웃음기 한 점 없었다. 건서의 미소가 진짜처럼 보이는 건 그가 불심검문을 나와서 기다란 연필을 들고 클립보드에 신나게 벌점을 기록할 때뿐이었다.

아마 오늘이 건서가 등장해 벌점 제도를 만든 이래, 여태껏 기적적으로 피해왔던 벌점을 드디어 받는 날인지도 모르겠다. 직원들은 끊임없이 감시당했다. 천장에 달린 큼지막한 카메라들이 모든 걸 녹화하고 있었다. 누군가 잘못을 하다가 걸리면 벽에 붙은 상자 모양의 커다란 스피커들이 지지직 소리를 내며 깨어났다. 그다음에는 K열 2번 책상이라든지 Z열 13번 책상에 벌점을 매긴다는 고함 소리가 울려 퍼지곤 했다.

라이너스는 딴짓을 하다가 걸린 적이 한 번도 없었다. 그러기에는 너무 똑똑했고, 또 너무 겁이 많았다.

하지만 충분히 똑똑했던 것도, 겁이 많았던 것도 아니었는지 곧 벌점을 받을 모양이었다.

어쩌면 벌점을 5점이나 받아서 인사 파일에 기록이 남는 바람에 이 부서에서 쌓은 17년간의 경력에 오점이 남을지도 모르겠다. 셔츠에 묻은 샐러드 드레싱 얼룩을 본 걸까? 업무 시 복장 규정은 엄격했다. 마법아동관리부서 직원들을 위한 안내서인 《규칙 및 규정집》 242페이지에서 246페이지에 걸쳐 매우 상세하게 실려 있을 정도였다. 얼룩을 본 누군가가 관리자에게 보고했을 수도 있다. 그렇다 해도 그리 놀랍지 않았다. 더 사소한 일로 해고된 사람들도 있었으니까.

그런 사람들이 있다는 걸 라이너스도 알고 있었다.

"젠킨스 씨."

라이너스는 속삭임에 가까운 기어들어가는 소리로 입을 열었다.

"반갑습니다."

거짓말이었다. 젠킨스를 만나는 건 조금도 반갑지 않았다.

"무슨 일이시지요?"

건서의 미소가 한층 환해진 걸 보니 벌점을 10점이나 받게 될지도 몰랐다. 샐러드 드레싱이 오렌지색이었잖아. 자리를 정리할 때는 상자조차도 필요 없을 테였다. 사무실에 그의 물건이라고는 입은 옷을 제외하면 마우스패드 하나가 전부였으니까. 마우스패드에 빛바랜 사진으로 담긴 새하얀 모래사장과 푸르디푸른 바다 위에는 이렇게 쓰여 있었다. 이곳에 있고 싶지 않나요?

가고 싶었다. 하루도 빠짐없이.

젠킨스는 라이너스의 인사를 받아줄 생각이 없어 보였다.

"대체 무슨 짓을 한 거지?"

그는 머리카락이 시작되는 곳까지 눈썹을 치켜올리며 라이너스를 을러댔다. 물론 실제로 눈썹이 거기까지 올라갈 리는 없었지만.

라이너스는 침을 꿀꺽 삼켰다.

"죄송합니다만, 무슨 말씀을 하시는 건지 모르겠습니다."

"그럴 리가."

"아. 그럼… 죄송합니다?"

건서가 클립보드에 무언가를 휘갈겨 썼다. 라이너스의 겨드랑이에 눈에 띄게 번진 땀 얼룩을 보고 벌점을 추가하고 있는 건지도 몰랐다. 하지만 당장 어찌할 도리가 없었다.

젠킨스는 라이너스의 사과를 받아주지 않았다.

"분명 *무슨 짓*을 했겠지."

상당히 끈질긴 사람이었다.

차라리 샐러드 드레싱을 흘려 얼룩이 생긴 걸 솔직하게 털어놓는 쪽이 낫겠다는 생각이 들었다. 반창고를 떼어낼 때랑 똑같을 것이다. 질질 끄는 것보다 한 번에 뜯는 게 덜 아픈 법.

"예. 뭐, 그러니까, 건강한 식생활을 위해 노력하는 중이거든요.

말하자면 다이어트를요."

젠킨스가 얼굴을 찌푸렸다.

"다이어트?"

라이너스는 초조하게 고개를 끄덕였다.

"의사의 지시로요."

"과체중이라 이거죠?"

건서가 재미있어 죽겠다는 듯 물었다.

라이너스는 얼굴을 붉히며 대답했다.

"그런 것 같습니다."

건서는 딱하다는 듯 흠 소리를 냈다.

"그래 보였습니다. 안타깝네요. 그래도 포기하는 것보단 늦게라도 시작하는 게 낫지 않겠어요?"

그러면서 그는 클립보드 모서리로 판판한 자기 배를 툭툭 쳤다.

건서는 정말 혐오스러운 인간이었다. 라이너스는 그 말도 입 밖에 내지 않기로 했다.

"굉장하네요."

"질문에 대답이나 하시지. 도대체 무슨 짓을 한 거야?"

젠킨스가 쏘아붙였다.

이 상황을 어서 마무리 짓고 싶었다.

"실수였습니다. 제가 칠칠치 못해서요. 샐러드를 먹는 중에 케일 조각이 마치 자유의지라도 있는 것처럼 툭 떨어지는 바람에…."

"도대체 무슨 소리를 지껄이는 거야."

젠킨스가 라이너스의 책상에 손을 짚고 상체를 수그리더니, 검게 칠한 손톱으로 책상을 톡톡 두드렸다. 뼈가 부딪쳐 나는 쩔그렁 소리 같았다.

"입 다물어."

"예, 젠킨스 씨."

젠킨스가 라이너스를 노려보았다.

배 속이 쥐어짜듯 뒤틀렸다.

젠킨스가 느릿느릿 입을 열었다.

"내일 아침에 열리는 최고위 경영진 회의에 당신을 참석시키라는군."

전혀 예상치 못한 일이었다. 사실 젠킨스가 지금 이 순간 그 어떤 말을 했다 한들 방금 들은 말만큼 놀라지는 않았을 것 같았다.

라이너스는 눈을 끔벅였다.

"방금 뭐라고 하셨습니까?"

젠킨스가 다시 몸을 곧추세우더니 팔짱을 꼈다.

"당신이 쓴 보고서는 읽어봤지. 아무리 좋게 봐주려 해도 간신히 수준 미달을 면한 정도더군. 그러니까 라이너스 베이커를 호출한다는 공문을 받고 내가 얼마나 놀랐겠어?"

오한이 일었다. 입사한 이래 최고위 경영진의 호출은 처음이었다. 그가 최고위 경영진을 딱 한 번 마주한 건 연말의 오찬 행사 때였다. 그들은 행사장 앞쪽에 한 줄로 서서 라이너스를 비롯한 하급자들에게 알루미늄 포일 쟁반에 담겨 있던 말라비틀어진 햄과

덜 익어 서걱거리는 감자 샐러드를 일일이 나누어 주었고, 여러분이 열심히 일한 대가로 이렇게 좋은 식사를 대접받게 된 거라며 씩 웃어댔다. 그렇게 받은 음식은 자연스럽게 책상으로 가져와 먹어야 했다. 줄을 서는 동안 15분의 점심시간이 동났기 때문이었다.

지금이 *9월*이니 연말까지는 몇 달이나 남은 상태였다.

그러므로 젠킨스의 말은 곧 최고위 경영진이 라이너스를 개인적으로 불러냈다는 거다. 이런 일은 처음이었다. 분명 좋은 일일 리가 없었다.

젠킨스는 대답을 기다리는 표정이었다. 라이너스는 뭐라고 대답해야 할지 알 수 없어 "실수가 있었던 게 아닐까요."라고 말했다.

"실수라."

젠킨스가 그의 말을 되뇌었다.

"*실수*란 말이지."

"예에….."

"최고위 경영진은 실수 따위 하지 않습니다."

옆에 서 있던 건서가 선웃음을 흘렸다.

그렇지, 맞다.

"그럼 저도 잘 모르겠습니다."

젠킨스는 라이너스의 대답이 흡족하지 않은 듯했다. 그제야 라이너스는 그 역시 이 일에 대해 자기만큼이나 아는 바가 없다는 사실을 깨달았다. 그러자 고약하게도 조금 짜릿하다는 생각이 들었다. 물론 엄청난 두려움이 담겨 있었지만 짜릿한 건 짜릿한 거였다. 어쩌다 이런 사람이 되어 버린 걸까.

옛날에 어머니가 이러셨지.

"남의 고통을 보고 좋아하면 안 돼. 그건 정말 못된 짓이다."

그날 이후 여태까지 그런 마음을 억누르며 살아왔는데.

"모른단 말이지."

젠킨스는 당장이라도 그를 후려갈길 기세였다.

"불만 접수라도 한 건가? 혹시 내 관리자로서의 자질에 불만을 가졌고, 내 머리꼭대기까지 올라올 수 있겠다는 생각이 들었던 거야?"

"아닙니다, 젠킨스 씨."

"내 관리자로서의 자질에 *만족하나?*"

그럴 리가.

"예."

건서가 클립보드 위에 연필을 사각사각 놀리며 무언가 썼다.

"*정확히* 어떤 점이 만족스럽지?"

난제도 이런 난제가 없었다. 라이너스는 거짓말을 못하는 성격이었다. 사소한 선의의 거짓말조차도. 한번 거짓말을 하기 시작하면 꼬리에 꼬리를 물고 다음 거짓말을 하게 되어서 결국 *수백 가지* 거짓말을 일일이 기억해야 하는 사태에 이르렀다. 그럴 바엔 정직하게 사는 게 더 편했다.

그러나 살다 보면 반드시 거짓말을 해야만 하는 때가 오게 마련이다. 바로 지금처럼. 그렇다고 완전한 거짓말을 해야 하는 건 아니었다. 진실을 살짝 뒤트는 건 거짓말이 아니니까.

"무척 권위 있으시죠."

젠킨스의 눈썹이 또 머리카락에 닿도록 치켜올라갔다.

"그렇지."

"그렇습니다."

젠킨스가 한 손을 들더니 손가락을 딱 튕겼다. 건서가 클립보드에 꽂아둔 종이들을 뒤적이다 크림색 종이 한 장을 꺼내 젠킨스에게 내밀었다. 그는 마치 그 종이가 몸의 다른 부위에 닿았다가는 감염되어 수포라도 생긴다는 듯 엄지와 검지로 집어 들었다.

"내일 오전 9시 정각이야, 베이커. 늦었다가는 두고 보라고. 당연히, 회의에 다녀온 만큼의 업무 시간은 나중에 벌충하도록 해. 필요하다면 주말 출근을 해야겠지. 적어도 다음 주까지는 현장 파견 업무도 없으니까."

"물론입니다."

라이너스는 잽싸게 동의했다.

젠킨스는 다시 몸을 숙이더니 목소리를 낮춰 속삭였다.

"만약 나에 대한 불만을 입 밖에 냈던 거라면, 네 인생을 생지옥으로 만들어주지. 알겠나, 베이커?"

"예."

그가 라이너스의 책상 위에 종이를 떨어뜨렸다. 종이는 팔락거리며 날아가다 바닥으로 떨어지기 전 책상 끄트머리에 안착했다. 젠킨스가 머리 위에 버티고 서 있는 지금은 도저히 손을 뻗어 서류를 집을 용기가 나지 않았다.

젠킨스가 뒤로 빙글 돌더니, 모두들 된통 당하고 싶은 게 아니라면 업무에 집중하는 게 나을 거라고 고함을 쳤다.

곧 키보드를 타닥거리는 소리가 다시 들려오기 시작했다.

건서는 여전히 라이너스의 책상 옆에 서서 묘한 표정으로 그를 바라보는 중이었다.

라이너스는 의자에 앉은 채 불편하게 몸을 꿈지럭거렸다.

한참 지나서야 건서가 밉살맞은 미소를 지으며 입을 열었다.

"그분들이 왜 당신을 호출한 건지 모르겠군요. 분명 더… 적합한 사람이 있을 텐데. 아, 그리고 베이커 씨?"

"예?"

"셔츠에 얼룩이 묻었네요. 용납할 수 없습니다. 벌점 1점. 앞으로 또 이런 일이 있는지 지켜보도록 하죠."

그 말을 남긴 뒤 건서도 뒤돌아 젠킨스를 따라갔다.

라이너스는 숨을 참고 있다가 두 사람이 B열까지 다다른 뒤에야 폭발하듯 숨을 내뱉었다. 방금 만든 땀 얼룩을 빼려면 집에 가자마자 셔츠를 빨아야 할 것 같았다. 한 손으로 마른세수를 하며 지금 느끼는 감정의 정체에 대해 고민했다. 당혹감, 분명히 그랬다. 그리고 아마도 두려움.

옆자리의 트렘블리가 젠킨스가 남기고 간 종이에 뭐라고 적혀 있는지 보려고 고개를 티 나게 쭉 뺐다. 라이너스는 종이가 구겨지지 않게 조심해서 낚아챘다.

"결국 그날이 온 거네요."

트렘블리는 지나치게 신나 보였다.

"새로운 옆자리 이웃은 누가 되려나."

라이너스는 애써 무시했다.

모니터의 녹색 빛이 반사되는 바람에 종이 위 굵은 글자들이 한층 더 불길해 보였다.

종이에는 이렇게 적혀 있었다.

마법아동관리부서
최고위 경영진으로부터의 전달사항

참조: 비델리어 젠킨스

9월 6일 수요일 오전 9시에 라이너스 베이커를 최고위 경영진 집무실로 호출함.

혼자 올 것.

그게 다였다.

"이것 참." 하고 라이너스가 중얼거렸다.

시계가 5시를 알리자 라이너스 주위 사람들은 컴퓨터를 끄고 외투를 입기 시작했다. 다들 서로 잡담을 주고받으며 사무실을 나섰다. 라이너스에게 작별 인사를 하는 사람은 아무도 없었다. 오히려 사무실을 나서며 그를 빤히 쳐다보는 이들이 대부분이었다. 젠킨스가 하는 말이 들리지 않는 거리에 앉아 있던 사람들 또한 식수대 근처에서 소곤소곤 이야기를 나누다가 전부 알게 된 모양이었다. 그들이 주고받은 소문은 모조리 말도 안 되는 데다가 틀린 것 투성이일 테지만, 어차피 라이너스 스스로도 불려가는 이유를 모르니 그들이 뭐라고 지껄인들 할 말은 없는 형편이었다.

5시 30분까지 기다린 뒤 그 역시 퇴근 준비를 시작했다. 대부분 퇴근한 뒤였지만 저쪽 끝, 젠킨스의 사무실에는 아직 불이 켜져 있었다. 나가는 길에 그 앞을 지나가지 않아도 된다는 게 천만다행이었다. 오늘은 더 이상 젠킨스와 마주치고 싶지 않았다.

모니터가 꺼지자마자 일어서서 의자 등받이에 걸쳐 두었던 외투를 집어 들었다. 외투를 입으니 우산을 놓고 온 게 떠올랐다. 빗소리를 듣자 하니, 쏟아지는 기세는 여전한 듯싶었다. 그래도 서두르면 버스를 놓치지 않을 수 있을 것 같았다.

사무실을 나가는 길, 네 개의 각각 다른 열에 있던 여섯 개의 책상에 부딪쳤지만, 전부 제자리에 잘 정돈해 두고 나왔다.

오늘 밤에도 샐러드를 먹어야겠지. 샐러드 드레싱 없이.

버스를 놓쳤다.

빗속에서도 덜커덩거리며 저만치 사라지는 버스의 후미등과 꽁무니에 붙은 광고는 선명히 보였다. 웃는 얼굴의 여자, 그리고 무**언가를 보면 말하라! 등록은 모두에게 도움이 된다!**라는 문구.

"어련하시겠어."

라이너스는 혼자 중얼거렸다.

다음 버스는 15분 뒤였다.

그는 머리 위로 서류 가방을 들어 비를 막은 채 버스를 기다리기 시작했다.

그는 (당연히 10분 늦게 도착한)버스에서 내렸다. 정류장은 집에서 몇 블록 떨어져 있었다.

"바깥이 물바다네요."

버스 기사가 말했다.

"그러니까요."

그렇게 대답하며 라이너스는 인도 위로 내려섰다.

"정말이네요, 감사…"

버스는 문을 쾅 닫은 후 곧장 출발했다. 뒷바퀴가 큼직한 물웅덩이를 밟고 지나가는 바람에 무릎까지 흠뻑 젖고 말았다.

라이너스는 한숨을 쉬며 집을 향해 터덜터덜 걷기 시작했다.

동네는 잠잠했고 켜진 가로등 불빛은 빗속에서도 따스해 보였다. 작은 집들로 이루어진 동네였지만, 가로수가 길 양쪽에 늘어서 있었다. 무성한 가로수 잎은 흐릿한 초록에서 한층 더 흐릿한 붉은색과 금색으로 변해가는 중이었다. 레이크우드 167번지의 장미 덤불은 조용히 꽃을 피웠다. 레이크우드 193번지엔 그를 볼 때마다 신이 나서 캉캉 짖는 개가 한 마리 있었다. 또 레이크우드 207번지에는 나무에 줄로 매달아 놓은 타이어 그네가 있었는데,

그 집 아이들은 이제 자기들은 그런 걸 타면서 놀기에는 다 컸다고 생각하는 것 같았다. 라이너스는 어린 시절 늘 타이어 그네를 갖고 싶어 했지만, 어머니는 너무 위험하다며 안 된다고 했다.

오른편의 좀 더 작은 거리로 들어서자 왼편에 헤르메스웨이 86번지가 나타났다.

그곳에 그의 집이 있었다. 집은 작았고, 뒤편 울타리는 교체할 때가 지난 상태였다. 전반적으로 근사해보이진 않았다. 하지만 이 집 현관문 앞에는 마음만 내키면 온종일 앉아서 하루가 흘러가는 걸 바라볼 수 있는 예쁘장한 포치가 있었다. 지금은 저녁인 데다가 비가 쏟아져 꽃봉오리를 오므리고 있지만, 평소엔 집 앞 화단에서 키 큰 해바라기들이 서늘한 바람에 살랑거렸다. 몇 주째 비가 그칠 줄 몰랐다. 거의 매일 부슬비가 내렸고, 그러다가 때때로 지긋지긋한 폭우가 되어 쏟아지곤 했다.

집 앞 우편함 앞에 걸음을 멈추고 오늘치 우편물을 챙겼다. 전부 *거주자 귀하*라고 적힌 인간미 없는 광고물이었다. 마지막으로 편지를 받은 게 언제인지 기억나지 않았다.

포치 계단을 오른 뒤 외투에서 물을 털어내고 있는데, 어디선가 라이너스를 부르는 목소리가 들렸다. 보나마나 옆집일 게 뻔했다. 한숨이 나왔다. 그는 못 들은 척하고 싶었다.

"생각은 좀 해봤어?"

"무슨 말씀이신지 전혀 모르겠습니다, 클래퍼 여사님."

옆집 포치에 클래퍼 여사가 테리 면으로 된 목욕 가운 차림을 한 채 앉아 있었다. 클래퍼 여사는 그냥 나이가 많은 정도가 아니라 동화 속에나 나올 법한 호호 할머니처럼 보였다. 언제나처럼 손에 들린 파이프에서 연기가 구불구불 피어올라 클래퍼 여사의 불룩하게 부풀린 머리카락을 감싸고 있었다. 그는 들고 있던 휴지에 가래 섞인 기침을 뱉어냈는데, 아무리 봐도 한 시간 전에는 이미 버렸어야 할 휴지였다.

"그쪽이 키우는 고양이가 또 우리 집 마당에 들어와서 다람쥐를 쫓아다녔어. 내가 이 문제를 어떻게 생각하는지 알잖아."

"칼리오페는 자기가 하고 싶은 대로 합니다."

라이너스는 전에 했던 말을 반복했다.

"제가 이래라저래라 할 수 있는 친구가 아니라고요."

"그래도 노력은 해봐야지."

클래퍼 여사가 쏘아붙였다.

"그래요. 당장 해보도록 하죠."

"지금 말대꾸하는 거야, 라이너스?"

"꿈도 못 꿀 일인 걸요." 사실은 자주 꿈꾸는 일이었다.

"그렇겠지. 오늘 밤에는 집에 있게?"

"예, 클래퍼 여사님."

"오늘도 데이트는 안 하고?"

서류 가방 손잡이를 쥔 라이너스의 손에 힘이 들어갔다.

"안 합니다."

"운 좋은 숙녀분이 아무도 없나 봐?"

클래퍼 여사가 파이프를 빨아들인 뒤 코로 짙은 연기를 내뿜었다.

"아, 미안해. 또 깜박했군. 그쪽은 숙녀분한테는 관심 없다 그랬지?"

깜박한 것 좋아하시네.

"없지요, 클래퍼 여사님."

"내 손자가 회계사란 말이지. 굉장히 안정적인 편이야. 걷잡을 수 없이 알코올 의존증으로 나아가고 있기는 하지만 내가 뭐라고 그 애를 판단해? 숫자랑 씨름하느라 얼마나 힘들면 그러겠어. 우리 손자더러 그쪽한테 연락 좀 해보라고 할게."

"그러지 마셨으면 합니다만."

그러자 클래퍼 여사가 킬킬 웃었다.

"눈이 꽤 높은가보지?"

라이너스는 당황해 횡설수설했다.

"그게 아니라, 아니, 전, 그런 데 쓸 *시간*이 없습니다."

클래퍼 여사는 코웃음을 쳤다.

"시간이 없으면 좀 만들라고, 라이너스. 그 나이에 짝이 없으면 정신 건강에 안 좋아. 그러다 머리에 총이라도 쏴버리면 동네 집값만 떨어진다고."

"그럴 일 없습니다!"

그가 라이너스를 위아래로 훑어보았다.

"없다고? 어째서?"

"하실 말씀 더 남으셨습니까, 클래퍼 여사님?"

라이너스는 이를 악문 채 중얼거렸다.

클래퍼 여사는 이만 가 보라는 듯 손을 휘휘 저었다.

"됐어, 그럼. 가 봐. 가서 늘 하는 것처럼 고물 LP 플레이어 틀어 놓고 잠옷 바람으로 춤이나 춰."

"창문으로 훔쳐보지 말라고 *분명* 말씀드렸습니다만!"

"말했지."

클래퍼 여사는 그렇게 대답하더니 의자 등받이에 기대며 입에 파이프를 물었다.

"당연히 그렇게 말했었지."

"안녕히 주무십시오, 클래퍼 여사님."

그는 그 말과 함께 열쇠를 열쇠구멍에 꽂았다. 대답은 기다리지 않았다. 들어가자마자 문을 쾅 닫고 단단히 잠갔다.

악마의 하수인 칼리오페는 침대 모서리에 앉아 검은 꼬리를 썰룩거리면서 밝은 초록빛 눈으로 라이너스를 바라보았다. 그러다가 골골 목을 울리며 소리를 내기 시작했다. 고양이들이 내는 골골 소리를 들으면 보통은 마음이 편해지는 법인데, 칼리오페의 소리는 교묘하게 사악한 음모라도 꾸미고 있는 것 같았다.

"옆집 마당에는 들어가지 말라니까."

라이너스가 외투를 벗으며 칼리오페에게 잔소리를 했다.

칼리오페는 골골거리기만 했다.

칼리오페를 만난 건 10년 전이었다. 조그만 새끼 고양이었던 녀석은 라이너스 집의 포치 밑으로 들어와 꼬리에 불이라도 붙은 것처럼 괴성을 질러댔다. 다행히 정말 꼬리에 불이 붙은 건 아니었지만, 그가 포치 밑으로 기어 들어가자 녀석은 등을 구부리고 검은 털을 바짝 세우더니 하악 하고 숨을 뱉었다. 얼굴을 난도질당하고 싶지 않았던 라이너스는 얼른 물러나서 집 안으로 돌아갔다. 내버 려두면 곧 이곳을 떠날 거라고 생각했다.

하지만 녀석은 떠나주지 않았다.

밤새도록 포치 밑에서 비통하게 울부짖었다. 너무 시끄러워 잠을 청할 수가 없었다. 베개로 머리를 감싸봤자 무용지물이었다. 결국 라이너스는 저 고양이를 빗자루로 쿡쿡 찔러 쫓아내기로 마음먹었다. 그러나 손전등과 빗자루를 챙겨 문밖으로 나선 순간, 그는 혼비백산하여 빗자루를 떨어뜨리고 말았다. 녀석은 문 앞, 포치 위에 앉아 그를 기다리고 있었다.

녀석은 제집인 양 유유히 집 안으로 걸어 들어갔다.

그 뒤에는 아무리 겁을 줘도 떠나지 않았다.

6개월이 지날 무렵엔 라이너스도 포기하고 말았다. 그즈음엔 이미 온 집 안에 고양이 장난감, 고양이 화장실, 칼리오페라고 적힌 밥그릇과 물그릇이 가득했다.

"언젠가 클래퍼 여사한테 호되게 당할 거다."

라이너스가 젖은 옷을 벗으며 칼리오페에게 말했다.

"그때 내가 구해줄 줄 알고? 천만의 말씀. 네가 다람쥐를 잡아먹으면 그 할머니가… 음… 그래. 무슨 짓을 할지는 잘 모르겠지만, 각오하는 게 좋을 거야. 내가 슬퍼할 거라 생각하면 오산이라고."

칼리오페가 느릿느릿 눈을 깜박였다.

그 모습을 보니 한숨이 나왔다.

"그래, 조금은 슬프겠지."

잠옷을 걸치고 단추를 채웠다. 잠옷은 15년 근속 기념으로 회사에서 받은 선물이었다. 그날 그가 받은 카탈로그는 총 두 페이지였는데, 한쪽에는 잠옷, 다른 한쪽에는 촛대가 있었다. 라이너스는 그중 잠옷을 골랐다. 머리글자를 새긴 물건을 가져보고 싶다는 생각을 쭉 해왔기 때문이었다. 잠옷 가슴팍에는 LB라는 머리글자가 새겨져 있었다.

젖은 옷가지를 챙겨 방을 나서자 뒤에서 쿵쿵 소리가 들려왔다. 칼리오페도 따라 나오는 모양이었다. 옷을 세탁기에 집어넣고, 저녁 식사를 준비하기 시작했다.

"회계사 따위는 필요 없다고." 라이너스는 다리 사이를 오가는 칼리오페를 향해 말했다. "안 그래도 생각할 게 얼마나 많은데. 예를 들면 내일 말이야. 어째서 매일 내일을 걱정하며 살아야 하는 걸까?"

그는 본능적으로 오래된 빅트롤라 LP 플레이어 앞에 섰다. LP 플레이어 아래 서랍 속에서 레코드를 넘기며 듣고 싶은 노래를 찾아 회전기에 올린 뒤 바늘을 내렸다.

곧 에벌리 브라더스의 노래가 울려 퍼졌다. 오로지 꿈꾸기만 하면 된다는.

라이너스는 몸을 앞뒤로 흔들며 부엌을 향했다.

칼리오페가 먹을 건사료와 자신이 먹을 시판 샐러드를 꺼냈다. 조금은 반칙해도 되겠지. 샐러드 드레싱 좀 뿌린다고 큰일이야 나

젰어?

라이너스는 나지막한 목소리로 노래를 따라 불렀다. "당신을 원할 때면, 오로지 꿈꾸기만 하면 돼."

누군가 라이너스에게 외롭냐고 묻는다면, 그는 깜짝 놀라 얼굴을 찌푸릴 것이다. 그건 뜬금없는 걸 넘어 충격적인 말이니까. 그리고 외롭지 않다고 대답할 것이다. 사실은 외롭지만, 처절하게 외롭지만 말이다.

어쩌면 어느 정도는 정말 외롭지 않다고 믿고 있는 건지도 모른다. 어떤 사람들은 아무리 따뜻한 마음을 갖고 있어도, 줄 수 있는 사랑이 아무리 커도, 혼자일 수밖에 없다는 사실을 오래전부터 받아들인다. 그게 그들의 인생이니. 라이너스는 스물일곱 살 때 자신의 삶 역시 그럴 운명이라는 걸 알았다.

라이너스가 그렇게 생각하게 된 무슨 특별한 사건이 있었던 건 아니었다. 그저 어쩐지 자신이… 다른 사람들보다 흐릿한 것 같다고 생각했을 뿐이었다. 선명한 세상에서 자기 혼자만 흐릿한 것 같았다. 그는 다른 사람의 눈에 띌 만한 사람이 아니었다.

그는 이미 오래전 그 사실을 받아들였고, 이제는 마흔 살에다 고혈압과 두둑한 뱃살까지 가지고 있었다. 물론 때때로 거울에 비친 자기 모습을 보며 다른 이들의 눈으론 볼 수 없는 무언가가 보이지 않는지 살펴보기는 했다. 창백한 피부와 불룩한 두 뺨, 입가와 눈가에는 주름이 잡혀 있었다. 정수리가 허전해지기 시작했지만, 검은 머리를 짧고 단정하게 다듬었다. 스쿠터 타이어로 써도 충분할 것 같은 뱃살은, 잘 관리하지 않으면 곧 화물차 타이어 크기로 불어날 것 같았다. 아무리 봐도 그는… 평범했다.

마흔 살인 다른 사람들과 다르지 않았다.

에벌리 브라더스가 리틀 수지를 향해 일어나, 일어나, 리틀 수지, 하고 노래하는 소리를 들으면서, 작은 부엌에 앉아 샐러드 드레싱 한두 방울을 떨어뜨린 샐러드를 먹으면서, 내일 최고위 경영진을 만나면 무슨 일이 벌어질까 걱정하는 동안 라이너스의 머릿속에 외롭다는 생각은 한순간도 스쳐가지 않았다.

그가 가진 것만큼도 못 가진 사람들이 존재했으니까. 그에게는 비를 막을 지붕이, 배를 채울 토끼 밥이, 머리글자가 새겨진 잠옷이 있었다.

그리고 무엇보다 외로움 같은 건 별로 중요한 게 아니었다.

가만히 앉아 그런 말도 안 되는 생각에 빠질 시간은 없었다. 때로는 침묵이 그 무엇보다 시끄러운 법, 침묵은 아무런 도움도 되지 않았다.

그는 머릿속으로 정처 없는 생각을 따라가는 대신,《규칙 및 규정집》(총 947페이지, 가격은 거의 200달러에 달했다. 사무실에도 한 권 있지만 집에도 한 권 갖춰 놓아야 할 것 같았다)을 집어 들고 깨알 같은 글씨를 읽기 시작했다. 내일 무슨 일이 닥칠지는 몰라도 마음의 준비는 해야 했으니까.

3장

다음 날 아침, 라이너스는 두 시간 가까이 일찍 출근했다. 아무도 없는 것을 보니, 다들 근심 걱정 없이 여태 안전한 이불 속에 있을 것이 뻔했다.

그는 자기 자리에 앉아 컴퓨터를 켰다. 익숙한 초록빛을 보아도 마음이 진정되지 않았다.

머리 위 시계를 일 초에 한 번씩 확인하다시피 하면서 최대한 많은 업무를 해놓으려 애썼다.

8시가 되기 15분 전, 사무실에 사람들이 들어오기 시작했다. 젠킨스는 구두 굽 소리를 딱딱 울리며 8시 정각에 도착했다. 몸을 푹 수그렸음에도 그를 바라보는 상사의 눈길이 느껴졌다.

그는 업무에 집중하려고 갖은 노력을 다했지만, 모니터 화면에 뜬 녹색 글씨는 흐릿하게 번져 보였다. 심지어 《규칙 및 규정집》을 읽어도 마음이 차분해지지 않았다.

정확히 8시 45분이 되자 그는 자리에서 일어섰다.

근처에 앉아 있던 사람들이 일제히 몸을 돌려 그를 쳐다보았다.

그는 쏟아지는 눈길을 무시했다. 침을 꿀꺽 삼키며 서류 가방을 들고 책상들 사이로 걸어 나갔다. 책상에 몸을 부딪칠 때마다 "죄송합니다." 하고 웅얼거렸다.

"사과드립니다. 정말 죄송해요. 제가 문제일까요, 아니면 책상들 간격이 점점 좁아지는 걸까요? 아무튼 죄송해요, 정말 죄송합니다."

라이너스가 사무실을 나설 때 젠킨스는 자기 사무실 문간에 서 있었고, 건서가 그 옆에 서서 기다란 연필로 클립보드에 뭐라고 끼적이고 있었다.

최고위 경영진 집무실은 마법아동관리부서 5층에 있었다. 5층에 대해서는 소문만 무성했는데, 전부 지지리도 무서운 소문이었다. 실제로 5층에 가본 적은 없었지만, 떠도는 소문 중 어느 정도는 분명 사실일 터였다.

라이너스는 엘리베이터에 몸을 싣고, 영영 누를 일 없을 줄 알았던 버튼을 눌렀다.

5라고 적힌 밝은 금색 버튼을.

엘리베이터가 올라가기 시작했다. 마치 영혼은 지하에 두고 몸만 쑥 올라가는 기분이었다. 라이너스의 인생에서 가장 긴, 2분은 족히 되는 엘리베이터 여정이 시작되었다. 1층에 도착해 문이 열리고 사람들이 타기 시작하자 그는 더 불안해졌다. 2층, 3층, 4층…. 5층으로 가려는 사람은 아무도 없었다.

2층에서 한 무더기의 사람들이 내렸다. 3층에서는 더 많이 내렸다. 남아 있던 사람들도 4층에서 모두 내렸다. 내리는 사람들이 호기심 어린 눈길로 라이너스를 넘겨다보았다. 그는 미소를 지어 보이려 애썼지만 일그러진 표정에 더 가까워 보였을 것이다.

그가 혼자 남자 엘리베이터가 다시 올라가기 시작했다.

5층에 도착해 문이 열렸을 땐 진땀이 흘렀다.

한기가 도는 기나긴 복도가 눈앞에 펼쳐지자 땀이 더 심하게 흘렀다. 바닥은 석재 타일로 되어 있고, 벽에 달린 금빛 벽등들이 낮은 조도로 빛을 뿜고 있었다. 그가 타고 온 엘리베이터는 복도 한쪽 끝에 있었다. 복도 반대쪽 끝에는 셔터가 닫힌 유리창이 하나 있고, 그 옆에 나무로 된 큼직한 쌍여닫이문이 보였다. 문 위에 금속으로 된 표지가 붙어 있었다.

최고위 경영진

사전 약속 외엔 출입금지

"좋아, 나 자신, 할 수 있어."

그는 그렇게 중얼거렸지만, 두 발까지는 이 메시지가 전해지지 않은 모양이었다. 발은 땅바닥에 단단히 붙어버린 것처럼 꼼짝도 하지 않았다.

엘리베이터 문이 서서히 닫혔다. 그는 문이 닫히도록 그대로 내버려두었다. 엘리베이터도 멈췄다.

그 순간, 라이너스는 이대로 1층으로 내려가 DICOMY 건물 밖으로 나가자는 생각, 그리고 더는 걸을 수 없을 때까지 아무 데로나 걸어가 버리면 어떨까 하는 생각을 사뭇 진지하게 해보았다.

괜찮은 생각 같았다.

하지만 그는 다시 한번 5라고 쓰인 버튼을 눌렀다.

문이 다시 열렸다.

헛기침을 했다. 기침 소리는 복도에 메아리가 되어 울렸다.

"겁쟁이처럼 굴지 말자."

그는 목소리를 낮추고 스스로를 꾸짖었다.

"자신감을 가져. 알고 보면 승진일지도 모르잖아. 그것도 특급 승진일지도. 급여가 올라서 꿈꿔왔던 휴가를 드디어 갈 수 있을지도 몰라. 해변의 모래톱. 푸르른 바다. 그곳에 가고 싶지 않아?"

가고 싶었다. 간절히 가고 싶었다.

라이너스는 느릿느릿 복도를 걷기 시작했다. 비가 왼편 유리창을 세차게 두드리고 있었다. 오른편 벽에 달린 벽등이 뿜어내는 빛이 가물거렸다. 신고 있던 로퍼는 발을 딛을 때마다 찔꺽 소리를 냈다. 넥타이를 느슨하게 잡아당겼다.

복도 반대쪽 끝에 도착하기까지 4분이 걸렸다. 손목시계를 확인하니 9시 5분 전이었다.

문을 잡고 흔들어보았으나, 잠겨 있었다.

문 옆에 있는 유리창은 안쪽에 금속 셔터가 달려 있었다. 창문 옆에는 한쪽에 작은 버튼이 달린 금속판이 붙어 있었다.

잠깐 망설인 끝에 버튼을 눌렀다. 쇠창살 너머에서 버저 소리가 요란하게 울려 퍼졌다. 라이너스는 그 자리에서 기다렸다.

유리창에 비친 자신의 모습이 보였다. 충격에 휩싸인 듯 눈을 휘둥그레 뜬 얼굴이 자기를 마주보고 있었다. 언제나와 같이 한쪽으로 뻗친 머리를 대강 매만졌지만 별 소용은 없었다. 넥타이를 가다듬고 어깨를 편 다음 배에 힘을 주어 집어넣었다.

셔터가 위로 올라갔다.

입술에 새빨간 립스틱을 칠한 채 풍선껌을 짝짝 씹고 있는 따분한 표정의 젊은 여자가 반대편에서 모습을 드러냈다. 그가 분 분홍색 풍선이 탁 하고 터지더니 다시 입안으로 빨려 들어갔다. 여자가 한쪽으로 고개를 기울이자 곱슬곱슬한 금발이 어깨 위에서 찰랑거렸다.

"무슨 일이죠?"

그는 입을 열었지만 말이 나오지 않았다. 헛기침을 해서 목을 고른 뒤 다시 입을 열었다.

"예, 9시에 약속이 있습니다."

"누구랑요?"

흥미로운 질문이었다. 라이너스도 그 답을 몰랐다.

"그게… 잘 모르겠습니다."

풍선껌 비서가 그를 빤히 쳐다보았다.

"약속이 있는데, 상대가 누군지 모른다고요?"

대강 그런 상황이었다.

"그렇습니다만?"

"성함이?"

"라이너스 베이커입니다."

"귀엽네요."

그러면서 비서는 매니큐어를 꼼꼼히 바른 손톱으로 키보드를 두들겼다.

"라이너스 베이커, 라이너스 베이커. 라이너스…."

순간 비서가 눈을 크게 떴다.

"아, 여기 있네요. 1분만 기다려요."

셔터가 다시 쾅 닫혔다. 라이너스는 정확히 뭘 해야 할지 몰라 눈만 끔벅였다. 기다렸다.

1분이 지났다.

또 1분.

또 1분.

또 1분.

그때….

다시 셔터가 올라갔다. 풍선껌 비서는 아까보다는 그에게 훨씬 더 흥미가 생긴 듯했다. 두 사람 사이를 막고 있는 유리창에 얼굴이 닿을락 말락할 때까지 상체를 쭉 뺐던 것이다. 유리창에 그의 입김이 옅게 맺혔다.

"기다리고 계시네요."

그 말에 라이너스가 한 발짝 뒤로 물러섰다.

"누가?"

"모두 다요."

그렇게 대답하며 풍선껌 비서가 그를 위아래로 훑어보았다.

"최고위 경영진 전원이 기다리고 계세요."

라이너스는 힘없이 대답했다.

"아, 정말 반갑네요. 그런데, 그분들이 절 기다리고 있는 게 확실한 거죠?"

"그쪽이 라이너스 베이커 *맞잖아요*, 아닌가요?"

그랬으면 했다. 그러나 그는 다른 사람이 되는 방법을 알지 못했다.

"맞습니다."

버저가 또 한 번 울리더니 옆에 있던 문에서 딸깍 소리가 났다. 경첩이 삐걱대는 소리조차 없이 문 두 짝이 활짝 열렸다.

"그러면, 맞아요, 베이커 씨."

그렇게 말하는 풍선껌 비서의 두 뺨은 입안의 껌 때문에 약간 불룩했다.

"그분들은 당신을 기다리고 계세요. 제가 그쪽이면 서두를 거예요. 최고위 경영진은 기다리는 걸 좋아하지 않으니까."

"그렇군요. 지금 제 모습 어때 보입니까?"

그는 배에 힘을 주어 안으로 집어넣었다.

"자기가 뭐 하는지도 모르는 사람 같은데요."

풍선껌 비서는 그렇게 대답하고는 다시 쾅 히고 셔터를 내렸다.

라이너스는 복도 반대편에 있는 엘리베이터를 간절한 눈으로 바라보았다.

이곳에 있고 싶지 않나요? 엘리베이터가 그렇게 묻는 것만 같았다.

그러고 싶었다. 간절하게도.

유리창에서 물러나 열린 문 쪽으로 걸어갔다.

문 안쪽은 머리 위가 둥근 유리 지붕으로 된 원형 공간이었다. 한 가운데에 분수가 있고, 망토 입은 남자 모양 석상이 앞으로 뻗고 있는 두 손에서 물줄기가 졸졸 흘러나왔다. 석상은 차디찬 회색 눈으로 천장을 올려다보고 있었다. 어린아이 석상들이 그의 무릎을 붙들고 모여서 정수리에서 물을 뿜어내고 있었다.

라이너스의 오른편에서 문이 하나 열리더니 풍선껌 비서가 걸어 들어왔다. 비서는 껌을 요란하게 짝짝 씹으면서 입고 있던 원피스를 가다듬은 뒤 입을 열었다.

"유리창 너머로 본 것보다 키가 더 작으시네요."

도대체 뭐라고 대답해야 할지 몰랐던 라이너스는 그냥 입을 다물었다.

비서는 한숨을 쉬더니 "따라오세요." 했다. 보폭이 좁고 빠른 걸음걸이가 꼭 새 같았다. 방을 절반이나 가로지른 다음에야 비서가 뒤를 돌아보았다.

"부탁이 아니었는데요."

"알겠습니다."

황급히 그를 따라잡으려던 라이너스는 하마터면 제 발에 걸려 넘어질 뻔했다.

"죄송합니다. 제가… 제가 여기 온 게 처음이라서요."

"딱 봐도 그래 보이는데요."

그 말에 어쩐지 모욕을 당한 기분이 들었지만, 정확히 어떤 점이 모욕인지는 알 수 없었다.

"그분들이… 전부 와계시는 겁니까?"

"별난 일이죠?"

비서는 또 한 번 풍선을 불었고, 풍선은 섬세하게 탁 터졌다.

"그것도 다른 사람도 아닌 그쪽을 보려고 기다리시다니. 지금 이 순간까지 전 그쪽이 존재하는지도 몰랐는데 말이죠."

"그런 말 많이 듣습니다."

"알 만하네요."

그래, 이번엔 모욕이 확실했다.

"그분들은 어떤 분들입니까? 서걱거리는 감자 샐러드를 나눠 줄 때 뵌 게 전부라서요."

풍선껌 비서가 별안간 걸음을 멈추고는 그를 어깨 너머로 돌아 보았다. 어쩌면 비서는 머리를 360도 돌릴 수 있는 사람일지도 모른다는 생각이 들었다.

"서걱거리는 감자 샐러드라고요."

"연말 오찬 행사에서 말입니다."

"그 감자 샐러드, 제가 만들었어요. 재료부터 손질해서 직접 만들었다고요."

라이너스는 당황하고 말았다.

"어… 입맛은 사람마다 다르니까요… 당연히 당신은…."

풍선껌 비서는 헛기침을 하더니 저만치 걸어가 버렸다.

시작이 좋지 않았다.

두 사람은 원형 공간 반대편에 달린 또 다른 문 앞까지 왔다. 꼭대기 쪽에 금색 명패가 붙은 검은 문이었다. 명패엔 아무것도 쓰여 있지 않았다. 풍선껌 비서가 손을 뻗더니 손톱으로 문을 세 번 두드렸다.

기다리고, 기다리고, 또 기다렸더니….

천천히 문이 열렸다.

안은 깜깜했다.

칠흑같이 깜깜했다.

풍선껌 비서가 한쪽으로 비켜서더니 그를 향해 고개를 돌렸다.

"들어가요."

그는 깜깜한 안쪽을 슬쩍 들여다보았다.

"으음, 어. 일정을 다시 잡으면 어떨까요? 아시겠지만 제가 많이 바쁘거든요. 마무리해야 할 보고서들이…."

"들어오십시오, 베이커 씨."

열린 문 안에서 누군가의 목소리가 쩌렁쩌렁 울려 퍼졌다.

풍선껌 비서는 미소를 지었다.

라이너스는 이마의 식은땀을 훔쳤다. 서류 가방을 떨어뜨릴 뻔한 걸 간신히 수습했다.

"그러면 들어가야 하는 거겠죠?"

"그렇겠네요."

들어가자마자 등 뒤에서 문이 쾅 닫히리라는 걸 예상했지만, 막상 문이 닫히자 그는 심장이 튀어나올 만큼 놀랐다. 서류 가방이 자기를 지켜줄 방패라도 되듯 품에 단단히 안았다. 어둠 속이라

방향을 짐작할 수 없었다. 이건 분명 함정일 거라는, 남은 평생 그 무엇도 보이지 않는 어둠 속을 떠돌게 될 거라는 생각이 들었다. 해고당하는 것만큼이나 나쁜 일이겠지.

그러나 다음 순간 발밑에서 작은 조명들이 켜지더니 눈앞에 길이 나타났다. 부드러운 노란 불빛이 이끄는 길이었다. 조심조심 한 발짝씩, 발밑에 걸리는 게 없다는 걸 확인하고서야 다음 발짝을 뗐다.

불빛을 따라 예상했던 것보다 더 안쪽까지 걸어가다 보니, 발치에 둥글게 조명이 떨어졌다. 그는 그 자리에 멈춰 섰다. 무언가 무시무시한 것이 나타나서 도망쳐야 하는 사태만 없기를 바랐다.

이번에는 머리 위에 아까보다 더 밝은 조명 하나가 켜졌다. 그는 고개를 들어 조명을 올려다보며 눈을 찡그렸다. 그에게 쏟아지는 스포트라이트 같았다.

"서류 가방을 내려놓으시지요." 머리 위 어딘가에서 동굴 같은 목소리가 울렸다.

"괜찮습니다." 라이너스는 그렇게 대답하며 서류 가방을 더 세게 끌어안았다.

그 순간, 마치 스위치가 탁 올라가기라도 한 것처럼 머리 위에서 조명 여러 개가 켜지면서 네 사람의 얼굴이 나타났고, 라이너스는 최고위 경영진의 얼굴을 알아보았다. 네 사람은 라이너스가 서 있는 자리보다 한참 높은 돌벽 위에 마련된 자리에서 제각기 다른 흥미로운 표정으로 그를 내려다보고 있었다.

남자 세 명, 여자 한 명. DICOMY에 입사하자마자 익혔던 최고위 경영진의 이름들이 지금은 도저히 떠오르시 않았다. 방송사고라도 일어난 것처럼 그의 머릿속 화면에는 흐릿한 눈발만 날리고 있었다.

라이너스는 최대한 무표정을 유지하려 애쓰면서 왼쪽에서 오른쪽으로 얼굴을 하나하나 바라보며 고개를 숙여 인사를 했다.

여자의 머리는 짧은 단발이었고, 껍질에 진주 빛 광채가 도는 딱정벌레 모양을 한 큼직한 브로치를 달고 있었다.

첫 번째 남자는 머리가 벗어지고 턱살이 처져서 축 늘어진 사람이었다. 손수건에 대고 코를 훌쩍이더니 목구멍으로 가래를 끌어올리는 것 같은 소리를 냈다.

두 번째 남자는 막대기처럼 깡마른 체격이었다. 옆으로 돌아서면 사라져버리지 않을까? 얼굴 크기에 맞지 않게 너무 큰 반달 모양 안경을 끼고 있었다.

마지막 남자는 다른 세 사람보다 젊은, 아마 라이너스 또래로 보이는 남자였지만 나이를 정확히 짐작하기는 어려웠다. 곱슬머리를 한 그 남자는 기가 죽을 만큼 잘생긴 얼굴이었다. 라이너스는 그 남자를 보자마자 그가 연말 오찬 행사에서 미소 띤 얼굴로 말라붙은 햄을 담아주던 사람인 걸 알아보았다.

제일 먼저 입을 연 것이 마지막 남자였다.

"회의에 와 주셔서 감사합니다, 베이커 씨."

그는 입 안이 바싹 마르는 것 같아 혀로 입술을 축였다.

"그… 천만의 말씀입니다."

여자가 상체를 앞으로 기울였다.

"인사 파일을 살펴보니 17년 근속했더군요."

"예, 그렇습니다."

"또 그동안 줄곧 같은 직무에 머무르셨고요."

"예, 그렇습니다."

"어째서입니까?"

왜냐하면 그에겐 승진할 전망이 엿보이지 않았으며 관리자가 되고 싶은 생각도 없었으니까.

"지금 하는 일이 좋습니다."

"정말입니까?"

여자가 고개를 한쪽으로 갸웃하며 물었다.

"예."

"왜죠?"

"저는 사례연구원입니다."

서류 가방을 쥐고 있던 손가락이 살짝 미끄러졌다.

"이보다 중요한 직무는 없다고 생각합니다."

말을 뱉자마자 그는 눈을 크게 뜨며 덧붙였다.

"물론, 여러분께서 하시는 일을 제외한다면 말입니다. 저는 절대⋯."

안경 쓴 남자는 들고 있던 서류를 뒤적였다.

"여기, 베이커 씨가 최근 제출한 보고서 여섯 건을 살펴보았습니다. 어떤 생각이 들었는지 궁금하십니까?"

아니오, 하고 라이너스는 생각했다. "예."

"무척이나 철두철미하다는 인상을 받았습니다. 허튼수작 따위는 용납하지 않는, 놀라울 만치 객관적인 사람이라는 인상입니다."

칭찬인지 아닌지 알 수 없는 말이었다. 확실한 건 칭찬처럼 들리지는 않는다는 사실이었다.

"사례연구원이라면 일정 거리를 유지해야 하기 때문입니다."

그는 충실하게 대답했다.

턱살이 늘어진 남자가 코웃음을 쳤다.

"그렇습니까? 어디서 나온 말이지요? 어쩐지 귀에 익어서 말입니다."

"《규칙 및 규정집》에 실려 있지요. 잊지는 않으셨겠지요? 대부분 선생님께서 집필하셨으니까."

미남의 말이었다.

턱살은 손수건에 대고 코를 풀었다.

"그렇지, 알지."

"거리를 유지해야 하는 이유는 무엇입니까?"

여전히 그를 내려다보고 있던 여자가 물었다.

"상대 아동들과 애착을 형성해서는 안 되기 때문입니다. 제가 할 일은 고아원을 점검하고 최상의 상태로 유지되고 있는지 확인하는 것까지입니다. 아동들의 복지는 중요하지만, 전체적으로 보아야 합니다. 개인적인 상호작용은 가급적 피해야지요. 인식에 편향을 가져올 수 있으니까요."

"하지만 아동들을 만나 직접 면담을 하시지요."

미남이 말했다.

"그렇습니다. 아이들과 직접 면담을 하고 있습니다. 그러나 저는 마법 아동을 대할 때에도 전문가답게 임합니다."

"베이커 씨, 지난 17년간 고아원을 점검한 뒤 폐쇄 권고를 한 적이 있습니까?"

안경이 물었다.

그들은 이미 그 답을 알고 있을 터였다.

"예, 다섯 번 있습니다."

"이유는?"

"안전하지 못한 환경이었기 때문입니다."

"그렇다면 아이들을 아낀다는 뜻이군요."

라이너스는 점점 허둥거리고 있었다.

"아끼지 않는다고는 하지 않았습니다. 저는 그저 제가 해야 하는 일만을 합니다. 애착을 형성하는 것과 공감 능력을 발휘하는 것은 다릅니다. 이 아이들… 그 아이들한테는 아무도 없으니까요. 애초에 그렇기 때문에 고아원에 있게 된 거고요. 아이들이 밤에 허기진 배로 자리에 눕는다거나, 몸이 닳도록 착취당하게 만들어서는 안 됩니다. 이 아이들을 일반 아동들과 격리한다 해서 취급마저 다르게 해서는 안 되니까요. 모든 아이들은 그… 성향이나 능력과 상관없이 아낌없이 보호받아야 합니다."

턱살이 젖은 기침을 했다.

"정말 그렇게 생각합니까?"

"예."

"그러면 당신으로부터 폐쇄 권고를 받은 고아원에 있던 아동들은 어떻게 되었습니까?"

라이너스는 눈을 끔벅였다.

"그건 관리부의 업무입니다. 저는 권고를 할 뿐 그다음부터는 관리자가 판단하지요. 아이들 대부분은 DICOMY가 운영하는 학교로 가는 것으로 알고 있습니다."

미남이 등받이에 등을 기대더니 다른 세 사람을 바라보며 말했다.

"완벽하군요."

턱살도 입을 열었다.

"동의합니다. 이렇게… 민감한 문제를 담당하기에 그 누구보다 적합합니다."

안경이 라이너스를 내려다보았다.

"베이커 씨, 기밀을 잘 지키는 편이십니까?"

그는 모욕이라도 당한 기분이었다.

"저는 매일같이 기밀로 분류된 아동들을 상대하는 일을 합니다."

뱉고 보니 마음먹은 것보다 더 뾰족한 말투였다.

"전 금고 같은 사람입니다. 그 무엇도 새어 나가지 않을 겁니다."

"새어 들어가지도 않을 것 같고요. 이 사람이면 되겠습니다."

여자가 말했다.

"죄송합니다만, *정확히* 무슨 말씀들을 하시는 건지 여쭤 봐도 되겠습니까? 제가 *뭐가* 된다는 거죠?"

미남이 한 손으로 얼굴을 문질러 마른세수를 하더니 입을 열었다.

"지금부터 저희가 하는 이야기는 절대 이 방 바깥으로 나가면 안 됩니다, 베이커 씨. 아시겠습니까? 이건 4급 기밀 사안입니다."

라이너스는 깜짝 놀라 숨을 들이마셨다. 4급 기밀이란 기밀 중에서도 최고 등급을 의미했다. 그런 것이 존재한다는 걸 이론상으로는 알았지만, 실제로 쓰이고 있다는 사실은 모르고 있었다. 라이너스는 딱 한 번 3급 기밀 사안을 담당한 적 있었는데, 엄청나게 애를 먹었었다. 고아원에 있던 여자아이가 알고 보니 죽음의 전령 밴시였던 것이다. 그 애가 고아원의 다른 아이들에게 너희들은 죽게 될 거라는 예언을 하는 바람에 DICOMY가 개입하게 되었다. 그리고 아이의 말은 사실이었다. 고아원 원장이 아이들을 이교도 제물로 바칠 마음을 먹고 있었던 것이다. 라이너스는 구사일생으로 아이들의 목숨, 그리고 자신의 목숨을 구할 수 있었다. 그 업무가 끝난 뒤 이틀간의 휴가를 얻었는데, 지금껏 그가 받은 가장 긴 휴가였다.

"어째서 저한테?"

라이너스는 속삭임에 가까운 낮은 목소리로 물었다.

"그밖에는 그 누구도 믿을 수 없기 때문입니다."

여자의 대답은 그게 다였다.

자부심에 벅찰 만한 말이었다. 그러나 배 속에서 소용돌이치는 두려움 말고는 아무것도 느낄 수가 없었다.

안경이 입을 열었다.

"점검이라고 생각하시면 됩니다. 범법 행위가 일어났다는 이야기가 있었던 것은 아니지만, 베이커 씨가 방문하게 될 고아원은… 특별한 곳입니다. 다른 어떤 곳과도 다른 고아원이고, 그곳에서 지내는 여섯 명의 아이들은 지금껏 당신이 본 그 어떤 아이들과도 다릅니다. 그중에서 특히 몇몇 아이들은 더… 문제가 많지요."

"문제가 많다니요? 그게 무슨…."

"모든 게 최상의 상태로 유지되고 있는지 확인하는 것이 당신 과제입니다."

미남은 설핏 미소를 짓더니 말을 이었다.

"아주 중요한 일이지요. 그 고아원의 원장인 아서 파르나서스는 물론 자격을 갖춘 적임자지만, 그럼에도 우리는… 우려하고 있습니다. 여섯 명의 아이들은 극도로 특이한 유형이기에 파르나서스 씨가 여전히 이들을 관리할 수 있는지를 확인해야 합니다. 한 명도 벅찰 텐데, 여섯이나 되니까요."

라이너스는 열심히 머리를 굴렸다. 분명 이 지역 고아원 원장들은 모두 알고 있는데….

"파르나서스라는 이름은 한 번도 들어본 적 없습니다."

"당연하지요. 그러니까 4급 기밀 아니겠어요? 베이커 씨가 파르나서스 씨를 안다는 건 기밀이 유출되었다는 뜻이겠지요. 우린 유출을 좋아하지 않습니다, 베이커 씨. 아시겠습니까? 새는 곳이 있으면 막아야겠죠. 신속하게 말입니다."

여자가 그렇게 말하자 라이너스가 급히 대답했다.

"예, 그렇겠군요. 당연히 그래야지요. 저는 절대…."

"기밀은 당연히 지키실 거라 생각합니다."

턱살이 말했다.

"당신을 선택한 덴 그 이유도 한몫했으니까요. 한 달입니다, 베이커 씨. 이 고아원이 있는 섬에서 한 달을 보내게 될 겁니다. 매주 보고서를 발송하십시오. 경각심을 들게 할 만한 요소가 있다면 즉시 보고하도록 하십시오."

라이너스는 눈이 튀어나올 것 같았다.

"한 달이라니요? 한 달씩이나 출장을 갈 수는 없습니다. 저도 해야 할 일이 있단 말입니다!"

"현재 맡은 업무들은 전부 새로이 할당될 겁니다."

안경이 말했다.

"실은 이미 이관이 이루어지고 있습니다."

그러더니 그는 또 다른 서류를 펼쳤다.

"당신은 혼자라고 적혀 있군요. 배우자 없음. 자녀 없음. 출장이 아무리 길어도 그리워할 사람은 없을 겁니다."

막상 귀로 들으니 생각보다 아픈 말이었다. 이미 알고 있는 사실이라 해도, 남의 입에서 노골적으로 나오는 걸 들으니 가슴이 욱신거렸다. 그래도….

"고양이가 있단 말입니다!"

그러자 미남이 코웃음을 쳤다.

"고양이는 고독을 즐기는 동물이잖습니까, 베이커 씨. 당신이 집에 없는 줄도 모를 겁니다."

"보고서는 최고위 경영진 앞으로 곧바로 발송하십시오. 검토는 워너 씨가 하겠지만, 우리 모두 읽어볼 겁니다."

그러면서 여자는 미남을 향해 고갯짓했다.

"여태까지 제출한 것들만큼 철저한 보고서이기를 바랍니다. 사실, 반드시 철저하기를 강력히 촉구하는 바입니다. 필요한 경우 더더욱 철저하기를 바라고요."

"젠킨스 씨는⋯."

"당신이 특별 과제를 맡았다는 사실을 통보받을 겁니다."

미남, 즉 워너 씨라고 불린 남자가 그를 안심시키듯 말했다.

"물론 최소한의 사항만을 통보받게 되겠지만요. 승진이라고 생각하시지요, 베이커 씨. 제가 알기로는 아주 오랫동안 없었던 일일 텐데."

"이 문제에 제 발언권이 있긴 합니까?"

"*강제* 승진이라고 생각하시지요."

워너가 다시 한번 고쳐 말했다.

"당신한테 기대가 아주 큽니다. 그러다 잘되면 당신한테도 무슨 좋은 일이 있을지 누가 알겠습니까? 우릴 실망시킬 일은 없기를 바랍니다. 자, 그러면 오늘 하루 남은 시간 동안 주변 정리를 하시지요. 기차는 내일 아침 일찍 출발하니까요. 질문 있으십니까?"

많았다. 하고 싶은 질문이 *엄청나게* 많았다.

"있습니다! 그럼⋯."

"좋습니다." 하면서 워너가 손뼉을 짝 쳤다.

"당신만 믿겠습니다, 베이커 씨. 그럼, 섬이 어떤 상황인지 소식을 전해주시길 고대하겠습니다. 흥미롭다는 말로는 부족하겠지요. 그럼, 말을 너무 많이 했더니 목이 다 아프군요. 이제 차 한잔 해야겠습니다. 나가는 길은 우리 비서가 안내해줄 겁니다. 만나서 반가웠습니다."

최고위 경영진 모두가 동시에 자리에서 일어나 그를 향해 고개를 숙이는 순간 조명이 모두 꺼졌다.

라이너스는 꽥 소리를 질렀다. 어둠 속을 더듬기도 전에 벽 위쪽에 붙은 조명 하나가 다시 켜졌다. 눈을 끔벅이며 올려다보니 워너가 미묘한 표정으로 그를 내려다보고 있었다. 나머지 세 사람은 이미 자리를 떠난 뒤였다.

"또 뭡니까?"

초조해진 라이너스가 물었다.

"조심하십시오, 베이커 씨."

대놓고 불길한 소리였다.

"조심하라니요?"

워너는 고개를 끄덕였다.

"마음의 준비를 단단히 하십시오. 이 과제가 얼마나 중요한지는 아무리 강조한들 지나치지 않을 겁니다. 그 무엇도 빠뜨리면 안 됩니다. 극히 사소하고 무의미해 보이는 것이라 할지라도 말입니다."

라이너스는 발끈했다. 마음의 준비가 안 되었다고 얕보는 건 그렇다손 치더라도, 그의 철저한 보고서에 문제를 제기하다니.

"전 언제나…."

"당신이 찾아내는 사항들에 대해 제가 지대한 흥미를 갖고 있어서라고만 말씀드리지요."

워너는 흥분해서 말까지 더듬는 그를 못 본 척 말을 이었다.

"단순한 호기심이 아닙니다."

그는 미소를 짓고 있었지만 눈에는 웃음기라고는 없었다.

"전 실망하는 걸 좋아하지 않아요, 베이커 씨. 실망시키는 일이 없기를 바랍니다."

"왜 그 고아원으로 가야 합니까?"

라이너스는 망연자실해져 물었다.

"어째서 그 고아원에 관심을 갖고, 사례연구원까지 보내 점검하려 하시는 겁니까? 그곳의 원장이 무슨 짓이라도 한 건지…."

"그보다는 오히려 그 무엇도 *하지 않아서*에 더 가깝습니다."

워너의 대답이었다.

"파르나서스 씨가 매달 보내오는 보고서는… 아동들의 특수성을 고려하면 부실하기 짝이 없거든요. 우린 더 많은 정보가 필요합니다, 베이커 씨. 질서를 이루려면 완전한 투명성이 보장되어야 합니다. 투명하지 못하다면 혼돈에 빠질 위험이 있고요. 다른 하실 말씀은?"

"예? 할 말 *있습니다*. 저는…."

"좋습니다. 행운을 빕니다. 분명 행운이 필요할 테니까요."

그 말과 동시에 조명이 다시 꺼졌다.

"맙소사."

라이너스가 중얼거렸다.

바닥에 다시 작은 불빛들이 들어왔다.

"끝났나요?"

귓가에서 들려오는 목소리에 비명을 지를 뻔한 걸 간신히 참았다.

풍선껌 비서가 옆에 서서 껌을 짝짝 씹고 있었다.

"이쪽으로 따라오시죠, 베이커 씨."

비서는 무릎께에서 스커트가 나부낄 정도로 휙 돌아서더니 출구를 향해 척척 걸어갔다.

라이너스는 그를 재빨리 따라가다가 잠시 어깨 너머 어둠을 돌아보았다.

풍선껌 비서는 바깥으로 나서더니 인내심이 동났다는 듯 바닥에 발을 탁탁 굴러대며 그를 기다렸다. 열린 문밖으로 나왔을 무렵엔 라이너스는 숨조차 제대로 쉴 수 없었다. 방금 있었던 일은 전부 열에 들떠 꾼 꿈이 아니었을까? 정말로 열이 있는 것 같은 느낌이었다. 어쩌면 눈앞의 풍선껌 비서 역시 정체 모를 열병이 만들어 낸 헛것일지도 몰랐다.

헛것이라면 굉장히 강압적인 헛것인 게 틀림없었다. 비서가 그의 품에 두툼한 폴더를 들이미는 바람에 그는 헛손질을 하다가 하마터면 서류 가방을 떨어뜨릴 뻔했다.

"기차표는 이 안에 들어 있어요. 필요한 파일들은 밀봉된 봉투에 들어 있고요. 전 파일 내용이 뭔지 모르고, 관심도 없어요. 믿거나 말거나, 전 이리저리 들쑤시고 다니지 않는 대가로 돈을 받거든요. 최종 목적지에 도착해서 기차에서 내릴 때까지 봉투를 열지 마세요."

"잠시 앉아야 할 것 같습니다."

라이너스가 힘없이 말했다.

비서는 눈을 가늘게 뜨고 그를 쳐다보았다.

"하고 싶은 대로 하세요. 다만 여기서 멀찍이 떨어진 곳에서 해주시면 좋겠네요. 기차는 내일 아침 7시에 출발해요. 늦지 마시고요. 지각이라도 하면 최고위 경영진이 몹시 불쾌해 하실 테니까."

"일단 자리로 돌아가서…."

"그렇게는 안 돼요, 베이커 씨. 지체 없이 이 건물을 떠나도록 지시하라고 하셨습니다. 누구와도 말을 섞지 말고요. 뭐, 그거야 당신한텐 그리 어려운 일도 아닐 것 같지만, 그래도 그렇게 전하라네요."

"도대체 무슨 일이 벌어지고 있는 건지. 제가 진짜 여기 있는 게 맞는 걸까요?"

"네." 풍선껌 비서가 측은하다는 듯 대답했다.

"존재론적 위기라도 겪고 계신 모양이네요. 그 위기, 여기 말고 다른 데서 겪으시면 어떨까요?"

두 사람은 엘리베이터 앞에 서 있었다. 엘리베이터가 올라오고 있다는 사실조차 그는 눈치채지 못했다. 눈앞에서 엘리베이터 문이 열렸다. 풍선껌 비서는 그를 안으로 밀어 넣은 뒤 손을 뻗어 1층 버튼을 눌러 놓고 다시 내렸다. 그리고는 경쾌한 말투로 인사했다.

"최고위 경영진 집무실을 방문해 주셔서 감사합니다. 끝내주는 하루 보내세요."

그가 채 입을 열기도 전에 엘리베이터 문이 스르륵 닫혔다.

바깥에는 아직도 비가 오고 있었지만 그는 의식하지 못했다.

방금 전만 해도 DICOMY 건물 앞이었는데, 어느새 집으로 이어지는 돌길에 서 있었다.

그가 정신을 차린 건 클래퍼 여사의 고함 덕분이었다.

"일찍 왔네, 베이커. 드디어 잘린 거야? 아니면 의사한테 무슨 큰 병이라도 선고받는 바람에 암울한 미래를 받아들일 시간이 필요한 건가?"

클래퍼 여사의 부풀린 머리를 향해 파이프의 연기가 꿈틀꿈틀 올라가고 있었다.

"정말 안타깝구먼. 보고 싶어서 어쩌나."

"죽는 거 아닙니다."

그가 간신히 대답했다.

"아이고, 불쌍하게 됐네. 그럼 그냥 잘린 거구먼. 가여운 양반아. 앞으로 무슨 수로 살 작정이야? 나라 경제도 이 모양인데. 그럼 집도 팔고 시내에 허접한 아파트나 얻는 신세가 되겠네."

클래퍼 여사가 고개를 설레설레 저었다.

"그러다가 살해라도 당하면 어째. 요즘 범죄율도 높다는데."

"잘린 것도 아니라고요!"

클래퍼 여사가 코웃음을 쳤다.

"안 믿어!"

라이너스는 성이 나서 씩씩거렸다.

흔들의자에 앉아 있던 클래퍼 여사가 몸을 앞으로 기울이며 입을 열었다.

"그러고 보니, 우리 회계사 손자가 사무실에 개인 비서를 둘 모양이던데. 자네한테 좋은 기회 아니겠어, 베이커? 딱 이렇게 시작하는 소설을 분명 읽어봤단 말야. 생각해 보라니까. 지금 자네 인생이 나락 중의 나락이니 새로 시작해야하지 않겠어? 그러다가 진정한 사랑도 만나겠지! 소설 하나 뚝딱이네."

"좋은 하루 보내십시오, 클래퍼 여사님!"

라이너스는 비틀비틀 계단을 오르며 고함을 질렀다.

"생각해 보라니까! 잘하면 우리가 *가족이…*."

그는 집 안으로 들어서자마자 문을 쾅 닫았다.

늘 앉는 자리에 앉아 있던 칼리오페는 그가 일찍 온 것이 조금도 놀랍지 않은 듯 꼬리를 씰룩거렸다.

라이너스는 문에 등을 기댄 채 스르륵 미끄러져 내렸다. 그러다 다리에 힘이 풀리는 바람에 카펫 위에 무너지듯 주저앉고 말았다.

칼리오페를 향해 입을 열었다.

"있잖아, 괜찮은 하루였는지 아닌지 잘 모르겠다. 아니, 하나도 안 괜찮은 하루였어."

칼리오페는 늘 하던 대로 그저 골골거릴 뿐이었다.

둘은 한참이나 그대로 가만히 있었다.

4장

기차가 시골로 진입하면서 열차 안이 차츰 텅텅 비어갔다. 타고 내리는 승객들은 6A석에 앉아 옆자리에 큼직한 플라스틱 이동장을 놓아둔, 다소 추레해 보이는 남자를 대놓고 호기심 어린 눈으로 쳐다보았다. 이동장 안에는 큼직한 고양이 한 마리가 들어앉아서 누군가 몸을 숙여 우쭈쭈 소리라도 낼 때마다 심술궂게 노려보았다. 이동장 틈으로 손가락을 집어넣으려다가 하마터면 손가락을 잃을 뻔한 아이도 있었다.

그러나 이런 일들은 그 남자, 헤르메스웨이 86번지에 사는 라이너스 베이커의 머릿속까지는 들어오지 못했다.

그는 전날 밤, 잠을 이루지 못한 채 침대에서 이리저리 뒤척이다가 결국 잠 들기를 포기하고 거실에서 이리저리 서성이며 시간을 보냈다. 바퀴가 부서진 흠집투성이 여행 가방이 문가에 기대 놓인 채 그를 조롱하고 있었다. 아침엔 짐을 쌀 시간이 없을 것 같아서 잠자리로 가기 전 미리 싸둔 짐이었다.

잠이 도저히 찾아와 주지 않는 바람에 시간이 넘쳐날 줄도 모르고 말이다.

6시 30분에 기차에 오를 때는 머리가 멍했고 눈 밑엔 다크서클이 자리한 데다가 입가는 축 늘어진 채였다. 그는 이동장 위에 한 손을 올린 채 앞만 바라보고 있었다. 칼리오페는 여행을 즐기는 성미가 아니었지만 선택의 여지가 없었다. 클래퍼 여사에게 맡겨둘까 하는 생각도 했지만, 다람쥐 사건이 있었던 이상 한 달 간 칼리오페가 그 집에서 무사할 가능성은 없어 보였다.

아이들한테 고양이 알레르기가 없어야 할 텐데.

기차가 황량한 들판과 오래된 나무들로 가득한 숲속을 지나 달리는 내내 차창을 타고 비가 세차게 흘러내렸다. 한참 후 그는 열차 안이 조용하다는 사실을 알아차렸다.

너무 조용했다.

집에서 가져온 《규칙 및 규정집》에서 눈을 뗐다.

열차 칸 안에 남아 있는 사람은 라이너스 혼자뿐이었다.

어느새 마지막 한 사람까지 내렸다는 것도 까맣게 모르고 있었다.

"어휴." 하고 그는 혼잣말을 했다.

"설마 내릴 역을 놓친 건 아니겠지? 이 기차가 어디까지 가려나 궁금해지네. 어쩌면 이렇게 영영 달리는 걸지도 모르겠어."

칼리오페는 그 말에 대해 딱히 이렇다 할 의견이 없는 것 같았다.

정말 내릴 역을 놓쳐버린 게 아닐까 슬슬 걱정될 무렵 (라이너스는 극도로 걱정이 많은 편이었다) 말쑥한 제복 차림의 승무원이 열차 칸 끝에 달린 문을 밀고 들어왔다. 승무원은 콧노래를 흥얼거리고 있었지만, 라이너스를 발견하는 순간 뚝 그치더니 사근사근하게 말을 건넸다.

"안녕하십니까. 손님이 계신 줄 몰랐네요! 이 좋은 토요일에 어디 멀리 가시나 봅니다."

"표는 여기 있습니다. 보여드릴까요?"

"괜찮으시다면 확인하겠습니다. 목적지가 어디시죠?"

한순간 라이너스는 생각이 정지된 것만 같았다. 외투 주머니에 손을 넣어 티켓을 찾느라 무릎 위에 놓여 있던 두툼한 책이 바닥에 떨어질 뻔했다. 구깃구깃한 표를 손으로 잘 편 뒤 승무원에게 건넸다. 승무원은 그를 향해 미소를 지어보인 후 표를 내려다보다가 낮게 휘파람을 불었다.

"마르시아스. 종착역까지 가시는군요."

승무원이 검표기를 꺼내 표에 찰칵 구멍을 냈다.

"음, 좋은 소식이군요. 두 역만 더 가면 도착입니다. 사실, 혹시… 아, 참, 저기 좀 보세요!"

그가 창밖을 보라는 시늉을 했다.

고개를 돌리는 순간 라이너스는 숨이 멎어버릴 것만 같았다.

회색 어둠이 걷힌 자리에는 태어나서 처음 보는 밝고 아름다운 푸른색이 펼쳐져 있었다. 기차가 폭풍우를 통과해 햇볕 아래로 나오면서 비도 멎었다. 잠시 눈을 감자 유리창을 통해 들어오는 따스한 햇볕이 뺨에 닿았다. 마지막으로 햇볕을 느껴본 게 언제더라? 눈을 뜬 순간, 저 멀리 그것이 보였다.

초록색. 밝고 아름다운 초록빛으로 일렁이는 풀밭, 그리고 분홍, 보라, 금빛 꽃송이들. 그것들이 사라진 자리에 하얀 모래톱이 보였다. 그리고 그 하얀색 너머 푸르디푸른 바다가 있었다.

《규칙 및 규정집》이 열차 바닥에 요란하게 쿵 소리를 내며 떨어졌지만, 라이너스의 귀에는 들리지 않았다.

이곳에 있고 싶지 않나요?

"바다인가?"

라이너스가 중얼거렸다.

"맞습니다. 장관이지요? 그런데, 선생님 말투가 꼭 처음… 혹시, 여태 바다를 한 번도 본 적 없으세요?"

라이너스는 살짝 고개를 저었다.

"사진으로만 봤거든요. 생각보다 훨씬 크네요."

그 말에 승무원이 소리 내어 웃었다.

"지금 보시는 것도 바다의 극히 일부랍니다. 열차에서 내리신 뒤엔 바다를 더 많이 보실 수 있지요. 그 동네에서 멀지 않은 곳에 섬이 있거든요. 원하신다면 연락선을 타고 섬에 가보실 수도 있습니다. 보통은 그렇게까지 가고들 싶어 하진 않지만요."

"전 가보고 싶네요." 라이너스는 아직도 멀찍이 보이는 한 점의 바다에서 눈을 떼지 못하고 있었다.

"아이구, 이게 누구야."

승무원이 라이너스 옆 이동장을 향해 몸을 구부리며 물었다.

칼리오페가 하악 하고 위협했다.

승무원은 얼른 몸을 일으켰다.

"귀찮게 하지 말아야겠군요."

"그러시는 편이 좋을 겁니다."

"다다음 역에서 내리시면 됩니다, 선생님."

승무원은 이내 열차 반대쪽 끝에 있는 문을 향해 걸어갔다.

"좋은 여행 되십시오."

라이너스의 귀에는 승무원의 작별 인사조차 거의 들리지 않았다.

"진짜 있었어."

그는 나지막이 중얼거렸다.

"진짜, 진짜 있었구나. 생각지도 못했는데…."

한숨을 쉬었다.

"어쩌면 생각만큼 나쁘지 않을지도 모르겠다."

나쁘지 않았다.

최악이었다.

하지만 라이너스가 그 사실을 곧바로 깨달은 건 아니었다. 한 손에 이동장, 다른 한 손에 여행 가방을 들고 열차에서 내리는 순간, 코끝에 짠 내가 스치고 머리 위에서 새가 우는 소리가 들렸다. 산들바람에 머리카락이 날리자 라이너스는 해를 향해 고개를 들었다. 잠시 동안 그대로 숨을 들이쉬며 햇볕을 듬뿍 받아들였다. 열차가 출발한다는 종이 울린 뒤 기차가 칙칙폭폭 떠나가기 시작할 때에야 주변을 둘러보았다.

그는 불쑥 솟은 플랫폼 위에 서 있었다. 차양 아래 절제 벤치들이 놓여있는 게 보였다. 푸른색과 흰색 줄무늬로 칠한 차양이었다. 플랫폼 언저리부터 눈에 보이지 않는 먼 곳에 이르기까지, 모래언덕 위에 자라난 잡초들이 온통 펼쳐져 있었다. 저 멀리 파도가 부서지는 소리 같은 것이 들렸다. 이토록 선명한 풍경은 처음이었다. 먹구름이라고는 단 한 번도 낀 적 없는 곳 같았다.

기차가 시야에서 사라지자 라이너스는 자신이 오롯이 혼자라는 사실을 깨달았다. 모래언덕 사이로 조그만 자갈길이 나 있었지만 어디로 이어지는 길인지는 알 수 없었다. 한 손에 가방, 다른 한 손에 성난 고양이를 들고 저 길을 따라 걸어가야 하는 건 아니겠지.

"이젠 어떻게 하지?"

그의 혼잣말에 아무도 대답하지 않았는데, 다행한 일이었다. 만약 누군가가 대답을 *했더라면* 아마도 그는….

그때, 요란하게 전화벨 소리가 울려 퍼지는 바람에 그는 생각을 멈췄다. 고개를 홱 돌렸다.

저 쪽, 열차 플랫폼 한쪽에 밝은 오렌지색 전화기가 보였다.

"받아야 하는 걸까?"

그는 이동장 앞쪽으로 고개를 기울여 칼리오페에게 물었다.

칼리오페는 완전히 등을 돌려 궁둥이만 보여주었다.

더 물어볼 것도 없었다.

여행 가방을 그 자리에 두고 전화기를 향해 다가갔다. 이동장은 차양 아래 그늘에 내려놓았다. 그는 울리는 전화기를 잠시 쳐다보다가, 마음을 다잡고 수화기를 집어 들었다.

"여보세요?"

"아, 이제야 받네. 늦었군."

"그렇습니까?"

"그래, 한 시간 전부터 네 번이나 전화를 걸었다고. 확실히 도착하기 전까지는 섬 밖으로 나가기 싫었거든."

"라이너스 베이커에게 전화하신 게 맞습니까?"

그러자 수화기 너머의 여자가 코웃음을 쳤다.

"그럼 달리 누구한테 전화하게?"

다행이었다.

"저는 라이너스 베이커입니다."

"그래서 뭐 어쩌라고."

라이너스는 얼굴을 찌푸렸다.

"방금 뭐라고 하셨습니까?"

"한 시간 내로 가도록 하지, 베이커 씨."

수화기 너머에서 뭐라고 속삭이는 듯한 소리가 들렸다.

"도착하면 열어봐야 할 봉투가 있다고 들었는데 말이야. 벌써 열어봤으면 더 좋고. 그 안을 보면 상황 파악이 쉬울 거야."

"그걸 대체 어떻게 아시고…."

"그럼 이만, 베이커 씨. 곧 만나자고."

이내 전화가 끊어지더니 뚜 뚜 소리가 났다.

그는 수화기를 한참 쳐다보다가 원래 자리에 걸어놓았다. 그다음에도 잠시 전화기를 쳐다보다가 곧 고개를 설레설레 저었다.

"자, 그러면," 끙 하는 소리를 내며 벤치에 앉은 그가 칼리오페를 향해 말했다. 그러면서 여행 가방을 가까이 끌어당겼다.

"대체 무슨 비밀인지 지금부터 좀 알아볼까?"

칼리오페는 무시로 일관했다.

그는 맨 위에 놓인 봉투에 손이 닿을 만큼만 여행 가방의 지퍼를 살짝 열고 봉투를 꺼냈다. 테두리가 뜯어지기 직전인 두툼한 봉투였다. 봉투는 피처럼 붉은 밀랍으로 봉인이 되어 있었다. 봉인을 뜯자 밀랍이 부서져 무릎과 바닥으로 떨어져 내렸다.

봉투 안에서 가죽 끈으로 묶인 종이뭉치를 끄집어냈다.

깔끔하고 단정하게 인쇄된 편지 한 통이 맨 위에 있었다.

마법아동관리부서
최고위 경영진 집무실

베이커 씨,

귀하는 가장 중요한 과제에 선발되었습니다. 다시 한번 알려드리지만, 이 과제는 4급 기밀입니다.

일곱 개의 파일을 동봉합니다.

여섯 개는 마르시아스섬 고아원의 아이들의 정보가 담긴 파일입니다.

일곱 번째 파일은 원장 아서 파르나서스의 정보가 담긴 파일입니다.

이 파일들은 기밀문서이며, 어떠한 경우에도 마르시아스섬 고아원 거주자들에게 내용을 알려서는 안 됩니다.

베이커 씨, 이 고아원은 지금까지 귀하가 방문한 그 어떤 고아원과도 다른 곳입니다. 온 힘을 다해 스스로를 보호하시기 바랍니다. 귀하는 섬의 게스트하우스에서 머물게 될 테지만, 밤에는 반드시 모든 문과 창문을 잠그도록 하십시오.

"아이고." 라이너스가 중얼거렸다.

귀하가 마르시아스섬에서 하게 될 과제는 중요합니다. 귀하의 보고서에는 고아원이 운영을 지속할지, 또는 영구 폐쇄될지를 결정할 때 필요한 정보들이 담기게 될 것입니다. 아서 파르나서스는 신뢰를 바탕으로 큰 책임을 맡게 되었지만, 그 신뢰가 여전히 유효한지를 점검할 필요가 있습니다. 눈과 귀를 활짝 열도록 하십시오, 베이커 씨. 한순간도 빠짐없이 말입니다. 지금까지 귀하가 보여주었던 혹독할 만큼의 솔직함을 기대합니다. 규칙을 벗어나는 그 어떤 사항이라도 발견하는 즉시 보고하십시오. 모든 것이 최상의 상태를 유지하는 것이 그 무엇보다 중요합니다.

또, 아동들이 안전한지 역시 확인하십시오. 서로에게서, 그리고 자기 자신으로부터 안전한지 말입니다. 그중에서도 특히 한 아동을 면밀히 지켜보십시오. 첫 번째 파일에 있는 아동입니다.

귀하의 탁월하리만큼 철저한 보고서를 기대하고 있겠습니다.

찰스 워너
최고위 경영진

또다시 한 줄기 바람이 불어와 손에 든 편지가 팔락거렸다.

"도대체 내가 무슨 일에 말려든 거람?"

편지를 한 번 더 읽으며 행간에 담긴 의미를 살펴보았지만, 대답보다는 더 많은 의문만 생겨났다.

라이너스는 편지를 접어 가슴팍 주머니에 넣고는 손에 든 파일을 바라보다 칼리오페를 향해 말을 건넸다.

"지금이 아니면 볼 시간이 없겠지. 도대체 얼마만큼 대단한 비밀인지 한번 보자고. 막상 보면 별것도 아닐 거야. 기대가 클수록 실망도 큰 법이잖아."

그는 첫 번째 파일을 펼쳤다.

맨 위에 예닐곱 살쯤으로 보이는 어린 소년의 사진이 붙어 있었다. 웃는 모습이 얼핏 악마 같았다. 앞니 두 개가 빠져서 없고, 머리는 온통 헝클어져 사방으로 뻗쳐 있고, 눈은….

흠, 플래시가 너무 빨리 터져 동공이 반응하지 못할 때 일어나는 적목(赤目)현상이 생긴 듯했다. 붉은색에 파란 테두리를 가진 눈이었다. 섬뜩했지만 처음 보는 현상도 아니었다. 빛 때문에 일어나는 착시에 불과했다. 그뿐이었다.

사진 아래에 각진 글씨체로 이름이 쓰여 있었다.

루시.

"남자아이 이름이 루시라, 처음 보는 경우기는 하군. 도대체 왜 이런… 이름을… 루시…."

말을 채 끝맺기도 전에 숨이 막혀왔다.

아이의 이름이 루시인 이유가 파일에 똑똑히 적혀 있어서였다. 파일에는 이렇게 쓰여 있었다.

이름: 루시퍼 (애칭: 루시)

나이: 6살 6개월 6일 (보고 시점 당시)

머리 색: 검은색

눈 색: 파란색/빨간색

어머니: 미상 (사망 추정)

아버지: 악마

종족 분류: 적그리스도

라이너스 베이커는 그대로 기절하고 말았다.

"저리 가."

누군가 가슴을 툭툭 치는 걸 느낀 그가 웅얼거렸다.

"아직 아침 먹으려면 멀었다고, 칼리오페."

"알려줘서 고맙군."

허나 대답하는 목소리는 칼리오페가 아니었다.

"지금은 오후거든. 도시 사람들은 아침을 늦게 먹는 편인가. 나야 모르지. 도시 따위엔 안 가거든. 너무 시끄러워서 취향에 안 맞아."

라이너스는 눈을 뜨고 느릿느릿 깜박였다.

한 여자의 실루엣이 역광 속에서 그를 내려다보고 있었다.

그는 벌떡 몸을 일으켰다.

"여기가 어디죠?"

여자가 한 발짝 뒤로 물러나더니 재미있다는 표정을 지었다.

"당연히 마르시아스 기차역이지. 낮잠 잘 만한 곳은 아닌데, 그래도 나쁠 건 없지."

라이너스는 플랫폼 바닥에서 몸을 일으켰다. 꺼끌꺼끌하고 불편한 느낌이 들었다. 머리가 아프고, 등에 모래가 잔뜩 묻은 것 같았다. 온몸을 탈탈 털며 정신없이 주위를 둘러보았다. 칼리오페는 이동장 안에 앉아 경계심 넘치는 눈초리로 그를 바라보며 꼬리를 씰룩거리고 있었다. 여행 가방은 칼리오페 옆에 놓여 있었다.

그리고 저기, 그가 앉아 있던 벤치 위에 서류철 무더기가 쌓여 있었다.

"짐은 이게 다야?"

여자가 묻는 바람에 라이너스는 다시 그에게로 관심을 돌렸다. 도무지 나이가 짐작되지 않아서 순식간에 당혹감에 사로잡혔다. 여자의 머리는 새하얀 뭉게구름을 이고 있는 것 같았다. 머리카락에 화사한 꽃들이 엮여 있었다. 짙은 색 피부가 고왔지만, 무엇보다도 여자의 눈이 가장 혼란스러웠다. 외모에 비해 훨씬 나이든 사람의 눈이었던 것이다. 해가 너무 눈부셔서 착시현상이 일어난 건진 몰라도, 거의 보랏빛에 가까운 눈이었다. 왜 이렇게 낯익게 느껴지는지 알 수 없었다.

몸에는 성긴 소재로 된 얇은 셔츠를 느슨하게 걸치고 있었다. 황갈색 바지는 정강이 중간까지 내려왔다. 맨발이었다.

"누구십니까?"

"누구긴 누구야, 채플화이트지."

여자는 마치 당연한 걸 묻느냐는 투였다.

"마르시아스섬의 보호자야."

"보호자라니."

그는 방금 들은 말을 되뇌었다.

"짐은 이게 다냐니까?"

여자가 재차 물었다.

"예, 그런데….“

"각자 하나씩 들자고."

채플화이트가 그렇게 말하더니 마치 여행 가방에 깃털만 가득 들어 있듯 훌쩍 들어 올리는 바람에 라이너스는 말을 잃었다. 그가 여행 가방을 기차에 실을 땐 비 오듯 땀을 흘렸는데, 채플화이트는 아무렇지도 않아 보였다.

"서류랑 거대 고양이나 챙기라고, 베이커 씨. 어영부영할 시간이 없어. 그쪽이 내 예상보다도 늦게 왔거든. 나도 바쁜 몸이어서 말야."

"저기, 그럼….“

라이너스가 입을 열었지만 채플화이트는 그를 무시한 채 플랫폼 가장자리 계단으로 다가가 허공을 걷는 듯 우아하게 발을 놀려 계단을 내려갔다. 그제야 길가에 서 있던 조그만 차 한 대가 눈에 들어왔다. 차 지붕을 뜯어내기라도 한 것처럼 좌석이 드러난 차였다. 컨버터블이구나. 라이너스가 실제로 컨버터블 승용차를 본 건 이번이 처음이었다.

그는 칼리오페를 꼭 붙들고 열차 선로를 따라 도망칠까 하는 생각을 진지하게 해보았다.

하지만 결국은 파일을 갈무리한 뒤 이동장을 들고 알 수 없는 여자의 뒤를 따랐다.

라이너스가 도착했을 땐 이미 채플화이트가 트렁크에 그의 여행 가방을 실어놓은 뒤였다. 여자가 그를 한 번 보고, 그다음에는 이동장으로 눈길을 돌렸다.

"트렁크에 실으면 안 되겠지?"

"당연히 안 되지요."

제법 기분이 상해버린 그가 대답했다.

"그렇게 잔인한 짓을."

"그렇긴 하지. 좋아, 그럼 무릎에 올려놔. 후드에다가 끈으로 묶는 게 나을 것 같으면 그렇게 하든지."

라이너스는 아연실색했다.

"엄청 화를 낼 겁니다."

채플화이트는 어깨를 으쓱했다.

"화야 금방 풀겠지."

"후드에 끈으로 묶는다니 그런 짓은 절대 안 됩니다."

"선택은 알아서 해. 타, 베이커 씨. 좀 서두르라고. 메를한테 금방 온다고 했단 말이야."

머릿속이 빙글빙글 도는 것 같았다.

"메를이라뇨?"

"뱃사공 말이야. 메를이 우리를 섬까지 태워다 줄 거야."

그렇게 대답하며 채플화이트는 문을 열고 차에 탔다.

"섬에 갈지 말지 아직 결정도 안 했습니다만!"

그러자 채플화이트가 눈을 가늘게 뜨고 그를 올려다보았다. "그럼 여긴 뭣 하러 온 거야?"

라이너스가 식식거렸다.

"그건…지시를 받아서… 이…."

채플화이트는 대시보드 위에 놓인 큼지막한 흰색 선글라스를 향해 손을 뻗었다.

"타려면 타고, 아니면 말고. 솔직히 말하면 안 탔으면 좋겠네. DICOMY는 웃기지도 않은 코미디야. 당신은 아무것도 모르는 끄나풀일 테고, 그쪽을 여기 두고 떠나도 난 상관없어. 언젠가는 기차가 다시 올 테니까. 항상 오긴 하거든."

그 말을 들으니 생각지도 못하게 기분이 상했다.

"제가 하는 일이 코미디라뇨!"

차가 털털거리며 기침을 토해내더니 곧 시동이 걸렸다. 배기구에서 검은 연기가 한 줄기 피어올랐다.

"그거야, 지켜보도록 하지. 탈 거야, 말 거야, 베이커 씨?"

그는 차에 올라탔다.

채플화이트는 차가 엄청난 속력으로 모퉁이를 돌 때마다 라이너스가 비명을 질러내는 게 즐거운 것 같았다. 채플화이트의 운전 솜씨는 능숙했지만, 라이너스는 미친 여자가 모는 차에 타버린 게 분명하다고 믿어 의심치 않았다.

두 사람의 머리카락을 매섭게 후려치는 바람 때문에 채플화이트 머리 위 꽃들이 전부 날아가 버릴 줄 알았지만, 꽃은 꺾이고 흔들리면서도 제자리를 지켰다. 라이너스는 서류가 바람에 날아갈까 봐 손에 힘을 주었다.

차는 오르락내리락하는 모래언덕 위로 난 좁은 길을 달렸다. 모래언덕이 낮아지는 곳에 다다르자 기차에서 본 것보다 한층 가까운 곳에 바다가 얼핏 보였다. 라이너스는 바다에 정신을 빼앗기지 않으려 애썼지만 도저히 그럴 수가 없었다. 곧 죽게 생겼는데도 바다가 너무나 아름다웠다.

모퉁이를 돌 때 또 한 번 차 문에 쾅 부딪치고 나서야 라이너스는 입을 열 수 있었다.

"좀 *천천히* 가면 안 될까요?"

그러자 놀랍게도 채플화이트는 그의 부탁을 들어주었다.

"그냥 장난 좀 쳐 봤어."

"내 목숨을 걸고 장난을 치다니!"

채플화이트는 머리를 사방으로 날리며 그를 흘깃 쳐다보았다.

"바짝 쫄았네."

그가 발끈했다.

"살고 싶은 거지, 죤 게 아니라고요!"

"넥타이가 비뚤어졌어."

"그렇습니까? 고맙습니다. 흐트러진 모습은 싫으니까… 장난치지 마세요!"

그러자 채플화이트는 이를 드러내며 씩 웃었다.

"어쩌면 당신한테도 희망은 있을지 모르겠네. 많진 않지만, 조금은."

여자가 다시 라이너스를 쳐다보았는데, 그 눈길이 지나치게 오래 머문다는 생각에 그는 긴장감을 느꼈다.

"예상했던 거랑 달라."

무슨 뜻인지 알 수 없었다. 사실, 라이너스는 여태 누군가의 눈길을 받아본 적이 없었다.

"무슨 뜻입니까?"

"예상과는 다르게 생겼다고."

"평소에도 말을 그렇게 애매하게 하십니까?"

"종종 그러지. 하지만 지금은 아니야, 베이커 씨."

채플화이트는 아까보다 사뭇 느린 속도로 또 한 번 모퉁이를 돌았다.

"더 젊을 줄 알았어. 당신 같은 사람들은 보통 그렇거든."

"저 같은 사람이라니요?"

"사례연구원 말이야. 이 일 오래 했어?"

그는 얼굴을 찌푸렸다.

"할 만큼 했습니다."

"그 일이 좋아?"

"잘합니다."

"잘하느냐고 물은 게 아니잖아."

"그게 그겁니다."

채플화이트는 고개를 설레설레 저었다.

"어쩌다가 플랫폼 위에 누워서 자고 있었던 거야? 기차 타고 오면서 좀 자지."

"잠든 게 아닙니다. 저는….."

그 순간, 채플화이트의 거친 손길로 잠에서 깬 뒤부터 지금까지 잊고 있었던 무언가가 번뜩 떠올랐다.

"아이고."

"뭐야, 왜 그래?"

"아이고."

숨이 제대로 쉬어지지 않았다.

채플화이트는 당황한 것 같았다.

"심장마비야?"

알 수 없었다. 심장마비를 겪어본 적이 없으니, 그게 어떤 느낌인지는. 하지만 과체중에 고혈압까지 있는 마흔 살이니 그럴 가능성은 분명 있어 보였다.

채플화이트가 "젠장." 하고 중얼거리는 소리, 차를 급히 길가로 틀어 브레이크를 거세게 밟는 소리가 들렸다.

라이너스는 이동장 위에 이마를 댄 채 숨을 쉬려 안간힘을 썼다.

시야가 바늘 구멍만큼이나 좁아지고, 귀에는 천둥소리 같은 것이 울렸다. 또다시 기절할 것 같은 순간 (어쩌면 심장마비로 죽을 것 같은 순간) 서늘한 손이 그의 목 뒤를 눌러왔다. 심박수가 잦아들며 간신히 깊은 숨을 들이마실 수 있었다.

"그렇지." 채플화이트의 목소리가 들렸다.

"훨씬 낫네. 한 번 더 들이쉬어, 베이커 씨. 이제 됐어."

라이너스는 겨우 입을 열었다.

"파일, 파일을 읽었습니다."

채플화이트가 라이너스의 뒷목을 한 번 더 꽉 쥐었다가 놓아주었다.

"루시에 대한 파일 말이야?"

"예, 예상 밖이었습니다."

"그래, 예상치 못할 만도 하지."

"그게…."

"사실이냐고?"

그는 여전히 이동장에 얼굴을 짓누른 채 고개를 끄덕였다.

채플화이트는 답이 없었다.

라이너스가 고개를 들고 그를 쳐다보았다.

그는 두 손을 무릎 위에 놓은 채 앞만 바라보고 있었다. 그리고 한참만에야 입을 열었다.

"그래, 사실이야."

"도대체 어떻게 그런 일이 가능하죠?"

채플화이트가 고개를 저었다.

"그건… 그 애는 당신이 생각하는 거랑은 달라. 다른 애들도 마찬가지고."

그 말에 라이너스는 흠칫 놀랐다.

"다른 파일들은 아직 보지도 못했는데."

끔찍한 생각이 머릿속을 스쳐갔다.

"다른 애들은 더 심각한 겁니까?"

채플화이트가 선글라스를 홱 벗더니 그를 날카롭게 쏘아보았다.

"심각하다니, 그 애들한테는 아무 문제도 없어. 아이들이잖아."

"그렇지요, 하지만…."

그는 라이너스의 말을 끊었다.

"하지만 같은 소리는 하지 말라고. 당신이 맡은 일이 있단 건 알아, 베이커 씨. 당신은 그 일을 잘 해내겠지. 솔직히 말하면, 지나치게 잘할 것 같아. DICOMY에서 보낸 인재니까 당연히 그렇겠지. 우린 보편적인 고아원들과는 사뭇 달라."

"당연히 그렇겠죠. 적그리스도까지 있다니."

"루시는…." 그러다가 그는 말이 안 통한다는 듯 고개를 저었다.

"당신이 여기 온 이유가 뭐야?"

"아이들이 안전한지 확인하기 위해서입니다."

본능이라도 되는 듯 튀어나온 대답이었다.

"아이들에게 필요한 것들이 주어지는지, 돌봄을 받고 있는지 확인하기 위해서지요. 또, 아이들이 자기 자신이나 타인 때문에 위험에 처하고 있지는 않은지 확인하기 위해서입니다."

"그게 모든 아이들한테 해당되는 거 맞지?"

"그렇지요, 하지만…."

"하지만이라는 말은 하지 말라니까. 아이가 어디서 왔든, 누구든, 그건 중요하지 않아. 그 애는 그냥 아이일 뿐이야. 당신이 할 일은 나, 그리고 아서와 마찬가지로 그 애를, 그리고 다른 아이들 모두를 보호하는 거라고."

라이너스는 입을 헤벌리고 채플화이트를 쳐다보았다.

그가 선글라스를 다시 썼다.

"입 다물지 그래, 베이커 씨. 벌레 들어갈라."

그는 다시 시동을 걸고 도로로 접어들었다.

"파일 일곱 개."

잠시 후, 멍한 정신을 가다듬고 나서야 라이너스는 입을 열었다.

"뭐라고?"

"일곱 개. 파일 일곱 개를 받았습니다. 아이들 여섯. 그리고 고아원 원장. 그러면 일곱이죠."

"DICOMY에서는 단순 계산을 잘하는 사람들을 뽑나 보지?"

그는 채플화이트의 비아냥을 무시했다.

"채플화이트 씨 파일은 없던데요."

저 멀리, 언덕 맨 꼭대기 오른편에 걸린 표지판이 눈에 들어왔다.

"당연히 없지. 난 DICOMY랑 상관없어. 말했잖아, 난 보호자라고."

"고아원의 보호자요?"

"그래, 그리고 이 섬의 수호자이기도 해. 우리 가업이거든. 몇 세대 동안이나 해온 일이지."

라이너스 베이커는 오랜 세월 이 일에 몸담았다. 또, 이 일을 잘했다. 분석적인 사고에 능하고, 다른 사람들은 놓치기 일쑤인 작은 단서들을 알아차린다. 아마 그렇기 때문에 이 과제를 맡게 된 것이리라.

그렇다면 플랫폼에서 눈을 뜬 순간 알아차렸어야 하는데. 역대 급 충격 앞에서 기절했다는 사실을 핑계로 댈 수는 없는 노릇이었다.

보라색 눈만 보고도 알아차렸어야 했다. 착시현상이 아니었다.

"당신 정령이군요. 섬 정령이네요."

그 말에 채플화이트는 놀랐다. 물론 놀란 기색을 숨기려 했기에 하마터면 알아차리지 못할 수도 있었지만 말이다.

"왜 그렇게 생각해?"

그는 감정이 실리지 않은 목소리로 물었다.

"수호자시잖아요."

"그게 뭐 어쨌다고."

"눈이 보라색이고."

"특이하기야 하지만 보라색 눈이 나쁜인 것도 아니잖아."

"아까 제 여행 가방을 옮길 때도…."

"아, 사과하지. 그쪽이 가진 그 유해한 남성성을 내가 박살낸 모양이니까…."

"또 맨발이시잖아요."

채플화이트는 잠시 입을 다물었다가 느릿느릿 입을 열었다.

"난 바닷가에 살잖아. 맨발로 다니는 게 뭐 대수라고."

라이너스는 고개를 저었다.

"해가 중천에 떠 있습니다. 길은 뜨겁게 달아올랐을 테고요. 하지만 당신은 아무렇지도 않게 길을 걸어왔습니다. 정령들은 신발을 싫어하죠. 너무 조이니까요. 게다가 그 무엇도 정령의 발을 다치게 할 수 없죠. 뜨겁게 달아오른 아스팔트라 할지라도요."

그는 한숨을 쉬었다.

"보기보다 똑똑하군. 이러면 곤란한데."

"등록은 되어 있으십니까? DICOMY 측에서도 당신의 존재를…."

라이너스가 따져묻자 그는 이를 드러냈다.

"난 시스템에 등록되어 있지 않아, 베이커 씨. 나의 계보는 인간이 만든 법보다 훨씬 먼저 생겨난 거라고. 인간들이 마법적 존재들에게 꼬리표를 달아 추적하기로 정했다고 해서, 나한테, 또 내 법적 지위에 대해 문제를 제기할 권리가 생기는 건 아니야."

라이너스는 기가 죽어 주춤했다.

"그건… 당신 말대로입니다. 제가 괜한 말을 했네요."

"그거 사과야?"

"그런 것 같습니다."

"그래, 앞으로 다시는 등록 운운하는 말은 하지 마."

"전 그저… 섬 정령을 만난 게 처음이라서요. 물 정령이라면 만나 봤습니다. 또 동굴 정령도 한 번 만나 봤죠. 그래서 채플화이트 씨가 정령이란 걸 알았습니다. 섬 정령도 존재한다는 사실은 미처 몰랐네요."

채플화이트가 코웃음을 쳤다.

"존재한다는 것에 대해 그쪽이 뭘 알겠어, 베이커 씨. 저기 봐, 연락선 타는 곳에 거의 다 왔어."

라이너스는 그가 가리키는 곳을 향해 시선을 돌렸다. 언덕을 올라오니 아까 멀찍이 보이던 표지판이 눈앞에 있었다. 야자수와 파도 그림 위에 **마르시아스 마을**이라고 쓰여 있었다.

"이런 곳이 있다는 건 처음 알았네요."

표지판을 지나칠 때 그가 솔직히 털어놓았다.

"이 마을, 괜찮은 마을인가요?"

"괜찮다는 게 무슨 뜻인지에 따라 다르겠지. 베이커 씨한테는 괜찮은 곳일 거야. 나한테는 아니고."

둘은 언덕 꼭대기에 다다랐다. 언덕 아래를 내려다보니 해변을 따라 난, 오랜 세월 바람에 굽어진 훤칠한 나무들로 이루어진 숲속에 밝은색으로 칠한 집들이 모여 있었다. 파스텔 빛깔에 이엉지붕을 올린 집들이 숲속까지 쭉 늘어서 있었다. 라이너스가 오래전부터 상상해 온 바닷가 마을 모습 그대로였다. 그 광경을 보자 가슴이 욱신거렸다.

"차 안 세울 거니까 세우자는 말은 하지 마."

채플화이트가 경고했다.

"그러면 사람들이 싫어하거든."

"무슨 뜻입니까?"

"세상 사람들이 전부 당신만큼 진보적인 건 아니지."

분명히 비아냥거리는 말투였다.

"마르시아스 마을 사람들은 우리 같은 부류를 별로 좋아하지 않아."

라이너스는 깜짝 놀랐다.

"정령 말입니까?"

그는 또 한 번 웃음을 터뜨렸지만, 이번에는 쓰디쓴 웃음이었다.

"마법적 존재들 말이야, 베이커 씨."

채플화이트가 한 말의 의미를 알기까지는 오래 걸리지 않았다. 큰길로 접어들어 마을을 가로지르기 시작하자마자 길가며 상점에 있던 사람들이 차 소리가 나는 곳을 일제히 돌아보았다. 라이너스는 지금까지 살아오면서 자신을 깔보는 표정이라고는 수도 없이 보았지만 이런 적대감이 담겨 있는 표정은 처음이었다. 차가 지나가자 보드숏, 비키니, 고무 플립플롭 차림을 한 사람들이 그들을 대놓고 빤히 쳐다보았다. 라이너스가 손을 슬쩍 흔들어 보이기도 했지만 전혀 소용없었다. 심지어 해산물 식당처럼 생긴 건물을 지나칠 때에는 그 안에 있던 남자가 일어나 다가오더니 문을 잠가버리기까지 했다.

"어, 이럴 것까지야…."

"곧 익숙해질 거야. 놀랍게도 말이지."

"왜 저러는 겁니까?"

"인간들의 머릿속을 내가 무슨 수로 알아."

채플화이트는 꺅꺅 소리를 지르는 포동포동한 아이들이 이쪽을 보지 못하게 몸으로 막아버리는 여자를 보면서 핸들을 꽉 움켜쥐었다.

"사람들은 자기가 알지 못하는 존재를 두려워 해. 두려움은 그들 자신도 알지 못하는 이유로 혐오로 바뀌고. 사람들은 섬의 아이들을 이해하지 못해서, 두려워서, 그 애들을 혐오하는 거야. 이런 이야기, 처음은 아니잖아? 어디서든 일어나는 일이니까."

"전 아무것도 혐오하지 않습니다."

"거짓말."

라이너스는 고개를 저었다.

"아뇨, 혐오는 시간 낭비입니다. 혐오할 시간이 어디 있습니까? 전 그렇게 생각하는 편입니다."

채플화이트가 라이너스를 흘깃 쳐다보았지만 선글라스에 가려져 있어 표정을 읽을 수 없었다. 그가 뭔가 이야기하려는 듯 입을 열었지만, 곧 마음을 바꾼 듯 이렇게만 말했다.

"도착했어. 내리지 말고 기다려."

선착장에 차를 세운 그는 라이너스가 뭐라고 대답하기도 전에 차에서 내렸다. 작은 연락선 옆에 한 남자가 초조한 듯 발을 땅에 탁탁 구르며 서 있었다. 남자 뒤로 희미하게 섬의 형체가 보이는 것 같았다. 채플화이트가 다가가자 남자가 쏘아대는 소리가 라이너스에게도 들렸다. "벌써 저녁이라고요. 해가 진 뒤에는 섬에 못 들어가는 것 아시면서."

"괜찮아, 메를. 자네한텐 아무 일 없을 거야."

"속 편한 소리."

남자가 부두 너머 바다 속에 침을 탁 뱉은 뒤 채플화이트의 어깨 너머로 라이너스를 건너다보았다.

"저 사람입니까?"

그도 라이너스를 돌아보더니 대답했다.

"저 사람이야."

"더 젊은 사람일 줄 알았는데."

"나도 그 말은 했지."

"그렇군요. 그럼 가 보도록 하죠. 아서한테 뱃삯이 두 배로 올랐다고 전해주시죠."

그 말에 채플화이트는 한숨을 쉬었다.

"말해두지."

메를은 고개를 끄덕이더니 라이너스에게 을러대는 듯한 눈길을 한 번 보내고는 배 위로 민첩하게 폴짝 뛰어올랐다. 채플화이트가 돌아서서 차를 향해 다가왔다.

"우리, 생각보다 더 큰 일에 휘말리고 민 것 같다."

라이너스가 칼리오페에게 속삭였다.

칼리오페는 대답인 듯 골골 목을 울렸다.

"별 문제는 없는 거죠?"

채플화이트가 다시 차에 오르자 라이너스가 물었다. 사실 문제가 없어 보이진 않았다. 메를이 까탈을 부리는 모습을 봤으니까.

"문제 없어."

채플화이트는 그렇게 중얼거렸다. 그는 차에 시동을 건 뒤, 메를이 연락선으로 이어지는 게이트를 내리자 앞으로 전진했다. 게이트에 무게가 실리는 순간 삐걱 하며 앓는 소리가 나는 바람에 라이너스의 가슴이 철렁했다. 하지만 그가 반응을 하기도 전에 그 순간은 지나가 버렸다.

차를 주차한 뒤 채플화이트는 웬 버튼을 눌렀다. 라이너스는 깜짝 놀랐다. 차 뒤편에서 장치들이 덜커덩거렸다. 뒤돌아보는 순간 비닐로 된 차 지붕이 올라와 머리 위를 덮더니, 다시는 열리지 않을 것 같은 소리를 내며 제자리에 착 맞물렸다. 채플화이트가 시동을 완전히 끄고 그를 바라보았다.

"있잖아, 베이커 씨. 우린 시작이 좀 안 좋았던 것 같아."

"평소에는 이렇게 다정다감하신 분이 아니라는 거죠? 깜박 속았네요."

채플화이트가 그를 향해 눈을 부라렸다.

"난 정령이잖아. 내 건 잘 지킨다고."

"섬 얘기군요."

채플화이트는 고개를 끄덕였다.

"그리고 섬에 사는 사람 모두."

그는 잠시 머뭇거리다가 입을 열었다.

"혹시 당신은 그 파르나서스라는 사람과…."

채플화이트가 한쪽 눈썹을 치켜 올렸다.

얼굴이 새빨개진 라이너스는 헛기침을 하며 시선을 피했다.

"못 들은 걸로 하시죠."

채플화이트가 웃음을 터뜨렸지만 화가 난 것 같지는 않았다.

"믿어도 좋아. 그런 일은 절대로 있을 수가 없어."

"아, 그렇군요. 잘 알겠습니다."

"당신도 해야 할 일이 있겠지. 그 일이 당신이 지금까지 해온 일과는 완전히 다르다는 사실을 서서히 깨닫기 시작했을 테고. 내가 부탁하고 싶은 건 그 애들한테 기회를 주라는 게 다야. 그 애들은 파일 안에 담긴 것 그 이상의 존재거든."

"설마 저한테 이래라저래라 하시려는 겁니까?"

그가 퉁명스레 물었다.

"손톱만큼이라도 연민을 가져달라는 것뿐이야."

"연민이 뭔지는 저도 압니다, 채플화이트 씨. 연민이 없으면 이 일도 못했겠죠."

"정말 그렇게 믿어 의심치 않는 거지?"

라이너스가 그를 날카롭게 쏘아보았다.

"무슨 뜻이시죠?"

그는 고개를 설레설레 저었다.

"나에 관한 파일이 없는 건 내가 공식적으로는 존재하지 않기 때문이야. 아서, 그러니까 파르나서스 씨가 당신을 맞이하러 나를 보낸 건 당신한테 성의를 보여주기 위해서였지. 얼마나 진지하게 고아원 일에 임하고 있는지 알아줬으면 해서 말이야. 아서는 당신이 어떤 사람이 될 수 있는지 알거든. 그리고 이곳에서 당신이 그런 사람이 되어주기를 바라는 거야."

라이너스는 등골이 서늘해졌다.

"그 사람이 무슨 수로 저에 대해 알게 된 겁니까? 담당자가 누가 될지 알 수 있을 리가 없잖아요. 심지어 *저조차*도 어제까지는 몰랐다고요."

그는 어깨만 으쓱했다.

"다 방법이 있지. 그럼, 섬까지 가는 동안 남은 파일들을 살펴보는 게 좋을 거야. 어떤 상황이 닥칠지 섬에 발을 들이기 전에 알아놓는 게 좋을 테니까. 그게 더 안전할 거야."

"누구 입장에서 안전하단 뜻입니까?"

대답이 없었다.

고개를 돌리자 운전석은 마치 처음부터 아무도 없었던 것처럼 텅 비어 있었다.

"이런 젠장." 그가 나지막이 투덜거렸다.

그는 채플화이트가 시킨 대로 파일을 읽어보아야 할지 생각했다. 마음의 준비는 절반의 승리라는 말도 있지만, 루시의 파일을 읽어본 이상, 읽으면 읽을수록 기하급수적으로 무서운 것들이 나타나지 않을까 겁이 나서 도저히 나머지 파일에는 손이 가지 않았다. 이 섬에 사는 아이들이 여태 그가 본 그 무엇과도 다르다는 최고위 경영진의 무시무시한 경고를 떠올리자니 더더욱 엄두가 나지 않았다. 채플화이트가 그 사실을 확인해주기까지 했고 말이다. 어쩌면 말을 너무 많이 해버린 건 아닐까, 플랫폼 바닥에 기절해 누워 있는 사이에 채플화이트가 파일을 훔쳐본 건 아닌가 하는 생각이 잠시 머리를 스쳤다. 둘 다 있을 법한 일이었으므로 앞으로는 경계를 늦추지 않기로 마음먹었다.

또 의식을 잃지 않는다는 보장 또한 없어서 그는 무릎 위에 파일을 올려둔 채 손가락만 꿈지럭거렸다. 앞으로 무슨 일을 맞닥뜨릴지 알고 싶다는 충동은 제정신을 굳건히 지키고 싶은 욕망 앞에서 맥을 못 추고 있었다. 소름끼치는 괴물에서부터 예리한 악마의 송곳니, 지옥의 유황불에 이르기까지 온갖 것들이 머리를 스쳤다. 그 애들도 아이들인걸, 하고 혼잣말도 해보았지만 아무리 아이라도 누가 부추기면 상대를 물기도 한다. 그런데 아이들이 그의 상상을 뛰어넘는 존재들이라면, 차라리 모르는 게 약일지도 몰랐다. 연락선에서 내리지조차 못 할 수도 있으니까.

그래도….

파일 무더기를 뒤적여 한 개의 파일을 찾았다. 도중에 루시의 파일이 등장한 순간 그는 거칠게 숨을 들이쉬며 최대한 빠르게 그 파일을 건너뛰고 원하던 파일을 찾았다.

이 고아원의 원장.

아서 파르나서스.

얄팍한 파일에 들어있는 건 파란 배경으로 찍힌, 막대기만큼이나 깡마른 남자의 흐릿한 사진 한 장, 그리고 종이 한 장이 다였다. 사진 속 남자는 분명⋯ 평범해 보였지만, 겉모습으로 판단할 일은 아니었다.

파일(그렇게 빈약한 것을 파일이라고 불러도 되는지 모르겠지만)을 보고 알 수 있는 정보는 거의 없다시피 했는데, 어떤 부분은 삭제되고, 그나마 남은 것들도 맥락 없이 조각조각 나열되어 있었기 때문이었다. 파르나서스의 나이(마흔다섯 살) 그리고 마르시아스섬 원장으로 지낸 동안 별 문제가 없었다는 사실 외에는 정보랄 게 없었다. 실망스러운 건지, 안심되는 건지 알 수 없었다.

섬에 도착했다는 종소리가 울린 건 이미 해가 지기 시작한 뒤였다. 골똘히 생각에 잠겨 있는데 발밑이 부르르 흔들리기에, 뒤를 돌아보니 작은 선창을 향해 연락선의 게이트가 내려가는 중이었다.

다시 몸을 돌리자 앞 유리창에 그림자 하나가 드리워졌다. "여기서 내리쇼!" 외치는 고함 소리도 들렸다.

라이너스는 앞 유리창을 통해 바깥을 살펴보았다.

메를이 허리에 손을 얹은 채 서서 외치고 있었다.

"내리라고."

"하지만⋯."

"빌어먹을 내 배에서 어서 내리라니까!"

"성질머리하고는."

라이너스가 투덜거렸다. 시동장치에 키가 여전히 꽂혀 있는 데 감사해야 할 노릇이었다. 그는 조수석 문을 여는 순간 하마터면 고꾸라질 뻔했다. 자기 몸, 그리고 칼리오페가 바닥에 나동그라지기 전 간발의 차로 균형을 잡았지만, 칼리오페는 그의 곡에 성질이 난 듯싶었다. 그는 고양이 이동장을 조수석에 올려놓고 하악 소리를 들으며 문을 닫았다. 차 뒤쪽으로 반 바퀴 돌아 운전석을 향하다가 메를에게 경쾌하게 손인사도 던져 보았다.

메를은 인사를 받아주지 않았다.

"순조로운 시작이라 치자."

라이너스가 혼잣말로 중얼거렸다. 운전석에 자리를 잡고 문을 닫는데 삐걱 소리가 났다. 운전대를 잡는 건 오랜만이었다. 사실 한 번도 차를 가져본 적이 없었다. 도시에서 자가용은 골칫거리에 지나지 않으니까. 오래전, 주말에 시골로 드라이브를 가고 싶어서 차를 빌린 적도 있었지만, 출발 직전 회사에서 호출이 오는 바람에 결국 한 시간 전에 빌린 차를 그대로 반납하는 신세가 되고 말았다.

좌석 등받이를 뒤로 밀고 키를 돌렸다.

털털거리는 소리와 함께 차가 깨어났다.

"좋아, 그럼." 라이너스는 땀이 흥건히 밴 두 손으로 운전대를 쥐고는 칼리오페를 향해 말했다.

"무슨 일이 일어날지 지켜보자고, 출발!"

5장

방향을 지시하는 표지판은 어디에도 없었지만 길은 하나뿐이었으니 맞는 방향으로 가고 있는 게 틀림없었다. 선착장에서 차로 고작 몇 분 움직였을 뿐인데, 벌써 거대한 나무들이 분홍빛과 오렌지빛 가로줄 무늬를 만들며 하늘을 완전히 가릴 만큼 즐비한 숲속에 도착해 있었다. 잎이 무성한 덩굴들이 나뭇가지를 휘감고 있고, 새들은 보이지 않는 높은 곳에 자리를 잡고 요란하게 울어댔다.

"설마 무슨 함정은 아니겠지?"

숲으로 깊이 들어갈수록 사위가 깜깜해지자 라이너스가 칼리오페를 향해 입을 열었다.

"파면당한 직원들을 이런 데로 보내버리는 걸지도 모르겠군. 중요한 임무를 맡기는 척해놓고선 외딴 곳에서 죽게 만드는 거야."

하지만 썩 즐거운 생각은 아니라 이내 떨쳐버리기로 했다.

라이너스는 헤드라이트를 켜는 레버를 찾지 못한 탓에, 앞 유리창을 향해 상체를 있는 대로 숙였다. 땅거미가 지는 시간이었다. 배가 꼬르륵거렸지만 이렇게 식욕이 없는 날은 살면서 처음이었다. 머지않아 칼리오페가 화장실을 내놓으라고 할 테지만, 여기가 어디인지 대강 감을 잡기 전까지는 차를 세우고 싶지 않았다. 고양이를 내보내면 숲속으로 달려가 버리는 바람에 뒤쫓는 신세가 될 게 뻔했다.

"안 따라갈 거야. 숲에서 알아서 잘 살아보라고."

진심은 아니었지만, 칼리오페에게 속마음을 알릴 필요는 없었다.

2마일을 더 달리고 나니 불안감이 치솟았다. 이 섬이 *이렇게* 클 리가 없잖아? 그런 생각이 드는 순간 숲이 끝나면서 그것이 보였다.

눈앞, 지는 해를 배경으로 집 한 채가 서 있었다.

라이너스가 태어나서 한 번도 본 적 없는 모습의 집이었다.

집은 바다가 내려다보이는 벼랑 위에 있었다. 지은 지 백 년도 넘어 보이는 집이었다. 벽돌로 된 건물이었고, 지붕 한가운데에는 하고많은 것들 중에도 커다란 탑이 하나 솟아 있었다. 마주보이는 벽면엔 초록색 담쟁이가 돋아나 하얀 창문 여러 개를 둘러싸고 있었다. 라이너스는 집 옆쪽에 정자 같은 것이 언뜻 보여서, 이 집에 정원도 있을까 하는 생각을 했다. 그러면 참 좋겠는데. 정원을 거닐며 바다 내음을 들이마실 수 있고….

그는 고개를 저었다. 그러려고 온 게 아니었다. 허송세월할 시간이 없었다. 맡은 바가 있었으니 제대로 해낼 작정이었다.

집으로 이어지는 진입로를 향해 차를 돌렸다. 집은 다가갈수록 점점 커졌고, 라이너스는 도대체 어떻게 이런 곳의 존재를 여태 몰랐던 걸까 하는 생각이 들었다. 물론 최고위 경영진이 비밀에 부친 이상 고아원의 존재는 모를 수 있겠지. 그래도 이 섬, 이 *집*의 존재까지 모를 수는 없잖아? 머리를 열심히 굴려보아도 떠오르는 건 없었다.

언덕 꼭대기에 가까워지자 진입로가 널찍해졌다. 덩굴이 무성하게 우거져 있는 메마른 분수 옆에 차 한 대가 서 있었다. 여섯 아이들과 고아원 원장이 모두 탈 수 있을 만큼 큰 빨간색 승합차였다. 자주 여행을 다니려나. 마을 사람들이 그들의 존재를 달가워하지 않는다면 마을엔 자주 나가지 못할 텐데.

하지만 가까이 가 보니 승합차는 한동안 움직인 적이 없었던 듯 보였다. 바퀴와 차체 사이 공간에 잡초가 자라 있었던 것이다.

여행은 자주 다니지 않나 보다, 어쩌면 아예 안 다니거나.

순간적으로 라이너스는 슬픔에 가까운 쓰라린 감정을 느꼈다. 아픔을 쫓아 보내려 한 손으로 가슴을 문질렀다.

어쨌든 그의 예상은 맞아떨어졌다. 정원이 있었다. 저물어가는 태양빛이 집 옆쪽에 자라난 꽃 무더기를 비추는 순간, 그는 문득 무언가가 쏜살같이 움직이는 모습을 감지하고 두 눈을 깜박였다.

그는 목소리가 들릴 정도로만 차창을 약간 내리고는 외쳤다.

"누구 있습니까?"

답은 돌아오지 않았다.

아까보다 용기가 생겨서 차창을 절반쯤 내렸다. 묵직한 바다 내음이 콧속으로 밀려들어왔다. 나뭇가지에 달린 잎들이 부스럭거리는 소리가 들렸다.

"누구 없어요?"

또 한 번 침묵이 찾아왔다.

"좋아. 그래. 그럼 우린 내일까지 여기서 기다려야 할 모양이다."

그 순간, 웬 어린아이가 낄낄 웃는 소리가 분명히 들렸다.

"아니면 도망쳐야 하는지도."

그가 힘없이 말했다.

칼리오페가 이동장 앞쪽을 박박 긁었다.

"그래. 그래. 하지만 밖에 뭔가 있는 것 같단 말이야. 우리 둘 다 잡아먹힐지도 몰라."

고양이는 또다시 발톱을 세워댔다.

한숨이 나왔다. 칼리오페는 여행 내내 대체로 얌전히 있어 주었다. 긴 여정이었으니 계속 가둬 놓기도 미안했다.

"알았어. 하지만 내가 난생처음 보는 이상하게 생긴 집에서 들려오는 어린애 웃음소리를 무시하고 앉아 있는 동안 가만히 있어준다고 약속해."

이동장을 열고 칼리오페를 꺼내 무릎 위에 앉혀도 고양이는 반항하지 않았다. 왕처럼 앉아 눈을 휘둥그레 뜨고 창밖을 내다보는 게 다였다. 등을 쓰다듬어도 아무 소리도 내지 않았다.

"좋아. 이제 우리 다시 생각 좀 해 보자고. 임무를 다할 것이냐, 아니면 적어도 내 몸은 지킬 수 있을 이 차 안에 가만히 앉아서 더 나은 생각이 떠오르기를 기다릴 것이냐."

칼리오페가 그의 허벅지에 발톱을 박아 넣었다.

그는 아픔에 움찔했다.

"그래, 그래. 겁쟁이 같지, *맞아*. 그래도 목숨은 부지해야지."

칼리오페는 앞발을 느릿느릿 핥아 얼굴을 문지르며 고양이 세수를 했다.

"그렇다고 버릇없이 굴 것까진 없잖아."

라이너스가 투덜거렸다.

"좋아, 어쩔 수 없지." 그는 문손잡이로 팔을 뻗었다.

"할 수 있어. *해내*고 말 거야. 넌 차 안에 있으렴, 일단 내가…"

붙잡을 겨를도 없이 무릎 위에 앉아 있던 칼리오페가 문을 열자마자 달려 나가 버렸다. 칼리오페는 바닥에 착지하자마자 정원을 향해 달려갔다.

"이 멍청한 고양이 녀석! 그래! 거기 살든 말든 마음대로 해라."

당연히 진심은 아니었지만, 공수표에 불과한 위협이라도 가만히 있는 것보다는 나았다.

칼리오페는 완벽하게 다듬어진 관목들 너머로 사라져버렸다. 휙 움직이는 꼬리가 보이나 싶더니 모습을 감췄다.

라이너스 베이커는 무모한 사람이 아니었다. 그런 면에서는 자부심마저 느낄 정도였다. 그는 인간으로서 가지는 한계를 과소평가하지 않았다. 해가 진 뒤에는 집으로 가서 안전하게 문을 잠근 뒤 머리글자를 새긴 잠옷을 입고 두 손에는 따뜻한 음료를 든 채 빅트롤라 LP 플레이어로 레코드를 듣는 쪽을 선호했다.

하지만 온 세상에 라이너스의 친구라고는 칼리오페 하나뿐이었다.

그러니 차에서 내려 자박자박 자갈을 밟아가며 진입로를 걸어간 건, 때로 아끼는 상대를 위해 싫은 일도 해야 할 때가 있다는 사실을 라이너스 역시 알기 때문이었다.

칼리오페가 멀리 가지 않았기만을 빌며 녀석이 사라진 방향으로 향했다. 해는 이미 저문 뒤였고, 집 안에 불이 켜져 있는데도 집은 여전히 불길해 보였으며, 하늘은 처음 보는 빛깔들의 조합으로 물들어 있었다. 벼랑 저 아래서 파도가 부서지는 소리, 머리 위에서 갈매기가 꽥꽥 우는 소리가 들렸다.

칼리오페가 사라져 버린 관목들로 다가갔다. 작은 돌길이 정원으로 짐작되는 곳까지 이어져 있었다. 그는 잠깐 망설였지만 곧 정원으로 들어섰다.

첫눈에 보기보다는 훨씬 넓은 정원이었다. 오는 길에 보았던 정자는 더 먼 곳에 있었는데, 붉은색과 주황색 종이 등이 정자에 달려 산들바람에 나부끼고 있었다. 등이 뿜어내는 불빛이 부드럽게 일렁였고 멀리서 희미한 바람 소리도 들렸다.

정원엔 꽃이 흐드러져 있었다. 해바라기는 보이지 않았지만 칼라와 나리가 피어 있었다. 달리아, 맨드라미, 국화, 오렌지색 거베라, 도라지꽃. 심지어 어린 시절 보고 처음 보는 좀작살나무도 있었다. 공기에 짙게 밴 꽃향기 때문에 살짝 어지러울 지경이었다.

"칼리오페."

나긋한 목소리로 불러 보았다.

"이리 나와. 좋게 마무리하자."

그럼에도 고양이는 나타나지 않았다. 라이너스는 짜증이 일었다.

"그래, 마음대로 해라. 새 친구나 사귀지 뭐. 입양을 기다리는 다른 고양이가 한둘인 줄 아니? 새끼고양이를 한 마리 데려오면 끝날 문제야. 넌 그냥 여기 살려무나. 그게 낫겠다."

당연히 진심은 아니었다. 그는 정원 안쪽으로 발을 옮겼다.

집 근처에는 사과나무가 한 그루 있었는데, 한 가지에 빨간 사과, 초록 사과, 분홍색 사과까지 온갖 종류의 사과가 함께 열려 있는 모습이 놀라워 그는 눈을 깜박였다. 나무둥치를 따라 아래로 시선을 내렸더니 그곳엔….

작은 조각상이 하나 있었다.

정원을 장식하는 노움이었다.

"예스럽기도 해라."

라이너스는 그렇게 중얼거리며 나무를 향해 다가갔다.

노움 조각상은 라이너스가 흔히 보던 다른 조각상에 비해 컸다. 노움이 쓰고 있는 뾰족한 모자 끝이 거의 라이너스의 허리 높이까지 올라올 정도였다. 노움의 얼굴에는 하얀 턱수염이 나 있었고, 양손은 몸 앞에서 깍지를 껴 마주잡은 자세였다. 색을 어찌나 꼼꼼하게 칠해 두었는지 저무는 햇빛 속에서 보니 꼭 살아 있는 것 같았다. 눈은 밝은 파란색, 두 뺨은 장밋빛이었다.

"특이한 조각상이네."

그러면서 그는 허리를 숙여 조각상을 들여다보았다.

평소였다면 라이너스도 분명 노움의 눈을 보자마자 알아차렸을 것이다. 그러나 그는 지쳐 있었고, 사라진 고양이가 걱정됐다.

그러니 조각상이 별안간 눈을 깜박이며 건방진 말투로 '다른 사람한테 그런 말을 하다니, 정말 무례하시네요. 그렇게 생각이 없나요?' 했을 때 그가 꽥 소리를 지른 것도 놀랄 일은 아니었다.

비명을 지르다가 뒤로 벌렁 넘어지는 바람에 그는 컥컥거리며 바닥의 잔디를 붙들려고 몸부림쳤다.

노움은 코웃음을 쳤다.

"정말 시끄러운 인간이군. 내 정원에서 시끄럽게 떠드는 건 질색이에요. 시끄러우면 꽃의 말소리가 안 들린다고요."

그러더니 그는 (턱수염은 있었지만, *여자아이였다*) 손을 뻗어 모자를 고쳐 썼다.

"정원에선 정숙해야죠."

라이너스가 간신히 목소리를 되찾았다.

"너는… 너…."

그 말에 노움은 얼굴을 찌푸렸다.

"내가 나라니 무슨 그런 당연한 소리를 해요? 그럼 내가 나지 누구겠어요?"

"넌 노움이구나."

노움이 부엉이처럼 눈을 깜박였다.

"맞아요. 난 노움이죠. 탈리아라고 해요."

아이는 허리를 굽히더니 옆에 떨어져 있던 작은 삽을 집어 들었다.

"아저씨가 베이커 씨예요? 만약 그렇다면, 우린 아저씨를 기다리고 있었어요. 만약 아니라면, 아저씨는 무단침입자니까 지금 당장 나가지 않으면 이 정원에 묻어버리겠어요. 나무뿌리가 아저씨 내장과 뼈를 양분으로 쓸 테니 아무도 모르겠죠."

아이는 또 얼굴을 찌푸렸다.

"아마 그렇지 않을까요? 사실 아직 사람을 땅에 묻어본 적은 없거든요. 그러니까 우리 둘 모두에게 값진 경험이 되겠네요."

"내가 베이커 씨가 맞단다!"

그 말에 탈리아는 엄청나게 실망한 듯 한숨을 쉬었다.

"알았으니까 소리 좀 지르지 마세요. 무단침입자가 와 줬으면 했던 게 그렇게 큰 욕심이에요? 인간을 비료로 쓰면 어떨까 예전부터 궁금했거든요. 좋은 비료가 될 것 같아서요."

아이는 욕심이 그득한 눈길로 그를 위아래로 훑어보았다.

"저 푸짐한 살 좀 봐."

"아이고."

"무단침입자가 오는 일은 거의 없거든요. 다만… 아까 고양이를 한 마리 보긴 했어요. 혹시 선물로 가져온 거예요? 루시가 진짜 좋아하겠네요. 다 쓰고 나면 남은 부분을 나한테 줄 수도 있겠다. 인간만큼은 아니지만 그래도 비료로 쓸 만하겠죠."

라이너스는 경악했다.

"걘 제물이 아니야, 내 *반려동물*이라고."

"아, 아깝다."

"그 애 이름은 칼리오페야!"

"그럼 다른 애들이 발견하기 전에 먼저 찾는 게 좋을 걸요. 그 애들은 반려동물인 줄 모를 테니까."

그러더니 아이는 큼직하고 네모난 이를 드러내며 씩 웃었다.

"게다가 맛있게 생겼고."

라이너스의 입에서 꺅 소리가 새어나왔다.

탈리아는 통통한 다리를 잰걸음으로 움직여 그를 향해 뒤뚱뒤뚱 걸어왔다.

"밤새 그렇게 누워 있을 생각이에요? 일어나요, 일어나라고요!"

그 말에 그는 자리에서 일어났다. 무슨 정신으로 일어난 건지 몰라도 몸을 일으켰다.

탈리아가 혼잣말로 뭐라고 툴툴거리는 소리를 들으며 정원 안쪽 깊숙한 곳으로 따라 들어가는 내내 땀이 비 오듯 흘렀다. 탈리아가 내는 소리는 꼭 노음어처럼 낮게 목 안쪽을 긁는 듯한 소리였지만, 노음어를 실제로 들어본 적이 없으니 확신할 수는 없었다.

정자에 도착해 올라서자 발밑에서 삐걱 소리가 났다. 줄에 달려 일렁이는 종이 등들이 아까보다도 밝게 빛났다. 편안해 보이는 두툼한 쿠션이 깔린 의자도 몇 개 있었다. 의자 밑에 가장자리가 말린 장식무늬 러그가 깔려 있었디.

탈리아는 정자 구석에 있던 작은 궤짝 쪽으로 다가가 뚜껑을 열고 안에 걸려 있던 다른 정원도구들 옆에 삽을 걸어놓았다. 모든 것이 제자리에 정리된 게 뿌듯했는지 탈리아는 고개를 주억거리고는 궤짝 뚜껑을 닫았다.

"자, 내가 고양이라면 어디 있을까요?

"난… 모르겠는걸."

그러자 아이는 눈을 굴렸다.

"모르는 게 당연하죠. 고양이란 교활하고 속을 알 수 없는 동물이잖아요. 아저씨 같은 사람이 어떻게 알겠어요."

"뭐라고?"

탈리아는 턱수염을 쓸어내렸다.

"도움이 필요해요. 누구한테 물어보면 좋을지는 내가 잘 알죠."

아이가 정자 천장을 올려다보며 "시어도어!" 하고 외쳤다.

라이너스는 아직 살펴보지 않은 파일들을 머릿속에서 되살리려 정신없이 허둥거렸다. 파일을 미리 읽지 않다니, 어째서 그런 바보짓을 한 거람?

"시어도어라니, 그게 누구…."

그 순간, 위에서 들려오는 울부짖음에 그는 등골이 오싹해졌다.

탈리아의 두 눈은 반짝반짝 빛나고 있었다.

"여기 오네요. 우릴 도와줄 거예요. 못 찾는 게 없거든요."

라이너스는 위급한 순간 탈리아를 붙들고 달려 나갈 마음의 준비를 하며 한 발짝 물러섰다.

시커먼 형체 하나가 정자 안으로 날아 들어온 뒤 볼썽사나운 몰골로 바닥에 착지했다. 날개가 너무 커서 제풀에 걸려 넘어진 그 형체는 성이 난 듯 꿱꿱 굴러 한 바퀴 구른 뒤 라이너스의 다리에 부딪치며 멈췄다. 라이너스는 비명을 지르지 않으려고 있는 힘껏 애썼지만, 안타깝게 최선을 다해도 소용없었다.

비늘로 뒤덮인 꼬리가 잠시 꿈틀거리더니 꼬리의 주인이 밝은 오렌지색 눈으로 그를 올려다보았다.

와이번을 실제로 본 건 태어나서 처음이었다. 와이번은 희귀종으로, 먼 옛날 지구를 헤매던 고대 파충류의 후손이지만 크기는 고작 집고양이만했다. 사람들은 와이번을 불쾌하게 여겼기에 오랜 세월 사냥감으로 취급하며 머리를 잘라 트로피를, 가죽을 벗겨 고급 신발을 만들었다. 마법생물보호법이 만들어진 뒤에야 와이번에 대한 잔혹행위가 그쳤지만 이미 너무 늦었다. 게다가 와이번에게는 인간에 필적한 만큼 정서적으로 복잡한 사고가 가능하다는 실증적 증거들도 발견된 뒤였다. 와이번의 개체 수는 걱정스러울 만치 줄어들었다.

그렇기에 와이번이 발치에 날아들어 꼬리로 발목을 휘감았을 때 라이너스는 (공포로 얼룩진) 매혹에 사로잡히고 말았다.

이것은—이 아이는, 하고 라이너스는 생각을 고쳤다—칼리오페보다도 몸집이 작았지만, 거의 비슷했다. 진주 빛 광채가 도는 비늘은 머리 위 종이 등에 반사되어 만화경 같은 빛을 뿜고 있었다. 아이의 뒷다리에는 두둑한 근육이 잡혀 있고, 그 끝에 달린 발톱은 무시무시할 정도로 날카로웠다. 앞다리 대신 박쥐 날개처럼 질기게 생긴 기다란 날개가 두 개 붙어 있었다. 머리는 아래로 구부러져 있었는데, 주둥이 끝, 코가 있어야 할 자리에 좁고 긴 구멍이 두 개 나 있었다. 아이가 뱀처럼 혀를 내밀더니 라이너스가 신고 있는 로퍼를 날름날름 핥았다.

아이는 오렌지색 눈을 느릿느릿 끔벅였다. 그러더니 라이너스를 향해 고개를 꽥 치켜들고는… 쩍 하고 울었다.

라이너스는 심장이 멎는 줄 알았다.

"시어도어, 맞지?"

와이번은 다시 한번 쩍 울었다. 새 같았다. 엄청나게 크고, 비늘로 뒤덮인 새.

"자, 어서요."

탈리아가 말했다.

"어서라니, 뭘?"

와이번을 발로 밀어내는 건 예의가 아니겠지, 생각하며 라이너스가 겨우 말을 뱉었다. 와이번의 꼬리가 발목을 점점 더 거세게 죄어오는 가운데 엄청나게 커다란 송곳니가 보였다.

"동전을 달라잖아요."

탈리아가 그것도 모르느냐는 듯 알려주었다.

"동전… 이라니?"

"시어도어가 비밀 장소에 모아둘 동전이요."

바보를 가르치는 듯한 말투였다.

"고양이를 찾으려면 그 대가를 치러야죠."

"그건… 난…."

"아아, 동전이 없어요? 큰일이네."

그는 필사적인 눈길로 탈리아를 바라보았다.

"큰일이라니, 어째서?"

"결국 인간 비료가 생기겠구나."

불길한 말투였다.

라이너스는 황급히 주머니 속으로 손을 가져갔다. 분명 있을 텐데… *뭐라*도 있어야 하는데….

아하!

그는 의기양양하게 손을 끄집어내며 환성을 질렀다.

"여기 있다! 여기… 단추?"

그렇다, 단추였다. 도저히 어디서 난 건지 알 길 없는 작은 놋쇠 단추. 그의 취향과도 거리가 멀었다. 라이너스는 무채색을 선호했는데, 광택 나는 밝은색 단추라니.

시어도어가 목구멍으로 쩍쩍 소리를 냈다. 고양이가 골골거리는 소리와 비슷했다.

다시 고개를 숙이자 시어도어가 바닥에서 몸을 일으키는 모습이 보였다. 몸이 마음대로 움직여주지 않는 모양이었다. 덩치에 비해 날개가 너무 컸다. 두 다리가 자꾸만 날개에 걸려 비틀거렸다. 시어도어는 성난 듯 쩍쩍 울더니 라이너스의 종아리를 지지대로 삼으려는지 꼬리로 휘감았다. 그렇게 긴신히 몸을 추스른 다음에야 아이는 라이너스를 놔주었지만 두 눈은 단추만 뚫어지게 바라보고 있었다. 아이는 몸을 곧추세우자마자 입을 쩍 벌렸다 다물었다 하면서 라이너스 주위를 펄쩍펄쩍 뛰어다녔다.

"어서 줘요, 와이번한테 선물을 보여주기만 하고 안 주면 큰일 난다고요. 지난번엔 시어도어가 불을 뿜어 태워버렸거든요."

라이너스는 탈리아를 날카롭게 쏘아보았다.

"와이번은 불을 뿜지 않아."

그러자 아이는 씩 웃었다.

"잘 속게 생겼는데, 보기보다 안 속네요. 잊지 말아야겠다."

시어도어는 라이너스의 관심을 끌려는 듯 날개를 펄럭이며 한층 더 높이 폴짝폴짝 뛰고 있었다. 요란하게 짹짹거리는 아이의 눈이 이글이글 불타는 것 같았다.

"알았어, 알았다고. 줄게. 하지만 난리법석은 그만둬라. 참을성을 가지라고."

시어도어가 바닥에 착지하더니 라이너스를 향해 고개를 쭉 빼고 입을 벌린 채 기다렸다.

송곳니 두 개가 어마어마하게 컸다. 또 어마어마하게 날카로웠다.

"입 안에다 넣어요. 손을 통째로 집어넣으라고요."

그는 탈리아의 속삭임을 무시하고 침을 한 번 꿀꺽 삼킨 뒤 손을 뻗어 시어도어의 입가에 단추 끄트머리를 가져갔다. 시어도어는 천천히 입을 다물어 단추를 물었다. 라이너스가 손을 도로 가져가자마자 시어도어가 뒤로 벌렁 드러누워 날개를 펼쳤다. 드러난 배는 하얗고 부들부들할 것 같았다. 시어도어는 뒷발을 입가로 가져가 단추를 움켜쥐었다. 발톱으로 단추를 붙든 채 얼굴 앞으로 가져가 이리저리 뒤집어 가며 열심히 들여다보았다. 몸을 흔들며 큰 소리로 짹짹 울기도 했다. 그러더니 라이너스를 한 번 쳐다보고 두 날개를 펼친 다음 엉성한 몸짓으로 날아올랐다. 하마터면 고꾸라질 뻔하다가, 마지막 순간 중심을 되찾고는 집 쪽을 향해 날아가버렸다.

"어디로 가는 거지?"

라이너스가 힘없이 물었다.

"비밀 장소로 가져가는 거예요. 아저씨는 거기가 어딘지 영영 못 찾아낼 테니까 찾아볼 생각도 하지 말아요. 와이번은 비밀 장소에 모아둔 보물들을 소중하게 아끼기 때문에, 누가 빼앗으려 들면 몸을 불구로 만들어버릴 걸요."

거기까지 말한 뒤 탈리아는 입을 다물고 생각에 잠긴 척했다.

"시어도어의 보물들은 거실 소파 밑에 있어요. 가서 찾아보세요."

"하지만 네가 방금… 그래, 그렇구나."

탈리아는 순진무구한 표정으로 그를 빤히 바라보기만 했다.

"칼리오페 찾는 걸 도와준다며."

라이너스가 재촉했다.

"그래요? 내가 그랬던가? 그냥 아저씨가 시어도어한테 무슨 선물을 줄지 궁금했어요. 왜 단추가 주머니 안에 들어 있었던 거죠? 단추가 있을 자리는 거기가 아니잖아요."

아이가 그를 흘깃 쳐다보았다.

"그것도 몰라요?"

"나도 알아…." 그러다가 그는 고개를 내저었다.

"아니, 됐어. 네가 도와주든 말든 난 고양이를 찾을 테다. 고양이를 찾기 위해 내 정원을 짓밟고 다녀야 한다면 그렇게 할 거고."

"감히 그럴 수 있을까요?"

"못 할 줄 알고?"

탈리아는 코웃음을 치더니 외쳤다.

"피!"

"감기 조심하거라."

"뭐라고요? 재채기 한 게 아니라고요. 피!"

"알았어, 알겠다니까. 한 번만 불러도 충분해."

누군가의 목소리가 들렸다.

뒤를 돌아보자, 열 살 남짓인 것 같은 지저분한 여자아이가 서 있었다. 밝은색 주근깨가 점점이 찍힌 새하얀 얼굴은 흙투성이였다. 아이가 숨을 내쉬자 이마를 뒤덮었던 불붙은 듯 새빨간 머리타래가 나부꼈다. 반바지에 탱크톱 차림이었다. 맨발이었고, 발톱 밑에도 흙이 잔뜩 끼어 있었다.

그러나 무엇보다도 라이너스의 눈을 사로잡은 건 아이의 등에 달린 얇은 날개 한 쌍이었다. 아이의 체구에 비해 너무 크다 싶은, 잎맥이 도드라진 것처럼 생긴 반투명한 날개가 아이의 어깨를 감싸고 있었다.

채플화이트와 같은 정령일 테지만 그와 확연히 다른 점이 있었다. 아이의 몸에서는 라이너스가 이 집으로 오는 동안 맡았던 진하고 짙은 흙냄새가 풍겼던 것이다. 아이의 정체도 이 흙냄새와 관련된 것이겠지.

숲 정령.

라이너스가 지금까지 만나본 정령은 몇 되지 않았다. 정령들은 혼자 다니는 걸 좋아했고, 나이가 어릴수록 더 위험한 존재였다. 능력을 완전히 통제하지 못해서였다. 예전에 배를 타는 사람들에게 위협을 느낀 어린 호수 정령이 저지른 일의 여파를 라이너스는 기억하고 있었다. 호수의 수위가 6피트 가량이나 높아졌고, 산산조각 난 배의 잔해가 파도치는 수면 위를 나부꼈었다.

라이너스가 보고서를 제출하고 나서 그 호수 정령이 어떻게 되었는지는 알 길이 없었다. 라이너스의 직급으로는 그런 정보에 접근할 수 없었다.

그러나 피라는 이름을 가진 이 정령을 보니, 오래전 만난 그 호수 정령이 떠올랐다. 피는 불신감이 가득한 얼굴로 그를 쳐다보며 날개를 움찔거리고 있었다.

"이 사람이야? 시시하게 생겼네."

"그래도 잘 안 속아. 그나마 다행이지. 고양이를 데려왔는데 도망가 버렸대."

"루시가 발견하지 않아야 할 텐데. 무슨 짓을 할지 뻔하잖아."

라이너스는 이 상황의 주도권을 되찾아야겠다는 생각이 들었다. 그래봤자 아이들이잖아.

"내 이름은 라이너스 베이커다. 그 애 이름은 칼리오페고. 나는…."

피가 그를 완전히 무시하며 지나쳐 가는 와중에 왼쪽 날개 끄트머리가 그의 얼굴을 때렸다.

"숲속엔 없는데."

탈리아가 한숨을 쉬었다.

"그럴 것 같았지만 물어봤어."

"가서 좀 씻어야겠다. 그때까지도 못 찾으면 다시 와서 도와줄게."

피는 라이너스를 흘깃 한 번 보고는 집 쪽으로 가버렸다.

"피는 아저씨가 마음에 안 드나 봐요. 너무 서운해하진 마세요. 걔는 어지간한 사람은 다 싫어하거든요. 아저씨한테 상처주려는 건 아닐 거예요. 그냥 아저씨가 여기 있는 게 싫은 거죠. 아니면 살아 있는 게 싫은 걸지도."

"잘 알겠구나." 라이너스가 퉁명스레 대답했다.

"자, 그럼 어서…."

탈리아가 턱수염 앞에서 손뼉을 짝 쳤다.

"알았다! 어디 가야 찾을 수 있을지 알겠어요! 다들 아저씨를 기다리고 있었거든요. 고양이는 샐한테 있을 거예요. 샐은 떠돌이들이랑 잘 지내거든요."

정자 반대쪽을 향해 뒤뚱뒤뚱 걸어가던 탈리아가 어깨 너머로 돌아보았다.

"어서 오라니까요! 고양이 안 찾고 싶어요?"

찾고 싶었다.

그래서 그는 아이를 따라갔다.

탈리아는 라이너스를 이끌고 정원을 가로질러 도로에서는 보이지 않던 집 옆쪽으로 데리고 갔다. 저녁 빛이 사그라지고 머리 위에 별이 하나둘씩 나타나고 있었다. 공기도 차가워져서 부르르 몸이 떨렸다.

탈리아는 꽃이 나타날 때마다 한 송이 한 송이 손가락으로 가리키며 이름은 무엇이고 언제 심었는지 알려주었다. 절대 손대지 말라고, 그랬다간 삽으로 머리를 후려치겠다면서.

라이너스는 토를 달 생각이 없었다. 이 아이한테는 폭력적인 성향이 있는 게 분명하니, 잘 기억했다가 보고서에 쓰기로 했다. 이번 조사는 시작부터 수월하지 않았다. 우려되는 점도 여러 가지였다. 특히, 아이들이 여기저기 아무렇게나 흩어져 있다는 점이 그랬다.

"원장님은 어디 계시니? 왜 너희들을 지켜보고 있지 않는 거니?"

"아서요? 아서가 왜 우리를 지켜봐야 해요?"

"파르나서스 원장님이라고 해야지." 하고 라이너스가 고쳐 주었다.

"정확한 명칭으로 부르지 않으면 무례한 거란다. 당연히 원장님이 지켜보고 있어야지. 너희들은 어리잖아."

"전 263살이거든요?"

"노움은 500살에 성년이 되잖니. 내가 그것도 모를 줄 아니?"

탈리아는 뭐라고 툴툴거리기 시작했는데, 이제는 노움어라는 걸 확실히 알 수 있었다.

"오후 5시부터 7시까지는 각자 하고 싶은 일을 하면서 시간을 보낸다구요. 아서, 흠, *죄송하네요.* 그러니까 파르나서스 원장님은 우리가 흥미로운 일이면 뭐든 탐구하라고 했거든요."

"몹시도 특이하군."

라이너스가 중얼거리자 탈리아가 그를 흘긋 보며 물었다.

"특이하다고요? 아저씨는 해야 하는 일을 다 마치고 나면 하고 싶은 일을 하지 않아요?"

음… 그래, 그 말이 맞다. 하지만 그는 어른이니까, 아이들과는 상황이 달랐다.

"취미 생활 시간에 다치기라도 하면 어떡하니? 원장님이 그렇게 빈둥거리기만 해서는…."

"빈둥거린다뇨! 아서는 그동안 루시랑 같이 있어요. 루시가 우리가 알던 세계에 종말을 가져오지 못하게 말이에요."

그… 그 애를 생각하자마자 라이너스는 다시 눈앞이 캄캄해졌다. 이 *루시*라는 아이. 자신도 모르게 이런 아이가 존재한다는 사실이 믿기지가 않았다. 아니, 온 *세상이* 모르게 말이다. 이제는 어째서 이 고아원이 비밀에 부쳐졌는지도, 왜 그래야만 했는지도 이해가 됐다. 하지만 여섯 살 난 아이의 모습을 한 대량살상무기가 존재하는데 온 세상이 아무 대비도 갖추지 못했다는 사실이 충격적일 따름이었다.

"얼굴이 새하얘졌네요."

탈리아가 실눈을 뜨고 그를 올려다보았다.

"몸도 덜덜 떨리는데요. 혹시 아파요? 아프다면 다시 정원으로 들어가서 죽는 게 좋을 것 같아요. 아저씨를 내가 질질 끌고 가는 건 싫거든요. 한눈에 봐도 무거울 것 같아요."

그러더니 손을 뻗어 그의 배를 쿡 찌르며 "물렁물렁해." 했다.

이상한 일이지만 그 단순한 동작 덕분에 다시금 눈앞이 선명해졌다.

"아픈 게 아니야. 그냥… 생각 중이라고."

그가 쏘아붙였다.

"아, 아쉽다. 혹시 위팔이 아프기 시작하면 말해 줄래요?"

"어째서… 혹시 그게 심장마비 증상이니?"

탈리아가 고개를 끄덕였다.

"지금 당장 파르나서스 씨한테로 가자꾸나!"

그러자 아이는 고개를 갸웃했다.

"하지만 고양이는요? 고양이가 잡아먹히고 복슬복슬한 꼬리만 남기 전에 찾고 싶었던 거 아니에요?"

"여긴 정말 말도 안 되게 엉망진창이구나. 고아원을 이런 식으로 운영하다니, 당장 윗선에 보고를…."

그 말을 듣자마자 탈리아는 눈을 휘둥그레 뜨더니 그의 손을 붙들고 끌어당겼다.

"우린 잘 지낸다고요! 아시겠어요? 아무 문제도 없어요. 나도 안 죽었고, 아저씨도 안 죽었고, 아무도 안 다쳤잖아요. 어차피 여긴 배 없이는 드나들지도 못하는 섬이라고요. 또, 집에는 전기도 들어오고, 우리의 자랑인 수세식 화장실까지 있는 걸요! 그런데 우리한테 무슨 일이 있겠어요? 게다가 파르나서스 원장님이 바쁠 때면 조이가 항상 우릴 지켜본다고요."

"조이라니? 그게 누구…."

"아! 그러니까 채플화이트 씨요."

탈리아가 황급히 말을 이었다.

"조이는 정말 멋져요. 우릴 잘 돌봐줘요. 다들 그렇게 생각해요. 게다가 아저씨가 믿을지 모르겠지만 조이는 디미트리라는 요정왕의 먼 친척이래요! 물론 디미트리는 이 동네에 살진 않지만요."

머릿속이 빙글빙글 도는 것 같았다.

"요정왕이라니 그건 또 무슨 소리냐? 난생처음…."

"그러니까, 아시겠죠? 걱정할 건 하나도 없다고요. 여기선 우릴 잘 관리하고 있으니까 아저씨는 아무한테도, 아무것도 보고하지 않아도 돼요. 그런데 저기 좀 봐요! 아저씨 고양이가 샐이랑 같이 있을 줄 알고 있었다고요. 동물들이 샐을 좋아하거든요. 샐은 진짜 최고예요. 봐요, 칼리오페가 정말 기분 좋아 보이잖아요."

탈리아의 말대로였다. 큰 집에서 조금 떨어져 있는 작은 집 포치에 덩치 큰 흑인 남자아이가 앉아 있었고, 칼리오페는 그 아이의 다리에 온몸을 부비적거리고 있었다. 등뼈를 따라 어루만지는 아이의 손가락 아래서 등을 활처럼 구부린 채로 꼬리를 축 늘어뜨려 살랑살랑 흔들기도 했다. 아이가 미소 띤 얼굴로 내려다보자, 믿기지 않게도 칼리오페는 입을 열더니 *야옹* 하고 라이너스가 단 한 번도 들어본 적 없는 소리를 냈다. 녹이 슨 것 같으면서도 울림이 있는 그 야옹 소리를 듣자마자 라이너스는 제자리에 딱 굳어버렸다. 칼리오페는 주로 기분이 나쁠 때 골골거리기는 했지만 지금까지 말을 한 적은 한 번도 없었으니까.

샐이라고 불린 아이가 나지막이 말했다.

"그래, 착하지. 예쁘아."

탈리아가 목소리를 바짝 낮췄다.

"자, 절대 갑자기 움직여선 안 돼요, 아시겠죠? 절대 샐한테…."

그 순간 라이너스가 쩌렁쩌렁 고함쳤다.

"내 고양이 내 놔! 거기 너, 도대체 무슨 수로 내 고양이한테 야옹 소리를 내게 한 거야?"

"…겁을 주면 안 되는데."

탈리아는 한숨으로 말을 끝맺었다.

"하지만 이미 저질러 버렸네요."

라이너스의 고함 소리를 들은 샐은 겁에 질린 얼굴로 고개를 들었다. 널찍하던 어깨가 축 처지더니 아이는 *쪼그라드는* 것만 같았다. 분명 검은 눈을 한 잘생긴 남자아이였는데, 다음 순간 아이의 몸이 온데간데없이 사라져버리며 입고 있던 옷만 남아 포치에 털썩 떨어져버렸다.

라이너스는 말을 잇지 못하고 입만 딱 벌렸다.

그때 라이너스의 눈앞에서 옷 무더기가 꿈틀거렸다. 하얀 털이 언뜻 스치나 싶더니 옷가지가 흩어졌다.

적어도 150파운드는 나갈 것 같았던 덩치 큰 샐이라는 남자아이는 사라지고 없었다.

하지만 완전히 사라진 건 아니었다.

고작 5파운드나 나갈까 싶은 하얀 포메라니안으로 변해 버렸던 것이다.

그것도 *복슬복슬한* 포메라니안. 머리에 난 털은 새하얗고, 불그레한 오렌지색 털이 등에서 다리까지 뻗어 있었다. 방금 셰이프시프터가 변하는 순간을 생생하게 목격한 거라는 사실이 라이너스의 머릿속에서 채 소화되기도 전에, 꼬리를 등에 바짝 붙을 정도로 말아 올린 강아지는 높은 소리로 깡 짖더니 작은 집을 향해 달려가 버렸다.

"세상에, 이건…."

말을 어떻게 맺어야 할지조차 알 수 없었다.

"겁을 주면 안 된다고 했잖아요."

탈리아는 불퉁거렸다.

"샐은 예민하다고요. 낯선 사람도, 큰 소리도 질색하는데 둘 다 한꺼번에 등장했으니."

칼리오페도 같은 생각이었는지 라이너스를 한 번 쏘아보고는 계단을 올라 샐을 따라 집 안으로 들어가 버렸다.

게스트하우스인 이 작은 집은 라이너스의 집보다도 작았다. 포치 역시 흔들의자 하나 놓을 자리도 없이 좁았지만, 집 앞, 따뜻한 빛이 뿜어져 나오는 창문 아래 꽃이 자라고 있는 모습이 참 예뻤다. 본채로 보이는 큰 집과 마찬가지로 게스트하우스 역시 벽돌 건물이었지만, 이 집은 도착하자마자 느꼈던 위압감을 뿜어내지는 않았다.

안에서 개 짖는 소리가 들렸다. 그리고 그 대답인 듯 알아듣기 어려운 카랑카랑한 소리가 들려왔는데, 누가 바닥에다가 축축한 스펀지를 자꾸 내던지는 소리 같은 것도 들렸다.

"천시도 안에 있네요."

탈리아는 신이 났다.

"우리가 정원에 있는 동안 천시가 아저씨 짐을 안으로 옮겨 줬나 봐요. 천시는 손님 접대를 정말 잘 하거든요. 어른이 되면 호텔 직원이 되고 싶대요. 제복을 입고, 작은 모자도 쓰고 말이에요."

탈리아가 순진한 듯 눈을 크게 뜨고 올려다보았지만, 라이너스는 그 눈빛을 보자마자 불신감이 들었다.

"아저씨도 천시가 호텔 직원이 될 수 있을 거라고 생각하세요?"

긍정적 사고의 힘을 믿는 라이너스는 "당연하지." 했지만 사실 천시라는 아이가 어떤 존재일지조차 알 수 없었다.

탈리아는 그의 말이 조금도 믿기지 않는다는 듯 방긋 웃었다.

집 안 역시도 밖에서 본 모습만큼이나 매력적이었다. 거실에 있는 벽난로 앞에 편안해 보이는 의자가 하나 놓여 있고, 구석 창가에는 테이블이 있었다. 개 짖는 소리는 복도 저편, 더 안쪽에서 들려오고 있었는데, 킁킁이지만 방향 감각이 길 잡히지 않았다. 왜냐하면 이 집에는….

"부엌은 어디 있니?"

그 말에 탈리아는 어깨를 으쓱해 보였다.

"없어요. 원래 이 집에 살던 사람이 누군지는 모르지만, 식사는 본채에서 다 함께 하는 게 좋다고 생각했나 봐요. 아저씨도 우리랑 같이 식사하면 돼요. 우리가 건강하고 문명적인 음식만 먹는다는 걸 확인할 수 있을 테니 그게 제일 좋겠죠."

"하지만…."

"선생님!"

등 뒤에서 누군가의 물기 어린 높은 목소리가 외쳤다.

"외투를 받아드릴까요?"

라이너스가 뒤를 돌아보자….

"천시!" 하고 탈리아가 반갑게 외쳤다.

등 뒤, 복도에 서 (앉아?) 있는 것은 새빨간 입술, 그리고 검은 이빨을 가진, 형태가 불분명한 초록색 덩어리였고, 그 뒤에 조그만 개 한 마리가 몸을 숨기고 빼꼼 내다보고 있었다. 덩어리의 머리 위에 눈이 하나씩 달린 두 개의 더듬이가 솟아 서로 독립적으로 움직이고 있었다. 팔은 없고, 대신 자잘한 빨판들이 다다다닥 붙은 촉수들을 갖고 있었다. 완전히 투명한 것은 아니지만 뒤에 숨어 있는 샐의 윤곽이 희미하게 비쳐 보일 정도였다.

"외투는 안 입고 있단다."

라이너스의 머리보다 입이 먼저 움직여 대답했다.

천시는 얼굴을 찌푸리더니 "아! 그것 참… 실망이네요." 했다.

그러나 눈이 달린 더듬이를 꿈지럭거리면서 천시는 점점 밝아지는 것 같았다. 그러니까 말 그대로, 색깔이 좀 더 밝은 연두색으로 변했다는 뜻이다.

"괜찮아요! 짐은 벌써 옮겨다 놓았답니다, 선생님! 아마도 지금 선생님의 베개 위에서 잠들어 있는 고양이의 소유일 것 같은 야만적인 우리도 함께 방에 갖다놓았어요."

아이가 촉수 하나를 내밀었다.

라이너스는 촉수를 빤히 쳐다보기만 했다.

천시가 "에헴." 하며 헛기침을 하더니 라이너스 쪽으로 촉수 끝을 딱딱 튕겼다.

"돈을 쥐야죠."

뒤에 서 있던 탈리아가 속삭이는 목소리로 알려 주었다.

이번에도 라이너스는 채 생각이라는 것을 하기도 전에 지갑부터 뒤졌다. 1달러짜리가 보여서 아이에게 건넸다. 지폐는 천시가 촉수로 휘어잡자마자 젖어버렸다.

"우와." 천시가 지폐를 가까이 끌어당기더니 눈 달린 더듬이를 축 늘어뜨려 열심히 살펴보았다.

"해냈어. 난 호텔 직원이니까!"

라이너스가 그 말에 뭐라 대답하기도 전, 누군가의 섬뜩한 목소리가 온 *사방*에서 울려 퍼졌다. 공기에서도, 바닥에서도, 사방을 둘러싼 *벽에서마저* 그 악랄한 목소리가 들려왔다.

"나는 악마의 현신, 이 세계의 살갗을 뒤덮은 수포다. 이제 온 세상을 내 앞에 무릎 꿇릴 테다. 종말을 맞을 준비를 해라! 세상의 끝이 왔고 죄 없는 이들이 흘린 피가 강이 되어 흐르리!"

탈리아가 한숨을 쉬며 "쟤 진짜 드라마 광이라니까." 했다.

6장

믿거나 말거나, 라이너스 베이커는 자신이 담당한 아이들을 아꼈다. 공감능력 없이는 이 일을 할 수 없다고 생각했다. 물론 젠킨스 같은 사람들도 관리자로 승진하기 전 사례연구원 일을 했다는 게 이해가 안 됐지만 말이다.

그렇기에 라이너스는 모든 것이 뒤죽박죽인 상황에서도 위협이 닥치는 순간 그가 할 수 있는 단 하나뿐인 대응을 했다. 아이들을 지키려고 움직였던 것이다.

그가 샐과 천시가 있는 뒤편으로 탈리아를 세게 끌어당기자 아이는 성이 나서 "무슨 짓이에요?" 하고 빽빽 소리를 질러댔다.

탈리아의 말은 무시했다. 섬에 도착하자마자 시작된 귀울림은 이제 세찬 폭풍우만큼 심해졌다. 열린 문을 향해 한 발짝 내딛는 순간, 바깥의 어둠이 어쩐지 한층 더 *깜깜하게* 느껴졌다. 포치로 나가면 밤하늘의 별들이 빛을 잃고 온 세상이 영원한 밤으로 변해버릴 거라는 예감이 들었다.

"무슨 상황이야?"

뒤에서 천시가 소곤거렸다.

"전혀 모르겠는데."

탈리아는 짜증 섞인 목소리였다.

샐은 초조한 듯 높은 소리로 캉캉 짖었다.

탈리아가 "아마 그럴 걸." 하고 대답했다.

라이너스는 문을 향해 한 발짝 내딛었다. 이 과제를 받는 순간, 이게 내 인생 마지막 임무가 될 거라는 사실을 알았어야 하는데. 혹시 루시가 이미 파르나서스는 물론 본채에 있던 누군가(또는 무언가)까지 전부 해치운 뒤는 아니겠지? 최고위 경영진이 말해주지 않는 다른 게 또 있을까? 길에 장해물만 없으면 아이들을 데리고 나가 차에 태울 수 있을 것이다. 칼리오페를 이동장에 넣으려면 골치 아프겠지만, 악마와 맞서느니 성난 고양이를 상대하는 게 낫지. 섬에서 나가는 법은 모르겠지만, 그래도….

그는 포치로 나섰다.

깜깜했다. 이렇게 깜깜한 어둠은 처음이었다. 포치 아래 피어 있는 꽃들만 간신히 눈에 들어왔다. 나머지는 어둠 속에 묻혀버렸다. 꼭 밤이 살아있는 생물로 변해 온 세상을 잡아먹어 버린 것만 같았다. 몸이 찌릿찌릿했다.

"안녕." 하고 옆에서 누군가가 다정하게 속삭였다.

라이너스는 히익 하고 숨을 들이마시며 고개를 돌렸다.

포치 가장자리에 한 아이가 서 있었다.

사진 속 루시의 모습 그대로였다. 바람에 흐트러진 검은 머리카락,

푸른 테두리가 진 새빨간 눈. 아이의 덩치는 정말 *작았지만* 얼굴에는 비웃는 것 같이 일그러진 미소를 띠고 있었고, 차렷 자세로 서 있었으나 당장 달려들어 라이너스의 사지를 잡아 찢고 싶은 마음을 간신히 참고 있기라도 한 것처럼 손가락을 마구 꼼지락거리고 있었다.

"만나서 반갑군."

루시가 높낮이 없는 억양으로 말하며 키득키득 웃었다.

"올 줄 알았다, 베이커. 하지만 내가 널 해치울 무렵엔 오지 말 걸 그랬다고 후회하겠지."

아이의 웃는 입꼬리가 얼굴을 둘로 가르기라도 할 것처럼 점점 길어졌다. 아이의 등 뒤에서 불길이 일었지만, 불에 집이 타들어가지는 않았고, 열기 또한 느껴지지 않았다.

"네가 감히 상상도 못할 만큼 신나게 즐겨주마…."

"거기까지 해라, 루시."

그리고 그 말과 함께 모든 것이 스위치를 내린 듯 꺼져버렸다.

루시가 끙 소리를 내자 눈에서 붉은색이 자취를 감췄다. 불길도 꺼져버렸다. 어둠이 걷히더니 지평선 위 미처 사라지지 않는 저녁 노을이 다시금 모습을 드러냈다. 하늘의 별은 밝게 빛났고, 저 멀리 본채가 보였다.

루시는 포치 위에 신발 바닥을 직직 끌면서 "그냥 장난이었는데." 하고 투덜거렸다.

"나는 지옥불이다, 어둡고도 어두운…."

"그래도 저녁 먹고 나서는 목욕 꼭 하렴."

아까의 목소리가 다시 들려오는 순간, 라이너스는 심장이 멎는 기분이었다.

"지옥불이라든지 어둡고도 어두운 건 내일로 미루는 게 어떨까?"

루시는 어깨를 으쓱하며 "알았어요." 하고는 그대로 라이너스를 지나쳐 집 안으로 달려 들어가며 탈리아와 천시를 향해 고함을 질러댔다.

"방금 봤어? 저 아저씨 완전 쫄았다고!"

라이너스는 포치 아래로 시선을 돌렸다.

잔디 위에 한 남자가 서 있었다.

지금껏 만난 그 어떤 남자와도 다르게 생긴 남자였다. 막대기처럼 깡마른 몸매. 밝은색 머리카락은 엉망으로 흐트러져 묘한 각도로 뻗쳐 있었다. 관자놀이 언저리가 벌써 희끗해지기 시작해진 것 같았다. 검은 눈은 어스름 속에서도 환하게 반짝였다. 코는 오래전 한 번 부러졌다가 제대로 맞춰지지 않은 것처럼 가운데에 혹이 솟은 매부리코였다. 남자는 양손을 앞섶에 모아 쥔 자세로 미소를 짓고 있었다. 엄지를 꼼지락거리고 있었는데, 손가락이 길고도 우아했다. 바닷바람 때문인지 녹색 피코트의 옷깃을 세웠고, 정장 바지가 긴 다리를 감당하지 못하고 발목 위로 깡충하게 올라온 비람에 빨간 양말이 드러나 보였다. 흰색과 검은색이 어우러진 윙팁 구두를 신고 있었다.

"안녕하세요, 베이커 씨."

아서 파르나서스는 사뭇 재미있어 하는 듯한 말투였다.

"마르시아스섬 방문을 환영합니다."

예상했던 것보다 발랄한, 꼭 한 단어 한 단어에 음표라도 붙은 것 같은 목소리였다.

"즐거운 여행이었어야 할 텐데요. 섬까지 건너오는 길에 바다가 거칠 때도 있거든요. 메를도… 메를이고요. 결국 마을 사람이니."

라이너스는 어리둥절했다. 파일에서 본 흐릿한 사진을 떠올려 보았다. 사진 속, 푸른 배경 앞에서 있던 파르나서스의 얼굴에는 웃음기라고는 전혀 없었다. 그럼에도 눈썹은 쾌활한 둥근 곡선을 그리며 휘어져 있었고, 라이너스는 지나칠 정도로 그 사진을 오래 들여다봤었다.

막상 실물로 보니 마흔다섯 살이라 믿기 힘들 정도로 젊어 보였다. 마치 갓 받은 학위와 높은 *이상*으로 무장한 채 DICOMY에 들어온 신입사원들만큼이나 앳된 얼굴이었다. 신입사원들은 규칙을 금세 받아들였다. 정부조직에는 이상주의가 끼어 들 자리가 없었으니까.

라이너스는 머릿속을 정리하려 고개를 흔들었다. 고아원 원장을 얼빠진 듯 쳐다보다니, 그의 위치에 걸맞지 않은 일이다. 라이너스 베이커는 철두철미한 전문가였으며 해야 할 일이 있었다.

"평소에도 손님이 오면 이렇게 위협적으로 맞이하곤 하십니까, 파르나서스 씨?"

이번에도 주도권을 잡을 요량으로 그가 깐깐하게 물었다.

파르나서스는 소리 내어 웃었다.

"평소엔 아닙니다만, 사실 손님이 오는 경우도 거의 없기는 합니다. 그냥 아서라고 불러주시지요."

등 뒤에서 아이들의 왁자지껄한 소리가 들려오는 바람에 라이너스는 긴장한 상태였다. 루시 같은 존재를 등지고 있는데 마음이 편할 리 없었다.

"그냥 파르나서스 씨라고 부르겠습니다. 저 역시 방문하는 동안 베이커 씨라고 불러 주시면 되고요, 원장님도, 아이들도 말입니다."

파르나서스는 재미있다는 표정을 숨기지 못한 채 고개를 끄덕였다. 도대체 뭐가 저렇게 재미있는 거지? 날 놀리는 건가? 그렇게 생각하니 별안간 분노가 밀려왔다. 얼른 내리눌렀지만 하마터면 표정을 일그러뜨릴 뻔했다.

"그럼 베이커 씨라고 부르죠. 직접 맞이하지 못해 죄송합니다."

그는 집 쪽을 흘깃 본 뒤 다시 그에게로 눈길을 돌렸다.

"루시와 면담 중이었거든요. 물론 그 녀석이 당신이라는 존재를 저한테서 완전히 숨겨버리려 한 것 같지만 말입니다."

라이너스는 아연실색했다.

"그 애가… 그럴 수가 있다고요?"

그러자 파르나서스는 어깨를 으쓱했다.

"루시는 많은 일을 할 수 있죠, 베이커 씨. 하지만 직접 알아보시도록 하십시오. 그게 이곳에 오신 목적일 테니까요. 루시는 피한 데서 베이커 씨가 도착했다는 소식을 듣고 자기만의 특별한 방식으로 맞이하고 싶어 했어요."

"특별하다니."

라이너스는 곧 꺼질 것 같은 목소리로 중얼거렸다.

파르나서스가 포치를 향해 한 발짝 다가왔다.

"이곳은 당신이 여태 한 번도 본 적 없을 것들로 가득한 특별한 곳입니다. 편견은 내려놓으시는 게 좋을 겁니다, 베이커 씨. 그러면 이곳에서의 나날이 훨씬 더 즐거워질 테니까요."

라이너스는 발끈했다.

"전 즐거운 시간을 보내려고 온 게 아닙니다, 파르나서스 씨. *휴가*를 온 게 아니라고요. 저는 마법아동관리부서의 지시를 받고 마르시아스 고아원이 계속 운영될 수 있을지, 아니면 조치가 필요한지 평가하러 온 것입니다. 잊지 마시길 바랍니다. 아이들이 감시하는 사람도 없이 난리 법석을 부리다니, 시작부터 좋지 않다는 걸 말입니다."

그러나 상대는 개의치 않는 모양이었다.

"난리 법석이라고요? 재미있는 표현입니다. 그리고 베이커 씨가 오신 이유는 잘 알고 있습니다. 하지만 베이커 씨야말로 방문 목적을 잊으신 것 같은데요."

"무슨 뜻이지요?"

그러자 파르나서스는 전혀 예상치 못한 말을 했다.

"시어도어한테 단추를 주셨더군요."

"예?" 라이너스는 눈만 끔벅였다.

어느새 파르나서스는 계단 아래까지 다가온 뒤였다. "단추 말입니다. 시어도어한테 놋쇠 단추를 주셨지요."

"줬습니다. 어, 주머니를 뒤지다가 처음 집은 게 그거라서요."

"어디서 난 걸까요?"

"무슨 뜻이시죠?"

"단추 말입니다, 베이커 씨. 그 단추는 어디서 난 거였습니까?"

라이너스는 주춤 물러섰다.

"그게… 무슨 말씀을 하시는 건지…."

파르나서스가 고개를 끄덕였다.

"중요한 건 사소한 것들입니다. 어디서 난 건지는 알 수 없지만, 눈 앞에 나타난 작은 보물들 말이죠. 그것도 가장 예상치 못한 순간에 말입니다. 그렇게 생각하면 참 아름답지 않나요? 시어도어가 그 단추를 무척 마음에 들어 하더군요. 베이커 씨는 정말 친절하셨습니다."

"단추를 주라기에 준 것 뿐입니다만!"

"그랬습니까? 잘하셨습니다."

파르나서스는 포치 위, 라이너스 앞에 서 있었다. 잔디밭에 서 있는 모습을 보니 예상한 것보다 키가 훨씬 컸다. 라이너스가 고개를 뒤로 제껴야 눈을 맞출 수 있을 정도였다. 그의 왼쪽 눈 아래에는 하트 모양을 닮은 주근깨가 있었다. 머리카락 한 줌이 이마를 덮고 있었다.

그가 한 손을 내밀자 라이너스는 움찔했다. 한참이나 손을 빤히 보다가 정신을 차리고 손을 마주잡았다. 그의 피부는 서늘하면서도 건조했고, 그의 손가락이 라이너스의 손을 감싸는 순간 마음 속 깊은 곳에서 가느다란 온기가 피어올랐다.

"이곳에 오신 이유가 무엇이건, 만나서 반갑습니다."

파르나서스가 그렇게 말하자 라이너스는 잡은 손을 놓았다. 손바닥이 찌릿찌릿했다.

"제가 해야 할 일을 할 수 있도록 방해하지만 말아주시면 됩니다."

"아이들을 위해서인 거지요?"

"맞습니다. 무엇보다 중요한 건 아이들이니까요."

파르나서스는 무언가를 찾기라도 하는 듯 라이너스의 얼굴을 한참이나 빤히 바라보다가 입을 열었다. "좋습니다. 시작부터 근사해서 참 좋군요. 분명 눈부신 한 달이 될 겁니다."

"근사하다니…."

"얘들아!" 그가 민첩하게 몸을 숙여 샐이 두고 간 옷가지를 집어들었다.

"이리 좀 나와 보렴!"

등뒤에서 아이들이 우르르 몰려오는 발소리가 들렸다. 묵직한 발소리도 있고, 철벅거리는 발소리도 있었다. 아이들은 라이너스를 밀치고 파르나서스를 향해 달려갔다.

아직 조그만 포메라니안 모습인 샐이 맨 처음으로 도착했다. 샐은 라이너스한테서 멀찍이 떨어져 초조하게 깽깽거리다가 꼬리를 신나게 흔들어대며 파르나서스의 품으로 뛰어들었다. 파르나서스가 그를 내려다보며 "안녕, 샐." 하자 놀랍게도 샐은 높은 소리로 캉캉 짖었다. 샐은 그렇게 대답하듯 몇 번 짖더니 집 안으로 들어가 버렸다.

"고양이를 데려오셨습니까?"

라이너스가 놀라 입을 쩍 벌렸다.

"방금… 대화를?"

"샐과 말이 통하느냐고요? 당연하지요. 우리 아이인 걸요. 탈리아, 손님을 모시고 다니며 구경시켜 드리다니 고맙구나. 정말 상냥해. 그리고 천시, 세상에 너만큼 멋진 호텔 직원은 없을 거다."

"정말요?" 하면서 천시가 더듬이에 달린 눈을 흔들어댔다.

"온 *세상*에서요?"

그 말과 함께 천시가 가슴을 부풀렸다. 아니, 정확히 말하자면 가슴을 부풀린 것 *같았다*. 천시에게 가슴이라는 부위가 있는지 없는지조차 알 길이 없었으니까.

"들었어, 탈리아? 온 *세상*에서 내가 최고래."

탈리아는 코웃음을 치며 "나도 들었거든. 좀 있으면 네 호텔도 생기겠다." 하더니 턱수염을 매만지며 라이너스를 올려다보았다.

"기회가 있었는데도 삽으로 아저씨 머리를 내리치지 않은 거, 고마워할 필요 없어요."

파르나서스가 객객거리는 것 같이 목을 긁는 듯한 낮은 목소리로 뭐라고 말하자 아이는 살짝 움찔했다.

잠시 후에야 라이너스는 그게 노움어라는 사실을 알아차렸다.

탈리아는 드라마틱하게 한숨을 내쉬었다.

"죄송해요, 절대 삽으로 내리치지 않을게요. 오늘은요."

말이 끝나자마자 아이는 천시와 함께 계단을 내려가 본채를 향했다.

그때 등 뒤에서 바닥이 삐걱대는 소리가 들리는 바람에 라이너스는 등골이 서늘해졌다. 루시가 나타나 광기 어린 미소를 지으며 그를 올려다보았던 것이다. 아이는 눈을 아예 깜박이지 않는 것 같았다.

라이너스가 간신히 목 쉰 소리로 "왜?" 하고 물었다.

"어음, 나한테 필요한 거라도 있니?"

"아뇨."

루시의 미소가 더 크게 번졌다.

"필요한 게 있어도 도와줄 수 없을 걸요. 아무도 못 도와줘요. 나는 뱀들의 아버지, 공허의…."

"거기까지 하라고 했지." 파르나서스가 가볍게 한마디 했다.

"루시, 오늘은 네가 채플화이트 씨 요리를 돕는 날인 거 알지? 벌써 늦었다. 뛰어가렴."

루시가 바람이 빠지듯 한숨을 쉬었다.

"으, 꼭 가야 해요?"

파르나서스가 몸을 숙여 아이의 어깨를 토닥여 주었다.

"얼른 가렴, 맡은 일을 소홀히 하면 채플화이트 씨가 속상하실 거다."

루시는 혼잣말로 툴툴거리더니 계단을 콩콩 뛰어 내려갔다. 계단 아래에서 라이너스 쪽을 돌아보는 바람에 그는 무릎이 후들거렸다.

"허세 부리는 겁니다. 사실 루시는 부엌일 하는 걸 좋아하거든요. 당신 앞에서 센 척하고 싶어 하는 것 같아요. 정말 귀여운 꼬마입니다."

"좀 앉아야겠습니다."

다리에 감각이 없어질 것 같았다.

"그럼요, 앉으십시오."

파르나서스는 흔쾌히 대답했다.

"오늘 하루 고단하셨을 테니까요." 그가 코트 소매를 걷어 올려

손목에 찬 큼직한 시계를 확인했다.

"저녁 식사 시간은 7시 반이니까, 그 전까지 잠시 쉬십시오. 마르시아스섬에 오신 걸 환영하는 의미로 채플화이트 씨가 만찬을 준비했답니다. 디저트로는 파이도 나온다고 하는군요. 전 파이를 정말 좋아하거든요."

그는 또다시 라이너스의 손을 잡고 부드럽게 힘을 주었다. 라이너스는 그를 올려다보았다. 파르나서스가 나직이 입을 열었다.

"당신이 이곳에 온 이유를 압니다. 당신이 가진 권한도 알고요. 제가 부탁드리는 건 마음을 열어달라는 게 전부입니다. 베이커 씨, 그렇게 해주시겠습니까?"

라이너스는 당황해서 손을 뺐다.

"해야 하는 일을 할 겁니다."

파르나서스는 고개를 끄덕이며 마치 무슨 말을 더 하려는 것 같은 표정을 지었으나, 입을 여는 대신 고개를 저었다. 그가 돌아서더니 포치를 내려가 아이들을 뒤따라 어둠 속을 향했다.

무슨 정신으로 복도를 지나 방으로 돌아왔는지도 알 수 없었다. 마치 영영 깨지 않는 이상한 꿈에 갇혀버린 기분이었다. 그 기분이 가시지 않은 채 조그만 욕실에 들어가 보니 챙겨온 세면도구들이 거울 아래 선반에 나란히 배열되어 있었다.

"뭐야?"

누구에게랄 것도 없이 내뱉은 말이었다.

복도 끝에 마련된 그의 방은 작지만 있을 건 다 있었다. 바다를 면한 벼랑이 내다보이는 창가에 책상이 하나 있었다. 그 앞에 의자도 있었다. 벽장 문 앞에는 작은 서랍장이 있었다. 반대편 벽 쪽에는 침대가 있고, 큼지막한 퀼트가 덮여 있었다. 칼리오페는 꼬리를 몸에 동그랗게 말고 베개 위에 누워 있었다. 라이너스가 방 안에 들어오자 고양이는 한 눈을 뜨고 그의 움직임을 좇았다.

칼리오페에게 뭐라고 말하려는 순간 그는 그대로 말문이 막혔다.

침대 위에 놓여 있는 여행 가방 안이 텅 비어 있었던 것이다.

라이너스는 여행 가방을 향해 달려갔다.

"다 어디 간 거야?"

칼리오페가 하품을 하더니 앞발 사이에 얼굴을 묻었다.

아이들과 파르나서스 씨에 대한 정보가 담긴 파일은 지퍼가 닫힌 옆 주머니 속에 안전히 잘 들어 있었다. 누가 뒤져본 것 같지도 않았다. 하지만 옷도 사라졌고, 다른 것들도….

미친 듯이 주변을 두리번거렸다.

저쪽, 책상 옆 바닥에 칼리오페의 그릇들이 놓여 있었다. 그릇 하나에는 물이, 다른 그릇에는 사료가 담겨 있었고, 사료 봉지는 책상 한쪽에 놓여 있었다. 책상 위에는 라이너스가 가져온 《규칙 및 규정집》이 놓여 있었다.

벽장으로 달려가 문을 활짝 열어젖혔다. 셔츠도, 넥타이도, 바지도, 옷걸이에 잘 정돈되어 걸려 있었다. 혹시나 필요할까 챙겨온 외투도 그 옆에 있었다. 여벌로 가져온 로퍼는 벽장 바닥에 놓여 있었다.

그는 벽장 문을 그대로 열어둔 채 서랍장을 확인했다. 서랍 안에 그의 양말이며 속옷이 가지런히 정리되어 있었다.

두 번째 서랍에는 잠옷, 그리고 그가 가져온 옷가지 중 유일하게 업무 복장이 아닌 바지 한 벌, 폴로셔츠 한 벌이 들어 있었다.

라이너스는 서랍장에서 주춤주춤 뒷걸음질로 물러나다가 다리를 침대에 부딪치고 말았다. 그대로 털썩 주저앉아 서랍이며 열린 벽장을 빤히 쳐다보았다.

"아마도 내가 제정신이 아닌가 보다."

칼리오페는 딱히 아무 의견도 없는 모양이었다.

라이너스는 고개를 설레설레 저으며 여행 가방으로 손을 뻗어 파일을 꺼내 무릎 위에 펼쳐놓았다.

"어리석긴. 다음번에는 꼭 사전에 준비를 철저히 해야겠어."

그렇게 중얼거린 그는 심호흡을 한 번 하고 맨 위의 파일을 펼쳤다.

시어도어라는 이름을 가진 와이번에 대한 정보를 읽고는 숨이 가빠 와서 "오." 했다.

샐이라는 열네 살짜리 남자아이 파일을 읽었을 때는 숨이 막혀서 "뭐?" 했다.

탈리아에 대한 파일을 보면서는 말조차 나오지 않고 이마에서 식은땀만 한 줄기 흘러내렸다.

피의 정체는 라이너스가 짐작한 대로였다. 숲 정령, 그것도 아주 강력한 힘을 지닌 숲 정령이었다.

천시라는 남자아이 파일을 읽을 땐 몸이 움츠러졌다. 천시는 열

살, *어머니* 뒤에는 *미상*이라고 적혀 있었다. 아버지도 미상. 종족 분류 역시 미상. 천시가 정확히 무엇인지 아무도 모르는 것 같았다. 천시를 직접 만나본 라이너스조차도 알 수 없었으니까.

최고위 경영진의 말이 맞았다.

이 아이들은 여태 라이너스가 본 그 무엇과도 달랐다.

라이너스는 저녁 식사 초대를 무시하고 묵직한 퀼트 이불을 머리끝까지 뒤집어쓴 채 눈앞에 펼쳐진 이상한 세계를 외면해버릴까 하고 무척이나 진지하게 고민했다. 한숨 자고 일어나면 모든 게 더 말이 되는 것처럼 느껴질지도.

그러나 그 순간 배가 꼬르륵대는 바람에 그는 배가 고프다는 사실을 자각했다. 그냥 고픈 게 아니라 미친 듯이 고팠다.

배려심이라고는 없는 배를 손가락으로 꾹 찔렀다.

"꼭 이래야겠니?"

그러자 배가 한 번 더 꼬르륵 대답했다.

그런 연유로 그는 본채 현관 앞까지 와서 초조한 마음을 달래느라 혼잣말을 하고 있는 중이었다.

"다른 과제랑 별다를 것도 없어. 이런 상황, 전에도 겪어 봤잖아. 해 보자고, 나 자신. 할 수 있어."

그는 손을 뻗어 문에 달린 금속 노커를 세 번 두들겼다.

기다렸다.

일 분 뒤, 다시 노크했다.

여전히 답이 없었다.

이마에 배어난 식은땀을 훔치며 한 발 물러나서 집 옆면을 바라보았다. 창문으로 빛이 새어나오고 있었지만, 문을 향해 다가오는 사람은 아무도 없는 것 같았다.

그는 고개를 설레설레 저은 다음 다시 문으로 다가갔다. 잠시 망설이다가 문손잡이를 잡았다. 손잡이를 스르륵 돌린 다음 밀어보았다.

문이 열렸다.

현관문 안쪽에는 넓은 공간이 있었고, 그 너머엔 2층으로 이어지는 널찍한 계단이 보였다. 나무로 된 난간이 반들반들했다. 머리 위, 천장에는 불빛을 받아 반짝거리는 커다란 크리스털 샹들리에가 달려 있었다. 문 안쪽으로 고개를 집어넣고 귀를 기울였다.

무슨 소리가 들려왔다… 음악인가? 희미하긴 했지만, 음악인 게 분명했다. 무슨 곡인지는 알 수 없었으나 어쩐지 익숙했다.

"누구 없어요?"

대답은 없었다.

그는 안으로 들어가서 문을 닫았다.

오른편에 거실이 있었다. 불 꺼진 벽난로 앞에 커다랗고 푹신해 보이는 소파가 있었다. 벽난로 위 벽에는 그림이 걸려 있었는데, 스월링 에디스를 기발하게 그린 초상화였다. 소파 아래로 늘어진 스커트가 움직이는 것 같았는데, 어두운 탓에 잘못 본 거라고 꼬집어 말할 수는 없었다.

왼편은 식당이었는데, 쓰지 않는 곳인 듯했다. 식탁 위 천장에 달린, 샹들리에의 불은 꺼져 있고, 식탁 위에는 낡은 책들이 가득했다.

"아무도 없어요?"

이번에도 대답이 없었다.

그래서 라이너스는 할 수 있는 유일한 일을 했다.

음악 소리를 따라간 것이다.

가까이 갈수록 음악이 더 풍성해졌다. 낮고 날카로운 소리, 그리고 바다 건너 어딘가에서 그가 나를 기다리고 있다고 노래하는 남자의 달콤한 목소리.

라이너스도 이 곡이 담긴 레코드가 있었다. 정말 좋아하는 곡이었다.

금빛 모래 위에서 배들을 바라보고 있다고 노래하는 바비 다린의 목소리가 들렸다. 그는 마치 꿈속을 걷는 것처럼 식탁 위에 놓인 책들을 어루만지며 앞으로 나아갔다. 레코드가 돌아가며 나는 스크래치 소리에 마음을 빼앗긴 바람에 책 제목조차도 살펴보지 않았다.

가운데에 둥근 창이 뚫려 있는 스윙도어 두 짝이 나타났다.

그는 발끝으로 서서 창을 들여다보았다.

환하고 바람이 잘 드는 부엌이었다. 여태 본 부엌 중에 가장 컸다. 그가 묵는 게스트하우스가 통째로 들어가고도 남을 크기였다. 천장에는 어항 같은 유리구로 감싸인 조명들이 달려 있었다. 산업용으로 써도 될 정도로 큰 오븐 옆에 초대형 냉장고가 보였다. 대리석 조리대는 윤이 나게 깨끗했고, 그리고….

라이너스의 입이 딱 벌어졌다.

채플화이트가 바닥에 발이 닿을락 말락한 상태로 부엌 안을 돌아다니고 있었던 것이다. 등에는 피의 날개보다 더 빛나는 날개가 돋아서 그가 한 발짝 움직일 때마다 팔락거리며 빛을 던졌다.

그러나 무엇보다 그의 눈길을 사로잡은 건 부엌에 있는 또 다른 한 사람이었다.

루시가 조리대 앞에 발받침을 놓고 올라서 있었다. 플라스틱 칼을 들고 토마토를 썰어 커다란 분홍색 대접에 담고 있었다.

루시는 바비 다린의 노래를 들으며 리듬을 타고 있었다. 노래가 절정에 이르러 드럼이 몰아치고 트럼펫이 울려 퍼지자 아이는 박자에 맞추어 온몸을 흔들었다. 다시 바비의 목소리가 들려왔다. 한 점 의심 없이 마음 가는 대로 따르라고.

루시는 춤을 추며 고개가 뒤로 젖혀질 만큼 크게 노래를 따라 불렀다.

채플화이트도 빙글빙글 돌면서 라이너스의 시야에서 벗어났다 사라졌다 반복하며 함께 노래하고 있었다.

그 순간 비현실적인 느낌이 라이너스의 온몸에 퍼졌다. 마치 파도에 쑥 빨려드는 느낌이었다. 숨이 제대로 쉬어지지가 않았다.

"뭐 하는 거예요?"

뒤에서 누군가가 속삭였다.

꽥 비명을 지르며 돌아서자 피와 탈리아가 서 있었다. 깨끗하게 씻은 피의 빨간 머리는 불길 같았고, 주근깨는 더 도드라져 보였다. 날개는 등 뒤에 접고 있었다.

탈리아도 옷을 갈아입고 왔지만 모자만 없을 뿐 아까 입었던 옷과 비슷한 옷이었다. 턱수염과 마찬가지로 고급스러운 길고 하얀 머리카락은 어깨까지 늘어뜨렸다.

둘 다 수상하다는 눈길로 그를 올려다보았다.

뭐라고 말해야 하지?

"나는…."

"스파이 짓을 하고 있었던 거죠?"

피가 물었다.

"당연히 아니지…."

"스파이는 곤란한데." 그렇게 말하는 탈리아의 말투가 불길했다.

"지난번에 우리 집에 침입하려던 스파이는 그 뒤로 다시는 소식을 알 수 없게 되었거든요."

탈리아가 실눈을 뜨고 몸을 바짝 기울이며 말을 이었다.

"요리해서 저녁으로 먹어버렸으니까요."

"안 그랬잖니."

별안간 어디선가 튀어나온 파르나서스의 말이었다. 그가 늘 이렇게 갑작스레 등장하는 사람이라는 걸 라이너스 역시 서서히 알아가고 있었다. 그는 아까 입고 있던 외투가 아니라 소매가 손등을 덮을 정도로 내려오는 두꺼운 스웨터 차림이었다.

"안타깝지만 스파이는 온 적 없었어. 스파이란 의도를 숨기고 침입하는 사람이지. 그런데 우리 집에 온 사람들은 전부 의도가 분명했잖니? 그렇지요, 베이커 씨?"

"그렇네요."

파르나서스가 미소를 지었다.

"그건 그렇고, 우리는 손님들을 다치게 하지 않습니다. 살인씩이나 하진 않아요. 예의에 어긋나니까."

라이너스의 기분은 조금도 나아지지 않았다.

〈바다 너머〉가 끝나고 바비는 이제 홀로 꿈꾸지 않도록 자신만의 연인을 갖고 싶다고 노래하고 있었다.

"그럼, 들어갈까요?"

파르나서스의 물음에 그는 고개를 끄덕였다.

모두가 라이너스를 빤히 바라보았다.

알고 보니 그가 부엌문을 막고 있었던 것이다. 옆으로 비켜나자 피와 탈리아가 부엌으로 달려 들어갔다. 파르나서스가 어깨 너머로 "시어도어! 저녁 시간이다!" 외쳤다.

거실 쪽에서 무언가가 요란하게 부스럭거리는 소리가 들렸다. 파르나서스의 등 뒤를 바라보는 순간, 소파 밑에서 튀어나오려다가 날개에 걸려 넘어지는 시어도어가 보였다. 꼬리를 땅에 쿵쿵 부딪히며 데굴데굴 구르는 시어도어는 으르렁거리다가 그대로 벌렁 누운 채 거친 숨을 몰아쉬었다.

"천천히, 차분하게 하렴, 시어도어. 널 기다렸다가 식사할 거야."

시어도어가 (아마) 한숨을 쉬더니 몸을 일으켰다. 쩍쩍 소리를 내면서 조심스레 뒷다리로 서서 오른쪽, 왼쪽 순으로 살그머니 날개를 접었다. 조심스레 한 발 내딛는 순간 나무 바닥에 발톱이 쭉 미끄러지는 바람에 시어도어는 간신히 힘을 주어 버텼다.

"시어도어는 항상 날아다니고 싶어 하거든요."

파르나서스가 목소리를 낮추어 알려주었다.

"그래도 식사 시간에는 꼭 걸어오게 시킵니다."

"어째서죠?"

"땅에 발을 딛는 데 익숙해져야 하니까요. 언제나 날아다니기만 할 순 없어요. 아직 어리니까 금세 지쳐버릴 겁니다. 만에 하나 위험에 처한다면 날개뿐 아니라 다리도 잘 쓸 수 있어야 할 테고요."

라이너스가 화들짝 놀랐다.

"위험이라니…."

"세상에 와이번이 몇이나 남았지요, 베이커 씨?"

그 말에 그는 곧장 입을 다물었다. 정확한 숫자를 댈 수는 없었지만, 얼마 없는 건 확실했다. 파르나서스는 고개를 끄덕였다.

"그 이유 때문입니다."

시어도어가 고개를 한쪽으로 기울인 채 성큼성큼 다가왔다. 두 사람의 발치에 다다르자 시어도어는 고개를 들고 파르나서스를 향해 뭐라고 짹짹거리며 날개를 활짝 폈다.

파르나서스는 "그래, 그래." 하면서 한 손가락으로 시어도어의 주둥이를 쓸어내렸다.

"대단하구나. 정말 기특해, 시어도어."

시어도어는 날개를 도로 접더니 이번에는 라이너스를 올려다보다가 몸을 숙여 그가 신은 로퍼 앞코를 살짝 물었다.

파르나서스가 기대에 찬 눈빛으로 그를 바라보았다.

무슨 뜻인지 짐작할 수도 없었다.

"단추를 줘서 고맙다는군요."

잘근잘근 씹히는 건 사양하고 싶었지만 이미 늦은 뒤였다.

"어, 그래. 그럼… 다행이구나."

시어도어는 다시 짹짹거리다가 문 안쪽을 향했다.

"우리도 들어갈까요?"

라이너스는 고개를 끄덕이고 그를 따라 부엌으로 들어갔다.

부엌 한쪽에도 식탁이 있었다. 아까 본 식당에 있던 것보다 더 자주 쓰는 식탁 같았다. 식탁에는 약간 낡은 식탁보가 깔려 있고, 그 위에 개인별 접시와 식기들이 놓여 있었다. 한편에 세 사람 몫, 반대편에 네 사람 몫의 식기가 차려져 있었지만 넷 중 한 자리에만 스푼도 포크도 놓여 있지 않았다. 테이블 양쪽 끝에도 자리가 하나씩 있었다. 일렁이는 촛불이 식탁을 장식하고 있었다.

식탁 한가운데에는 음식이 잔뜩 쌓여 있었다. 감자그라탱, 빵, 정체를 알 수 없는 고기. 푸른 잎이 많은 샐러드도 있었다. 아까 루시가 썰었던 토마토는 촛불 아래서 보니 꼭 빨간 딱정벌레 같았다.

라이너스를 위한 만찬이라고 했다.

혹시 독이라도 든 건 아니겠지?

아이들은 벌써 자리를 잡고 앉아 있었다. 천시를 가운데에 두고 피와 탈리아가 양쪽에 앉았다. 맞은편에는 시어도어 (포크와 스푼 없이 접시만 차려진 자리로 기어 올라가는 중이었다), 채플화이트. 빈자리를 하나 두고 그 옆이 샐이었다. 라이너스의 눈길을 알아차린 샐이 그를 처다보았다가 금세 휙 고개를 돌리더니, 고개를 숙인 채 테이블보만 쪼물거렸다.

샐 옆에 앉을 수는 없으니 식탁 양쪽 끝 중 한 자리에 앉아야 했다. 라이너스가 옆자리에 앉는다면 불쌍한 샐은 저녁을 한 입도 못 넘길 테니까.

그가 식탁으로 다가가는 동안 아무도 입을 열지 않았다. 의자를 뒤로 빼자 의자 다리가 바닥을 긁는 소리가 났다. 그는 움찔한 뒤 헛기침을 한 번 하고 자리에 앉았다. 바비의 노래라도 계속 흘러나온다면 이 어색한 분위기가 걷히련만, 조용했다.

접시 위에 놓여 있던 냅킨을 펼쳐서 무릎에 놓았다.

다들 그를 빤히 처다보고 있었다.

그는 의자에 앉은 채 초조하게 몸을 비틀었다.

그때, 어느새 옆에 서 있는 루시를 보고 라이너스는 놀라 "아이고." 하며 자리에서 펄쩍 뛰었다.

루시는 사근사근한 말투로 입을 열었다.

"마실 것 좀 가져다 드릴까요? 주스는 어떠세요? 아니면 홍차?"

그러더니 그를 향해 바짝 몸을 기울이고 목소리를 낮췄다.

"보름달 아래 공동묘지에서 태어난 아기의 피는 어떠실까요?"

파르나서스가 "루시." 하며 주의를 주었다.

루시는 라이너스를 빤히 보며 속삭였다.

"원한다면 뭐든지 가져다드리죠."

라이너스는 힘없이 콜록거렸다.

"물, 물이면 되겠다."

"물 한 잔 나갑니다!"

루시가 라이너스의 접시 옆에 있던 빈 잔을 집더니 싱크대 앞 발받침에 올라섰다. 집중하느라 (앞니 두 개가 빠져나간 틈새로) 혀까지 내민 채 수도꼭지를 틀었고, 컵에 물이 가득 차자 두 손으로 꼭 쥔 채 발받침에서 내려왔다. 아이는 물을 거의 한 방울도 흘리지 않고 가져와 라이너스에게 건넸다.

"자, 여기 있어요. 고맙다는 인사는 됐어요! 아저씨 영혼을 영원한 지옥으로 보내겠다는 생각 같은 건 전혀 안 하고 있다고요!"

라이너스는 간신히 입을 열었다. "고맙다. 정말 친절하구나."

루시는 웃음을 터뜨린 뒤 하나 남은 빈자리를 향했는데, 그 웃음소리가 영영 귓가를 따라다닐 것만 같았다. 샐이 루시를 위해 의자를 빼 주었다. 의자 위에 유아용 보조 의자가 설치되어 있었다. 루시가 보조 의자로 기어들어가자 샐은 다시 의자를 제자리로 밀어주었지만 그러는 내내 한 번도 고개를 들지 않았다.

파르나서스는 미소를 지었다.

"잘했다. 자, 모두들 잘 알겠지만, 손님이 오셨단다. 물론, 누군가 이 손님의 존재를 나한테서 숨겨버리려 시도했지만 말이야."

보조 의자 위의 루시가 슬쩍 몸을 움츠렸다.

"베이커 씨는 우리 모두 건강하고 행복한지 살펴보려 오셨단다. 그러니 나와 채플화이트 씨를 대할 때처럼 이분을 대해야 한다.

그러니까, 존경심을 가지라는 뜻이야. 혹시라도 누군가… 부적절한 행동을 한다면, 벌을 받게 될 거야. 잘 알았지?"

시어도어를 포함해 아이들 모두 고개를 끄덕였다.

파르나서스가 조용히 미소를 지었다.

"좋아. 자, 식사를 시작하기 전에 오늘 배운 걸 하나씩 말해 보자. 먼저 피부터."

"풀숲을 더 울창하게 만드는 법을 배웠어요. 집중력이 많이 필요하지만 결국 해냈어요."

"멋지구나. 해낼 수 있을 줄 알았어. 천시는?"

천시가 눈알 두 개를 짝 부딪쳤다.

"혼자서 짐을 풀었어요! 또 팁도 받았고요!"

"정말 대단해. 너만큼 짐을 잘 푸는 사람은 없을 거야. 이번에는 탈리아가 말해보렴."

탈리아는 턱수염을 매만지다 대답했다.

"꼼짝도 안 하고 가만히 서 있었더니 모르는 사람이 내가 조각상인 줄 알았어요."

라이너스는 하마터면 혀를 깨물 뻔했다.

"그것 참 근사한데."

파르나서스의 눈이 반짝였다.

"시어도어?"

시어도어는 식탁에 머리를 괸 채 쩍쩍거리다가 으르렁거렸다.

모두 웃음을 터뜨렸다.

무슨 상황인 건지 감조차 잡지 못하는 라이너스만 빼고.

"단추가 세상에서 최고라는 걸 배웠다는군."

시어도어를 따뜻한 눈으로 바라보고 있던 채플화이트가 알려주었다.

"그리고 난 사람을 겉모습만 보고 판단해선 안 된다는 걸 알면서도 아직까지 나한테 그런 면이 있다는 걸 알았어."

이 말은 라이너스 이야기인 게 틀림없었다. 아마도 조이로부터 들을 수 있는 말 중 사과와 가장 가까운 말일 거라는 생각이 들었다.

파르나서스가 말했다.

"때론 예상치 못한 때 우리의 편견이 사고를 왜곡시키기도 해요. 그 사실을 깨닫고 교훈을 얻는다면 더 나은 사람이 될 수 있지요. 루시가 말해 볼까?"

라이너스는 목이 바작바작 타서 물잔을 집어 들었다.

루시는 천장을 바라보더니 높낮이 없는 목소리로 말했다.

"내가 죽음을 가져오는 자, 세계를 파괴하는 자라는 걸 알게 됐어요."

라이너스는 마시던 물을 그대로 식탁 위에 뿜어 버렸다.

또 모두 천천히 고개를 돌려 그를 쳐다보았다.

라이너스는 얼른 "죄송합니다."라고 한 뒤 무릎에 올려두었던 냅킨을 집어 접시 위를 훔쳤다.

"사레가 들려서요."

"그렇군요. 타이밍도 좋네요. 루시, 다시 한번 말해볼까?"

루시는 한숨을 쉬었다.

"내가 부분의 총합에 불과한 게 아니라는 사실을 또 한 번 알게 됐어요."

"당연히 그렇지. 넌 그보다 더 나은 존재야. 샐?"

샐은 라이너스를 슬쩍 보더니 시선을 아래로 떨어뜨렸다. 입술이 움직였지만 라이너스는 무슨 말인지 알아들을 수 없었다.

파르나서스도 마찬가지인 것 같았다.

"더 크게 말해 주려무나. 안 들려."

샐이 어깨를 축 늘어뜨렸다.

"제가 아직도 낯선 사람을 보면 겁을 먹는다는 걸 알게 됐어요."

파르나서스는 팔을 뻗어 샐의 팔을 꽉 쥐었다.

"괜찮아. 아무리 용감한 사람이라도 무언가를 두려워할 수 있거든. 두려움에 사로잡혀 그 너머를 못 보는 일이 없도록 노력하면 돼."

샐은 고개를 끄덕였지만 머리를 들지는 않았다.

파르나서스는 의자 등받이에 몸을 기대며 식탁 맞은편 라이너스를 바라보았다.

"오늘 난 선물이란 어떤 형태도, 크기도 될 수 있다는 것, 또 우리가 예상치 못한 순간에 나타난다는 걸 알게 됐단다. 베이커 씨? 당신은 오늘 무엇을 배웠습니까?"

라이너스가 의자에 앉은 채로 몸을 꿈지럭거렸다.

"아, 저는 안 해도… 저는 여러분을 관찰하러 온 거니까… 제가 개입하면 적절하지…."

"부탁이에요, 베이커 씨."

천시가 축축한 목소리로 그렇게 말하면서 식탁 위에서 촉수를 움직이자 빨판에 식탁보가 달라붙어 딸려오기 시작했다.

"아저씨도 *하셔야죠.*"

루시도 아까와 같은 생기 없는 목소리로 말했다.

"그래요, 베이커 씨. 당연히 하셔야죠. 안 그러면 무슨 일이 일어날 지 생각하고 싶지도 않아요. 그러니까, 메뚜기 역병이 돌게 될지도 모르잖아요. 그건 싫으시잖아요?"

얼굴로 피가 확 몰리는 게 느껴졌다.

채플화이트가 터지는 웃음을 숨기려 애쓰는 사이 파르나서스가 "얘들아." 하고 입을 열었다.

"베이커 씨가 이야기를 할 틈은 드려야지. 그리고 루시, 메뚜기 역병 이야기는 이미 끝났잖니. 그런 일은 직접적인 감독하에서만 이루어져야 한다고 말이야. 자, 그럼 베이커 씨의 이야기를 들어보자."

모두 기대에 찬 눈으로 라이너스를 쳐다보았다.

빠져나갈 빌미가 없어서, 라이너스는 머릿속에 처음 떠오른 생각을 내뱉었다.

"저는… 세상엔 상상을 초월하는 것들이 있다는 걸 알게 됐습니다."

"것들'이라고요? 그것들이 뭔데요?"

탈리아가 눈을 가늘게 뜨고 물었다.

라이너스는 얼른 "바다." 하고 대답했다.

"그래, 바다 얘기였어. 오래전부터 바다를 보고 싶었는데, 처음 봤거든. 막상 보니… 상상했던 것보다 훨씬 크더구나."

"아. 정말… 지루한 얘기네요. 이제 먹어도 돼요? 배고파 죽겠어요."

"그래."

파르나서스는 라이너스에게서 눈을 떼지 않은 채 말했다.

"먹어도 되지. 오늘도 고생했으니까."

저녁 식사는 첫 10분간 비교적 무난하게 흘러갔다. 그 평화로운 분위기가 깨진 건 라이너스가 (감자 요리를 먹겠느냐고 아무리 크게 물어도 대답하지 않고) 접시 위 샐러드를 깨작거리고 있을 때였다.

시작은, 당연히, 탈리아의 순진무구한 말투였다.

"베이커 씨, 샐러드 말고 다른 건 안 드세요?"

"아니, 고맙구나. 난 괜찮아."

그러자 탈리아는 들릴 듯 말 듯 속삭였다.

"진짜요? 아저씨처럼 덩치 큰 사람이 토끼 밥만 먹고 살 수는 없잖아요."

"탈리아, 그만하려무나."

파르나서스가 주의를 주려는 찰나였다.

"덩치 *때문에* 그래."

다른 사람이 자신이 할 말을 또다시 대신해주는 게 싫었던 라이너스가 입을 열었다. 어쨌거나 이곳에서 책임자는 라이너스였다. 다른 사람들도 그 사실을 어서 알아주기를 바랄 뿐이었다.

"아저씨 덩치가 뭐가 문젠데요?"

그가 얼굴을 붉히며 대답했다.

"너무 커서."

탈리아는 얼굴을 찌푸렸다.

"동그란 게 뭐 어때서요?"

라이너스가 포크로 토마토를 쿡 찔렀다.

"난….."

"*나도* 동그란 걸요."

"그래, 그렇지. 하지만 너는 노움이잖아. 노움은 원래 동그랗다고."

탈리아는 눈을 흘겼다.

"그럼 아저씨는 왜 동그라면 안 되는데요?"

"그거야… 건강 때문이지… 나는 안 돼….."

"나도 동그래질래."

루시가 외치더니 그 말대로 했다. 방금까지는 보조 의자에 앉아 있던 깡마른 아이였던 루시의 몸이 풍선처럼 부풀고 가슴이 팽팽하게 튀어나왔다. 뼈가 삐걱하는 소리까지 들렸다. 아이의 머리통에서 눈이 불거져 나오기 시작하자 라이너스는 금방이라도 눈알이 튀어나와 식탁 위에 떨어질 것만 같다는 생각을 했다.

루시가 잘 열리지도 않는 입으로 "이거 봐!" 외쳤다.

"나 노움이 됐어. 아니면 베이커 씨가 된 건가?"

라이너스가 공포에 질려 루시를 바라보는데 피가 그에게 물었다.

"왜 바다를 처음 보는데요? 바다는 언제나 그 자리에 있고 어디 가는 것도 아니잖아요. 너무 커서 옮길 수도 없고요."

루시의 몸에서 다시 바람이 빠지면서 뼈가 제자리에 맞춰지더니 여섯 살 아이의 몸으로 돌아왔다. 그러더니 마치 방금 전 몸을 세 배로 부풀린 일 같은 건 일어나지도 않은 것만 같은 말투로 거들었다.

"맞아. 나도 옮겨보려고 했는데 안 되더라."

"그날은 되게 이상했어."

천시가 촉수로 감자를 집어 입안에 던져 넣으면서 말했다. 감자가 녹색 몸속으로 미끄러져 들어가는 모습이 선명하게 비쳐 보였다. 그러더니 감자는 작은 조각들로 부서지기 시작했다.

"그날 물고기가 엄청 많이 죽었어. 그러다가 네가 다시 살려냈지. 전부 다는 아니지만."

"난 그저… 그저 시간이 없었어."

라이너스는 현기증이 났다.

"난… 해야 할 일이 많았거든. 내가 하는 일은 아주 중요한 일이란다…."

시어도어는 낮게 으르렁거리며 채플화이트가 접시 위에 담아 준 고기 덩어리에 달려들었다.

탈리아가 다시 입을 열었다.

"아서는 좋아하는 일을 위해서는 항상 시간을 내야 한다고 했어요. 안 그러면 행복해지는 방법을 잊어버릴 수도 있대요. 베이커 씨는 행복해요?"

"완벽하게 행복하지."

"하지만 동그란 게 싫다면서요. 그러니까 완벽하게 행복한 건 아니네요."

피의 말이었다.

"*난 동그랗지 않다니까…*."

"베이커 씨는 무슨 일을 하시는데요? 도시에서 일하세요?"

천시가 더듬이에 달린 눈을 이리저리 튀기면서 물었다.

라이너스는 입맛이 뚝 떨어졌다.

"나는… 그래, 도시에서 일한단다."

천시는 꿈을 꾸듯 한숨을 내쉬었다.

"전 도시가 좋아요. 직원이 필요한 호텔이 얼마나 많을까요? 꼭 천국 같아요."

"도시에 가 본 적도 없으면서." 하고 끼어든 건 루시였다.

"그게 왜? 사진만 보고 좋아할 수도 있지. 베이커 씨도 바다를 좋아하지만 오늘 처음 봤잖아."

"바다가 그렇게 좋으면 결혼이라도 하지."

피가 말했다.

그러자 시어도어가 입안에 고기를 가득 넣은 채로 뭐라고 쨱쨱거렸고 아이들이 웃음을 터뜨렸다. 심지어 샐조차도 빙긋 미소를 지었다.

라이너스가 묻기도 전 채플화이트가 알려주었다.

"시어도어가 그러는데, 당신이 바다랑 아주 행복하기를 바란대."

"전 *바다랑* 결혼 같은 거…."

탈리아가 눈을 크게 뜨더니 콧수염을 이리저리 비틀면서 입을 열었다. "아하, 벌써 결혼을 했나 봐요."

"*결혼했어요?*" 피가 따지듯 물었다.

"아내는 누구예요? 여행 가방 안에 들어 있어요? 왜 그 안에 넣었어요? 곡예사예요?"

"아까 그 고양이가 아저씨 아내예요?" 루시도 물었다.

"난 고양이가 좋은데, 고양이는 날 싫어해요."

아이의 눈에 점점 빨간 빛이 돌기 시작했다.

"나한테 잡아먹힐까 봐 그러는 거죠. 하지만 난 억울해요. 고양이를 먹어본 적이 없어서 맛있는지 아닌지도 모른다고요. 베이커씨 아내는 맛있나요?"

"반려동물을 먹으면 안 되는 거 알지, 루시."

파르나서스가 새치름하게 입가를 훔쳐내며 말했다.

루시의 눈에서 빨간색이 금세 걷혔다.

"맞아요. 반려동물은 친구니까요. 또 베이커 씨의 고양이는 아내니까, 제일 친한 친구 같은 거죠."

"맞아." 파르나서스는 재미있다는 말투였다.

"아뇨. *아닙니다.* 고양이는 제 아내가…."

"난 동그란 내가 좋아. 사랑스러운 내가 세상에서 차지하는 자리가 더 커지는 거잖아."

탈리아가 그렇게 외치자 천시가 "사랑해, 탈리아." 하면서 눈 하나를 탈리아의 어깨에 내려놓았다. 그 눈이 천천히 돌아서 라이너스를 바라보았다.

"도시 이야기 더 해줄 수 있어요? 정말 밤에도 불이 꺼지지 않아 환해요?"

라이너스는 이 대화를 도저히 따라잡을 수가 없었다.

"아… 아마도 그럴 거다. 하지만 난 밤에는 밖에 잘 안 나가."

"어둠 속에 도사린 존재들이 아저씨 몸에서 뼈를 발라낼 수도 있으니까요?"

루시가 빵을 우걱우걱 씹으며 물었다.

"아니야."

라이너스는 토할 것 같았다.

"집이 제일 좋아서 그래."

지금이야말로 간절히 집에 가고 싶었다.

"집이란 그 어디보다도 자기 자신이 될 수 있는 곳이지. 우리도 그렇지, 애들아? 우리 집에선 우리들 자신이 되잖아."

채플화이트의 말에 라이너스 역시 동의할 수밖에 없었다.

"제 정원도 여기 있고요."

탈리아가 말했다.

"최고의 정원이지."

피르니서스가 말했다.

"제 나무들도 있어요."

피도 말했다.

"제일 멋진 나무들이야."

시어도어가 짹 울자 채플화이트 씨가 아이의 날개 한쪽을 쓰다

듣어 주었다.

"그래, 네 단추도 여기 있지."

"정말 다정한 선물이야."

파르나서스가 시어도어를 보며 미소지었다.

"또, 집이 아니면 어디에서 호텔 직원이 되는 연습을 하겠어요? 뭐든지 잘하려면 연습을 해야 하잖아요."

천시가 말했다.

"연습을 거듭하면 완벽해지지."

"또, 신부님들이 내 얼굴에 십자가를 들이대고 내 영혼을 지옥 밑바닥으로 보내버리지 않을까 걱정하지 않아도 되는 곳은 세상에 여기밖에 없어요."

루시가 그렇게 말하더니 웃으면서 입 안에 빵을 더 욱여넣었다.

"신부들은 참 성가시지."

"우리한테서 집을 빼앗아 갈 거예요?"

식탁이 찬물을 끼얹은 듯 조용해졌다.

라이너스는 눈을 깜박였다. 그 말을 한 사람이 누구인지 돌아보았다가, 목소리의 주인이 샐이라는 것을 알자 깜짝 놀랐다. 여태까지 식탁 위로 눈길을 떨군 채 주먹을 꼭 쥐고 있던 샐이었다. 입을 꾹 다물고, 어깨는 떨리고 있었다.

파르나서스가 샐을 향해 손을 뻗더니 샐의 주먹 쥔 손목 안 쪽을 긴 손가락으로 톡톡 쳤다.

"베이커 씨는 우리한테서 집을 빼앗아가려고 온 게 아니야. 내 생각엔 베이커 씨는 절대 그런 일이 일어나길 바라지 않을 것 같구나. 그 누구한테라도 말이지."

라이너스는 그렇지 않다고 대답하려다가 득이 되지 않을 것 같아서 입을 다물었다. 특히, 누가 보기에도 트라우마에 시달리는 게 분명한 아이들에게는 말이다. 파르나서스가 한 말이 따지고 보면 틀린 것도 아니었지만, 라이너스는 자기가 할 말을 다른 사람이 대신 하는 게 싫었다.

파르나서스는 말을 이었다.

"베이커 씨는 내가 할 일을 제대로 하고 있는지 확인하러 오신 거란다. 그런데 내가 할 일이 뭘까?"

"우리를 지켜주는 거요!"

아이들이 한목소리로 대답했다. 샐도 마찬가지였다.

"바로 그거야. 내 생각엔 잘하고 있는 것 같은데."

"연습을 많이 해서 잘하게 된 거죠?"

천시가 묻자, 파르나서스는 아이를 보며 미소를 지었다.

"맞아. 연습을 많이 한 덕분이지. 그리고 나한테 결정권이 있는 한 우리는 영영 헤어지지 않을 거란다."

그 말은 도전처럼 들렸고, 라이너스는 도전에 응할 생각이 없었다.

"그렇게 말씀하시면…."

"디저트 먹을 사람?"

채플화이트가 묻자 아이들은 환성을 질러댔다.

7장

파르나서스는 라이너스를 이끌고 계단 맨 위의 긴 복도를 걸었다. 그가 복도 양쪽에 늘어선 문들을 가리키며 "여기가 아이들 방입니다."라고 말했다. 문마다 아이들의 이름이 적힌 명패가 붙어 있었다. 복도 오른쪽엔 천시의 방과 샐의 방, 왼편엔 피의 방과 탈리아의 방. 파르나서스는 천장에 달린 해치를 가리켰다. 해치에는 와이번의 윤곽선이 그려져 있었다.

"시어도어의 둥지는 탑 위에 있어요. 그곳이 물건들을 모아두는 비밀 장소지만, 그 애가 제일 좋아하는 곳은 소파 밑이랍니다."

"나중에 점검해 보아야겠군요."

라이너스는 방금 들은 아이들의 방 배정을 잘 기억하기로 했다.

"그렇게 말씀하실 줄 알았습니다. 곧 아이들이 잠자리에 들 테니 내일 시간을 잡아보도록 하죠. 아이들이 공부를 하는 동안에 채플화이트 씨가 방을 보여드릴 수도 있고, 아니면 그 전에 점검을 마치고 같이 수업을 참관하셔도 됩니다."

"채플화이트 씨는 어째서 이곳에 계시는 겁니까?"

피의 방 앞, 나무로 된 문에 나무 그림이 새겨져 있는 게 보였다.

"그분은 우리보다 훨씬 오래전부터 이곳에 계셨습니다. 이 섬은 채플화이트 씨의 것이고, 우리는 그저 빌려 쓰고 있는 것뿐이죠. 그분은 섬 반대편, 깊은 숲속에 살고 계세요."

라이너스는 질문하고 싶은 게 정말 많았다. 이 섬. 이 집. 이 남자. 하지만 문이 몇 개인지 확인하고 나니 먼저 해야 할 질문이 있었다. 복도 끝에 가까워지자 문이 세 개 더 보였다. 문 하나에는 여자 화장실이라는 표시가 있었다. 다른 하나는 남자 화장실. 세 번째 방에는 아서의 사무실이라는 명패가 붙어 있었다.

"그러면 루시는요? 루시는 어디서 지내죠?"

파르나서스는 사무실 앞에 멈춰 서더니 마지막 세 번째 문을 향해 고갯짓했다.

"제 방에서요."

라이너스는 눈을 가늘게 떴다.

"어린 남자아이와 한방을 쓰신다는···."

"부적절한 일은 결코 없다고 말씀드리죠."

그는 라이너스의 말을 그다지 불쾌해하지 않는 듯했다.

"루시가 이곳에 왔을 때, 방 안에 있던 커다란 벽장을 루시 방으로 개조했습니다. 제가··· 옆에 있는 쪽이 그 애한테 낫거든요. 루시는 끔찍한 악몽을 꾸곤 했습니다. 아직도 가끔 악몽을 꾸지만 예전처럼 지독하지는 않지요. 여기서 보낸 시간이 도움이 된 것 같습니다. 루시는 가급적 저와 떨어져 있지 않으려 하지만, 그래도 독립심을 길러줄 생각입니다. 그 애는… 아직 미완성이니까요."

파르나서스가 사무실 문을 열었다. 사무실은 생각보다 작았고, 집기들로 가득해 불편해 보였다. 한가운데 놓인 책상 주변에는 책 무더기들이 곧 무너질 기세로 쌓여 있었다. 벽에는 바다가 내다보이는 창문이 하나 있었다. 밤의 바다는 끝이 없는 것만 같았다. 멀리서 깜박이는 외로운 등대의 불빛이 보였다.

사무실 문을 닫은 파르나서스는 라이너스에게 앉으라는 뜻으로 턱짓을 했다. 라이너스는 시키는 대로 자리에 앉아 언제나 주머니에 넣고 다니는 작은 수첩을 꺼냈다. 수첩 안은 각 사례에 대한 메모로 가득했다. 지금까지는 이 장소 자체에 압도된 바람에 맡은 과제에 소홀했지만 이제부터는 그럴 수 없었다. 라이너스는 자신이 엄청난 양의 메모를 한다는 사실에 자부심을 가지고 있었다. 또 최고위 경영진에게 매주 보고서를 발송하기로 했으니 최고의 보고서를 완성해야 했다.

라이너스는 책상에 놓인 몽당연필을 가리키며 "사용해도 되겠습니까?"라고 물었다.

"당연하지요. 제 건 다 당신 겁니다."

그 말에 라이너스의 배 속이 파닥거리는 기분이 들었다. 뭘 잘못 먹은 모양이었다. 수첩을 펼친 뒤, 오랜 습관대로 연필 끝에 침을 묻혔다.

"그럼, 괜찮으시다면, 먼저 논의해 볼 점은….

"샐이 가장 최근에 들어왔습니다."

파르나서스는 라이너스의 말을 완전히 무시하고 입을 열었다. 그는 맞은편, 책상 너머 의자에 앉아 양손 끝을 마주대고 턱을 괴었다.

"석 달 됐죠."

"그렇습니까? 샐의 파일을 읽었습니다. 불안해 보이더군요. 물론 십 대 청소년들은 권위자 앞에서 대체로 그런 편이지만요."

파르나서스가 코웃음을 쳤다.

"불안하다라, 그렇게 표현할 수도 있겠군요. 일곱 살부터 지금까지, 샐이 한곳에서 가장 오래 머무른 게 석 달이라는 사실도 파일에 적혀 있던가요?"

"그건… 아닙니다. 거기까지는 몰랐습니다. 실은 좀 정신이 없었어요. 이번 업무의… 규모가 너무 커서요."

파르나서스가 다 알고 있다는 듯 미소를 지었다.

"최고위 경영진이 여기가 어떤 곳인지 미리 제대로 설명해주지 않았던 거지요?"

라이너스는 몸을 꿈지럭거렸다.

"그렇습니다. 기밀이라고만 들었습니다."

더불어 아이들이 문제가 많다는 말도 들었지만, 그 말을 해도 될지 알 수가 없었다.

"기밀인 이유는 이제 아셨을 테고요."

"맞습니다. 적그리스도를 만날 일이 그리 흔치는 않으니까요."

그 말에 파르나서스의 눈빛이 매서워졌다.

"여기서는 그런 표현을 쓰지 않습니다. 베이커 씨가 맡은 임무가 있다 해도, 이 십의 책임자는 서이니 제 규칙을 따라 주십시오. 아시겠습니까?"

라이너스는 느릿느릿 고개를 끄덕였다. 이렇게 혹독한 비난을, 그것도 맞은편에 앉아 차분한 분위기를 뿜어내는 이 사람으로부터 들을 줄은 예상치 못했었다. 다시는 실수하지 말아야겠다는 생각이 들었다.

"나쁜 의도로 한 말은 아닙니다."

파르나서스는 다시 평정심을 찾은 모양이었다.

"물론 나쁜 의도라고 생각하지는 않았습니다. 당신으로서는 알 수 없었겠지요. 당신은 그 애를 모릅니다. 당신은 우리를 모르죠. 파일을 가지고 있지만 그 안에 담긴 건 기초적인 정보가 전부일 게 분명합니다. 베이커 씨, 파일에 담긴 것은 뼈대에 불과한데, 우리는 뼈대 그 이상의 존재이지 않습니까?"

그는 잠시 말을 멈추고 생각에 잠겼다.

"물론, 뼈가 없는 천시의 경우는 좀 다르겠지만, 어쨌거나 핵심은 변하지 않습니다."

라이너스가 "그 애는 뭡니까?"라고 묻고는 곧바로 덧붙였다.

"아이고, 무례한 말을 해버렸군요. 나쁜 의도가 아니었습니다. 저는… 저는 천시 같은 건… 아니 천시 같은 *아이*는 한 번도 본 적 없어서요."

"그러셨겠지요."

파르나서스가 오른편에 있던 책 더미 쪽으로 고개를 돌리더니 눈으로 제목들을 훑어 내렸다. 책 무더기 중간쯤에서 찾던 책을 발견한 모양이었다. 그가 책등을 톡톡 쳐서 가장자리가 삐져나오도록 했다. 책 무더기가 흔들거렸다. 그는 책 표지를 엄지와 검지로 살짝 잡고 잽싸게 빼냈다. 책들은 무너지지 않고 제자리를 찾았다. 라이너스가 입을 떡 벌리고 그 모습을 바라보는 걸 못 본 모양인지, 그는 책상 위에 책을 펼친 다음 책장을 넘기기 시작했다.

"우리도 천시가 정확히 무엇인지, 심지어 어디서 온 것인지도 모릅니다. 수수께끼 같죠, 하지만 제 생각엔… 아하! 여기 있군요."

그가 라이너스가 볼 수 있게 책을 돌린 뒤 책장 위를 톡톡 쳤다.

라이너스가 몸을 숙여 책 제목을 읽었다.

"*메두소조아?* 그건… 해파리잖아요."

"맞습니다!"

파르나서스의 목소리가 밝아졌다.

"적어도 천시의 일부는 해파리인 것 같아요. 물론 쏘지도 않고 독도 없지만요. 또 어느 정도 해삼이기도 한 것 같습니다. 물론 그걸로는 천시의 촉수를 설명할 수는 없지만요."

"*아무것도* 설명이 안 되죠."

라이너스는 무력한 기분이 들었다.

"*천시는 어디서 온 걸까요?*"

파르나서스가 책을 끌어당겨 다시 덮었다.

"그건 아무도 모릅니다, 베이커 씨. 세상에는 아무리 애를 써도 영영 풀리지 않는 수수께끼가 있죠. 그리고 그 수수께끼에 지나치게 매달리면 눈앞에 있는 것들을 놓치고 말아요."

"진짜 세상에선 일을 그런 식으로 해결하지 않습니다, 파르나서스 씨. 모든 것은 설명할 수 있습니다. 모든 것엔 이유가 있고요. 마법아동관리부서에서 발간한 《규칙 및 규정집》 도입부에도 나오는 말입니다."

파르나서스는 눈썹을 치켜 올렸다.

"세상은 기묘하고 근사한 곳입니다. 그런데 어째서 전부 설명하려 들죠? 개인적인 만족감을 위해서?"

"아는 것이 힘이니까요."

그 말에 파르나서스는 코웃음을 쳤다.

"아. 힘이라니요. 정말 DICOMY의 진정한 대변자처럼 말씀하시는군요. 당신이 규정집을 전부 외우고 있다는 사실이 하나도 놀랍지 않아요. 언젠가 침대 밑에서 천시를 발견할 수도 있다는 사실을 알고 계셔야 할 겁니다."

라이너스가 화들짝 놀랐다.

"뭐라고요? 왜죠?"

"이곳에 오기 전, 그 애는 아주 오랫동안 괴물이라고 불렸습니다. 그런 말을 해서는 안 되는 사람들조차도 천시에게 괴물이라고 했죠. 천시는 다른 사람에게 겁을 주기 위해 살아가는, 침대 밑에 숨어 있는 괴물 이야기를 수도 없이 들었어요. 그래서 자기가 그렇게 해야 한다고 생각하게 된 겁니다. 사람들을 놀래는 게 자기가 할 일이라는, 그 애가 가진 능력이 바로 그것이라는 사실이 그 애의… 머리에 새겨져 버린 거죠. 이곳에 와서야 천시는 자기가 괴물 아닌 다른 것이 될 수 있다는 사실을 알게 된 겁니다."

"그래서 호텔 직원이 되기로 한 거군요."

라이너스는 멍해졌다.

"그렇습니다. 몇 달 전 다 함께 본 영화에 호텔 직원이 나왔거든요. 이유는 모르겠지만 천시는 호텔 직원이 되겠다는 마음을 먹었고요."

"하지만 그 애는 절대…."

라이너스는 말을 뱉던 도중 입을 다물어 버렸다. 하지만 파르나서스 역시 그가 하려던 말이 무엇인지 잘 알고 있었다.

"호텔에서 천시 같은 존재를 고용해줄 리가 없으니, 그 애는 절대로 호텔 직원이 될 수 없을 거란 말이지요?"

"그건…."

나는 정확히 뭘 말하려는 거지? 공정치 않다고? 옳지 않다고? 합당하지 않다고? 아니면 지금 말한 것들 전부 다? 라이너스는 꼬집어 말할 수가 없었다. 관련법이 존재하는 데는 *이유가* 있었고, 라이너스로서는 결코 그 이유들을 이해할 수 없다 해도, 할 수 있는 일이 없었다. 그는 사람들이 (물론 이 표현은 완전히 다른 것을 돌려 말하는 암호처럼 느꼈지만) 이해할 수 없는 존재를 두려워한다는 사실을 알았다. 등록담당부서는 특별한 존재들을 보호하기 위해 만들어진 기관이었다. 처음에는 아이들을 집에서 강제로 데려와 학교에 집어넣었지만, 사실 학교라는 이름은 허울 좋은 명칭이었다. 그곳은 창살 없는 감옥이었고, 이런 취급에 항의하는 이들을 달래기 위해 DICOMY가 생겨난 것이었다. 그리고 다수의 고아원이 존재한다는 사실이 밝혀진 뒤로 DICOMY 소속 사례연구원들은 두 가지 업무로 나뉘었다. 등록담당부서와 연계해서 등록된 가정들을 담당하는 사람들, 그리고 고아원의 고아들을 담당하는 사람들.

"그 말대로입니다."

파르나서스는 라이너스가 미처 하지 못한 말에 동의했다.

"하지만 천시는 아직 어리니까, 저는 그 애가 마음껏 꿈꿀 수 있도록 해주고 있습니다. 미래에 어떤 일이 일어날진 아무도 모르니까요. 때로 아주 작은 속삭임으로부터 변화가 시작되기도 합니다. 같은 마음을 가진 사람들이 그 속삭임을 외침으로 만들 수도 있고요. 그렇기에 샐에 대해 말하지 않을 수가 없지요. 직설적으로 말해도 되겠습니까, 베이커 씨?"

회초리로 얻어맞는 기분이었다.

"그래 주시면 고맙겠습니다."

"다행입니다. 베이커 씨의 존재가 샐을 겁에 질리게 해요."

라이너스는 눈을 끔벅였다.

"제가요? 살면서 다른 사람에게 겁을 준 적이 한 번도 없는데."

"어쨌거나 베이커 씨는 DICOMY 소속이지 않습니까."

"그게 무슨 상관…"

"샐이 겁내는 건 꼭 *당신* 자체인 건 아닙니다. 당신이 상징하는 권위죠. 베이커 씨, 당신은 사례연구원입니다. 이곳의 아이들은 사례연구원이 가지는 의미에 대해 애매모호하게만 알고 있을 뿐

이지만, 섈은 당신 같은 사람들에 대한 직접적인 기억이 있죠. 이
곳은 섈에게 열두 번째 고아원입니다."

배 속이 뒤틀리는 것 같았다.

"*열두 번째라니요?* 말도 안 됩니다. 그러면…."

"그러면이라고요? 요즈음 DICOMY가 그렇게도 좋아하는, 부서
에서 운영하는 학교로 보내져야 한다는 소리이십니까? 당신이 손
을 뗀 아이들이 가는 곳이 바로 그 학교죠, 아닙니까?"

라이너스는 식은땀이 나기 시작했다.

"아니… 확실하지는 않습니다. 저는… 제 위치에서 할 수 있는 것
을 할 뿐 더 이상 개입하지 않습니다."

"더 이상 개입하지 않는다라."

파르나서스가 되뇌었다.

"안타까운 일입니다. 그 학교에 가보신 적 있습니까, 베이커 씨?
당신이 맡았던 아이들이 어떻게 되었는지 알아본 적 있습니까?"

"그건… 상부에서 하는 일입니다. 관리자 직급의 일이지요. 저는
고작 사례연구원일 뿐인 걸요."

"고작이라니, 당신에게 어울리지 않는 말입니다. 당신은 왜 사례
연구원 일을 하고 있습니까? 어째서 그 이상의 일은 한 번도 히지
않았죠?"

"제가 아는 일은 이 일 뿐인 걸요."

목을 타고 식은땀이 한 줄기 흘러내렸다. 어쩌다가 주도권이 상
대에게 넘어가버린 건지 알 수 없었다. 통제력을 되찾아야 했다.

"궁금하지 않으십니까?"

라이너스는 고개를 저었다.

"저는 궁금해 해서는 안 됩니다."

파르나서스가 놀란 표정을 했다.

"왜죠?"

"호기심은 저에게 도움이 되지 않으니까요. 사실이 중요합니다, 파르나서스 씨. 저는 사실을 다루는 일을 합니다. 호기심은 현실 왜곡으로 이어지지요. 저는 그런 것에 시간을 뺏길 여유가 없습니다."

"그런 식으로 살아가는 삶은 도저히 상상이 안 되는군요."

파르나서스가 나지막이 말했다.

"그건 삶을 사는 거라고 할 수 없지 않을까요?"

"그 점에 대해 파르나서스 씨의 의견은 필요하지 않습니다."

라이너스가 쏘아붙였다.

"기분 상하게 하려는 건…."

"저는 이 고아원이 제대로 운영되고 있는지 확인하러 온 것입니다. 마르시아스 고아원이 DICOMY가 정한 규정에 맞게 운영되고 있는지 당신의 운영 방식을 검토해서, 지원금이 합당하게 쓰이고 있는지…."

그 말에 파르나서스가 코웃음을 쳤다.

"지원금이라고요? 유머 감각이 있는 줄은 몰랐군요."

라이너스는 대화의 주도권을 잃지 않으려 몸부림쳤다.

"이 고아원의 아이들이 아무리… 특이하고 유별나다고 해도 이곳에 온 목적을 잊지는 않을 겁니다. 아이들을 위한 일일 뿐입니다, 파르나서스 씨. 그뿐입니다."

파르나서스는 고개를 주억거렸다.

"그 부분은 존중해 드리죠. 이 고아원이 다른 곳과는 다를지 몰라도, 제가 아이들을 안전하게 지키기 위해 무슨 일이든 한다는 건 분명 알 수 있으실 겁니다. 앞서 말했듯 세상은 기묘하고 근사한 곳이지만, 그렇다고 이빨이 없는 건 아닙니다. 그리고 예상치 못한 순간에 그 이빨이 당신을 물어뜯을 겁니다."

라이너스는 뭐라고 답해야 할지 알 수 없었다.

"당신은 이 섬을 떠나지 않죠. 아니면, 아이들만은 섬에 머물도록 하거나요."

"어떻게 아셨습니까?"

"집 앞에 있던 승합차. 타이어가 잡초와 꽃으로 뒤덮여 있더군요."

파르나서스는 다시 그 묘한 미소를 띠고 의자 등받이에 기댔다.

"관찰력이 뛰어나시군요. 피 아니면 탈리아가 그랬나 보네요. 식물을 키우는 걸 좋아하는 아이들이거든요. 하지만 베이커 씨는 그 말을 믿지 않으시겠지요."

"안 믿을 겁니다. 승합차를 오랫동안 사용하지 않은 모양이던데요."

"마을에는 가보셨겠지요?"

"그게… 예. 채플화이트 씨와 함께 갔었지요."

그는 머뭇거렸다. 마르시아스 마을을 지나칠 때, 채플화이트가 뭐라고 말했었지?

마르시아스 마을 사람들은 우리 같은 부류를 별로 좋아하지 않아.

정령 말입니까?

마법 존재들 말이야, 베이커 씨.

파르나서스는 라이너스의 머릿속을 읽기라도 한 것처럼 고개를 끄덕였다.

"마을 사람들이 우리를 불청객 취급한다고까지는 말할 수 없지만, 그들은 우리가 이 섬을 떠나지 않는 게 모두에게 좋다는 암시를 풍기지요. 소문은 통제할 수 없을 정도로 퍼지는 법이니 우리가 마을 사람들 앞에 나타나는 건 마른 들판에 불을 놓는 격이 될 겁니다. 물론, 정부에서 이 섬의 존재에 대해 입을 다무는 대가로 마을 사람들한테 돈을 주는 게 도움이 되는 것 같습니다. 입막음조로 주는 돈에 만약 입을 열면 고발하겠다는 은근한 협박이 담겨 있다는 것 역시 나쁠 건 없죠. 다행히도 이 섬은 보기보다 큰 데다 아이들에게 필요한 것은 모두 있어요. 매주 채플화이트 씨가 마을로 나가 필요한 것들을 마련해 옵니다. 그 사람들도 그분을 아주 잘 아니까요."

머리가 빙글빙글 도는 것 같았다. 입을 다무는 대가로 돈을 받는다는 사실은 미처 몰랐지만, 이제 와 생각하니 전부 앞뒤가 맞았다.

"파르나서스 씨는 섬을 떠나지 않고요?"

파르나서스가 어깨를 으쓱했다.

"아이들이 섬에서 행복한 이상, 저 역시 이 섬에서 행복합니다. 마르시아스섬이나 마을 바깥으로 여행을 떠나는 걸 고려해 볼 수는 있겠지만, 그럴 기회가 없었습니다. 아직까지는요. 언젠가는 할 수 있겠지요."

라이너스는 고개를 설레설레 저으면서 수첩과 연필을 집었다.

"샐, 그 애는 개로 변하더군요."

"정확히 말하면 포메라니안이지요."

"그리고 샐이 한 곳에서 가장 오래 머무른 게 이곳이라고 하셨지요."

"맞습니다."

"샐 같은 아이들 중에도 특별 관리대상이 아닌 경우가 있습니다. 사슴으로 변하는 아이도 만나 봤지요. 그런데 샐은 왜 이곳에 있게 된 겁니까?"

파르나서스는 경계하는 눈빛으로 그를 바라보았다.

"그 애가 상대방을 물어서 변신 능력을 전해줄 수 있기 때문입니다."

폐에서 숨이 모조리 빠져나가는 기분이었다.

"정말입니까?"

파르나서스는 고개를 끄덕였다.

"예. 그런 일이 일어났었지요. 예전에 샐이 살던 고아원에서 있었던 일입니다. 샐이 사과를 가져가려다가 부엌에서 일하던 여자한테 맞았어요. 그때 그 애는 자신이 할 수 있는 유일한 방법으로 반항했지요. 그다음 주에 그 여자에게 변화가 일어났고요."

라이너스는 방 안이 빙글빙글 도는 것만 같은 착각이 들었다.

"그런 일은… 그런 일이 가능한지 미처 몰랐습니다. 능력은 타고난 것인 줄 알았는데요."

"이곳에 머무르시는 동안, 지금까지 불가능하다고 여겼던 일들이 생각보다 잦게 일어난다는 걸 알게 되실 겁니다."

"그러면 탈리아는?"

"처음 이곳에 온 아이들 중 하나입니다. 정원에 불이 나서 탈리아의 가족은 비극적인 죽음을 맞았습니다. 의도적으로 누군가 불을 질렀다고 생각하는 사람들도 있지만, 아무도 그 점에 대해서는 그리 신경 쓰지 않는 것 같습니다."

라이너스가 움찔했다. 버스에 붙어 있던. **무언가를 보면 말하라** 표지판이 떠올랐다.

"노움어도 하시던데요."

"저는 여러 언어를 할 줄 압니다, 베이커 씨. 새로운 걸 배우길 좋아하거든요. 덕분에 제가 맡은 아이들과 더 가까워질 수 있지요."

"그러면 탈리아는 왜 특별관리대상이 되었죠?"

"여자 노움을 본 적 있으십니까, 베이커 씨?"

아니, 없었다. 지금까지 그 사실에 생각에 미친 적이 없다는 게 신기할 정도였다. 라이너스는 재빨리 노트에 메모를 했다.

"그다음은 피에 대해 이야기해 볼까요."

파르나서스는 빙그레 웃었다.

"정말 독립적인 아이입니다. 피가 이곳에 온 건 그렇게 어린 정령이 그만한 힘을 가진 사례가 없어서였습니다. 피가 무척이나… 끔찍한 상황에서 구출되던 당시, 그 애는 세 명의 남자를 나무로 바꿔 버렸습니다. 나중에 피보다 훨씬 나이가 많은 다른 정령이 다시 인간으로 되돌려 놓았지만요. 다행히도 채플화이트 씨가 저로서는 할 수 없는 방식으로 피를 지도해주고 있습니다. 비유적으로도, 또 말 그대로도, 피를 그분의 날개 아래에 두고 있는 셈이지요. 채플화이트 씨의 지도를 받으며 피는 아름답게 피어나고 있습니다. 그분의 도움을 받을 수 있다니 우리로서는 행운이에요."

"그런데 채플화이트 씨는 왜 그런 일을 하시는 겁니까? 여기는 그분의 섬이라고 하셨잖습니까. 정령은 자기 영역을 지키고자 하는 습성이 강합니다. 그런데 당신들을 이 섬에 살 수 있게 하는 이유가 무엇입니까?"

파르나서스가 다시 한번 어깨를 으쓱했다.

"공공의 이익을 위해서겠지요."

꼭 정령 같은 애매한 말투였다. 라이너스는 그 말투가 마음에 들지 않았다.

"공공의 이익이라니요?"

"그 누구도 원치 않는 아이들이 마음껏 자라나는 모습을 보는 겁니다. 저만큼이나 당신 역시 *고아원*이라는 이름이 허울에 불과하다는 걸 아실 겁니다. 아이를 입양하러 찾아오는 사람은 아무도 없어요."

그렇다. 마르시아스 고아원이 이렇게 꽁꽁 숨겨져 있는 걸 보면 짐작하고도 남았다. 그러고 보니 이런 고아원의 아이들이 입양된 적이 있던가? 단 하나의 사례도 떠오르지 않았다.

"시어도어는?"

"전부 파일에 적혀 있지 않습니까, 베이커 씨?"

아니, 적혀 있지 않았다. 솔직히 말하면 라이너스는 파일에 담긴 건 뼈대에 불과하다는 파르나서스의 말이 맞는다고 생각했다.

"직접 듣는 게 가장 좋지요. 종이 위 글자들은 미묘한 차이를 놓치기도 하니까요."

"시어도어는 그저 짐승에 불과한 존재가 아닙니다."

"그런 말은 하지 않았는데요."

파르나서스가 한숨을 쉬었다.

"아니, 당신이 그렇게 생각한다는 뜻은 아닙니다. 미안합니다. 당신 같은 사람들을 여태껏 여럿 만났거든요. 그 사람들이 다 똑같지는 않다는 사실을 자꾸 잊곤 합니다. 물론 아직 당신을 어떻게 생각해야 할지는 모르겠지만 말입니다."

라이너스는 이상하게도 발가벗겨진 기분이 들었다.

"눈에 보이는 대로 생각하시면 됩니다. 그게 다입니다."

"글쎄요, 전혀 아닐 것 같습니다만. 시어도어는… 특별하지요. 그런 아이가 얼마나 드문지 당신도 잘 아실 겁니다."

"그렇습니다."

"정확한 나이는 알 수 없지만, 아직 성체가 아닙니다. 그 애는… 우리와는 다른 방식으로 생각합니다. 우리는 서로를 이해하지만, 그 애는 구체적이라기보다는 추상적인 사고를 하지요. 무슨 말인지 아시겠습니까?"

라이너스는 솔직해지기로 했다.

"전혀 모르겠는데요."

"곧 알게 될 겁니다. 한 달이나 머무르실 테니까요. 그러고 보면 아직 한 아이가 남았는데, 일부러 빠뜨리신 걸 테죠. 채플화이트 씨의 말씀으로는 그 애에 대한 파일을 읽고 기절해 계셨다던데."

라이너스는 얼굴이 빨개져서 헛기침을 했다.

"그게… 예상치 못한 일이어서 그랬습니다."

"예상치 못한 일이야말로 루시를 잘 설명할 수 있는 단어일 겁니다."

"그 애가…." 라이너스는 머뭇거리다가 말을 이었다.

"정말입니까? 정말 적그리스도… 아니, 그러니까 악마의 자식인 겁니까?"

"그렇다고 생각합니다."

파르나서스의 대답에 라이너스는 숨이 막혔다.

"물론 루시 같은 아이에 대해 사람들이 생각하는 바는 실제라기보다는 대부분 지어낸 것들이지만 말입니다."

"정말 악마의 자식이라면, 그 애는 세상의 종말을 가져오게 되잖아요!"

"그 앤 고작 여섯 살입니다."

"자기가 지옥의 불이고 어둠이라며 저를 위협하기까지 했습니다!"

파르나서스가 빙그레 미소를 지었다.

"그 애만의 인사법이라고 생각하세요. 그렇게 어린데도 유머 감각이 뛰어나죠. 적응하고 나면 아주 사랑스러워 보일 겁니다."

라이너스는 입만 쩍 벌렸다.

파르나서스가 상체를 앞으로 기울이며 한숨을 쉬었다.

"베이커 씨, 감당하기 어려운 정보들이 많겠지만… 저는 1년이나 루시와 함께 지냈습니다. 여러 계획이 있었지만… 그러니까 여기가 최후의 수단이었던 셈이라고만 말하겠습니다. 부모가 누구건 간에 루시는 그저 *아이*일 뿐입니다. 사람의 앞날이 정해져 있다는 생각에 저는 반기를 들겠습니다. 한 사람은 출신으로만 결정되는 게 아니니까요."

"부분의 총합도 아니고요."

파르나서스가 고개를 끄덕였다.

"그래요, 그 말대로입니다. 세상 사람들 대부분은 루시를 두려워하지만, 저는 그 애가 두렵지 않습니다. 저는 그 애의 능력을 보았거든요. 붉은 눈, 악마의 영혼 너머를 들여다보면 그 애는 매력적이고 재치 있는 데다가 엄청나게 똑똑한 아이랍니다. 제 다른 아이들과 마찬가지로 루시를 지키기 위해 싸울 겁니다."

라이너스는 잘 이해가 되지 않았다.

"하지만 그 아이들은 당신 아이들이 아니잖아요. 당신은 고아원 원장이지 아버지가 아닙니다. 그 애들은 당신에게 맡겨진 고아들일 뿐인 걸요."

파르나서스는 경직된 미소를 지었다.

"그렇지요. 말이 잘못 나왔네요. 오늘은 참 고단한 하루였습니다, 아마 내일도 비슷하겠지요. 그래도 그만큼 보람이 있답니다."

"그런가요?"

"당연하지요. 다른 일을 하는 제 모습은 상상이 안 될 정도니까요. 당신은 어떻습니까?"

"제 이야기를 하는 자리가 아니지 않습니까, 파르나서스 씨."

파르나서스는 두 손바닥을 펼치더니 물었다.

"왜죠? 당신은 우리에 대해 모두 알고 있는 것 같은데요. 또 당신이 모르는 것들은 그 세밀한 파일 안에 다 적혀 있을 테고요."

"전부 적혀 있는 건 아닙니다." 라이너스는 수첩을 덮었다.

"예를 들면, *당신*에 대한 정보는 별로 없더군요. 솔직히 말하면 당신 파일은 빈약했습니다. 그건 어째서입니까?"

파르나서스가 다시 재미있다는 표정을 짓는 바람에 라이너스는 자신이 놓친 게 있나 하는 생각이 들었다.

"그건 최고위 경영진에게 해야 할 질문인 것 같은데요. 당신을 이곳에 보낸 건 그 사람들이니."

맞는 말이었다. 파르나서스에 대한 정보가 너무나 적어서 불안했다. 아서 파르나서스의 파일에는 나이, 학력 외에는 거의 아무것도 나와 있지 않았고, 맨 마지막은 이상한 말로 끝이 났다. *그가 가진 능력을 감안하면, 파르나서스 씨는 보다 문제 많은 아동들에게 모범이 될 것이다.* 도대체 무슨 뜻인지 알 수 없었는데, 지금 그의 얼굴을 보니 의문만 더 불어났다.

"최고위 경영진이 지금까지 알려준 것 이상의 정보는 알려주지 않을 것 같습니다."

"그 점은 당신 말이 맞을 겁니다."

라이너스는 자리에서 일어섰다.

"저는 이번 조사에 완전한 투명성, 그리고 당신의 협조가 함께하길 바랍니다."

파르나서스가 웃음을 터뜨렸다.

"방문이라더니."

"그건 파르나서스 씨의 표현이었지 제가 한 표현은 아니었습니다. 우리 둘 다 알고 있지 않습니까? 우려되는 점이 없었다면 DI-COMY가 저를 이곳에 보낼 일은 없었을 겁니다. 그리고 그 이유를 이제야 알겠군요. 당신은 이 집에 지금까지 존재한 그 어떤 것보다 강력한 폭탄을 숨기고 있었던 겁니다."

"그렇다면 루시는 존재하는 것 자체로 잘못이란 말입니까? 그 아이한테 어떤 선택지가 있었습니까?"

그 주제는 정신을 바짝 차릴 수 있을 때에야 토론할 수 있을 것 같았다. 어쩌면 영영 그럴 기회는 오지 않을지도 몰랐다. 라이너스는 그 생각만으로도 또 기절할 것 같은 기분이 들었다.

"향후 조치가 필요할지 살펴보러 온 겁니다."

"향후 조치라."

처음으로 파르나서스의 목소리에 좌절감이 배어났다.

"아이들에게는 아무도 없어요, 베이커 씨. 아이들한테는 저밖에 없습니다. DICOMY가 루시같은 아이를 학교에 넣어 줄 거라고 진심으로 믿습니까? 말하기 전에 생각을 좀 하십시오."

"그건 중요한 게 아닙니다."

라이너스가 퉁명스레 내뱉었다.

파르나서스는 천장을 바라보았다.

"물론 중요한 게 아니지요. 그 일은 당신 업무가 끝난 뒤에 일어날 테니, 당신은 알 바 아닐 테고요."

그러면서 그는 고개를 저었다.

"당신은 아무것도 모릅니다."

"잘못된 게 없다면 걱정하실 필요는 없습니다. 파르나서스 씨는 제가 냉정하다고 생각할지 몰라도 저 역시 아이들을 아낍니다. 그렇지 않다면 이 일을 할 수도 없었을 테고요."

"당신이야 그렇게 믿고 있겠지요."

그가 다시 라이너스를 바라보더니 말을 이었다.

"사과드리지요, 베이커 씨. 그래요, 당신은 어쨌거나 맡은 일을 잘해낼 겁니다. 그래도 눈을 뜨면 파일에 적힌 글자들이 아니라 당신 눈앞에 있는 아이들이 보일 겁니다."

살갗이 근질근질해지는 기분이었다. 이 사무실을 떠나고 싶었다. 벽이 바짝 그를 죄어오는 것만 같았다.

"선택의 여지는 없으셨겠지만, 따뜻하게 맞아주셔서 감사했습니다. 오늘 밤은 여기까지 해야겠군요. 다사다난한 하루였는데, 내일도 비슷할 것 같네요."

라이너스가 돌아서서 문을 열었다. 등 뒤로 문을 닫으려는데, "잘 자요, 베이커 씨." 하는 목소리가 들렸다.

게스트하우스로 돌아오니 칼리오페가 문 안에서 기다리고 있었다. 사무실에서 나온 뒤 아무와도 마주치지 않았지만, 닫힌 문 뒤에서 들려오던 목소리가 자꾸만 메아리치는 것 같았다. 현관문 바깥으로 달려 나가고 싶은 마음을 꾹 참았다.

칼리오페는 그를 한 번 쳐다보더니 열린 문 바깥으로 나가 버렸다. 라이너스는 찬 밤공기 속에서 고양이를 기다리며 본채를 바라보았다. 2층 창문들엔 불이 켜져 있었고, 닫힌 커튼 안쪽에서 움직임이 보이는 것 같았다. 기억이 틀리지 않다면 저 방은 셜의 방일 텐데.

"열두 군데 고아원을 거쳤다니." 그는 혼잣말로 중얼거렸다.

"왜 그런 걸 파일에 적어 두지 않았지? 그런데 어째서 학교로 보내지 않은 거야?"

칼리오페가 돌아와 그의 다리에 몸을 부비적거리며 골골 소리를 냈다. 그는 문을 닫고 잠금장치를 단단히 잠갔지만 누군가가 들어올 *마음만 먹으면* 얼마든지 들어올 수 있을 거라는 생각이 들었다.

침실로 돌아오니 천시가 침대 밑에 숨어 사람들을 놀래는 습관이 있다는 파르나서스의 경고가 떠올랐다. 퀼트 이불이 거의 바닥에 닿을 정도로 늘어져 있어 침대 밑 어두운 공간이 잘 보이지 않았다.

그는 한 손을 들어 마른세수를 했다.

"내가 너무 생각이 많은 거야. 침대 밑에 있을 리가 없지. 말도 안 돼."

라이너스는 잘 준비를 하려고 욕실을 향했다.

그러나 양치질을 하다가, 턱에 치약 한 방울을 묻힌 채로 다시 돌아서서 성큼성큼 방 안으로 들어갔다. 무릎을 꿇고 퀼트 이불을 들어 올려 침대 밑을 확인했다.

괴물(이건 아이건)은 숨어 있지 않았다.

그는 거품을 입안 가득 문 채로 말했다.

"자, 봤지? 괜찮다니까."

그도 그 말을 믿고 싶었다.

잠옷을 입고 침대에 누울 때까지만 해도 밤새도록 잠이 안 와 뒤척일 거라고 생각했다. 그는 낯선 곳에선 잠을 이루기 어려웠고, 오늘 있었던 일들을 생각하면 더했으니까. 《규칙 및 규정집》을 읽으려고 했지만 (파르나서스의 말과는 달리 규정집을 외우고 있는 게 *아니었으니까*) 문득 조용한 미소와 검은 눈이 떠올랐고, 다음 순간 새하얀 잠에 빠져들었다.

8장

다음 날 아침 잠에서 깨어난 라이너스는 눈을 천천히 깜박였다.

창문을 통해 따스한 햇살이 들어오고 있었다. 공기에서는 짠 내가 났다. 기분 좋은 꿈 같았다.

그러나 다음 순간 현실이 밀어닥쳤고, 여기가 어딘지가 생각났다.

어제 본 것들도.

그는 거칠게 "아이고."라고 내뱉은 뒤 침대에 일어나 앉아 마른 세수를 했다.

칼리오페는 침대 위 라이너스의 발치에 몸을 둥글게 말고 누워서 눈을 감은 채로 꼬리를 살랑살랑 흔들고 있었다.

라이너스는 이불을 걷고 하품을 하며 침대에서 내려왔다. 등에서 뚜둑 소리가 날 때까지 기지개를 켰다. 지금 처한 상황도 상황이지만, 사실 이렇게 푹 잔 게 얼마만인가? 아침 햇살, 그리고 저 멀리서 철썩이는 파도 소리까지, 힘들게 일한 끝에 휴가를 얻은 거라고 상상하려던 순간….

차고 축축한 무언가가 그의 한쪽 발목을 휘감았다.

라이너스는 악 소리를 지르며 한쪽 다리를 홱 들어올렸다. 겁에 질린 나머지 자기 힘을 과소평가하고 다리를 머리 위까지 들어 올리고 말았다. 그는 뒤로 한 바퀴 굴러 침대 반대쪽에 떨어졌다. 등이 얼얼할 정도로 바닥에 쾅 부딪쳤더니 폐에서 요란하게 숨이 빠져나갔다.

고개를 숙여 침대 아래쪽을 보았다.

"안녕하세요." 천시의 더듬이 끝에 달린 눈이 춤을 추고 있었다.

"놀라게 하려던 건 아니에요. 아침 식사 시간이 얼마 안 남았거든요. 아침 식사는 달걀이랍니다!"

라이너스는 그대로 천장을 보고 누운 채 날뛰는 심장이 가라앉기를 기다렸다.

마법아동관리부서

사례보고서 #1 마르시아스 고아원

라이너스 베이커, 사례연구원 제 BY78941번

―

저는 이 보고서의 내용이 정확하고 진실함을 엄숙히 맹세합니다. 저는 DICOMY의 지침에 의거해 이 보고서의 내용에 거짓이 있을 시 견책 사유가 되며 해고로 이어질 수 있음을 알고 있습니다.

이 보고서, 그리고 앞으로 매주 이어질 보고서에는 매주 제가 관찰한 내역을 담을 겁니다.

마르시아스섬, 그리고 이 섬의 고아원은 제 예상과는 달랐습니다.

이번 과제를 위해 저에게 주신 파일은 몹시 불완전한 것이었습니다. 파일의 일부가 유실되거나 삭제되어 있었습니다. 유실된 경우라면 이는 행동 강령의 심각한 위반입니다. 삭제된 경우라면, 지금 제가 일시적으로 부여받은 기밀 등급에 따라서 저에게 공개되어야 했을 겁니다. 향후 사례연구원이 필요한 지식 없이 위험한 상황과 맞닥뜨리는 일이 일어나지 않도록, 모든 4등급 기밀 과제에 대한 규약을 검토하시기를 권고합니다.

이상이 요구처럼 느껴지신다면 사과드립니다. 저는 그저 더 많은 정보가 필요했다고 믿을 뿐입니다.

마르시아스 고아원은 건물 자체도 불길해 보였습니다. 물론 잘 관리되고 있는 것 같았지만 말입니다. 집은 크고, 안에는 잡동사니가 가득하지만, 그럼에도 창고가 아니라 사람이 쭉 살아온 집처럼 느껴집니다. 물론, 와이번인 시어도어가 물건을 모아놓은 비밀 장소는 제외하고 말이지요. 아직 그 비밀 장소에 정확히 무엇이 있는지는 살펴보지 못했습니다.

아이들은 모두 각자의 방이 있습니다. 저는 노움인 탈리아의 방(벽이 정원 전체에 있는 것보다도 더 많은 꽃들로 장식되어 있더군요), 정령 피(그 애가 쓰는 침대는 방바닥을 뚫고 자라난 진짜 나무인 게 분명합니다), 천시(바닥에 소금물이 고여 있었는데 일주일에 한 번씩 닦아낸다고 들었습니다) 그리고 시어도어 (그 애가 다락방에 둥지를 만들었는데, 단추를 하나 더 줬을 때 딱 한 번 보여주더군요. 남는 단추가 없어서 정장 셔츠에서 하나 뜯어야 했습니다. 추후 청구하겠습니다).

아직 샐의 방은 보지 못했습니다. 샐은 저를 신뢰하지 않고, 심지어 저를 두려워하는 것처럼 보이지만, 그 애가 지금까지 겪어온 일을 생각하면 이해가 됩니다. 참고로 제가 받은 파일에는 주로 그 애의 변신 능력에 대해서만 적혀 있기 때문에 (즉 가장 중요한 부분이 누락되었기 때문에) 저로서는 알 길이 없었던 그 일 말입니다. 물론 파일의 내용도 훌륭하지만, 그것이 충분치는 않다는 게 이제 의견입니다. 저는 이곳이 샘이 머무는 열세 번째 고아원이라고 들었습니다. 그 정보를 사전에 알았더라면 이곳에 도착한 순간부터 그 아이를 더 잘 이해할 수 있었을 텐데요.

루시의 방도 보지 못했습니다. 루시는 여러 번이나 자기 방으로 저를 불렀습니다. 한번은 구석으로 저를 몰아세우더니, 눈은 의심할 만한 것들이 방 안에 있다고 속삭이기까지 했지만, 저는 그걸 볼 준비가 아직 안 된 것 같습니다. 물론 떠나기 전에 꼭 보도록 하겠습니다. 만약 그게 제 마지막이라면, 제 유언장과 유언증서는 인사부에 미리 제출해 놓았습니다. 유해라 할 것이 남아 있다면 화장해 주시길 부탁드립니다.

또 하나 보고드릴 점은, 이곳에는 아이들 외에도 조이 채플화이트라는 이름의 섬 정령이 있다는 사실입니다. 물론 이곳에 도착하는 순간까지 그의 존재를 그 누구도 알려주지 않았다는 사실이 정말 이상하지만 말입니다. 아시다시피 정령은 영역에 집착합니다. 그런데 저는 정령의 초대도 없이 그 소유의 섬에 들어온 것입니다. 만약 채플화이트가 제가 들어오지 못하게 막거나, 더 심한 짓을 저질렀다 해도 그건 그의 권리였을 겁니다. 그렇다면 DICOMY가 그의 존재를 몰랐거나, 아니면 알면서 제게 알려줄 필요가 없다고 생각했거나 둘 중 하나라는 뜻이 되겠군요.

파르나서스 씨에 대해서도 짚고 넘어가야겠습니다. 그의 파일은 단 한 장이었으며, 마르시아스 고아원 원장에 대해 알 수 있는 정보라고는 하나도 담겨 있지 않았습니다. 물론 제가 그에게 직접 당신이 어떤 사람인지 물어볼 수도 있겠지만, 그래도 저는 그와 대화를 나누기보다는 글로 쓰인 정보를 읽는 쪽을 선호합니다. 저는 관찰하고 보고하기 위해 이곳에 온 것이니까요.

그 사람, 파르나서스 씨에게는 어쩐지 손댈 수 없는 부분이 있습니다. 분명 유능한 사람으로 보입니다. 아이들은 행복한 것 같고, 어떻게 보면 더 없이 잘 지내는 것 같기도 합니다. 파르나서스 씨는 아이들이 보이지 않을 때조차 언제나 아이들이 어디서 무엇을 하는지 알 수 있는 기이한 능력이 있거든요. 이런 사람은 처음 봅니다.

조만간 파르나서스 씨와 대화를 해야겠습니다. 아이들이 행복해 보이기는 해도 이 집은 혼돈 직전의 상태이기 때문입니다. 제가 도착했을 때 아이들은 이 섬을 멋대로 누비고 있었습니다. 매일 정해진 시간 동안 아이들이 각자 하고 싶은 일을 하는 시간이 주어진다고 들었습니다만, 제가 보기에는⋯ 이렇게 특별한 아이들을 긴 시간 감독 없이 내버려두는 것은 현명하지 못한 처사입니다. 마법아동들은 자기가 가진 능력을 완전히 통제하지 못하며, 그중에서도 특히 어려움을 겪는 아이들도 있다는 기록이 있으니까요.

비밀 유지의 필요성은 이해할 수 있지만 조금 과도한 처사같기도 합니다. 배경이야 어떻건 아이들은 결국 아이들이니까요. 《규칙 및 규정집》의 가이드라인을 준수하는 이상 그 아이들이 무슨 문제를 일으킬 수 있겠습니까?

"불과 재!"

루시가 이리저리 거닐며 우렁차게 고함을 질렀다.

"죽음과 파괴! 재앙을 불러오는 자인 내가 이 세상 사람들에게 전염병과 역병을 가져오리라. 죄 없는 자들의 피를 먹고 살 것이며, 내가 너희들의 신이니 모두 무릎 꿇고 경배하라."

루시가 고개를 꾸벅 숙였다.

아이들과 파르나서스는 예의 바르게 손뼉을 쳐 주었다. 시어도 어도 쩍쩍 울면서 빙글 돌았다. 라이너스는 입만 딱 벌렸다.

"멋진 이야기였다, 루시. 특히 은유의 사용이 좋았단다. 그런데 전염병과 역병은 엄밀히 따지면 같은 거라는 사실을 명심하렴. 반복이 많다는 단점이 있기는 했지만, 그 외에는 상당히 인상적이었단다. 잘했어."

여기는 교실로 꾸며 놓은 본채의 응접실이었다. 큰 책상이 하나 있고, 그 앞에 작은 책상 여섯 개가 나란히 놓여 있었다. 창가에는 얼마 전에 깨끗이 닦아 놓은 것 같은 낡은 초록색 칠판이 세워져 있었다. 굵은 분필이 든 상자도 있었다. 한쪽 벽에는 세계지도가 붙어 있고, 구석에 있는 금속 재질의 거치대 위에는 프로젝터도 있었다. 파르나서스의 사무실과 마찬가지로 교실 역시 책들이 벽을 메우다시피 했다. 백과사전, 소설, 그리스 신이나 동식물의 학명을 다룬 논픽션도 있었고, 책등에 금박 글씨로 《노움의 역사: 문화적 타당성과 사회적 지위》라고 쓰인 책도 보였다. 적어도 천 페이지는 될 것 같은 그 책을 얼른 펼쳐보고 싶어 좀이 쑤셨다.

루시는 만족스러운 얼굴로 자기 자리에 앉았다. 파르나서스가 〈자기표현〉이라는 제목을 붙인 이 수업에서 루시의 발표는 마지막에서 두 번째 순서였다. 아이들이 한 사람씩 앞으로 나와 실제이든, 지어낸 이야기든, 하고 싶은 이야기를 하는 시간이었다. 탈리아는 섬에 침입자가 나타났다가 영영 종적을 감추게 되었다는,

마치 누군가를 빗댄 것만 같은 이야기를 했다. (파르나서스가 해석해 준 바에 따르면) 시어도어는 재치 넘치는 오행시를 지었다. 모두가 (라이너스만 빼고) 눈물이 날 정도로 웃었다. 피는 자기가 키우고 있는 나무가 뿌리를 내리면 좋겠다는 이야기를 했다. 천시는 호텔 직원의 역사를 늘어놓았다(듣다 보니 계속 이어지는 시리즈인 것 같았다).

그다음이 루시였다. 루시는 파르나서스의 책상 위에 올라서더니 조그만 주먹을 머리 위로 휘두르고 눈을 번쩍이며 지구를 소멸시키겠다는 위협을 늘어놓았다.

파르나서스의 말에 따르면 〈자기표현〉은 아이들에게 자신감을 주기 위한 수업이었다. 라이너스 역시 사람들 앞에서 말하는 게 얼마나 무서운지 잘 알았다. 아이들은 일주일에 두 번, 다른 아이들 앞에 나서서 하고 싶은 주제에 대해 말하는 시간을 가졌다. 사람들 앞에서 말하는 법을 연습하는 동시에 창의력을 표출할 수 있는 기회라는 것이 파르나서스의 생각이었다.

"아이들의 정신은 놀라우니까요."

교실로 오는 길에 그가 라이너스에게 해준 말이었다.

"아이들이 떠올리는 생각 중엔 상상을 초월하는 것들도 있습니다."

그게 무슨 말인지 이제 라이너스는 전적으로 알 수 있었다. 방금 루시가 외친 말을 그 애가 전부 실행할 수 있을 거라는 사실을 그는 믿어 의심치 않았다.

라이너스는 교실 뒤편에 의자를 놓고 앉아 있었다. 더 가까이 다가와 앉으라는 제안을 받았지만 조금 멀리 떨어져서 관찰하는 게 낫다며 고개를 저었다. 《규칙 및 규정집》(방에 두고 올까 했지만 가져오기로 마음먹었다. 규칙을 검토해야 할 필요가 있을 때를 대비해서였다)을 받침 삼아 수첩과 연필도 준비했지만, 첫 번째 아이가 발표를 시작하자마자 그는 메모를 해야 한다는 걸 완전히 잊었다. 보고서가 허술해선 안 되고, 특히 이런 식으로 아이들이 자기표현을 하는 것에 관한 규정이 전혀 없으니 메모를 많이 남겨야 한다고 그는 다시 한번 다짐했다.

루시의 발표가 끝났으니 다섯 명의 아이들이 자기표현을 마친 셈이었다. 그러니 남은 건….

"샐? 시작하겠니?"

파르나서스가 묻자 샐은 더 작아지려는 듯 의자에 앉은 채 몸을 구부정하게 숙였다. 그 애의 큰 덩치를 생각하면 우스꽝스러워 보이기까지 했다. 아이는 라이너스를 흘깃 보더니, 그가 자신을 지켜보고 있는 걸 알고 곧장 고개를 홱 돌렸다. 그러더니 라이너스가 알아들을 수 없게 뭐라고 중얼거렸다.

파르나서스가 책상 앞으로 다가가 몸을 숙여 샐의 어깨를 손가락으로 툭 쳤다.

"우리가 가장 두려워하는 일이 우리가 가장 덜 두려워해야 하는 일일 수도 있단다. 논리적이지는 않지만 그렇기 때문에 우리는 인간인 거야. 만약 그 두려움을 이겨낼 수 있다면 못할 일이 있을까?"

시어도어가 자기 책상에 앉아 날개를 마구 파닥거리면서 뭐라고 짹짹거렸다.

피가 턱을 괸 채 "시어도어 말이 맞아, 할 수 있어, 샐." 했다.

천시도 "맞아! 할 수 있어!" 하며 두 눈을 달랑거렸다.

"너의 내면은 단단해. 중요한 건 내면이라고." 탈리아가 말했다.

루시는 천장을 바라보더니 "내 내면은 썩었고 진물 나는 감염된 상처처럼 곪았지."라고 했다.

파르나서스도 샐을 향해 말했다.

"다들 너를 응원하고 있단다. 너만 널 믿으면 돼."

샐이 다시 한번 라이너스를 힐끗 보자, 그는 최선을 다해 응원하는 듯한 미소를 지어보였다. 허나 샐이 얼굴을 찌푸린 걸 보면 생각대로 받아들여지지 않은 모양이었다. 그래도 샐은 용기가 난 건지, 아니면 이 상황을 빠져나가길 포기한 것인지, 책상 뚜껑을 열고 종이 한 장을 꺼냈다. 샐이 느릿느릿 일어나 교실 앞쪽으로 뻣뻣하게 걸어갔다. 파르나서스는 책상 모서리에 걸터앉아 있었다. 오늘도 바지가 짧아서 화사한 오렌지색 양말이 드러나 보였다.

샐이 아이들 앞에 서더니 양손으로 꽉 쥔 종이를 내려다보았다. 종이가 가늘게 떨렸다. 라이너스는 자기가 움직이면 샐이 도망가 버릴 걸 알았기에 동상처럼 꼼짝 않고 가만히 있었다.

샐의 입술이 움직이기 시작했지만 소리는 잘 들리지 않았다.

"조금만 더 크게 말해 주겠니?"

파르나서스가 부드럽게 말했다.

"다들 네 목소리를 듣고 싶어 하잖니. 네 자신을 보여주렴, 샐. 목소리는 너의 무기란다. 그 사실을 잊지 말렴."

종이를 든 셀의 손가락에 힘이 들어갔다. 라이너스는 종이가 찢어지지는 않을까 하는 생각이 들었다.

셀이 헛기침을 해 목을 고르더니 다시 읽기 시작했다.

"나는 그저 한 장의 종이. 얇고 찢어지기 쉬워. 해를 향해 들어 올리면 빛이 나를 통과해. 내게는 글자가 씌어지고, 그러면 다시는 쓸 수 없지. 이 자국들은 역사야. 또 이야기야. 다른 이들에게 이야기를 들려주지만 사람들은 글자만 보고 글자가 쓰인 종이는 보지 않아. 나는 그저 한 장의 종이, 나 같은 이들이 많지만 똑같은 건 하나도 없어. 나는 바싹 마른 양피지. 내겐 줄이 있어. 내겐 구멍이 있어. 나를 적시면 난 녹아버려. 불을 붙이면 타올라. 단단한 손으로 나를 붙잡으면 난 구겨지지. 찢어지지. 나는 그저 한 장의 종이. 얇고 찢어지기 쉬워."

글을 다 읽은 셀은 허둥지둥 자리로 돌아갔다.

모두가 환호했다.

라이너스는 셀을 빤히 바라보았다.

파르나서스는 흐뭇해하며 "정말 멋지구나." 했다.

"고맙다, 셀. 특히 자국들이 역사라는 이야기가 좋았다. 마음에 와 닿았어. 우리 모두에겐 역사가 있잖니. 그리고 네가 잘 지적해 준 대로 누구도 다른 사람과 똑같지 않지. 잘했다."

분명 셀이 미소를 지은 것 같았지만, 라이너스가 그렇다고 확신하기도 전에 미소는 사라져버렸다.

파르나서스가 손뼉을 한 번 쳤다.

"자, 그럼, 다음으로 넘어갈까? 오늘은 화요일이니까 첫 시간은 수학이구나."

모두가 신음 소리를 냈다. 시어도어는 책상에 머리를 쿵쿵 찧어대기까지 했다.

"아무리 싫어도 해야지."

파르나서스는 또 재미있다는 말투였다.

"피? 교과서를 나눠주겠니? 오늘도 멋지고 신나는 수학의 세계로 떠나보자꾸나. 몇몇한테는 어렵겠지만, 몇몇한테는 복습할 기회가 되겠지. 정말 행운이지?"

그 말에 라이너스마저도 신음이 절로 나왔다.

라이너스는 점심을 먹고 게스트하우스를 떠나 다시 교실로 돌아갈 준비를 했다. 오후에는 마그나카르타에 대한 열띤 토론이 벌어질 예정이었다. 그때 별안간 채플화이트가 나타났다. 그 바람에 그는 너무 놀라 뒷걸음질을 치다가 포치에 쿵 부딪칠 뻔 했다.

"이런 짓 좀 하지 마시라고요!"

불쌍한 심장이 터져 버리겠구나, 생각하며 라이너스가 가슴을 그러쥐고 헉헉댔다.

"전 고혈압이라고요. 절 죽일 셈입니까?"

"죽이고 싶었더라면야 다른 방법이 얼마나 많은데."

채플화이트는 아무렇지도 않게 대답했다.

"나랑 같이 가봐야 할 데가 있어."

"안 갈 겁니다. 아이들을 지켜봐야 해요. 게다가 보고서도 마저 써야 하고요. 뿐만 아니라 《규칙 및 규정집》에서는 사례연구원은 과제에 집중해야 한다고…."

"중요한 일이야."

라이너스는 경계하는 눈으로 그를 바라보았다.

"왜죠?"

채플화이트의 등 뒤에서 날개가 팔락거렸다. 절대로 있을 수 없는 일인 걸 아는데도, 그의 앞에 버티고 서서 내려다보는 채플화이트가 점점 더 커지는 것 같았다.

"나는 마르시아스섬의 정령이잖아. 여긴 내 섬이라고. 당신이 여기 있을 수 있는 것도 내가 허락했기 때문이지. 그 사실 잊지 말라고, 베이커 씨."

"알겠습니다, 알았다니까요."

라이너스가 황급히 대답했다.

"제 말은, 오라시면 당연히 가야지요." 그가 침을 꿀꺽 삼켰다. "단, 이유가 있어야만 갈 겁니다."

채플화이트가 고양이 울음을 치고 한 발짝 물러났다.

"배짱이 도를 넘어서는구만."

그는 발끈했다.

"아무리 당신이…."

"신발은 그거 말고 없어?"

그 말에 라이너스는 신고 있던 로퍼를 내려다보았다.

"있긴 한데 어차피 거의 똑같은 겁니다. 왜요?"

채플화이트는 어깨를 으쓱하더니 말했다. "숲을 지나 걸어야 하거든."

"아, 그렇군요. 그럼 오늘 말고 다른 날에…."

하지만 채플화이트는 이미 등을 돌려 걸어가기 시작한 뒤였다. 무시하고 비교적 안전한 본채로 돌아갈까 하는 생각을 진지하게 했지만, 그는 마음만 먹으면 라이너스를 없애버릴 능력이 있다는 사실에 생각이 미쳤다.

그리고 마음 한구석에서는 채플화이트가 보여주려는 게 뭘까 호기심이 생겼다. 무언가에 호기심을 느낀 건 무척이나 오랜만이었다.

게다가 오늘은 날씨까지 완벽하게 좋았다. 햇볕을 좀 쬐면 건강에 좋을 것 같기도 했다.

10분 뒤 라이너스는 차라리 죽고 싶었다.

탈리아가 삽을 들고 따라온다 해도 말리지 않았을 것 같았다. 루시가 눈을 번뜩이고 불길을 뿜으며 서 있다 해도 두 팔 벌려 반가이 맞았을 것 같았다. 숲에서 하이킹을 하지 않을 수만 있다면 뭐든 좋았다.

"저기요." 그는 땀을 뻘뻘 흘리며 헐떡거렸다.

"이제 좀 쉴 때가 된 것 같은데요. 어때요? 제가 보기엔 참 좋은 생각 같은데."

채플화이트가 그를 흘깃 보며 얼굴을 찌푸렸다. 힘든 기색이라고는 전혀 보이지 않았다.

"얼마 안 남았어."

"아." 라이너스는 간신히 대답했다.

"잘됐네요. 잘됐습니다! 정말… 잘됐다고요."

나무뿌리에 걸려 넘어질 뻔했지만 천만다행으로 균형을 잡았다.

"정령의 시간과 거리 감각이 인간이랑 다르지 않기만을 바랍니다. *얼마 안 남았다*는 게 정말 말 그대로였으면 좋겠어요."

"바깥엔 잘 안 나오나 봐?"

그는 소매로 이마의 땀을 훔쳤다.

"제 위치에 있는 사람이 나와야 할 만큼은 나옵니다."

"내 말은 자연 속으로 잘 안 나오느냐는 이야기야."

"아, 그 얘기라면, 안 나옵니다. 저는 집에서 편안하고 *안전하게* 있는 쪽을 선호해서요. 의자에 앉아 음악을 듣는 게 더 좋습니다."

그는 라이너스가 다치지 않게 커다란 나뭇가지 하나를 들어 올려 주었다.

"옛날부터 바다가 보고 싶었다며."

"꿈은 그냥… 꿈이죠. 꿈은 잠시 현실을 잊기 위한 거잖아요. 꼭 이뤄져야 하는 건 아니죠."

"그래도 지금은 그 의자와 집에서 멀어져 바닷가에 와 있잖아."

그가 걸음을 멈추더니 하늘을 바라보았다.

"온 세상에 음악이 흐르고 있어, 베이커 씨. 그 음악을 듣는 법만 배우면 돼."

라이너스는 채플화이트를 따라 고개를 들었다. 머리 위에서 나무가 일렁이고 바람이 나뭇잎을 간질였다. 잔가지가 내는 빠작거리는 소리, 새의 노래, 다람쥐가 재잘거리는 소리도 들리는 것만 같았다. 그리고 그 모든 소리를 배경으로 바다의 노래가 들렸다. 가슴에 부딪치는 파도, 공기에 짙게 감도는 짠 내음.

"멋지네요."

인정할 수밖에 없었다.

"하이킹은 빼고요. 솔직히 말하면 하이킹 같은 건 안 하고 살고 싶어요. 저 같은 사람한텐 너무 힘듭니다."

"숲 한가운데에 넥타이를 매고 오다니."

"숲 한가운데에 올 *계획이* 없었으니까 그렇죠! 집 안에서 메모를 하고 있어야 할 때라고요."

채플화이트는 또다시 발이 거의 바닥에 닿지 않는 상태에서 나무 사이로 움직이고 있었다.

"조사 때문에 말이지."

"*그래요, 조사 때문이지요.* 만약에 제 조사를 방해할 작정이시라면…."

"보고서를 발송하기 전에 파르나서스 씨가 먼저 읽어볼 수는 없는 거지?"

라이너스는 이끼로 뒤덮인 통나무를 넘어가며 얼굴을 찌푸렸다. 눈앞에 하얀 모래톱과 바다가 언뜻 보이기 시작했다.

"당연히 안 되죠. 부적절한 일입니다. 저는 *절대*…."

"다행이군."

그 말에 그는 눈을 끔벅였다.

"다행이라고요?"

"그래."

"어째서죠?"

채플화이트가 그를 돌아보았다.

"지금 이 일을 보고서에 쓸 거잖아. 난 파르나서스가 이 일을 몰랐으면 하거든."

그러면서 그는 해변으로 한 걸음 들어섰다.

라이너스는 그의 뒷모습을 한참 바라본 뒤에야 따라서 걸음을 옮겼다.

로퍼를 신고 해변을 걷는 건 그리 즐거운 일이 아니었다. 신발과 양말을 벗고 발가락을 모래 사이에 묻고 싶다는 생각을 잠깐 했지만, 바닷가에서 그들을 기다리고 있는 게 무엇인지 본 순간 그 사실은 까맣게 잊혔다.

허접한 솜씨로 만든 뗏목이었다. 굵은 노란 밧줄로 널빤지 네 개를 묶어놓은 모양이었다. 조그만 돛대가 달려 있고, 그 위에서 깃발 같은 것이 팔락이고 있었다.

"이게 뭐죠?"

라이너스가 뗏목을 향해 한 걸음 다가가자 축축한 모래에 발이 쑥 파묻혔다.

"이 섬에 다른 사람이 있습니까? 성인이 탈 크기가 아닌데, 아이일까요?"

채플화이트는 울적하게 고개를 저었다.

"아니, 마을에서 보낸 거야. 누가 배를 타고 오다가 띄워 보낸 거지. 분명 지난번처럼 부둣가로 보내려 했겠지만, 조류에 쓸려서 여기로 온 거야."

"지난번처럼이라니요?"

라이너스는 혼란스러웠다.

"이렇게 온 뗏목이 몇 개나 되는데요?"

"이번이 세 번째야."

"도대체 왜… 아. 맙소사."

채플화이트가 돛대에 달려 있던 깃발을 펼쳤다. 깃발에는 네모진 글씨로 이렇게 쓰여 있었다. 떠나라. 너희들 같은 족속은 원치 않는다.

"파르나서스 씨에겐 쭉 비밀로 했었어."

그가 목소리를 낮추어 말했다.

"하지만 벌써 알고 있다 해도 놀라지 않을 거야. 그는… 관찰력이 좋거든."

"그런데 이건 누구 보라고 보내는 겁니까? 아이들? 파르나서스 씨? 당신?"

"우리 모두한테겠지. 물론 내가 다른 사람들보다 훨씬 오래 여기 있기는 했지만."

그는 펼쳤던 깃발을 다시 놓았다.

"그리고 나 혼자였다면 감히 이런 짓도 안 했을 거야."

라이너스는 섬뜩한 감정에 사로잡혀 눈썹을 일그러뜨렸다.

"도대체 왜 이런 짓을 하는 거죠? 그냥 아이들일 뿐이잖아요. 물론… 다른 아이들과는 다르지만, 그게 뭐 어쨌다고요."

"해선 안 되는 일이지."

그가 한 걸음 물러나더니 깃발을 만져 더러워진 손을 씻어냈다.

"그래도 사람들은 이런 짓을 해. 마을 사람들 이야기를 해줬을 때, 당신은 그 사람들이 왜 그러느냐고 물었지."

"제 기억이 맞는다면 그때 제 질문을 교묘하게 피해가셨잖아요."

채플화이트는 입을 꼭 다물고 있었다. 햇살을 받은 날개가 반짝반짝 빛났다.

"당신이 바보가 아닌 건 분명하군. 그 사람들은 우리가 다르다는 이유로 그런 짓을 하는 거야. 당신도 만나자마자 나한테 등록이 되어 있느냐고 물었잖아."

"이건 학대입니다."

라이너스는 못 들은 척 퉁명스레 입을 열었다.

"복잡하게 생각할 것도 없어요. 마을 사람들은 이 섬에 사는 사람들을 잘 모르고, 그쪽이 가장 낫겠죠. 하지만 그런 것과 상관없이 그 누구도 자신의 존재 때문에 위축되어서는 안 됩니다. 심지어 마을 사람들은 입을 다무는 대가로 정부에서 돈도 받는다면서요. 이건 계약위반이 되겠네요."

"이 마을만 그런 게 아니야, 베이커 씨. 당신이 일상 속에서 매일같이 편견을 마주하는 게 아니라고 해서 우리를 향한 편견이 존재하지 않는 건 아니야."

무언가를 보면 말하라. 버스에 붙은 표지판에는 그렇게 적혀 있었다. 아니, 온 사방에 그런 표지판이 널려 있지 않나? 요즘에는 점점 더 늘어났다. 버스. 신문. 대형광고판. 라디오광고. 심지어 다른데도 아니고 식료품점에서 주는 비닐봉지에도 그 문구가 적혀 있는 걸 본 적 있었다.

"그래요, 아닐 겁니다."

그가 느릿느릿 대답했다.

채플화이트가 그를 바라보았다. 머리에 꽂은 꽃이 꼭 점점 피어나는 것만 같았다.

"그리고 이 아이들은 친구들한테서 격리되지."

"당연히 다른 이들의 안전을 위해⋯."

"또는 그 애들 자신의 안전을 위해서지."

"같은 말 아닙니까?"

그는 고개를 저었다.

"아니. 그리고 난 당신도 이미 알고 있다고 생각해."

라이너스는 뭐라고 대답해야 할지 몰라 입을 다물고 있었다.

채플화이트는 한숨을 쉬었다.

"직접 보여주고 싶었어. 파일 안에 담긴 것들이 전부가 아니라는 걸 알 수 있도록. 아이들은 아직 몰라, 이대로 쭉 몰랐으면 좋겠어."

"누가 보낸 건지 아십니까?"

"아니."

"파르나서스 씨는?"

채플화이트는 어깨만 으쓱했다.

문득 초조해진 라이너스가 주변을 둘러보았다.

"아이들이 위험한 상황인 걸까요? 혹시 누가 섬에 침입해서 아이들을 해칠 수도 있을까요?"

생각만 해도 속이 뒤틀려 오는 일이었다. 아이들에게 무슨 능력이 있건, 아이를 향한 폭력은 용납될 수 없었다. 예전에 어느 고아원 원장이 아이의 얼굴을 때리는 모습을 본 적 있었다. 아이가 과일 한 조각을 얼음으로 변하게 만들었다는 이유에서였다. 그 사건 직후 고아원은 일시적으로 폐쇄되었고 원장이 바뀌었다.

그 일을 저지른 원장은 제대로 된 처벌조차 받지 않았고 그 뒤로 그 아이가 어떻게 되었는지는 알 수 없었다.

채플화이트의 얼굴에 담긴 미소에는 유쾌함이라고는 찾아볼 수 없었다. 솔직히 말하면 음산해 보이기까지 하는 미소였다.

"감히 그런 짓을 하진 않을 거야."

그러면서 채플화이트는 어마어마하게 많은 이를 드러냈다.

"이 집에 사는 누군가를 해칠 마음을 품고 내 섬에 발을 들이는 순간 그대로 끝장나버릴 테니."

라이너스는 그 말을 믿었다. 그는 잠시 고민한 후 입을 열었다.

"그럼 우리도 답장을 보내죠."

그가 라이너스를 향해 고개를 갸웃했다.

"규칙과 규정을 어기겠다고?"

마음을 다 들여다보는 것만 같은 그의 눈을 차마 마주볼 용기가 나지 않았다.

"규정집에 이런 상황을 다루는 단락은 없을 겁니다."

"무슨 생각인 거지?"

"당신은 섬 정령이잖아요."

"관찰력 한번 뛰어나네."

그는 코웃음을 친 뒤 말을 이었다.

"그러니까 섬 주변의 조류를 조종할 수 있으시잖아요, 그렇죠? 바람도 마찬가지고요."

"마법 존재들에 대해 아는 게 참 많네, 베이커 씨."

"제가 하는 일에는 뛰어난 편이라서요."

그는 고지식하게 대답하며 주머니에서 연필을 꺼냈다.

"깃발 좀 잡아주시겠어요?"

시간이 조금 걸리는 작업이었다. 글씨를 또렷하게 쓰기 위해서 획을 여러 번 반복해 그어야 했으니까. 글씨 쓰기가 끝났을 땐 채플화이트의 미소가 누그러져 있었는데, 지금까지 본 것 중 가장 진심 어린 표정이었다.

"당신이 이런 일을 할 수 있는 사람인 줄은 몰랐네, 베이커 씨."

기쁜 말투였다.

그는 이마에 흥건한 땀을 닦아내며 "저도 몰랐습니다."라고 웅얼거렸다.

"앞으로 이 얘기는 서로 입에 올리지 말도록 하지요."

라이너스는 채플화이트와 힘을 합쳐 뗏목을 다시 물에 띄웠지만, 사실은 그가 자기 비위를 맞춰 주고 있는 거라는 생각이 들었다. 그에겐 도움이 전혀 필요 없었을 테니까. 뗏목이 깃발을 펄럭이며 다시 나아가기 시작할 때는 로퍼도, 양말도 물에 푹 젖었고 숨도 가빴다.

하지만 어쩐지 가벼운 기분이었다. 그는 더 이상 벽에 스며든 페인트가 아니었다.

진짜가 된 기분이었다.

살아 있는 기분이었다.

누군가의 눈에 담길 수 있을 것 같은 기분.

바람이 거세지자 뗏목은 다시 저 멀리 육지를 향해 나아갔다.

누군가가 그 뗏목을 발견할 수 있을지는, 뗏목이 정말 바다를 건너 육지까지 다다를 수 있을지는 알 수 없었다.

누군가가 *발견한들* 무시하고 말겠지.

그러나 상관없었다.

떠나라. 우린 너희들 같은 족속을 원치 않는다. 깃발의 한쪽 변에는 그렇게 쓰여 있었다.

반대쪽에는 이렇게 쓰여 있었다. 고맙지만 싫어.

두 사람은 발치까지 물결이 찰랑이는 해변의 모래톱에 그대로 한참이나 서 있었다.

9장

라이너스가 섬에서 보낸 첫 금요일, 그는 초대를 받았다. 예상치 못한 일이었기에, 초대를 받고도 받아들여야 할지 망설여졌다. 초대에 응하는 대신 하고 싶은 일이 여섯 개, 일곱 개, 아니 어쩌면 백 개라도 있을 것 같았다. 마르시아스섬에 온 데는 이유가 있다고, 이 고아원의 모든 측면을 살펴보는 게 중요하다고 겨우 마음을 다잡아야 했다.

마르시아스섬에서 보낸 시간을 토대로 첫 번째 보고서를 마무리하려고 하고 있을 때 누군가가 게스트하우스의 문을 두드렸다. 보고서를 DICOMY에 우편 발송할 수 있도록 다음 날 연락선이 올 예정이었다. 라이너스는 자신을 이 섬으로 보내기 전에 상황을 투명하게 밝히지 않았던 최고위 경영진에 대한 질타는 한 장에 한 번을 넘어가지 않도록 신중을 기울이며 보고서 쓰기에 몰두하고 있었다. 최고위 경영진의 잘못에 대한 자신의 반응을 최대한 교묘하게 표현하는 건 일종의 게임 같았다. 그가 쓴 마지막 문장은 *…또한 나아가, 최고위 경영진이 사례연구원을 상대로 예측 불가한 행*

동과 명백한 기만을 행하려 했다는 것은 극히 야만적인 행위입니다였기 때문에 노크 소리로 흐름이 끊겼을 땐 다행이라는 생각마저 들었다.

문을 열자, 바람에 날려 엉망진창이 된 머리를 한 파르나서스가 오후의 햇살에 따스하게 달궈진 것 같은 모습으로 서 있었다. 라이너스는 기분 좋게 놀랐다. 요즈음 그의 눈에 익숙해졌을 뿐 아니라, 사실은 내심 기대하기까지 했다. 그건 파르나서스가 쾌활한 사람이기 때문이라고, 만약 여기가 진짜 세상이었더라면 그와 친구가 될 수도 있었을 거라고 라이너스는 생각했다. 물론 그에겐 친구가 별로 없었지만 말이다.

긴 다리에 맞는 바지가 한 벌도 없는 건지, 파르나서스는 늘 지나치게 짧아 보이는 바지를 입고 있었다. 오늘 파르나서스는 구름이 그려진 파란 양말을 신고 있었다. 라이너스는 그의 매력에 빠져들고 싶지 않았다. 지금까지는 성공이었다.

그러나 파르나서스의 초대를 받는 순간에는 목이 꽉 죄어오는 것 같았고, 혀가 타버린 토스트처럼 바싹 말랐다.

"뭐라고 하셨습니까?"

그는 간신히 되물었다.

파르나서스는 다 안다는 듯 미소를 지었다.

"마르시아스섬에서의 경험을 한층 풍부하게 만들 수 있도록 저와 루시의 1:1 면담을 참관하시면 좋겠다고 말씀드렸습니다. 베이커 씨의 이와 같은 관찰을 최고위 경영진에서도 기대하고 있지 않을까요?"

라이너스도 그렇게 생각했다. 사실, 어쩌면 최고위 경영신은 이 섬의 다른 누구보다도 루시에게 가장 관심이 많은 것 같다는 생각이 들던 차였다. 아, 물론 받아온 파일에 대놓고 그렇게 쓰여 있던 건 아니었지만, 이런 일을 아주 오래 해온 만큼 그 누구보다도 통찰력이 뛰어나다는 것이 그의 장점이었다.

그러나 이 섬에서 보낸 처음 며칠간 라이너스는 큰 진전을 보지 못했다. 샐은 아직도 그와 눈만 마주쳐도 굳어버렸고, 피는 그를 무시하고 있었던 데다가, 탈리아는 하루에 한두 번은 꼭 그를 자기 정원에다 묻어버리겠다고 협박해 댔고, 천시는 온갖 일, 무슨 일에나 행복해하는 것 같았다(특히 라이너스에게 새 수건이나 침대 시트를 가져다주면서 팁을 달라는 의미로 예의바르게 헛기침을 할 때 그랬다). 그렇게까지 심금을 울릴 일을 해준 것도 아닌데, 시어도어는 라이너스가 있어서 해가 뜨고 진다고 생각하는 것만 같았다. 고작 단추를 주었을 뿐인데 (사실 지금까지 준 단추는 총 네 개였다. 정장 셔츠 하나를 이제 버릴 때도 됐다는 생각이 들어서 매일 아침마다 단추를 하나씩 떼어냈던 것이다) 이 단추들이 놋쇠가 아닌 플라스틱으로 되어 있다는 사실이 시어도어에게는 아무 문제도 안 되는 듯싶었다.

반면 루시는 여전히 수수께끼였다. 바로 어제, 라이너스는 본채 1층, 바닥부터 천장까지 책이 가득 쌓여 있는 오래된 서재에 갔다. 책장을 한참 살펴보고 있는데 시야 언저리에서 휙 움직이는 그림자가 느껴졌다. 곧장 몸을 돌렸지만 아무것도 없었다.

그러다 고개를 들어 보니 루시가 책장 꼭대기에 걸터앉아 비틀린 미소를 띠고는 라이너스를 내려다보고 있는 것이 아닌가.

숨이 막히고 가슴이 쿵쿵 뛰었다.

"안녕하세요, 베이커 씨. 저 같은 사람한테 인간의 영혼이란 싸구려 장신구 같은 거란 걸 잊지 마세요."

아이는 낄낄 웃으며 책장에서 훌쩍 뛰어내려 두 발로 착지하더니, 라이너스를 올려다보며 "난 싸구려 장신구가 너무 좋아."라고 속삭였다. 말을 마치자마자 루시는 서재 바깥으로 달려 나갔다. 한 시간 뒤, 부엌에서 루시를 다시 보았을 때 그 애는 온 세상 방방곡곡을 뒤져서라도 그를 찾아내겠다는 더 코스터스의 노래에 맞춰 고개를 까닥거리며 오트밀 건포도 쿠키를 씹어 먹는 중이었다.

그러니까, 라이너스에게 그 초대가 반가울 리 없었다.

하지만 해야 할 일이 있었다. 여기 온 것도 그 때문이었다. 또 루시에 대해 알면 알수록, 최고위 경영진에게 보고할 것도 많아질 것이다.

물론 이 기회에 파르나서스를 조금 더 알아갈 수도 있었다. 다만, 파르나서스에 대해 조금 더 알아야 하는 건 파일에 고아원 원장에 대한 정보가 거의 없는 것과 마찬가지니 철저히 조사해야 하기 위해서일 뿐이었다. 《규칙 및 규정집》 138페이지 6번째 단락에 분명히 나와 있는 수칙이었으니 반드시 지켜야 했다.

"제가 참관한다는 것을 루시도 압니까?"

라이너스가 이마의 식은땀을 훔쳐내며 물었다.

파르나서스는 빙긋 웃으며 "루시가 부르자고 했습니다." 했다.

"아이고." 라이너스가 힘없이 내뱉었다.

"베이커 씨가 온다고 그 애한테 말해도 되겠습니까?"

아니, 안 된다, 말하면 안 된다. 그냥 라이너스가 아파서 그날 저녁엔 가만히 누워 있어야 한다고 말해줬으면 좋겠다. 그러면 그는 잠옷을 입고 거실에서 작은 라디오를 들으며 집에 있는 것처럼 금요일 밤을 보낼 수 있을 텐데. 물론 LP 플레이어는 없지만 라디오라도 흉내는 낼 수 있다.

"그렇게 하시지요. 참관하러 가겠습니다."

파르나서스는 환하게 웃었다. 그 모습을 보자 라이너스는 온몸이 달아오르는 것 같았다.

"좋습니다. 깜짝 놀라실 거예요. 5시 정각에 뵙죠, 베이커 씨."

그 말을 남긴 뒤 아서는 빙글 뒤로 돌아 경쾌하게 휘파람을 불며 본채를 향해 멀어졌다.

라이너스는 문을 닫고 그대로 문에 기대 스르륵 미끄러졌다.

"아이고, 나 자신. 어쩌다가 또 이런 일에 말려든 거야?"

칼리오페는 창턱에 앉아 햇빛 속에서 느릿느릿 눈을 끔벅이고 있었다.

라이너스 베이커는 애초부터 종교적인 사람은 아니었다. 다른 사람이 종교를 믿는 건 자유였지만, 자신과는 맞지 않다고 생각했다. 그의 어머니는… 열혈 신도라고까지는 할 수 없었지만 그와 엇비슷했다. 어머니는 일요일마다 그를 데리고 교회에 갔고, 그는 갓 풀을 먹여서 미치도록 간지러운 셔츠 차림으로 앉아 있다가 자리에서 일어서라면 일어서고 무릎을 꿇으라면 꿇었다. 찬송가는 좋았지만 누가 시키면 틀리지 않고 부르지는 못하는 딱 그 정도였다. 그는 종교란 터무니없는 소리라고 생각했다. 불길이며 유황의 존재도, 다들 천국에 가는 와중에 죄를 지으면 지옥에 간다는 것도 말이다. 죄는 주관적인 모양이었다. 아, 물론 살인은 나쁜 짓, 타인을 해하는 것도 나쁜 짓이었지만, 아홉 살 때 동네 구멍가게에서 초코바 하나를 슬쩍한 것과는 비교가 안 되지 않나? 만약 그마저도 죄라면 라이너스는 이불 속에 숨어서 그날 슬쩍해 온 크런치바 하나를 먹은 죄로 지옥에 갈 운명이었다.

싫다는 말이 가진 힘을 알 정도로 나이가 든 뒤부터는 교회에 간 적이 없었다. *싫어요, 안 갈래요.* 하고 어머니에게 말했다.

어머니는 당연히 화를 냈다. 아들의 영혼을 걱정했고, 되돌아올 수 없는 길에 접어드는 거라고도 했다. 그 길엔 마약과 술과 *여자*가 있을 거라고, 어머니인 당신이 네 옆에서 너를 정상으로 돌려놓을 거라고도 했다(아마도 그건 *나중에 내가 뭐랬니,* 잔소리하기 위해서가 아니었을까).

그러나 보시다시피 라이너스는 마약과는 상관없는 삶을 살았고 한 달에 한 번씩 저녁을 먹으며 와인 한 잔을 즐기긴 했지만 딱 거기까지였다.

그리고 *여자* 문제는 애초에 어머니가 걱정할 것도 없었다. 그즈음 라이너스는 이미 이웃에 사는 열일곱 소년 티미 웰링턴이 웃통을 벗고 잔디를 깎는 모습을 보고 온몸이 찌릿해져 왔으니까. 여자들은 라이너스 베이커의 몰락을 가져올 수 없었다.

그러니까 라이너스는 애초에 종교와는 담을 쌓은 사람이었다.

허나 그건 적그리스도가 마르시아스섬에 사는 여섯 살짜리 아이라는 사실을 알기 전이었다. 지금 라이너스는 난생처음으로 자신이 십자가나 성경책 같은 걸 갖고 있었으면 좋았을 거라고 생각하고 있었다. 혹시라도 루시가 자기가 가진 힘을 있는 대로 발휘하기 위해 희생 제물을 필요로 할 경우 자신을 보호하기 위해서 말이다.

본관으로 가는 길에 정원에 서서 그의 한 걸음 한 걸음을 빤히 바라보고 있는 피와 탈리아를 마주친 덕에 그는 더 불안해졌다.

"사형수가 걸어가네."

탈리아가 높낮이 없는 목소리로 말했다.

"여기 사형수가 걸어가고 있어."

피는 기침을 하는 척 웃음을 숨겼다.

라이너스가 퉁명스레 인사를 건넸다. "안녕."

"안녕하세요, 베이커 씨."

피와 탈리아가 다정하게 대답했지만 라이너스는 속지 않았다.

본채 포치에 도착하자 뒤에서 두 아이가 서로 속닥거리는 소리가 들렸다. 뒤를 돌아보자 아이들은 뻔뻔스럽게 손을 흔들어 보였다.

이상하게도 아이들을 보니 미소가 나올 것만 같았다.

그래서 그는 그 대신 인상을 썼다.

집 안으로 들어가자 채플화이트가 부엌에서 노래하는 소리가 들렸다. 함께 해변에 다녀온 뒤로 채플화이트는 눈에 띄게 그에게 상냥하게 굴었다. 물론 상냥하다고 해봤자 형식적이기보다는 사근사근한 투로 고개를 까딱하며 그에게 아는 척을 해주는 정도였지만 말이다.

들어서서 문을 닫자 벽난로 앞 소파 쪽에서 쩍쩍 소리가 났다. 고개를 숙여 보니 소파 밑에 비늘이 덮인 꼬리가 튀어나와 있었다.

"안녕, 시어도어."

꼬리가 사라지더니 시어도어가 혀를 날름거리며 머리를 쏙 내밀었다. 또 쩍쩍 소리를 냈는데, 이번엔 질문이었다. 와이번의 언어를 몰라도 시어도어가 원하는 걸 이해할 수 있었다.

"오늘 아침에도 하나 줬잖니. 가진 게 많아질수록 그 값어치를 잊게 된단다."

사실 플라스틱 단추에 값어치 같은 게 있을 리 없었기에 그렇게 말하면서도 조금 바보 같은 기분이 들었지만, 그럼에도 이런 교훈을 전하는 게 중요할 것 같았다.

시어도어는 시무룩해져 한숨을 쉬더니 투덜거리며 다시 소파 밑으로 사라져 버렸다.

계단을 올라가자 그의 무게가 실린 나무 계단이 불길하게 삐걱거렸다. 벽등마저도 일렁이는 것처럼 느껴져서, 라이너스는 이건 그저 집이 오래되어서라고, 배선을 보수할 필요가 있는 거라고 마음을 다잡았다. 보고서에 마르시아스 고아원의 자금 상황에 대해 적어야겠다고 기억해 놓았다. 파르나서스는 *지원금* 문제에 대해 부정적인 것 같았지만, 그 말은 못 들은 걸로 하기로 했다.

2층 복도 양쪽의 방들은 천시의 방만 **빼고** 전부 문이 닫혀 있었다. 천시의 방 앞을 지나가려는데 안에서 아이의 목소리가 들려 걸음을 멈췄다. 살짝 열린 문틈으로 들여다보니 창문 옆 전신 거울 앞에 천시가 소금물 웅덩이를 만들며 서 있고, 두 개의 더듬이 사이에는 호텔 직원이 쓰는 모자가 얹혀 있었다.

"안녕하십니까, 워싱턴 씨, 워싱턴 부인."

천시는 고개를 숙여 인사하며 더듬이 하나로 모자를 들어올렸다.

"에버랜드 호텔을 다시 찾아와 주셔서 감사합니다! 짐을 들어 드려도 될까요? 오, 알아봐 주시다니 감사합니다, 워싱턴 부인! 맞아요, 새 제복이 *생겼답니다.* 에버랜드 호텔 최고의 직원들만 입는 옷이지요. 호텔에서의 시간을 즐기시길 바랍니다!"

라이너스는 그대로 자리를 떠났다.

천시가 제대로 된 복장을 갖출 수 있게 외투를 한 벌 구해다 주는 건 너무 과하려나. 마을에 가서 한번 둘러볼까 싶었다.

샐의 방 안에서는 움직이는 소리가 들렸지만, 방문이 꽉 닫혀 있었다. 인사는 굳이 하지 않는 게 좋을 것 같았다. 그 가여운 애한테 겁을 주면 안 되니까.

샐의 방뿐 아니라, 복도 맨 끝 방 역시 한 번도 들어가 본 적 없었다. 여태까지 루시가 수많은 이유를 대며 자기 방에 불러들이려 하는 바람에 라이너스는 골머리를 앓았지만, 파르나서스의 초대는 오늘이 처음이었던 것이다. 섬을 떠나기 전에 두 방 모두 살펴보아야 한다는 걸 알지만, 라이너스는 첫 주 내내 그 일을 계속 미루고 있었다.

맨 끝 방 앞에 다가간 라이너스는 한참 그 자리에 서 있다가 깊은 숨을 한 번 들이쉰 다음에 노크를 하려고 떨리는 손을 들었다.

그러나 노크를 하기 전 안쪽에서 빗장이 빠지며 문이 살짝 열렸다.

라이너스는 한 걸음 물러났다. 방 안은 깜깜하기만 했다.

헛기침을 하고 입을 열었다.

"누구 있습니까?"

답이 없었다.

그는 용기를 그러모아 문을 밀어 열었다.

집 안으로 들어올 때만 해도 늦은 오후의 햇빛이 눈부시고 바닷가 공기가 따스했는데, 방 안은 깜깜하고 냉기와 습기가 감돌아 마치 다시 도시로 돌아온 것만 같이 느껴졌다. 한 발짝, 또 한 발짝 방 안으로 걸음을 옮겼다.

등 뒤에서 문이 쾅 소리를 내며 닫혔다.

라이너스는 심장이 목으로 튀어나올 것 같은 심정으로 휙 돌아섰다. 문고리를 잡으려는 순간 그의 주변을 둘러싸고 있던 촛불에 불이 확 붙더니 2피트도 넘는 높이로 타오르기 시작했다.

"내 영역에 온 것을 환영한다."

등 뒤에서 킬킬 웃는 아이의 목소리가 울려 퍼졌다.

"드디어 내 초대를 받아들였군. 내 힘이 얼마나 깊은지 똑똑히 보아라! 나는 루시퍼! 악마들의 왕자 벨제붑! 그리고….”

“계속하면 벌칙을 받을 텐데.”

파르나서스의 목소리가 들렸다.

촛불이 꺼지고 어둠이 옅어졌다.

창을 통해 햇살이 쏟아져 들어왔다.

파르나서스가 창가에 놓인 높은 등받이의자에 다리를 꼬고 양손은 무릎 위에 가지런히 놓은 채 재미있다는 표정으로 앉아 있었다. 맞은편에는 빈 의자가 하나 있었는데, 두툼한 러그 위에 벌렁 누워 있는 저 어린 남자아이 몫이 분명했다.

“루시가 당신이 오는 소리를 들었거든요.”

파르나서스가 어깨를 으쓱했다.

“하지 말라고 경고했는데, 지금은 루시가 하고 싶은 대로 하는 시간이어서, 억지로 못하게 해서는 안 된다고 생각했지요.”

루시는 방문에 딱 달라붙어 있는 라이너스를 올려다보았다.

“나는 바로 나다.”

“그래 보이는구나.”

도저히 방문에서 몸이 떨어지지 않아 꼼짝도 할 수 없었다. 그는 겨우 갈라지는 목소리로 대답했다.

넓찍하게 큰 방이었다. 한쪽 벽에는 어두운 색 목재로 만든 사주식(四柱式) 침대가 놓여 있었는데, 기둥에는 덩굴이며 잎의 소조가 새겨져 있었다. 이 집 안에 있는 다른 가구들보다 사뭇 오래된 것으로 보이는 책상 위에는 종이며 책 더미가 가득했다. 침대 맞은편 벽에는 불이 꺼진 벽난로가 있었다. 공포에 질려서 넋이 나갈 것 같은 상태가 아니었다면 추운 겨울밤을 보내기에 딱 좋은 방이라고 생각했을 것이다.

"베이커 씨에게 방 구경 시켜드리겠니? 정말 보고 싶어 하실 거야. 그렇죠, 베이커 씨?"

아니, 그렇지 않다. 전혀 보고 싶지 않았다.

"그렇…죠. 그것 정말… 보고 싶네요."

루시가 몸을 뒤집어 엎드리더니 두 손으로 턱을 괴었다.

"정말요, 베이커 씨? 별로 확신이 없는 목소리인데요."

"확실해."

라이너스가 힘주어 대답했다.

루시가 바닥에서 일어났다.

"뭐, 분명 난 경고했으니 딴소리 마세요."

파르나서스가 한숨을 쉬었다.

"루시, 그러면 베이커 씨가 오해하시잖니."

"무슨 오해요?"

"알잖아."

루시가 두 손을 들이올렸다.

"전 그냥 기대감을 불러일으키려는 거예요. 예상치 못한 걸 기대하라고요! 아서도 삶이란 놀라운 것들의 연속이라고 했잖아요. 나도 베이커 씨를 놀래고 싶은 것뿐이에요."

"실망만 불러일으킬 것 같은데."

그 말에 루시가 눈을 크게 떴다.

"그게 내 잘못은 아니잖아요? 내가 낸 의견대로 방을 꾸몄더라면 실망할 틈도 없었을 걸요. 오로지 기쁨만 가득했을 텐데."

루시가 라이너스를 힐끗 보더니. "뭐, 내 기쁨이겠지만." 하고 덧붙였다. 파르나서스는 회유하듯 두 손을 펼쳤다.

"잘린 사람 머리로 장식했더라면 베이커 씨의 숙면과 정신건강에는 도움이 안 됐을 거다. 아무리 지점토로 만든 거라고 해도 말이야."

"잘린 머리라고요?"

라이너스는 목이 졸리는 기분이었다.

루시는 한숨을 쉬었다.

"그냥 제 적들을 표현하려고 한 거예요, 교황. 대형 교회에 다니는 복음주의자들. 평범한 사람들한테도 적은 있잖아요."

라이너스는 루시가 과연 평범하다는 게 뭔지 알고나 있을까 하는 생각이 들었지만 꾹 참고 그 말은 입 밖에 내지 않았다.

"그러니까, 머리는 없다는 거지?"

"하나도 없다고요." 하며 루시는 인상을 찌푸렸다.

"숲에 있던 동물 머리뼈조차도 없어요. 참고로 제가 죽인 게 아니라 발견하기만 한 거예요."

그러면서 아이는 파르나서스를 향해 눈을 흘겼다.

"동물에 대해 내가 뭐라고 했었지?"

파르나서스가 묻자 루시가 닫힌 문을 향해 쿵쿵 걸어갔다.

"동물을 죽이는 것은 연쇄살인마나 하는 짓이기 때문에 동물을 죽여서는 안 된다, 그리고 이미 죽었다면 시체를 가지고 놀면 안 된다고요. 악취가 나니까."

"또?"

"또, 잘못된 일이니까."

"앞으로는 두 번째 이유부터 말하자꾸나. 그쪽이 더 인간답게 들릴 테니까."

"내 창의력을 억누르다니." 루시가 투덜거리더니 문손잡이를 붙잡고 라이너스 쪽을 보았다. 금세 불만스러운 표정이 사라지고 달콤하기 짝이 없는 미소가 돌아왔다. 등줄기에 소름이 쫙 끼쳤다.

"들어오시겠어요, 베이커 씨?"

라이너스는 발걸음을 떼려고 해보았지만 두 발은 방문 앞에 뿌리라도 내린 듯 꼼짝도 하지 않았다.

"파르나서스 씨도 같이 들어가는 거지요?"

파르나서스가 고개를 저었다.

"다른 아이들처럼 루시가 직접 자기 방을 구경시켜 줄 겁니다."

그는 잠시 말을 멈췄다가 다시 입을 열었다.

"샐은 아직 설득하는 중이고요."

라이너스는 힘없이 "잘됐군요." 했다.

"그럼… 그럼 그렇게 합시다."

"왜 땀을 흘리세요? 무슨 문제라도 있으세요, 베이커 씨?"

루시의 미소는 한층 더 환해졌다.

"아니, 아니야. 그냥… 좀 덥구나, 그게 다야. 기온, 기후, 알잖아. 도시랑은 좀 달라서 말이야."

"아하, 그래요. 그래서 땀을 흘리시는구나. 이리 오세요, 베이커 씨. 보여드릴 게 있어요."

라이너스는 침을 꿀꺽 삼켰다. 바보같이 굴지 말자, 파르나서스 씨도 *바로 옆에* 있잖아. 그가 있는 한 루시가 부적절한 일을 할 리 없어.

*문제*는 라이너스의 두뇌가 하필이면 그 순간, 예전에 이 섬을 찾았던 다른 사례연구원이 있었는지, 그렇다면 그들은 어떻게 되었는지 하는 생각을 하기 시작한 것이다. 그가 최초일 리는 없었다. 그건 말도 안 되지.

그런데 만약에 이전에도 이곳에 온 사람들이 있었다면, 그들은 어떻게 된 걸까? 그들 역시 루시의 방에 들어갔다가 그대로 모습을 감춘 건 아닐까? 루시를 따라 문 안으로 들어갔다가 침대 위 천장에 못으로 박힌 전임자들의 시체를 발견하는 건 아니겠지? 라이너스는 필요한 순간에는 단호할 줄 알았지만 체질적으로 약했기 때문에 피를 보면 속이 울렁거렸다. 만에 하나 방 안에 내장들이 장식처럼 걸려 있기라도 하면 무슨 사태가 벌어질지 몰랐다.

파르나서스 쪽을 보자 그는 응원하듯 고개를 주억거렸다. 그 모습을 보고도 조금도 마음이 진정되지 않았다. 아무리 알록달록한 양말을 신고 멋진 미소를 짓는다고 한들 파르나서스 역시 루시만큼 사악할 테니까. 그 *멋진 미소*에 속을 뻔한 거야.

그는 머릿속에서 파르나서스 생각을 거뒀다.

할 수 있어.

할 수 있다고.

그냥 *어린애잖아.*

라이너스는 애써 유쾌한 표정(찡그린 표정을 간신히 벗어난 정도였지만)을 유지하며 말했다.

"방을 보여준다니 정말 기쁘구나, 루시. 잘 정돈되어 있기를 바란다. 흐트러진 방은 흐트러진 정신을 뜻하거든. 최대한 모든 걸 깔끔하게 해놓는 게 좋지."

루시의 눈이 춤을 추듯 빛났다.

"그래요, 베이커 씨? 그럼 제 정신이 어떤지 한번 보세요."

의사가 없애야 한다고 경고했던 스트레스 요인이 바로 이거겠지. 하지만 지금 할 수 있는 일은 아무것도 없었다.

그는 루시의 옆으로 다가가 섰다.

루시는 씩 웃었다. 그 순간 라이너스는 아이의 입속에 인간으로는 불가능할 만큼 많은 치아가 있다는 생각이 들었다.

문손잡이를 돌렸다.

경첩이 삐걱 소리를 내더니….

작은 공간이 나타났다. 한쪽 벽에 체크무늬 이불과 하얀 베개가 있는 일인용 침대가 붙어 있었고, 서랍장 하나 놓을 공간은 있었지만 그게 전부이다시피 했다. 책상 위에는 석영이 핏줄 모양으로 돋아나 있는 반들반들한 돌멩이들이 놓여 있었다.

레코드 가운데 있는 구멍에 압정을 꽂아 벽에 장식해 놓은 것이 눈에 들어왔다. 리틀 리처드, 빅 보퍼, 프랭키 리몬, 그리고 틴에이 저스, 리치 밸런스, 버디 홀리의 레코드였다. 그중에서도 버디 홀 리 레코드가 가장 많았다.

라이너스는 깜짝 놀랐다. 레코드 중 대부분이 도시에 있는 라이 너스의 집에도 있는 것이었기에 알아볼 수 있었다. 〈페기 수〉, 〈바 로 그날〉, 그리고 〈샹티 레이스〉를 들으며 지새운 밤이 얼마나 많 았던가.

하지만 리틀 리처드와 프랭키 리몬을 제외하면 루시의 방 벽에 장식된 레코드에는 전부 공통점이 있었다. 생각해 보니, 전부 죽 음을 연상시키는 구석이 있었던 것이다. 말이 되는 일이었다.

그는 뒤늦게 방문이 닫힌 걸 알아차렸다. 루시가 입을 열었다.

"음악이 죽은 날."

그 말에 라이너스는 심장이 떨어질 것 같은 기분으로 뒤로 휙 돌 아섰다. 루시는 문에 등을 기댄 채 서 있었다.

"뭐라고?"

아이가 레코드 쪽을 손으로 가리켰다.

"버디 홀리랑 리치 밸런스, 빅 보퍼 말이에요."

"비행기 추락으로 모두 세상을 떠났지."

라이너스가 나직이 대답했다.

루시가 고개를 끄덕이더니 문간에서 물러났다.

"리치와 보퍼는 애초에 그 비행기에 탈 계획도 아니었던 거 알고 계셨어요?"

라이너스도 알고 있었다.

"그럴 거야."

"보퍼가 몸이 안 좋아서 다른 사람 자리에 탔던 거예요."

그 다른 사람은 바로 웨일런 제닝스였지만, 라이너스는 그 말을
굳이 해주지는 않았다.

"또 리치는 동전 던지기에서 이겨서 그 비행기에 탔던 거예요. 버
디는 몬태나주에 가야 했는데 날씨가 추워서 버스로 가기 싫었던
거고요."

루시가 손을 뻗어서 〈샹티 레이스〉 레코드를 어루만졌다. 사뭇
경건해 보이기까지 한 동작이었다.

"비행기 기장이 날씨 정보를 잘못 전달받았고, 비행기엔 운행할
때 필요한 장비가 갖춰져 있지 않았대요. 참 이상하죠?"

아이가 라이너스를 향해 미소를 지어보였다.

"전 행복해지는 음악이 좋아요. 또 죽음도 좋아하죠. 그 두 가지
를 하나로 뒤섞을 수가 있다니 참 이상해요. 사람들은 우연히 죽
고, 그러면 그 사람들은 노래로 만들어지니까요. 전 그런 노래가
좋지만, 그래도 죽은 사람들이 부르는 노래가 제일 좋죠."

라이너스가 콜록콜록 기침을 했다.

"나… 나도 음악을 좋아한단다. 이중에 몇 개는 우리 집에도 있어."

루시가 고개를 들었다.

"죽은 사람들 노래 말이에요?"

라이너스는 어깨를 으쓱했다.

"글쎄… 아마도? 음악이 오래될수록, 가수가 죽었을 가능성도 높으니까."

"그래요."

그렇게 말하는 루시의 눈이 붉게 물들기 시작했다.

"그 말이 맞아요. 죽음은 음악한테 아주 좋아요. 가수들의 목소리가 유령 같아지거든요."

이제 죽음을 덜 연상시키는 쪽으로 화제를 바꿀 시점이라는 생각이 들었다.

"네 방 아주 근사하구나."

그 말에 방 안을 둘러보는 루시의 눈에서 붉은 빛이 다시 옅어졌다.

"최고예요. 내 방이 있다는 게 정말 좋아요. 아서는 독립심을 기르는 게 중요하다고 했거든요."

아이는 라이너스를 잠깐 쳐다보다가 눈길을 돌렸는데, 분명 초조해 보이는 눈빛이었다.

"물론 아서와 멀리 떨어져 있지 않다는 전제하에서지만요. 하지만 난 어린애가 아닌데! 혼자서도 잘 지낼 수 있는데! 솔직히 말하면 난 언제나 혼자란 말이에요!"

아이가 눈을 크게 뜨고 그렇게 외치자 라이너스는 한쪽 눈썹을 치켜들었다. "*언제나 혼자*라고? 오, 저런, 그건 안 되지. 절대 그래선 안 돼. 만약 그렇다면 파르나서스 씨와 대화를 좀 해 봐야겠다. 네 또래 아이가 *언제나* 혼자 지내서는 절대 안 돼…"

"그런 뜻이 아니라고요."

루시가 고함을 질렀다.

"내 말은 도저히 혼자 있을 틈을 안 준다는 뜻이란 말이에요! 어디를 가도 아서가 함께 있다고요! 꼭 그림자처럼 말이에요. 정말 짜증나요."

"그래, 그렇게 생각하는구나."

루시가 격렬하게 고개를 끄덕였다.

"그래요. *바*로 그거예요. 그러니까 절대 아서한테 그런 이야기를 한다거나, 보고서에 쓴다거나, 저에 대한 나쁜 말을 하지는 마세요."

아이는 천사 같은 미소를 지었지만, 그 미소는 금세 사그라졌다.

"난 정말 착하단 말이에요. 또 침대 밑은 굳이 살펴보지 마세요. 만약에 본다면, 침대 밑에 있는 새 해골은 내 거 아니에요. 누가 넣어놨는지는 몰라도, 나쁜 짓이니까 벌을 받아야 할 거예요."

아이가 다시 미소를 지었다.

라이너스는 루시를 빤히 바라보았다.

아이가 한 걸음 성큼 나오더니 "됐어요!" 하며 라이너스의 손을 붙들었다.

"이게 다예요. 여기가 내 방이라고요! 더 이상 볼 건 없어요!"

아이는 라이너스를 문가로 끌고 가 문을 활짝 열었다.

"아서! 베이커 씨가 제 방을 보고 모든 게 다 좋고 나쁜 건 하나도 없고 난 착한 아이라고 했어요. 또 나랑 같은 음악을 좋아한대요! 죽은 *사람들의 음악*이에요."

파르나서스 씨가 읽고 있던 책에서 시선을 들었다. "그래? 죽은 사람들의 음악을?"

루시가 꽉 잡은 손을 놓지 않은 채로 고개를 들어 라이너스의 얼굴을 바라보며 말했다.

"우리 둘 다 죽은 것들을 좋아하잖아요, 그렇죠, 베이커 씨?"

라이너스는 당황해서 횡설수설했다.

루시는 라이너스의 손을 놓고 파르나서스의 발치, 아까 라이너스가 찾아왔을 때 누워 있던 자리에 훌쩍 드러누운 뒤 두 손을 배에 올리고 천장을 바라보았다.

"내 머릿속에는 회색 물질에 알을 낳는 거미가 득시글거려요. 언젠가 그 알이 깨어나서 나를 잡아먹을 거예요."

도대체 무슨 상황인지 알 수 없었다.

다행히 파르나서스는 알고 있는 것 같았다. 그가 무릎에 놓고 보던 책을 덮더니 의자 옆 작은 탁자에 올려놓았다. 그리고는 윙팁 구두를 신은 발끝으로 루시의 어깨를 톡 쳤다.

"묘사력이 뛰어나구나. 자세한 이야기는 곧 나누자. 그 전에, 베이커 씨가 우리를 지켜보고 싶어하시는데, 그래도 괜찮겠니?"

루시가 라이너스를 흘낏 보더니 다시 천장으로 눈길을 돌렸다.

"괜찮아요. 베이커 씨도 거의 나만큼이나 죽은 것들을 좋아하니까요."

전혀 사실이 아니었다.

파르나서스가 "그렇구나." 하더니 라이너스를 향해 빈 의자에 앉으로고 손짓했다.

"신기한 우연이네. 베이커 씨가 오기 전 우리가 어디까지 했었지?"

라이너스는 의자에 앉아 수첩과 연필을 꺼냈다. 손가락이 왜 떨리는 건지는 알 수 없었다.

"칸트의 정언명령이요."

"아, 맞아. 덕분에 기억이 났구나."

라이너스가 보기에는 파르나서스는 애초부터 잊어버린 적이 없는 것 같아 보였다.

"그럼, 칸트는 정언명령에 관해 뭐라고 했지?"

루시가 한숨을 쉬더니 대답했다.

"정언명령은 도덕성의 최고 원칙이고, 또 목적이라고 했어요. 합목적적이고 무조건적인 것, 그 어떤 자연적 욕망이나 반대적 경향에도 불구하고 반드시 따라야 하는 원칙이라고요."

"칸트의 말은 옳을까?"

"비도덕적인 것이 비합리적이라는 말이요?"

"그래."

루시는 얼굴을 구기더니 "아니요?" 했다.

"아니라면 그 이유는 무엇일까?"

"사람들이 흑백으로 나뉘는 건 아니니까요. 아무리 애를 쓴다고 해도 벗어나지 않고 한 길만 갈 수는 없어요. 그리고 그 길을 벗어난다고 해도 나쁜 사람이 되는 건 아니에요."

파르나서스는 고개를 끄덕였다.

"머릿속에 거미가 있다고 해도?"

그러자 루시는 어깨를 으쓱했다.

"아마도요. 하지만 칸트는 정상적인 사람들에 대해서 얘기한 거잖아요. 전 정상이 아니고요."

"왜 그렇지?"

아이는 자기 배를 툭툭 두드렸다.

"내 출신 때문이죠."

"넌 어디서 왔는데?"

"남자 성기가 들어간 여자 성기 안에서요."

파르나서스가 "루시." 하며 주의를 주었고, 라이너스는 하마터면 사레가 들릴 뻔했다.

루시는 몸을 굴리더니 불편한 듯 몸을 꿈지럭거렸다.

"난 그렇게 좋지 않은 곳에서 왔어요."

"지금 있는 곳은 더 좋을까?"

"대체로요."

"왜 그럴까?"

루시는 눈을 가늘게 뜨고 라이너스를 올려다보다가 다시 파르나서스 쪽을 쳐다보았다.

"여긴 내 방이 있으니까요. 내 레코드도 있고요. 또, 아서, 그리고 다른 애들도 있어요. 시어도어가 비밀 장소를 보여주지 않기는 하지만."

"그럼 거미는?"

"아직 있어요."

"하지만?"

"하지만 거미가 나를 잡아먹고 우리가 알던 세상을 파멸시키지 않는 한 내 머릿속에 거미가 있어도 괜찮아요."

라이너스는 숨이 막힐 것만 같았다.

파르나서스는 아무렇지도 않다는 듯 미소를 짓고 있었다.

"맞아. 비합리적이건 아니건, 실수란 인간적인 거란다. 그리고 어떤 실수는 특별히 클 때도 있지만, 그 실수에서 교훈을 얻으면 더 나은 사람이 될 수 있지. 머릿속에 거미가 들어있다고 해도 말이야."

"난 불경스러운 존재인데요."

"그거야 몇몇 사람들이 하는 말이지."

아이는 무언가를 열심히 생각하는 듯 얼굴을 구기더니 "아서?" 하고 불렀다.

"응?"

"파르나서스가 산 이름인 거 알고 있었어요?"

파르나서스는 뜻밖이라는 듯 눈을 깜박였다.

"그래, 넌 어떻게 알았니?"

루시는 어깨를 으쓱했다.

"전 아는 게 많아요. 그렇다고 어떻게 알았는지 다 아는 건 아니에요. 무슨 말인지 알겠어요?"

"어느 정도는."

"파르나서스 산은 아폴로의 신성한 산이에요."

"알아."

"그럼 트라키아의 라이너스도 아세요?"

"글쎄… 잘 모르겠구나."

"아! 그럼 제가 알려 드릴게요. 아폴로가 음악 경연 대회 때문에 라이너스를 화살로 죽였대요. 혹시 베이커 씨를 죽일 거예요?"

루시가 느릿느릿 고개를 돌려 라이너스를 쳐다보았다.

"죽일 때는 잊지 말고 화살로 죽여야 해요. 아저씨도 나처럼 구멍 투성이가 안 되면 별로니까."

루시가 낄낄 웃어댔다.

파르나서스는 한숨을 쉬었고, 라이너스는 심장이 멎을 것만 같았다.

"방금 한 말 전부 농담인 거 맞지?"

루시는 눈물까지 훔치면서 "네." 했다.

"자기 자신에게도 웃음을 줄 줄 알아야 한다고 아서가 전에 그랬 잖아요."

그러더니 루시는 얼굴을 찌푸렸다.

"내가 잘못했나? 아무도 안 웃네요."

"유머란 주관적인 거잖니."

파르나서스가 말했다.

루시는 "아쉽네요." 하더니 다시 천장을 보았다.

"인간이란 참 이상해. 웃고 있지 않을 땐 울고 있거나, 괴물이 자기를 잡아먹을 거라며 꽁지 빠지게 도망치잖아요. 심지어 진짜 괴물이 아니라도 그래요. 머릿속에서 만들어낸 괴물일 때도 있죠. 이상하지 않아요?"

"그렇구나. 하지만 그 반대보다 그쪽이 낫지."

"그 반대가 뭔데요?"

"아무 감정도 못 느끼는 것."

라이너스는 시선을 피했다.

그날 파르나서스가 평소보다 이른 6시 15분에 면담을 끝내자 루시는 신이 났다. 부엌에 가서 채플화이트에게 도움이 필요한지 물어봐도 된다는 허락도 받았다. 아이는 벌떡 일어나서 발을 구르며 원을 그리고 돌다가 문 밖으로 달려 나가면서 어깨 너머로 라이너스를 향해 고함을 질렀다. 함께 보낸 시간이 눈부시다고 생각하기를 바란다며.

라이너스는 과연 그 표현이 이 상황에 맞는 건지 알 수가 없었다.

루시가 자기 몸집에 비해 터무니없이 요란한 소리를 내며 계단을 내려가는 동안 라이너스와 파르나서스는 말없이 앉아 있었다.

아서가 그의 말을 기다린다는 사실을 알았기에, 라이너스는 최선을 다해 머릿속의 생각들을 그러모았다. 수첩에는 아무것도 쓰여 있지 않았다. 관찰한 내용을 적는 걸 완전히 잊어버린 탓이었다. 그의 위치에 있는 사람이 해서는 안 되는 일이었지만, 그래도 이 섬에 온 뒤로 보고 들은 것들을 생각하면 약간의 재량을 발휘해도 되겠지.

"제가 예상한 것과는 다른 아이네요."

한참만에야 라이너스가 허공을 바라보며 입을 열었다.

"그래요?"

그는 고개를 저었다.

"그 애의… 이름 속에 숨겨진 뜻이 있잖아요. 적그리스도라니."

그러면서 양해를 구하는 눈길로 파르나서스를 쳐다보았다.

"솔직히 말하면 그런 쪽으로 예상했어요."

"그렇습니까? 저는 몰랐군요."

파르나서스가 건조한 목소리로 말했다.

"제가 죄송할 일은 아닌 것 같군요."

"그래야 한다고 생각지는 않습니다."

파르나서스는 고개를 떨군 채 자기 손을 바라보고 있었다.

"비밀 하나 말씀드릴까요?"

그 말에 라이너스는 내심 놀랐다. 마르시아스 고아원의 원장은 비밀을 나누는 일이 거의 없다는 사실을 이미 알게 된 뒤였으니까. 아서에게 비밀이 많은 건 화가 나는 일이기는 했지만 또 충분히 이해할 수 있는 일이기도 했다.

"비밀이라고요? 물론 듣고 싶습니다."

"루시가 이 섬으로 오게 되었다는 이야기를 처음 들었을 때 저 역시 걱정했습니다."

라이너스는 그를 빤히 쳐다보았다.

"걱정이라고요?"

파르나서스가 한쪽 눈썹을 치켜 올렸다. 파일에 따르면 그는 다섯 살 연상이었지만, 라이너스는 그 사실을 자꾸만 잊었다. 파르나서스는 이상할 만치 어려 보였다. 라이너스는 자세를 똑바로 고쳐 앉았다. 배에도 약간 힘을 주긴 했지만, 누구 보라고 하는 일은 아니었다.

"왜 불편하다는 말투로 들리지요?"

"전 버스가 늦게 오면 걱정합니다. 알람을 못 듣고 잠을 자면 걱정하고요. 주말에 가게에 갔는데 아보카도 값이 너무 올랐을 때 걱정을 하죠. 걱정이란 이런 거라고요, 파르나서스 씨."

"그런 건 걱정이 아니라 일상이지요."

파르나서스가 부드럽게 그의 말을 고쳐 주었다.

"평범한 삶의 덫이죠. 물론 그렇다고 잘못된 것은 아닙니다. 제가 걱정이라는 말을 쓴 건 그 말이 제 감정을 가장 잘 표현할 수 있어서입니다. 저는 루시가 혼자라서 걱정했습니다. 그러나 그 점은 다른 아이들 역시도 마찬가지로 걱정됩니다. 또 루시가 기존에 있던 아이들과 잘 어울릴 수 있을지 걱정했습니다. 그 애한테 필요한 걸 제가 줄 수 없으면 어쩌나 걱정하기도 했고요."

"그리고 그 애의 정체는요? 그것도 걱정하셨습니까? 제가 보기엔 무엇보다도 그 점을 가장 걱정하셨어야 했을 것 같은데요."

파르나서스는 어깨를 으쓱했다.

"당연히 걱정했지만, 그 걱정이 다른 걱정들보다 특별히 더 클 건 없었습니다. 저 역시 상황의 심각성을 압니다, 베이커 씨. 하지만 그 점에만 초점을 맞출 수는 없었어요. 사람들은 그 애가 무엇인지, 또 어떤 능력을 갖고 있는지에 관해서만 걱정했습니다. 그들의 걱정이란 두려움과 혐오를 숨기는 얄팍한 수단에 불과했지요. 그런데 아이들은 우리가 생각하는 것보다 훨씬 관찰력이 뛰어납니다. 그 아이가 다른 사람들에게서 보던 그 감정들을 저에게서 본다면 무슨 희망이 있겠습니까?"

"희망이라니요?"

라이너스가 멍청하게 물었다.

"희망이지요." 파르나서스는 한 번 더 힘주어 말했다.

"우리가 그 애한테, 모든 아이들에게 주어야 하는 것이 바로 그것입니다. 희망, 보살핌, 그리고 자기만의 장소, 어떤 두려움도 없이 자기 자신으로 존재할 수 있는 집 말입니다."

"죄송하지만, 루시를 다른 아이들과 같은 선상에 두는 건 좀 시야가 좁은 일 아닌가 싶은데요. 그 애는 다른 애들과 달라요."

"그건 탈리아도 마찬가지입니다. 시어도어도 그렇고요. 피도, 샐도, 천시도 그렇죠. 그 애들은 전부 다른 누구와도 다르기 때문에 이곳에 왔습니다. 그렇다고 해서 영영 그 아이들이 그런 취급을 받아야 하는 건 아닙니다."

"지나치게 단순하게 생각하시는 거 아닐까요?"

"저는 *괴롭습니다*. 아이들은 자신의 존재를 향한 편견만을 마주하며 살고 있어요. 그렇게 자라면 오로지 편견만을 아는 어른이 되고 말겠지요. 당신마저도 그렇게 말하지 않았습니까. 루시가 예상과는 달랐다는 건 당신이 이미 머릿속에서 그 애가 어떤 아이일 거라고 재단하고 있었다는 뜻입니다. 변화를 위해 아무런 노력도 하지 않는다면 무슨 수로 편견과 싸우겠습니까? 편견을 그대로 둔다면 무슨 의미가 있겠습니까?"

"하지만 파르나서스 씨는 이 섬을 떠나지 않잖아요."

수세에 몰린 기분이 된 라이너스가 말했다.

"당신은 절대 이곳을 떠나지 않지요. 아이들도 떠나지 못하게 하고요."

"저는 이해심 없는 세상으로부터 아이들을 지켜 주고 싶은 겁니다. 잠시뿐일지라도. 아이들에게 자신감과 자아를 심어준다면 그것들이 나중에 진짜 세상에 나갔을 때 아이들에게 필요한 도구가 되어줄지도 모르죠. 아마 그때까지도 세상은 그들에게 가혹하기만 할 테니까요. DICOMY에서 당신 같은 사람을 보내 개입시킨다고 해서 달라질 건 없습니다."

"저 같은 사람이라뇨? 그게 무슨⋯."

파르나서스는 숨을 한 번 토해냈다.

"사과드립니다. 제가 말이 심했군요. 베이커 씨는 맡은 일을 하는 것뿐인데."

그의 미소는 곧 부서져 내릴 것만 같았다.

"비록 DICOMY 소속이긴 하지만 저는 당신이 파일이나 공식 명칭 너머에 있는 것들을 볼 줄 아는 사람이라고 생각합니다."

라이너스는 지금 모욕을 당한 건지 칭찬을 받은 건지 알 수 없었다.

"제가 오기 전에 다른 사례연구원도 온 적 있었습니까?"

파르나서스는 느릿느릿 고개를 끄덕였다.

"한 번 있었습니다. 그때 이곳에는 탈리아와 피뿐이었죠. 물론 그땐 이미 조이, 그러니까 채플화이트 씨의 도움을 받고 있었습니다. 그 당시에는 다른 아이들이 있다는 사실은 소문으로만 들었을 뿐이지만, 저는 그때 데리고 있던 아이들을 위해, 또 앞으로 오게 될 아이들을 생각하며 이 고아원을 꾸렸습니다. 베이커 씨의 전임자는… 변해버렸죠. 사랑스러운 사람이었고, 이곳에 머물 거라 생각했습니다. 하지만 그 사람은 변해버렸어요."

라이너스는 파르나서스의 말에 차마 담기지 않은 여러 의미를 알 것만 같았다. 또 채플화이트에게 혹시 파르나서스와 연인 사이냐고 어색하게 물었을 때 그가 웃었던 이유도 이제는 알 수 있었다. 그리고 자기가 관여할 바가 아니라는 걸 알면서도 이렇게 물었다.

"그 사람은 어떻게 됐습니까?"

"승진했죠."

파르나서스가 나직이 대답했다.

"처음에는 관리자 직급으로. 그다음, 마지막으로 들은 소식은 그가 최고위 경영진이 되었다는 소식이었습니다. 그 사람은 오래전부터 그 자리를 원했거든요. 덕분에 저는 가혹한 교훈을 얻었죠. 입 밖에 내어 말하는 소원은 영영 이루어지지 않는다는 것."

라이너스는 눈을 깜박였다. 설마….

"턱살이 늘어진 그 남자는 아니겠죠?"

그 말에 파르나서스가 헛웃음을 터뜨렸다.

"아닙니다."

"안경 쓴 남자도 아니고요."

"아닙니다, 베이커 씨. 안경 쓴 남자가 아니에요."

그렇다면 남는 것은 잘생긴 곱슬머리 남자 하나뿐이었다. 워너 씨 말이다. 라이너스에게 아서 파르나서스가 가진 능력이 *우려된다*고 말했던 사람. 라이너스는 무척이나 당혹스러웠지만 왜인지는 알 수 없었다.

"하지만 그 사람은 정말… 정말…."

"정말?"

머릿속에 떠오른 단 한 가지 말을 뱉는 수밖에 없었다.

"연말 파티에서 말라비틀어진 햄을 나눠줬던 사람이라고요! 정말 최악이네요!"

파르나서스는 라이너스를 잠깐 빤히 바라보다가 신나게 웃음을 터뜨렸다. 그 웃음소리가 마치 반들반들한 바위에 파도가 부서지는 소리처럼 따뜻하고 낭랑해서 놀랐다.

"아, 친애하는 나의 베이커 씨. 당신 진심으로 놀랍군요."

그 말이 이상하게 뿌듯하게 느껴졌다.

"노력의 결과입니다."

파르나서스는 눈물까지 훔치며 "그렇군요." 했다.

다시 두 사람 사이에 침묵이 감돌았다. 섬에 온 뒤로 라이너스가 이렇게 편안함을 느낀 순간은 처음이었다. 그렇다고 이 순간을 진지하게 들여다보았다가는 아직 마주할 준비가 안 된 무언가를 보게 될 것만 같아서 그럴 수는 없었다. 그래도 괜찮았다. 하지만 모든 것이 그렇듯 이 순간도 지나갈 것이다. 이곳에서 보내는 시간은 세상 어디에서 보내는 시간과 마찬가지로 끝이 존재했다. 그렇지 않을 거라고 믿어도 소용없었다.

저무는 햇살 속에서 파르나서스의 눈이 반짝였다.

"그 사람에게도 나름의 흠결이 있었으니까요."

"아, 이렇게 절제된 표현이라니. 쇼펜하우어가 말하길…."

"쇼펜하우어라고요? 당신에 대해 좋게 말한 건 전부 취소해야겠습니다, 라이너스. 당신을 이 섬에서 추방하겠어요. 당장 떠나 주시지요."

"쇼펜하우어도 예리한 비판을 남겼다고요. 그것도 칸트의 이론을 입증하는 차원에서!"

파르나서스는 코웃음을 쳤다.

"칸트는 입증을 필요로 하지 않았습니다."

"세상에, 그건 당신이 정말 잘못 생각하는 거라고요."

그렇게 두 사람의 입씨름은 한동안 계속되었다.

10장

연락선은 선착장에서 기다리고 있었다. 갑판 위에서 메를이 돌아다니는 모습이 보였다. 메를은 찌푸린 표정으로 두 사람을 향해 짜증스레 손을 흔들어 보였다.

"되게 참을성 없는 사람이네."

게이트가 내려가는 모습을 보며 라이너스가 중얼거렸다.

"저 정도면 양반이지."

채플화이트가 투덜거렸다.

"인간들은 무슨 바쁜 일이라도 있는 것처럼 군단 말이야. 하지만 다 부서져가는 낡은 배를 쓰는 대가로 메를한테 돈을 주는 건 아서 하나뿐이고, 저 사람도 그 사실을 알거든. 우린 사실 저 배를 쓸 필요도 없는데 마을 사람들과 평화를 유지하려고 이용하는 거야."

채플화이트는 그에게 눈길을 던지면서 시동을 걸고 슬슬 앞으로 나갔다. 뭔가 말을 하려는 것 같았지만, 결국 입을 다물었다.

차가 승선하자 배가 살짝 기우뚱했는데, 속이 울렁거리기는 해도 일주일 전 처음 도착할 때만큼은 아니었다. 그렇게 생각하니 놀라웠다. 정말 일주일밖에 안 됐단 말이야? 토요일에 도착했는데, 그러면… 정확히 일주일이 됐다. 그 사실이 어째서 이렇게 놀라운 건지 모를 일이었다. 아직도 집이 그리웠지만, 그 그리움은 이제 옅어져 몸속 깊은 곳 흐릿한 통증처럼 느껴질 뿐이었다.

뒤에서 게이트가 다시 올라가자 채플화이트가 차의 시동을 껐다. 머리 위 어딘가에서 고동 소리가 울리더니 배가 출발했다. 라이너스는 차창 밖으로 한 손을 내밀고 손가락 사이로 불어오는 바닷바람을 느꼈다.

출발한 지 몇 분 만에 메를이 나타났다.

"돈은 가져왔죠? 잊지 말라고요. 뱃삯이 두 배로 올랐다고요."

채플화이트가 코웃음을 치고는 글러브박스 안으로 손을 뻗었다.

"알았다니까, 재촉하긴."

라이너스는 공포에 질렸다.

"그럼 배는 누가 몰고 있는 겁니까?"

메를이 그를 보며 인상을 찌푸렸다.

"요즘은 다 자동이야. 컴퓨터 몰라?"

라이너스는 "아." 하다가 머릿속에 떠오른 말을 곧바로 뱉어버렸다.

"그럼 그쪽이 존재하는 이유는 뭐죠?"

메를이 그를 노려보며 "뭐라고?" 했다.

채플화이트가 살가운 말투로 "돈 여기 있어." 하면서 메를의 손에 봉투를 욱여넣었다.

"그리고 파르나서스 씨가 당신한테 전할 말이 있대. 조만간 또 뱃

삿이 두 배로 오르는 일은 없었으면 한다는군."

메를은 파르르 떨리는 손으로 봉투를 낚아챘다.

"그쪽이야 그러길 바라겠죠. 하지만 사업비가 많이 든다고요. 경제가 어려워서 말이죠."

"그래? 전혀 몰랐는걸."

그러자 메를이 잔인한 미소를 지었다.

"당연히 모르시겠지. 우월감에 가득 찬 당신 같은 부류들은…."

"이만 가보시죠."

라이너스가 충고했다.

"술 사느라 뱃삯을 날리는 일은 없길 바랍니다. 이 *어려운 경제* 속에서 그쪽이 과연 어떻게 버틸지 생각하기도 싫으니까."

메를은 그를 쏘아보더니 조타실을 향해 쿵쿵 걸어갔다.

"개자식."

라이너스가 욕설을 내뱉었다. 채플화이트 쪽으로 시선을 돌렸더니 그가 라이너스를 빤히 쳐다보고 있었다.

"뭡니까?"

채플화이트는 고개를 저었다.

"당신 말이야… 아냐, 됐어."

"하려던 말씀 하세요, 채플화이트 씨."

"이젠 조이라고 불러주는 건 어때? 채플화이트 씨로 불리는 것도 이제 지겨워서."

"조이라고요." 라이너스가 느릿느릿 입을 열었다.

"그럼… 그러도록 하죠."

"라이너스라고 불러도 되지?"

"그게 뭐가 중요하다는 건지."

그는 투덜거렸지만 싫다는 말은 하지 않았다.

조이는 그를 우체국 앞에 내려주더니 몇 블록 떨어진 곳에 있는 식료품점을 가리켰다.

"일 보고 저기로 와. 나도 서두를 테니까. 늦지 않게 섬으로 돌아가야 하거든."

"왜요?"

조이가 씩 웃어보였다.

"이달의 두 번째 토요일이잖아."

"그래서요?"

"아이들이랑 모험을 떠나는 날이거든. 전통이지."

썩 마음에 들지 않는 말이었다.

"무슨 모험 말입니까?"

그가 라이너스를 위아래로 훑어보았다.

"옷 좀 사다 줘야겠네. 지금 그 옷으로는 안 되겠는데, 가져온 옷이 다 그 모양일 거 아냐. 허리 사이즈가 어떻게 돼?"

라이너스는 멈칫했다.

"그게 조이랑 무슨 상관이죠?"

조이가 그를 차 밖으로 밀어냈다.

"좋은 생각이 있어. 나한테 맡겨. 식료품점에서 보자고!"

끼익 하는 소리를 내며 조이의 차가 멀어졌다. 타이어에서 자욱하게 연기가 피어올랐고, 길을 걷던 사람들이 라이너스를 빤히 쳐다보았다. 그는 손사래를 치며 기침을 해댔다. 팔짱을 끼고 눈앞을 지나가는 부부가 있기에 "안녕하세요?" 하고 말을 건넸지만, 그들은 인상을 쓰더니 잰걸음으로 건널목을 건너가 버렸다.

라이너스는 자기 몰골을 내려다보았다. 정장 바지에 정장 셔츠와 넥타이, 늘 입는 복장이었다. 채플화이트, 그러니까 조이가 무슨 생각을 하는지 궁금한 것도, 아닌 것도 같았다. 상관없지. 나중에 만나면 그렇게 말해야겠다.

우체국 안은 해가 잘 들어 밝고 환했다. 옅은 파스텔 색조로 칠해져 있는 벽에는 커다란 조개껍데기들이 한 줄로 장식되어 있었다. 눈에 익은 전단지들이 붙은 게시판도 있었다. **무언가를 보면 말하라, 등록은 모두에게 도움이 된다.**

카운터 뒤에 앉은 남자가 경계하는 눈으로 라이너스를 지켜보고 있었다. 눈이 작고, 귓속에서 꾸불꾸불한 털이 한 무더기 튀어나와 있는 남자였다. 햇볕과 바람에 익은 살갗이 짙고 거칠었다.

"무슨 볼일 있소?"

"아마도요."

라이너스는 카운터로 다가갔다.

"마법아동관리부서에 이 보고서를 보내야 해서요."

그러면서 그는 우체국 남자에에 1주차 보고서가 담긴 봉투를 건넸다. 보고서는 필요 이상인가 싶을 정도로 길었지만, 그는 손으로 쓴 27쪽짜리 보고서를 거의 고치지 않고 가져왔다.

"DICOMY 말인가?"

봉투를 내려다 보는 남자가 호기심을 숨기지 못했다.

"거기서 사람을 보냈다는 소문을 듣긴 했소만. 뭐, 나한테 묻는다면야 왜 이제야 왔나 하는 생각이 드는군."

"여쭤본 적 없습니다만."

라이너스가 딱딱하게 대답했다.

남자는 라이너스를 무시하고 봉투를 저울에 올려놓은 뒤 다시 그를 쳐다보았다.

"올바른 일을 해줄 거라고 믿겠어."

라이너스가 인상을 찌푸렸다.

"올바른 일이라 함은?"

"고아원 폐쇄 말이오. 혐오시설이니까."

"왜 그렇게 생각하십니까?"

라이너스는 이 상황에서도 차분한 자신이 자랑스러웠다.

그러자 남자는 상체를 바짝 기울이더니 목소리를 낮췄다. 남자의 입에서는 역겨울 정도로 독한 엘더베리 민트 냄새가 풍겼다.

"소문 도는 거 알잖소."

라이너스는 움츠러들 뻔했지만 간신히 버텼다.

"모르겠습니다. 무슨 소문 말입니까?"

"어두운 소문 말이야. *악마* 그런 거. 그놈들은 애들이 아니래. 흉악한 짓을 하는 *괴물들*이라는 거야. 그 섬에 간 사람들 중에 돌아온 사람이 없다던데."

"사람들이라뇨?"

남자는 어깨를 으쓱했다. "그냥, 사람이지. 그 섬에 가고 나서 행방이 묘연하다던데. 그 파르나서스라는 사람도 그래. 확실히 기묘한(queer) 친구야. 도대체 거기서 그 괴물들을 데리고 무슨 짓을 하는 건지 누가 알아."

남자가 말을 멈췄다가 다시 입을 열었다.

"심지어 나도 그놈들 중에 몇을 직접 본 적이 있다니까."

"아이들 말입니까?"

남자는 코웃음을 쳤다.

"뭐, 그쪽이 아이들이라고 부르고 싶다면야."

라이너스는 고개를 한쪽으로 기울였다.

"꽤나 가까이서 관찰하셨던 모양입니다."

"뭐, 그렇지. 이젠 마을로 안 나오지만, 예전에 마을에 왔을 땐 그놈들에게서 눈을 떼지 않았었지."

"흥미롭군요. 그러면 보고서에다가 당신 나이의 남성이 고아원 아동들에게 불순한 관심을 보인다는 사실을 추가해서 DICOMY에 알려야겠습니다. 그러면 되겠지요? 특히 입막음조로 돈까지 주었는데도 별 소용이 없었다고도 써야겠군요."

남자는 눈을 크게 뜨더니 주춤 물러났다.

"그런 말이 아니라…."

"죄송하지만 선생님 의견을 듣고자 온 것은 아닙니다. 이 봉투를 보내려고 왔을 뿐입니다. 선생님이 처리하실 일도 이게 전부고요."

남자가 다시 눈을 가늘게 떴다.

"3달러 25센트."

라이너스는 돈을 지불하며 덧붙였다.

"영수증도 주십시오. 나중에 회사에 청구해야 하거든요. 돈이 나무에서 자라는 것도 아니니."

남자는 카운터 위에 쿵 소리를 내며 영수증을 내려놓았다. 라이너스가 영수증에 사인하고 막 돌아서려는 순간이었다.

"그쪽이 라이너스 베이커요?"

라이너스가 뒤를 돌아보았다.

"그렇습니다만."

"당신한테 온 메시지가 있어."

"방금 하신 말씀 같은 메시지라면 필요 없습니다."

남자는 고개를 저었다.

"바보 같긴. 내가 보내는 메시지가 아니라고. 물론 다음번에 종적을 감추는 사람이 되고 싶지 않다면 내 말에 귀를 기울이는 게 좋겠지만. 어쨌든 DICOMY에서 보낸 공식적인 우편물이라고."

벌써 DICOMY에서 무언가를 보내올 줄은 몰랐다. 라이너스가 기다리는 사이에 남자는 옆에 있던 상자 속을 뒤지더니 작은 봉투 하나를 꺼내 건네주었다. 남자의 말대로, DICOMY에서 온 것이 맞았다. DICOMY의 봉인도 찍혀 있었다.

라이너스는 밖으로 나오자마자 봉투를 열었다.

한 장짜리 편지에는 이렇게 쓰여 있었다.

마법아동관리부서
최고위 경영진으로부터

베이커 씨,

귀하의 보고서를 기대하고 있습니다. 다시 한번 말씀드리지만, 그 무엇도 빠뜨리지 말고 작성하십시오. 그 무엇도 말입니다.

진심을 담아.

찰스 워너

최고위 경영진

라이너스는 한참이나 편지를 내려다보았다.

조이는 약속대로 식료품점에 있었다. 물건이 그득 담겨 있는 카트 뒤에 서서 큼직한 고깃덩어리를 두고 정육점 주인과 다투고 있었다. 라이너스가 "괜찮으십니까?" 하며 조이 옆으로 다가가 섰다.

"괜찮아." 조이는 정육점 주인을 쏘아보며 내뱉었다.

"그냥 흥정 좀 하느라."

"흥정은 안 됩니다."

정육점 주인은 출처를 알 수 없는 강한 억양이 섞인 말투를 썼다.

"에누리는 없어요. 값이 전부 올랐다니까!"

조이가 눈을 가늘게 떴다.

"모든 사람한테 그렇게 받아?"

"그래요! 누구한테나 마찬가집니다!"

정육점 주인이 우겨댔다.

"말도 안 돼."

"그럼 고기 도로 내놓으시든지."

조이가 손을 뻗어 카운터 위에 있던 고깃덩어리를 낚아챘다.

"아니, 됐어. 하지만 기억해 두도록 하지, 마르셀. 내가 이 일을 잊을 줄 알면 오산이야."

정육점 주인은 움찔하면서도 아무 말 없이 가만히 있었다. 조이는 고기를 카트에 던져 넣은 뒤 카트를 끌기 시작했다. 라이너스도 뒤를 따랐다.

"이게 다 무슨 일입니까?"

조이는 씁쓸한 미소를 지었다.

"내가 알아서 할 수 있는 일이지. 보고서는 보냈어?"

"예."

"당연히 내용은 안 알려 주겠지."

라이너스는 그를 보면서 입을 떡 벌렸다.

"당연히 안 알려드리죠! 그건 오로지 최고위 경영진만이…."

조이는 손을 휘휘 휘둘렀다. "그냥 해본 소리야."

"…*나아가*《규칙 및 규정집》519쪽 12번째 단락에 따르면…."

조이가 한숨을 쉬었다.

"내가 괜한 소리를 해서."

라이너스는 조이에게 우체국 남자로부터 들은 이야기를 전할까 하고 생각해 보다가 하지 않기로 했다. 이유는 알 수 없었다. 어쩌면 조이 역시 처음 듣는 이야기는 아닐 것 같다는 생각이 들어서 그랬는지도 모르겠다. 게다가 해가 이렇게 밝게 빛나고 있잖아, 하고 라이너스는 속으로 생각했다. 날씨가 아주 좋았다. 편견으로 그득한 사람의 말을 굳이 전해서 찬물을 끼얹을 필요 없지.

메를은 생각보다 늦게 왔다며 계속 툴툴거렸지만 두 사람은 그의 존재를 무시했다. 연락선에 올라 다시 섬으로 돌아오는 길에 라이너스는 머리 위에서 그들을 따라오는 갈매기 한 마리를 바라보다가 사무실에서 쓰던 마우스패드, 이곳에 있고 싶지 않느냐고 묻던 해변 사진을 떠올렸다.

그는 이곳에 있었다. 바로 여기 있었다.

위험한 건 바로 그 생각이었다. 지금 라이너스는 열심히 일한 대가로 휴기를 보내리 온 것이 아니었다. 그는 지금 이 순간에도 일하고 있었고, 여기가 어디든 그 사실을 잊어서는 안 되었다. 게다가 전문가답지 못하게 *조이*라느니 *아서*라느니 이름을 부르질 않나, 지금껏 지켜오던 선을 이미 훌쩍 넘어버렸다. 이제 남은 기간은 3주가 다였다. 그의 집이, 그의 해바라기가 기다리고 있었다.

칼리오페도 당연히 집에 가고 싶겠지. 정원에서 해를 쬐며 몇 시간이나 꼼짝 않고 누워 있는 모습을 수도 없이 보긴 했지만 말이다. 게다가 손을 물어뜯길 각오로 귀 사이를 손가락으로 쓸어내렸을 때, 처음으로 야옹 하고 울어주긴 했지만, 그래서 뭐 어쨌단 말인가? 그건 다 아무 의미도 없었다.

라이너스에게도 삶이 있었다.

라이너스는 게스트하우스의 침실에 놓인 거울 앞에 서서 자기 모습을 바라보았다.

"아이고."

조이가 오늘 오후 모험에 필요한 옷을 사 왔다며 라이너스에게 쇼핑백을 안겼던 것이다. 받지 않겠다는 그의 말은 싹 무시한 채 조이는 차 뒷좌석에 실은 쇼핑백들이 마치 무게라고는 하나도 나가지 않는다는 듯 전부 꺼내들었다. 그러더니 그를 진입로에 내버려둔 채 안으로 들어가 버렸다.

쇼핑백은 열지 않고 그대로 둘 생각이었다.

그는 생각을 다른 데로 돌리려고 세탁을 마치고 침대 위에 놓여 있는 옷가지를 치웠다. 옷 위에는 쪽지가 하나 놓여 있었다. *이번 주 세탁 서비스를 마쳤습니다. 마르시아스 호텔을 찾아주셔서 감사합니다! 당신의 호텔 직원, 천시로부터.* 천시가 속옷을 포함해 라이너스의 옷을 모조리 빨아 오는 이 사태를 그대로 둘 순 없었다. 선을 지켜달라고 이야기해야겠다. 당연히 팁을 달라고 하겠지만 말이다.

그가 이제 고작 3분이 지났고 아직까지 쇼핑백 생각이 머리를 떠나지 않는다는 사실을 자각한 건 넥타이를 펴고 있을 때였다.

"살짝 들여다보기만 하자."

라이너스는 혼잣말로 중얼거렸다.

"대체 이게 무슨?"

이내 그는 누구에게랄 것도 없이 내뱉었다.

"이건 아니지. 정말 부적절해. 아니, 절대 안 입어. 조이는 대체 자기가 뭐라고 생각하는 거야? 정령이란 정말 쓸모없다니까."

그는 쇼핑백을 닫아 구석에 다시 던져놓았다.

그다음에는 침대 가장자리에 걸터앉았다. 기분 전환이라도 하게 《규칙 및 규정집》이라도 펼쳐볼까 싶었다. 그 책이 필요했다. 이 섬의 사람들에게 지나치게… *익숙해져* 버렸던 것이다. 사례연구원은 일정 수준의 거리를 유지해야 한다. 객관성을 유지하고, 의견이 편향되거나 흔들리지 않을 수 있도록. 아이에게 해를 입힐 수 있기 때문이다. 전문가답게 굴어야 했다.

그는 그렇게 할 생각으로 자리에서 일어섰다. 포치에 앉아 햇볕을 쬐며 책을 읽어도 좋겠다. 완벽한 계획이었다.

그런데 묵직한 《규칙 및 규정집》 대신 바닥에 놓여 있던 쇼핑백을 들어 올린 그는 스스로도 놀랐다. 쇼핑백을 열고, 안을 들여다보았다. 안에 든 것들은 변함이 없었다.

"맞지도 않을걸. 잠시 훑어보고 내 사이즈를 알 리가 없잖아. 애초에 날 훑어봐선 안 되지. 예의에 어긋난다고."

그리고 그런 생각이 드는 즉시, 조이의 추측이 틀렸다는 걸 증명하고 싶어졌다. 그러면 나중에 조이를 만났을 때 (그 시시한 모험 같은 것을 다녀오기 전에) 재능이 없으니 쇼핑 도우미 같은 직업은 꿈도 꾸지 말라고 할 수 있겠지.

그래, 그렇게 하자.

그는 옷을 입었다.

몸에 맞춘 듯 꼭 맞았다.

거울에 비친 자기 모습을 보며 그는 당황해서 어물어물했다.

당장 세렝게티 초원의 사파리나 브라질의 정글로 떠날 것 같은 차림이었다. 황갈색 반바지에, 칼라가 달린 한 벌짜리 황갈색 셔츠. 셔츠 위쪽 단추 몇 개가 없어서 (꼭 누가 *뜯어낸* 것 같긴 했지만) 목 부분이 훤해 그의 매끈하고 하얀 살갗이 드러났다. 두 다리는 유령처럼 허옜다. 더 심각한 것은 종아리 중간까지 올라오는 갈색 양말, 그리고 새것처럼 불편하기만 한 투박한 부츠였다.

그러나 그중에서도 제일 끔찍한 것은 이 복장을 완성하는 헬멧처럼 생긴 모자였다. 머리에 쓰니 느낌이 이상했다.

라이너스는 거울 속 자신의 모습을 바라보면서, 어째서 어린 시절 읽던 모험 소설(어머니는 모험 소설을 끔찍이도 싫어해서, 책을 침대 밑에 숨겨 놨다가 밤늦게 이불 속에서 손전등 불빛에 의지하고 읽어야 했다) 속 탐험가가 아니라 팔다리가 달린 갈색 달걀처럼 보이는 걸까 생각하고 있었다.

"이건 정말 아니지. 안 입어. 절대 안 입어. 우스꽝스럽기 짝이 없잖아. 전부 다—."

누군가가 현관문을 쾅쾅 두드렸다.

그는 얼굴을 찌푸리며 거울에서 눈길을 뗐다.

또다시 쾅쾅 소리가 났다.

한숨을 쉬었다. 내 운이 이렇지.

그는 문으로 다가가 깊은 숨을 한 번 들이쉰 다음에 열었다.

포치에는 그와 엇비슷한 탐험가 복장을 차려입은 아이들이 서 있었다. 심지어 시어도어마저도 날개를 꺼낼 자리를 재단한 황갈색 조끼를 입고 있었다. 시어도어가 뒷다리로 서서 뒤로 물러나더니 그를 향해 큰 소리로 쩍 울다가 신나게 원을 그리며 돌기 시작했다.

탈리아가 "우와." 하며 그를 위아래로 훑어보았다.

"나랑 똑같이 정말 동그랗네요!"

피는 등 뒤의 날개를 팔락거리며 허리를 굽혀 라이너스의 무릎을 꼼꼼히 살펴보았다.

"왜 이렇게 하예요? 밖에 안 나가요? 거의 천시만큼 투명한데요."

천시의 눈이 더듬이 끝에서 달랑거렸다.

"안녕하세요. 세탁 상태에는 만족하셨나요? 만약 분실된 옷이 있다면, 그건 제가 실수로 잃어버린 거니까 정말 죄송해요. 그래도 만족도 10점 주실 거죠?"

그러면서 천시가 촉수를 내밀었다.

라이너스는 눈썹을 치켜들었다.

천시는 한숨을 쉬며 "에이, 참." 한 뒤 촉수를 거두어들였다.

루시는 자기 얼굴에 비해 지나치게 큰 가짜 콧수염을 붙인 얼굴로 라이너스를 올려다보며 씩 웃었다. 루시 역시 탐험가 복장이었지만 색깔은 빨간색이었고 안대까지 쓰고 있었는데, 안대를 왜 쓴 건지는 정말로 알고 싶지 않았다.

"안녕, 베이커 씨. 난 섬 정령의 보물을 찾아 나선 탐험대 대장이다. 함께하기로 하다니 정말 기쁘군! 물론, 베이커 씨를 산 채로 쇠꼬챙이에 꽂아 굽고 갈라진 살갗에서 흐르는 즙을 핥아먹는 식인종의 입과 손에서 끔찍한 죽음을 맞이할 가능성이 높지만 말이지. 운이 좋다면 벌레한테 심하게 물려서 우선 괴사성근막염에 걸리고 온몸이 밑에서부터 썩어가다가 결국 뼈 무더기와 피고름만 남을 거야. 정말 *굉장하지?*"

라이너스는 입을 딱 벌렸다.

그때 또 하나의 목소리가 들려왔다.

"얘들아. 베이커 씨한테 숨 돌릴 틈은 주자꾸나."

고개를 들자 아서가 게스트하우스 앞에 서 있고, 샐이 그 뒤에 숨어서 불안한 듯 고개를 빼꼼 내밀고 있었다. 샐 역시 다른 아이들과 비슷한 옷을 입고 있었는데 라이너스의 시선을 느끼자 아서 뒤에 커다란 덩치를 감추려는 것 같았다. 물론 샐에 비해 아서는 속삭임만큼이나 여린 체구를 가졌으니 잘 될 리가 없었다.

차려입은 아서의 눈부신 몸을 보자 라이너스는 목구멍이 죄어오는 것만 같았다. 아서는 황갈색 옷이 아닌 검은 바지와 검은 셔츠에 가슴을 대각선으로 가로지르는 붉은 어깨띠를 두르고 있었다.

허리에 찬 칼집에는 마체테 같이 생긴 칼이 걸려 있었다. 루시처럼 가짜 콧수염을 붙였지만, 우스꽝스럽지는 않았다. 아서가 라이너스를 향해 미소를 짓자 콧수염이 살짝 움직였다. 라이너스는 얼굴을 붉히며 눈길을 돌렸다. 갑자기 얼굴이 화끈거려 왔다. 창백한 팔다리가 달린 따뜻하고 동그란 달걀이 된 기분이었다.

지금까지 그는 외모에 대해서 특별히 신경을 써본 적이 없었다. 당연히 이제 와서 신경 쓸 생각도 없었다. 이건 예전에 했던 것들과 다를 바 없는 방문이다.

조사겠지. 그는 방금 한 생각을 다시 고쳤다.

초대를 거절할 작정으로 입을 열었다(당연히 진짜 식인종을 만날까 봐 무서운 건 아니었지만, 루시가 있는 이상 절대 없다고 확신할 수는 없었다).

하지만 그가 무슨 말을 뱉기도 전에 루시가 포치에서 폴짝 뛰어내리더니 양손을 허리께에 얹고 위풍당당한 포즈를 취했다.

"이제 모험을 시작하지!"

루시가 우렁차게 외쳤다. 그러더니 걸음마다 무릎을 높이 올려치면서 울창한 숲속을 향해 행진하기 시작했다.

다른 아이들두 뒤를 따랐다. 시어도어는 날이 오리 아이들의 머리 위를 따랐다. 샐이 라이너스 쪽을 한 번 힐끗 돌아본 뒤 곧바로 다른 아이들을 뒤쫓아 달려갔다.

"가시죠, 라이너스."

아서의 말이었다.

"콧수염이 우습군요."

포치에서 내려와 아이들 뒤를 따르면서 라이너스가 웅얼거렸다.

등 뒤에서 터지는 나직한 웃음소리를 라이너스는 못 들은 척했다.

루시가 숲이 시작하는 곳에 발걸음을 멈추더니 "좋아." 하며 아이들을 향해 돌아서서 눈을 크게 떴다.

"다들 알다시피, 숲속에는 사악한 정령이…."

"말 조심해!"

피가 소리쳤다.

"루시, 사람들한테 사악하다는 말은 하지 않기로 했지. 예의가 아니잖니."

루시를 타이르는 아서의 어깨 위에 시어도어가 날아와 앉았다.

루시는 눈을 이리저리 굴렸다.

"알았어요. 취소하죠. 이곳에는 흉악한 정령이…."

루시는 마치 누군가가 반박하길 기다리는 것처럼 말을 멈췄다. 아무도 반박하지 않았다. 심지어 피 역시 기대감에 들뜬 듯했다. 라이너스는 어딘가 핵심이 비껴간 게 아닌가 하는 생각이 들었지만, 입을 다물고 있는 게 현명할 것 같았다.

"흉악한 정령이 숲속 깊은 곳에 숨긴 보물을 우리는 빼앗을 것이다. 여러분의 생존을 약속해줄 수는 없다. 사실, 여러분이 보물을 찾는 데 성공한다 하더라도 내가 여러분을 배신하고 악어 밥으로 던져준 다음 여러분의 뼈가 부서지는 소리를 들으며 웃을지도…."

"루시."

아서가 다시 한번 끼어들었다.

루시는 한숨을 쉬더니 뾰로통하게 입을 열었다.

"오늘은 내가 대장이 되기로 했잖아요. 하고 싶은 대로 해도 된다고 했으면서."

"그랬지. 하지만 배신은 안 돼."

"하지만 난 사실 악당인 걸요!"

"우리 전부 악당이 되어도 좋겠는걸."

천시가 재잘거리자 탈리아가 말했다.

"넌 나쁜 짓 하는 법도 모르잖아. 너무 착하다고."

"아냐! 나도 나쁜 짓 할 줄 알아! 잘 보라고!"

천시의 두 눈이 격렬하게 빙빙 돌더니 라이너스에게 고정되었다.

"베이커 씨! 다음 주에는 세탁을 해드리지 않겠어요! 하! 하! 하!"

다음 순간 아이는 겁에 질린 표정이 되어 속삭였다.

"그냥 농담이에요. 해드릴게요. 하게 해주세요. 빼앗아가지 마세요."

"나도 악당 할래." 하고 피가 말했다.

"특히 정령을 상대하는 일이니까 말이야. 잊어버렸을까 봐 알려주는 건데 나도 정령이거든. 그러니까 나도 흉악해질 수 있다고."

"난 오래전부터 누군가를 죽이고 싶었어."

탈리아가 턱수염을 쓰다듬으며 말했다.

"돌아가서 내 삽 챙겨올 시간 있을까?"

시어도어는 이빨을 드러내며 위협적으로 하악 소리를 냈다.

루시가 시무룩해져서 샐을 향해 물었다.

"샐, 너도 악당 되고 싶어?"

샐이 아서의 어깨 너머로 고개를 내밀었다. 잠시 망설이더니 샐 역시 고개를 끄덕였다.

루시가 "알았어." 하면서 두 손을 들었다.

"우리 전부 다 악당 하자. 하지만 사실은 내가 착한 사람이 되어 너희들을 배신할 수도 있어."

루시는 얼굴을 찌푸리더니 일그러진 표정으로 혀를 쑥 빼물었다.

"아니다. 그건 별로야. 으윽. 이익. 우웩."

라이너스는 몹시 불편한 심정이 들 뿐이었다.

루시가 고함을 지르며 앞장서는 바람에 나뭇가지에 앉아 있던 새들이 성이 나서 시끄럽게 우짖으며 날아가 버렸다. 루시는 아서에게 나무에 걸린 덩굴을 자르며 나아가고 싶으니 마체테를 빌려달라고 부탁했다. 그 말을 듣자마자 라이너스는 불안함에 사로잡혔다. 아서가 아이들은 어른이 되기 전까지 그런 물건을 만지면 안 된다며 거절하고서야 다시 마음을 놓았다.

사실 애초에 덩굴을 자를 필요도 없었다. 숲이 울창해서 앞으로 나가기 어려울 때마다 피가 앞으로 나섰다. 피가 두 손을 들어 올리면 날개가 반짝반짝 빛나며 파닥거렸다. 덩굴은 꼭 살아있기라도 한 것처럼 걷히며 길을 내어주었다.

아이들이 기뻐서 환성을 지르고, 피는 으쓱한 표정을 지었다. 라이너스는 혹시 피가 자기 능력을 자랑하고 싶어서 길을 더 험난하게 만든 건 아닐까 하는 생각을 했다. 덩굴이 나무 위로 휙휙 걸힐 때마다 샐마저도 미소를 지었다.

잠시 후, 라이너스는 지난 일주일 동안 작년 한해를 합친 것보다 더 많은 야외활동을 했다고 해서 체력이 붙은 건 아니라는 사실을 깨달았다. 숨이 가쁘고 이마에는 땀이 흥건했다. 맨 뒤에서 느긋하게 걷는 아서와 합류하면서 라이너스는 다행이라는 생각이 들었다.

"어디로 가는 거죠?"

라이너스가 물었다. 몇 시간은 지난 것 같지만 사실은 한 시간도 지나지 않았을 때였다.

아서가 힘든 기색이라고는 조금도 없이 어깨를 으쓱했다.

"전혀 모르겠는걸요. 재미있지 않나요?"

"재미에 대한 정의가 저랑 많이 다르네요. 이 모험에 정해진 계획이 있기는 있는 겁니까?"

아서가 웃음을 터뜨렸다. 그 웃음소리가 기분 좋게 들려서 라이너스는 또다시 불편한 심정이 되었다.

"매일같이 모든 게 다 정해져 있죠. 8시 정각에 아침 식사, 그다음엔 수업. 정오에 점심식사. 또 수업. 오후엔 개인 취미활동을 하죠. 8시 반에는 저녁을 먹고, 9시에 잠자리에 듭니다. 이런 일과에 가끔 휴식이 있는 건 영혼에도 좋지요."

"《규칙 및 규정집》에 따르면 아이들은 절대…."

아서는 푸른 이끼가 자라난 통나무를 아무렇지도 않게 넘어가더니 돌아서서 라이너스를 향해 손을 내밀었다. 라이너스는 망설이다 그의 손을 잡았다. 아서만큼 우아하게 넘어가지는 못했지만 그가 손을 잡아준 덕분에 넘어지지 않을 수 있었다. 앞서 가던 아이들의 고함 소리가 들리자 아서가 손을 놓았다.

"당신은 그 책에 목숨을 거는군요."

라이너스는 발끈했다.

"그럴 *리가요*. 만약 그렇다 해도 그게 뭐가 문제입니까? 행복하고 건강한 아이들을 만들기 위한 규칙들이 적혀 있는데요."

"정말 그럴까요?"

아서가 자기를 놀린다는 생각이 들었지만, 악의가 느껴지지는 않았다. 아서 파르나서스에게 잔인한 면이 조금이라도 있긴 할까?

"규칙이 존재하는 데는 이유가 있어요, 아서. 책에는 마법 아동들의 세계를 관리하는 방법들이 나와 있다고요. 다양한 분야의 전문가들이 힘을 합쳐…."

"인간 전문가들이죠."

라이너스는 멈춰 서서 숨을 고르느라 한 손을 나무에 짚었다.

"뭐라고요?"

아서가 고개를 들고 머리 위를 덮은 울창한 나뭇잎들을 바라보았다. 나뭇잎과 가지 사이로 한 줄기 햇살이 들어와 그의 얼굴을 비추었다. 그 순간 아서는 천상의 존재처럼 보였다.

"인간 전문가들이라고요. 그 두꺼운 책을 만드는 내내 그 어떤 마법적 존재에게도 발언권을 주지 않았습니다. 그 책에 나온 모든 말은 전부 인간의 손과 정신으로 만든 겁니다."

라이너스는 주춤했다.

"음… 그건… 그럴 리가요. 당연히 마법 공동체에 속한 *누군가는* 기여했을 텐데요."

아서가 고개를 숙여 라이너스를 바라보았다.

"그 누군가는 어떤 지위에 있을까요? 지금까지 권력을 얻은 마법적 존재는 단 하나도 없었습니다. DICOMY는 물론 그 어떤 정부기관에도 없었죠. 허용되지 않았으니까요. 나이에 상관없이 하찮은 존재로 취급되었습니다."

"하지만… 마법을 쓰는 *의사*들도 있잖아요. 또… 변호사도요! 맞아요, *변호사*가 있죠. 제가 아는 변호사 중에 성격 좋은 밴시가 하나 있어요. 정말 존경스러운 변호사죠."

"그런데 그 변호사는 어떤 일을 맡습니까?"

"그… 등록에… 저항하는 마법적 존재들을 돕는 일을 합니다."

"아하, 예상대로네요. 그럼 의사는요?"

배 속이 조여드는 기분이었다.

"마법적 존재들만 치료하죠."

흐릿해진 머릿속을 정돈하려는 듯 라이너스가 고개를 저었다.

"모든 일에는 이유가 있다니까요, 아서. 선조들은 마법적 존재들을 우리 문화에 동화시키는 유일한 방법은 전환이 수월하게 이루어질 수 있는 엄격한 지침을 세우는 것뿐이라는 사실을 알고 있었던 거예요."

아서의 눈빛이 언뜻 차가워졌다.

"그런데 그들이 동화되어야 한다는 말을 한 건 누굴까요? 그들에게 선택의 여지가 있었습니까?"

"그게… 없었죠. 없었을 것 같습니다. 하지만 공공의 이익을 위한 조치였어요!"

"누구의 이익입니까? 아이들이 자라면 어떻게 될까요, 라이너스? 아이들 역시 등록되겠지요. 계속 감시를 받을 거고요. 이곳을 떠난다고 해서 끝나는 일이 아니에요. 언제나 똑같습니다."

라이너스는 한숨을 쉬었다.

"이 문제로 말씨름을 벌일 생각은 아니었는데요."

아서가 고개를 끄덕였다.

"그랬겠죠. 말씨름이라는 건 각자 확고한 입장을 가져서 결코 상대의 입장을 이해할 수 없는 사람들이나 하는 거니까요. 전 그 정도로 고집불통인 사람이 아닙니다."

라이너스는 안심한 나머지 "그렇죠." 하고 대답했다가 뒤늦게야 "이런!" 했다.

하지만 아서는 이미 나무 사이로 저만치 걸어가고 있었다.

라이너스는 숨을 들이쉰 뒤 이마의 땀을 훔치며 그를 뒤따랐다.

라이너스가 아서를 따라잡자마자 그가 "다시 칸트로 돌아가자면." 하고 입을 열었다.

"또 칸트라니."

라이너스가 투덜거리자 아서는 소리 내어 웃었다.

"칸트가 옳은가 아닌가는 완전히 다른 이야기지만, 그래도 그는 무엇이 도덕적인가에 대해서는 흥미로운 관점을 보여주었습니다."

"비도덕적이라는 말의 정의가 사악하다는 거잖아요."

"그렇죠. 하지만 우리가 어떻게 그걸 결정할 수 있을까요?"

"수백만 년간의 생물학적 진화 덕분이죠. 화상을 입는다는 걸 아니까 불에 손을 집어넣지 않듯이, 옳지 않다는 걸 아니까 살인을 하지 않는 겁니다."

그 말을 듣자 아서는 우쭐해지기라도 한 듯 웃었다.

"하지만 두 가지 다 하는 사람도 있지요. 옛날에, 제가 어릴 때 알던 어느 불사조는 살갗에 닿는 불의 느낌을 좋아했어요. 또 인간은 다른 인간을 매일같이 죽입니다."

"그 두 가지를 동일 선상에 두다니!"

"당신이 먼저 했죠."

아서가 온화한 말투로 말을 이었다.

"제가 전하려는 말의 핵심은 루시와의 면담에서 했던 것과 똑같습니다. 세상은 모든 걸 흑백으로, 도덕적인 것과 비도덕적인 것으로 나누려 해요. 하지만 그 사이에도 회색이 존재하지요. 한 사람이 악을 행할 능력이 *있다*는 것이 그 사람이 악한 행동을 하게 되리라는 뜻은 아닙니다. 그리고 *지각된* 도덕성이라는 관점이 있지요. 저는 천시가 비록 자신을 보호하기 위해서라 할지라도 다른 사람에게 촉수 하나 올릴 수 없는 아이라고 생각합니다. 그런데도 사람들은 그 애의 겉모습만 보고 괴물이라고 판단해 버리죠."

"그건 공정치 못한 일입니다. 물론 그 애가 사흘에 한 번 꼴로 제 침대 밑에 숨기는 하지만요."

"천시가 아직 자기가 받았던 취급과 실제 자기 자신 사이에서 혼란스러워하기 때문이지요."

"하지만 천시에게는 이 집이 있잖아요."

라이너스가 가지 아래를 지나가려 몸을 숙였다.

아서는 고개를 끄덕였다.

"맞아요. 하지만 영영 이 집에 있을 수는 없습니다. 이 섬은 영원하지 않아요. 당신이 우리를 이대로 두겠다는 결정을 내리더라도, 언젠가 그 애는 혼자 세상으로 나가야 할 겁니다. 그러니까 제가 할 수 있는 최선은 마음의 준비를 시키는 것뿐입니다."

"하지만 섬 밖으로 나가지 못하게 하면서 어떻게 마음의 준비를 시킬 셈이에요?"

그 말에 라이너스를 향해 돌아선 아서는 얼굴을 찌푸렸다.

"여긴 감옥이 아닙니다."

라이너스가 주춤 물러났다.

"그게 아니라… 그 말이 아니고… 압니다. 혹시 그런 뜻으로 들렸다면 사과드립니다."

"저는 마음의 준비를 시키는 동시에 아이들을 지켜주고 싶습니다. 아이들은… 자신이 무엇이건, 무엇을 할 수 있건, 아직 다치기 쉬운 존재예요. 그 애들은 고아예요, 라이너스. 모두가 그래요. 그 애들이 가진 건 서로가 전부입니다."

"당신도 있잖아요."

라이너스가 나직하게 덧붙였다.

"저도 있지요. 당신 생각을 이해하지만, 당신도 제 생각을 이해해 주기를 바랍니다. 저는 세상이 어떻게 돌아가는지 알고 있습니다. 세상에는 이빨이 있다는 것도 알죠. 예상치 못한 순간 그 이빨로 물어뜯는다는 것도요. 아이들이 그런 일을 최대한 늦게 겪을 수 있도록 지켜주는 게 그렇게 나쁜 일인가요?"

라이너스로서도 잘 알 수 없는 일이라, 그는 이렇게만 말했다.

"아이들은 숨으면 숨을수록 세상으로 나갈 때 더 힘들어 할 거예요. 이곳… 이 섬. 당신도 말했듯이, 이곳은 영원하지 않아요. 바다 너머에는 넓디넓은 세상이 펼쳐져 있어요. 그 세상이 공정한 세상은 아니더라도, 그 세상에 또 무엇이 있는지를 아이들에게 알려줘야죠. 세상에는 다른 것들도 존재한다는 사실을요."

"저도 압니다."

아서는 속을 읽을 수 없는 표정으로 숲을 바라보고 있었다.

"하지만 때로는 모르는 척하고 싶기도 합니다. 가끔 그럴 수 있을 것 같은 날들이 있거든요."

묘하게 불편한 말투였다. 거의… 침울하기까지 한 말투.

"아무튼 숲 한가운데서 황갈색 반바지를 입은 채로 도덕 철학을 논할 날이 올 줄은 상상도 못했네요."

아서가 웃음을 터뜨렸다.

"당신 정말 매력적이군요."

라이너스는 또 온몸이 달아오르는 기분이었나. 숲을 걷느라 힘들어서 그럴 거라 생각하며 침을 꿀꺽 삼켰다.

"그런데, 불사조를 안다고요?"

아서는 무언가를 알고 있는 것만 같은 눈빛이었지만, 모든 걸 털어놓을 생각은 없는 듯했다.

"그랬죠. 그는… 탐구심이 많았습니다. 많은 일을 겪으면서도 끝까지 당당하게 고개를 들었습니다. 그가 자라서 어떤 모습이 되었는지 저는 종종 생각하곤 하지요."

아서가 딱딱하게 미소 짓는 것을 보고 라이너스는 이것으로 대화가 끝이라는 사실을 알아차렸다.

탐험대는 섬 반대편 해변에 도착했다. 작은 해변에는 모래가 아니라 흰색과 갈색의 자갈이 깔려 있었다. 파도가 밀려오면 자갈들이 서로 부딪쳐 재미난 소리를 냈다.

루시가 바닷가를 살피며 말했다.

"조심해라, 사나이들이여. 무언가 안 좋은 일이 다가오고 있다."

"우리가 전부 *사나이*들인 건 아니야."

탈리아가 루시를 쏘아보았다.

"여자도 탐험가가 될 수 있어. 거트루드 벨처럼."

"이사벨라 버드도 있어."

피가 거들었다.

"메리 킹즐리도 있고."

"아이다 로러 파이퍼도 있지."

"로빈…."

"알았어, 알았다고. 무슨 말인지 알았어. 여자도 남자가 하는 일은 뭐든지 할 수 있어. 어휴."

루시가 다시 라이너스를 보더니 얼굴에 악마 같은 미소를 띠었다.

"베이커 씨는 여자를 좋아하세요? 아니면 남자? 아니면 둘 다?"

아이들이 다들 천천히 고개를 돌리고 라이너스를 빤히 쳐다보았다.

"난 모두 다 좋아한단다."

라이너스가 간신히 입을 열었다.

"지루하긴."

탈리아가 투덜거렸다.

"난 남자야!"

천시가 외쳤지만, 곧 얼굴을 찌푸리더니 "일단 내 생각엔 그래."라고 덧붙였다.

"넌 네가 바라는 누구든 될 수 있단다."

아서가 천시의 두 눈 사이를 토닥여 주었다.

"이제 해야 할 일로 돌아가면 안 될까?"

루시는 애원하다시피 했다.

"그렇게 잡담이나 나누고 있다가는 우리 모두 잔혹하게 살해당하고 말 거라고."

샐이 초조하게 주변을 둘러보았다. 시어도어가 샐의 어깨에 내려앉아 꼬리로 느슨하게 샐의 목을 감았다.

"누구한테?"

"몰라. 하지만 분명 안 좋은 일이 다가오고 있다니까? 냄새가 나."

아이들은 다들 코를 쿵쿵거리기 시작했다. 시어도어마저도 목을 쭉 빼고 콧구멍을 벌렁거렸다.

"여기서 안 좋은 냄새가 나는 건 베이커 씨뿐인걸. 땀을 엄청 많이 흘려." 피가 말했다.

"몸을 쓰는 일에 익숙하지 않아서 그런 거야."

라이너스가 쏘아붙였다.

"맞아, 베이커 씨가 동그란 건 아저씨 탓이 아니라고. 그렇죠, 베이커 씨? 우리 동그란 사람끼리 뭉쳐야죠."

탈리아의 말이었다. 조금도 위안이 되지 않았지만 라이너스는 "그렇지." 하고 대답했다. 탈리아는 우쭐거렸다.

"너희들은 못 맡는 냄새라고. 나만 맡을 수 있어. 내가 대장이니까. 냄새가 풍겨오는 곳은 저곳이다."

루시가 눈을 굴리며 그렇게 말하더니 해변가 잡목림을 가리켰다. 어둡고 불길해 보이는 숲이었다.

"뭘까, 루시? 식인종이 나타난 걸까?"

천시는 걱정이 되는 듯 어두운 말투였다.

"아마도 그럴 거다. 지금 이 순간에도 놈들은 누군가를 요리하고 있을지 모른다. 그러니 어서 가서 살펴보자고. 사람이 요리되고 있을 때 어떤 모습일지 예전부터 궁금했거든."

"그냥 여기 있자. 그게 제일 낫겠어."

탈리아가 그렇게 말하며 손을 뻗어 라이너스의 손을 잡았다. 그는 탈리아를 내려다보았지만 손을 뺄 생각은 없었다.

루시는 고개를 저었다.

"탐험가는 물러서지 않는다. 특히 여성 탐험가라면 말이지."

피가 엄숙한 말투로 "맞아." 하고 거들었다. "아무리 식인종이 있다고 해도."

시어도어가 낑낑 울더니 두 날개 속에 머리를 감추었다. 샐이 손을 뻗어 시어도어의 꼬리를 쓰다듬어 주었다.

"용맹함이란 아주 중요한 미덕이지. 적 앞에서는 강한 자와 약한 자가 나뉘거든."

아서가 말했다.

"멍청한 사람이랑 똑똑한 사람도요."

탈리아가 라이너스의 손을 꼭 쥐면서 "남자들은 멍청해." 하고 투덜거렸다.

라이너스도 그렇게 생각했지만, 그 말을 입 밖에 내지는 않았다.

루시가 가슴을 부풀렸다.

"난 용맹하다! 그리고 대장인 내가 용맹하게 명령하노니, 아서가 앞장서서 안전한지 확인하고 우리는 이곳에서 기다리기로 한다."

모두가 고개를 끄덕였다.

라이너스마저도.

아서가 그를 보며 한쪽 눈썹을 치켜들었다.

"루시가 핵심을 짚었네요. 용맹함은 중요한 미덕이라면서요."

라이너스가 말했다.

아서가 입술을 씰룩였다.

"가라면 가야지."

"가라! 만약 식인종을 만난다면, 잡아먹히기 직전에 우리가 도망갈 수 있게 고함을 지르도록!"

"만약 내 입부터 먹어버리면 어떡해야 하니?"

그 말에 루시가 눈을 가늘게 뜨고 아서를 올려다보았다.

"음. 그런 일이 일어나지 않도록 노력해라!"

아서가 어깨를 당당하게 펴더니 마체테를 꺼내들고 커다란 바위 위로 뛰어올랐다. 그를 둘러싸고 파도가 부서지고 있었다. 그는 마치 옛 영웅처럼 멋진 포즈를 취하며 마체테를 들어 잡목림을 가리켰다.

"탐험대 만세!"

아이들도 입을 모아 외쳤다.

"탐험대 만세!"

아서가 라이너스를 향해 눈을 찡긋 한 후 바위에서 뛰어내려 잡목림을 향해 달려갔다. 그의 모습이 그늘에 삼켜지다가 완전히 사라졌다.

그들은 기다렸다.

아무 일도 일어나지 않았다.

조금 더 기다렸다.

여전히 잠잠했다.

"이런, 진짜 입부터 먹어치웠나 봐."

탈리아가 중얼거렸다.

"돌아가야 할까?"

천시가 눈을 데굴거리면서 재잘거렸다.

"모르겠어."

그렇게 대답한 루시가 라이너스를 올려다보았다.

"아저씨가 같이 있어서 다행이에요."

라이너스는 감동을 받고 말았다.

"고맙구나, 루시…."

"식인종이 쫓아오면 아저씨를 제일 먼저 발견할 테니까요. 우리는 작은데 아저씨는 뼈에 고기가 많이 붙어 있잖아요. 그래서 우리가 도망갈 시간을 벌겠죠. 아저씨의 희생에 미리 감사드릴게요."

라이너스가 한숨을 쉬었다.

"어쩌지?"

피가 걱정스러운 듯 물었다.

"아서를 따라가야 할 것 같아."

샐이 말하자 모두가 샐을 쳐다보았다. 샐의 눈이 라이너스와 잠시 마주쳤지만, 아이는 금세 시선을 돌려버렸다. 입꼬리가 아래로 처져 있었다. 샐은 심호흡을 한 뒤 느릿느릿 내뱉었다.

"아서였다면 우리를 구하러 왔을 거야."

시어도어가 샐의 귀에 주둥이를 누르며 쨱쨱 울었다.

"샐 말이 맞아. 아서라면 우리를 구하러 왔겠지. 난 결정을 내렸다. 우리는 아서를 따라간다, 그리고 베이커 씨가 앞장서도록."

"저기, 대장인 것 치고는 실제로 앞장서기보다는 자꾸 남들에게 떠넘기는 것 같은데."

라이너스가 무미건조한 목소리로 말했다.

루시는 어깨를 으쓱했다.

"난 여섯 살이잖아요. 어쨌든 지금 이 육체는 말이죠. 물론 실제로 나는 아주 나이가 많지만, 어쨌거나."

발밑에서 땅이 살짝 흔들리는 기분이 들었지만, 라이너스는 간신히 견뎌냈다.

"네가 그렇게 우긴다면야."

"그래요. 박박 우길 거예요."

루시는 안도한 것 같았다.

탈리아가 잡고 있던 손을 놓더니 라이너스의 등 뒤로 다가가서는 그의 다리 뒤를 밀기 시작했다.

"가요, 어서 가라고요! 지금 이 순간에도 아서가 잡아먹히고 있을지 모르는데 왜 *가만히* 서 있느냐고요!"

라이너스는 다시 한번 한숨을 쉬었다.

"가면 되잖니."

당연히 말도 안 되는 일이었다. 섬에 식인종이 있을 리가 없었다. 루시가 지어낸 이야기일 뿐이었다.

그러나 해변을 가로질러 잡목림을 향해 다가가자니 비 오듯 땀이 흘렀다. 눈앞에 보이는 잡목림은 아까 걸어온 숲과는 차원이 다른 숲이었다. 훨씬 오래되고 울창했다. 식인종은 당연히 없겠지만 만약에 있다면 분명 저곳을 택했을 것 같았다. 인간을 먹어치우기에 딱 좋은 장소처럼 보였으니까.

아이들은 타의 추종을 불허하는 용맹함을 보여주었다. 라이너스를 따라오기는 했지만 다들 눈을 크게 뜬 채 서로를 붙들고 50걸음은 떨어져서 걸어오고 있었던 것이다.

라이너스는 숲을 향해 외쳤다.

"저기, 아서! 거기 있어요?"

대답이 없었다.

라이너스는 얼굴을 찌푸렸다. 아서가 놀이에 지나치게 몰입한 게 틀림없었다.

그가 다시 한번 아서의 이름을 불렀다.

대답이 없었다.

등 뒤에서 루시의 목소리가 들렸다.

"이런, 벌써 넷으로 쪼개졌나 봐."

"그게 무슨 뜻이야? 돈을 받는다는 뜻이야? 난 쿼터가 좋은데."

"잘게 잘렸다는 뜻이야. *조각조각으로.*"

탈리아가 대답해 주었다.

"으으, 그럼 싫어."

라이너스는 한 발짝 한 발짝 나아가 심호흡을 한 다음 숲으로 들어갔다.

숲속은… 더 서늘했다. 그늘인 것 치고도 추웠다. 후덥지근함은 어느새 사라지고, 라이너스의 몸이 부르르 떨리기까지 할 정도였다. 나무 사이로 구불구불 이어진 가느다란 길이 보였다. 무언가를 (덩굴이건, *아니면* 아서건) 베어낸 흔적은 없었다. 좋은 징조라고 생각하기로 했다.

그는 점점 더 안쪽으로 들어가다가 딱 한 번 걸음을 멈추고 뒤를 돌아보았다. 아이들은 숲의 입구에 모여 서 있었는데, 따라 들어오지 않기로 마음먹은 모양이었다. 피가 그를 향해 엄지를 척 들어보였다.

"안 죽었네!"

루시는 묘하게 실망한 말투였다.

"대장이라면 긍정적인 방식으로 힘을 북돋아줘야지."

탈리아가 말했다.

"알았어. 안 죽다니, 잘했어!"

"이쪽이 낫네."

천시는 두 눈이 머리 위에 닿을 때까지 더듬이를 축 늘어뜨렸다.

"기분이 별로야."

시어도어가 샐의 귀를 야금야금 쪼는 가운데 샐이 입을 열었다.

"가자, 우리 전부 함께 가는 거야." 샐이 숲속으로 한 걸음 내딛자 아이들 모두 샐에게 꼭 붙어 따라가기 시작했다.

그 모습을 보자 라이너스는 어쩐지 가슴이 미어지는 기분이었다.

돌아서서 표정을 고치려 애썼다. 내가 *대체* 왜 이러는 거야? 이러면 안 돼. 이러면….

그때 굉음과 함께 그의 앞에서 커다란 나무가 흙먼지를 피우며 쑥 솟아나 길을 막았다.

　라이너스는 꺅 소리를 지르며 비틀비틀 뒤로 물러섰다.

　아이들이 비명을 질러댔다.

　나무가 신음 소리를 내며 자라나는 가운데, 누군가의 목소리가 울려 퍼졌다.

　"누가 감히 내 숲에 발을 들이느냐?"

　듣자마자 조이의 목소리라는 걸 알 수 있었다. 한숨이 나왔다. 나중에 조이와 아서에게 해야 할 말이 어마어마하게 많았다.

　하지만 아이들은 눈이 휘둥그레진 채 달려와서 라이너스를 둘러싸고 섰다.

　"누구지?"

　루시가 흥분한 목소리로 속삭였다.

　"식인종일까?"

　"모르겠구나."

　라이너스가 대답했다.

　"식인종일지도 모르지. 그리고 내가 코스 요리 정도는 되겠다만, 이미 아서를 잡아먹고 배가 불러서 어쩌면… 간식 정도를 원하는 건지도 모르겠다."

　탈리아가 놀라서 헉 하는 소리를 냈다.

　"그럼… *내가* 간식 크기잖아?"

　"우리 전부 마찬가지야."

　피도 겁에 질렸다.

"안 돼!"

천시는 라이너스의 다리 사이를 통과하려고 했지만 생각대로 잘 되지는 않았다.

샐은 눈을 가늘게 뜬 채 나무들을 바라보고 있었다. 시어도어는 샐의 셔츠 속에 고개를 집어넣고 숨어 있었다.

"용감하게 굴어야 해."

"샐 말이 맞아."

그러면서 루시가 성큼 걸음을 옮겨 샐 옆에 섰다.

"그 누구보다도 용감해야 해."

"삽을 챙겨올걸. 식인종의 머리를 박살낼 수 있었는데."

탈리아가 중얼거렸다.

"어떻게 해야 해? 더 가야 해?"

피가 물었다.

루시가 고개를 흔들더니 우렁차게 외쳤다.

"이곳에 사는 자, 네 정체가 누구인가?

"꼬마, 무슨 자격으로 내게 *무언가*를 요구하는 거지?"

조이가 목소리를 낮게 깔아 대답했지만, 라이너스는 그 목소리에 묻은 장난기가 느껴졌다.

"나는 이 탐험대를 이끄는 루시 대장이다! 정체를 밝히면 해치지 않기로 약속하지. 하지만 여전히 배가 고파서 공격한다면, 스스로를 희생하기로 한 베이커 씨를 내어주고 우리 목숨을 구하겠다."

"난 *희생하겠다*고 한 적이…."

"네가 *바*로 그 루시 대장이란 말이냐?"

조이의 목소리가 메아리쳤다.

"이런, 너에 대해서는 익히 들었다."

루시가 눈을 깜박였다.

"진짜?"

"그래, 진짜다. 너는 유명하더군."

"내가? 아니, 그렇다, 난 유명하지! 그게 바로 나다! 유명한 루시 대장이라고!"

"나한테 무엇을 찾으러 왔나, 루시 대장?"

루시는 다른 아이들 쪽을 돌아보았다.

"보물."

피가 말했다.

"그리고 아서."

천시가 거들었다.

"만약에 하나만 골라야 하는 거라면 어쩌지?"

탈리아는 어느새 다시 라이너스의 손을 붙들고 있었다.

"아서를 골라야지."

샐이 목소리는 지금까지 라이너스가 그 애한테서 들었던 어떤 목소리보다 더 확신에 차 있었다.

"아, 진짜?"

루시가 발로 땅을 걷어찼다.

"하지만… 그래도, *보물*은?"

"아서."

샐은 뜻을 굽히지 않았고, 샐의 셔츠 속에 숨어 있던 시어도어 역시 쩍쩍 맞장구를 쳤다. 자신이 언제부터 시어도어의 울음소리를 알아듣기 시작한 건지 라이너스는 알 수 없었다.

루시는 한숨을 쉬며 "알았어." 하더니 다시 돌아섰다.

"우리는 아서 파르나서스를 원한다!"

"그것뿐이냐?" 조이의 목소리가 커다랗게 울려 퍼졌다.

"그러니까, 보물도 거절하진 않겠지만⋯."

"루시!" 천시가 타박하듯 외쳤다.

루시는 끙 소리를 냈다.

"아서만을 원한다!"

"그렇다면 아서를 돌려주지!"

그 말과 함께 순식간에 커다란 나무가 다시 땅속으로 쑥 꺼졌다.

길이 아무런 장해물도 없이 뻥 뚫렸다.

"루시 대장, 앞장서 주겠나?"

라이너스가 묻자 루시는 고개를 저었다.

"라이너스는 지금 잘하고 있다. 지금까지는 칭찬받을 기회가 별로 없었겠지. 그 기회를 빼앗아가고 싶지 않다."

라이너스는 앞장서서 걸어가는 내내 힘을 달라고 간절히 빌었다. 탈리아가 아직 그의 손을 붙들고 있었다. 아이들이 두 사람 뒤에 모여 섰고, 샐과 시어도어가 맨 뒤였다.

다행히 멀리 갈 필요가 없었다. 곧 길이 끝나고 작은 빈터가 나타났다. 빈터에는 집이 한 채 있었다. 담쟁이로 뒤덮인 나무로 된 단층집이었다. 집 아래에 잡초가 빼곡한 걸 보니 아주 오래된 집이 틀림없었다. 문이 열려 있었다. 라이너스는 마녀가 아이들을 꾀어 집 안으로 들어오게 한다는 내용의 동화가 생각났다. 하지만 마녀들은 사람을 잡아먹지 않았다. 그러니까 대체로는 말이다.

라이너스가 이 집이 누구의 집인지, 그리고 이 집에 들어가는 게 얼마나 큰 영광인지 깨달은 건 바로 그 순간이었다. 성인이 된 정령이 가장 아끼는 소유물은 바로 자신의 집이다. 그 집 안에 모든 비밀을 담고 있기 때문이었다. 정령은 사생활을 철저히 지키는 것으로 악명이 높고, 라이너스는 피 역시 언젠가는 그렇게 될 것임을 알고 있었다. 물론 마르시아스섬에서 보낸 어린 시절을 잊지 않아 주면 좋겠지만 말이다. 피가 그렇게 고독한 삶을 살지 않길 바랐다.

그래서 조이 채플화이트의 집에 초대받는다는 사실이 가진 의미를 라이너스는 잘 알고 있었다. 아서는 전에도 이 집에 들어가 본 적 있었을까? 애초에 조이는 어째서 라이너스를 자기 섬에 들어오도록 허락해준 걸까? 고아원 건물은 누구의 것일까? 그 모든 질문에 라이너스는 답을 찾을 수 없었다.

아이들이랑은 상관없는 문제인 걸까? 그런 질문을 할 자격이 있는 건지 그는 확신할 수가 없었다.

루시가 "우와, 저것 좀 봐." 하고 외쳤다.

담쟁이덩굴 속에서 꽃이 피어나고 있었다. 마치 집 자체가 꽃을 피워내는 것 같았다. 분홍색, 금색, 빨간색, 그리고 바다와 하늘같은 파란색의 화사한 꽃이 덩굴을 따라 피어나기 시작하더니 금세 온 집이 지붕까지 꽃으로 뒤덮였다.

피가 꿈꾸듯 한숨을 쉬었다.

"너무 예뻐."

라이너스도 같은 생각이었다. 이렇게 예쁜 건 처음이었다. 이 꽃들 앞에서는 그가 키운 해바라기는 무채색으로 보일 터였다. 예전에는 해바라기만으로도 화사하다고 생각했는데.

집으로 돌아가면 꽤 충격이 크겠군.

그때 문간에 누군가의 모습이 나타났다.

아이들이 라이너스에게 바짝 달라붙었다.

조이가 햇살 속으로 걸어 나왔다. 짙은 피부와 근사하게 대조를 이루는 하얀 드레스 차림이었다. 머리에 꽂은 꽃 역시 집에 자라난 꽃과 같은 것들이었다. 날개는 활짝 펼친 채였다. 조이가 방긋 웃었다.

"탐험가들이여! 길을 잘 찾아오다니 무척 기쁘군!"

"그럴 줄 알았어!"

루시가 양손을 번쩍 들더니 외쳤다. "애초부터 식인종은 없었어. 처음부터 조이였던 거야!"

그러더니 고개를 설레설레 저었다.

"난 겁내지 않았지만 다른 애들은 전부 무서워했어요. 덩치만 크지 아기라니까."

다른 아이들은 루시의 말에 맹렬하게 반박했지만, 아무리 성을 내도 소용없었다.

"아서는 살아 있는 거예요? 아무도 안 잡아먹은 거죠?"

천시가 물었다.

"아무도 안 잡아먹었어."

조이가 그렇게 대답하며 문 밖으로 나왔다.

"아서는 안에서 너희들을 기다리고 있단다. 어쩌면 점심식사가 준비되어 있을지도 모르지. 파이도 있을지 모르고. 하지만 직접 찾아보려무나."

음식 이야기가 나오자마자 아이들에게 남아 있던 한 점의 두려움까지도 싹 사라져버렸는지 모두가, 심지어 샐까지도 집 안으로 신나게 뛰어들어갔다. 시어도어는 꽥꽥거리면서도 샐에게 잘 매달려 있었다.

라이너스는 이제 어떻게 해야 할지 몰라 그 자리에 그대로 서 있었다. 조이가 집 안으로 초대하긴 했지만, 초대받은 건 아이들이었다. 그 초대가 자신에게도 해당되는 것인지 알 수 없었다.

조이가 그를 향해 다가왔다. 한 걸음 한 걸음 딛는 순간마다 발밑에서 풀이 자라났다. 그가 라이너스 앞에 멈춰서더니 흥미롭다는 듯 얼굴을 살펴보았다.

"조이."

라이너스가 고개를 까딱 숙였다.

조이는 재미있다는 표정이었다.

"라이너스, 엄청난 모험을 했다던데."

"맞아요. 제가 안전하다고 느끼는 수준을 약간 벗어날 정도였죠."

"아마 자기가 알던 세계를 처음 벗어나는 탐험가들은 대부분 그런 기분이 들 거야."

"자꾸만 이중적인 의미가 담긴 말씀을 하시네요."

그 말에 조이가 씩 웃었다.

"글쎄, 무슨 말인지 모르겠는데."

하나도 믿기지 않는 말이었다.

"아서는 괜찮습니까?"

조이의 눈이 살짝 가늘어졌다.

"아서는 잘 있지."

라이너스가 느릿느릿 고개를 끄덕였다. "이미 이곳에 와 본 거로군요."

"나한테 하고 싶은 질문이 그거야, 라이너스?"

하고 싶은 질문이라면 너무 많았다.

"아니오. 그냥… 대화를 나누려던 거였습니다."

"대화에 좀 서툰 편이군."

"솔직히 말씀드리면 처음 듣는 소리도 아닙니다."

조이의 표정이 누그러졌다.

"그래, 그렇겠지. 맞아. 아서는 전에도 왔었어."

"하지만 아이들은 처음이고요?"

조이가 고개를 저었다.

"처음이지."

"왜 오늘이었습니까?"

조이는 라이너스를 빤히 바라보았는데, 그 눈빛의 의미를 그로서는 꼬집어 말하기가 어려웠다.

"이 섬은 내 것인 동시에 아이들의 것이니까. 때가 온 거지."

그는 얼굴을 찌푸렸다.

"저 때문은 아니기를 바랍니다."

"아니야, 라이너스. 당신 때문이 아니야. 당신이 여기 있건 없건 일어날 일이었지. 안으로 들어오겠어?"

놀라움을 숨기고 싶었지만 완전히 실패했다.

"이 섬은 당신 것인걸요."

조이는 잠시 머뭇거리다가 말을 이었다.

"그렇지. 하지만 당신 혼자 바깥에 남겨두고 싶지는 않아. 식인종이 나타날지도 모르잖아."

"그럴 수도 있겠네요."

그는 잠시 입을 다물었다가, "고맙습니다."라고 말했다.

"뭐가?"

이 역시 뭐라 꼬집어 말하기는 어려운 질문이었다.

"거의 다요."

"정말 폭넓은 대답인걸."

"뭐 하나라도 잊어버릴까 봐 그냥 그렇게 말하는 겁니다."

그러자 조이가 웃음을 터뜨렸다. 웃음소리에 머리에 꽂은 꽃이 더 화사하게 피어났다.

"정말 귀여운 친구야, 라이너스 베이커. 단단한 껍질을 갖고 있지만 점점 금이 가고 있네. 조금만 더 깊이 파보면 그 안에 와글와글 끓어 오르는 삶이 가득 차 있지. 아주 풀기 어려운 수수께끼처럼 말이야."

그는 얼굴을 붉혔다.

"무슨 말씀이신지 잘 모르겠는걸요."

"숲속에서 주고받던 토론은 잘 들었어. 아서도 즐거워하던데."

라이너스는 또다시 횡설수설하기 시작했다.

"그게 아니라… 우리는… 별거 아니었어요."

"내 눈엔 굉장히 별거로 보이던데 말이야."

그 말을 남긴 뒤 조이는 돌아서서 집 안으로 들어갔고, 라이너스는 그 자리에 남아 그의 뒷모습만 바라보았다.

집 안은 집 밖의 연장선상으로 보였다. 바닥은 흙이었고 잔디가 자라나 두툼한 카펫이 되어주었다. 천장에서부터 꽃이 가득한 화분이 늘어뜨려져 있었다. 벽에는 조그만 파란 게, 껍데기가 초록 색과 금빛으로 된 달팽이들이 다닥다닥 붙어 있었다. 열린 창문으로 먼바다 소리가 들려왔다. 이제는 라이너스도 익숙한 소리였다. 떠날 때가 오면 그 소리가 그리워지겠지.

나무로 된 조리대 위에 음식이 잔뜩 펼쳐져 있었다. 아이들은 커 다란 조개껍데기를 하나씩 쥐고 그 위에 음식을 그득 담고 있었 다. 샌드위치, 감자 샐러드, 딸기. 딸기가 너무 새빨간 나머지 시어 도어가 딸기를 한 입 베어 먹고 신이 나서 눈을 까뒤집다시피 하는 모습을 보기 전까지 라이너스 가짜 딸기가 분명하다고 생각했다.

아서 파르나서스는 낡은 의자에 앉아 양손을 앞섶에 가지런히 놓은 채로, 아이들이 정신없이 음식을 먹는 모습을 기분 좋게 지켜보고 있었다. 탐험을 마치면 배가 고픈 법이었다. 라이너스의 배도 꼬르륵거렸다.

"살아서 만나다니 다행이네요."

라이너스가 아서 옆으로 다가가 서서 어색하게 꿈지럭거렸다.

아서가 고개를 기울여 그를 올려다보았다.

"제가 좀 용감했죠, 압니다."

라이너스는 코웃음을 쳤다.

"그러게요. 당신을 주제로 서사시라도 써야겠는걸요."

"그것 참 좋네요."

"그러시겠죠."

아서의 눈가에 주름이 잡혔다.

"아이들이 밥을 먹기 전에 내가 없는 동안 당신이 잘 보살펴 줬다고 하더군요."

라이너스는 고개를 저었다.

"루시가 또 놀리느라…."

"샐이 한 말입니다."

라이너스가 눈을 끔벅였다.

"뭐라고요?"

"샐 말로는 당신이 묻지도 않고 탈리아의 손을 잡아주었다고 하더군요. 모두의 말에 귀를 기울이고 각자 판단을 하게 해주었다고도요."

라이너스는 당황하고 말았다.

"그거야… 그냥 아이들과 어울려 준 건데…."

"사정이야 어떻건 고맙습니다. 당신도 알겠지만 샐이 한 말이라면 엄청난 칭찬이니까요."

그건 라이너스도 알았다.

"저한테 익숙해지고 있는 모양입니다."

아서는 고개를 저었다.

"그런 게 아닙니다. 그건… 샐한테는 통찰력이 있어요. 아마 우리보다도 훨씬 뛰어난 통찰력일 겁니다. 그 애는 사람들 안의 선과 악을 보는 눈이 있어요. 짧은 인생에서 온갖 사람들을 다 겪었으니까. 그래서 다른 사람들이 못 보는 것들을 볼 줄 알게 됐죠."

"전 그냥 저예요."

라이너스는 이 대화가 어디로 흘러갈지 알 수 없었다.

"다른 사람이 되는 법은 몰라요. 저는 그냥 접니다. 언제나 그랬으니까요. 대단치는 않지만 제가 가진 걸로 최선을 다하고 있는 거죠."

아서가 서글픈 눈으로 그를 바라보았다. 그러더니 손을 뻗어 라이너스의 손을 한 번 꼭 잡았다가 놓았다.

"최선을 다하는 것만큼 훌륭한 일은 없어요."

아서가 미소를 지으며 자리에서 일어섰지만, 평소만큼 밝은 미소는 아니었다.

"만찬은 어떤가, 탐험가들?"

"너무 맛있어요!"

천시가 한입에 샌드위치 하나를 통째로 삼키며 대답했다. 샌드위치가 천시의 몸으로 들어가더니 잘게 부서지기 시작했다.

"진짜 보물이 있었으면 더 좋았을 텐데."

루시가 투덜거렸다.

"여기까지 오는 길에 단단해진 우정이 바로 보물이라면?"

아서가 물었다.

루시는 잔뜩 인상을 썼다.

"세상에서 제일 별로인 보물이에요. 우린 *처음부터* 친구였다고요. 난 루비가 갖고 싶은데."

시어도어가 갑자기 신이 나서 쩩 하고 질문을 했다.

탈리아가 입안에 감자 샐러드를 잔뜩 문 채 "안 돼." 하고 대답했다. 달걀 조각과 머스터드가 턱수염에 묻어 있었다.

"루비는 없어."

시어도어가 날개를 축 늘어뜨렸다.

"그래도 파이는 있지. 너희들을 위해 특별히 구운 파이란다."

조이가 말하자 루시는 한숨을 쉬며 "어쩔 수 없죠." 했다.

"루비만큼이나 멋진 파이란다."

그렇게 말한 뒤 아서가 다시 한번 라이너스를 돌아보았다.

"배고프죠, 친애하는 나의 탐험가님?"

라이너스는 고개를 끄덕인 뒤 아이들과 함께 식사를 시작했다.

음식(천시는 파이에 얼굴을 파묻다시피 했다)과 웃음(루시가 자기 나이에는 몹시도 부적절한 상스러운 농담을 하자 천시가 파이 조각을 뿜었다)의 한가운데서 라이너스는 조이와 피가 슬쩍 바깥으로 나가는 모습을 눈치챘다. 아서와 다른 아이들은 알아차리지 못했지만 (루시가 기분 좋게 외쳤다. "천시! 파이가 내 *콧구멍에* 들어갔다고!") 라이너스는 문득 정령들이 무슨 일을 꾸미고 있는지 알아보고 싶다는 묘한 충동이 일었다.

둘은 집 바로 뒤, 숲의 초입에 서 있었다. 조이가 한 손을 피의 어깨에 얹고 있었고, 두 사람의 날개는 울창한 나뭇잎 사이로 새어든 빛줄기를 받아 반짝이고 있었다.

"뭘 느꼈지?" 조이가 물었다. 둘 다 라이너스 쪽으로 눈길을 주지는 않았지만, 어쩐지 그가 그 자리에 있다는 걸 이미 알고 있는 것 같았다. 그가 소리 없이 움직일 수 있었던 나날은 이미 지나간 지 오래였으니까.

"흙."

불길처럼 새빨간 머리를 한 피가 단박에 대답했다.

"나무. 모래와 흙 아래로 뻗어 있는 뿌리. 마치… 귀를 기울이며 절 기다리고 있는 것 같았어요."

조이는 흐뭇한 표정이었다.

"바로 그거야. 눈에 보이는 것들 아래 숨겨진 세상이 있단다. 대부분의 사람들은 그 사실을 모르지. 그러니까 우리는 운이 좋단다. 다른 사람들이 느낄 수 없는 걸 느끼니까."

피는 날개를 파닥거리며 저 멀리 숲을 바라보았다.

"전 나무가 좋아요. 웬만한 사람들보다도 더."

라이너스는 자기도 모르게 웃음이 나왔다. 막으려고 했지만 이미 늦었다. 피와 조이가 느릿느릿 고개를 돌려 그를 바라보는 바람에 라이너스는 황급히 사과했다.

"미안합니다, 정말 미안해요. 그런 뜻이 아니라… 제가 끼어들어선 안 되는데."

"할 말이라도 있어?"

노여움은 느껴지지 않았지만 조이의 말투는 뾰족했다.

라이너스는 고개를 저었지만, 결국 입을 열었다.

"그게… 저한테는 해바라기가 있거든요. 도시에 있는 집에 심어놨죠."

가슴에 날카로운 아픔이 느껴졌지만, 그는 가슴을 문질러 통증을 잊었다.

"키만 멀쑥하게 큰 데다가 생각대로 자라주지는 않았습니다만, 그래도 직접 심고 가꿨죠. 전 웬만한 사람들보다 그 해바라기를 좋아합니다."

피가 눈을 가늘게 떴다.

"해바라기라고요."

라이너스가 이마의 땀을 훔쳤다.

"그래. 그 해바라기는… 글쎄, 탈리아의 정원이나 이 숲의 나무들만큼 근사하지는 않지만, 그래도 회색 금속과 비만 있는 도시에서 색을 가진 단 하나뿐인 존재거든."

피는 잠시 그 말을 생각하는 듯했다.

"아저씨는 해바라기 색이 좋아요?"

"좋아. 별거 아니지만, 사소한 것들 역시 중요하다고 생각하거든."

"모든 일엔 시작이 있지."

조이가 그렇게 말하며 피의 머리를 토닥거렸다.

"잘 기르기만 하면 상상조차 하지 못했던 크기로 자라날 수도 있어. 그렇지, 베이커 씨?"

"맞습니다."

라이너스는 두 사람이 자신의 한마디 한마디를 주의 깊게 들을 것임을 알고 있었다. 그렇기에 솔직해야 했다.

"솔직히 말하면, 그 해바라기가 이렇게 그리울 줄 몰랐어. 우습지?"

"아뇨, 저도 만약 떠나야 한다면 이곳을 그리워할 테니까요."

아, 이런 이야기를 하려던 것은 아니었는데, 결국은 그 주제가 나와 버렸다.

"그래, 알아." 그렇게 말한 뒤 라이너스는 고개를 들고 나무들을 올려다보았다.

"여긴 정말 멋지니까. 다 네 덕분이지."

"포풀루스 트레물로이데스."

피의 말에 라이너스가 눈을 가늘게 뜨고 아이를 바라보았다.

"뭐라고?"

조이는 웃음이 터져 나오려는 입을 손으로 가렸다.

"포풀루스 트레물로이데스. 책에서 읽었어요. 사시나무 말이에요, 보통 큰 숲을 이루고 자라죠. 줄기는 대체로 흰색이지만 잎은 금빛에 가까운 밝은 노란색이에요. 태양처럼요."

아이가 다시 먼 숲을 바라보았다.

"거의 해바라기 같죠."

"정말 멋지구나."

달리 뭐라고 대답해야 할지 몰랐다.

"맞아요. 하지만 중요한 건 눈에 보이지 않는 거예요. 숲은 수천 그루, 어쩌면 수만 그루의 나무로 이루어져 있어요. 나무 한 그루 한 그루는 전부 다르지만, 사실 그건 다 똑같은 나무예요."

라이너스가 눈을 깜박였다.

"어떻게?"

피는 바닥에 쪼그리고 앉아 손으로 푸석푸석한 흙을 어루만졌다.

"나무들은 전부 서로의 복제거든요. 땅 밑에 숨겨진 커다란 뿌리 조직이 만들어낸 단일 유기체예요. 숲에 있는 나무들은 유전적으로는 똑같지만, 그래도 각자의 개성이 있어요. 나무들은 원래 그렇거든요. 하지만 나무가 자라나기 전에 뿌리는 수십 년까지 땅 속에서 겨울잠을 자면서 적합한 조건이 갖춰지기를 기다려요. 그냥 시간이 걸리는 거예요. 이런 복제 나무 중 하나는 거의 8만 년이나 살았는데, 아마 존재하는 생물 중에 제일 나이가 많을지도 몰라요."

라이너스가 천천히 고개를 끄덕였다.

"그렇구나, 알겠다."

"아시겠어요? 만약 나무를 전부 베고 숲을 없애더라도 뿌리까지

다 파내버리지 않는 한 그 나무들은 다시 태어나서 예전처럼 자랄 거예요. 똑같은 모습은 아니겠지만 줄기는 흰색이고 노란 잎들이 달리겠죠. 언젠가는 자작나무 숲을 만나보고 싶어요. 아마 나한테 해주고 싶은 이야기가 많겠죠."

"맞아. 네가 아는 것보다 훨씬 더 많은 이야기들을 해줄 거야. 그 나무들한테는 기나긴 기억이 있거든."

조이가 그렇게 말하자 라이너스가 물었다.

"보신 적 있습니까?"

"아마도."

"정령들이란." 라이너스가 혼잣말로 투덜거렸다.

"그런데, 전부 똑같이 생겼다면 어떻게 구별하죠?"

"보이지 않는 걸 보면 돼요."

피가 그렇게 말하더니 흙 속에 두 손을 파묻었다.

"시간을 들여 그 차이를 알아나가야죠. 오래 걸리겠지만, 참을성을 뒀다가 어디 쓰겠어요. 뿌리는 때가 오기를 영원히 기다릴 수도 있어요."

아이는 땅을 내려다보며 얼굴을 찌푸렸다.

"어쩌면 저도…."

그때 피가 다치기라도 한 것처럼 신음 소리를 냈다. 라이너스는 아이를 향해 한 발짝 다가갔지만, 조이가 경고하듯 고개를 젓는 것을 보고 걸음을 멈췄다. 공기가 한층 묵직해지기라도 한 듯 살짝 달라지는 게 느껴졌다. 피의 날개가 빠르게 파닥이며 빛을 반사해

무지개를 만들었다. 두 손이 흙에 완전히 파묻힐 때까지 땅을 힘주어 눌렀다. 아이의 코끝에서 땀이 뚝뚝 떨어졌다. 미간을 잔뜩 찌푸린 채였다. 그러더니 한숨을 쉬며 땅에서 두 손을 뗐다.

땅에서 초록색 줄기 하나가 솟아나는 모습을 보며 라이너스는 말을 잃었다. 길고 가느다란 잎이 펼쳐졌다. 피가 손바닥을 펼친 채로 손가락을 꼼지락거리자 그 아래에서 줄기가 이리저리 흔들렸다. 그러더니 밝은 노란색 꽃이 피어났다. 라이너스는 어안이 벙벙했다. 줄기가 몇 인치 더 자란 뒤에 피는 손을 거두었다.

"해바라기는 아니에요."

아이가 나직하게 말했다.

"해바라기는 아무리 애를 써도 여기서는 금방 져 버릴 것 같아서요. 이 꽃은 덤불 데이지예요."

한참이 지난 뒤에야 라이너스는 가까스로 목소리를 냈다.

"네가… 이게… 방금 이 꽃을 *길러낸* 거야?"

아이는 맨발을 바닥에 느릿느릿 끌었다.

"대단하진 않단 거 알아요. 꽃은 탈리아가 더 잘 기르거든요. 저는 나무가 더 좋아요. 더 오래 사니까요."

라이너스는 눈앞에 펼쳐진 광경이 믿기지가 않았다.

"대단치 않다니? 피, 정말 굉장해."

피는 그 말에 깜짝 놀란 듯 라이너스와 조이를 번갈아 보았다.

"정말요?"

라이너스는 앞으로 달려가 꽃 앞에 쪼그리고 앉았다. 떨리는 손을 뻗어 꽃잎을 살짝 만져보는 순간마저도 진짜가 아닐지도 모른다고, 눈속임일지도 모른다고 생각했다. 그러나 비단처럼 부드러운 꽃잎이 두 손가락 사이에 닿자마자 그는 말없이 감탄했다. 화려하지는 않았지만, 방금 전까지만 해도 아무것도 없었던 땅에서 자라난 꽃이었다. 고개를 들자 피가 아랫입술을 잘근잘근 물어뜯으며 그를 내려다보고 있었다. 라이너스가 힘주어 입을 열었다.

"그래, 정말이야. 엄청나게 멋지구나. 이런 건 태어나서 처음 봤어. 해바라기보다 더 좋은걸?"

"그렇게까지 말할 건 아닌데." 피는 그렇게 투덜거리면서도 웃음이 나오려는 걸 애써 눌러 참는 것 같았다.

"어떻게 한 거니?"

라이너스는 여전히 꽃잎을 두 손가락 사이에 쥔 채였다.

아이는 어깨를 으쓱했다.

"땅이 부르는 노래에 귀를 기울였어요. 대부분의 사람들은 그 사실을 몰라요. 온 힘을 다해 노력해야 들리거든요. 아무리 노력해도 영영 그 노래를 듣지 못하는 사람들도 있어요. 하지만 제 귀에는 땅이 노래하는 소리가 아저씨의 목소리만큼이나 잘 들려요. 땅이 저한테 노래를 불러줬을 때, 저는 땅이 제가 원하는 걸 주는 대가로 잘 돌봐주겠다고 약속했죠."

아이가 자신이 피워낸 꽃을 내려다보았다.

"정말 마음에 드세요?"

"응, 정말 마음에 들어."

라이너스가 중얼거렸다.

피가 씩 웃었다.

"잘됐네요. 참고로 꽃 이름은 라이너스라고 지었어요. 영광으로 아세요."

"영광인걸."

이상하게 감동적인 말이었다.

"정말 잘 어울리는 이름이잖아요. 좀 엉성하고, 솔직히 말하면 볼품없는 데다가 꼬박꼬박 돌보지 않으면 죽어버릴 테니까요."

라이너스는 한숨을 쉬었다.

"아, 그 뜻이었구나."

"잘됐다니까요."

피가 더 크게 씩 웃었지만, 꽃을 내려다보며 아까보다 조금 더 진지한 말투가 되었다.

"그래도 잘 생각해 보면 근사하다고요. 처음엔 없었는데 지금은 있잖아요. 길게 보면 중요한 건 그거예요."

"무에서 유를 창조하다니, 대단하구나."

"그런 게 아니에요."

피는 반박했지만, 기분 나쁜 말투는 아니었다.

"그냥… 숨겨져 있었던 거죠. 꽃을 찾으려 귀를 기울였기 때문에 어디에 숨어 있는지 알 수 있었던 거예요. 귀를 기울이기만 하면 존재하는 줄도 몰랐던 온갖 소리를 들을 수 있어요. 그럼, 전 이만 파이 좀 먹으러 가 볼게요. 사레가 들 때까지 잔뜩 먹고, 그다음에 또 먹어야지. 만약 루시가 내 것까지 다 먹어치웠다면 그 녀석 귀에서 나무가 자라게 만들어버리고 말 거예요."

그 말을 남긴 뒤 피는 날개를 파닥이며 작은 집을 향해 달려갔다.

라이너스는 아이의 뒷모습을 쳐다봤다.

"정말… 효과적인 위협인데요."

조이가 "그렇지?" 하며 웃었다.

"피는 충분히 그런 능력이 있잖아요."

"누구에게나 있어. 겉모습 아래에 숨은 뿌리를 볼 수 있다면."

"별거 아닌 것처럼 말씀하시네요."

"그럴 거야. 하지만 어쩐지 당신은 그 미묘한 사실을 놓치고 있는 것 같아."

조이는 집을 향해 돌아서더니 흙 위에 남은 피의 조그만 발자국을 밟으며 걷기 시작했다.

"들어갈까, 라이너스? 당신도 교훈을 얻었으니 상으로 파이 한 조각 더 먹어도 될 것 같은데."

"곧 가겠습니다."

그는 그렇게 대답하고는, 조이가 안으로 들어간 뒤 노란 꽃을 다시 한번 쳐다보았다. 한 손가락으로 꽃 한가운데를 살며시 눌렀다 떼니 손끝이 꽃가루로 노랗게 물들어 있었다. 그는 자신도 모르게 손가락을 혀끝에 댔다. 꽃가루는 거칠고, 쓰고, 아, 너무나도 생생하게 살아 있었다.

그는 눈을 감고 큰 숨을 들이쉬었다.

11장

마법아동관리부서

사례보고서 #2 마르시아스 고아원

라이너스 베이커, 사례연구원 제 BY78941번

—

저는 이 보고서의 내용이 정확하고 진실하다고 엄숙히 맹세합니다. 저는 DI-COMY의 지침에 의거해 이 보고서의 내용에 거짓이 있을 시 견책의 사유가 되며 해고로 이어질 수 있음을 이해합니다.

마르시아스 고아원에서 보낸 둘째 주에는 이곳의 아이들에 대한 새로운 통찰을 얻었습니다. 처음에는 혼돈 그 자체로 다가왔으나, 지금은 이상하지만 확실한 질서가 엿보입니다. 저의 도착과 함께 일어난 급박한 변화라기보다는 (그런 점도 약간은 있으리라 추측합니다. 보통 사례연구원이 방문하기 전 그런 변화가 일어나는 편이니까요) 이곳의 운영 방식에 제가 익숙해진 덕분입니다.

채플화이트 씨는 DICOMY에서 어떠한 인건비를 받고 있지 않는데도 마치 자기 아이들을 돌보듯 마르시아스 고아원의 아이들을 보살피고 있습니다. 그가 독립적이며 자신의 영역에 대한 방어심이 유별나게 심하다고 알려진 종족인 정경임을 감안하면 다소 놀라운 일입니다. 사실 지금까지 사적인 영역을 맹렬하게 지키고자 하지 않는 정경을 만난 건 처음입니다. 그리고 비록 채플화이트 씨가 입 밖에 내어 한 말은 아니지만, 그는 이 고아원의 원장과 협력해 아이들이 부족함 없이 지내도록 애쓰고 있습니다. 부엌에서 식사 준비를 하는 모습도 보았고, 또 파르나서스 씨가 가르치는 수업을 위해 스터디그룹을 이끌기까지 합니다. 다양한 주제에 조예가 깊은 그의 지도로 아이들의 학습 능력이 향상되고 있습니다. 수업에는 어떠한 프로파간다도 엿보이지 않습니다.

저는 루시의 방을 보았고, 파르나서스 씨와 루시의 1:1 면담도 한 번 참관했습니다. 루시가 어떤 아이인지, 그러니까 어떤 아이로 알려졌는지를 잠시 잊어버린 채로 바라보면, 그 애는 진심이 아니라 사람들에게 겁을 주기 위해서 무서운 말을 하는 탐구심 강한 아이일 뿐입니다. DICOMY로부터 루시가 적그리스도——마르시아스 고아원에서는 이런 표현을 써선 안 됩니다——라는 사실을 전달받지 않았더라면, 저는 그 아이를 그저 무시무시한 상상력을 가진 아이일 뿐이라고 생각했을 것입니다. 하지만 이 역시 루시의 의도대로겠지요. 어린아이의 모습을 하고 있다고 해서 그 아이한테 대재앙을 불러올 능력이 없다고 확신할 수는 없으니까요.

루시는 파르나서스 씨의 방 안 커다란 벽장을 개조한 작은 방에서 지냅니다. 아이는 자기 방을 보여주면서 다소 수줍어했으나, 음악을 좋아한다는 점에서 저와 공감대를 형성할 수 있었습니다. 저는 적절한 지도가 따른다면 루시가 생산적인 사회 구성원으로 자라날 수 있으리라 생각합니다. 즉 그 애가 타고난 천성에 굴복하지만 않는다면 말입니다. 천성과 양육 중 무엇이 더 큰 영향을 미치는지, 타고난 악이 평범한 양육을 통해 극복될 수 있는지를 생각하게 만드는 일입니다. 루시는 동화될 수 있을까요? 아직 좀 더 지켜보아야겠습니다.

차근차근 샐의 신뢰를 얻어가고는 있지만, 아직까지 샐의 방을 보지는 못했습니다. 샐에게 다가갈 때는 신중해야 합니다. 그 애를 보면 작은 일에도 깜짝깜짝 놀라는 망아지가 떠오릅니다. 하지만 어제, 지금까지 그 애한테서 들은 말을 다 합친 것보다 더 많은 말을 들었답니다. 물론 제게 말을 했다기보다는, 제 옆에서 말을 한 것을 들은 것이지만, 그게 중요하진 않겠지요. 샐은 해바라기를 닮았습니다. 적절한 관심으로 잘 보살펴 주어야 자기만의 진정한 색을 드러냅니다.

와이번인 시어도어의 비밀 장소는 아직 보지 못했지만, 분명 그 안에 제가 준 단추가 적어도 열 개는 있을 겁니다. 어쩌면 비밀 장소를 영영 못 볼지도 모르겠지만, 어차피 거기 있는 건 단추들이 다겠지요. 만에 하나 그보다 더 부적절한 무언가를 감추고 있는 기미가 있는지 잘 눈여겨볼 생각입니다.

여태까지 제가 지켜본 바로는, 마르시아스 고아원의 가장 큰 문제점은 고립입니다. 섬이 크기는 하지만 아이들은 섬을 떠나는 법이 없습니다. 물론 이유가 있고, 저 역시 그 이유 때문에 마음이 불편합니다. 마을 주민들이 입을 다무는 대가로 정부로부터 돈을 받았다는 사실을 제가 미리 알고 있었다면 도움이 되었을 텐데요. 이런 사소한 사항들은 무척 중요하며, 그 사실을 몰랐던 덕분에 제가 비전문가처럼 보였으니까요. 그리고 이 자금의 출처에 대한 의문도 드는군요. 마을 주민들에게 주어진 돈은 마르시아스 고아원이라는 특정 고아원만을 위해 배분된 지원금입니까? 만약 그렇다면 회계감사 때 문제가 되리라 예상합니다.

인근 마을 주민들은 이 고아원 거주자들에게 사뭇 적대적인 태도를 보입니다. DICOMY가 등록담당부서와 협력해서 진행하고 있는 캠페인은 DICOMY에 도움이 되지 않는다고 봅니다. 마을 곳곳에 무언가를 보면 말하라고 적힌 안내문이 붙어 있는데, 도시에 붙어 있는 것들은 연상시키지만 이곳에는 그 수가 훨씬 많습니다. 아이들이 진짜 세상 속에서 환영받는 기분을 느끼지 못하는 이상, 어떻게 그 아이들을 사회에 섞여들게 하겠다는 희망을 품을 수 있겠습니까?

당일치기 나들이를 가볼까 합니다. 물론 파르나서스 씨와 상의해 보아야 할 것입니다. 저는 이번 나들이가 아이들에게 이로울 것이라고 생각하고, 또 마을 주민들 역시 자신들이 근거 없는 두려움을 품고 있다는 사실을 확인하는 계기가 되기를 바랍니다.

파르나서스라는 사람은 참 묘합니다. 아이들을 아낀다는 건 확실합니다. 《규칙 및 규정집》을 글자 그대로 따르고 있지는 않지만 (어쩌면 전혀 따르지 않는 건지도 모릅니다) 그럼에도 가치 있는 일을 하고 있다는 생각이 듭니다. 아이들은 다들 서로를 엄청나게 좋아하는데, 여기서 그가 큰 몫을 한 것 같습니다.

그러나 그는 풀리지 않는 수수께끼 같습니다. 이곳에 대해서는 많은 것을 알게 되었지만, 아직 그에 대해서는 아는 게 거의 없군요. 그 점을 시정해야겠습니다.

오늘은 탈리아와 함께 정원의 다른 부분들까지 돌아보았습니다. 노움은 원래 원예학에 정통하지만, 그중에서 탈리아는 그 누구보다도….

칼리오페가 도둑질을 하고는 자기를 쫓아와 보라는 듯 달려 나가 버린 건 라이너스가 마르시아스섬에서 보낸 둘째 주 화요일의 일이었다.

라이너스는 칼리오페를 뒤쫓고 싶은 마음이 조금도 없었다. 점심 식사 직후였고, 그는 포치에 앉아 햇볕을 쬐며 평화롭게 꼬박꼬박 졸고 있었던 것이다. 아이들의 수업을 참관하러 본채로 갈 때까지

아직 시간이 조금 남았기에 그 시간을 현명하게 쓰는 중이었다,

그런데 그 시간에 고양이를 쫓아다녀야 하는 신세라니. 라이너스는 쫓아다니는 거라면 무엇이든 싫었다. 뒤쫓는다는 건 달려야 한다는 뜻이었고, 그는 자신이 달리기를 별로 좋아하지 않는다는 걸 한참 전에 알았으니까. 해도 뜨기 전에 일어나 비싸고 근사한 운동화를 신고 일부러 달리기를 하는 사람들이 그는 도저히 이해가 되지 않았다.

하지만 칼리오페는 고양이들의 영문 모를 습성대로 털을 쭈뼛 세우고 눈을 크게 뜬 채 게스트하우스에서 튀어나가 버렸다. 꼬리를 꼿꼿하게 세우고 발톱을 바닥 널에 박아 넣으면서 거친 눈빛으로 그를 바라보더니 라이너스의 넥타이 하나를 입에 물었다.

그는 얼굴을 찌푸렸다.

"너 대체 뭐하니….."

칼리오페가 포치에서 뛰어내려 정원으로 달려가버렸다.

앉아 있던 의자에서 일어나려던 라이너스는 하마터면 삐끗해 넘어질 뻔했다가 간신히 몸을 일으켜 세웠다. 검은 넥타이를 휘날리며 달려가는 칼리오페가 보였다.

"이 녀석! 이 망할 고양이, 대체 무슨 짓이야! 당장 그만둬!"

라이너스가 외쳤지만 칼리오페는 멈추지 않았다. 고양이는 산울타리 뒤로 사라져 버렸다.

그대로 놔둘까 하는 생각도 잠깐 들었다. 넥타이 하나일 뿐인걸. 사실 이번주에는 넥타이를 한 적도 없었다. 날이 너무 덥고, 피로부

터 왜 항상 넥타이를 하는 거냐는 말도 들었다. 자신 같은 위치에 있는 사람에게는 넥타이를 하는 게 적절한 옷차림이라고 말하자 피는 그를 멀거니 쳐다보다가 고개를 설레설레 저으며 자리를 떠났다.

일요일에 처음으로 넥타이를 하지 않았던 건 절대 피의 말 때문은 아니었다. 그러다 월요일이 오자 적어도 지금은 넥타이를 꼭 할 필요가 없다고 마음먹었다. 도시로 돌아가면 당연히 넥타이를 해야겠지만, 지금은? 누가 감독하는 것도 아닌데.

심술궂게 웃고 있는 피는 알겠지만 말이다.

그래도 그 넥타이는 잊어버리기에는 꽤 비싼 값을 치렀고, 지금 그가 넥타이를 하지 않고 있다고 해서 칼리오페한테 그걸 빼앗을 권리가 생기는 것은 아니었다. 언젠간 넥타이가 필요할 테니까.

라이너스는 고양이를 뒤쫓아 달리기 시작했다.

정원에 다다랐을 때쯤엔 땀이 났다. 라이너스의 체형과 덩치가 달리는 동안 마주치는 바람의 저항을 받자 뛰기가 더 어려웠다. 물론 달리기라기보다는 설렁설렁 조깅하는 것에 가까웠지만 그래도 힘들긴 마찬가지였다.

정원으로 들어가며 칼리오페에게 당장 나타나라고 외쳤다. 당연히 칼리오페는 그 말을 들어줄 리 없었다. 고양이는 누가 뭘 시킨다고 그 말을 듣는 생물이 아니니까. 분명 칼리오페는 식빵 자세로 앉아 넥타이를 질겅질겅 물어뜯으며 꼬리를 씰룩거리고 있을 것이었다. 그는 산울타리 아래, 화단 안까지 들여다보았다.

"섬에서의 삶이 어째서 널 이렇게 만든 건지 모르겠다."

라이너스는 큰 소리로 외치면서 힘겹게 몸을 일으켰다.

"하지만 집에 가면 분명 달라질 거다. 이런 일은 용납할 수 없어."

그는 정원 더 깊숙이, 아직 가보지 않은 곳까지 들어갔다. 집 옆쪽을 둘러싸고 있는 이곳은 여태까지 탈리아가 보여준 곳보다 더 울창했다. 꽃은 더 야생적이고 꽃송이의 색깔도 충격적일 만큼 찬란했다. 태양이 집 반대편에 떠 있었기 때문에 널따란 그늘이 드리워져 있었다. 고양이가 숨을 만한 곳이 한둘이 아니었다.

옹이가 진 가지들이 잎을 접은 나무 뒤로 돌아가니 그곳에….

"여기 있었군."

그가 한숨을 쉬었다.

"도대체 너답지 않게 왜 이래?"

칼리오페는 엉덩이를 바닥에 대고 앉아 있었고, 넥타이는 발치에 놓여 있었다. 고양이가 다 안다는 시선으로 그를 바라보았다. 칼리오페가 야옹, 하고 울었다.

"상관 안 해. 내 물건을 훔치다니, 예의도 모르는 녀석, 내가 너를 뒤쫓아… 달려야… 겠니…."

라이너스는 눈을 깜박였다.

칼리오페 뒤로 집의 토대에 나 있는 지하실 문 같은 것이 보였다. 기반은 돌로 되어 있었고 문은 두꺼운 나무문이었다. 얼굴을 찌푸리고 다가가 보니 문에는 불에 그을은 흔적이 나 있었다. 이 집에 지하실이 있다는 이야기를 들은 적 있었나? 못 들은 것 같았다. 그리고 샐의 방만 제외하면 라이너스는 이미 이 집 안을 샅샅이 살펴

본 뒤였다. 만약 지하실이 있는 게 맞다면, 집 안에서는 지하실로 들어가는 입구가 있어야 했다.

문에는 녹슨 자물쇠가 걸려 있었다. 지하실 안에 무엇이 있는지 모르겠지만, 꽁꽁 숨겨져 있는 모양이었다. 잠깐이었지만 라이너스는 탈리아의 삽을 하나 가져와서 문을 비틀어 열어볼까 하고 생각했다. 하지만 곧 그만두었다. 잠겨 있다면 그럴 만한 이유가 있겠지. 아마도 아이들이 못 들어가도록 잠가놓았을 것이다. 불이 난 적이 있다면 지하실은 안전하지 못했다. 그러니까 아서가 직접 자물쇠로 문을 잠가놓았을 테지. 오랜 세월 그 누구도 지하실엔 들어가지 않았던 듯했다. 지하실 문으로 가는 길엔 잡초가 우거져 있었다.

"석탄 창고일 것 같네."

라이너스가 중얼거렸다.

"그러니까 그을린 흔적이 있는 걸 거야. 요즘은 석탄을 잘 쓰지 않으니까, 나중에 후회하느니 조심하는 게 낫지."

라이너스는 허리를 숙여 넥타이를 집어 들었다.

칼리오페가 눈을 반짝이며 그를 바라보고 있었다.

"이건 내 거라고. 도둑질은 나빠."

고양이는 앞발을 핥아 얼굴을 문질렀다.

"그래, 뭐, 상관없겠지."

그는 지하실 문에 다시 한번 눈길을 준 다음 왔던 길을 돌아갔다.

나중에 아서와 둘만 있을 때, 지하실 문에 대해 물어봐야겠다.

실망스럽게도 둘만 있을 시간은 오지 않았다. *어째서 실망감이*

느껴지는 건지는 몰라도, 아무튼 그랬다. 라이너스는 아서 파르나서스가 자신에게 불러일으키는 감정이 무엇이건 간에 일시적이고 가까이 있어서 생긴 감정일 뿐이라고 여겼다. 라이너스는 친구가 별로 없었고 (좀 더 솔직히 말하면, 하나도 없었고) 그를 친구라고 생각하고 싶었다. 물론 이루어질 수 없는 일이었지만 말이다. 두 사람은 친구가 될 수 없었다. 라이너스는 DICOMY 소속 사례연구원이었다. 아서는 고아원 원장이었다. 그리고 지금 하는 일은 조사였기에 조사 대상과 지나치게 친밀해지는 건 적절치 못했다. 《규칙 및 규정집》에도 분명하게 나와 있는 일이었다. *사례연구원은 반드시 객관성을 유지해야 한다. 객관성이야말로 마법아동의 건강과 복지를 위해 그 무엇보다 중요하다. 아동들은 사례연구원과 친구가 아니므로 그에게 의존하려 해서는 안 된다.*

라이너스에게는 할 일이 있었다. 그러니 사람 없는 곳에서 아서와 이야기할 기회를 찾으려고 어슬렁거릴 시간이 없었다. 또 아서와 루시의 1:1 면담이 매혹적인 건 사실이지만, 오직 그들에게만 시간을 써서도 안 되었다. 아이들이 다섯 명이나 더 있으니 누군가를 편애하는 것처럼 보여서는 안 되었다.

그는 탈리아와 함께 정원을 둘러보면서, 흙을 뒤집어쓰고 일하는 것이 가진 미덕에 대한 아이의 열변에 귀를 기울였다.

피와 조이를 따라 숲에 가서 주위의 땅이며, 나무, 풀, 새들의 목소리를 듣는 일의 중요성에 대한 이야기도 들었다.

천시가 해주는, 문을 열어주고 짐을 날라주고 보석 강도 같은 범죄를 해결하거나 룸서비스 쟁반을 나르던 유명한 호텔 직원들 (라이너스 생각에는 대부분은 지어낸 것 같았다) 이야기에도 귀를 기울였다. 천시는 침대 밑에서 젖지 않도록 비닐로 싸 놓은 두꺼운 책(거의 《규칙 및 규정집》만큼이나 길었다)을 꺼냈다. 라이너스에게 제목을 보여주려고 끙끙거리며 책을 머리 위로 들어 올리자 비닐에서 바스락 소리가 났다. 《수 세기에 걸친 호텔 직원의 역사》였다.

"네 번하고도 반 읽었어요."

천시는 뿌듯해 보였다.

"그랬니?"

"네, 제가 하는 일을 잘 알아야 하니까요."

"왜?"

천시가 오른쪽 눈을, 그다음에는 왼쪽 눈을 느릿하게 깜박였다.

"뭐가요?"

"왜 호텔 직원이 되고 싶니?"

천시가 씩 웃었다.

"사람들을 도와주는 일이잖아요."

"너도 사람들을 도와주고 싶어서니?"

천시의 미소가 살짝 사그라졌다.

"무엇보다도 하고 싶은 일이에요. 저도 제가…."

아이는 까만 이를 딱딱 맞부딪쳤다.

"다르다는 걸 알지만요."

라이너스는 깜짝 놀랐다.

"아니야, 그런 뜻이… 너한테는 아무 문제도 없어."

"알아요. 다르다고 해서 나쁜 건 아니죠. 아서는 가끔 다른 사람들과 똑같은 것보다 다른 게 더 좋을 때도 있다고 했어요."

천시가 촉수로 붙들고 있던 책을 바라보았다.

"호텔을 찾아오는 사람들은 대부분 피곤해요. 그래서 짐을 들어줄 사람이 필요하죠. 저는 짐을 정말 잘 옮겨요. 탈리아도 제 연습을 도와주려고 항상 무거운 걸 들어달라고 부탁해 주고요."

아이가 얼굴을 찌푸리더니 책을 내려다보았다.

"제가 이런 모습이라고 해서 다른 사람들을 도와줄 수 없는 건 아니에요. 제가 무섭다고 생각하는 사람들도 있지만, 전 무섭지 않아요."

"당연히 아니지."

라이너스가 나직하게 말한 뒤 책을 향해 고갯짓했다.

"그럼 계속해 보렴. 수 세기에 걸친 호텔 직원들의 이야기를 들어보자꾸나. 정말 흥미진진하겠는걸."

천시의 두 눈이 신이 나서 이리저리 튀었다.

"맞아요. 호텔 직원을 뜻하는 벨홉이라는 단어는 1897년에 처음 쓰였다는 걸 알고 계셨어요? 포터, 벨맨같은 단어로도 불렸대요. 정말 멋지지 않아요?"

"맞아. 지금까지 들은 이야기 중 가장 멋지구나."

라이너스는 시어도어와 함께 둥지 근처에 (물리기 싫었으니까) 앉아 와이번이 작은 보물들을 보여주며 쨱쨱거리는 소리에도 귀를 기울였다. 단추, 은화, 또 단추, 샐의 글씨가 적힌 종이 한 장(뭐라고 적

허 있는지는 알아볼 수 없었다), 또 단추.

그리고 아이들 각각에게, 행복하냐고 물어보았다. 걱정은 없느냐고, 이 섬에서 두려운 것은 없느냐고도 물어보았다.

다른 고아원에서도 비슷한 질문들을 했었고, 그때마다 아이들은 답변에 대해 미리 지도를 받았다는 걸 알 수 있었다. 행복과 기쁨을 담은 밝은 말들, 문제는 아무것도 없고 저는 기쁨만 가득해요라는 말 속에는 언제나 거짓의 기색이 묻어 있었다.

그러나 마르시아스 고아원은 달랐다. 라이너스가 질문을 했을 때 탈리아는 수상하다는 표정으로 그를 쳐다보며 왜 그런 걸 묻느냐고, 삽을 가져와야겠느냐고 을러댔다. 피는 웃으면서 여기에 *내* 나무들이, *내* 사람들이 있으니 다른 데로는 가고 싶지 않다고 대답했다. 루시는 씩 웃으면서 아, 그럼요, 베이커 씨. 언젠가는 다른 데로 가고 싶어요, 했지만 당연히 다른 아이들도 전부 같이 가고 자신의 세계 정복 계획에 동의한다는 전제가 있어야 한다고 했다. 천시는 눈을 이리저리 흔들어대며 이 섬이 좋다고, 하지만 호텔이 있어서 짐을 옮길 수 있으면 더 좋겠다고 했다. 시어도어는 아서를 보자마자 기분이 좋아서 날개에 걸려 넘어졌다. 아서가 자리를 떠난 건 고작 몇 분에 불과했는데도 말이다.

그리고 라이너스가 섬에서 보낸 둘째 주가 끝나가는 목요일 5시 15분, 샐이 게스트하우스 포치를 찾아와 아랫입술을 물어뜯었다.

노크 소리를 듣고 문을 연 라이너스는 샐이 혼자 서 있는 모습에 깜짝 놀랐다. 당연히 뒤에 다른 아이들이 숨어 있을 거라고 생각하고 몸을 쭉 뻗어 살펴보았지만 아니었다. 샐 혼자였다.

라이너스는 아이에게 겁을 주고 싶지 않아서 재빨리 얼굴을 가다듬었다.

"안녕, 샐."

샐이 눈을 휘둥그레 뜨더니 한 발짝 물러났다. 아이가 어깨 너머를 힐끔 보는 모습을 보고, 라이너스는 비록 보이지는 않지만 어디선가 아서가 이 모습을 지켜보고 있다는 사실을 알았다. *어떻게 알게 된 것인지는 모르겠지만,* 이제는 이 섬에서 일어나는 일 중 아서가 모르는 건 하나도 없는 것 같다고 생각하게 되었던 것이다.

샐은 다시 라이너스에게 다가서더니 시선을 바닥으로 떨어뜨렸다. 차렷 자세로 두 손은 주먹을 꼭 쥔 채 숨을 거칠게 몰아쉬고 있었다. 혹시 무슨 문제라도 있나 하는 생각에 걱정스러워지려던 찰나, 칼리오페가 라이너스의 다리 사이로 빠져나와 샐에게 몸을 부비적거리기 시작했다. 샐을 보며 큰 소리로 야옹 야옹 울면서 허리를 활처럼 구부리고 귀를 씰룩거렸다.

샐이 고양이를 보며 미소를 지었다. 긴장이 풀린 것 같았다.

"착한 고양이야. 때때로 사고를 치지만 감당 못할 정도는 아니지."

라이너스가 나직하게 말했다.

"전 고양이가 좋아요."

샐의 목소리는 속삭임에 가까울 정도로 작았다.

"보통은 고양이들이 저를 싫어하죠. 제가 개로 변하니까."

"칼리오페는 좀 다르지. 널 아주 좋아해."

샐이 고개를 들었다.

"정말요?"

라이너스는 어깨를 으쓱했다.

"칼리오페가 너한테 말 거는 거 봤지?"

샐이 고개를 끄덕였다.

"사실 칼리오페가 그러는 건 여기서 처음 들었어. 물론 보통 고양이들과 마찬가지로 골골거리기는 하지만 야옹 운 적은 없었단다. 여기 오기 전까지는, 그리고 너를 만나기 전까지는 말이야."

샐은 놀란 듯 "우와." 하더니 다시 칼리오페를 내려다보았다.

"왜 그럴까요?"

"칼리오페가 사람 보는 눈이 있어서는 아닐까? 네 안의 어떤 부분을 보니 말이 하고 싶어진 것 같아. 그런 면에서 고양이들은 참 똑똑하거든. 상대방이 좋은 사람이 아니면 피하거나 심지어는 공격하기도 하잖니."

"칼리오페는 절 공격한 적이 없어요."

"나도 알아. 칼리오페는 널 좋아해."

샐은 칼리오페의 목 뒤를 긁어 주었다.

"저도 칼리오페가 좋아요."

"다행이구나. 고양이들이 사람 보는 눈이 있는 것처럼, 동물을 대하는 태도를 보고 사람을 판단할 수도 있거든. 동물에게 잔인한 짓을 하는 사람은 무슨 수를 써서라도 가까이 하지 말아야 해. 동물에게 잘해준다는 건 선한 영혼을 가졌다는 증거일 수도 있고."

"저는 동물한테 잘해줘요."

지금까지 그가 샐한테 들은 어떤 목소리보다도 생기가 넘쳤다.

"동물들도 절 좋아하는 것 같고요."

"세상에, 그 말을 들으니 정말 기쁘구나."

샐이 얼굴을 붉히더니 눈길을 피했다. 다시 입을 연 아이는 알아들을 수 없는 말을 중얼거렸다.

"다시 한번 말해주겠니? 못 들었어."

샐이 크게 숨을 들이쉬더니 천천히 말했다.

"제 방을 보여드려도 될까요?"

그는 차분한 목소리를 내려 애썼지만 예상보다도 더 짜릿했다.

"정말 좋구나."

그러다가 라이너스는 잠시 머뭇거렸다.

"혹시 누가 그렇게 하라고 시킨 건 아니겠지? 아직 준비가 되지 않은 일을 하게 하는 건 싫어서."

샐이 어색하게 어깨를 으쓱했다.

"베이커 씨가 오기 전에, 아저씨가 우리 방을 보고 싶어 할 거라고 아서가 말하긴 했지만, 그 뒤로는 한 번도 그런 이야기를 한 적이 없어요."

마음이 놓였다.

"그럼 다른 아이들이…."

샐이 고개를 저었다.

"아니에요. 다른 아이들 방에 이미 가보셨다는 건 알지만… 다른 애들은 저한테 아무 말도 안 했어요."

그렇다면 어째서 방을 보여주겠다고 마음먹은 건지 묻고 싶어졌지만, 묻지 않기로 했다. 아이에게 부담을 주고 싶지 않았다.

"그럼 정말 기쁘겠구나."

"칼리오페도 같이 올 수 있어요?"

샐이 흥분한 듯 빠른 말투로 물었다. "그래도 된다면, 물론 안 된다면 어쩔 수 없지만…."

"당연히 되지. 그래도 그건 칼리오페한테 물어보자꾸나. 칼리오페가 따라온다면 같이 가는 거야. 내 생각엔 따라올 것 같아."

"좋아요."

"가볼까?"

샐은 다시 입술을 잘근잘근 물어뜯기 시작했지만, 이내 힘주어 고개를 끄덕였다. 라이너스는 게스트하우스를 나와 문을 닫았다.

라이너스의 생각대로 칼리오페가 두 사람을 졸졸 따라왔다. 샐보다 몇 발짝 앞장서서 가다가 계속 몸을 돌려 샐에게로 돌아오곤 했다. 이렇게 대놓고 애정표현을 하는 걸 보니 속이 쓰렸지만 라이너스는 마흔 살 남자니까 아무 말도 하지 않기로 했다. 게다가 지금은 칼리오페가 도움이 되어주고 있으니 고마운 일이었다.

정원에서 마주친 탈리아는 손을 흔든 다음 다시 꽃 가꾸기에 집중했다. 그 옆에서는 천시가 지금까지 본 꽃 중에서 제일 예쁘다고 탄성을 질러대다가, 혹시 괜찮으면 조금 먹어도 되느냐고 물었다. 피와 조이는 숲속에 있었다. 루시는 아서와 방에 있었다. 계단으로 다가가려는데 시어도어가 쨱쨱 우는 소리가 들렸다. 고개를 들어보니 시어도어는 노출된 서까래에 박쥐처럼 매달려 있었다. 시어도어가 또 한 번 소리를 내자 샐이 대답했다.

"괜찮아, 시어도어. 내가 와달라고 부탁한 거야."

시어도어는 쨱 하더니 눈을 감았고 라이너스는 샐을 따라 계단을 올랐다. 두 사람은 샐의 방문 앞에서 걸음을 멈췄다. 샐이 떨리는 손으로 문손잡이를 잡았다. 라이너스는 샐을 밀어붙이지 않았다.

"준비가 안 된 기분이라면 괜찮단다. 애쓰지 않아도 돼. 나를 위해 하는 일이 아니었으면 좋겠다."

그러자 샐이 그를 돌아보며 얼굴을 찌푸렸다.

"하지만 *이건* 아저씨를 위한 일인걸요."

라이너스는 당황하고 말았다.

"음… 그래, 그렇겠지. 하지만 시간은 앞으로도 많단다."

당연히 시간은 많지 않았다. 벌써 마르시아스섬에서 보내는 나날이 절반 가까이 흘러간 뒤였다.

샐은 고개를 저었다.

"저는… 지금이 더 나은 것 같아요."

"네가 원한다면 그렇게 하렴. 네 물건을 건드리지 않는 게 좋다면 그렇게 할게. 또, 보여주고 싶은 게 있다면 기쁘게 볼게. 나는 너를 판단하러 온 게 아니야, 샐. 절대 아니란다."

"판단하러 온 게 아니면 왜 오셨어요?"

라이너스는 주춤했다.

"난… 글쎄. 이 집이 정말 집 같은지 확인하러 온 거야. 너희들이 전부 안전하고 건강하게 지낼 수 있다고 믿을 수 있는 집인지 말이다."

샐은 문손잡이를 놓더니 라이너스를 향해 완전히 몸을 돌렸다. 칼리오페가 발치에서 아이를 올려다보고 있었다. 샐은 라이너스와 키가 비슷했고, 라이너스가 더 뚱뚱하기는 했지만 샐 역시 건강해서 때로는 그 애가 자기를 아무리 작게 만들려고 하더라도 힘이 셌다.

"절 여기서 떠나게 만들 거예요?"

샐의 얼굴이 한층 더 찌푸려졌다.

라이너스는 머뭇거렸다. 한 번도 아이에게 거짓말을 한 적은 없었다. 진실을 말하느니 차라리 아무 말도 안 하는 게 나으리라.

"나는 네가 원치 않는 일을 하게 만들고 싶진 않단다." 라이너스가 느릿느릿 입을 열었다. "그 누구도 그래서는 안 되지."

샐이 그를 빤히 바라보았다.

"아저씨는 다른 사람들이랑은 달라요."

"다른 사람들?"

"사례연구원들이요."

"아. 당연하지. 나는 라이너스 베이커거든. 지금까지 라이너스 베이커를 만난 건 처음이잖니."

샐은 그를 한참 더 바라보다가 다시 몸을 돌려 문을 열었다. 그러더니 한 발 물러나서 다시 입술을 잘근잘근 물어뜯기 시작했다. 라이너스는 아프니까 하지 말라고 말하고 싶었지만, 대신 "들어가도 되겠니?"라고 했다. 샐은 뻣뻣하게 고개를 끄덕였다.

방은 화려하지 않았다. 사실 샐의 흔적을 느낄 수 있는 물건이 하나도 없다시피했다. 다른 아이들의 공간에는 아이들의 성격이 묻어났다. 그런데 샐의 방에는 아무것도 없었다. 침대는 깔끔하게 정돈되어 있었다. 나무 바닥에 러그가 깔려있기는 했지만 눈에 띄지 않는 회색이었다. 벽장 문이 있고… 그게 다였다.

방 한 켠에는 책이 쌓여 있어서 아서의 사무실이 떠올랐다. 몇 권의 제목을 살펴보니 고전 작품들이었다. 셰익스피어, 포, 뒤마, 사르트르. 마지막 사르트르를 보면서 라이너스는 한쪽 눈썹을 치켜올렸다. 실존주의는 예전부터 이해가 가지 않았기 때문이다.

그러나 책을 제외하면 방 안은 마치 화가를 기다리고 있는 빈 캔버스 같았다. 그 이유를 알 것만 같아서 라이너스는 서글퍼졌다.

"방이 참 예쁘구나."

라이너스는 이리저리 둘러보는 척했다.

샐이 문 밖에서 빼꼼 들여다보면서 라이너스의 움직임 하나하나를 주시하고 있는 모습이 언뜻 보였다.

"꽤 넓구나. 창 밖 풍경도 근사하고! 여기선 마을까지 다 보일 것 같네. 전망이 아주 좋다."

"밤에는 마을의 불빛이 보여요."

문간에 선 채로 샐이 말했다.

"반짝거려요. 바다를 떠다니는 배라고 상상하기도 해요."

"예쁜 상상이구나."

라이너스가 창가를 떠나 벽장으로 다가갔다.

"안을 들여다봐도 되겠니?"

샐의 허락은 잠깐 망설인 뒤에야 떨어졌다.

"좋아요."

벽장은 예상보다 널찍했다. 그리고 서랍장 옆에는 작은 책상이 하나, 그 앞에 바퀴 달린 의자가 책상 아래에 정리되어 있었다. 책상 위에는 낡은 언더우드 타자기가 한 대 놓여 있었다. 타자기에는 이미 백지 한 장이 끼워져 있었다.

"이건 뭘까?" 라이너스는 가벼운 어투로 물었다.

대답이 들려오지 않았다. 어깨 너머로 돌아보니 샐이 침대 옆에 길 잃은 어린 소년처럼 서 있었다. 칼리오페가 침대 위로 폴짝 뛰어올라 샐의 손에 머리를 문질러댔다. 샐이 손을 펼쳐 고양이의 등에 손을 묻었다.

"샐?"

"제가 글을 쓰는 공간이에요."

샐이 눈을 크게 뜬 채 툭 내뱉었다.

"전… 글 쓰는 게 좋아요. 제가… 그렇게 글을 잘 쓰는 건 아니라서, 아마도….."

"아, 그러고 보니 기억나는걸. 지난 주 수업시간에 읽어줬던 글말이야, 네가 쓴 거니?"

샐이 고개를 끄덕였다.

"정말 좋더라. 난 절대 그런 글을 못 쓸 것 같아. 보고서를 쓰는 일이라면야 얼마든지 할 수 있지만 말이야. 컴퓨터는 안 쓰니?"

"빛 때문에 눈이 아파요. 또 타자기 소리가 좋아요."

라이너스는 미소를 지었다.

"무슨 말인지 알겠다. 타자기가 타닥거리는 소리에는 컴퓨터가 흉내 낼 수 없는 마법 같은 요소가 있잖니. 네 말이 맞아. 나는 매일같이 출근해서 컴퓨터 앞에 앉아 있거든. 시간이 지나면 나 역시 눈이 나빠지겠지."

"제가 쓰는 글 이야기는 하고 싶지 않아요."

샐이 얼른 말했다.

"그래."

라이너스는 아무렇지도 않다는 듯 대답했다.

"글은 사적인 거잖니. 준비되지 않은 걸 보여 달라는 부탁은 하지 않을 거야."

그 말에 샐은 기분이 조금 나아진 것 같았다.

"그냥… 가끔 말이 안 되기도 해요. 제 생각들. 그래서 전부 글로 쓰고 순서를 찾아보려 하지만…."

딱 맞는 말이 잘 떠오르지 않는 것 같았다.

"글은 개인적인 거니까. 또, 준비가 되면 그 순서도 찾을 거다. 예전에 읽어준 그 글과 비슷하다면 굉장히 감동적이겠는걸. 글을 쓰기 시작한 지는 얼마나 됐니?"

"두 달 정도요."

그러니까 마르시아스섬에 온 뒤부터라는 소리였다.

"그 전에는 글을 쓴 적 없고?"

샐이 고개를 저었다.

"없어요… 다들 못하게 했었거든요. 여기 오기 전까지는요."

"아서 덕분이었니?"

샐이 한쪽 신발 바닥을 러그에 긁어 댔다.

"아서는 제가 무엇보다 원하는 게 뭐냐고 물어봤어요. 첫 한 달 동안 일주일에 한 번씩 물어보면서, 제가 대답할 준비가 되면 할 수 있는 최선을 다해 주겠다고 했어요."

"그래서 타자기를 원한다고 했니?"

"아니오."

샐이 고개를 숙여 칼리오페를 내려다보았다.

"다시는 다른 곳으로 가고 싶지 않다고 했어요. 여기 계속 있고 싶다고요."

갑자기 예상치 못하게 눈시울이 뜨겁게 달아올라서 라이너스는 눈을 깜박거렸다. 헛기침을 하며 목을 골랐다.

"그랬더니 아서가 뭐라고 했니?"

"그럴 수 있도록 뭐든지 해주겠다고 했어요. 그래서 *그다음엔* 타자기가 갖고 싶다고 했어요. 다음 날 조이가 타자기를 가져다 줬어요. 또 다른 아이들이 다락방에서 책상을 찾아서 깨끗하게 닦아 줬고요. 탈리아는 수염이 다 빠질까 봐 걱정할 정도로 온갖 약품으로 책상을 박박 닦았대요. 그러더니 저한테 깜짝 선물로 가져왔어요."

아이의 입꼬리가 지그시 올라갔다.

"그날은 참 기분이 좋았어요. 꼭 제 생일 같았어요."

라이너스는 손이 떨리지 않도록 팔짱을 단단히 끼었다.

"그런데 벽장 안에 넣어둔 거니? 창가에 있으면 참 보기 좋을 텐데."

샐은 어깨를 으쓱했다.

"그건… 벽장에 있을 때 제가 작게 느껴져서 그래요. 커질 마음의 준비가 되어 있지 않았거든요."

"지금은 준비가 됐으려나?"

라이너스가 혼잣말인 척 소리 내어 중얼거렸다.

"네 방은 벽장보다는 약간 크긴 하지만, 벽이 전부 무너져버린 것처럼 느껴질 만큼 엄청나게 크진 않구나. 밤에 마을이 내다보이는 거랑 같은 일 아닐까? 마을은 엄청나게 멀리 떨어져 있지만, 네 눈에는 마을이 보이고, 마을에선 네가 안 보이는 것처럼. 그런 관점으로 한번 생각해 보자는 거지."

샐이 시선을 아래로 떨구었다.

"저는… 그런 생각은 안 해봤어요."

"그냥 아이디어를 내 본 거야. 네 마음에 든다면 이대로도 완벽해. 네가 준비되기 전에는 옮길 필요가 없고, 아니면 영영 안 옮겨도 돼. 어쩌면 창문이 글쓰기에 방해가 될지도 모르고."

"아저씨가 일하는 곳에는 창문이 있어요?"

라이너스는 고개를 저었다. 개인적인 이야기를 주고받는 건 위험하다는 걸 알았지만, 누가 다치는 것도 아니잖아?

"없어. DICOMY는… 음… 창문을 별로 안 좋아하는 것 같아."

"DICOMY."

샐이 그 말을 내뱉자 라이너스는 속으로 자신을 탓했다.

"그 사람들은… 전….'"

"내가 일하는 곳이 거기지. 너도 알고 있었잖니. 또, 나는 다른 사람들과는 다르다며?"

샐은 다시 주먹을 꽉 쥐고 있었다.

"그럴지도 모른다는 뜻이었어요."

"그래. 그리고 네가 겪은 일들을 생각하면 이해할 수 있어. 하지만 나한테는 아무것도 증명하지 않아도 된다는 걸 잊지 말아주기를 바라. 물론 내 입장에서는 최선의 도움을 주기 위해 노력하고 있다는 사실을 너한테 증명할 필요가 있지만 말이야."

"아서는 좋은 사람이에요."

샐이 입을 열었다.

"아서는… 아서는 다른 사람들이랑 달랐어요. 다른 고아원 원장들 말이에요. 아서는… 아서는 *비열하지* 않아요."

"나도 알아."

"그런데 아서를 조사하러 왔다면서요."

라이너스는 얼굴을 찌푸렸다.

"그건 아서와 개인적으로 한 이야기일 텐데, 네가 어떻게…."

"전 개잖아요." 샐이 쏘아붙이듯 말했다.

"귀가 아주 밝죠. 그래서 다 들렸어요. 그때 아저씨는 방문이 아니라 *조사*를 위해 온 거라고 말했어요. 일부러 엿들으려고 한 건 아니지만, 다른 사람들도 똑같이 말했어요. 제가 방에 개인적인 물건을 꺼내놓지 않는 것도 그래서예요. 머무를 수 있는 곳이 생겼다는 생각이 드는 순간, 그곳을 빼앗기곤 했으니까요."

라이너스는 속으로 자신에게 욕설을 내뱉었다.

"네가 들어서는 안 되는 말이었어."

그러자 샐은 움츠러들기 시작했다. 라이너스가 급히 입을 열었다.

"그런 뜻이 아니란다. 내가 좀 더 말을 조심할 걸 그랬다."

"그러면 아서를 조사하는 게 아니라는 뜻이에요?"

라이너스는 고개를 저으려다가 그만두고는 한숨을 쉬었다.

"아서를 조사하는 게 아니란다, 샐. 아니, 아서만 조사하는 게 아니라고 해야 할까. 고아원 전체를 살펴보는 거야. 네가 과거에… 좋지 못한 일들을 겪었다는 건 알아, 하지만 이번엔 다를 거야."

샐은 경계하는 눈빛으로 그를 바라보았다.

"그러면 아저씨가 우리를 여기서 내보내기로 결정하면 어떻게 되는 거예요? 그러면 똑같은 거 아니에요?"

"모르겠구나."

라이너스가 나직하게 말했다.

"그런 조치를 취해야 할 이유가 있다면, 너 역시도 알고 있겠지."

샐은 대답이 없었다.

이 방에 지나치게 오래 머물렀다는 생각이 든 라이너스는 벽장에서 물러났다. 칼리오페가 그를 노려보았다. 기대했던 것만큼 잘 흘러가지는 않았다. 또, 샐에게 시간은 많다고 말했지만 그것 역시 사실이 아니었다. 시간은 언제나 예상보다 빠르게 흘러간다. 2주 뒤면

이 섬을 떠나 결정을 내려야 했다.

그는 샐에게서 멀찍이 떨어졌다(물론 작은 방에서 덩치 큰 두 사람이 떨어져 있을 수 있을 만큼의 거리였지만 말이다). 아이에게 미소를 지어 보이고 밖으로 나가려는 찰나 샐이 입을 열었다.

"도와주실래요?"

"그래."

그는 얼른 대답부터 했다.

"뭘 도와줄까?"

샐은 귀를 긁어주는 손길에 맞추어 골골거리는 칼리오페를 내려다보았다.

"책상 옮기는 거요. 혼자서도 할 수 있지만 벽이나 바닥이 긁히는 건 싫어요."

라이너스는 애써 아무렇지도 않은 표정을 유지했다.

"네가 원한다면 그러자꾸나."

샐은 무심하게 어깨를 으쓱했지만, 겉모습 너머를 들여다보는 데에 유능한 라이너스는 아이의 감정을 알 수 있었다.

라이너스는 셔츠 손목의 단추를 풀고 소매를 걷어 붙였다.

"벽장 안에 넣을 수 있었다는 건 책상이 벽장 문을 통과할 크기라는 거겠지?"

샐이 고개를 끄덕였다.

"하지만 조심해서 옮겨야 해요. 천시가 신이 나서 법석을 떨다가 책상 모서리가 벗겨졌거든요. 제가 괜찮다고 했어요. 때로 벗겨지고 부서지더라도 여전히 좋은 것들이 있잖아요."

"오히려 개성이 더해지지. 또 기억이 담기기도 하고 말이야. 준비됐니?"

아이가 먼저 벽장 안으로 들어갔다. 의자를 꺼낸 뒤 타자기를 조심스럽게 의자 위에 올려놓고는 서랍장 쪽으로 밀었다. 책상 한쪽 끝에 서서 라이너스가 반대쪽 끝으로 다가오기를 기다렸다. 책상은 작았지만 오래된 것이었기에 보기보다 무거울 것 같았다.

허리를 숙인 뒤 샐의 하나 둘 셋 소리에 맞춰 힘을 주는 순간 라이너스의 예상은 맞아떨어졌다. 책상은 *정말* 무거웠고, 갑자기 옛날에 어머니가 했던 말이 떠올랐다. *힘은 무릎으로 쓰는 거야, 라이너스!* 등에서 작게 뚜둑 소리가 나는 바람에 그는 자기가 더 이상 젊지 않다는 사실을 한 번 더 떠올렸고, 전혀 힘들어 보이지 않는 샐을 보자 헛웃음까지 나왔다. 아마 샐은 혼자서도 *충분히* 책상을 옮길 수 있었으리라.

두 사람은 벽장 입구까지 조심스레 책상을 옮겼다. 천시가 냈다는 구석의 벗겨진 자국이 보였다. 조심스레 책상을 돌렸다. 양쪽에 고작 1인치 정도의 여유 공간을 남기고 책상은 입구를 통과했다.

라이너스는 숨을 거칠게 몰아쉬며 말했다.

"자, 저기, 창문 앞에 놓자꾸나."

두 사람은 조심스레 책상을 내려놓았다. 구부렸던 등을 펴며 허리에 손을 가져가는 라이너스의 입에서 드라마틱한 신음 소리가 터져 나왔다. 샐이 킥킥 웃는 소리가 들렸지만 못 들은 척했다. 그는 아이의 웃음소리를 듣는 날이 또 왔으면 했다.

라이너스는 한 발짝 물러서서 두 사람이 힘을 합쳐 옮겨 놓은 책상을 살펴보았다. 그다음에는 허리에 손을 얹고 고개를 한쪽으로 갸웃했다.

"뭔가 하나 빠졌는데?"

샐이 눈살을 찌푸렸다.

"그래요?"

"그래."

라이너스는 다시 벽장으로 들어가서 의자를 밀고 나왔다. 타자기를 들어 창문 앞 책상 한가운데에 올려놓은 뒤, 의자를 책상 아래로 밀어 넣었다.

"좋아, 이제 완성됐어. 자, 어때?"

샐이 손을 뻗더니 한 손가락으로 타자기 자판들을 사랑스럽다는 듯 쓸었다.

"완벽해요."

"내가 보기에도 그렇구나. 창밖을 바라보며 글을 쓰면 창의력이 무럭무럭 샘솟지 않을까? 하지만 오히려 방해가 된다면 언제든지 원래 자리로 옮겨두면 되지. 그래도 괜찮단다. 벽장 바깥에 크고 넓은 세상이 있다는 걸 잊지만 않는다면 말이야."

샐이 그를 쳐다보았다. "아저씨는 부엌에 있었던 여자에 대해서 아세요?"

사고가… 일어났었지요. 예전에 샐이 살던 고아원에서 있었던

일입니다. 샐이 사과를 가져가려다가 부엌에서 일하던 여자한테 맞았어요. 그때 그 애는 자신이 할 수 있는 유일한 방법으로 반항했지요. 그다음 주에 그 여자에게 변화가 일어났고요.

라이너스는 조심스레 대답했다.

"알아."

샐은 고개를 끄덕이더니 다시 타자기를 쳐다보았다.

"일부러 그런 건 아니었어요."

"안다."

"저는… 그렇게 될 줄 몰랐어요."

"그것도 알고 있단다."

샐이 숨을 힘겹게 몰아쉬었다.

"그때부터는 한 번도 그런 적 없어요. 앞으로도 안 할 거예요. 약속할게요."

라이너스는 아서가 했던 것처럼 손을 뻗어 샐의 어깨를 꼭 쥐었다. 그러면 안 되는 건지는 모르겠지만, 처음으로 《규칙 및 규정집》 따위 알 바 아니라는 생각이 들었다.

"나는 널 믿어."

그리고 그 순간, 샐의 미소는 떨리고 있었지만 밝고 따스했다.

12장

그날 밤 늦게, 누군가 게스트하우스의 문을 두드렸다. 보고서에 몰두하던 라이너스는 얼굴을 찌푸리고 시계를 향해 눈길을 들었다. 10시가 가까운 시각, 이제 막 하루를 끝내려던 참이었다. 보고서를 거의 마쳤지만 눈이 감겨오고 방금은 턱이 빠져라 하품을 했다. 모레 보고서를 우편으로 보내야 하니 마무리는 내일로 미뤘다.

의자에서 일어났다. 창턱에 웅크리고 앉아 있던 칼리오페는 라이너스에게 아는 척도 하지 않았다. 그저 눈만 느릿느릿 깜박이더니 다시 앞발 사이로 고개를 집어넣었다.

라이너스는 피곤한 얼굴로 마른세수를 한 다음 문을 향했다. 아직 잠옷으로 갈아입기 전인 게 다행이었다. 늦은 밤 찾아온 손님을 잠옷 차림으로 맞는 건 적절치 못하다는 생각 때문이었다.

문을 열었더니 아서가 피코트로 몸을 단단히 여민 채 포치에 서 있었다. 밤공기가 쌀쌀해진 데다가 해풍이 불어 한층 더 매서웠다. 라이너스는 헝클어진 그의 머리카락 감촉이 궁금해졌다.

"좋은 밤이군요."

아서의 목소리가 나직했다.

라이너스는 고개를 끄덕였다.

"아서, 무슨 안 좋은 일이라도?"

"그 반대에 가깝습니다."

"아? 그게 무슨⋯."

"들어가도 괜찮을까요?"

아서가 게스트하우스 안쪽을 향해 고갯짓했다.

"드릴 게 있어서요."

라이너스는 눈을 가늘게 떴다.

"그래요? 부탁한 물건이 없는데."

"압니다. 부탁 같은 건 안 하는 사람이니까."

라이너스가 무슨 뜻이냐고 입을 떼기도 전 아서는 몸을 숙여 포치 위 발치에 놓았던 나무 상자를 집어 들었다. 라이너스가 뒤로 한 발짝 물러나자 아서가 게스트하우스 안으로 들어왔다.

두 사람은 거실로 향했다. 아서가 의자에 놓인 보고서를 흘깃 보기는 했지만 뭐라고 적혀 있나 애써 읽어볼 생각은 없는 같았다.

"늦게까지 일하시네요."

"맞습니다."

라이너스가 느릿느릿 대답했다.

"사실 마무리하던 참이었어요. 설마 뭐라고 썼는지 물어 보러 온 것은 아니시겠지요? 내용은 말씀드릴 수 없습니다. 보고서 내용은 조사를 전부 끝내는 대로⋯."

"보고서에 대해 여쭤보러 온 게 아닙니다."

라이너스는 당황했다.

"그래요? 그럼 무슨 일로 오신 거지요?"

"말씀드렸듯, 드릴 게 있어서요. 선물입니다. 보여드리지요."

아서는 라이너스의 의자 옆 작은 탁자 위에 가져온 상자를 올렸다. 그다음에는 우아한 손가락으로 뚜껑을 열었다.

라이너스는 마지막으로 선물을 받은 게 언제였는지 기억나지도 않았다. 사무실에서는 해마다 사례연구원들의 생일마다 카드를 돌렸기에, 모두가 *축하합니다!*라는 진정성 없는 메시지와 함께 자기 이름을 썼다. 그밖에는 최고위 경영진에서 연말에 여는 오찬 행사—선물은 전혀 없는—를 제외하면 누가 라이너스에게 무언가를 준다는 건 아주 오랜만에 생긴 일이었다. 어머니는 돌아가신지 오래였지만, 살아계실 때도 선물이라고는 오로지 양말이나 털모자, 아니면 너무 큰 바지뿐이었다. 어머니는 바지가 얼마나 비쌌는지 아느냐, *돈이 나무에서 나는 건 아니란 말이다, 명심해라, 라이너스*라고 말하면서 키가 클 때까지 오래오래 입으라고 했다.

"이게 뭡니까?"

예기치 않게 기대에 찬 목소리가 나오고 말아서 라이너스는 헛기침을 했다.

"그러니까, 전 필요한 게 없는데."

그 말에 아서는 한쪽 눈썹을 치켜 올렸다.

"라이너스, 선물이란 *필요해서* 주고받는 게 아니에요. 누군가가 당신을 생각하고 있다는 기쁨이 중요한 거죠."

라이너스의 뺨이 달아올랐다.

"당신이… 절 생각하고 있었다고요?"

"끊임없이 생각하죠. 물론 그렇다고 내가 준비한 선물인 척할 수는 없지만요. 루시가 고른 겁니다."

"아이고."

라이너스가 탄식했다.

"죽은 동물 사체 같은 건 받고 싶지 않은데."

열린 상자를 내려다보며 아서가 살짝 웃었다.

"그렇겠지요. 다행히 한때 살아 있었던 무언가는 아닙니다. 소리야 살아 있는 것처럼 들릴지 몰라도요."

라이너스는 상자 안을 확인하기가 망설여졌다. 아서의 깡마른 체구에 가로막혀 상자 안은 보이지 않았다. 악취가 나지도 않았고, 또 구슬 같은 눈을 빛내는 덩치 큰 쥐가 찍찍거리는 소리가 들린 것도 아니지만, 그래도 선뜻 내키지가 않았다.

"그래요, 그럼 뭡니까?"

"와서 직접 보세요."

심호흡을 한 뒤 아서를 향해 다가갔다. 이 남자는 어쩌자고 이렇게 키가 훤칠한 걸까. 상자 안을 보려면 그의 옆에 나란히 서야 했다.

그러면서 스스로를 꾸짖었다. 루시가 부적절한 행동을 하도록 아서가 내버려두었을 리가 없다. 저녁 식사 내내 루시가 자신을 보면서 계속 씩 웃기는 했지만, 그리고 그 미소 안에 어쩐지 악마 같은 기색이 들어 있었지만, 그렇다고 비도덕적인 행동을 하지는 않을 터였다. 물론 루시는 말 그대로 악마의 자식이고 오래전 순진한 척하는 기술을 완벽히 익혔겠지만 말이다.

설마 폭발하지는 않겠지. 그는 폭발이 싫었다. 특히 코앞에서 일어나는 폭발은. 다행히 상자 안의 물건은 폭탄이 아니었다. 쥐도 아니었고, 썩어가는 동물 사체도 아니었다.

휴대용 빈티지 LP 플레이어였다. 상자 뚜껑 안쪽에는 *제니스*라는 단어가 가로질러 적혀 있었고 'ㅈ'는 번개 모양을 띠고 있었다.

라이너스는 놀라 숨을 헉 들이마셨다.

"세상에! 정말 멋져요. 우와, 이런 물건 정말 오랜만에 보네. 심지어 옛날에도 쇼윈도 안에 진열된 것밖에는 못 봤어요. 저희 집에 있는 빅트롤라는 너무 크거든요. 또 이렇게 LP 플레이어의 음질이 웅장하지는 않다는 걸 알지만, 그래도 어디든 가지고 다니면서 음악을 들을 수 있다면 어떤 기분일까 항상 궁금했었어요. 소풍을 간다든지 그럴 때 말이에요."

왜 이렇게 횡설수설 말이 나오는지 모를 노릇이었다. 그는 이를 딱 부딪치며 입을 다물었다.

아서가 빙그레 웃었다.

"루시가 바라던 반응이네요. 직접 와서 주고 싶어 했지만, 제가 주는 게 더 나을 거라고 결론을 냈죠."

라이너스는 고개를 저었다.

"정말 사려 깊어요. 루시에게 고맙다고 전해주세요… 아니, 내일 제가 직접 이야기하겠습니다. 내일이 되자마자, 아침 식사 시간에요!"

다음 순간, 잊고 있었던 사실이 번쩍 떠올랐다.

"아, 하지만 틀어 볼 레코드가 하나도 없네요. 챙겨와야겠다는 생각은 아에 하지도 못했거든요. 생각했더라도 위험을 감수하지 않았을 겁니다. 엄청나게 얇아서 깨질지도 모르니까요."

"아, 루시도 그 생각을 했습니다."

그러면서 그가 뚜껑 아래 달려 있던 잠금장치를 엄지로 누르자 작은 수납공간이 열렸다. 안에는 아무것도 쓰여 있지 않은 흰색 슬리브 속 검은 레코드가 하나 들어 있었다.

"세상에나."

라이너스는 얼른 만져보고 싶어 몸이 근질근질했다.

"이게 어디서 난 거예요? 새것 같은데."

"새 건 아닐 겁니다. 사실 꽤나 오래된 거예요. 시어도어의 둥지를 보러 가셨을 때 다락방에 상자가 많이 있었을 겁니다."

그 말대로였다. 어두컴컴한 구석에 상자들이 잔뜩 쌓여 있었다. 무엇이 들어 있는지 궁금했지만, 집이 오래된 탓에 쌓인 많은 잡동사니이지 싶었다. 물건이란 예상치 못하게 자꾸만 불어나곤 하니까.

"그랬어요."

아서는 고개를 끄덕였다.

"맨 안쪽에 가장 오랫동안 놓여 있던 상자에 들어있던 겁니다. 집에서 쓰고 있는 LP 플레이어가 이미 세 개나 있어서 여태까지는 필요가 없었죠. 루시가 언제나처럼 집 안 곳곳을 들쑤시고 다니다가 찾아낸 겁니다. 먼지가 잔뜩 쌓여서 잘 닦아야 했지만, 그 애가 꼼꼼하게 청소했어요. 샐도 도왔고요."

아서는 LP 플레이어를 내려다보며 말을 이었다.

"솔직히 말하면 가져오기 전에 먼저 테스트를 해볼 걸 그랬다는 생각이 드는군요. 너무 오래된 거라 작동이 잘 될지 모르겠어요."

"레코드는 어떤 앨범인가요?"

아서가 어깨를 으쓱했다.

"루시가 깜짝 선물이라며 알려주지 않더군요. 그래도 당신이 좋아할 거라고 했습니다."

그 말에 라이너스는 살짝 긴장했지만, 따지고 보면 이 섬에 온 이래 긴장하지 않았던 적이 없었다.

"그럼, 그 말대로인지 한번 볼까요."

아서가 한 발짝 뒤로 물러났다.

"직접 열어보시겠습니까?"

"좋아요."

라이너스는 아서가 서 있던 자리로 가서 수납공간에서 슬리브를 꺼냈다. 조심스레 레코드를 끄집어냈다. 레코드 가운데 부분에도 아무 그림이 없었다. 슬리브를 한쪽에 둔 뒤, LP 플레이어 한가운데에 불쑥 튀어나온 작은 받침 위에 레코드를 놓았다. 한쪽에 달린 스위치를 올리자 레코드가 나지막하게 자글자글 소리를 내며 돌아가기 시작했다. 그는 설레는 마음으로 중얼거렸다. "작동되는 것 같아요."

"그런 것 같군요."

바늘을 내려놓았다. 스피커가 지직거리는 소리가 조금 커지더니, 다음 순간….

남자의 목소리가 노래하기 시작했다. 그대, 당신은 나를 다른 세상으로 보내, 그게 당신이라는 걸 알아.

"샘 쿡이네요, 오, 오, 굉장해요."

라이너스가 고개를 들자, 지나간 사랑의 열병인 줄 알았던 감정이 아직도 끝나지 않는다고 노래하는 샘의 목소리 속에서 아서가 그를 가만히 응시하고 있었다.

아서는 미소를 지었다.

"앉을까요?"

라이너스는 고개를 끄덕였다. 갑자기 자신감이 사라졌지만, 그건 어제오늘 일은 아니었다. 방 안 공기가 답답하게 느껴지고 머리가 어찔했다. 그냥 피곤해서일 거야. 긴 하루였으니까.

의자에 놓여 있던 보고서를 집어 들고 자리에 앉았다. 보고서는 테이블 위, 우, 우, 하는 샘의 목소리가 흘러나오는 LP 플레이어 옆에 놓았다. 아서가 남은 하나의 의자에 앉았다. 두 사람의 발이 너무 가까워서 조금만 다리를 뻗으면 발끝이 맞닿을 것만 같다고, 라이너스는 생각했다.

"오늘 참 이상한 이야기를 들었습니다."

아서가 말했다.

라이너스는 머릿속 생각이 표정에 드러나질 않길 바라는 마음으로 그를 바라보았다.

"무슨 이야기요?"

"아이들에게 잘 자라고 인사를 하러 다니는 중이었어요. 전 늘 순서대로 인사를 하지요. 복도 맨 끝에서부터 말입니다. 루시의 방이 제 방 안에 있으니 언제나 그 애가 마지막 순서죠. 마지막에서두 번째는 샐이고요. 그 애 방문을 두드리려는데, 안에서 예상치못하게도 처음 듣는 기분 좋은 소리가 나고 있더군요."

라이너스가 당황해서 온몸을 꿈지럭거렸다.

"별일 아니에요. 어쨌든 샐은 십 대 청소년이잖아요. 십 대들은…호기심이 많으니까요. 아서가 조금 주의를…."

"아니, 그게 아닙니다."

아서는 터져 나오려는 웃음을 참고 있었다.

그제야 라이너스는 자신이 엉뚱한 상상을 했다는 사실을 알았다.

"아이고, 그게 아니라, 제 말은… 세상에, 전 왜 이러는 걸까요?"

아서는 애써 헛기침으로 웃음을 감췄다.

"당신이 그 정도로 개방적이라니 다행이네요."

얼굴이 시뻘게졌을 게 분명했다.

"내가 왜 그런 말을 했지?"

"솔직히 말하면 저도 잘 모르겠군요. 라이너스 베이커가 이렇게… 당신다울 줄이야."

"그건 그렇고, 방금 제가 한 말은 절대 아무한테도 전하지 말아주세요. 특히 아이들한테는 절대 안 돼요. 샐이야 당연히 이런 일들을 이해할 정도로 다 컸지만, 그래도 순수한 천시를 지켜줘야죠."

그러다가 라이너스는 미간을 찌푸렸다.

"그런데 천시는 어떻게… 오, 아닙니다, 못 들은 걸로 해주세요."

"루시가 천시보다 더 어리잖아요. 루시는 안 지켜줘도 됩니까?"

라이너스가 눈을 굴렸다.

"루시는 걱정 없다는 거 아시면서."

"그렇긴 하죠. 아무튼, 이미 아시겠지만 제가 하려는 얘기는… 그 건 아니고요."

그건이라고 말할 때, 마치 아서의 혀가 이 위를 구르다가 입술 밖으로 새어나온 것 같은 기분 좋은 낮은 목소리가 났다. 갑자기 라이너스의 온몸에 땀이 났다.

"타자기 소리가 들렸다는 이야기였어요."

라이너스는 눈을 끔벅였다.

"아… 이제야 무슨 영문인지 알겠네요."

"그러실 겁니다. 전 놀랐습니다. 타자기 소리를 처음 들은 건 아니지만, 그 소리가 평소보다 더 컸거든요. 밤마다 샐은 벽장 안에 들어가 문을 닫고 글을 쓰기 때문에 타자기 소리가 희미하게 들렸죠."

"혹시… 제가 지나치게 관여한 거라면 사과드리겠습니다."

아서가 그런 뜻이 아니라는 듯 한쪽 손을 들며 고개를 저었다.

"그럴 리가요. 정말… 기쁜 일이었습니다. 샐이 치유되고 있다는 증거일 거예요. 당신이 거기에 한몫했고요."

라이너스는 고개를 숙이고 두 손만 빤히 내려다보았다.

"글쎄요, 그건 아닙니다. 사실 딱히 제 도움이 필요했던 것도…."

"누군가 샐에게 소리 내어 말해주기를 바랐어요. 그리고 그 말을 해줄 사람으로 당신만큼 제격인 사람은 없었을 겁니다."

라이너스는 고개를 번쩍 들었다.

"그럴 리가요. 아서가 하는 게 나았을 거예요."

그렇게 말하자마자 그는 제풀에 움찔했다.

"당신을 비난한 건 아니에요. 그저, 제가 그런 말을 할 위치가 아니라는 뜻이었어요."

아서가 고개를 갸웃하더니 물었다.

"그렇게 생각하는 이유는?"

"저는… 개인적인 상호작용을 해서는 안 됩니다."

"당신이 믿고 따르는《규칙 및 규정집》에 어긋나니까요?"

샘 쿡의 노래가 끝나자 더 펭귄스가 당신은 지구상의 천사라고 노래하기 시작했다. 가슴이 두근거렸다.

"맞아요."

"어째서 어긋나지요?"

"제 위치에 있는 사람에게는 불필요한 일이니까요. 그래야 한쪽으로 치우치지 않고, 편향되지 않으니까요."

아서는 고개를 설레설레 저었다.

"아이들은 동물이 아닙니다. 사파리를 방문하듯 쌍안경을 들고 멀찍이서 구경할 수 있는 존재가 아니라고요. 시간을 들여 알아가지 않으면 어떻게 그 아이들을 평가하지요? 아이들은 사람이에요, 라이너스. 비록 다른 이들과 다르게 생긴 아이들이 있다고 하더라도요."

라이너스는 발끈했다.

"절대 그런 뜻이 아닙니다."

아서는 한숨을 쉬었다.

"그게… 사과드리겠습니다. 지나친 일반화였어요. 모두가 그런 식으로 생각하는 건 아니라는 걸 자꾸 잊어버리곤 하는군요. 미움받는 일에만 익숙하던 아이한테 당신이 아주 뜻 깊은 일을 해주었다는 말을 하고 싶었던 거예요, 라이너스. 샐은 당신에게서 교훈을 얻었어요. 그 애한테 꼭 필요한 교훈이었지요. 그 문제에 있어서는 당신만한 스승은 없었을 겁니다."

"잘 모르겠는데요."

라이너스는 퉁명스럽게 대답했다.

"저는 그저 제가 옳다고 생각한 대로 행동했을 뿐인 걸요. 그 애, 그리고 이렇게 특별한 아이들이 모인 고아원 원장인 당신이 여태까지 겪었던 일을 제가 어떻게 감히 상상할 수 있을까요?"

"그렇지요."

그렇게 말하는 아서의 목소리에는 라이너스로서는 정확히 알기 어려운 어떤 감정이 담겨 있었다.

"이 고아원 원장으로서 많은 일을 겪은 건 사실입니다. 당신이 이곳에 오자마자 지적했던 대로, 아이들을 섬 밖으로 내보내지 않는 것도 그래서고요."

"지금에 와서 알게 된 것들을 생각하면, 제가 표현을 좀 다르게 하는 게 나았을 것 같기는 해요."

"아니, 마찬가지였을 겁니다. 당신이 그렇게 정확히 지적한 덕에 가슴이 철렁했죠. 저는 애매한 말보다는 직설적인 쪽을 좋아합니다. 말은 전달하는 과정에서 원뜻이 흐려지는 경우가 많거든요. 당신이 샐의 치유에 한몫했다는 말 역시 전부 진심입니다. 저는 샐에게 왜 책상을 옮긴 거냐고 묻지 않았어요. 누군가의 도움을 받았느냐고만 물었지요. 샐이 그렇다더군요. 또 그 사람이 당신이라고 했어요. 거기까지만 들어도 상황이 짐작이 됐죠."

"그냥 책상을 옮겨 보면 어떠냐고 말한 게 전부인 걸요."

청찬을 받고 있자니 부담스러웠다.

"작아지고 싶어 해도 괜찮다고, 하지만 원한다면 언제든 커질 수 있다는 사실을 잊지 말라고 했던 거예요. 제가 선을 넘은 건 아니겠지요?"

"아닙니다. 샐에게 지금 필요한 바로 그 말이었어요. 아까 말했듯이 그 애는 지금 치유되고 있어요. 또, 아주 힘든 일이기는 하지만 치유에는 믿음이 함께하게 됩니다. 당신은 아주 잘하고 있어요."

"그러면 뿌듯해 할 만 하네요."

"그래요? 적절치 못할 것 같은데, 《규칙 및 규정집》에 따르면…."

라이너스가 웃음을 터뜨렸다.

"예, 잘 알겠습니다."

아서도 미소를 지었다.

"그래요? 정말 다행이군요. 고마워요, 라이너스."

"뭐가요?"

아서가 어깨를 으쓱했다.

"당신이 해준 일이요."

"그것 참… 애매모호하네요. 제가 보고서에 당신도 이 고아원도 문제가 많다고 쓰는 중일지도 모르잖아요."

"그렇게 쓰고 계십니까?"

라이너스는 머뭇거렸다.

"아니요. 하지만 우려되는 점이 아예 없는 것도, 결정을 내린 것도 아닙니다."

"당연히 그렇겠지요."

"그래도 직설적인 게 좋으시다니 하는 이야기인데, 제안할 게 하나 떠올랐습니다."

아서가 무릎 위에 양손을 모았다.

"그래요, 정말 좋은 제안입니다."

"무슨 제안인지도 모르면서."

"모르죠. 하지만 당신은 알잖아요. 당신이라면 당연히 생각하고 또 생각한 끝에 하는 말일 테고요. 그 제안대로 합니다."

라이너스는 당신과 내가 앞으로 진실한 사랑을 알아가게 될 거라고 노래하는 버디 홀리의 목소리가 흘러나오는 레코드를 흘깃 바라보았다. 계속해서 사랑 노래만 흘러나온다는 사실을 그는 아직 깨닫지 못했다. 여러 가수의 노래가 한 레코드에 들어 있다는 점이 더 놀라웠던 것이다. 이런 모음집이 있는 줄은 몰랐는데.

"우리, 아이들을 데리고 섬 밖으로 나들이를 가요."

침묵 속에서 버디 홀리의 노래만 울려 퍼졌다.

한참 뒤, 아서가 말했다. "우리라고요?"

라이너스는 어색하게 어깨를 으쓱했다.

"당신이랑 조이, 그리고 아이들 말입니다. 저도 상황을 지켜봐야 할 테니 따라가도 되고요. 아이들한테 좋을 거예요. 그 애들이…."

그가 보고서에 짤막하게 눈길을 던지며 말을 이었다.

"고립되지 않을 테니까."

"어디로 데려가면 좋겠습니까?"

아서가 자신보다 마을을 더 잘 안다는 걸 알면서도 라이너스는 그냥 생각한 말을 하기로 했다.

"지난주 마을에 갔더니 아이스크림 가게가 있더군요. 아이스크림을 사주는 게 규정 위반은 아니겠죠. 아니면 영화관도 있던데, 귀가 예민한 샐이 좋아할지는 모르겠네요. 바닷가 마을이니 관광객이 많겠지만, 휴가철이 지나서 사람이 그렇게 많지는 않을 거예요. 혹시 박물관이 있다면 거기 데려가도 되고요. 아이들한테 문화생활을 좀 시켜주자고요."

아서가 그를 빤히 바라보았다.

마음에 들지 않는 눈길인걸.

"왜요?"

"문화생활이라니."

아서가 중얼거렸다.

"그냥 해본 말이에요." 하지만 기분이 좋진 않았다. 라이너스는 박물관을 좋아했다. 집 근처에 있는 역사 박물관에 적어도 1년에 몇 번은 시간을 내서 다녀올 정도였다. 박물관에 있는 건 모두 다 오래된 것이었지만 그 안에서도 매번 새로운 걸 발견하곤 했었다.

아서를 만난 뒤로 그가 확신 없는 모습을 보인 건 처음이었다.

"전 아이들에게 아무 일도 일어나지 않기를 바랍니다."

"저도 그래요. 허락해 주신다면 저도 함께 가도록 하겠습니다. 저도 필요한 순간엔 꽤 든든하다고요."

라이너스가 배를 툭툭 두드렸다.

"이렇게 건장하니까 말이죠."

아서의 눈길이 라이너스의 손가락을 타고 그의 몸을 훑었다. 라이너스는 얼른 손을 무릎 위에 내려놓았다.

아서가 다시 라이너스를 마주보았다.

"뗏목 일은 알고 있습니다."

라이너스가 눈을 깜박였다.

"알고… 있었어요? 어떻게요? 그럼 조이가…."

"어떻게 알았는지는 중요하지 않아요. 당신이 쓴 답장은 아주 훌륭했습니다. 당신이 짐작하는 것보다 더. 나들이는 다다음 토요일로 하지요. 당신과 함께하는 마지막 토요일이 되겠군요. 그 뒤엔 시간이 없을 테니까요. 당신은 떠날 거고."

그래, 그럴 것이다. 시간은 멈춰 주는 법이 없다. 때때로 늘어난 것처럼 느낄 때도 있지만.

"그렇게 하죠."

아서가 자리에서 일어섰다.

"고마워요."

라이너스도 따라 일어섰다.

"왜 자꾸 고맙다고 하는지 모르겠네요."

이제 두 사람의 발끝이 정말 맞닿았다. 무릎도 닿아 있었다. 하지만 라이너스는 뒷걸음질치지 않았다. 아서도 마찬가지였다.

"믿을지 모르겠지만, 저는 진심이 담기지 않은 말은 하지 않습니다. 그러기에 인생은 너무 짧거든요. 춤추는 거 좋아하십니까?"

라이너스는 아서를 올려다보며 숨을 크게 들이쉬었다. 어느새 문글로우스가 사랑의 십계명을 노래하기 시작했다.

"솔직히 말하면 저는 왼발만 두 개 달린 것 같아요."

"아닐 걸요."

아서가 고개를 끄덕인 뒤 마치 라이너스의 뺨을 만지려는 것처럼 손을 뻗었다가, 주먹을 쥐며 한 발 물러서 경직된 미소를 지었다.

"잘 자요, 라이너스."

다음 순간 아서는 처음부터 존재하지도 않았던 것처럼 사라져버렸다. 문이 닫히는 소리도 들리지 않았다.

레코드가 천천히 돌아가며 사랑과 갈망의 노래들을 쏟아놓는 텅 빈 집 안에 라이너스는 홀로 서 있었다.

돌아서서 LP 플레이어를 끄려는 순간, 창문에 오렌지색 빛이 한순간 번쩍했다. 그는 달려가서 깜깜한 바깥을 내다보았다.

숲의 윤곽이 보였다. 본채도 보였다. 정원도.

그뿐이었다. 피곤해서 잘못 본 모양이었다.

LP 플레이어를 끄고 잠자리에 들 준비를 하는 동안 라이너스는 지하실 문 이야기를 꺼내지도 않았다는 사실을 까맣게 잊고 있었다.

이틀 뒤, 조이의 차를 타고 마을에 갈 때까지도 라이너스의 마음은 싱숭생숭했다. 메를은 오늘따라 말수가 적었는데 라이너스로서는 고마울 노릇이었다. 더 이상 이 뱃사공이 내뱉는 비방은 견딜 수 없을 것 같았다.

하지만 메를이 조용한 덕분에 자꾸만 생각에 빠지게 됐다. *정확히* 무슨 생각인지는 알 수 없었다. 거친 바다에서 소용돌이치던 마음이 자꾸만 수면에서 뿜어져 나오는 것만 같았다.

"말이 없네."

조이가 말을 거는 바람에 그는 놀라 펄쩍 뛰었다. 오늘 조이의 머리카락을 수놓은 꽃은 전부 금빛이었다. 흰 선드레스 차림에 오늘도 맨발이었다.

"죄송해요. 잠시… 생각 중이었어요."

"무슨 생각?"

"솔직히 말씀드리면, 잘 모르겠어요."

"왜 그 말이 믿어지지 않지?"

그가 조이를 향해 눈을 부라렸다.

"믿든 말든 마음대로 하세요. 그냥 그렇다고요."

조이가 흥흥 콧노래를 불렀다. "남자들은 멍청하다니까."

"뭐라고요?"

"정말이야. 도저히 왜 그런지 모르겠어. 고집불통에다가 막무가내, 게다가 멍청하기까지 해. 이 정도로 답이 없지만 않았더라도 귀여웠을 텐데 말이야."

"도대체 무슨 소리를 하시는 건지 모르겠군요."

"안타깝게도 *이번* 건 믿어지네."

"그냥 운전이나 하세요, 조이."

게이트가 열리자 라이너스가 투덜거렸다. 메를이 뚱한 얼굴로 어서 가라며 손을 내저었다. 심지어 늦지 않게 돌아오라고 고함을 지르지도 않았다.

우체국 남자의 막되먹은 태도는 지난주와 다를 게 없었다. 라이너스가 봉투에 넣어 봉한 보고서를 건네자 뭐라고 투덜거리기도 했다. 라이너스는 요금을 내고 자기 앞으로 온 우편물이 있는지 물었다.

"있소." 남자가 투덜거렸다.

"온 지 이틀이나 됐다고. 그 섬에 내내 처박혀 있지만 않았어도 더 일찍 받았을 텐데."

"선생님께서 다른 곳처럼 그 섬까지 편지를 배달해 준다면 우리가 이런 입씨름을 할 필요도 없겠죠."

라이너스가 맞받아쳤다.

남자는 혼자서 뭐라고 구시렁거리면서도 라이너스 앞으로 온 얇은 봉투를 건네주었다.

고맙다는 인사를 생략하고 우체국을 나오는 순간 갑자기 라이너스는 엄청난 복수를 한 것만 같은 기분에 사로잡혔다. 뿐만 아니라, 심지어 *작별 인사*까지 생략했던 것이다. 이렇게 무례할 데가!

"나도 만만치 않다고."

그는 그렇게 중얼거리며 인도로 나왔다. 다시 우체국 안으로 들어가서 사과할 뻔했지만 꾹 참고, 조심스레 봉투를 찢은 다음 한 장짜리 편지를 꺼냈다.

마법아동관리부서
최고위 경영진으로부터

베이커 씨,

첫 번째 보고서 감사드립니다. 마르시아스 고아원의 운영 방식을 잘 알 수 있었습니다. 늘 그렇듯 조사 대상을 보고서에 철저히 담아내셨더군요.

하지만 보고서에 사견을 담아서는 안 된다고 경고하는 바입니다. 귀하가 받은 정보가 부족하다고 느껴 불만을 느꼈으리라는 사실은 십분 이해하나, 귀하는 지금 평범한 아동들을 상대하는 것이 아니라는 점을 기억하십시오. 또, 귀하는 최고위 경영진의 결정에 의문을 제기할 위치가 아닙니다.

조이 채플화이트에 대해 우려되는 점이 있습니다. 이 섬에 그가 살고 있다는 사실은 인지하고 있었지만 (쯧쯧, 베이커 씨), 아이들의 생활과 이토록 밀접하게 연관되어 있다는 사실은 미처 몰랐기 때문입니다. 그가 파르나서스 씨와 연인 관계에 있습니까? 아이들과 따로 시간을 보내기도 합니까? 어린 정령인 피가 같은 종족인 연장자에게서 지도받는 것은 가능하나,

채플화이트 씨가 그밖의 다른 행동을 하지 못하도록 주의를 촉구하는 바입니다. 그는 미등록자입니다. 현재 그는 DICOMY 소관이 아니지만 고아원의 경우는 다르며, 아주 사소한 실책이라 해도 재난으로 이어질 수 있습니다. 그 고아원에서 조금이라도 부적절한 일이 일어난다면 반드시 기록하십시오. 물론 아동들의 안전을 위해서입니다.

또 한 가지 요청이 있습니다. 귀하의 보고서에는 고아원에 있는 아동들에 관한 자세한 사항이 담겨 있었습니다. 그러나 파르나서스 씨를 다룬 내용은 부실했습니다. 두 번째 보고서에 고아원 원장에 대한 내용을 충분히 담지 않았다면, 세 번째 보고서는 철저한 객관성을 유지하며 그에 대해 더 많은 정보를 담길 바랍니다. 방심하지 마십시오, 베이커 씨. 파르나서스 씨가 마르시아스 고아원에서 보낸 시간은 무척 길고, 그는 그 섬에 대해 속속들이 알고 있습니다. 경계하십시오. 아무리 매력적인 사람에게도 비밀은 있는 법이니까요.

다음 보고서를 기다리고 있겠습니다.

진심을 담아.

찰스 워너
최고위 경영진

라이너스는 가을 햇살 속에서 한참이나 그 편지를 내려다보았다. 정말 한참이나 쳐다보고 있었던 바람에, 경적 소리가 울렸을 때는 소스라치게 놀랐다. 고개를 드니 조이가 라이너스 앞에 차를 세운 채 눈을 가늘게 뜨고 앞유리를 통해 그를 쳐다보고 있었다. 벌써 뒷좌석에는 장바구니가 가득했다. 조이가 장보기를 끝내고 돌아오는 동안 라이너스는 우체국 앞을 떠나지 않았던 것이다.

"별일 없는 거야?"

라이너스가 다가오자 그가 물었다.

"괜찮습니다."

그는 그렇게 대답한 뒤, 편지를 접어서 다시 봉투에 넣고 차에 올라탔다.

"아무 일 없어요."

그는 조이와 눈을 마주할 수가 없어 똑바로 정면만 쳐다보았다.

"안 괜찮아 보이는데."

"걱정하지 마세요."

지나치게 밝은 목소리가 나오고 말았다.

"이제 집으로 갈까요?"

"집에 가야지."

조이가 나직하게 동의하더니 차를 출발시켜 마을을 벗어났다.

문득 라이너스가 내뱉었다.

"아서."

"아서가 왜?"

"아서는… 달라요."

조이가 이쪽으로 시선을 던지는 게 느껴졌지만 그는 정면에서 시선을 돌리지 않았다.

"그래?"

"그런 것 같아요. 조이도 알고 계시죠?"

"아서는 그 누구와도 다르지."

"오랫동안 알고 지내셨습니까?"

"충분히 오래 알았지."

"정령들이란."

그는 그렇게 투덜거리다가 다시 입을 열었다.

"아서가 뗏목 일을 알아요."

운전대를 잡은 조이의 손에 힘이 들어가는 게 언뜻 보였다. "당연히 알겠지."

"놀라지 않으신 것 같네요?"

"그래." 조이가 느릿느릿 대답했다.

"놀랍지 않네."

라이너스는 설명을 기다렸다.

그는 말이 없었다.

라이너스는 봉투를 쥔 손에 힘을 주었다.

"오늘의 안건은 뭡니까?"

차 안을 짓누르는 무거운 긴장을 누그러뜨리고 싶었다.

"지난주 토요일처럼 모험을 떠나나요? 그러면 또 그 옷을 입어야겠군요. 제 취향은 아닙니다만 생각만큼 나쁘진 않았어요."

"아니야."

조이가 바람에 머리를 휘날리며 말했다.

"오늘은 이달의 셋째 주 토요일이잖아."

"그 의미는?"

조이가 그를 보며 씩 웃었지만, 그 미소는 평소만큼 밝지 않았다.

"정원으로 소풍을 가는 날이지."

라이너스가 눈을 깜박였다.

"아, 그렇군요. 생각보다…."

"오늘은 천시가 메뉴를 고를 차례네. 그 녀석은 날생선을 좋아해. 오늘은 새롭게 시험해 보고 싶은 실험적 요리법이 있다는군."

라이너스는 한숨을 쉬었다.

"당연히 그렇겠죠."

하지만 어느새 미소가 슬며시 배어나기 시작했고, 섬으로 돌아가는 연락선에 올랐을 땐 메를을 보아도 울적해지지 않았다. 최고위 경영진으로부터 온 편지는 머릿속 저 멀리 밀어둔 뒤였다. 복어는 나오지 않아야 할 텐데. 독이 있다고 들었으니까.

13장

마법아동관리부서

사례보고서 #3 마르시아스 고아원

라이너스 베이커, 사례연구원 제 BY78941번

–

저는 이 보고서의 내용이 정확하고 진실함을 엄숙히 맹세합니다. 저는 DICO-MY의 지침에 의거해 이 보고서의 내용에 거짓이 있을 시 견책 사유가 되며 해고로 이어질 수 있음을 알고 있습니다.

이 보고서에는 섬에서 보낸 셋째 주에 관찰한 사항을 담았습니다.

지난번 보내드린 보고서에서 저는 파르나서스 씨에 관한 특별한 우려 사항을 이야기했었습니다. 마르시아스의 아동들이 고립되어 있는 것으로 파악한 데서 오는 우려였습니다. 저는 파르나서스 씨가 망설일 수밖에 없는 이유를 이해합니다. 2주차 보고서에 썼듯, 마을 주민들은 기묘한 편견을 뿜어내고 있습니다. 이 편견은 도시의 편견보다도 한층 더 강력해 보입니다.

저는 마을 주민들의 입장에 이입해 보고자 노력했습니다. 그들은 마법 능력을 가진 아동들이 모여 사는 오래된 집이 있는 섬과 가까운 곳에 거주하고 있습니다. 그러나 이 아이들과 실제 접촉하지 못하다 보니, 걷잡을 수 없는 소문만 퍼진 것이지요. 이 아동들 중에는 분명 매우 특별한 아이들도 있지만, 그렇다고 해서 원할 때마다 마을에 드나들 권리를 빼앗겨서는 안 됩니다.

파르나서스 씨가 아이들과 형성한 유대감은 엄청납니다. 아이들은 그를 무척 좋아하고, 아버지처럼 생각합니다. 파르나서스 씨의 운영 방식이 독특한 건 분명하지만 아이들에게는 잘 맞는 것으로 보입니다.

그러나, 이 방식이 아이들에게 해가 될 가능성도 있습니다. 아이들은 언젠가는 이 섬을 떠나야 할 테고, 언제까지나 파르나서스 씨에게 의지할 수는 없을 것입니다.

더 자세한 사항을 덧붙이라는 지시에 따라, 제가 알아낸 사실들을 다음과 같이 보고합니다.

피는 숲의 정령으로 조이 채플화이트로부터 종종 지도를 받고 있습니다. 채플화이트의 도움이 있기에 이 아이가 한층 더, 아마도 지금까지 제가 만나본 몇 안 되는 정령 아동 중 그 누구보다 더 큰 통제력을 가지게 된 것 같습니다. 시간이 걸리긴 하지만, 이 아이는 제가 태어나서 한 번도 본 적 없는 나무며 꽃을 피워 냅니다. 이런 부분에 있어서는 채플화이트 씨의 도움이 컸으리라 짐작됩니다.

시어도어는 물론 와이번입니다만, 우리는 희귀해진 그 아이 같은 존재들이 그저 동물이라고 생각하는 경향이 있습니다. 시어도어의 경우는 그렇지 않다고 최고위 경영진을 향해 분명히 단언하는 바입니다. 시어도어는 인간과 마찬가지로 복잡한 사고와 감정이 가능합니다. 어제 제가 날생선을 먹고 식중독을 일으키자, 시어도어가 제가 머무르는 게스트하우스로 혼자 찾아오더니 자기 비밀 장소를 보고 싶지 않느냐고 묻더군요. 제가 '물었다'고 표현한 데는 이유가 있습니다. 우리에게 익숙지 않게 들릴 뿐, 시어도어에게도 언어가 있기 때문입니다. 저 역시 시어도어가 지저 귀는 소리의 억양을 알아들을 수 있게 되었습니다.

탈리아는 까칠한 성격을 가졌지만, 저는 그건 그 애가 노움이라서 그렇다고 생 각했습니다. 제가 노움에 대해 알고 있었던 지식 때문이었습니다. 저는 지식이 인 식을 왜곡한다는 사실을 알게 되었습니다. 어릴 때부터 우리는 하나의 방식으로 만 세상을 배우고, 또 규칙을 익힙니다. 우리는 노움은 화를 잘 내고, 쳐다보기만 해도 삽으로 머리를 내려친다고 배웠죠. 허나 탈리아와 함께 시간을 보내면서 그 애가 겉으로 내보이는 허풍과 허세 이면을 들여다보면, 사실 탈리아는 온 힘을 다해 아끼는 사람들을 지키고 싶어 하는 아이일 뿐입니다. 아시다시피, 노움은 돈 지라고 불리는 무리를 이루고 삽니다. 적어도 노움의 개체수가 훨씬 많았을 때는 그랬죠. 탈리아는 이곳에서 자기만의 돈지를 만든 겁니다.

천시가 이곳에 온 것은 오로지 그 애가 그 애라는 이유 때문이었습니다. 천시 가 정확히 어떤 종족인지 그 누구도 모르기에, DICOMY는 그 아이를 어딘가에 수용해야 했을 겁니다. 단지 생김새 때문에 천시는 다른 아이들, 심지어 고 아원 원장들처럼 그래서는 안 되는 사람들에게까지 끊임없이 괴물이라고 불리 며 살아왔습니다. 개한테 손찌검을 해 버릇하면 개는 손을 치켜드는 사람만 봐 도 움찔하게 되지요. 하지만 천시는 이곳에 오기 전 언어 폭력을 (신체적 폭력은 아니었던 것 같지만, 때로는 채찍질 같은 말도 있습니다) 당했음에도 밝고 또 사랑이 많은 아이입니다. 그 애한테는 꿈이 있습니다. 이해하실 수 있을까요? 그 애는 아마 영영 갖지 못할 미래를 꿈꾸고 있습니다. 남들 눈에는 하찮아 보이는 꿈인지 몰라도, 그것은 그 애의 꿈이고, 또 그 애만의 꿈입니다.

샐은 이곳의 아이들 중에서 가장 말수가 적지요. 이 섬에 오기 전에 신체적

학대를 당했던 아이입니다. 여기까지는 기록에 남아 있습니다. 애초에 있어서는 안 되는 사건입니다. 결코 용인할 수 없는 일입니다. 샘이 이곳에서 보낸 시간은 비교적 짧고, 그 애가 완전히 치유되려면 아직 오랜 시간이 필요할 겁니다. 그럼에도 저는 그 애가 회복할 거라고 믿고 있습니다. 아직 작은 소리에도 깜짝 놀라긴 해도, 점점 재능을 꽃피우는 모습을 제 눈으로도 확인할 수 있기 때문입니다. 샘은 글 쓰는 걸 좋아하고, 운 좋게 그 애가 쓴 작품 몇 편을 읽어볼 수 있었습니다. 기회만 주어진다면 그 애는 대단한 일을 해낼 겁니다. 그 애는 두려워할 대상이 아니라 응원 받아야 할 존재입니다.

제가 하고 싶은 말은, 파르나서스 씨가 있었기에 이런 일들이 가능했다는 것입니다. 이곳은 단순한 고아원이 아닌 치유의 집이기에, 저는 이곳이 꼭 필요하다고 생각합니다. 에마 라자러스라는 시인은 이렇게 썼지요. "자유롭게 숨 쉬고자 갈망하는 너의 지치고, 가난하고, 웅크린 무리들을 내게 보내다오."

제가 주시 이야기는 하지 않았다는 걸 분명 이미 눈치채셨겠지요.

이 보고서를 쓰기 시작한 지 이틀이 되었습니다. 적절한 표현을 찾는 게 중요했기에 시간을 들였지요. 어젯밤, 어떤 사건이 있었습니다. 숙면을 취하던 중, 너무나 이상한 일이 생겨 잠에서 깼는데….

너무나 이상한 일이라는 표현마저도 그 사건을 담아내기는 부족하리라.

라이너스는 헉 하고 잠에서 깨 쿵쿵 뛰는 가슴을 붙들고 벌떡 몸을 일으켰다. 무슨 일이 일어나는지, 여기가 어디인지 조금도 알 수 없었다. 어둠에 눈이 적응한 뒤에도 눈앞의 광경을 이해하기까지 시간이 걸렸다.

집이 쪼그라든 것 같았다.

잠들기 전보다 천장이 훨씬 가까이 내려와 있었던 것이다.

"이게 무슨 일이야?"

밑에서 야옹 소리가 들리기에 아래를 내려다본 뒤에야, 집이 쪼그라든 게 아니라는 걸 알았다. 천장이 내려온 것처럼 느껴졌던 건, 침대가 바닥에서 5피트 위 허공에 둥둥 떠 있어서였다.

"아이고." 라이너스가 이불을 꽉 움켜쥐었다. 칼리오페는 어둠 속에서 번뜩이는 눈으로 그를 올려다보며 꼬리를 씰룩거렸다.

공중에 뜬 침대에 누워 있다니, 난생처음 하는 경험이었다. 꿈이 아닌가 싶어 스스로를 힘껏 꼬집어보기도 했다. 꿈이 아니었다.

"아이고"

다음 순간, 집 밖에서 낮게 울부짖는 소리가 울려 퍼졌다.

침대가 슬슬 흔들리자 라이너스는 이불을 턱까지 끌어올려 덮었다. 차라리 잠을 다시 자는 쪽이 안전하게 느껴졌던 것이다.

칼리오페가 그를 올려다보며 또 한 번 야옹 울었다.

"괜찮아." 두꺼운 이불 속에서 간신히 중얼거렸다. "아무것도 아닐 거야, 그치? 다시 자야겠다. 그게 모두한테 제일 나을 거야. 어차피 여긴 이상한 일투성이잖아."

그때 침대가 오른쪽으로 홱 기우는 바람에 그는 비명을 꽥 지르며 바닥에 떨어졌다. 몸 위로 베개며 이불이 우수수 떨어졌다.

라이너스는 끙끙 신음하며 몸을 굴려 바닥에 똑바로 누웠다.

칼리오페가 다가오더니 숱도 얼마 없는 그의 머리를 핥아댔다.

"아무튼 잠은 다 깬 것 같군."

라이너스는 머리 위 침대를 올려다보았다.

"무슨 일인지나 알아봐야겠다. 아마도 그냥… 지진일 거야. 그 래, 지진이야, 이젠 다 끝났을 거야."

바닥에서 몸을 일으키던 순간 침대 바닥면에 머리를 찧고 말았 다. 그는 이마를 문지르면서 투덜거렸다. 다행히 신발은 벗어놓은 그 자리에 있었다. 신발을 대강 꿰어 신고 방을 나서자 칼리오페 도 바짝 뒤를 따랐다.

거실에 있던 의자가 허공에 떠서 느릿느릿 돌고 있었다. 휴대용 LP 플레이어는 꺼졌다 켜지기를 반복했고, 조명도 깜박거렸다.

"웬만한 건 다 참겠는데, 그래도 유령이랑은 선을 긋고 싶군. 유 령에 홀리는 건 별로거든."

다시 한번 울부짖는 소리가 들려오면서 바닥을 타고 진동이 전 해졌다. 소리가 바깥에서 들려오는 것 같아서, 라이너스는 정말 내키지 않았지만 현관문을 열었다.

본채 안에서 불빛이 번쩍거리고 있었다. 며칠 전, 밤에 파르나서 스가 찾아왔다 떠난 뒤에 봤던 밝은 오렌지색 빛이 떠올랐지만 그때와는 달랐다. 본채 안에서 무슨 일인가가 벌어지고 있는 것 같았다. 도로 문을 닫고 아무 일도 없었던 척하고 싶은 마음이 간 절했지만 라이너스는 포치를 내려가 잔디밭을 향했다.

다음 순간 누군가의 손이 어깨에 턱 걸쳐지는 바람에 그는 비명을 내질렀다. 걱정스런 표정을 한 조이였다.

"대체 왜 이러세요? 저를 벌써 무덤에 집어넣을 작정이십니까?"

"루시 때문이야."

나직하게 말하는 조이의 날개가 달빛을 받아 반짝이고 있었다. 이 세상 존재가 아닌 것 같았다.

"루시가 악몽을 꾸고 있어. 당장 따라오라고."

아이들은 본채 1층에서 걱정스런 얼굴의 샐을 둘러싸고 모여 천장을 올려다보고 있었다. 라이너스와 조이의 모습을 보고 모두 안심하는 것 같았다.

"다들 괜찮니? 다친 사람은?"

라이너스가 묻자 아이들은 고개를 저었다.

"가끔 이래요."

피는 여리디여린 몸 앞에 팔짱을 끼고 있었다.

"이럴 때 어떻게 해야 하는지도 알고 있어요. 하지만 지난 몇 달 동안은 이런 일이 없었는데."

"그렇다고 루시가 나쁜 건 아니에요!"

천시가 눈을 이리저리 흔들어댔다.

"그 애는 그냥… 흔드는 것뿐이에요. 방이라든지, 집 전체를 말이에요."

"루시가 집을 흔들기는 하지만 우릴 다치게 하고 싶어 하는 건 아니라고요."

탈리아도 실눈을 뜨고 말했다.

샐의 어깨 위에 앉아 있던 시어도어도 쩍쩍 거들었다.

"루시는 우리한테 해가 되는 일은 절대 안 해요."

샐이 나직하게 입을 열었다.

"무서워 보일 수는 있겠지만 그렇다고 그 애 잘못은 아니잖아요. 그 애가 그 애인 건 어쩔 수 없어요."

그제야 라이너스는 아이들의 행동을 이해할 수 있었다. 아이들은 그가 이번 사건 때문에 루시에 대해서, 자신들에 *대해서* 부정적인 보고를 할 거라고 생각하는 것이었다. 그건 생각보다도 마음 아픈 일이었다. 아이들은 서서히 라이너스에게 마음을 열고 있었지만, 그렇다고 해서 그가 DICOMY에서 나온 사례연구원이고 아직도 조사 중이라는 사실은 변하지 않았으니까.

"너희들이 안전하다니 다행이야. 그게 중요하지."

라이너스는 아픈 마음을 억눌렀다.

피는 불안한 것 같았다.

"당연히 안전하죠. 루시는 우리한테 아무 짓도 안 한다니까요."

"알고 있단다."

아이들은 라이너스의 말을 믿지 않는 것 같았다.

그때, 2층에서 또 한 번 울부짖는 소리가 들려왔다. 미치 괴물이 잠에서 깨어나는 것만 같은 소리였다.

라이너스는 한숨을 쉬었다. 어째서 하필이면 지금 이때, 담력을 시험하겠다는 마음이 드는 건지 스스로도 모를 노릇이었다.

"아이들과 함께 있어주시겠습니까?"

조이는 반박하려는 듯 입을 열었다가 그저 고개를 끄덕였다.

"그러길 바란다면."

"그렇게 해주세요. 아이들을 집 밖으로 내보내야 할까요?"

그는 허공을 떠다니는 가구들을 걱정스레 눈짓하며 물었다.

"아니, 루시는 친구들을 다치게 하지 않을 거야."

이유를 알 수는 없었지만 라이너스는 그를 믿었다. 그들을 믿었다. 그는 아이들을 향해 희미한 미소를 지어보이고는 계단을 향해 돌아섰다.

"베이커 씨!"

부름에 뒤돌아보았더니 천시가 손을 흔들고 있었다.

"잠옷이 정말 멋져요!"

"음, 고맙다. 정말⋯ 팔 좀 치워주겠니? 칭찬했다고 팁을 줄 순 없어!"

천시는 한숨을 쉬며 더듬이를 축 떨구었다.

탈리아가 턱수염을 어루만졌다.

"명심하세요, 만약 뭔가⋯ 이상한 게 보이더라도 그냥 환각일 뿐이에요."

라이너스는 침을 꿀꺽 삼켰다.

"아. 정말⋯ 좋은 조언이구나. 고맙다."

탈리아는 우쭐한 표정이었다.

한 걸음 한 걸음 계단을 올라갈 때마다 손에 닿는 난간이 진동하는 것 같았다. 벽에 걸린 사진과 그림들 역시도 느릿느릿 회전하고 있었다. 음악 소리가 날카롭게 울려 퍼지고 있었는데, 라이너스가 아는 노래 여러 개가 조각조각 합쳐진 것 같았다. 빅 밴드, 재즈, 로큰롤, 그리고 음악이 죽은 날이 남긴 메아리, 빅 보퍼, 버디 홀리, 리치 밸런스의 유령 같은 노랫소리.

계단을 오르자 맨 끝 방만 제외하고 모든 방문이 활짝 열려 있었다. 그러나 한 발짝 내딛는 순간 문이 동시에 쾅 소리를 내며 전부 닫혔다. 헉 하고 숨을 들이쉬며 뒤로 물러나려는 순간, 복도가 빠직빠직 소리를 내며 *뒤틀리기* 시작했다. 라이너스는 눈을 감고, 셋까지 세고 나서 다시 떴다.

복도는 예전 모습 그대로였다.

"잘했어, 나 자신. 할 수 있잖아."

복도를 지나는 내내 복도 바닥이 폭발하듯 번쩍였다. 맨 끝 방에 가까워질수록 커지는 음악 소리는 마치 세상에 존재하는 모든 레코드를 동시에 틀어놓은 듯 낯선 불협화음을 이루어서 소름이 돋았다.

맨 끝 방에 도착한 그는 잠시 노크를 해야겠다는 바보 같은 생각을 했지만 곧 고개를 저은 뒤 심호흡을 한 번 하고 문손잡이를 돌렸다.

문이 열리는 순간 음악이 멎었다.

오렌지색 불빛이 시야 언저리를 획 스쳤지만, 빛은 출처를 알아차리기도 전 꺼져버렸다.

루시의 방문은 경첩에서 뜯겨 나와 활짝 열려 있었다.

루시는 방 한가운데 앉아 두 팔을 날개처럼 펼친 채 손가락을 축 늘어뜨리고 있었다. 벽에 걸려 있던 레코드들이 그 애를 둘러싸고 느릿느릿 원을 그리며 놀고 있었다. 이미 금이 가거나 부서진 것도 있었다. 고개를 뒤로 젖힌 루시는 눈을 뜨고 있었지만 그 눈은 초점을 잃고 텅 비어 있었다. 입을 딱 벌렸고, 목에서 울대가 팽팽하게 도드라져 나왔다.

아서가 한 손으로 아이의 뒷목을 감싼 채 무릎을 꿇고 있었다. 라이너스를 발견하는 순간 눈이 잠깐 커졌지만, 그는 곧 루시에게로 눈길을 돌렸다. 그러더니 달래듯 부드러운 소리로 뭐라고 속삭여주더니 아이의 목을 가볍게 쥐었다.

라이너스는 한 발짝 가까이 다가섰다.

"… 무서울 거야. 안다. 눈을 감을 때 때로는 그 누구도 보아선 안 되는 것들이 보인다는 것도 알아. 하지만 루시퍼, 네 안에는 선한 마음이 있단다. 어마어마하게 선한 마음이 네 안에 있다는 걸 난 알아. 넌 특별한 아이야. 또 중요하단다. 다른 아이들한테도 그렇지만 나한테도 중요해. 세상에 너 같은 사람은 오로지 너밖에 없단다. 난 네가 어떤 아이인지 알고, 또 어떤 아이가 아닌지도 알아. 집으로 돌아오렴. 내가 너한테 바라는 건 집으로 돌아오는 게 전부야."

루시는 전기에 감전된 것처럼 등을 휘었다. 입이 아까보다 더 크게 벌어졌다. 또다시 울부짖는 소리가 아이의 목에서 토해져 나왔다. 짙고도 뒤틀린 것 같은 포효와 함께 루시의 눈이 빨갛게 빛났고 그 모습을 보는 순간 라이너스의 온몸에 소름이 돋았다.

그러나 아서는 아이를 놓지 않았다.

곧 루시의 몸에 힘이 풀리면서 상체가 앞으로 털썩 기울어졌다.

아서가 아이의 몸을 붙잡았다.

펄럭이던 덧문의 움직임이 멎었다. 허공을 돌던 레코드들이 바닥으로 떨어지면서 몇 장은 산산조각이 났다.

"아서?"

루시의 목은 잔뜩 쉬어 있었다.

"아서? 무슨 일이 있었던 거예요? 여기가 어디… 아, 아, 아서."

"난 여기 있단다."

아서가 루시를 꼭 안아주자, 아이는 그의 목에 고개를 묻은 채 작은 몸을 떨며 흐느끼기 시작했다.

"무서웠어요. 길을 잃었는데, *거미들이* 나타났어요. 아서를 찾을 수가 없었어요. 거미줄이 너무 커서 움직일 수 없었어요."

"하지만 결국 나를 찾았잖니."

아서는 아무렇지도 않다는 말투였다.

"넌 돌아왔잖아. 또 베이커 씨도 오셨구나."

"정말요?"

루시가 코를 훌쩍이더니 문간을 향해 고개를 돌렸다. 울어서 부은 얼굴에 눈물이 흥건했다.

"안녕하세요, 베이커 씨. 잠을 깨워서 미안해요. 일부러 그런 건 아니었어요."

라이너스는 고개를 저으며 변명거리를 찾았다. "사과할 필요는 없단다. 나는 원래 잠을 깊게 못 자는 편이라서 말이야."

거짓말이었다. 너는 야생마가 짓밟아도 세상모르고 잘 거라고 어머니는 말씀하셨지.

"네가 괜찮아서 다행이야. 그것 말고 뭐가 중요하니."

루시는 고개를 끄덕이더니 입을 열었다. "가끔 악몽을 꿔요."

"나도 그래."

"정말요?"

라이너스는 어깨를 으쓱한 뒤 말을 이었다.

"살아 있는 사람은 누구나 악몽을 꾼단다. 하지만 아무리 지독한 악몽이라 해도 꿈일 뿐이야. 언젠가는 깨어날 꿈, 그리고 결국 잊힐 꿈이지. 악몽에서 깨는 순간이면 세상 그 무엇보다도 깊은 안도감이 느껴지더라고. 지금까지 본 것들이 전부 진짜가 아니란 걸 알게 되니까."

"레코드를 깨뜨렸어요."

루시는 씁쓸하게 내뱉더니 아서에게서 한 걸음 물러나 팔로 눈물을 훔쳐냈다. "정말 좋아했던 것들인데 부서져 버렸어요."

아이는 바닥에 널브러진 반들거리는 검은 파편들을 씁쓸하게 내려다보았다.

"아니야. 벽에 장식해 두었던 것들만 부서진 거잖아?"

라이너스는 루시 곁으로 다가가 쪼그리고 앉은 다음 부서진 레코드 조각을 하나 집어 들었다.

"아닌 것도 있어요. 제가 듣던 것들도 부서져 버렸어요. *제일 좋아했던 것들인데.*"

"내가 뭐 하나 알려줄까?"

루시는 고개를 끄덕이더니 레코드 파편들을 내려다보았다.

라이너스가 또 다른 조각을 집어 들었다. 먼저 집었던 조각과 딱 맞을 것 같은 조각이었다. 그는 루시의 눈앞에서 두 조각을 맞춰 보았다. 두 조각은 완벽하게 맞아 떨어져 다시 하나가 되었다.

"부서진 것들은 다시 붙이면 돼. 완전히 똑같지는 않을지 몰라, 또 처음처럼 잘 작동하지 않을 수도 있지. 그렇다고 해서 쓸모가 없어진 건 아니란다. 자, 보이니? 접착제를 조금 바르고 약간의 행운만 더하면 아주 감쪽같아진다고. 벽에 붙여 놓으면 부서진 줄도 모르겠구나."

"하지만 제가 듣던 레코드들은 어떡해요?"

루시가 코를 훌쩍이며 물었다.

"벽에 있던 것들은 전부 원래 흠집이 있는 것들이었다고요."

라이너스가 잠시 머뭇거렸지만, 그가 무슨 말을 하기도 전에 아서가 선수를 쳤다.

"마을에 나가면 레코드 가게가 있단다."

라이너스와 루시는 아서를 쳐다보았다.

"정말요?"

아서는 느릿느릿 고개를 끄덕였다.

"그래. 원한다면 같이 가면 되지."

루시가 다시 한번 눈가를 훔쳐냈다.

"진짜요? 그래도 돼요?"

"당연하지." 아서가 천천히 몸을 일으켰다.

"괜찮을 거야. 나들이 삼아 모두 함께 가볼까?"

"베이커 씨도요?"

"한번 부탁해 보자꾸나."

재미있다는 말투였다.

"베이커 씨도 음악을 좋아하니까, 같이 레코드를 골라줄 수도 있겠구나. 두 사람의 음악 취향은 나보다 훨씬 뛰어나잖니."

루시가 환한 얼굴이 되어 빙글 돌아섰다. 어쩌면 이렇게 회복이 빠른 건지 라이너스는 감탄했다.

"같이 가줄 거죠, 베이커 씨? 음악을 같이 골라요!"

라이너스는 당황해서 겨우 입을 열었다.

"그-으-래, 그… 그 정도는 당연히 할 수 있지."

"내려가서 다른 아이들한테 이제 자면 된다고 전해주겠니? 다들 자기 전에 네가 괜찮은지 확인하고 싶어할 텐데."

루시가 아서를 보며 씩 웃었다. 그 눈부신 미소를 보니 라이너스는 또 마음이 아파왔다.

"좋아요!"

루시는 당장 문 밖으로 달려 나가 복도를 뛰어가며 죽지 않았다고, 이번에는 아무 데도 불이 붙지 않았다며, *대단하지* 않느냐고 고함을 질렀다.

몸을 일으키자 라이너스의 무릎에서 뚜둑 소리가 났다.

"나이가 들어서." 어쩐지 창피해진 그가 중얼거렸다.

"하지만 이런 일이야 뭐…."

"그 애는 그 누구도 해치지 않습니다."

아서는 차가운 목소리였다.

깜짝 놀란 라이너스가 고개를 들었다. 아서는 찌푸린 얼굴로 그를 바라보고 있었는데, 지난번과 같은 그 묘한 표정이었다. 라이너스는 그 표정을 조금도 읽을 수가 없었다. 또, 어째서 그의 잠옷 차림을 보며 싱숭생숭한 기분이 드는 건지도 알 수 없었다. 아서의 반바지 아래로 핏기 없이 울퉁불퉁한 무릎이 드러나 보였다. 티셔츠는 주름투성이였다. 그는 평소보다도 더 어려 보였다. 길 잃은 아이처럼.

"다행이네요."

"보고서에 이 일을 기록하시겠지요."

아서는 라이너스의 대답을 못 들었다는 듯 말을 이었다.

"당신을 탓할 수는 없는 일이고, 쓰지 말라는 부탁을 하지도 않을 겁니다. 하지만 루시가 그 누구도 해치지 않았다는 사실을 기억해 줘요. 그 애는… 제가 하는 말은 다 진심입니다. 루시는 착한 아이예요. 선한 마음을 아주 많이 갖고 있습니다. 하지만 그 애는 이곳을 떠나서는 살아갈 수 없을 겁니다. 만약 이곳이 폐쇄된다면, 아니면 루시를 내보내야 한다면, 그 애기 이떻게 될지…."

라이너스는 채 생각을 정돈하기도 전에 손을 뻗어 아서의 손을 잡았다. 두 사람의 손바닥이 닿고, 손가락이 얽혔다. 아서가 손에 힘을 주었다.

"무슨 말인지 알겠어요."

아서는 안심한 표정이 되었다.

그러나 그가 입을 열기 전 라이너스 역시도 덧붙일 말이 있었다.

"루시가 다른 아이들한테 위험하지 않다는 건 알겠어요. 하지만, 그 애 자신한테는 어떻지요?"

아서는 고개를 저었다.

"그건…."

"루시를 이 방, 당신 옆에 두는 게 그것 때문인 거, 맞지요? 필요할 때 당신이 항상 곁에 있어야 하니까."

"맞습니다."

"루시가 스스로를 다치게 한 적도 있습니까?"

아서는 한숨을 쉬었다.

"없습니다. 신체적으로는요. 하지만 그 애는 이런 일을 겪을 때마다 심하게 자책해요. 무언가가 부서지면 그게 누구 것이건 간에 전부 자기 탓이라고 생각하거든요."

"어쩐지 당신이랑 비슷하다는 생각이 드는걸요."

아서의 입술이 살짝 떨렸다.

"어느 정도는."

"루시는 괜찮은 것 같아요."

"그 애가 어떤 존재건, 일단은 아이니까요. 놀랄 만큼 회복이 빠르지요. 루시는 괜찮을 겁니다. 다음에 또 이런 일이 생기기 전까지."

아서의 눈이 살짝 가늘어졌다.

"그리고 그때도 저는 루시 곁에 있을 겁니다."

도전이었다. 라이너스로서는 받아들일 수 없는 도전. 라이너스가 어떤 권고를 내리건 간에 최종 결정은 DICOMY 몫이었다.

"이런 일이 자주 일어나지는 않는다고 하셨지요. 적어도 지금은요. 제가 이곳에 있는 동안 이런 일이 또 일어났을 수도 있었을 거고요."

"저는… 루시가 이런 일을 더는 겪지 않게 된 것이길 *바랐어요.*"

아서의 목소리에 좌절감이 묻어 있었다.

"그런데 이번 일은 왜 일어난 건지, 혹시 알고 계십니까? 오늘 무슨 일이라도 있었던 겁니까?"

아서는 고개를 저었다.

"제가 아는 한은 아무 일도 없었습니다. 제 생각엔… 루시가 머릿속에 거미가 있다고 말하는 것과 관련이 있을 것 같습니다. 우리도 모르는 것이 많잖아요, 그러니까 적그리스도…."

"아." 라이너스가 아서의 손을 잡은 손에 힘을 주며 꾸짖었다.

"우리 그런 말은 쓰지 않기로 했잖아요."

아서가 소리 없이 미소 지었다.

"맞아요, 그러지 않기로 했었지요. 알려주어서 고마워요. 아이가 말하는 거미가 *실제* 거미는 아닐 테지만, 그 애 머릿속에서 일어나고 있는 일을 묘사하는 걸 겁니다. 그 애가 가진 빛에 섞여 들어간 가느다란 어둠의 실들 말입니다."

"그건 그 아이의 일부일 뿐이에요. 누구한테나 각자의 문제는 있는 법이잖아요. 전 뱃살이 있어요. 루시는 아버지가 사탄이고요. 하지만 노력해서 해결하지 못할 문제는 아니죠."

아서가 천장을 향해 고개를 젖히고 눈을 지그시 감더니 아까보다 더 환한 미소를 지었다.

"전 지금의 당신 모습 그대로가 좋습니다."

또 열이 확 몰려오는 기분이었다. 손바닥에 땀이 흥건해졌을 텐데, 차마 아서의 손을 뿌리칠 수가 없었다.

"전… 음. 그것 참… 좋은 뜻이죠?"

"그럴 겁니다."

후회할 말을 내뱉기 전에 어서 이야기 주제를 바꾸고 싶은 마음이 간절했다. 질 게 뻔한 싸움이지만, 그래도 싸우지 않을 수는 없었다. 그는 아서의 손을 놓으며 입을 열었다.

"그럼, 마을에 가기로 한 거지요? 이미 마음을 먹으셨더군요."

아서가 눈을 뜨더니 한숨을 쉬고는 라이너스를 바라보았다.

"당신 말이 옳았어요. 때가 된 것 같습니다. 걱정은 되지만, 걱정이 사라질 일은 없을 테니까요."

"다 잘될 거예요." 라이너스가 한 발짝 물러났다.

"뭔가 문제가 생긴다면 제가 가만히 있지 않을 겁니다. 예의 없는 것들을 참아줄 시간도 인내심도 없거든요."

이유는 알 수 없었지만 라이너스는 마치 자기 몸에서 빠져나와 허공에 둥둥 뜬 것 같은 이상한 기분이었다. 내일이면 모든 게 다 꿈처럼 느껴질지도 모른다.

"이제 자야겠어요. 좀 있으면 아침이 되어버릴 것 같은데."

분명 얼굴이 빨개졌을 거라고 확신하면서 라이너스는 돌아섰다.

문밖으로 나가려는데 아서가 그의 이름을 불렀다.

걸음을 멈췄지만 돌아서지는 않았다.

"진심이었습니다."

숨죽인 목소리였다.

"뭐가요?"

"지금의 당신 모습 그대로가 좋다는 말이요. 지금까지 어느 누구한테도 해본 적 없는 생각입니다."

라이너스는 문손잡이를 단단히 움켜쥐었다.

"그게… 고마워요. 친절한 말씀이시네요. 잘 자요, 아서."

아서가 큭 웃었다.

"잘 자요, 라이너스."

그 말을 듣자마자 라이너스는 얼른 방을 떠났다.

그날 밤 라이너스는 다시 잠들 수가 없었다.

게스트하우스로 돌아와 침대를 다시 원래 자리로 밀어놓았다. 고된 밤이었으니 금세 잠에 빠질 줄 알고 자리에 누웠다.

그러나 잠은 오지 않았다.

그대로 밤새도록 가만히 누워서 아서의 손의 감촉, 그리고 두 사람의 손이 맞물리던 순간을 떠올렸다. 어리석고, 또 위험하겠지. 그러나 고요하기만 한 어둠 속에서 그로부터 그 순간을 앗아갈 수 있는 건 그 무엇도 없었다.

14장

메를은 연락선에 탄 채 입을 떡 벌리고 서 있었다.

라이너스는 조수석의 열린 창문으로 상체를 내밀었다.

"게이트 내릴 겁니까, 안 내릴 겁니까?"

메를은 꼼짝도 하지 않았다.

"쓸모없는 자식." 그가 투덜거렸다.

"도대체 저 사람을 어떻게 믿고 이렇게 큰 배에 오른다는 건지. 아직 아무도 안 죽었다는 게 믿기지가 않는군."

"그럼 우리 배가 충돌해서 바다에 빠져 죽는 거예요?"

천시가 말했다. "멋있다."

라이너스는 한숨을 쉬었다. 아이들 앞에서 말조심하는 걸 잊지 말아야했다. 고개를 돌려 뒷좌석을 보았다. 바다에 빠져 죽는다는 말을 들은 여섯 아이들이 제각기 흥미로운 눈으로 그를 바라보고 있었다. 그중에서도 루시와 천시가 제일 신이 난 것 같았다.

셋째 줄 좌석에 앉아 있던 조이가 라이너스를 향해 눈썹을 들어보였다. 그가 저지른 사태는 직접 해결하라는 무언의 표현이었다.

후회할 일은 일어나지 않아야 할 텐데.

천시는 이미 잔뜩 들떠 있었다.

"우린 바다에 빠져 죽지 않을 거야."

라이너스는 최대한 참을성 있는 말투로 입을 열었다.

"그건 그냥 어른들이 쓰는 말버릇일 뿐이니까, 너희 같은 아이들은 그런 말을 써선 안 된다."

운전석에 앉아 있던 아서가 코웃음을 치는 소리가 들렸지만 라이너스는 무시했다. 그날 밤 이후 아서와의 사이가 미묘해졌다. 한때는 하고 싶은 말은 무엇이든 할 수 있었는데, 이제는 그의 앞에 서면 수줍은 소년처럼 얼굴이 달아오르고 말이 헛나왔다. 어처구니가 없는 일이었다.

"어른들은 죽음에 대한 생각을 많이 해요?"

루시가 고개를 묘한 각도로 기울인 채 물었다.

"그러면 나도 어른이겠네요, 항상 죽음을 생각하니까요. 난 죽은 것들이 좋아요. 베이커 씨가 죽어도 계속 좋아할 거예요. 어쩌면 더 좋아할 수도 있어요."

조이가 터져 나오려는 웃음을 손으로 막으며 창밖을 내다보았다.

조이든 아서든 도움이 안 돼.

"어른들은 죽음에 대한 생각을 많이 하지 않아."

라이너스가 짐짓 엄격한 말투로 말을 이었다.

"사실 어른들은 그런 생각은 거의 안 한단다. 나도 마찬가지고."

"그러면 왜 어른들이 쓴 죽음에 대한 책이 그렇게 많은 거예요?"

피가 물었다.

"글쎄… 그건… 별로 상관없는 일이잖니! 내가 *하려는* 말은 지금부터 죽음에 대한 이야기는 그만하라는 거야!"

탈리아가 현자처럼 턱수염을 쓰다듬었다.

"그래요. 죽게 될 거라면 차라리 모르고 있는 게 낫죠. 안 그러면 지금부터 비명을 질러댈 테니까. 깜짝 선물처럼 죽음이 찾아왔을 때 그때 비명을 지르면 되죠."

샐의 무릎에 앉아 있던 시어도어가 날개 아래로 머리를 숨기면서 걱정된다는 듯 쩍쩍 울었다. 샐이 머리를 쓰다듬어 주었다.

"난 아저씨가 언제 죽을지 알 수 있어요."

루시가 고개를 젖히더니 승합차 천장을 바라보았다.

"노력하면 미래를 볼 수 있거든요. 베이커 씨가 언제 죽을지 궁금하세요? 오… 보인다. 알겠어요! 아저씨는 아주 끔찍한…."

"*안* 궁금해." 라이너스가 쏘아붙였다.

"*다시* 한번 말하지만, 마을 사람들을 따라다니면서 앞으로 어떤 운명이 닥칠지 알려주겠다고 하면 절대 안 된다!"

루시가 한숨을 쉬었다.

"앞으로 어떻게 죽는지 알려주지도 못하면 어떻게 새 친구를 사귀어요? 그러면 마을에 가서 좋은 게 뭐람?"

"아이스크림을 먹고 레코드를 사지."

아서가 말했다.

"아, 좋아요!"

"저 괜찮아요? 제 옷 진짜 괜찮아요?"

천시는 거의 백 번째로 그렇게 묻고 있었다.

천시는 조그만 트렌치코트를 걸치고 두 눈 사이에 실크 햇을 올려놓은 채였다. 변장을 하겠다는 생각이었는데, 딱히 효과는 없었다.

"괜찮아. 근사하기까지 한 걸."

"꼭 엄청난 비밀을 품고 그늘에 숨어 있는 스파이 같아."

샐이 말해주었다.

"코트를 열어젖히고 알몸을 보여주려는 사람 같기도 하고."

탈리아가 중얼거렸다.

"뭐라고? 절대 그런 짓은 안 할 거야!"

조이는 더 이상 참지 못하고 깔깔 웃음을 터뜨렸다.

라이너스는 다시 몸을 돌려 앞을 바라보았다. 메를은 아직도 입만 떡 벌리고 서 있었다.

"생각이 바뀌기라도 했어요?"

아서가 물었다. 그가 미소 짓고 있다는 사실은 굳이 고개를 돌려 확인해 볼 필요도 없었다.

"아뇨. 당연히 아니죠. 다 잘될 거예요. 오늘의 나들이는 정말… 이런 *제기랄!* 그 빌어먹을 게이트 좀 내리라니까!"

"오오오오."

아이들이 외쳤다.

"베이커 씨가 욕을 하다니."

탈리아가 감탄에 차서 중얼거렸다.

"오늘 오후에 돌아갈 겁니다."

연락선에서 내리면서 아서가 메를에게 말했다.

"아무 문제도 없었으면 합니다. 당신한텐 보너스를 주죠."

메를이 고개를 끄덕였지만 여전히 입을 떡 벌린 채였다.

"그게… 알겠습니다. 파르나서스 씨."

"그렇겠지요. 다시 만나 반갑군요."

메를은 배를 향해 달려가 버렸다.

"참 이상한 친구야."

그 말을 남기고 아서는 마을을 향해 차를 출발시켰다.

휴가철이 끝난 9월 말이었기에 마르시아스 마을은 평소만큼 북적거리지 않았다. 라이너스가 처음 이곳에 도착한 3주 전만 해도 길에서 가게 안을 들여다보는 사람들이라든지 통통한 발에 플립플롭을 신고 파라솔이며 비치타월, 아이스박스를 챙겨 바닷가를 향하는 부모와 수영복 차림으로 따라다니는 어린아이들이 눈에 띄었다.

마을이 텅텅 비어버린 것은 아니었지만 조용했기에 라이너스는 안심이 되었다. 오늘의 나들이가 최대한 순조롭게 끝나서, 라이너스가 떠나고 난 뒤에도 이어지기를 바랐다. 자신이 이 고아원이 당연히 유지될 수 있을 거라고 생각하고 있다는 사실을 그는 여전히 알아차리지 못한 채였다.

하지만 길에 있던 몇몇 사람들은 그들을 향한 노골적인 시선을 숨기지 않았다.

두 아이를 데리고 걸어가는 여자를 스쳐지나갈 때였다. 창가에 앉아 있던 탈리아가 손을 흔들었다. 아이들도 탈리아를 향해 손을 흔들었다. 그러자 여자는 아이들이 납치라도 당할세라 두 아이를 얼른 바짝 끌어당겼다.

탈리아 맞은편에 앉아 있던 천시가 유리창에 얼굴을 바짝 대고 눈을 이리저리 휘둘렀다.

"호텔이 보여! 저거 좀 봐! 저기… 세상에, 이럴 수가. 저기 호텔 직원이 있어! 살아 있는 진짜 호텔 직원이야! 저기 좀 보라고!"

천시가 가리키는 것은 가느다란 체구의 남자였다. 두둑한 모피를 껴입고 값비싼 차에서 내리는 한 할머니를 부축하고 있었다. 천시의 날카로운 목소리에 라이너스가 뒤를 돌아보니 천시는 유리창에 입을 댄 채 큰 숨을 불어내고 있었다. 바람에 머리가 커다랗게 부풀었다.

그 모습을 본 할머니는 한 손을 목으로 가져가며 비틀거렸지만, 호텔 직원이 얼른 부축하는 바람에 쓰러지지 않을 수 있었다.

"우와." 천시가 감탄하며 유리창에서 얼굴을 떼어냈다.

"호텔 직원은 *뭐든지* 할 수 있구나."

다 잘될 것 같았다.

이서는 관광객을 위해 마련된 주차장에 차를 세웠다. 휴가철이 끝난 주차장에는 빈자리가 많았고, 요금 정산소에는 아무도 없었다. 제일 먼저 보인 빈자리에 차를 세운 아서가 시동을 껐다. "얘들아, 내려서 두 명씩 짝을 짓자."

차가 들썩거리는 바람에 라이너스는 무릎에 놓았던 보고서를 꼭 붙들었다. 세 번째 보고서는 언제나처럼 봉투에 넣어 봉인한 뒤 마법아동관리부서 내 최고위 경영진 앞으로 주소를 써 둔 상태였다. 우체국부터 갈까 하는 생각이 들었지만, 나들이가 끝난 뒤에 가는 게 낫겠다고 결론 내렸다. 방해 요소가 최대한 없는 게 낫지. 그는 보고서를 대시보드 위에 다시 올려놓았다.

"괜찮아요?"

아서가 나직이 물었다.

아서를 보는 순간 손을 잡았을 때의 감촉이 떠올라 얼른 눈을 피했다. 왜 자꾸 이런 생각이 드는 걸까.

"네. 다 잘되겠죠."

라이너스는 무뚝뚝하게 대답했다.

"오늘은 자꾸 그 말만 반복하네요."

"네. 뭐, 계속 말하다 보면 사실이 될 테니까요."

아서가 손을 뻗어 그의 어깨를 살짝 건드렸다.

"아이들은 얌전하게 굴 거예요."

"아이들을 걱정하는 게 아니에요."

라이너스는 솔직하게 털어놓기로 했다.

"예의 없는 행동은 참아주지 않겠다고 외치던 남자가 희미하게 기억나는 것 같은데, 굉장히 강렬한 선언이어서 깊은 인상을 받았습니다."

"그런 모습을 좋아하는 편이라면, 섬 밖으로 더 자주 나오는 게 좋겠네요."

아서가 웃었다.

"당신 참 재미있어요. 보세요, 그래서 이렇게 나왔잖아요. 그럼, 나가봅시다. 이렇게 영원히 차 안에 있을 수는 없잖아요."

그럴 수는 없었지만, 라이너스는 영원히 차 안에 있고 싶은 마음도 있었다. 어리석은 줄 알면서도 어쩐지 초조한 불안감이 가시지가 않았다. 아이디어를 낸 건 그였고, 밀어붙인 것도 그였는데.

그는 앞유리 너머를 보았다. 눈앞 건물의 벽면, 청키콜라 광고 아래에 **무언가를 보면 말하라**라는 현수막이 걸려 있었다.

"신분증 챙기셨죠?"

라이너스가 목소리를 낮추어 물었다.

"챙겼죠."

"그래요."

라이너스가 문을 열고 승합차에서 내렸다.

아이들은 차 뒤편에 둘씩 짝을 짓고 서 있었다. 루시와 탈리아. 샐과 시어도어. 피와 천시. 짝은 아이들이 직접 정한 것이었는데, 샐이 시어도어와 짝을 지을 거라는 건 알았지만 루시와 탈리아가 함께 서 있는 모습을 보자마자 오싹했다. 두 아이는 같이 있으면 두 배로 감당하기 힘들었다. 그렇기에 이이긴 아시의 말에 라이너스는 경악하고 말았던 것이다.

"피와 천시는 채플화이트씨와 함께 가렴. 샐과 시어도어는 나와 함께 갈 거야. 루시와 탈리아, 베이커 씨를 따라가렴."

루시와 탈리아가 동시에 느릿느릿 고개를 돌려 똑같이 씨익 웃는 순간 라이너스의 등줄기를 타고 소름이 퍼졌다.

라이너스는 횡설수설하기 시작했다.

"어쩌면 우리… 그러니까 왜 꼭… 우리 정말… 아이고."

"왜 그러세요, 베이커 씨?"

루시가 다정한 목소리로 물었다.

"그래요, 베이커 씨. 무슨 문제라도 있어요?"

탈리아도 거들었다.

"*괜찮아. 다 괜찮을 거야.* 그래도, 모두 다 함께 움직이는 게 좋지 않을까?"

"최대한 그러죠."

오늘도 아서의 바지는 긴 다리에 비해 너무 짧았다. 양말은 보라색이었다.

"그래도 레코드 가게에서 다른 아이들이 지루해할 겁니다. 게다가 당신만큼 음악을 잘 골라줄 수 있는 사람이 누가 있겠어요? 얘들아, 용돈은 다들 잘 챙겼지?"

모두가 고개를 끄덕였지만 천시 혼자만 울부짖기 시작했다.

"아니요! 까먹었어요. 옷을 입느라 정신이 없었어요! 난 빈털털이야, 아무것도 없어!"

"다행히 그럴 거라고 예상했단다. 그래서 네 몫의 용돈은 너 대신 조이가 가지고 있지."

천시는 곧바로 진정했는지 존경의 눈빛으로 아서를 올려다보았다.

아서는 손목시계를 확인했다. "도중에 헤어진다면 2시 반에 아이스크림 가게 앞에서 만나기로 하자. 알겠니?"

모두가 입을 모아 알겠다고 했다.

"그럼 가보자꾸나!"

아서의 목소리가 밝았다.

루시와 탈리아가 얼른 다가오더니 라이너스의 손을 하나씩 잡았다.

"마을에 공동묘지가 있을까요, 베이커 씨?" 루시가 물었다. "만약 있다면 가보고 싶어요."

"삽을 챙겨왔어야 한다니까." 탈리아가 투덜거렸다. "삽이 없으면 시체를 어떻게 묻어요?"

결국 라이너스는 후회하게 될 모양이었다.

최대한 피하고 싶은 일이었지만, 약 3분 26초 뒤 모두는 각자의 길로 헤어지게 되었다. 어쩌다 그렇게 된 건지 라이너스는 정확히 알 수 없었다. 다음 순간 탈리아가 극도로 행복하다는 듯 노옴어로 뭔가 중얼거리더니 루시와 라이너스를 끌고 가게 안으로 들어가 버렸다. 문이 닫히면서 머리 위의 종이 딸랑 울렸다.

"뭐야?" 라이너스가 어깨 너머로 뒤돌아보자 나머지 일행들은 여전히 길을 걷고 있었다. 아서가 그에게 찡긋 윙크하더니 가던 길을 계속 가버렸다. "잠깐만, 우리도…."

하지만 탈리아는 단념하지 않았다. 아이는 라이너스의 손을 놓고 혼자 노옴어로 툴툴거리면서 성큼성큼 가게 안쪽을 향해 걸어가 버렸다.

"안 돼, 하필이면 다른 데도 아니고 여길 택하다니."

루시가 불평했고, 라이너스는 눈을 끔벅였다.

그들은 철물점 안에 들어와 있었다.

탈리아는 원예용 연장들이 진열된 곳 앞으로 다가가서 턱수염을 만지작거리며 모종삽이며 갈퀴를 살펴보고 있었다. 그러다가 걸음을 멈추고 탄성을 질렀다.

"B. L. 맥스 신제품이잖아! 벌써 나온 줄 몰랐는데!"

탈리아는 손잡이가 꽃 모양 각인으로 장식되어 있는 삽을 끄집어냈다. 그다음에는 돌아서서 라이너스에게 삽을 내보였다.

"〈월간 원예용품〉에서 최고 평점을 받은 제품들이라고요! 내년 봄이나 되어야 나올 줄 알았는데! 그게 무슨 뜻인지 아세요?"

알 수 있을 리가 없었다. "으음?"

탈리아는 격하게 고개를 끄덕거렸다.

"바로 그거라고요! 생각해 봐요! 사야겠어요, 그다음엔 루시가 가자는 공동묘지에 가면 되겠어요! 이 삽만 있으면 온갖 것들을 다 묻어버릴 수 있을 거예요!"

"그렇게 큰 소리로 말하면 어떡하니!"

라이너스가 기겁했지만 탈리아는 그를 무시하며 삽을 손에 익히려는 것처럼 구덩이 파는 흉내를 내기 시작했다.

루시마저도 흥미를 느낀 것 같았다.

"좀 작은 것 같은데. 이렇게 작은 삽으로 어떻게 무덤을 파?"

"크기가 중요한 게 아니야."

탈리아는 비웃음을 던졌다.

"중요한 건 물건을 제대로 쓰는 거라고. 그렇죠, 베이커 씨?"

라이너스는 헛기침을 했다.

"그… 그래, 그렇겠구나."

"게다가 난 노움이라고, 루시. 내가 구덩이를 얼마나 잘 파는진 너도 알잖아."

루시가 안심한 듯 고개를 끄덕였다.

"맞아. 적어도 시체를 서너 개는 묻어야 할 테니까…."

"시체를 *하나라도* 묻는 일은 없을 거다. 그러니 그런 생각은 지금 당장 잊어버려."

"안 묻는다고요?" 탈리아가 삽을 내려다보면서 물었다.

"그럼 왜 가는 거예요?"

"왜냐니? *어딜* 왜 간다는 거냐?"

"공동묘지요." 루시가 라이너스의 손을 붙들고 마구 끌어당겼다.

"우린 공동묘지엔 *안* 간다니까!"

탈리아가 실눈을 떴다.

"가기로 했잖아요."

그러자 루시가 호들갑을 떨어대기 시작했다.

"세상에. 혹시 노망이라도 든 거 아니야? 엄청 늙었으니까 정신을 놓고 있나 봐! 도와주세요! 제발요! 누가 좀 도와주세요! 저희를 지켜줘야 하는 이 아저씨가 노망이 들어서 우리한테 무슨 짓을 할지 모르겠어요!"

그때, 땅딸막한 체구의 여자 한 명이 통로 끝에서 걱정스러운 표정으로 나타나 다가왔다. 이마에는 흙이 묻어 있고, 원예장갑을 낀 손에는 전지가위를 들고 있었다.

"세상에, 무슨 일이니? 너희들… 괜찮은…?"

삽을 든 탈리아를 보는 순간 가게 주인은 말을 잇지 못했다. 서서히 눈길이 수도 없이 많은 이를 드러내고 씩 웃고 있는 루시를 향했다.

가게 주인이 한 발짝 뒤로 물러났다.

"너희들 섬에서 왔구나."

"맞아요." 탈리아가 진지한 목소리로 대답했다.

"그건 그렇고, B. L. 맥스 제품에 대해 여쭤볼 게 있어요. 언제 나온 거예요? 평점만큼 품질도 좋아요? 생각했던 것보다는 가볍네요."

"우리 공동묘지에 갈 거예요."

루시가 불길하게 들리는 높낮이 없는 목소리로 끼어들었다.

"마을에서 사람들이 많이 죽나요? 그랬으면 좋겠는데."

가게 주인의 눈이 휘둥그레 커졌다.

"안 간다니까." 라이너스가 황급히 나섰다.

"여기, 탈리아는 정말 아름다운 정원을 가꾸고 있답니다. 그렇게 흠잡을 것 하나 없는 정원은 처음 봤어요."

가게 주인은 진정하지 못한 것 같았지만, 탈리아는 우쭐해졌다.

"고마워요, 베이커 씨!" 그러더니 아이가 다시 주인을 바라보았다.

"옷 입은 것만 보면 잘 모르겠지만, 그래도 가끔 여기 베이커 씨도 안목이 꽤 괜찮을 때가 있어요."

가게 주인은 뻣뻣하게 고개를 끄덕였다.

"그것 참… 멋지구나."

그러더니 헛기침을 해 목을 골랐다.

"정원이라고 했니? 섬에 정원이 있어? 내 생각엔…."

거기까지 말한 뒤 그는 제풀에 입을 다물었다.

탈리아가 고개를 갸웃했다.

"뭐라고 생각했는데요?"

"그게… 어. 별거 아니란다."

그가 재빨리 라이너스에게 눈길을 한 번 던지더니 누가 봐도 억지웃음 같은 미소를 애써 지었다.

"정원 이야기를 들려주겠니? 그럼 너한테 필요한 제품을 찾아줄게."

"안 돼." 루시가 신음했다. "탈리아가 말을 영영 멈추지 않게 생겼네."

탈리아는 루시를 무시하고 정원을 설명하기 시작했다. 그 설명이 어쩌나 철저한지, 정원의 구석구석까지 빠짐없이 설명할 태세였다. 라이너스는 속으로 루시의 말에 동의하는 한편 가게 주인이 그들을 얼른 내보낼 생각으로 탈리아의 비위를 대충 맞춰주는 척하는 것이 아닌지 주시하고 있었다.

처음에는 라이너스의 생각대로인 것 같았지만, 가게 주인은 긴장이 풀렸는지 탈리아의 말을 가로막고 토양의 pH 수치라든지 키우고 있는 꽃과 식물의 종류를 묻기 시작했다. 그는 탈리아의 지식과 아이가 가꾼 정원 이야기에 감명을 받은 것 같았다.

"B. L. 맥스가 최고 제품이라고들 하지만 빨리 망가지는 편이란다. 너처럼…."

그가 헛기침을 하더니 다시 말을 이었다.

"…능숙한 원예가에게는 폭스페어스 제품이 더 좋을 거야. 견고하고 가격도 저렴하거든. 나도 폭스페어스 제품을 쓴단다."

탈리아는 거의 경건하다싶을 만큼 조심스레 삽을 다시 진열대에 돌려놓았다.

"폭스페어스라고요? 〈월간 원예용품〉에서는…."

"〈월간 원예용품〉말이냐?" 가게 주인은 비웃는 말투였다.

"오, 우리 아가, 원예용품계에서 이제 〈월간 원예용품〉은 〈격주간 원예용품〉같은 자리로 밀려난 지 오래란다. 요즘엔 〈격월간 원예용품〉이 대세야. 제대로 된 원예가들은 다들 〈격월간 원예용품〉만 읽는다니까."

탈리아가 놀라서 "*정말요?*" 하더니 라이너스를 노려보았다.

"왜 난 몰랐던 거죠? 또 어떤 비밀을 나한테 숨기고 있었던 거예요?"

라이너스는 속수무책이었다.

"지금 뭐가 어떻게 되고 있는 건지 모르겠구나."

그러자 가게 주인이 그를 흘겨보았다.

"괜찮아? 노망 난 건 아니고?"

루시가 낄낄 웃어댔고, 라이너스는 한숨을 쉬었다.

합계 금액은 놀라울 정도였다. 라이너스는 살면서 원예용품에 이만한 돈을 써본 적이 단 한 번도 없었다.

탈리아가 미소 띤 얼굴로 가게 주인을 올려다보았다.

"잠시만 실례해도 될까요?"

가게 주인이 고개를 끄덕였다.

돌아서자마자 탈리아의 얼굴에서 미소가 싹 사라져 버렸다. 아이는 당황해서 어쩔 줄 몰랐다. 라이너스의 손을 잡고 마구 끌어당기며 속삭였다.

"돈이 모자라요. 그렇다고 때려눕히고 훔칠 수도 없잖아요, 그렇죠? 그건 나쁜 짓이잖아요."

"당연히 때려눕히고 훔치면 안 되지."

루시는 눈을 굴리며 "그럴 줄 알았어." 하더니 얼굴을 찌푸린 채 주머니에서 구겨진 지폐 한 뭉치를 꺼내 탈리아에게 내밀었다.

"이 정도면 충분할까?"

탈리아가 고개를 저었다.

"안 돼, 루시. 받을 수 없어. 그건 네 레코드 살 돈이잖아."

루시는 어깨를 으쓱했다.

"그렇긴 하지만 레코드가 전부 부서진 것도 아닌걸. 게다가 부서진 것도 어차피 내 잘못이니까. 내 돈 가져."

"둘 다 주머니에 용돈 도로 집어넣어라."

라이너스가 목소리를 낮춰 끼어들었다.

"하지만 그럼 내 *연장들은*…."

라이너스가 아이들의 손을 뿌리치고 계산대 앞으로 다가가 지갑을 꺼냈다. 지갑 안에서 위급할 때만 사용하는 다이너스 클럽 카드를 꺼내 주인에게 내밀면서 희미한 미소를 지었다. 가게 주인이 카드를 각인기 위에 올린 다음 손잡이를 당겨 영수증을 찍어냈다.

뒤에서 아이들이 소곤거리는 소리가 들렸다. 라이너스는 아이들이 물건들을 정말 털어가려는 건 아닌지 확인하려고 뒤를 돌았다. 하지만 탈리아는 젖은 눈으로 웃고 있었고 루시가 한 팔로 그 애의 어깨를 감싸고 있었다.

가게 주인이 헛기침을 하는 소리에 라이너스는 다시 돌아섰다. 라이너스에게 카드를 돌려준 그는 탈리아가 산 것들을 봉투에 담기 시작했다. 탈리아가 옆으로 다가와서는 자기보다 키가 커서 올려다볼 수 없는 카운터 너머를 향해 손을 흔들어댔다. 주인이 탈리아에게 봉투를 건넸다.

주인은 잠시 머뭇거리다가 입을 열었다.

"네 정원 말이야. 정말 예쁠 것 같구나."

"정말 예뻐요." 자의식이라고는 한 점 없는 솔직한 답변이었다.

"혹시 말이다… 내가 정원 사진을 찍으러 다니거든."

그러면서 그가 벽에 걸린 게시판을 가리켰다. 여러 정원 사진이 잔뜩 붙어 있었다.

"우리 손님들의 정원이란다. 정원은 저마다 다른 것 같아. 정원에는 가꾸는 사람의 개성이 담겨 있거든."

"우리 정원에는 시체가 없어요." 루시가 열심히 말했다.

"그것만 빼면 탈리아의 개성이 잔뜩 담겨 있는 정원이에요."

"그거 참 다행이구나." 가게 주인은 힘없이 대답한 뒤 고개를 저었다.

"혹시… 여기 계시는 베이커 씨도 괜찮다고 하시면, 내가 다음에 네 정원을 구경하러 가도 되겠니? 봄에 꽃이 피면 말이야. 괜찮다면 그 전이라도 좋고."

"좋아요." 탈리아가 눈을 반짝이며 대답했다.

"*정말 좋아요.* 하지만 그때 베이커 씨는 없을 거예요. 아서한테 물어봐야 해요. 베이커 씨는 우리가 굶지는 않는지, 아니면 얻어 맞거나 우리에 갇혀 있는 건 아닌지 확인하러 온 거라서 이제 곧 집에 돌아가거든요."

라이너스는 도대체 뭐라고 대답해야 할지 몰라 누군가가 도와주기를 바라는 심정으로 천장만 올려다보았다.

"아… 그럼, 잘된 거지?"

루시는 고개를 끄덕였다.

"엄청 잘됐죠. 하지만 베이커 씨도 나쁘진 않아요. 아저씨가 처음 섬에 왔을 땐 제가 겁을 줘서 쫓아 보내려고 했지만 지금은 아저씨가 살아 있고… 그 반대가 아니라서 좋아요."

라이너스는 한숨을 쉬었다.

"잘됐구나." 가게 주인은 또 힘없이 대답했다.

"정말 다행이야. 언제 찾아갈지 아서와 상의해 보마."

탈리아가 그를 향해 눈부시게 웃었다.

"깜짝 놀랄 준비 하셔야 할 걸요. 제 정원을 보고 나면 여기 있는 다른 정원들은 전부 형편없어 보일 거라고요."

이제는 물러갈 때가 된 것 같았다.

"감사합니다." 라이너스는 그렇게 말하고 아이들의 팔을 붙들고 가게를 나설 준비를 했다.

"안녕, 식물 아주머니! 곧 봐요!"

햇빛이 쏟아지는 바깥으로 나온 뒤에야 라이너스는 다시 숨을 쉴 수 있었다. 하지만 뭐라고 입을 열기도 전에 무언가가 오른쪽 다리를 꽉 안아오는 바람에 그는 깜짝 놀랐다. 내려다보자 탈리아가 그의 다리에 매달려 있었다.

"고마워요, 베이커 씨."

아이가 나직하게 말했다.

그는 머뭇거리다가 모자 속 탈리아의 머리를 토닥여 주었다. 며칠 전만 해도 감히 엄두도 못 내었을 일이었다. "별거 아니야."

"아저씨는 정말 멋있고 마음씨도 좋아."

루시는 양팔을 뻗은 채로 길에서 빙글빙글 돌고 있었는데, 라이너스로서는 도대체 왜 저러는지 알 수가 없었다.

"아저씨가 잊지 말고 나한테도 똑같이 해줬으면 좋겠어. 나만 내 돈으로 레코드를 사고 소외감을 느끼는 바람에 지옥의 구덩이를 열어서 온 마을을 삼켜버리지 않을 수 있게."

어째서 루시의 위협이 예전만큼 무섭지 않은 건지 채 생각할 사이도 없이 그들은 다시 걸음을 옮겼다.

"저쪽 끝이야." 게슴츠레한 눈에 핏발이 선 레코드 가게의 남자가 말했다. 어깨까지 닿는 긴 머리에, 몸을 좀 씻어야 할 것 처럼 생긴 남자였다.

즉, 루시를 홀리고도 남을 외모였다.

"저쪽 끝이라고요?"

루시는 카운터 위에 기어올라가 무릎을 꿇은 자세로 그 남자—

"제이본이라고 불러줘, 알아들었어?"—와 마주앉아 있었다. 가게

안쪽에는 또 다른 남자 직원이 그들을 주시하고 있었다.

"너는 꼭…."

제이본이 양팔을 펼치며 입으로 폭발음을 냈다.

"맞아요. 그게 바로 나예요. 쾅."

제이본은 가게 바닥에 앉아서 노래를 흥얼거리며 새로 산 연장

들을 하나씩 살펴보고 있는 탈리아를 내려다보았다.

"꼬마 친구가 턱수염이 있네. 그것도 여자 친구가."

"엄청 부드러워요." 루시가 대답했다.

"수염 전용 비누가 엄청 많거든요. 여자애들이 쓰는 꽃향기가 나요."

"끝내주는걸. 널 리스펙트 해, 여자 친구."

"이건 모종삽이에요. 내 거예요."

"멋지구나."

그러더니 제이본은 그에게 바짝 붙어 앉아 있던 루시에게로 고

개를 돌렸다.

"친구, 필요한 게 뭐지?"

"레코드를 살 거예요. 거미가 나오는 악몽을 꾸는 바람에 갖고 있

던 레코드가 다 부서져서 새로 사야 하거든요. 용돈을 아껴야 하

니까 돈은 베이커 씨가 낼 거예요."

제이본이 고개를 끄덕였다.

"무슨 소린진 하나도 모르겠지만 레코드라는 말은 잘 알아들었어, 레코드라면 여기 잔뜩 있지."

그는 안쪽에 있는 남자를 고갯짓으로 가리켰다.

"나랑 마티한테 맡기라고."

"아저씨한테서 신기한 냄새가 나요."

루시가 그에게 몸을 바짝 가져다대고 크게 숨을 들이쉬었다.

"꼭… 풀 냄새 같은데 탈리아의 정원에 있는 풀이랑은 다르네요."

"아, 그건 말이야, 내가 직접 키워서 피우는…."

"거기까지 하시죠." 라이너스가 끼어들었다.

"개인적으로 하는 취미 생활에 대해선 알고 싶지 않습니다."

"저 꼰대는 누구냐?"

제이본이 작게 속삭였다.

"베이커 씨예요."

루시도 속삭이는 소리로 답했다.

"제가 정신력으로 누굴 산 채로 태워버린 다음에 연기가 피어오르는 시체에서 영혼을 꺼내 먹을까 봐 감시하러 온 거예요."

"지지 말라고, 어린 친구."

제이본이 하이파이브를 건네자 루시는 신나게 손바닥을 짝 맞부딪쳤다.

"뭐, 나한테는 안 그랬으면 좋겠긴 한데, 네 멋대로 하라고."

그가 머리를 흔들어 머리카락을 어깨 너머로 넘겼다.

"뭘 좀 찾아 줄까?"

"빅 보퍼. 리치 밸런스. 버디 흘리."

"우와. 올드스쿨인데."

"머릿속의 거미들을 쫓아주거든요."

"뭔 소린지 알겠다. 너 더 킹도 좋아하나?"

루시가 코웃음을 치며 무릎을 꿇은 채 상체를 일으켰다. "엘비스 프레슬리를 좋아하냐고요? *당연히* 좋아하죠. 우리 진짜 아빠가 그 사람 한 번 만나봤을 걸요."

라이너스는 그 말에 대해서 아무런 질문도 하지 않기로 했다.

"진짜 아빠라고?"

제이본이 그렇게 물으며 카운터로 몸을 기울였다.

루시가 눈을 이리저리 피하면서 대답했다.

"네. 아빠는… 제 곁에 없어요."

"양육비 안 주고 튀었어?"

"비슷해요. 좀 사정이 복잡해요."

"아, 무슨 소린지 알겠다. 우리 아빠도 내가 인생의 낙오자라고 생각한단 말이야. 레코드 가게 따위가 아니라 제대로 된 일을 하라는 거야."

루시는 그 말에 아연실색했다.

"하지만… 이 레코드 가게 진짜 *세상*에서 최고잖아요!"

"그치? 그런데 우리 아빠 자기처럼 개인상해 변호사가 되래."

루시는 얼굴을 잔뜩 찌푸렸다.

"내 진짜 아빠가 개인상해 변호사들이라면 *빠삭하게* 알고 있는데요. 솔직히 아저씨가 진짜 훨씬 나아요."

"내 생각도 그래. 혹시 산토 앤 자니 들어봤니?"

"〈슬립워크〉 완전 좋아해요!"

루시가 환호성을 질렀다.

"하지만 그 레코드는 없어요."

"억세게 운이 좋구나. 지금 딱 한 장 남았거든. 찾아보자꾸나."

루시는 제이본을 따라 가게 안쪽으로 걸어갔다.

"어이, 마티! 이 꼬마 손님한테 추억의 명곡 하나 찾아주라고."

"끝내준다."

루시가 동경의 눈으로 제이본을 올려다보며 "추억의 명곡!" 하고 따라 외쳤다. 마티라고 불린 직원은 아무 말도 하지 않고 고개만 까닥하더니 돌아서서 가게 안쪽으로 들어갔다.

루시가 자신에게서 멀어진다는 게 라이너스는 불안했다. 탈리아를 내려다보았다.

"괜찮은지 잠시 확인하고 와야겠다. 혼자 있어도 괜찮겠니?"

탈리아는 눈을 굴렸다.

"난 263살이라고요. 당연히 괜찮죠."

"가게 밖에 나가면 안 된다."

아이는 라이너스의 말을 무시한 채 다시 새로 산 연장들을 사랑스럽다는 듯 손가락으로 어루만졌다.

루시, 제이본, 그리고 마티는 보이지 않는 곳으로 사라진 뒤였다.

라이너스는 세 사람이 향한 방향으로 갔다. 가게 깊숙한 안쪽에 잠긴 문이 하나 있었다. 열어보려고 했지만 꼼짝도 하지 않았다.

문 안에서 비명 소리, 그리고 와장창 부서지는 소리가 들려왔다.

라이너스는 즉시 온몸을 문에 던졌다. 문이 경첩에서 빠져나와 바닥에 쾅 떨어졌다. 문 안에는 마티가 한쪽 벽에 처박혀 있고, 제이본이 역겹다는 표정으로 그를 내려다보고 있었다.

루시는 상자 안에 빼곡한 레코드를 한 장씩 넘겨보고 있었다.

"무슨 일이 일어난 거냐?"

라이너스가 물었다.

루시가 그를 올려다보더니 어깨를 으쓱했다.

"아, 저 아저씨가 예수님이니 하나님이니 그런 이야기를 하다가 저한테 혐오스럽다고 하더라고요." 아이가 고갯짓으로 의식을 잃은 마티를 가리켰다. 마티의 목에는 은색 십자가 목걸이가 걸려 있었다.

"저걸 제 얼굴에 들이대던데요."

루시는 고개를 설레설레 젓더니 웃음을 터뜨렸다.

"내가 뱀파이어라도 되는 줄 알아? 멍청하긴. 난 십자가를 *좋아한다고요*. 그냥 막대기 두 개를 붙여놓은 것뿐인데, 왜들 그렇게 대단하게 생각하는 거지? 그래서 아이스크림 막대기로 만든 십자가를 팔아서 부자가 되어보려 했는데 아서가 그러면 안 된다고 했어요. 이거 봐요, 라이너스! 척 베리예요! 끝내준다!"

아이가 신이 나서 고함을 지르며 레코드를 끄집어냈다.

"친구, 정말 추했어."

제이본이 의식을 잃은 마티를 비난했다.

"장난해? 음악은 모두를 위한 거라고."

그가 마티의 다리를 쿡 찌르며 말했다.

"우와, 완전히 뻗었군. 꼬마 친구가 장난 아닌데."

"장난 아니죠." 루시가 맞장구쳤다.

라이너스는 다시 한번 마티를 내려다보았다. 숨은 붙어 있었다. 일어났을 때 머리만 좀 아플 뿐 별일은 없을 것이다. 제대로 한번 걷어차서 혹이라도 *하나 더* 붙여줄까 하는 생각이 들었지만, 어깨가 욱신거리는 데다가 벌써 오늘치 힘은 다 쓴 뒤였다.

"다치진 않았니?"

루시가 척 베리 레코드에서 시선을 들었다.

"말투가 왜 그래요?"

"뭐가?"

"화난 목소리잖아요. 나한테 화났어요?"

루시가 얼굴을 찌푸렸다.

"난 아무 짓도 안 했어요."

"앤 아무 짓도 안 했어요."

제이본도 말했다.

"마티는 당장 해고라고요, 아무것도 모르면서."

라이너스가 고개를 설레설레 저었다.

"너한테 화난 게 아니야. 적어도 이번에는. 만약 화난 말투 같았다면… *이 사람*한테 난 거지 너한테 난 게 아니란다.”

“아하, 날 좋아하니까?”

“비슷해.”

루시가 고개를 끄덕이더니 다시 레코드 상자로 다가갔다.

“사고 싶은 거 여섯 개 골랐어요. 여섯 개 사도 돼요?”

“그래, 여섯 장 사자.”

그는 루시에게로 다가가서 아이가 레코드를 떨어뜨리기 전에 받아들었다. 둘은 마티를 바닥에 그대로 둔 채 가게 앞쪽으로 나왔다. 그런데 탈리아가 보이지 않았다.

심장이 목으로 튀어나올 것 같았다. *잠깐* 자리를 비웠을 뿐인데….

그때 가게 정면 유리창으로 다가가 밖을 보는 탈리아가 보였다. 창밖에는 대여섯 살쯤 되는 어린 여자아이가 서 있었다. 검은 머리를 양 갈래로 땋아 내린 여자아이는 이쪽을 보며 웃고 있었다. 아이가 유리창에 한 손을 대자 탈리아도 똑같이 했다. 두 아이의 손은 유리창을 사이에 두고 딱 맞게 겹쳐졌다. 탈리아가 소리 내어 웃자 창밖의 아이도 미소를 지었다.

그러나 탈리아의 웃음은 한 여자가 공포에 질린 표정으로 달려와서 아이의 손을 잡아채는 순간 사라졌다. 여자는 아이를 품에 안고는 탈리아 쪽을 보지 못하게 아이의 고개를 자기 어깨에 묻어버렸다. 그리고는 유리창 너머 탈리아를 노려보았다.

“어떻게 *감히*! 내 딸 가만 뒤, 괴물 같으니!”

성이 난 라이너스가 “잠깐, 여기….” 하면서 그쪽을 향해 걸음을 옮기려는 찰나 여자가 유리창에 침을 탁 뱉더니 아이를 품에 안고 황급히 자리를 떠나버렸다.

"저 아줌마 못됐어요."

루시가 라이너스를 향해 중얼거렸다.

"마티처럼 벽에다 집어던져 버릴까요? 끝내주겠죠?"

"안 돼." 라이너스가 루시를 끌어당겼다.

"그런 건 끝내주는 일이 *아니야*. 그런 일은 너 자신이나 다른 사람들을 지켜야 할 때만 하는 거야. 저 사람은 못됐지만 말로만 그런 거잖아."

"말도 사람을 아프게 할 수 있어요."

"알아. 하지만 싸움은 현명하게 선택해야 한단다. 누가 어떤 행동을 한다고 해서 똑같이 반응해서는 안 돼. 그래서 우리가 그 사람들이랑 다른 거야. 그래서 우리는 선한 거고."

"꼰대 말이 맞아." 제이본이 다가와 끼어들었다.

"사람들은 엿 같지만, 우리가 굳이 끼어들지 않아도 알아서 엿 먹게 된다고."

라이너스가 하고 싶은 말과는 딴판이었다. 게다가 새로 생긴 별명이 마음에 들지도 않았다.

탈리아는 아직도 창가에 서 있었다. 여자가 뱉은 침이 유리창을 타고 줄줄 흘러내리고 있었다. 라이너스와 루시가 곁으로 다가가자 아이는 놀란 것 같았다.

"방금 되게 이상했죠?" 그러더니 탈리아가 고개를 저었다. "사람들은 이상해."

"괜찮니?"

그러자 아이는 어깨를 으쓱했다. "꼬마는 착했어요. 내 턱수염이 좋다고 했어요. 아줌마는 재수 없었어."

"그게… 그 사람은…."

"나도 알아요." 탈리아는 아무렇지도 않다는 말투였다.

"전에도 그런 사람을 봤거든요. 기분은 나빴지만 처음 있는 일은 아닌 걸요. 그래도 참 웃기지 않아요?"

"뭐가 말이니?"

"희망이라고는 없는 것 같을 때조차 희망이 그렇게 많다는 점이요."

라이너스는 말문이 막혔다.

"무슨 뜻이니?"

"꼬마는 날 무서워하지 않았어요. 제가 어떻게 생겼든 신경 쓰지 않았고요. 그러니까 그 애도 그 애만의 생각을 할 수 있다는 거예요. 아까 그 아줌마가 꼬마한테 내가 나쁘다고 말할 수는 있겠죠. 그럼 꼬마는 그 말을 믿을 수도 있죠. 또 안 믿을 수도 있고요. 아서는 많은 사람들의 마음을 바꾸려면 먼저 소수의 마음부터 시작해야 한다고 했어요. 아까 그 꼬마는 한 사람일 뿐이지만, 한 명인 건 그 아줌마도 마찬가지인 걸요."

탈리아가 씩 웃었다.

"이제 공동묘지에 가도 되죠? 삽을 써 보고 싶다고요. 루시 너는 뭘 샀어?"

"척 베리."

루시가 자랑스럽게 대답했다.

"또, 마티를 벽에 집어던졌어."

"우와. 죽었어? 묻어야 할까? 새로 산 연장 가져올게, 그러면…."

"아니, 안 죽었어. 죽으면 베이커 씨가 속상해할 것 같아서, 내장
은 그냥 몸 안에 남겨놓기로 했어."

탈리아는 한숨을 쉬었다.

"그게 낫겠네. 난 척 베리가 정말 좋아. 빨리 집에 가서 듣고 싶어."

"정말? 끝내준다."

루시가 라이너스를 올려다보았다.

"이제 돈 낼 거죠? 제이본은 꼰대가 아니니까 훔치면 안 되잖아
요, 그쵸?" 하지만 훔쳐도 상관없다는 투였다.

"맞아, 제이본은 꼰대가 아니지."

다시는 그 단어를 입에 담을 일이 없기를 바라면서 라이너스가
입을 열었다.

"그럼 이제 계산을…."

"됐어요. 돈 안 받을래요. 그냥 가져가렴, 꼬마 친구. 마티가 한
행동은 미안하게 생각해. 하이파이브나 한번 해주렴."

제이본이 그렇게 말하자 루시는 신이 나서 하이파이브를 했다.

"레코드를 공짜로 받았어요! 훔치는 것보다 더 잘됐어요!"

라이너스가 한숨을 쉬었다.

"그건… 이젠 나도 모르겠다."

"정말 꼰대라니깐."

루시는 그렇게 투덜거리면서도 진심으로 하는 말은 아니라는 듯 한쪽 어깨로 그의 엉덩이를 툭 쳤다.

2시 30분, 라이너스 일행은 아이스크림 가게에서 나머지와 합류했다. 사람들이 그들을 멀찍이 피해 다니면서 대놓고 쳐다보았지만 아이들은 전혀 눈치채지 못한 것 같았다. 새로운 모자를 쓰고 있는 천시의 말을 듣고 있었던 것이다. 온몸을 파닥거리며 신나게 이야기하고 있는 천시를 조이와 아서가 흐뭇한 눈길로 바라보았다.

"*저기* 온다!" 천시가 소리 질렀다.

"루시! 탈리아! 방금 있었던 일 알면 진짜 놀랄 걸! *이거 좀 봐!*"

천시가 머리에 쓰고 있던 모자를 살짝 들어 올리면서 눈이 달린 더듬이를 쑥 뻗었다.

"그 사람이 나한테 이 모자를 *줬다고!* 부탁하지도 않았는데 말이야! 호텔 직원한테 아저씨가 세상에서 제일 대단한 사람이라고, 커서 아저씨처럼 되고 싶다고 말했더니 *나한테* 이 모자를 주더라고! *안 믿기지?*"

아이는 다시 모자를 머리에 얹어놓았다.

"나 어때?"

"정말 근사하구나."

라이너스가 말했다.

"지금 여행 가방이 없어서 너한테 들어달라고 하지 못하는 게 아쉬울 지경인걸."

천시가 기쁨의 비명을 질렀다.

"진심이에요? 정말 그렇게 생각하세요?"

"멋지다."

루시가 천시의 모자 꼭대기를 툭툭 치며 말했다.

"여기에 어울리는 외투도 만들 수 있지 않을까? 예전 모자도 좋지만 이 모자가 더 좋은 것 같아."

"고마워, 루시! 무슨 일이든 시켜만 주세요!"

"너희들은 뭘 샀니?"

아서가 쭈그리고 앉자 탈리아와 루시는 자신들의 보물을 보여주었다.

"이야, 삽이 정말 귀엽구나. 게다가 레코드도! 섬으로 돌아가자마자 같이 들어보자꾸나."

"별 문제 없었어?"

아이들의 관심이 다른 데로 쏠린 틈을 타 조이가 물어왔다.

"사건 사고가 있었느냐고 물으시는 거라면… 있긴 했습니다만 제가 다 처리했어요."

"우리가 걱정할 건 없고?"

라이너스가 고개를 저었다.

"나중에 아이들이 안 듣는 데서 마저 이야기해요. 루시가 한 일을 아이들이 알아서는…."

"마티라는 꼰대 아저씨가 작은 방에 나를 가둬놓고 퇴마 의식을 하려고 해서 집어던져 버렸어! 그리고 제이븐이 이 레코드를 다

공짜로 줬어! 끝내주지?"

"우와아아." 나머지 아이들이 탄성을 질렀다.

라이너스는 한숨을 쉬었다. 아서가 말했다.

"이제 아이스크림을 먹으러 갈 때가 됐구나."

아이스크림 가게는 산뜻한 옛날식이었다. 카운터 앞에 빙글 돌아가는 빨간 플라스틱 의자가 한 줄로 놓여 있었고, 리틀 리처드의 노래가 울려퍼지고 있었다. 조명은 밝았고 벽은 사탕 같은 빨강과 분홍색이었다. 문을 열고 들어가자 종이 딸랑 울렸다.

갖가지 색깔과 농도를 가진 아이스크림이 각각의 통에 담겨 있는 진열장 너머, 계산대 위로 몸을 수그리고 있던 한 남자가 문이 열리는 소리에 고개를 들고 미소를 띠며 입을 열었다.

"반갑습니다! 어떤 걸로…."

이내 미소가 사라지더니 남자가 눈을 휘둥그레 떴다.

아이들은 진열장에 손바닥을 대고 아이스크림을 내려다보았다.

"우와, 한꺼번에 다 먹고 싶어. 아이스크림 먹고 *배탈 나*고 싶어." 피가 말했다.

"두 가지 맛을 고르렴. 더 이상은 안 돼. 입맛이 없어지잖니."

아서가 말했다.

"괜찮아요. 입맛이 아예 없어졌으면 좋겠어요."

"너희들… 당신…."

카운터 뒤의 남자는 붉그락푸르락한 얼굴이었다.

"예, 저는 접니다. 알아주셔서 감사하군요."

라이너스가 내답했다.

"애들아, 줄 서야지. 한 번에 한 사람씩 주문해야 주인 아저씨도 헷갈리지 않고…."

남자가 세차게 고개를 저었다.

"안 돼. 절대 안 돼. 당장 나가."

아이들이 조용해졌다.

라이너스의 온몸에 두려움이 넘실거렸다. 먼저 입을 연 건 아서였다.

"방금 뭐라고 하셨습니까?"

남자의 얼굴이 시뻘게졌다. 이마에 핏줄까지 불거져 나왔다.

"너희 같은 족속들한테는 안 팔아."

조이가 눈을 깜박였다.

"뭐?"

남자는 손가락으로 벽을 가리켰다. 그곳에는 **무언가를 보면 말하라** 포스터가 붙어 있었다.

"나한테는 어떤 손님이건 거부할 권리가 있다고. 봤으니까 말을 해야겠어. 너희들한텐 아무것도 안 팔거야."

그가 샐의 어깨 위에 앉아 있는 시어도어를 노려보았다.

"내 가게에서 썩 나가. *이 마을에서* 나가라고. 입을 다무는 대가로 돈을 받았다고 해도 할 말은 해야지. 그 빌어먹을 섬으로 썩 돌아가!"

"그 입이나 다무시지. 당신한텐 그럴 권리가…."

라이너스가 쏘아붙였다.

"있지."

남자가 그렇게 고함치며 양손으로 카운터를 쾅 쳤다. 그 소리가 울려퍼지는 순간… 시어도어가 깩 소리를 질렀다. 샐이 포메라니안으로 변하면서 입고 있던 옷이 바닥에 떨어져 버렸던 것이다. 라이너스는 처음 자신이 섬에 온 날, 샐이 변했던 게 떠올랐다.

샐은 옷 무더기 속에서 빠져나오려 버둥거리며 몇 번 낑낑거렸다. 피와 탈리아가 몸을 구부려 샐을 도와주었고 시어도어는 조이를 향해 날아갔다. 천시는 라이너스의 뒤에 숨어서 다리 사이로 빼꼼 내다보았고 그러느라 새 모자는 바닥에 떨어져버렸다.

루시는 앞발 발톱이 셔츠에 걸려 허둥거리는 샐을 내려다보고 있었다. 피와 탈리아가 나직한 목소리로 샐에게 괜찮다고, 꺼내줄 테니까 가만히 있으라고 말하고 있었다. 루시가 몸을 돌려 카운터 뒤 남자를 마주보더니 억양 없는 목소리로 입을 열었다.

"내 형제에게 겁을 주다니. 난 당신이 아주 나쁜…."

남자가 성을 내려고 입을 열었지만, 아서가 먼저 "루시." 했다.

아서의 이런 목소리는 처음이었다. 차갑고 거친 목소리. 단 한 단어였지만 마치 피부 밑을 파고들어 긁는 것만 같은 소리였다. 고개를 들어 아서를 보니 그는 눈을 가늘게 뜨고 차렷 자세로 주먹을 쥐었다 폈다 하며 카운터 뒤 남자를 응시하고 있었다.

카운터 뒤 남자는 아서를 두려워하고 있었다.

"어떻게 감히 그런 짓을?"

아서가 나지막한 목소리로 입을 열자, 라이너스는 사냥에 나선 호랑이가 떠올랐다.

"어떻게 감히 그런 식으로 말할 수가 있지? *아이들이라고.*"

"그게 나랑 무슨 상관이야."

남자는 한 발 물러섰다.

"혐오스러운 존재들이잖아. 저놈들이 무슨 짓을 할 수 있는지…."

아서가 한 발짝 앞으로 나섰다.

"내가 무슨 짓을 할 수 있는지를 걱정하는 쪽이 나을 텐데."

갑자기 가게 안이 후끈 달아올랐다.

"아서, 그러지 마. 여기선 안 돼. 아이들 앞에서는 안 돼. 잘 생각해."

그러나 아서는 조이의 말에 귀를 기울이지 않았다.

"아이들은 아이스크림을 먹고 싶어 했을 뿐이야. 그게 다였어. 돈을 내고, 아이들은 행복해하고, 그다음엔 가게를 *나갔을* 거야. 그런데 어찌 감히!"

라이너스가 아서 앞에 얼른 끼어들었다. 가게 주인을 등지고 두 손으로 아서의 얼굴을 감쌌다. 아서는 몸속에서부터 타오르는 것 같았다.

"이런 식으로는 아니에요."

아서가 고개를 세차게 흔들어 그의 손을 털어내려 했지만 라이너스는 힘을 주고 버텼다.

"이런 일은 있을 수…."

"있을 수 있어요."

라이너스가 나직하게 말했다.

"물론 정당하지 않죠. 조금도요. 하지만 아서의 위치를 생각해야죠. 당신을 우러러보는 아이들, 당신이 아끼는 아이들을 생각해요. 지금 당신이 하는 행동을 아이들은 영영 잊지 못할 거예요."

아서의 눈이 한 번 번득이더니 털썩 주저앉았다. 미소를 지으려 했지만 잘 되지 않는 것 같았다.

"그래요, 당신 말이 맞네요…."

그때 문 위에 달린 종이 또 한 번 딸랑 울렸다. "무슨 일이야?"

라이너스가 아서에게서 손을 떼고 물러났다.

"헬렌! 저… 저것들이 가게에서 나가려 들지 않잖아요."

"음, 아직 아이스크림을 못 받은 모양인데, 노먼. 그러니까 안 나가지."

아까 철물점에서 만났던 여자였다. 원예용 장갑은 벗은 뒤였지만 이마에 묻은 흙은 그대로였다. 그는 굉장히 불쾌한 표정이었다.

"안 줄 겁니다. 절대 안 줄 거예요."

헬렌이라고 불린 여자가 살짝 코를 킁킁거렸다.

"그건 자네가 결정할 게 아니야, 노먼. 다음번 협의회가 열릴 때 자네가 미래 고객들을 등 돌리게 하고 있다는 이야기를 하고 싶진 않아. 내년에 임대료 재협상이 있는 걸로 아는데, 갱신이 안 된다면 참 안타깝겠는걸."

노먼의 이마에 불거진 핏줄이 터질 것만 같았다.

"진심으로 하는 말입니까?"

헬렌이 한쪽 눈썹을 치커올렸다. "정말 알고 싶어?"

"전 거부할 겁니다!"

"그럼 들어가 있어, 내가 할 테니까."

"하지만…."

"노먼."

라이너스는 노먼이 계속 입씨름을 할 거라고 생각했다. 하지만 그는 아이들과 아서를 한 번 더 노려보더니 홱 돌아서서 스윙도어를 열고 들어가 버렸다.

헬렌이 한숨을 쉬었다.

"망할 개자식 같으니."

"커서 헬렌처럼 되고 싶어요."

탈리아가 존경스럽다는 듯 중얼거렸다. 피도 열심히 고개를 끄덕였다. 샐은 피의 품에 안겨서 피의 목에 고개를 박고 있었다.

헬렌이 움칠했다.

"어머, 내 말은 못 들은 걸로 하거라. 너희들 앞에서 그런 말을 하면 안 되는 건데. 얘들아, 욕을 하면 안 된다. 알겠지?"

모두 고개를 끄덕였지만 라이너스는 *망할 개자식 같으니*를 외치며 돌아다니는 루시의 모습이 눈앞에 그려지는 것만 같았다.

"당신은 누구지?"

조이가 의심스럽다는 듯 물었다.

헬렌이 조이를 향해 미소를 지었다.

"전 철물점 주인이에요. 아까 탈리아랑 정원에 대해 아주 즐거운 대화를 나눴었죠. 정말 아는 게 많더군요."

"헬렌은 마르시아스의 시장입니다."

아서가 말했다. 그의 안에서 타오르는 것만 같던 불꽃은 이미 꺼진 듯 다시 평소대로 차분한 모습이었다.

"그렇기도 하지. 아서, 오랜만이야."

"시장이라고요? 그럼 헬렌은 이것저것 다 하는 거예요?"

탈리아가 물었다.

"그런 셈이지."

헬렌은 아직도 흔들거리고 있는 스윙도어를 바라보았다.

"성격 비뚤어진 남자들을 치워버리는 일도 하고 말이야. 정말이지 발끈하기나 하고. 남자들은 참 연약해 빠졌어. 자기가 무슨 눈송이라도 되는 줄 아는지."

"난 아니에요."

루시가 진지한 목소리로 말했다.

"헬렌이 오기 전에 저 아저씨의 살을 부글부글 끓어오르게 하려던 중이었어요. 하지만 나도 남자인 걸요."

헬렌은 당황한 것 같았지만 곧 다시 침착해졌다.

"그렇다면 내가 제때 나타나서 다행이구나. 또, 넌 아직 남자가 되려면 한참이나 남았어. 그래도 난 네가 저런 사람들보다는 더 좋은 남자가 되었으면 좋겠구나. 좋은 사람들이 곁에 있잖니."

루시가 헬렌을 올려다보며 씩 웃었다.

헬렌이 손뼉을 짝 쳤다.

"아이스크림 먹어야지. 그러려고 온 거 아니니?"

"아이스크림 파는 일까지 해요?" 탈리아가 물었다.

헬렌은 고개를 끄덕이며 계산대 뒤 노먼이 서 있던 자리를 향했다.

"내가 처음 가진 직업이었어. 그때 난 열일곱 살이었거든. 아서를 알게 된 것도 그때였어. 어린 시절 종종 오곤 했으니까."

그 말에 라이너스는 흥미를 느꼈다.

"아서도 *아이*였어요?" 피가 깜짝 놀라 물었다.

"왜 아닐 거라고 생각했니?"

아서가 피에게서 샐을 받아 안으며 물었다.

"모르겠어요. 그냥… 아서는 항상 지금이랑 똑같은 모습이었을 줄 알았어요."

"아, 그 말이 맞긴 맞아."

헬렌이 말했다.

"어릴 때도 지금이랑 똑같이 입고 다녔단다. 세상에서 제일 작은 어른 같았지. 항상 예의발랐어. 내 기억이 맞는다면 체리맛을 제일 좋아했단다."

모두가 느릿느릿 몸을 돌려 아서를 쳐다보았다. 아서는 어깨를 으쓱했다.

"분홍색이라서 좋았어요. 얘들아, 줄을 서자꾸나. 라이너스, 샐 좀 도와줄래요? 샐도 그쪽이 편할 것 같은데."

라이너스는 바보처럼 고개를 끄덕일 수밖에 없었다. 머릿속이 질문으로 가득해서 제대로 된 생각을 할 수가 없었다. 천시가 샐의 옷을 모아다 건네주었다. 라이너스는 옷을 팔 아래에 끼고 아서에게서 샐을 받아 안았다.

샐은 덜덜 떨면서도 라이너스의 품에 안겼다.

"뒤쪽에 화장실이 있어."

루시가 피스타치오 맛 아이스크림 안에 벌레가 들어 있는지 묻는 와중에 헬렌이 알려주었다.

"사생활 보호를 위해서."

"고마워요."

아서가 샐의 등을 쓸어주며 라이너스에게 속삭였다.

"뭐가요?"

아서가 그의 눈을 마주보았다.

"알잖아요. 저 남자가 그런 식으로 행동하는 걸 참을 수 없었어요."

라이너스는 고개를 저었다.

"그건… 별일도 아닌 걸요."

"대단한 일이었어요. 당신은 안 믿을지 몰라도, 내가 우리 둘 몫까지 믿어요. 당신은 좋은 사람입니다, 라이너스 베이커. 당신을 알게 되어서 정말 기뻐요."

라이너스는 침을 꿀꺽 삼킨 뒤 샐을 데리고 화장실을 향했다.

그는 샐의 옷을 내려놓고 벽에 등을 기댔다.

"괜찮아."

품속에서 떨고 있는 작은 아이에게 속삭였다.

"무서울 때도 있을 거야. 하지만 아서와 조이가 너를 지켜줄 거야.

탈리아와 피도, 시어도어, 천시, 부시도, 모두가 너를 지키기 위해서라면 무슨 일이든 할 거야. 루시가 너를 자기 형제라고 했던 거 들었니? 다른 아이들도 똑같이 생각하고 있어."

샐이 작게 끙끙거리면서 차가운 코를 라이너스의 목에 문질렀다.

"부당한 일이지."

라이너스는 허공을 바라보았다.

"어떤 사람들은 부당한 행동을 한단다. 하지만 네가 지금처럼 공정하고도 친절한 마음을 잊지 않는다면, 나중엔 그런 사람들에게 신경 쓰지 않게 될 거야. 혐오는 목소리가 크지. 하지만 그건 몇 안 되는 사람들이 고래고래 외쳐대기 때문이라는 걸 너도 알게 될 거야. 그 사람들의 마음을 영영 바꿀 수는 없을지 몰라도, 혼자가 아니라는 걸 잊지만 않는다면 이겨낼 수 있어."

샐이 멍멍 짖었다.

"맞아, 그놈은 망할 개자식이었어. 그치? 이제 난 문 밖에서 기다릴 테니까, 너는 다시 변신해서 옷을 입으렴. 그다음에는 같이 나가서 아이스크림을 먹자. 사실 허리둘레를 생각하면 난 참아야 할 테지만, 그래도 아까부터 민트 초콜릿 칩에 자꾸 눈길이 가서 말이야. 나도 오늘은 입가심 좀 해야겠는데, 너도 그렇지? 어때?"

샐은 품 안에서 낑낑거렸다.

"그래, 훨씬 낫구나. 그리고 앞으로도 아까처럼 겁이 나면, 부끄러워하지 말고 변신하렴. 다시 돌아올 수 있다는 것만 기억하면 돼."

샐이 그를 향해 작은 꼬리를 흔들어댔다.

"문 바로 앞에서 기다릴게."

라이너스는 밖으로 나가 문을 닫았다. 안에서 뼈가 우두둑 하는 것 같은 소리가 들리더니 무거운 한숨이 뒤따랐다. 가게 안, 루시, 탈리아, 그리고 피는 부스 좌석을 차지하고 앉아 있었다. 루시는 벌써 머리카락에 아이스크림을 묻힌 뒤였다. 천시도 종이 그릇을 들고 자리로 돌아오고 있었다. 조이는 테이블 옆에 서서 숟가락을 시어도어의 입가에 대어주고 있었다. 혀를 날름거려 아이스크림을 맛본 시어도어의 눈이 행복감에 뒤로 넘어갔다.

아서는 계산대 앞에 서서 헬렌에게 낮은 소리로 뭐라고 이야기하고 있었다. 라이너스는 헬렌이 손을 뻗어 아서의 손을 잡는 모습을 지켜보았다.

"저 이제 준비 됐어요."

문 안에서 목소리가 들려왔다.

"잘했다. 어디 한번 볼까?"

샐이 겸연쩍은 듯 한 손으로 뒷목을 문지르며 문을 열었다.

"이제 가보자꾸나."

샐이 눈길을 피하며 고개를 끄덕였다.

"라이너스?"

"응?"

샐이 주먹을 꼭 쥐었다.

"그 말은 무슨 뜻이었어요?"

"무슨 말 말이니?"

샐이 라이너스를 올려다보다가 다시 눈길을 피했다.

"아까 그 남자가… 입을 다무는 대가로 얼마를 받았건 신경 안 쓴다고 했잖아요. 그게 무슨 뜻이었어요?"

샐이 그 말을 들었을 줄 예상했어야 했다. 라이너스는 제대로 된 표현을 고르려 머뭇거렸다.

"너희들은 정말 특별하지. 그런데 세상은 너희들이 얼마나 특별한지 잘 모른단다. 너희들의 안전을 위해서 일어난 일이었어."

샐은 고개를 끄덕였지만 표정이 좋지 않았다.

"입막음 돈이었네요."

라이너스는 한숨을 쉬었다.

"그렇게 보이겠지만, 그건 중요한 게 아니란다. 그 문제는 나한테 맡겨주지 않겠니? 일단 아이스크림부터 먹자."

샐이 나타나자 헬렌이 깜짝 놀랐다. 눈을 가늘게 뜨고 화장실과 샐을 번갈아 보았다.

"그게 *너*였니?"

샐의 어깨가 경직되려는 찰나였다.

"정말 *멋지구나*. 살면서 온갖 걸 다 봤다고 생각했는데 말이야. 넌 세 스쿱은 먹어야겠다. 한창 자랄 나이의 너만한 아이라면 그만큼은 먹어야지. 무슨 맛으로 할래?"

샐은 놀란 표정으로 라이너스 쪽을 보았다.

"어서 고르렴." 라이너스가 말했다.

"너는 세 스쿱 주신대."

아이는 기어들어가는 목소리로 신중하게 세 가지 맛을 골랐다. 헬렌이 자꾸만 기분 좋은 말을 해주는 바람에 샐은 고개를 숙인 채로 미소를 지었다. 헬렌이 그릇을 건네자 아이는 나직하게 고맙다고 대답하고 자리를 향했다. 앉아 있던 아이들은 돌아온 샐을 보고 환호하며 앉을 자리를 만들어 주느라 야단이었다. 샐이 루시 옆에 앉더니 한 손으로 루시의 어깨를 감싸고 끌어당겼다. 루시는 웃으면서 반짝이는 눈으로 샐을 올려다보았다. 아이스크림을 먹는 내내 샐은 루시의 어깨에서 손을 내리지 않았다.

"아서한테 탈리아의 정원을 보러 가도 되느냐고 물어봤어. 상당히 볼만하다고 해서 말이야."

헬렌이 라이너스에게 말했다.

"정말 아름다운 정원입니다. 탈리아가 정성스레 가꾸었거든요. 분명 탈리아도 자랑하고 싶을 겁니다. 벌써 그 애는 헬렌이 물 위를 걷는 사람이라고 생각하고 있는 걸요."

헬렌이 웃음을 터뜨렸다.

"그런 것 같더라고."

"하지만 그래도 여쭤봐야겠습니다. 왜 지금입니까?"

헬렌은 당황한 것 같았다.

"뭐라고?"

"라이너스."

아서가 말리려 했지만 라이너스는 고개를 저었다.

"아니오. 정당한 질문을 드리는 겁니다. 고아원이 방금 생겨난 것도 아니지 않습니까? 아이들 중 몇몇은 그곳에 온 지 꽤 오랜 시간이 흘렀고요. 헬렌 역시도 이 마을에서 꽤나 오래 지내신 것 같은데 말입니다."

그러면서 그는 헬렌을 바라보았다.

"왜 이제야 그런 생각을 하신 겁니까? 전에는 왜 섬을 찾지 않은 겁니까? 어째서 이 아이들을 만나고 난 뒤에야 섬에 오겠다는 결정을 하신 거죠?"

아서가 입을 열었다.

"죄송합니다. 베이커 씨는 아이들을 지키려는 마음에…."

헬렌이 한 손을 들었다.

"베이커 씨 말이 맞아, 아서. 정당한 질문이야."

헬렌은 심호흡을 하더니 말을 이었다.

"변명할 게 없군. 나 역시… 편견에 물들어 있었나 봐. 아니면 눈에 안 보이니까 신경 쓰지 않았던 것 같기도 하고."

"무언가를 보면 말하라, 그거죠."

라이너스가 중얼거렸다.

헬렌은 얼굴을 찌푸리더니 가게 벽에 붙은 포스터를 보았다.

"그래, 맞아. 정말… 안타까운 일이지. 우린 모두 각자의 비눗방울 속에 안전하게 갇혀서, 이렇게 넓고 신기하기만 한 세상을 만나지 못하는 거야. 얼마나 손해인 줄도 모르고." 그는 한숨을 쉬었다. "하지만 비눗방울 속에 갇혀 살기란 참 쉬워. 반복되는 일과는 평온을 주거든. 그러다가 비눗방울이 터지고 비로소 정신을 차리면 우리가 놓치고 살았던 게 이렇게 많다는 사실이 차마 믿어지지 않는 거야. 심지어 겁이 나기도 해. 그래서 어떤 사람들은 다시 그 비눗방울 안에 들어가기도 하지. 나 역시 그 비눗방울 안에 존재했던 게 사실이고."

헬렌이 회한 가득한 미소를 지었다.

"비눗방울을 터뜨려 줘서 고마워."

"제가 그 역할을 맡아선 안 되는 거였습니다."

라이너스가 말했다.

"그 아이들이 할 일도 아니었고요."

"그래. 아이들이 할 일은 아니었지. 그래도 용서를 빌고 싶어. 다시는 이런 일이 일어나지 않도록 약속할게."

헬렌은 노먼이 들어가 버린 문을 흘깃 뒤돌아보았다.

"마을 사람들 모두가 고아원 아이들을 언제든 반갑게 맞아주도록 최선을 다하게. 얼마나 잘 될지는 모르겠지만, 그래도 나 역시 필요할 땐 꽤나 소란을 피울 줄 알거든."

그가 눈을 반짝이며 덧붙였다.

"벽으로 내던져지고 싶지는 않아서 말이야."

라이너스가 움찔했다.

"마티 이야기 하시는 겁니까?"

헬렌이 눈을 굴리며 말을 이었다.

"마티가 와서 다 얘기해 줬거든. 내 조카는 얼간이야. 의식이 돌아오자마자 제이본한테 해고를 당했더라고. 나라도 그랬을 거야."

"저도 같은 생각입니다만." 라이너스는 머뭇거리다가 말을 이었다. "혹시 이게 문제가 될까요?"

이 일이 새어나간다면 반드시 최고위 경영진이 개입할 터였다. 어쩌면 루시를 호출할지도 몰랐다. 종종 있는 일이었다.

"아. 마티 걱정은 하지 마. 그 녀석은 내가 처리할 테니까."

"그 사람이 헬렌의 말에 귀를 기울일까요?"

그러자 헬렌은 코웃음을 쳤다.

"세상을 뜬 그 녀석 부모가 남긴 신탁 자금을 내가 관리하고 있거든. 내 말이라면 들어야지."

"어째서 이런 일을 해주시는 겁니까?"

헬렌이 손을 뻗어 라이너스의 손을 잡았다.

"변화는 사람들이 간절히 바랄 때 일어나는 거야, 베이커 씨. 나는 변화가 일어나기를 바라. 시간은 걸리겠지만 알게 될 거야. 오늘이 나한테는 안전한 비눗방울을 박차고 나온 그날이었어."

헬렌은 잡은 손에 힘을 한 번 주었다가 놓았다.

"그럼, 무슨 맛으로 할래?"

라이너스는 아무 생각 없이 "체리 맛이요." 하고 말았다.

헬렌이 웃음을 터뜨렸다. "그럴 줄 알았어. 두 스쿱이면 되겠지?"

그는 낮게 콧노래를 흥얼거리면서 체리 맛 아이스크림을 떴다. 고개를 들었더니 아서가 그를 빤히 쳐다보고 있었다.

"왜요?"

아서가 느릿느릿 고개를 저었다.

"어째서 당신만 모를까."

"뭘요?"

"당신을요. 당신이라는 사람이 얼마나 대단한지."

라이너스는 마음이 불편해져서 몸을 꿈지럭거렸다.

"대단치는 않지만 그래도 할 수 있는 한 노력한 겁니다. 제가… 다 같이 마을로 나오자고 너무 밀어붙이지 말았어야 했던 것 같아요. 당신 말을 들을 걸 그랬어요."

아서는 또다시 재미있다는 표정이 되었다.

"다 잘된 것 같은데요. 길에 장해물이 조금 있었지만 결국 다 극복했잖아요. 루시가 누굴 죽이지도 않았으니, 이겼다고 칩시다."

"체리 맛 두 스쿱 나왔습니다." 헬렌이 외쳤다.

"각자 하나씩 받아. 내가 쏘는 거야."

빨간 체리가 콕콕 박힌 선명한 분홍색이었다.

"아, 그럴 필요까지는…."

아서가 입을 열었지만 헬렌은 손사래를 쳤다.

"그냥 받아. 조만간 정원을 볼 수 있게 섬에 초대해 주기만 하면 돼."

"기꺼이 초대할 겁니다. 언제든 오세요. 점심식사도 같이 하죠."

헬렌이 미소를 지었다.

"완벽한걸. 다다음 주는 어때? 우리 가게에 직원이 하나 있기는 한데 휴가를 가는 바람에 당장은 나밖에 없거든. 아서랑 베이커 씨는 분명…."

"안타깝게도 그때는 저랑 아이들뿐일 겁니다."

아서가 아이스크림을 받아들며 말했다. 미묘한 억양이었다.

"라이너스는 일주일 뒤에 떠나거든요. 아이스크림 잘 먹을게요, 헬렌. 친절하게 대해 주셔서 고맙습니다."

그가 돌아서더니 테이블을 향했고, 라이너스는 얼굴을 찌푸렸다. 아서가 누군가의 말을 이런 식으로 끊는 건 처음 보았던 것이다.

"떠난다고? 왜?"

헬렌은 당황한 말투였다.

라이너스는 한숨을 쉬었다.

"DICOMY의 지시로 방문한 겁니다. 애초부터 잠시만 머무를 예정이었어요."

"하지만 돌아올 거지?"

라이너스는 시선을 피했다.

"보고를 끝내면 제가 할 일은 다한걸요."

"할 일." 헬렌이 되뇌었다. "당신한테 중요한 건 그게 다야? 일?"

"그게 아니라면 뭐가…."

그가 다시 한번 라이너스의 손을 잡았다. 이번에는 헬렌의 손아귀가 아까보다 더 단단했다.

"그러지 마, 베이커 씨. 당신 자신한테는 거짓말을 할 수 있겠지만, 나한테는 안 통한다고. 아까 내 가게에서도 난 당신의 속마음을 들여다볼 수 있었어. 아이들을 지키려 나서는 모습을 보았을 때 확실해졌지. 중요한 게 뭔지 당신도 *알잖아.*"

"여긴 제 집이 아닙니다."

라이너스가 나직하게 중얼거렸다.

헬렌은 코웃음을 쳤다.

"우리가 사는 그 집이 꼭 진짜 집인 건 아니야. 집이란 내가 함께 하고 싶은 사람들이 있는 곳이라고. 당신을 가두고 있던 비눗방울은 이미 터졌어. 그런데 왜 또다시 들어가려고 해?"

그가 돌아서더니 노먼의 이름을 부르며 스윙도어 안쪽으로 사라졌다. 라이너스는 그 자리에 서서 그의 뒷모습만 바라보았다. 손에 든 아이스크림이 벌써 녹아가고 있었다.

우체국 남자는 라이너스의 존재를 거의 무시하다시피 했다. 라이너스가 우편료를 지불하는 동안 혼자 구시렁거리는 게 다였다.

"저한테 온 우편물은 없고요?"

그 모습에 질려 버린 라이너스가 물었다.

남자는 그를 노려보더니 우편물 상자 안을 뒤적거리기 시작했다. 큰 봉투가 하나 나왔다. 섬에 온 뒤로 라이너스가 받은 것들보다 훨씬 두꺼웠다. 그는 미간을 찌푸리며 봉투를 받아들었다. DICOMY에서 보낸 편지였다.

"고맙습니다."

편지는 빳빳한 데다 묵직하기까지 했다.

눈부신 햇살이 쏟아졌다. 다른 사람들은 전부 승합차 안으로 돌아가 그를 기다리고 있었다. 지금 열어볼 건 아니지만… 뭐라고 쓰여 있는지 봐야 했다.

조심스레 봉투 윗부분을 찢어냈다.

안에는 이 섬에 올 때 받았던 것과 비슷한 서류철이 들어 있었다. 인덱스에는 아무것도 쓰여 있지 않았다.

파일을 열자 첫 페이지는 편지였다. 편지를 꺼내다가 무언가가 굴러 나와 그의 로퍼에 한 번 부딪친 뒤 길에 떨어지는 바람에 라이너스는 눈을 끔벅였다.

오래된 금속 열쇠였다.

몸을 숙여 열쇠를 집어 들었다.

편지에는 이렇게 쓰여 있었다.

마법아동관리부서
최고위 경영진으로부터

베이커 씨,

두 번째 보고서 잘 받았습니다. 늘 그렇듯 철저하고, 새로운 사실 역시 상당히 담겨 있었습니다. 아이들의 일상생활을 상세히 설명해 준 덕분에 여러 가지 고려를 할 수 있었습니다.

하지만, 우려되는 점이 있습니다. 기억하시겠지만 지난번에 아서 파르나서스에 대해 더 심도 깊은 관찰을 부탁했습니다. 그리고 귀하의 다음번 보고서는 그 지시를 따르고 있었지만, 우리는 기대했던 것보다… 당신이 객관적이지 않다는 사실을 무시하기 어려웠습니다. 귀하가 이 과제에 선택된 것은 균형 잡힌 시각 때문이기도 했습니다. 아무리 곤란한 상황이 오더라도 귀하는 아동을 비롯한 조사 대상들에게서 일정한 거리를 유지했습니다. 그런데 이번에는 그렇지 않은 것 같군요.

베이커 씨, 우리는 이 점에 대해 귀하에게 강력하게 경고하는 바입니다. 사람들은 권력을 가진 이의 비위를 맞추기 위해서라면 그 어떤 말과 행동도 할 수 있습니다. 권력은 무기이고, 아주 교묘하게 사용해야 하는 무기입니다. 이런 사실에 익숙하지 않은 사람은 잘못된 생각을 하게 됩니다. 곧 귀하가 마르시아스섬에 머무르는 시간은 끝이 날 겁니다. 다시 도시로 돌아오겠지요. 그다음에는 또 다른 과제를 맡을 것이고, 이런 일이 반복될 것입니다. 마음을 단단히 방어하십시오, 베이커 씨. 그들은 무엇보다도 당신의 마음을 먼저 공략하려 할 것이기 때문입니다. 절대 현실을 잊어서는 안 됩니다. 객관성을 잃지 마십시오. 알다시피 《규칙 및 규정집》은 조사 중형성하는 모든 관계는 절대적으로 업무적인 것이어야 한다고 분명히 규정하고 있습니다. 아이들을 보호하기 위해 고아원을 폐쇄할 만한 증거가 있다면 결코 타협해서는 안 됩니다.

우리는 귀하가 파르나서스 씨 같은 사람의 관심에 대해 얼마나 민감할 수 있는지를 과소평가했습니다. 귀하가 미혼이라는 점을 감안하면, 혼란스럽거나 갈등할 수 있다는 점도 이해합니다. 그런 취지에서, 우리는 DICOMY 그리고 최고위 경영진이 귀하를 두울 수 있다고 다시 한번 상기시켜 드리는 바입니다. 우리는 당신을 아낍니다. 섬에서 돌아오면 베이커 씨는 즉시 심리 상담을 받게 될 것입니다. 물론 귀하의 심리적 안정을 위해서입니다. 사례연구원들의 복지가 그 무엇보다 중요합니다. 여러분 없이는 우리도 없기 때문입니다. 또 아이들에게도 어떠한 희망도 남지 않겠지요.

귀하는 중요한 존재입니다, 베이커 씨.

　귀하의 혼란스러운 생각을 정리하고, 완벽한 투명성을 기할 수 있도록 돕기 위해, 아서 파르나서스에 관한 정보가 담긴 미완성 파일을 동봉합니다. 곧 알게 되겠지만, 그는 귀하가 생각하는 그런 사람이 아닙니다. 마르시아스 고아원은 일종의 실험입니다. 그와 같은… 행실을 가진 자가 일반적이지 않은 아이들을 책임질 수 있을지를 살펴보고, 우리의 삶을 보호하기 위해 그들을 모두 하나의 장소에 모아놓는 실험이었습니다. 그는 이 섬을 속속들이 알고 있습니다. 그 역시 한때 그 섬에 있었지만, 그로 인해 폐쇄된 고아원에서 자라났기 때문입니다. 이 보고서는 기밀이며, 이 내용은 파르나서스 씨를 포함한 어느 누구와도 상의하여서는 안 됩니다. 4급 기밀로 취급하도록 하십시오.

　또한, 열쇠를 동봉했습니다. 자물쇠가 바뀌지 않았다면 정원에 숨겨진 지하실 문을 열 수 있을 것입니다. 이를 통해 아서 파르나서스가 숨기고 있는 진정한 능력이 무엇인지 알 수 있을 것입니다.

　얼마 남지 않았습니다, 베이커 씨. 당신은 곧 집으로 돌아올 겁니다.

　귀하의 다음 보고서, 그리고 돌아오자마자 받게 될 최종 보고를 기대하고 있겠습니다.

　진심을 담아.

찰스 워너
최고위 경영진

15장

견디기 힘든 호기심이 밀려왔지만 라이너스는 무시했다.

집으로 갈 준비가 되었느냐고 묻는 아서의 웃는 얼굴을 보면서 그는 차분하게 대답했다.

"그래요, 준비됐어요."

오늘의 나들이에 신이 난 데다가 단것까지 먹어 들뜬 아이들은 연락선을 향하는 내내 시끄럽게 떠들어 댔다. 메를이 게이트를 열며 얼굴을 찌푸렸지만 모두 그를 무시했다. 섬으로 가는 뱃길 중간쯤에서 아이들은 샐만 빼고 모두 잠들었다.

"즐거웠니?"

조이가 샐에게 물었다.

"그랬던 것 같아요. 베이커 씨가 도와주셨어요. 무서워해도 괜찮지만, 저한테는 두려움을 이길 힘도 있다는 걸 기억하라고 하셨거든요. 사람들은 무례하게 굴고 나쁜 말을 하기도 하지만, 저한테는 여러분 모두가 있는걸요. 그게 가장 중요해요. 그렇죠, 베이커 씨?"

라이너스는 마음을 방어하기에는 너무 늦었다는 생각이 들었다.

아서가 차를 세우자 아이들은 느릿느릿 눈을 깜박였다.

"오늘은 저녁을 좀 일찍 먹어야 할 것 같구나."

아서의 말이었다.

"저녁 먹자마자 곯아떨어질 친구들도 있을 것 같으니. 이제 각자의 물건을 챙겨서 집으로 들어가자꾸나. 물건은 잘 챙겨놓도록 하렴. 탈리아는 새로 산 정원 연장들을 정자에 보관할 거라면 다녀오고."

탈리아는 고개를 저었다.

"오늘은 잠자리에 두고 잘래요. 노움의 습성이거든요. 첫날밤엔 침대에서 같이 자야 연장들도 자기들이 내 소유물이라는 걸 알게 돼요."

아서가 환하게 웃었다.

"재미있구나, 처음 듣는 이야기인걸."

"고대로부터 내려온 노움 전통이에요. 비밀이죠. 이 이야기를 들었다는 것 자체를 행운으로 생각하세요."

"그러니? 앞으로 꼭 기억하마."

그러면서 아서는 문을 열고 차에서 내렸다.

라이너스가 차 안에 자기 혼자만 남았다는 걸 알아차리기까지는 시간이 좀 걸렸다. 다시 문이 벌컥 열리는 바람에 그는 깜짝 놀랐다. 밖에서 조이가 그를 바라보고 있었다.

"내릴 거지?"

그는 고개를 끄덕이며 손에 쥔 파일을 움켜쥐었다. 조이가 파일을 내려다보며 살짝 눈썹을 찌푸리는 모습이 눈에 들어왔다. 라이너스는 차에서 내렸다.

"집에 오는 동안 아무 말도 안 하던걸."

"피곤해서요."

"정말 그뿐이야?"

그는 고개를 끄덕였다.

"저도 예전만큼 창창하지는 않아서요."

조이가 느릿느릿 대답했다.

"그래, 그렇겠지. 본채로 올 거지?"

라이너스는 힘없는 미소를 지어 보였다.

"일단 칼리오페한테 가봐야 해요. 밥이랑 물을 먹었는지 봐야 하거든요. 저녁 먹기 전까지 잠시 혼자 조용히 쉬겠습니다."

"그래, 저녁 먹을 시간이 되면 아이를 보내서 알려줄게."

조이가 손을 뻗어 그의 팔을 꽉 쥐었다.

"오늘 잘해줬어, 라이너스. 당신이 없었으면 해내지 못했을 거야. 고마워."

섬에 도착한 이래 처음으로, 라이너스는 자신이 이용당하고 있는 게 아닌가 하는 생각이 들었다. 예상했던 것보다 더 아픈 일이었다. 그는 미소를 지었다.

"글쎄, 잘 모르겠네요."

조이는 그를 가만히 쳐다보더니 한참만에야 입을 열었다.

"정말 괜찮은 것 맞아?"

"그냥 피곤해서요. 햇빛이 너무 강했나 봐요. 저는 비 오는 날씨에만 익숙해서."

그때 피가 오늘은 자기가 저녁 준비를 돕는 날이라고, 좋은 아이디어가 있다고 조이를 향해 외쳤다. 조이는 라이너스를 승합차 옆에 남겨두고 자리를 떠났다.

모두가 집 안으로 사라지는 모습이 보였다. 맨 마지막으로 아서가 안으로 들어가려다가 어깨 너머로 돌아보며 말했다.

"이따 봐요."

라이너스는 그저 고개를 끄덕일 수밖에 없었다.

라이너스는 이리저리 서성거리면서 침대 위에 놓인 파일에 드문드문 눈길을 주었다.

"아무것도 아닐 거야, 그렇겠지?"

창턱에 앉아 그를 바라보고 있는 칼리오페에게 물었다.

"완전한 헛소리가 분명해. 그렇게 중요한 정보라면 여기 오기 전에 주지 않았겠어? 게다가 다른 누구도 아닌 나더러 객관성을 잃고 있다고 비난하다니! 태어나서 그렇게 말도 안 되는 소리는 처음 들었어. 남들 머리 위에서 대단한 사람이라도 된 양 뻐기고 앉아 있는 사람들이 뻔뻔하기는!"

칼리오페가 야옹 하고 울었다.

"나도 *알아!* 터무니없는 소리라고. 하지만 그게 진실이더라도 이곳 사람들의 성품이 변하는 건 아니잖아. 아무 의미도 없을 거야."

칼리오페는 꼬리를 씰룩거렸다.

"바로 그거야! 당연히 아서한테도 비밀이 있겠지. 비밀이 없는 사람이 누가 있겠어? *나한테도* 비밀이 있다고."

그는 걸음을 멈추더니 얼굴을 찌푸렸다.

"음, 없을 수도 있겠다. 말하지 않는 게 비밀은 아니니까. 하지만 나도 비밀을 *만들* 수 있잖아! 그것도 *엄청난* 비밀 말이야."

칼리오페는 하품을 했다.

"네 말이 맞아. 어차피 아무 상관도 없잖아? 아무것도 아닐 거야. 그냥 겁을 주려는 전략이었을걸. 또, *중대한* 비밀이라고 해서 뭐가 달라지겠어? 난 아무에게도 부적절한 감정 같은 건 품고 있지 않은 데다가 어차피 일주일 뒤에 우린 여길 떠나잖아. 그다음에는 이곳에서 보낸 시간을 행복하게 회상하는 게 다겠지. 존재하지도 않는 감정을 털어놓지 않았다며 후회할 일도 절대 없다고!"

칼리오페는 앞발에 얼굴을 묻더니 눈을 감았다.

"그래. 샤워를 한 다음에 잠시 자야겠다. 내일까지 잘지도 몰라. 저녁 식사 정도는 건너뛰어도 되지. 아이스크림도 먹었잖아."

그는 말을 멈춘 뒤 생각에 잠겼다.

"심지어 맛도 없었어!"

거짓말이었다. 체리 아이스크림은 맛있었다. 추억의 맛이었다.

그는 욕실로 가려고 돌아섰다.

그러나 그의 발은 침대 발치를 향했다.

침대 위 파일, 그리고 그 옆에 놓인 열쇠를 내려다보았다.

손대지 말아야지. 알아야 하는 게 있다면 아서한테 직접 물어보면 되잖아. 아서의 눈빛이 반짝이던 게 떠올랐다. 그때 몸이 뜨겁게 달아오르는 것 같았던 것도.

아서의 미소, 아서의 웃음, 원하는 건 다 가진 것 같은, 이 섬에 존재하는 아서의 모습을 떠올렸다. 자꾸만 아서 생각이 나서, 문득 그는 이곳에 오기 전까지 그의 세상은 차갑고 축축한 회색이었다는 생각이 들었다. 마치 처음으로 색깔을 본 것만 같았다.

"이곳에 있고 싶지 않아?"

그는 중얼거렸다.

그래, 그랬다. 그 무엇보다도 그러기를 바랐다.

파일을 열었다.

이름: 아서 파르나서스

나이: 45세

머리 색: 금발

눈 색: 짙은 갈색

여기까지는 첫 번째 파일과 같았다. 첫 번째 파일은 이 뒤에 아서 파르나서스라는 사람이 어떤 사람이며 마르시아스 고아원의 원장으로 지낸 기간이 얼마나 되는가에 대한 모호한 설명이 이어졌었다.

그러나 이번 파일에는 다른 아이들의 파일들과 같은 항목들이 담겨 있었다.

어머니: 미상 (사망으로 추정)

아버지: 미상 (사망으로 추정)

헬렌이 뭐라고 했었더라?

내가 처음 가진 직업이었어, 그때 난 열일곱 살이었거든. 아서를 알게 된 것도 그때였어. 어린 시절 종종 오곤 했으니까.

다음 줄을 읽어 내렸다. 종족 분류라고 적힌 항목, 그리고 모든 것이 변해버렸다.

저녁 식사 자리는 한마디로 말하면 어색했다.

"배가 안 고픈가 봐요, 베이커 씨? 하나도 안 먹네요."

탈리아가 묻는 순간 라이너스는 사레가 들릴 뻔했다.

모두가 그를 쳐다보았다.

그는 냅킨을 들어 입가를 닦았다.

"아이스크림 때문에 배가 부른가 봐."

루시가 얼굴을 찌푸렸다.

"정말요? 하지만 배에 공간이 엄청 많잖아요? 나도 아이스크림을 다 먹었는데 *아직도* 배가 고프다고요."

그 말을 강조하기라도 하듯 루시가 포크 찹 한 덩어리를 입안에 통째로 집어넣으려고 했다. 라이너스는 경직된 미소를 지었다.

"그냥 그렇다니까. 내 배에⋯ 네 말대로 공간이 많을 수는 있겠지만 다 채울 필요는 없잖니."

시어도어가 입가에 비계 한 조각을 늘어뜨린 채 그를 보았다.

"게다가 말도 없어요."

피가 포크로 작은 토마토를 집으려 하면서 말했다.

"오늘 루시가 사람을 죽일 뻔해서 그런 거예요?"

"죽일 뻔한 거 아니야! 죽이려고 그렇게 애쓰지도 않았어. 만약 죽이고 싶었으면 정신력만으로도 터뜨려버릴 수 있었을 거야."

라이너스의 기분이 나아지는 데는 아무 도움도 되지 않는 말이었다. 물론 2주 전만큼 겁에 질리지도 않았지만 말이다. 어쩌면 최고위 경영진이 편지에 썼던 말은 이런 뜻이었을까? 판단력을 잃고 이 섬 사람들에게 *매혹되었다*는 것. 좋은 징조는 아니었다.

"사람을 죽이면 안 돼."

천시는 아직도 호텔 직원 모자를 쓴 채였다. 아서가 오늘 하루는 저녁 식사 시간에 모자를 써도 된다고 허락해 주었던 것이다.

"사람을 죽이는 건 나빠. 감옥에 갈 수도 있다고."

루시는 포크 찹에 맹렬하게 덤벼들었다.

"감옥 따위가 날 가둘 순 없을걸. 탈출해서 여기 돌아올 거야. 내가 내장을 녹여버릴 수도 있으니까 아무도 날 잡으러 오지 못한다고."

"사람들의 내장을 녹이면 안 돼. 예의에 어긋난단다."

조이가 차분하게 타일렀다.

볼이 불룩 튀어나올 만큼 입안에 고기를 가득 물고 있던 루시가 한숨을 쉬었다. 샐이 라이너스에게 나직하게 말했다.

"드세요. 누구나 밥은 먹어야 한다고요."

라이너스는 마지못해 샐러드를 크게 한입 먹었다.

그 모습에 모두가 만족한 듯했다. 맞은편에 앉은 아서만 빼고. 라이너스는 그와 눈을 마주치지 않으려 온 힘을 다했다.

그는 아서가 어떤 능력을 가졌는지 몰랐으니까.

식사가 끝난 뒤 라이너스는 피곤하다며 양해를 구하고 자리를 떠났다. 새 레코드를 라이너스와 함께 들을 생각이었던 루시가 약간 실망했지만, 라이너스는 내일은 꼭 같이 듣자고 약속했다.

"얼굴이 좀 빨갛네. 어디 아픈 게 아니면 좋겠는데."

그렇게 말하는 조이의 눈빛이 이상하게 빛났다.

"이번 주가 여기서 보내는 마지막 주니까."

라이너스는 고개를 끄덕였다.

"별일 아닐 겁니다."

조이가 거의 손도 대지 않다시피 한 라이너스의 접시를 치우며 말했다.

"그럼 좀 쉬어, 라이너스. 당신이 아프면 우리가 속상할 거야. 우리한텐 당신이 필요하다고."

문을 막 나서려는데 아서가 그의 이름을 불렀다.

그는 문손잡이를 잡은 채 눈을 감았다.

"예? 무슨 일입니까?"

"뭐든 필요한 게 있으면 부탁하기만 해요."

손아귀에 붙들린 문손잡이가 부서질 것 같았다.

"정말 친절하시네요, 그런데 필요한 건 없어요."

아서가 그의 어깨에 한 손을 얹었다.

"정말입니까?"

라이너스는 나직하게 대답했다.

"정말이에요."

어깨 위의 손이 물러났다.

"잘 쉬어요, 라이너스."

그는 최대한 빨리 걸음을 옮겨 문 밖, 밤의 어둠 속으로 나왔다.

라이너스는 어둠 속에서 이불을 턱까지 끌어올려 덮고 천장을 바라보았다. 도저히 잠이 오지 않았다. 그 망할 파일 때문이었다. 매트리스 밑에 쑤셔 박아 놓았던 파일의 존재가 느껴졌다. 빨래감을 가지러 온 천시의 눈에 띌세라 숨겨둔 터였다.

그 생각을 하니 또 한번 파도가 밀려왔다. 아이들도 알까? 아이들도 아서의 정체, 아서가 *무엇인지* 알고 있는 걸까?

머릿속에서 장면이 선명하게 그려졌다. 교실, 육지에서 오게 될 한 남자에 대해 아이들에게 이야기하고 있는 아서. 아이들을 평가하고, *조사하러* 올 남자. 마법아동관리부서에서 나온, 그들에게서 모든 걸 빼앗아갈 수 있는 남자. 당연히 루시는 침입자의 뼈에서 가죽을 분리하겠다고 했을 것이다. 시어도어가 남은 흔적을 먹어치우고, 탈리아가 판 구덩이에 묻겠지. 구덩이를 메운 뒤에 피가 그 위에다 나무를 길러낼 것이다. 그리고 누군가가 실종된 침입자를 찾으러 오면 천시가 그들의 짐을 들어줄 테고, 샐은 라이너스 베이커라는 사람은 모른다고 진지하게 대답했을 것이다.

당연히 아서는 아이들에게 살인은 답이 될 수 없다고 분명히 말하겠지. 그 대신, 라이너스의 상상 속에서 아서는 이렇게 속삭이고 있었다. 그 남자가 너희들을 아끼게 만들려무나. 살면서 처음으로 자기가 머물 곳을 찾았다고 느끼게 만들어야 해.

말도 안 되는 상상이었다. 모조리 다. 하지만 좀처럼 잠을 이룰 수 없는 늦은 밤에 하는 생각이 대개 그렇듯 어둠 속에서는 이 모든 상상들이 전부 진짜 같았다.

그가 침대에서 몸을 일으킨 건 자정이 넘은 시각이었다. 발치에서 자던 칼리오페가 하품을 했다.

"전부 거짓말이라면? 거짓말인지 아닌지 확인하지 않으면 이곳에 대해 알 수가 없잖아."

지금까지 라이너스의 삶은 단조롭고 평범했다. 그는 세상에서 자신이 차지하는 위치를 잘 알았다. 하지만 자꾸 그가 생각하지 않으려는 질문이 떠올랐다.

이곳에 있고 싶지 않아?

그 무엇보다도 바라는 일이었다.

그런데 다음 순간, 또 한 가지 생각이 번쩍 뇌리를 스쳤다. 만약 거짓말을 하는 게 아서가 아니라면? 아이들이 아니라면? 거짓말을 하는 게 DICOMY라면?

그 사실을 증명할 방법이 하나 있었다.

"안 돼."

그는 다시 침대에 누웠다.

"절대 안 돼."

갈리오페가 골골거렸다.

"그냥 잘래. 어차피 엿새 뒤면 우린 집으로 가니까, 다 상관없어
질 거야. 편지에서 나를 뭐라고 표현했더라? 민감하다고? 웃기고
있네. 정말 말도 안 되는 소리야."

눈을 감았다. 그리고 생각했다. 첫날 아침 침대 밑에 숨어 있던
천시, 레코드 가게 바닥에 연장을 들고 앉아 있던 탈리아의 모습.
단추를 엄청나게 귀한 선물인 것처럼 받아가던 시어도어. 옷 무더
기 속에서 바르르 떨던 샐을 안아 올리던 피. 레코드가 깨진 뒤 울
던 루시. 자신의 집으로 그를 반가이 맞아들이던 조이.

그리고, 당연히, 아서의 미소도. 처음으로 본 바다 같던, 그 조용
하고 아름다운 미소.

"아이고." 라이너스가 중얼거렸다.

밤공기는 처음 섬에 도착했을 때보다 훨씬 더 쌀쌀했다. 머리 위
검은 하늘에서 별들이 얼음처럼 반짝였다. 달은 가느다란 초승달
이었다. 몸이 덜덜 떨려서 잠옷 위에 걸쳐 입은 외투를 단단히 여
몄다. 주머니에 손을 넣어 열쇠가 잘 있는지 확인했다.

본채는 불이 꺼져 깜깜했다. 아이들은 각자의 방에서 자고 있겠지.

그는 소리 없이 정원을 향해 걸음을 옮겼다. 짠 내음을 품은 공기
가 피부에 묵직하게 달라붙는 것 같았다.

정원에 난 오솔길을 따라 걸었다. 나중에 헬렌이 정원을 보면 뭐
라고 할지 궁금했다. 분명 감동할 것이다. 탈리아는 그런 반응을
받아 마땅했다. 얼마나 정성을 쏟았는데.

그는 집 뒤쪽으로 돌아갔다. 굵직한 뿌리에 걸려 휘청하다가 간신히 균형을 잡았다. 눈앞에 지하실 문이 나타났다.

침을 삼키자 목에서 꿀꺽 소리가 났다. 지금이라도 돌아서서 전부 잊어버릴 수도 있다. 다시 잠자리로 돌아가서 남은 엿새 동안 전문가답게 거리를 지키면서 해야 할 일을 마치면 된다. 그다음에는 마지막으로 연락선에 오르고, 기차가 그를 집으로 실어다 줄 것이다. 햇빛이 사라지고 그 자리에 먹구름이 밀려오다가, 결국은 비가 내리기 시작할 것이다. 그는 그 삶을 알고 *있었다*. 라이너스 같은 사람에게 잘 어울리는 삶. 울적하고 회색이지만, 그가 오래, 아주 오랫동안 살아왔던 삶. 선명한 색으로 가득하던 이 마지막 한 달은 서서히 흐려져 추억에 지나지 않게 될 것이다.

주머니에서 열쇠를 꺼냈다.

"열쇠가 들어가지도 않을걸." 그가 중얼거렸다.

"자물쇠가 바뀌었을 거야."

열쇠는 녹슨 자물쇠에 꼭 맞아 들어갔다.

열쇠를 돌리자 작은 소리를 내며 잠금이 풀렸다.

자물쇠가 잡초 무더기 속에 떨어졌다.

"마지막 기회야. 이 바보 같은 일을 전부 잊어버릴 마지막 기회."

문은 예상보다 무거워서 온 힘을 다해야 겨우 들어 올릴 수 있었다. 신음이 절로 나왔다. 그 이유는 잠시 후에 알 수 있었다. 지하실 문 바깥쪽은 나무로 되어 있었지만, 문 *안쪽*은 강화시킨 것처럼 금속으로 덧대 놓았던 것이다.

그리고 별빛 속에서, 금속에 새겨진 가느다린 홈을 알아볼 수 있었다. 그는 손을 들어 손가락으로 홈을 더듬었다. 다섯 개의 홈이 바짝 붙어 있었다. 마치 지하실 안쪽에서 작은 손이 금속을 긁기라도 한 것처럼. 그렇게 생각하자 등줄기가 서늘해졌다.

눈앞에는 아래로 내려가는 돌계단이 있고 그 끝은 짙은 어둠에 묻혀 있었다. 어둠에 눈이 적응할 때까지 잠시 기다리면서 그는 손전등을 가져오지 않은 걸 후회했다.

그는 균형을 잃지 않도록 한 손으로 벽을 짚으며 지하실로 들어갔다. 벽은 미끈하게 다듬은 돌이었다. 한 발짝 내딛을 때마다 계단의 개수를 세었다. 혹시라도 스위치가 있을까 벽을 더듬었다. 무언가에 부딪치는 바람에 정강이와 허벅지를 타고 날카로운 통증이 번졌다. 얼굴을 찌푸리고 손을 뻗었는데….

스위치였다.

그는 스위치를 올렸다.

지하실 한가운데 달려 있던 전구 하나에 불이 켜졌다.

흐릿한 불빛 속에서 그는 눈을 깜박였다.

지하실은 예상보다 작았다. 지난 3주간 라이너스가 묵었던 게스트하우스 침실보다도 조금 더 작았다. 벽도 천장도 돌로 되어 있었고, 전부 그을음으로 뒤덮여 있었다. 손을 내려다보니 새카맸다. 손가락을 마주 비비자 그을음이 가루가 되어 날렸다.

아까 무릎을 부딪친 것은 조명 스위치 근처 벽에 붙은 책상이었다. 일부는 탔고, 나무는 검게 그을려 쪼개져 있었다. 그 옆에 프레

임이 금속인 싱글 침대가 하나 있었다. 매트리스 대신 난연 소재로 보이는 두꺼운 방수포가 있었다.

그게 다였다. 지하실에 있는 거라고는 그게 전부였다.

"세상에. 안 돼, 아냐, 아닐 거야."

그 순간 구석에 있던 무언가가 눈에 띄었다. 반대쪽 벽에 가까워질수록 무릎이 후들거리기 시작했다.

빗금들. 벽에 새겨 놓은 빗금이었다.

빗금 네 개, 그리고 그 선들을 비스듬히 가로지르는 다섯 번째 빗금.

"5."

그는 빗금의 개수를 셌다.

"10. 15. 20. 15."

60까지 세고 나서 그는 멈췄다. 더 이상 감당할 수 없었다. 날짜를 세려고 새긴 것들이리라, 그렇게 생각하니 가슴이 미어졌다.

침을 꿀꺽 삼켰다. 눈앞에 펼쳐진 부당함에 숨이 막힐 것 같았다.

DICOMY는 거짓말을 하지 않았다. 파일에 담긴 건 진실이었다.

"오랫동안 이곳엔 내려와 본 적 없었습니다."

뒤에서 들리는 목소리에 라이너스는 눈을 질끈 감았다.

"그래요, 그렇겠지요."

"당신이 어쩐지… 이상하다는 생각이 들었어요."

아서가 나직하게 말을 이었다.

"우체국에 다녀온 뒤 뭔가 달라진 것 같았지요. 뭐가 달라진지는 알 수 없었지만 분명히 달랐어요. 피곤하다는 말을 믿고 싶었지만, 저녁 식사 시간엔 당신이 마치 유령을 본 것처럼 굴더군요."

"숨기고 싶었는데 잘 안 됐어요."

라이너스도 인정했다.

아서가 살짝 웃었지만, 그 웃음소리는 슬펐다.

"당신은 당신 생각보다 표정을 잘 못 숨겨요. 그래서 당신을⋯ 아닙니다. 그건 중요한 게 아니죠. 적어도 지금은."

라이너스는 떨리는 손을 숨기려 주먹을 쥐었다.

"그러면, 사실이군요."

"무엇이?"

"제가 읽은 내용. DICOMY가 보낸 파일에 적혀 있던 것들."

"모릅니다. 저는 제 파일을 읽어본 적이 없거든요. 제가 알기로는 반쯤만 진실인 것들과 노골적인 거짓말들일 텐데. 아니, 어쩌면 전부 다 사실일 수도 있습니다. DICOMY의 파일이라면 그 두 가지를 가려낼 수 없을 테니까."

라이너스는 천천히 돌아서서 눈을 떴다.

계단 아래에 아서가 서 있었다. 반바지에 얇은 티셔츠 차림이었다. 말도 안 되는 일이었지만, 외투를 벗어주고 싶었다. 저런 차림으로 나오기에 이곳은 너무 추웠다. 심지어 양말조차 신지 않고 있었다. 신발조차도. 아서의 두 발이 묘하게 연약해 보였다.

그는 라이너스를 가만히 바라보고 있었지만 그 눈빛에서 노여움은 읽히지 않았다. 오히려 괴로운 표정 같기도 했다.

"그가 당신한테 열쇠를 주었군요."

아서가 말했다.

라이너스는 고개를 끄덕였다.

"열쇠가 있었어요. 그래서… 잠깐만요. 그라니?"

"찰스 워너."

"어떻게…."

라이너스가 말을 멈추고 크게 숨을 들이쉬었다.

베이커씨의 전임자는… 변해버렸죠. 사랑스러운 사람이었고, 이곳에 머물 거라 생각했습니다. 하지만 그 사람은 변해버렸어요.

그 사람은 어떻게 됐습니까?

승진했죠. 처음에는 관리자 직급으로, 그다음, 마지막으로 들은 소식은 그가 최고위 경영진이 되었다는 소식이었습니다. 덕분에 저는 가혹한 교훈을 얻었죠. 입 밖에 내어 말하는 소원은 영영 이루어지지 않는다는 것.

"미안해요."

라이너스는 힘없이 내뱉었다.

"무엇이?"

라이너스 역시도 알 수 없었다.

"저는…." 그가 고개를 저었다.

"그의 의도를 전 몰랐어요."

"아, 전 알고 있었습니다."

그가 계단에서 한 발짝 앞으로 나왔다. 그러더니 한 손가락으로 불에 그을린 책상 표면을 쓸었다. "당신이 제출한 보고서에서 우려

되는 점을 발견했을 겁니다. 그래서 그는 개입하고 싶어 했겠죠."

"어째서?"

"그는 그런 사람이니까요. 사람들은 자신을 한 가지 모습으로 보여주지요. 그리고 그 사람을 알았다고 생각하는 순간, 찾아 헤매던 사람을 찾았다고 생각하는 순간, 진짜 모습을 드러내는 겁니다. 그는 날 이용했습니다. 자기가 원하는 걸 얻기 위해서. 원하는 곳으로 가기 위해서."

아서가 양손을 맞대어 문질렀다.

"그때 난 더 어렸습니다. 사랑에 빠졌어요. 그게 사랑인 줄 알았습니다. 아니었다는 걸 이제는 알고요."

"그는 실험이라고 말하던데요."

라이너스가 불쑥 내뱉었다.

"당신 같은 사람이…."

아서가 한쪽 눈썹을 치켜 올렸다.

"나 같은 사람?"

"무슨 뜻인지 알잖아요."

라이너스는 숨이 막힐 것 같았다. "마법적 존재."

"그래요."

"여기 있는 그 누구보다도 더 희귀할지도 모르는 존재."

"그럴 것 같군요."

"당신은…."

"말해요. 당신 입으로 그 말을 듣고 싶어요."

그런데, 불사조를 안다고요?

그랬죠. 그는… 탐구심이 많았습니다. 많은 일을 겪으면서도 끝까지 당당하게 고개를 들었습니다. 그가 자라서 어떤 모습이 되었는지 저는 종종 생각하곤 하지요.

라이너스가 결국 입을 열었다.

"당신은 불사조예요."

"맞아요."

아서는 그렇게만 대답했다.

"그리고 아마도 마지막으로 남은 단 하나일 테지요. 난 부모가 누군지 모릅니다. 나 같은 존재를 한 번도 만난 적 없었고요."

라이너스는 숨조차 쉴 수 없었다.

"어릴 땐." 아서가 두 손을 내려다보며 입을 열었다.

"능력을 통제할 줄 몰랐죠. 고아원 원장은 가능하면 떠올리고 싶지도 않은 부류의 사람이었습니다. 잔인하고 지독했고, 나를 때렸죠. 우리라는 존재를 혐오했어요. 어쩌면 이곳에 오기 전 그에게, 또는 그의 가족에게 무슨 일이 있었던 건지도 모릅니다. 아니면 그저 세상 사람들의 말에 귀를 기울였고, 그 말들이 독처럼 온몸에 퍼졌을지도. 당신은 믿을 수 없겠지만, 그 시절엔 많은 게 달랐습니다. 우리 같은 사람들에게는 더 괴로웠지요. 하지만 저는 어쩌면 이 섬이 전부가 아닐 수도 있으리라는 생각이 들었습니다. 그렇게 저는 엄청난 실수를 저지르고 만 겁니다."

"도움을 요청했군요."

아서가 고개를 끄덕였다.

"DICOMY에 편지를 보내려고 했지요. 우리가 얼마나 끔찍한 대우를 받고 있는지 썼습니다. 고아원 원장의 손에서 겪고 있는 학대를요. 무엇이라도 하지 않는다면 곧 누군가를 해칠 거라는 생각이 들었습니다. 나는 영리하게 행동했다고 생각했어요. 편지를 바지 허리춤에 숨겨서 몰래 가지고 나왔거든요. 하지만 마을로 나갔을 때 원장이 무슨 수를 쓴 것인지 알아내고 말았습니다."

아서가 시선을 돌렸다.

"그날 밤이 이곳에서 보낸 첫 밤이었습니다. 그날 나는 타올랐습니다. 몹시도 선명하게 타올랐지요."

"그건… 그건 부당해요. 그런 사람은 애초에 고아원 원장이 되어서는 안 되는 건데. 당신한테 손끝 하나도 대서는 안 되는 건데."

"아, *지금*은 알지요. 하지만 그때는? 전 아이일 뿐이었습니다."

아서는 손바닥을 위로 하고 한 손을 내밀었다. 손가락을 살짝 꼼지락거리자 불이 꽃처럼 피어났다. 살면서 이상하고 신기한 것이라고는 수도 없이 본 라이너스조차도 그 모습에 넋을 잃었다.

"그 시절, 나는 내가 나라는 이유만으로 그런 일을 겪는 게 당연한 줄 알았습니다. 그가 그런 생각을 매질과 함께 내 안에 새겨 넣는 바람에 결국 그의 말을 믿을 수밖에 없었던 겁니다."

불이 움직여 그의 손목으로 옮아가더니 팔을 타고 올랐다. 불이 티셔츠에 닿는 순간 라이너스는 당연히 옷이 타버릴 거라고 생각했다.

하지만 아니었다. 불은 점점 커지더니 타닥타닥 소리를 내기 시작했다. 이내 불길은 아서의 등 뒤로 솟아나서 활짝 펴졌다. 라이너스가 더는 눈앞에 보이는 모습을 부정할 수 없을 때까지.

그것은 날개였다.

아서 파르나서스는 불로 이루어진 날개를 가진 남자였다.

아름다웠다. 붉은색과 오렌지색으로 활활 타는 날개를 보자 아서가 떠났던 밤 게스트하우스 바깥에 번쩍이던 오렌지색 불빛이 기억났다. 날개가 뻗어나 작은 지하실을 가득 채웠다. 끝에서 끝까지 적어도 10피트는 될 것 같은 날개였다. 날개에서 뿜어져 나온 열기가 느껴졌지만 뜨겁지는 않았다. 날개가 퍼덕일 때마다 금빛 불꽃이 꼬리를 그렸다. 아서의 머리 위로 날카롭고 뾰족한 부리가 달린 새의 머리가 보이는 것 같았다.

아서가 눈을 감았다. 불사조가 날개를 접으며 그의 머리 위로 고개를 숙였다. 불이 꺼지고 짙은 연기, 그리고 라이너스의 눈앞에서 춤을 추던 커다란 새의 잔상만이 남았다.

"지하실을 불태우고 탈출하려고 했습니다."

아서가 나지막이 입을 열었다.

"하지만 원장은 이미 모든 대비를 마친 뒤였지요. 문 뒤에 금속을 대어 놓았더군요. 벽은 돌로 만들었고. 탈출하기 전에 연기에 질식해 죽겠더군요. 그래서 할 수 있는 유일한 일을 한 겁니다. 나는 가만히 있었어요."

알고 싶지 않았지만 라이너스는 물어야 했다.

"지하실에서 얼마나 오랜 시간을 보냈던 거예요?"

벽에 새긴 빗금들을 차마 바라볼 수 없었다.

아서는 고통스러운 얼굴을 했다.

"이곳에서 나갈 때, 저는 몇 주 정도 시간이 흘렀다고 생각했습니다. 알고 보니 6개월이더군요. 계속 어둠 속에 있다 보면 시간을… 잊게 되거든요."

라이너스는 고개를 푹 숙였다.

"결국 누군가가 찾아왔습니다. 원장은 내가 없는 이유를 꾸며냈지만, 다른 아이들 중 하나가 용기 있게 사실을 털어놓았다고 들었습니다. 저는 발견되었고, 고아원은 폐쇄되었습니다. 저는 DICOMY가 운영하는 학교로 갔습니다. 적어도 거기서는 바깥에 나가 날개를 펼칠 수는 있었어요."

"이해가 안 돼요."

라이너스는 솔직해지기로 했다.

"그런 일이 있었는데, 어째서 이 섬으로 다시 돌아온 거죠?"

아서는 눈을 감았다.

"여기가 내 지옥이었으니까. 그리고 영영 그렇게 내버려둘 수는 없었으니까. 이 집은 한 번도 집인 적 없었습니다. 하지만 바꿀 수 있다고 생각했습니다. DICOMY를 찾아가 마르시아스 고아원을 다시 열고 싶다고 말하자, 그들의 눈에 탐욕이 서리더군요. 나를 이곳에 두면 추적하기 쉽죠. 그리고 위험해 보이는 아이들을 이곳으로 보낼 수도 있었습니다."

라이너스 안에 분노가 차올랐다.

"당신이 갇혀 있던 그때 조이는 어디 있었던 겁니까?"

아서는 어깨를 으쓱했다.

"조이는 몰랐어요. 보복이 두려워 숨어 있었으니까. 조이는 이 섬의 가장 큰 비밀이었고, 그 시절 그들이 붙잡으려 혈안이 되어 있었던 존재였습니다. 이 섬으로 다시 돌아온 뒤에 조이가 나를 찾아와서 내가 겪은 일들을 안타깝게 생각한다고 이야기했어요. 이곳에 머무르게 해주겠다고, 또 나를 도와주겠다고요."

"그렇다고…."

"그를 탓할 일은 아닙니다."

아서가 날카롭게 말하더니 눈을 떴다.

"나도 조이를 원망하지 않아요. 그 시절 나를 도우려 했다면 조이 역시 위험에 처했을 겁니다."

"지금 DICOMY는 조이의 존재를 알고 있어요."

라이너스가 털어놓았다.

"제가 보고서에 썼거든요."

"우리도 알고 있습니다. DICOMY가 사례연구원을 보낸다고 통보했을 때 함께 결정했어요. 조이는 더 이상 숨어 살고 싶어하지 않았어요. 아이들이 중요하기에 위험을 감수하기로 한 겁니다. 그는 자신이 절대 아이들을 순순히 놓아주지 않으리라는 걸 당신에게 보여주고 싶어 했어요."

라이너스는 고개를 저었다.

"저는 도저히… 어째서 DICOMY는 당신을 여기로 돌려보내 준 겁니까? 어째서 아이들을 맡긴 거지요?"

그러다가 그는 제풀에 당황해 덧붙였다.

"물론 당신한테 그런 능력은 충분히 있지만…."

"죄책감은 강력한 도구니까요." 아서의 대답이었다.

"이곳에서 내가 겪은 일이 알려지면 DICOMY를 향한 여론이 악화될 테니까요. 그들은 이곳을 그 누구에게도 알려지지 않는 고립된 곳으로 남기고자 했던 겁니다. 가장… 극단적인 아이들을 보내버릴 수 있는 곳으로. 그게 그들의 위대한 실험이었습니다. 내가 그들의 장기말이라고 생각했던 겁니다."

"하지만 장기를 둔 사람은 당신이었군요."

라이너스가 중얼거렸다.

"자유롭게 숨 쉬고자 갈망하는 너의 지치고, 가난하고, 웅크린 무리들을 내게 보내다오."

아서가 미소를 지었다.

"그렇죠. 저는 웅크린 무리들을 데려다가 자유롭게 숨 쉴 수 있는 집을 선사한 겁니다."

허나 그의 미소는 곧 사라졌다.

"나는 계획이 완벽하다고 생각했습니다. 하지만 여러 가지 실수를 했지요. 그중 하나가 아이들이 섬을 떠나지 못하게 한 겁니다. 나의 두려움 때문이었습니다. 아이들은 이 정도로도 충분하다고 스스로를 속였어요. 이 섬과 조이, 그리고 내가 필요한 건 뭐든지 다 주고 있다고요. 저는 세상 그 무엇보다도 아이들을 사랑합니다. 그래서 아이들에게는 사랑만으로도 충분하다고 스스로를 속였어요. 하지만 단 한 가지를 계산에 넣지 못한 거죠."

"그게 뭐죠?"

아서가 라이너스를 바라보았다.

"당신이요. 그 무엇보다 예상치 못한 존재가 바로 당신이었습니다."

라이너스가 입을 딱 벌렸다.

"저요? *왜요?*"

"당신은 당신이니까. 당신은 몰라요, 라이너스. 하지만 내가 당신 몫까지 알고 있습니다. 당신이 옆에 있으면 안에서부터 타오르는 것 같은 기분이 들어요."

라이너스는 도무지 그의 말을 믿을 수가 없었다.

"나는 그냥 한 사람일 뿐인걸요. 나는 그냥 나인데."

"알아요. 몹시도 사랑스러운 한 사람."

말도 안 돼.

"당신이 DICOMY를 갖고 논 거군요. 원하는 걸 얻으려고."

아서가 눈을 가늘게 떴다.

"맞습니다."

라이너스는 힘겹게 말을 뱉었다.

"그럼 나한테도 똑같은 일을 하려는 건가요? 원하는 걸 얻으려고. 내가… 내가 보고서를 통해 당신이 원하는 말을 *하게* 하려고."

아서가 날카롭게 숨을 토해냈다.

"아, 맙소사, 라이너스. 정말 내가 그것밖에 안 되는 사람이라고 생각해요?"

"사실 무슨 생각을 해야 할지 하나도 모르겠는걸요. 당신은 내가 생각했던 그 사람이 아니에요! 나한테 거짓말을 했다고요!"

"진실을 유보한 거죠."

아서는 부드럽게 고쳐 주었다.

"그 두 가지가 다른가요?"

"나는…."

"아이들도 당신에 대해 알고 있어요?"

아서는 천천히 고개를 저었다.

"전 사람들에게서 나 자신을 숨기는 법을 빨리 배웠습니다."

"어째서?"

"아이들이 아직도 세상에 선이라는 것이 남아 있다고 생각하기를 바랐습니다. 처음 나에게 왔을 때 아이들은 조각조각 부서진 상태나 다름없었습니다. 아이들이 나에 대해 잘 모를수록 좋았어요. 자신의 치유에만 집중해야 했으니까. 그런데 나는…."

"아이들이 당신과 연대감을 쌓을 수도 있었을 텐데요."

라이너스가 반박했다.

"DICOMY로부터 아이들에게 정체를 드러내서는 안 된다는 지시를 받았습니다."

라이너스는 한 발짝 물러나다가 벽에 부딪치고 말았다.

"뭐라고요?"

"그것도 거래의 일부였습니다." 아서의 대답이었다.

"이곳으로 돌아오는 걸 허락받는 조건 중 하나였지요. 마르시아스 고아원을 다시 열어도 되지만, 내가 누구인지—*무엇인지*—는 비밀에 부치는 것."

"어째서?"

"알잖아요, 라이너스. 불사조들은, 그러니까 나는 불을 일으키는 존재입니다. 그 능력에 한계가 있는지 아닌지 난 아직 모릅니다. 만약 온 힘을 다해 노력하면 온 하늘을 태워버릴 수 있을 거라고 난 믿습니다. 이 능력을 억제할 방법을 찾지 못했던 DICOMY는 적어도 함구하도록 만들어야 했던 겁니다. 공포와 혐오는 상대를 이해할 수 없다는 것에서 나오는 것이니까…."

"그건 변명이 안 되는데요."

라이너스가 쏘아붙였다.

"단지 그 때문에 당신을 입에 담을 수 없는 존재로 만들어 버리다니."

아서는 곤란하다는 듯 어깨를 으쓱했다.

"DICOMY는 나에게 고아원을 맡기더라도 나에 대한 통제권은 그들이 가지고 있다는 사실을 보여주기 위해 그렇게 한 겁니다. 원할 때면 언제든 모든 걸 빼앗아갈 수 있다는 사실을 잊지 못하게 하려고요. 탈리아와 피가 온 직후, 찰스는 떠나면서 내게 그 사실을 기억하라고 했습니다. 그리고 내가 약속을 어겼다는 제보를 받거나, 또는 그런 *생각이* 든다면 이 섬에 사람을 보내 조사하게 만들고, 필요하다면 고아원을 폐쇄할 거라고 했습니다. 어느 순간 내가 추방

된 아이들과 함께 군대라도 조직할 거라는 생각을 했던 거겠지요. 당연히 말도 안 되는 소립니다. 내가 원한 건 그저 내 집이라고 부를 수 있는 집 말고는 아무것도 없었으니까."

"부당한 일이에요."

"그렇죠. 하지만 삶에서 공평한 건 거의 없어요. 그럼에도 우리는 할 수 있는 한 최선을 다해 버티고, 스스로에게 희망을 허락하는 겁니다. 희망이 없는 삶이라면, 삶을 살았다고 할 수 없으니까."

"아이들에게 이야기해요. 아이들도 당신이 누군지 알아야 해요."

"왜요?"

"자기들이 혼자가 아니라는 걸 알아야 하니까!"

그러면서 라이너스는 손바닥으로 책상을 쾅 쳤다.

"가장 예상치 못한 곳에도 마법은 존재한다는 걸, 자라서 원하는 건 무엇이든 될 수 있다는 걸 알아야 하니까!"

"정말 그렇게 생각합니까?"

"당연히 그렇죠! 지금 당장은 어려워 보일지 몰라도 세상은 변해요. 당신이 탈리아한테, 여러 사람의 마음을 바꾸려면 소수의 마음부터 시작해야 한다고 말했다면서요."

아서가 미소를 지었다.

"탈리아가 그러던가요?"

"그래요."

"내 말에 귀를 기울였을 줄은 몰랐는데."

"당연히 귀를 기울였죠." 라이너스는 씩씩거리기 시작했다.

"아이들은 당신이 하는 한마디 한마디에 매달려요. 당신을 우러러봐요. 당신은 그 애들의 *가족*이니까. 당신은 그 애들의…."

그는 숨을 헐떡이며 말을 멈췄다. 이 말을 하면 안 돼. 옳지 않아. 지금 라이너스가 하는 모든 일은 전부….

"당신은 그 애들의 아버지라고요, 아서. 아이들을 사랑한다면서요. 그렇다면 아이들도 같은 마음인 걸 왜 모르죠? 당연히 아이들도 그래요. 어떻게 당신을 사랑하지 않을 수가 있겠어요? 당신을 봐요, 당신이 만든 이곳을 보라고요. 당신은 불이잖아요. 당신이 타오르는 모습을 아이들에게도 보여줘요. 당신이 누구인가를 떠나서, 그 아이들이 만들어낸 당신을 보여주라고요."

아서의 얼굴에 혼란스러움이 배어나더니 이내 표정이 일그러졌다. 그는 고개를 숙이고 어깨를 들썩였다.

라이너스는 그를 위로하고 싶었다. 그를 품에 꼭 끌어안고 싶었지만, 도저히 그에게 다가갈 수가 없었다. 혼란스러웠다. 갖가지 생각들이 그의 머릿속에서 휘몰아치고 있었다. 그래서 그는 지금 할 수 있는 단 하나뿐인 약속에 매달리는 수밖에 없었다.

"그리고 내가… 내가 돌아가면, 이곳을 떠나면, 온 힘을 다해서 최고위 경영진을 설득할게요. 이 섬을…."

아서가 고개를 홱 들었다.

"당신이 돌아가면?"

라이너스는 시선을 피했다.

"이곳에서 보내는 시간은 처음부터 끝이 있었어요. 물론, 생각보다도 더 짧게 느껴졌지만, 나에게는 돌아가야 할 집이 있어요. 삶이, 일이 있다고요. 그리고 그 일이 그 어느 때보다도 더 중요하게 느껴져요. 당신 덕분에 난 눈을 떴어요, 아서. 당신들 모두가 있어서 그럴 수 있었어요. 영원히 고마워할 거예요."

"고마워한다라."

아서가 무미건조하게 되뇌었다.

"그래요. 미안합니다. 내가 무슨 생각이었던 건지 모르겠네요."

아서는 미소를 지었지만, 그 미소는 떨리고 있었다.

"당신이 우리를 돕기 위해 해줄 일은 정말 대단할 겁니다. 당신은 … 당신은 좋은 사람이에요, 라이너스 베이커. 당신을 알게 되어서 영광이었습니다. 잊지 못할 마지막 한 주를 선물하기 위해 노력해야겠네요."

그는 돌아서려 하다가 다시 멈췄다.

"그리고 하나는 분명히 하고 싶습니다. 당신을 이용해야겠다는 생각은 단 한순간도 한 적 없습니다. 당신은 말로 표현할 수 없을 만큼 소중했어요. 마치… 시어도어의 단추처럼. 시어도어가 어째서 단추를 그토록 소중하게 여기는 거냐고 묻는다면, 그 애는 그 단추가 존재하기 때문이라고 대답할 겁니다."

그 말을 남긴 뒤 아서는 계단을 올라 어둠 속으로 사라졌다.

라이너스는 지하실에 서서 아서가 있었던 자리를 계속 바라보았다. 공기는 여전히 따뜻했고, 불이 탁탁 타오르는 소리가 들리는 것만 같았다.

16장

만약 라이너스의 삶이 영화였다면, 마르시아스섬에서 보낸 지난 한 주 동안 그의 머리 위엔 회색 먹구름이 드리우고 있었을 것이다.

월요일에는 아이들의 수업을 참관하면서 아이들이 마그나 카르타, 《캔터베리 이야기》에 대해 토론하는 모습을 지켜보았다. 이야기가 완결되지 않았다며 샐이 부아를 내는 바람에 아서는 《에드윈 드루드의 비밀》 이야기를 꺼냈다. 샐은 그 책을 꼭 읽어보고 자기만의 결말을 만들어 내기로 했다. 라이너스는 그게 정말 멋진 일이라고 생각하는 한편 자기도 그 결말을 읽을 날이 올까 하는 생각을 했다.

화요일에는 오후 다섯 시부터 일곱 시까지 정원에서 탈리아와 시간을 보냈다. 탈리아는 다음 주에 헬렌이 오면 뭐라고 생각할지 조바심을 내고 있었다. 자기가 심은 식물들이 헬렌의 마음에 들지 않을까 봐 걱정했다.

"헬렌이 별로라고 생각하면 어떡하지?"

탈리아가 노움어로 중얼거렸는데, 자신이 그 말을 아무렇지도 않게 알아들었다는 사실을 라이너스는 의식하지 못했다.

"그냥 근사한 정도가 아닐 텐데."

"우와, 라이너스. 고마워요. 벌써 한결 기분이 나아졌어요."

그는 탈리아의 머리를 토닥거려 주었다.

"가끔 다른 사람들의 의견도 들어봐야지. 걱정하지 마."

탈리아는 정원을 둘러보았다.

"정말요?"

"정말이라니까. 태어나서 내가 본 정원 중에 최고로 아름다워."

수염으로 뒤덮인 탈리아의 얼굴이 빨개졌다.

수요일에는 피 그리고 조이와 함께 숲으로 나갔다. 나뭇잎 사이로 햇빛이 새어 들어왔고, 조이는 피에게 중요한 것은 무엇을 키워낼 수 있는가보다도 이미 있는 것을 어떻게 잘 기를 것인가라고 이야기했다.

"언제나 창조가 가장 중요한 건 아니란다."

조이는 손바닥 아래에서 소리 없이 꽃을 피워내며 나직하게 이야기했다.

"네가 땅에 불어넣는 사랑과 정성이 중요한 거야. 그 감정은 아주 강렬하단다. 그 감정엔 네 마음이 담겨 있지. 그리고 그 감정이 선하고 순수하다면 할 수 없는 건 아무것도 없어."

그날 오후에는 천시의 방을 찾았고, 천시는 이렇게 외쳤다.

"환영합니다. 선생님! 짐을 들어드릴까요?"

그러자 라이너스는 대답했다.

"고맙습니다, 선생님, 그렇게 해주시면 정말 좋겠네요."

그는 천시에게 빈 사첼 가방을 건넸다. 호텔 직원용 모자를 비뚜름하게 눌러 쓴 천시가 힘겹게 가방을 어깨에 걸쳤다. 연습이 끝난 뒤에는 천시에게 팁을 두둑히 주었다. 1등급 서비스를 받았으니 마땅히 해야 할 일이었다. 바닥에 고인 소금물은 따뜻했다.

라이너스가 강렬한 불안감을 느끼기 시작한 것은 수요일 늦은 오후였다. 무언가가 잘못되고 있다는, 실수를 하고 있다는 감각이 묵직한 망토처럼 어깨를 뒤덮었다.

그는 짐을 싸기 시작할 요량으로 침대 위에 여행 가방을 올렸다. 이제는 떠날 준비를 해야 했다. 하지만 그는 가만히 방 안에 서서 가방을 내려다보았다. 침대 옆 바닥에 《규칙 및 규정집》이 놓여 있었다.

얼마나 오랫동안 그 자리에 서 있었을까, 침실 창문을 톡톡 두드리는 소리가 들렸다.

시어도어가 날개를 접은 채 창밖에 걸터앉아 고개를 기울이고 있었다. 그러더니 또다시 유리를 톡톡 두드렸다.

라이너스는 창가로 다가가서 창문을 열어주었다.

"안녕, 시어도어."

시어도어가 짹짹 인사하며 방 안으로 폴짝 뛰어 들어왔다. 그리고는 라이너스를 향해 말했다.

그는 눈을 끔벅였다.

"따라오라고? 어디로?"

시어도어가 또다시 짹짹 울었다.

"깜짝 놀랄 거라고? 글쎄, 난 놀라는 건 별론데."

시어도어는 그의 답변을 받아들일 생각이 전혀 없었다. 라이너스의 어깨에 앉더니 라이너스가 복종할 때까지 귀를 쪼아댔다.

"아얏! 알았어, *따라가면 되잖아!*"

오후의 햇살은 따뜻했다. 시어도어가 그의 귀에 대고 지껄여대는 소리에 귀를 기울였다. 머리 위에서 우는 갈매기 소리에도, 집 아래 벼랑에 부딪치는 파도 소리에도, 가슴에 느껴지는 통증은 날카롭고, 달콤하면서도 씁쓸했다.

둘은 본채로 들어갔다. 조용한 것을 보니 전부 자기 할 일을 하러 나간 모양이었다.

시어도어가 라이너스의 어깨에서 폴짝 뛰어내리면서 날개를 펼쳤다. 그러다 결국 날개에 걸려 넘어지면서 소파까지 데굴데굴 굴러갔다. 시어도어가 바닥에 납작 누운 채 눈을 깜박였다.

라이너스는 애써 웃음을 참았다.

"곧 적응될 거야. 그것도 아주 잘."

시어도어는 곧 다시 몸을 일으켰다, 머리부터 꼬리 끝까지 부르르 흔들더니 라이너스를 올려보며 다시 짹짹 말을 건 뒤 소파 밑으로 들어갔다.

라이너스는 방금 들은 말이 믿기지 않아 그 애가 사라진 자리를 멍하니 바라보고 있었다. 시어도어의 보물들 중 일부는—탑에 모아둔 것들—본 적 있지만, 소파 밑에 있는 것들은 처음이었다. 그건 가장 소중한 것들이었다. 소파 밑에서 다시 짹 소리가 났다.

"진심이야?"

라이너스가 나직하게 물었다.

라이너스는 천천히 엎드려서 소파를 향해 기어갔다. 당연히 소파 밑에 들어갈 만한 덩치는 아니었지만, 아래를 들여다볼 수는 있었다. 그는 바닥에 납작 엎드려서 한쪽 뺨을 바닥에 짓누른 채 시어도어의 은신처를 들여다보았다.

오른쪽에는 둥지 모양으로 돌돌 말아놓은 부드러운 담요가 있었다. 그 위에는 라이너스의 손바닥만 한 조그만 베개가 있었다. 그 주위로 시어도어의 보물들이 펼쳐져 있었다. 동전, 석영이 돋아난 돌멩이, 가운데에 금이 간 빨갛고 하얀 조개껍데기.

그러나 그게 전부는 아니었다.

라이너스가 알아볼 수 있는 글자가 적힌 종이 한 장. *얇고 찢어지기 쉬워, 햇빛을 향해 들어올리면···.*

정원에서 보았던 것과 같은 마른 꽃 한 송이.

오로지 정령만이 길러낼 수 있을 만큼 새파란 잎 하나.

부서진 레코드 조각 하나.

잡지에서 찢어낸 것 같은, 한 여자의 가방을 들어주며 미소를 짓는 호텔 직원 사진.

세월이 지나 가장자리가 말려 올라간, 더 젊은 시절의 아서 사진.

그리고 그 옆에는 단추들이 쌓여 있었다. 수많은 단추들.

갑자기 눈시울이 따끔해져 오는 바람에 라이너스는 눈을 깜박였다.

"정말 멋지구나."

시어도어는 당연하다고 대답했다. 그러더니 무언가를 찾는 것처럼 단추 무더기를 코끝으로 들쑤셨다. 그리고 이내 고개를 들자 꼬리가 바닥을 쿵 쳤다.

아이의 입안에 눈에 익은 놋쇠 단추 하나가 들어 있었다.

아이가 몸을 돌려 라이너스에게 걸어왔다.

아이는 턱을 다물어 단추를 살짝 물고는 바닥에 내려놓았다.

놋쇠 단추에는 시어도어의 송곳니 자국이 찍혀 있었다.

시어도어가 라이너스 쪽으로 단추를 밀어 주더니 그를 올려다보며 짹짹 울었다.

"나한테 준다고? 선물인 거야?"

시어도어가 고개를 끄덕였다.

"하지만 이건…."

한숨이 나왔다.

"네 거잖아."

아이는 또 한 번 단추를 밀어 주었다.

그는 결국 단추를 집어들었다.

그는 바닥에 일어나 앉아 소파에 등을 기댔다. 손에 든 단추를 빤히 들여다보며, 손끝으로 시어도어의 송곳니 자국을 더듬어 보았다. 시어도어가 소파 밑에서 고개를 쏙 내밀더니 또 짹짹 울었다.

"고마워."

라이너스가 나직하게 말했다.

"지금까지 받은 선물 중에 제일 멋지다. 영원히 간직할게."

시어도어가 그의 허벅지 위에 고개를 뉘었다. 저녁 빛이 벽에 어른거릴 때까지 둘은 그대로 가만히 있었다.

그 일이 일어난 것은 목요일 아침이었다.

라이너스는 부엌에서 조이, 그리고 바비 다린의 다디단 목소리에 맞추어 있는 힘껏 노래를 따라부르는 루시와 함께 부엌에 있었다. 오븐 안에서는 스티키번이 익어가고 있었고, 귀를 열심히 기울이면 (물론 루시 때문에 쉬운 일이 아니었지만) 집 안을 돌아다니는 다른 아이들의 발소리도 들렸다.

"피칸이 많이 남았구나. 꼭 필요한지…."

그렇게 말하던 조이가 설거지하고 있던 대접을 개수대에 떨어뜨리는 바람에 라이너스는 깜짝 놀랐다.

그는 선 자세로 뻣뻣하게 굳어 있었다. 손가락이 꿈틀거리고 어느새 펴진 날개는 벌새의 날개처럼 미친 듯이 팔락였다.

"조이? 괜찮아요? 무슨 일이에요?"

"아니야. 아니야, 지금은 안 돼. 이러면 *안 돼.*"

그 말에 아무것도 모른 채 노래를 부르고 있던 루시가 물었다.

"네? 무슨 일…."

조이가 뒤를 돌자 손가락에서 조그만 비눗방울들이 바닥으로 날아와 떨어졌다. 조이의 홍채가 깨진 유리 파편들처럼 빛을 쏟아냈다.

그는 혹시라도 그의 존재를 잊었을지 모르는 조이를 놀래지 않으려 조이를 향해 느릿느릿 다가갔다. 그러나 미처 다가가기도 전에 걱정스러운 표정을 한 아서가 부엌으로 달려 들어왔다. 부엌 안이 따뜻해지더니 잠깐이었지만 불길이 눈앞을 스쳐간 것만 같았다.

"무슨 일입니까? 무슨 일이지요?"

"마을 사람들."

조이의 목소리는 꿈속처럼 나른했고, 마치 노래하는 것 같았다.

"그들이 육지의 해안가에 모여 있어."

"뭐라고요?"

루시가 물었다.

"왜요? 여기로 온대요?"

루시는 조리대 위에 놓인 피칸을 바라보며 미간을 찌푸렸다.

"내 스티키번을 나눠주기는 싫은데. 내가 좋아하는 방식대로 만들었단 말이에요. 사람들과 나누어야 착하다는 걸 알지만 오늘은 착하기 싫어요."

아이는 라이너스를 쳐다보았다.

"내 스티키번을 나눠줘야 할까요?"

"당연히 아니지."

라이너스는 차분하게 대답했다.

"그 사람들이 스티키번을 먹고 싶다면, 직접 만들어야지."

루시는 그 말에 씩 웃었지만, 그 웃음도 초조했다.

"베이커 씨 몫으로는 두 개 만들었어요. 아저씨가 말라 버리면 안 되잖아요."

"루시."

아서가 입을 열었다.

"다른 아이들을 교실에 모아 주겠니? 수업 시작할 때가 됐잖아."

루시는 한숨을 쉬었다.

"하지만…."

"루시."

루시는 작게 툴툴거리더니 발받침에서 폴짝 뛰어내렸다. 부엌문을 나서던 루시가 다시 세 어른을 돌아보았다.

"무슨 일 있어요?"

"당연히 아니지."

아서가 대답했다.

"전부 괜찮아. 그럼 부탁한다, 루시."

루시는 잠깐 머뭇거리다가 곧 부엌을 나갔다. 아이들을 향해 스티키번을 구우면 수업을 안 할 줄 알았지만 실패했으니 모두 모이라고 외쳐댔다.

아서가 조이에게 다가가 어깨를 붙잡았다. 조이의 눈이 선명해지더니 빠르게 깜박거렸다.

"아서도 느꼈지?"

아서가 고개를 끄덕였다.

"그들이 비디를 건너기 시작했습니까?"

"아니. 그들은… 멈췄어. 부둣가에서. 왜인지는 모르겠어. 하지만 연락선이 아직 마을을 떠나지 않았어."

조이의 목소리가 더 차가워졌다.

"그런 어리석은 짓은 안 하는 게 나을 텐데."

라이너스의 등뼈를 따라 냉기가 퍼졌다.

"누구 말입니까?"

"몰라. 하지만 몇 명 있어."

조이의 시선이 아서를 지나쳐 허공에 멎었다.

"화가 나있어. 폭풍 같아."

아서는 조이의 어깨를 잡았던 손을 놓고 한 발짝 물러섰다.

"여기서 아이들과 함께 있어 주시지요. 평소처럼 계세요. 아이들한테 아무 일도 없다고 전해주십시오. 제가 해결하겠습니다. 최대한 빨리 돌아오도록 하죠."

조이가 그를 향해 손을 뻗어 손목을 잡았다.

"그러지 않아도 돼. 아서. 지금은… 내가 갈게. 내가…."

아서는 천천히 손을 뿌리쳤다.

"아니요, 만에 하나라도 마을 사람들이 섬으로 온다면 아이들 곁에 조이가 꼭 있어야 할 겁니다. 저보다는 조이가 아이들을 더 잘 지킬 수 있을 테니까요. 만약 그런 사태가 발생한다면 아이들을 조이의 집으로 데려가서, 아무것도 뚫을 수 없도록 숲을 단단히 닫아주세요. 필요하다면 섬을 닫으십시오. 전에 이미 이야기했잖아요, 조이. 이럴 가능성은 언제나 있다고요."

조이는 반박하려다가 아서의 표정을 보고 입을 다물었다.

"혼자 가게 하고 싶지 않아."

"혼자가 아닐 겁니다."

라이너스가 끼어들었다.

두 사람은 마치 라이너스의 존재를 완전히 잊고 있었다는 듯 놀라 그를 돌아보았다.

"정확히 무슨 일인지는 모르겠습니다만, 좋은 생각이 있습니다. 그리고 만약 마을 사람들과 관련된 일이라면, 제가 그들에게 한마디 하기 딱 좋은 때겠군요."

그러자 아서가 입을 열었다.

"당신을 위험한 상황에 빠뜨릴 생각은 없습니다, 라이너스."

"저는 제가 알아서 하죠."

라이너스가 코웃음을 치며 대답했다.

"제가 그리 대단해 보이지는 않을지 몰라도, 보기보다 강하다고요. 필요한 경우 저도 엄중하게 꾸짖을 수 있습니다. 또, 저는 정부의 대리인이기도 하다고요. 경험상 사람들은 권위자의 말은 듣더군요."

아서가 양어깨를 축 늘어뜨렸다.

"이 바보 같고 용감한 사람. 나도 당신이 어떤 사람인지 알아요. 그래도 당신은 그냥…."

"그럼 이제 됐군요. 갑시다. 전 식은 스티키번을 싫어하니까, 빨리 해결하고 돌아오는 게 좋겠군요."

그렇게 문간을 향하던 라이너스는 무언가가 생각나는 바람에 걸음을 멈췄다.

"그런데 배가 건너편에 있으면 어떻게 바다를 건너가지요?"

"받아."

돌아보자 조이가 그를 향해 열쇠고리를 던졌다. 그는 허둥거리면서도 아슬아슬하게 열쇠를 받아들었나. 조이의 우스꽝스러운 차 열쇠를 보며 그는 미간을 찌푸렸다.

"노력은 감사하지만, 이 열쇠로 뭘 하죠? 여기와 마을 사이는 바다 인데, 물 위를 달릴 수 있는 차가 아닌 이상 무슨 소용이 있을까요?"

"모르는 게 나아. 알면 더 걱정될걸."

조이가 발뒤꿈치를 들어 아서의 뺨에 입을 맞췄다.

"그들이 당신을 보면…."

아서는 고개를 저었다.

"그러면 보는 거지요. 이제 그늘에서 나와 빛으로 향할 때예요. 아니, 때는 이미 지났어요."

그는 라이너스 쪽을 보며 덧붙였다.

"어느 현명한 사람이 가르쳐준 사실이죠."

차가 길 위를 내달리는 내내 라이너스는 온 힘을 다해 엑셀러레이터를 밟고 있었다. 심장이 미친 듯이 뛰고 입안은 바싹 말랐지만 눈앞만은 선명했다. 나무는 더 푸르고, 길가에 핀 꽃들은 더 화사했다.

아서는 두 손을 무릎에 겹친 채로 조수석에 앉아 있었다. 눈을 감고, 천천히 코로 숨을 들이쉬었다가 입으로 내뱉고 있었다.

무사히 섬 가장자리 선착장에 도착했다. 바다는 잔잔하고 새하얀 포말은 자잘했다. 저 멀리, 물길 너머에 연락선은 그대로 서 있었다. 라이너스가 브레이크를 밟자 차가 급정거했다.

아서가 눈을 떴다.

"이젠 어쩌죠?

라이너스는 땀에 젖은 손으로 운전대를 쥐었다 놨다 하며 초조하게 물었다.

"수륙양용차가 아닌 이상 건너갈 방법이 없잖아요. 만약 그렇다고 해도 전 수륙양용차를 조종해 본 경험이 없으니 바닷속에 침몰하고 말 거라고요."

아서가 큭 웃었다.

"그런 건 걱정 안 해도 돼요. 날 믿어요?"

"네. 당연히 믿죠. 어떻게 안 믿겠어요?"

아서가 라이너스를 바라보았다.

"그러면 출발해요, 라이너스. 출발해서 당신의 믿음을 확인해요."

라이너스는 앞유리 너머를 바라보았다.

심호흡을 하며 브레이크에 놓았던 발을 뗐다.

"믿음을 가져요. 내가 당신에게 그 어떤 일도 일어나지 못하게 할 겁니다."

그가 한 손을 뻗어 라이너스의 다리를 꽉 쥐었다.

라이너스는 멈추지 않았다.

마른 모래를 떠나 바다로 들어가는 순간 바닷물이 그의 얼굴에 튀고 요란한 파도 소리가 그의 귀를 채웠다. 고함을 지르기도 전에 눈앞의 바다가 타닥 소리를 내더니 마치 물속에서 무언가 솟아오르기라도 하는 것처럼 떨리고 꿈틀거렸다. 그는 파도가 사정없이 그들을 바닷물 속에 밀어 넣을 거라고 확신하며 눈을 꽉 감았다.

차가 털썩털썩 뛰는 바람에 운선대가 손 안에서 요동쳤다. 그는 누구에게라고 할 것도 없이 살려달라고 빌고 있었다.

"눈 떠요."

아서가 속삭였다.

"안 뜰래요."

라이너스는 이를 꽉 깨물고 대답했다.

"죽음을 직시해야 한다는 건 다 헛소리예요."

"죽지 않아서 다행이네요. 적어도 오늘은요."

라이너스가 눈을 떴다.

놀랍게도 그들은 바다 위에 있었다. 고개를 돌려 뒤를 돌아보자 해변이 등 뒤로 멀어지고 있었다. 너무 놀라 숨이 쉬어지지 않을 지경이었다.

"이게 도대체 무슨?"

바다 위에 새하얀 결정으로 만들어진 길이 그들 앞에 펼쳐져 있었다. 고개를 돌려 문밖을 내려다보았다. 길은 차폭의 두 배 정도로, 빠작거리고 딱딱 소리가 났지만 견고하게 버티고 있었다.

"바다의 소금이죠. 버텨줄 겁니다."

"그게 가능해요?"

라이너스가 놀라 물었다. 그러다가 깨달았다.

"조이의 능력이군요."

아서는 고개를 끄덕였다.

"조이가 할 수 있는 일들은 엄청나게 많습니다. 제가 아는 것들보다도 훨씬 많지요. 길을 만들어내는 건 예전에도 단 한 번밖에 못 봤어요. 마을 사람들을 불안하게 하고 싶지 않아서, 오래전부터 연락선을 이용하기로 결정했지요. 물 위를 지나가는 차로 두려움을 자아내느니 차라리 메를 참아주는 편이 나으니까요."

라이너스는 웃음을 터뜨렸다.

"아, 그렇겠지요. 바다의 소금으로 길을 만들면 되는데, 그 생각을 난 왜 못 했을까?"

"그런 가능성이 존재한다는 걸 몰랐으니까요."

아서가 나직하게 대답했다.

"하지만 불가능한 것을 꿈꾸는 사람들은 꼭 해야 하는 상황에서 얼마나 멀리까지 나아갈 수 있는지 압니다."

"그래요, 그럼."

라이너스가 힘없이 말했다.

"이럴 수밖에 없는 우리를 그들이 어떻게 생각하는지 알아보러 갈까요?"

온 힘을 다해 액셀러레이터를 밟자 차가 소금 길을 따라 질주했다.

연락선이 매어져 있는 선착장 앞에 사람들이 무리지어 서 있었다. 주먹을 쥐고 허공에 휘두르는 사람들도 있었다. 차 소리며 파도 소리에 묻혀 뭐라고 고함치는지는 들리지 않았지만, 입이 일그러지고 눈을 가늘게 뜨고 있다는 건 알아볼 수 있었다. 급조한 것처럼 생긴, **무언가를 보았으니 말하겠다, 나는 적그리스도의 적이다**, 그리고 우스꽝스럽게도 **무슨 똑똑한 말을 써야 할지 모르겠다** 같은 구호들이 적힌 푯말을 든 사람들도 있었다.

차가 가까이 다가오자 고함 소리가 멎었다. 그들의 얼굴에 충격이 서리는 것도 당연했다. 라이너스 자신이라 해도 수면을 헤치고 달려오는 차를 본다면 똑같은 표정을 지었을 테니까.

그때, 맨 앞에 서 있던 아이스크림 가게 남자가 (노먼이었지, 라이너스가 가벼운 경멸을 담아 기억해 냈다) 고함을 질렀다.

"놈들이 *마법*을 쓰잖아!"

군중들이 또다시 열띤 함성을 질러댔다.

헬렌이 군중들을 배에 오르지 못하게 막고 있었다. 흙이 얼룩진 얼굴이 붉으락푸르락 달아올라 있었다. 그 옆에 메를이 찌푸린 얼굴로 팔짱을 끼고 서 있었다.

라이너스와 아서는 차에서 내려 문을 쾅 닫았다. 예상한 것보다 모인 사람들이 그리 많지 않아서 다행이었다. 헬렌과 메를을 포함해도 열두 명 남짓이었다. 군중 속에 레코드 가게 점원 마티가 목보호대를 차고 서 있었다. 그의 손에는 **맞아요, 악마의 자식이 날 이렇게 만들었다고요**라고 적힌 푯말이 들려 있었다. 그 옆은 우체국 남자였다.

"이게 무슨 *의미*가 있습니까?"

부두에 올라선 라이너스가 따져 물었다.

"저는 라이너스 베이커, 마법아동관리부서 직원입니다. 그래요, 즉 정부에서 나온 공무원입니다. 공무원이 물으면 즉각 대답하는 게 좋을 걸요."

"저 자들이 제 배에 올라타려고 했어요."

메를이 군중과 아서를 똑같은 불쾌감이 담긴 눈으로 쳐다보았다.

"섬으로 가겠다면서요. 승선을 거부했죠."

"고마워요, 메를."

라이너스는 뱃사공이 이토록 사려 깊다는 점에 놀랐다.

"생각지도 못했…."

"돈을 안 준다고 거부했다고요. 공짜로는 어림없지."

라이너스는 혀를 깨물었다.

"오지 말지 그랬어."

헬렌이 아서에게 말했다.

"내가 해결할 수 있다고. 당신한테, 또 아이들한테 그 어떤 일도 못 일어나게 할 테니까."

헬렌은 군중 뒤편으로 슬금슬금 도망치려는 자기 조카를 노려보았다.

"*어떤* 사람들은 입을 다무는 법을 모르더라고. 아, 숨을 생각은 하지 말라고, 마티 스마이스, 다 보여. 아주 잘 보여. 여러분 모두가 아주 잘 보인다고. 그리고 난 기억력이 아주, *굉장히* 좋거든."

"물론 헬렌이 잘 해결하리라는 건 알죠. 그래도 옆에 누군가가 있는 게 좋으니까요."

아서는 차분한 목소리로 말했다.

라이너스는 앞으로 나섰다. 해가 쨍쨍한 탓에 온몸에 땀이 흥건했다. 눈앞에 모여 선 군중을 노려보았다.

"이게 다 무슨 의미가 있습니까?"

모여 선 사람들이 한 덩어리가 되어 뒤로 한 발짝 물러서는 것을 보자 짜릿한 기쁨이 느껴졌다.

"말해 보시죠. 입을 열 사람 아무도 없습니까? 분명 할 말이 있는 사람이 있을 텐데."

먼저 입을 연 것은 노먼이었다.

"우린 그놈들이 사라지기를 바랍니다."

그가 으르렁거렸다.

"고아원, 섬. 전부 다."

라이너스가 그를 노려보았다.

"그런데 섬을 무슨 수로 사라지게 만들 셈이시죠?"

성이 난 노먼의 얼굴이 벌겋게 달아올랐다.

"그건… 당신… *그게 중요한 게 아니잖아.*"

라이너스는 양손을 들어올렸다.

"그러면 중요한 게 뭔지 들어나 보죠."

노먼이 식식거리다 입을 열었다.

"그 적그리스도라는 놈. 그놈이 마티를 죽일 *뻔*했다고!"

뒤에 서 있던 사람들이 동의한다는 듯 웅성거렸다.

노먼이 흥분해서 고개를 끄덕였다.

"그래, 맞아. 마티는 그저 열심히 일하고 있을 뿐이었는데… 그 *것*이 마을에 와서는 죽인다고 위협했다고! 저 불쌍한 놈을 아무렇지도 않게 벽에다 메다꽂았어. 마티는 불구가 되어버렸다고. 걸을 수가 있다는 게 기적이야!"

헬렌이 코웃음을 쳤다.

"불구가 됐다고, 웃기고 있네."

"저 목 보호대를 봐!"

우체국 남자가 고함을 질렀다.

"심각한 부상이 아니면 목 보호대까지 할 리가 없지!"

헬렌이 대답했다.

"그렇죠. 저 목 보호대는 옛날에 내가 교통사고를 당했을 때 썼다가 우리 집 벽장 안에 넣어놓은 *바*로 그것 같은데."

"아니에요!" 마티가 고함을 질렀다.

"병원에 갔더니 의사가 내 등뼈가 박살이 나 가루가 됐다며, 살아 있는 게 기적이라면서 줬단 말이에요!"

"저렇게 줏대가 없는 걸 보니 뼈가 박살났다는 게 말은 되네."

라이너스가 중얼거렸다.

헬렌은 눈을 굴렸다.

"마티, 뒤에 내 머리글자가 적힌 이름표가 붙어 있어. 깜빡하고 안 뗐나 본데. 다 보여."

"오. 그건… 우연이 아닐까요?"

"상관없어." 노먼이 성을 냈다.

"우린 전부 저 아이들이 위협적인 존재라는 데 의견이 같아. 마을 사람들을 위험하게 한다고. 우린 놈들의 사악함을 충분히 참고 또 참았어. 마티한테 한 짓을 다른 사람들한테도 하면 어떡할 거야?"

"마티가 어린아이에게 퇴마 의식을 거행하려고 방 안에 가두려고 했다는 이야기도 하던가요?"

라이너스가 물었다.

"아동을 납치 및 감금하는 건 중범죄거든요."

군중의 시선이 천천히 마티를 향했다.

마티는 발밑만 바라보았다.

노먼은 고개를 저었다.

"마티가 옳지 않은 행동을 했을지는 몰라도 중요한 건 똑같아. 우리도 자기 보호를 할 권리가 있잖아. 그놈들이 어린애라고? 좋아. 하지만 *우리한테도* 지켜야 할 애들이 있어."

"참 이상하네."

헬렌이 라이너스 곁에 다가와 섰다.

"오늘 모인 사람 중에 부모는 단 하나도 없는 것 같은데."

노먼은 또다시 노발대발했다.

"그거야 너무 무서워서 못 온 거지."

"이름 하나 대 보시죠."

"날 갖고 놀 생각은 말아요, 헬렌. 당신이 저놈들 편을 드는 거야 당신 자유겠지. 하지만 우리는 절대 목숨을 위협당하고도…."

라이너스가 쓸쓸하게 웃었다.

"위협당한다고요? 누구한테요? 지금 저 말고 선생님을 위협하고 있는 사람이 도대체 누가 있다는 겁니까?"

"그 아이들이죠!"

군중 뒤편에서 한 여자가 외쳤다.

"그 아이들은 존재만으로도 위협이라고요!"

"말도 안 되는 소립니다. 전 한 달이나 아이들 옆을 지켰지만, 위협이라고는 *한마디도* 들은 적이 없습니다. 여기 존재하는 *유일한* 위협은 바로 당신들입니다. 섬으로 건너왔다고 칩시다. 그다음엔 어떻게 하실 작정이었습니까? 아이들에게 손을 댈 생각이었습니까? 손찌검이라도 할 작정이었습니까? 해치려 했습니까? 죽일 셈이었습니까?"

노먼의 얼굴이 하얘졌다.

"그게 아니라…."

"그럼 대체 뭘 하고 계시는 겁니까? 분명히 계획은 있었을 것 아닙니까. 여러분이 만약 섬으로 왔더라면 무슨 일이 일어났을지 상상조차 하고 싶지 않습니다. 이런 말을 하게 될 줄은 몰랐지만, 메를이 여러분이 배에 오르지 못하게 막은 게 얼마나 다행입니까."

"맞아요, 돈을 내라고 했는데, 거절했죠!"

메를이 거들자 헬렌이 "제발, 메를." 했다.

"누가 칭찬을 할 땐 입 좀 다물고 있지."

"해산하십시오. 해산하지 않으면 제 권한을 사용해…."

누구의 짓인지는 알 수 없었다. 너무 순식간에 일어난 일이었다. 허공에 커다란 돌멩이를 움켜쥔 손이 쑥 올라왔다. 손이 뒤로 젖혀졌다가 반동과 함께 앞으로 쑥 다가오더니 돌멩이가 이쪽으로 날아왔다. 돌이 날아오는 방향에 헬렌이 서 있었다. 라이너스는 곧

바로 군중에게서 등을 돌리고 헬렌 앞을 가로막고 섰다. 눈을 질끈 감고 돌에 맞는 고통을 기다렸다.

아무 일도 일어나지 않았다.

그 대신, 마치 태양이 땅으로 떨어지기라도 한 것처럼, 공기가 점점 달아오르더니 뜨거워졌다. 눈을 뜨자 눈앞에 헬렌의 얼굴이 있었다. 그러나 라이너스를 보고 있지 않았다. 넋이 나간 듯 놀라 하늘을 올려다보고 있었다. 헬렌의 눈동자에 불꽃이 반사되고 있었다.

라이너스는 천천히 돌아섰다.

불사조가 일어났던 것이다.

아서는 양팔을 활짝 펼치고 있었다. 날개가 아서의 양쪽으로 펼쳐져 있었다. 아서 위로 솟아난 불사조의 머리는 부리에 돌멩이를 물고 있었다. 불사조가 돌멩이를 콱 물어 박살내자 아서 앞으로 파편이 우수수 쏟아졌다.

사람들의 얼굴에는 공포가 묻어 있었다. 그러나 그 공포에는 헬렌의 얼굴에서 본, 그리고 라이너스 자신의 얼굴에도 분명 서려 있을 놀라움도 묻어 있었다.

날개가 퍼덕이자 불꽃이 탁탁 소리를 냈다.

불사조가 고개를 뒤로 당기며 울부짖었다. 라이너스의 몸속까지 뜨겁게 달구는, 공기를 꿰뚫는 것 같은 포효였다.

라이너스는 부두에 서 있는 헬렌으로부터 벗어났다.

천천히 아서의 한쪽 날개 아래로 몸을 숙이고 들어가 그의 앞으로 다가갔다. 날개가 뿜는 열기가 등에 느껴졌다.

아서는 활활 타는 눈으로 앞만 빤히 바라보고 있었다. 불사조가 날개를 펄럭이자 자잘한 불꽃이 곡선을 그리며 휘날렸다. 불사조가 고개를 숙여 라이너스를 바라보며 눈을 천천히 깜박였다.

라이너스는 두 손을 뻗어 아서의 얼굴을 감쌌다. 그의 살갗은 뜨거웠지만, 라이너스는 손이 데거나 탈까 봐 두렵지 않았다.

불이 라이너스의 손등을 간질였다.

"괜찮아, 괜찮아요."

라이너스가 나직하게 입을 열었다.

"이제 충분해요. 다들 알아들었을 거예요."

아서의 눈에서 불이 걷혔다.

날개가 걷혔다.

불사조가 두 사람을 향해 고개를 숙였다. 라이너스가 고개를 들자, 거대한 새가 그의 이마에 부리를 콕 찍고 시커먼 연기를 남기고 사라졌다. 그는 놀라 숨을 들이마셨다.

아서의 이마에서 땀이 뚝뚝 떨어졌고, 얼굴은 새하얗게 질려 있었다.

"괜찮습니까?"

"그래요. 가급적이면 머리에 돌을 맞고 싶지는 않았으니까, 무척 고맙네요."

사람들이 지켜보고 있으리라는 생각에 라이너스는 아서의 얼굴에서 두 손을 뗐다. 화가 났다. 이토록 화가 난 건 오랜만이었다. 이 분노를 표출해야 할 것 같아서, 군중들이 위협을 느끼도록 해야겠다며 돌아서려 했지만, 아서가 고개를 저었다.

"당신은 이미 충분히 했어요. 이제 내가 하죠."

라이너스는 힘주어 고개를 끄덕였지만, 아서의 곁을 떠나지는 않았다. 누가 또다시 돌팔매질이라도 할세라 군중을 노려보았다.

군중은 아까의 투지는 온데간데없었다. 눈을 휘둥그레 뜨고, 얼굴이 하얗게 질린 채 서 있을 뿐이었다. 푯말들은 아무렇게나 바닥에 널브러져 있었다. 마티도 목 보호대를 풀어버린 뒤였는데, 어쩌면 고개를 들어 불사조를 보고 싶었던 건지도 모르겠다.

아서가 입을 열었다.

"나는 여러분을 아직 잘 모릅니다. 여러분도 나를 모르겠지요. 만약 알았더라면 나와 내 것을 해치려는 시도가 얼마나 위험한지 알았을 테니까."

불사조가 사라졌는데도 라이너스는 다시 뜨겁게 달아오르는 것 같은 기분이었다.

군중은 또 한 발 주춤 물러났다.

아서는 한숨을 쉬며 어깨를 축 늘어뜨렸다.

"저는… 어떻게 해야 할지 모르겠습니다. 사람의 마음과 정신을 말로는 바꿀 수 없다는 걸 압니다. 여러분은 당신들이 알지 못하는 걸 두려워합니다. 우리가 질서정연한 세계에 등장한 혼돈이라고 생각합니다. 그리고 지금까지 저는 그 편견을 바꾸기보다는 아이들과 함께 섬에 고립되기를 택했죠. 만약 내가…."

그러더니 아서는 고개를 저었다.

"사람들은 실수를 합니다. 끝없이 반복하고, 그렇기에 우리는 인간입니다. 당신들은 우리를 두려워할 존재로 봅니다. 그리고 아주 오랫동안 나 역시 당신들을 온 힘을 다해 잊고 싶은 과거의 유령으로 보았지요. 하지만 여기는 우리가 함께 사는 우리의 집입니다. 부탁하진 않겠습니다. 애원하지도 않을 겁니다. 그리고 다른 대안이 없는 상황이 온다면 저는 아이들을 지키기 위해 무슨 일이라도 할 겁니다. 그러나 가급적이면 그런 일이 없기를 바랍니다. 이해할 수 없는 것을 재단하기보다는 귀를 기울여 주십시오."

아서의 시선이 마티에게 닿자마자 그는 움츠러들었다.

"루시는 널 해치려 한 게 아니야."

그러나 아서는 부드러운 말투였다.

"그럴 의도가 있었더라면 몸이 안팎으로 뒤집혔을 테지."

"너무 나간 거 같은데요."

군중이 동시에 숨을 헉 들이쉬자 라이너스가 중얼거렸다.

"당신 말이 맞네요."

아서는 그렇게 대답하더니 목소리를 높였다.

"당연히 루시가 그런 짓을 할 리는 없었겠지요. 루시가 원하는 건 레코드를 사는 게 다였습니다. 루시는 음악을 정말 사랑하니까요. 그 애가 어떤 존재이건 아이에 지나지 않고, 다른 아이들 역시 마찬가지입니다. 모든 아이들은 보호받아야 하지 않습니까? 사랑받고 보호받으며 자라서, 세상을 더 나은 곳으로 만들어야 하지 않습니까? 그런 관점으로 보면 섬의 아이들 역시 마을 아이들과 전혀 다르지 않습니다. 하지만 당신 같은 사람들로부터, 또 그들을 관리하고 세상을 지배하는 사람들로부터 늘 다르다는 말을 듣습니다. 이 아이들을 분리하고 고립시키는 장소에 규칙과 통제를 가하는 사람들 말입니다. 이를 어떻게 변화시킬지, 변화가 가능할지 잘 모르겠습니다. 하지만 그 변화가 위에서부터 일어나지는 않을 겁니다. 변화는 우리부터 시작해야 할 겁니다."

군중은 경계하는 눈빛으로 아서를 바라보았다.

아서는 한숨을 쉬었다.

"이제 더는 할 말이 없군요."

"내가 할 말이 있어."

헬렌이 앞으로 나섰다. 화가 나서 주먹을 꽉 쥐고 있었다.

"당신들한테는 평화롭게 집회할 자유가 있어. 의견을 표출할 자유도 있고. 하지만 폭력의 선을 넘는 순간 위법행위가 된다고. 마법 아동들은 다른 아이들과 마찬가지로 법의 보호를 받고 있어. 아이들을 해치는 즉시 그 대가를 받게 될 거야. 내가 분명히 단언하지. 마법 아동이든, 그냥 아동이든, 아이에게 손을 대는 그 *누구라도* 후회하게 만들어 줄 거야. 라이너스나 아서의 말을 그냥 무시하면 끝이라고 생각할지 모르겠지만 내 말은 귀 기울여 들으라고. 앞으로 이 문제로 불협화음이 생겼다는 이야기가 내 귀에 *조금이라도* 들려오는 순간 어째서 나를 건드려서는 안 되는지 똑똑히 보여줄 테니까."

가장 먼저 반응한 건 노먼이었다.

그는 혼자서 뭐라고 투덜거리더니 쿵쿵 발소리를 내면서 사람들을 헤치고 자리를 떠났다.

그 뒤를 따른 건 우체국 남자였지만, 어깨 너머로 돌아보는 그의 얼굴은 경악에 사로잡혀 있었다.

몇몇이 더 그 뒤를 따랐다. 마티도 자리를 떠나려 했지만 헬렌이 입을 열었다.

"마티 스마이스! 넌 그 자리에서 *꼼짝*도 하지 마라. 네 행동에 대해 기나긴 대화를 나눠야겠으니까. 그리고 만약 돌을 던진 게 너라면 네 신탁 기금을 전부 *빼서* 모조리 자선단체에 기부할 거야."

"그럴 순 *없어요!*" 마티가 울부짖었다.

"그럴 수 있지. 신탁 관리자는 나거든. 그러니까 아주, 아주 쉬운 일이야."

군중은 해산했다. 몇몇 사람들이 멀찍이 떨어진 자리에서 아서를 향해 미안하다고 중얼거리는 것을 보고 라이너스는 놀랐다. 분명 방금 본 광경은 소문이 되어 마을 사람들 사이에 빠르게 퍼지겠지. 그 소문 속에서 아서가 그들을 태워버리고 마을을 불살라 버리겠다고 협박한 괴물이 된다 해도 놀랍지 않을 것 같았다.

메를이 입을 열었다.

"원하신다면 섬까지 태워다 드리죠. 반값으로요."

라이너스가 코웃음을 쳤다.

"괜찮습니다. 그래도 아량을 베풀어 주셔서 감사하군요."

그는 말을 잠시 멈췄다가 덧붙였다.

"진심입니다."

메를은 소금 길 덕분에 장사가 망하겠다며 작게 군시렁거리면서 부두를 내려가 배를 향했다.

아서는 사람들이 마을 쪽으로 돌아가는 모습을 보다가 헬렌에게 물었다.

"그 사람들이 귀를 기울일까요?"

헬렌은 얼굴을 찌푸렸다.

"모르겠어. 그랬으면 좋겠지만, 사실 내가 바라는 게 언제나 이루어지는 건 아니니까."

그러더니 수줍은 얼굴로 그를 쳐다보았다.

"깃털이 정말 예쁘더라."

아서는 미소를 지었다.

"고마워요, 헬렌. 당신이 해준 모든 일에 감사드립니다."

헬렌은 고개를 저었다.

"시간을 줘, 아서. 우리 모두에게 시간을 좀 달라고. 나도 내가 할 수 있는 일들을 할 테니까. "

그가 아서의 손을 한 번 쥐었다 놓더니 라이너스를 향했다.

"그럼 이제 떠나는 거야? 토요일, 맞지?"

라이너스는 눈을 깜박였다. 이곳에서 보내는 시간이 끝에 가까웠다는 사실을 흥분감 속에서 잊고 있었던 것이다.

"맞아요. 토요일이에요."

"그렇군."

헬렌이 아서와 라이너스를 번갈아 바라보았다.

"언젠가 다시 돌아왔으면 좋겠어, 베이커 씨. 당신이 있는 동안 참… 다사다난했거든. 안전한 여행이 되길 바라네."

그 말을 남긴 뒤 헬렌은 부두 아래로 내려가서 마티의 귀를 잡고 질질 끌었고, 마티는 성을 내며 따라갔다.

라이너스가 아서의 옆으로 다가갔다. 두 사람의 손등이 스쳤다.

"어떤 기분이었어요?"

"뭐가 말입니까?"

"날개를 활짝 펼쳤을 때요."

아서는 해를 향해 고개를 들고 살짝 입술을 일그러뜨렸다.

"아주 오랜만에 자유를 찾은 기분이었습니다. 이리 와요, 친애하는 나의 라이너스. 집으로 갑시다. 조이가 고생하고 있을 거예요. 운전은 제가 하죠."

"집."

라이너스는 그렇게 되뇌면서 진짜 집이란 어디일까 하는 생각을 했다.

두 사람은 다시 차에 탔다. 잠시 후, 그들은 머리카락을 바람에 날리면서, 타이어에 철썩거리며 닿는 푸르디푸른 바다를 느끼면서 소금 길을 달리고 있었다.

17장

금요일 오후, 누군가 게스트하우스의 문을 두드렸다.

최종 보고서를 작성하고 있던 라이너스가 고개를 들었다. 들어가는 말 뒤에 단 한 문장밖에 쓰지 못한 채였다.

의자에서 일어나 문을 향해 다가갔다.

포치에 서 있는 아이들을 보고 라이너스는 깜짝 놀랐다. 아이들은 모두 모험을 떠나는 차림이었다.

"내가 돌아왔다!" 루시 대장이 고함을 질렀다.

"베이커 씨, 마지막 탐험에 그대를 초대하지. 어마어마하게 위험한 모험이 될 테고, 살아서 나갈 수 있다는 보장은 없어. 식인 뱀, 살 속에 알을 낳아 눈알을 안쪽에서부터 먹어치우는 벌레도 있다는 말을 들었지. 하지만 살아남기만 하면 꿈에서도 보지 못한 어마어마한 보물이 기다리고 있다네! 함께하겠는가?"

"잘 모르겠는걸."

라이너스가 느릿느릿 대답했다.

"식인 뱀이라고 했니? 위험할 것 같은데."

루시가 다른 아이들을 슬쩍 보더니 그에게 몸을 바짝 기울이고 소곤거렸다.

"사실은 없어요, 그냥 있는 척하는 거예요. 그래도 다른 애들한테는 말하면 안 돼요."

"아, 알겠구나. 음, 내가 우연히도 식인 뱀 전문가라서 뱀을 피하는 법은 빠삭하게 알지. 너희들을 지켜주려면 내가 따라가는 수밖에 없겠구나."

"우와, 다행이다."

천시가 한숨을 내쉬었다.

"오늘은 잡아먹히고 싶지 않았어요."

"어서 옷 갈아입어요!"

탈리아가 라이너스를 집 안으로 밀어 넣었다.

"그런 차림으로는 모험을 떠날 수 없다고요!"

"그래? 어째서⋯."

그 순간 라이너스는 딱 굳었다가 쓰러지는 시늉을 했다.

"한 발짝도 움직일 수가 없어! 살을 파먹는 벌레한테 물린 건가?"

"갑자기 왜 이래요? 피! 도와줘!"

피가 고함을 지르며 달려와서는 한없이 가벼운 몸으로 그를 밀어냈다. 침실 안으로 떠밀려 들어가면서 라이너스가 피식 웃었다.

"한결 낫구나, 고마워. 금방 갈아입고 나올게."

침실로 들어가는데 아이들이 앞으로 다가올 모험 이야기를 재잘거리는 소리가 들렸다. 라이너스는 닫힌 문에 기대 눈을 감았다.

"할 수 있어. 자, 나 자신. 마지막 모험이라고."

그는 다시 몸을 일으켜 벽장으로 다가갔다.

모험용 복장을 꺼내 입었다. 여전히 우스꽝스럽기만 했다.

하지만 지금은 아무 상관도 없었다.

모험을 떠난 일행은 정글 속을 터벅터벅 걸었다. 창과 화살로 공격하며 내장을 파먹겠다고 위협하는 식인종을 피했다. 나무를 타고 굵직한 덩굴처럼 늘어진 식인 뱀들로부터 몸을 숨겼다. 루시 대장은 눈알 뒤에 알을 까는 벌레들에게 둘러싸이는 바람에 컥컥거리며 몸부림을 치다가 결국 혀를 쑥 빼물고 쓰러지기까지 했다. 루시 대장이 마지막 순간에 살아나 모험을 이어갈 수 있었던 건 모두 대원들 덕분이었다.

드디어 그들은 익숙한 장소까지 도달했다. 섬 정령의 집을 숨긴 울창한 숲이 저 멀리 보였다. 숲을 나와 모래톱에 발을 디디는 순간 정령의 목소리가 울려 퍼졌다. "다시 돌아왔군! 어리석은 자들이여. 지난번에도 간신히 목숨을 구하지 않았던가?"

"잘 들어라!" 루시 대장이 쩌렁쩌렁 고함을 질렀다.

"우리를 이길 순 없을 거다! 어서 보물을 내놓아라. 싫다는 대답은 안 듣겠다!"

"그래?"

"그래!"

아이들이 고함을 질렀다.

"그래."

라이너스도 작은 목소리로 따라했다.

"음, 그래, 좋다. 그렇다면 이제 항복해야겠군. 나 같은 종족들에게 너희들은 너무 강하니 말이야."

"그럴 줄 알았어!"

루시는 흥분해서 두 손을 번쩍 들어올렸다.

"사나이들이여!"

그러다가 탈리아와 피의 눈치를 보았다.

"그리고 여자들이여. 정당한 보상을 얻으려면 나를 따르라."

다들 루시를 따라갔다. 당연했다. 그들은 그 어디라도 루시를 따라갈 테니까. 라이너스 역시 마찬가지였다.

그들은 모래톱을 가로질러 숲속으로 달려갔다.

라이너스는 이마의 땀을 훔치며 터벅터벅 따라 걸었다.

숲 가장자리에 도착하는 순간 그는 미간을 찌푸렸다. 묘하게 조용해서였다. 그는 잠시 망설였지만 숲으로 들어섰다.

나뭇가지에 종이 등이 걸려 있었다. 정자에 걸려 있던 것과 같은 것들이었다. 라이너스는 머리 위로 손을 뻗어 종이 등 하나를 만져보았다. 등은 밝게 빛나고 있었지만 안에 전구나 촛불이 들어 있지 않았다. 숲 한가운데 조이의 집 앞에서 그들이 라이너스를 기다리고 있었다. 탈리아와 피. 샐, 시어도어, 천시, 그리고 루시. 초록색과 금색의 꽃을 머리에 엮은 조이.

그리고 아서. 언제나 그 자리에 있는 아서.

모두 함께 **보고 싶을 거예요, 베이커 씨!!!!**라는 글씨가 적힌 기다란 종이를 들고 있었다. 수위엔 손바닥 자국이 찍혀 있었다. 탈리아와 피, 루시의 작은 손바닥. 샐의 커다란 손바닥. 천시의 촉수가 그린 것 같은 선. 그리고 시어도어의 발톱을 닮은 물감 한 방울.

라이너스는 떨리는 숨을 들이쉬었다.

"정말… 예상치도 못했구나. 모두가 정말 멋진 일을 해줬어."

"내 아이디어였어요."

탈리아가 발을 밟아버리는 바람에 루시는 움칠했다.

"음, 대부분 내 아이디어였고, 다른 아이들이 조금 도와줬어요."

곧 루시의 얼굴이 밝아졌다.

"그런데 그거 알아요?"

"뭐 말이냐?"

"보물은 처음부터 없었어요! 아저씨를 여기까지 데려오려고 거짓말한 거예요!"

"아하, 그렇구나. 그러니까 진짜 보물은 탐험하면서 쌓은 우정이라는 소리지?"

"둘 다 최악이야. 진짜 최악."

루시가 투덜거렸다.

근사한 파티가 벌어졌다. 상다리가 부러질까 걱정될 만큼 음식이 그득 차려져 있었다. 구운 고기, 뜨거운 롤빵, 아삭아삭 씹히는 오이가 든 샐러드. 케이크, 파이, 그리고 크림에 찍어 먹는 새콤한 라즈베리도 있었다.

다양한 음악도 곁들여졌다. 조리대 위에는 LP 플레이어가 놓여 있었고, 리치와 버디, 빅 보퍼가 노래하는 음악이 죽은 날은 크고 경쾌했다. 음악을 고른 건 루시였고, 선곡에는 실패가 없었다.

모두가 신나게 웃었다. 해가 저물고 종이 등이 더 환하게 빛나는 와중에 그들은 웃고, 웃고, 또 웃었다.

라이너스가 눈물을 훔쳐내려는데 (기쁨의 눈물이라고 그는 되뇌었다) 또다시 음악이 바뀌었다. 냇 킹 콜의 목소리가 울려 퍼지기 전부터 무슨 곡인지 알 수 있었다. 고개를 드니 아서 파르나서스가 앞에 서서 그를 내려다보며 한 손을 뻗고 있었다.

고마워요.

왜 자꾸 고맙다고 하는지 모르겠네요.

믿을지 모르겠지만, 저는 진심이 담기지 않은 말은 하지 않습니다. 그러기에 인생은 너무 짧거든요. 춤추는 거 좋아하십니까?

잘…모르겠어요. 솔직히 말하면 저는 왼발만 두 개 달린 것 같아요.

아닐 걸요.

라이너스는 지금 이 순간만큼은 이기적이 되어보기로 했다.

가슴이 미어지더라도 미소를 지으라는 냇의 노래가 울려퍼지는 가운데 아서의 손을 잡고 천천히 자리에서 일어섰다. 아서가 그를 바짝 끌어당겼고, 두 사람은 천천히 몸을 흔들기 시작했다.

아서는 그의 귓가에 속삭였다.

"웃어요, 그러면 내일은 해가 당신을 위해 빛날 테니까."

라이너스는 그의 가슴에 머리를 기댔다. 몸속이 타버릴 것만 같은 열기가 느껴졌다.

두 사람은 춤을 췄다.

그 순간이 아주 오랫동안 지속되는 것처럼 느껴졌지만, 라이너스는 이 노래가 길지 않다는 사실을 알고 있었다. 아서가 그의 귀에 대고 속삭이는 노래 가사가 들렸다.

모든 음악이 그렇듯 이 곡 역시도 언젠가는 끝이 났다.

모두가 조용했다. 라이너스는 꿈에서 깨어나듯 눈을 깜박였다. 고개를 들자 아서가 불처럼 번쩍이는 눈으로 그를 내려다보고 있었다. 라이너스는 주춤 물러났다.

조이는 무릎에 피와 탈리아를 앉히고 앉아 있었다. 시어도어는 샐의 어깨에 앉고, 루시와 천시는 샐의 다리를 베고 누워 있었다. 모두 행복한 동시에 피곤해 보였다. 루시가 미소를 지었지만 미소는 하품으로 끝이 났다.

"보물은 마음에 드셨나요, 베이커 씨?"

라이너스는 아서를 올려다보며 속삭였다.

"마음에 들어. 그 어떤 보물보다도 좋구나."

본채로 돌아가는 길에는 조이가 피와 탈리아를 번쩍 안아들고 걸어갔다. 탈리아는 요란하게 코를 골고 있었다. 시어도어는 샐의 상의 안에 들어가서 그의 목에 고개를 기댄 채였다. 아서는 천시의 촉수를 잡고 걸었다. 라이너스는 잠든 루시를 안고 맨 뒤에서 뒤따랐다. 모든 게 순식간에 끝나 버린 것만 같았다.

라이너스가 탈리아에게 잘 자라고 인사했다. 피에게. 샐과 시어도어에게. 루시를 한 팔에 옮겨 안고 천시의 머리를 토닥여 주었다.

아서가 눈으로 질문을 해왔다.

라이너스가 고개를 저었다.

"제가 재우죠."

아서는 고개를 끄덕인 뒤 나머지 아이들에게 이를 닦을 시간이라고 알려주었다.

라이너스는 루시를 아서의 침실로 데려가 내려놓고 나직이 말했다.

"잠옷으로 갈아입으렴."

루시는 고개를 끄덕이고 벽장 안으로 들어가서 문을 닫았다.

라이너스는 불확실한 기분으로 방 한가운데 섰다. 지금까지 그는 살아가는 법을 안다고 생각했다. 세상이 돌아가는 법을. 그리고 세상 안의 자기 자리를 안다고 생각했다.

하지만 지금은 그렇게 확신할 수가 없었다.

루시가 잠옷 바지에 흰 티셔츠로 갈아입고 돌아왔다. 머리는 손으로 헝클어뜨린 것처럼 뻗쳐 있었다. 맨발은 작디작았다.

"이 닦고 오렴."

루시는 의심스럽다는 듯 올려다보았다.

"갔다 올 때까지 여기 있을 거예요?"

라이너스는 고개를 끄덕였다.

"약속할게."

루시가 복도로 나갔다. 시어도어가 또 치약을 먹었다는 천시의 말소리, 그리고 *아니야* 하고 반박하는 시어도어의 울음소리.

라이너스는 양손에 고개를 묻었다.

루시가 말끔하게 씻은 얼굴로 돌아왔을 때는 마음을 다시 추스린 뒤였다. 아이가 하품을 하더니 "엄청 피곤해요." 했다.

"모험이란 힘든 일인가 봐."

"그래도 좋은 모험이었어요."

"최고의 모험이었지."

라이너스도 맞장구쳤다.

그는 루시의 손을 잡고 방 안까지 데려다주었다. 라이너스가 이불을 걷어 주자 루시는 침대 위로 기어들어가 베개에 머리를 뉘었다. 라이너스는 이불을 아이의 어깨까지 덮어 주었다. 루시가 옆으로 돌아눕더니 라이너스를 올려다보았다.

"안 갔으면 좋겠어요."

라이너스는 침을 꿀꺽 삼킨 뒤 침대 옆에 웅크리고 앉았다.

"미안하구나. 하지만 내가 이곳에서 보내는 시간은 곧 끝나."

"왜요?"

"책임이 있으니까."

"왜요?"

"난 어른이니까. 어른이라면 해야 할 일이 있거든."

루시가 얼굴을 찌푸렸다.

"난 절대 어른 안 될래요. 지루할 것 같아."

라이너스는 루시의 앞머리를 살짝 걷어주었다.

"넌 멋진 어른이 될 거야. 하지만 그때까지는 아주 오래 걸릴 거야."

"우리를 헤어지게 만들 거예요?"

라이너스는 고개를 저었다.

"아니. 그런 일이 일어나지 않도록 온 힘을 다할 거야."

"정말요?"

"그래, 루시."

"내가 일어났을 때 아저씨는 가고 없겠죠?"

라이너스는 말없이 시선을 돌렸다.

루시의 손이 그의 손을 어루만지는 게 느껴졌다.

"다른 애들은 모르지만 난 알아요. 가끔 뭔가가 보이거든요. 왜
인지 몰라요. 있잖아요. 아서 말이에요. 아서는 불을 일으켜요. 알
고 있었어요?"

라이너스는 헉 하고 숨을 들이쉬었다.

"아서가 이야기해 준 거니?"

"아니요. 이야기하면 안 되나 봐요. 하지만 우리 모두 알아요. 지
난번에 나갔을 때, 아저씨랑 아서가 뭘 했는지 우리가 아는 것처럼
말이에요. 아서는 우리 같은 사람이에요. 아저씨처럼."

"나한테는 마법이라고는 없는 걸."

"있어요. 평범한 사람한테도 마법이 존재할 수 있다고 아서가 말
했다고요."

그는 다시 루시를 바라보았다.

아이는 눈을 감고 있었다.

그는 깊이 숨을 들이마신 뒤 자리에서 일어났다.

"고마워."

바깥으로 나가면서 라이너스는 문을 살짝 열어놓았다. 가느다란 빛줄기가 새어 들어와 아이를 괴롭히는 악몽을 쫓아 줄 수 있도록.

아이들의 방문은 전부 닫혀 있었다. 그는 천천히 복도를 걸으며 방문을 하나하나 만져 보았다.

샐의 방문 밑에서만 불빛이 새어나오고 있었다.

노크를 할까 하는 생각이 들었지만 그만두었다.

계단을 내려가자 1층에서 소리죽여 말싸움을 하는 소리가 들렸다. 그는 어떤 상황인지 알 수 없어서 잠시 머뭇거렸다. 말의 내용은 들리지 않았지만, 자기가 들을 내용이 아니라는 건 확실했다.

현관문 앞에 조이가 미간을 일그러뜨린 채 서서 아서의 가슴을 툭툭 치고 있었다. 기분이 좋지 않아 보였다. 계단이 삐걱대는 소리에 조이는 동작을 멈췄다.

두 사람이 그를 돌아보았다.

"루시가 잠들었어요."

라이너스가 뒷목을 긁적이며 입을 열었다.

조이가 툴툴거렸다.

"남자들이란 쓸모없어. 거의 다 그래."

그리고는 딱딱한 표정으로 라이너스를 바라보았다.

"내일 아침 일찍 가는 거지?"

라이너스는 고개를 끄덕였다.

"열차가 7시 정각에 출발하거든요. 6시 15분에 메를이 대기하고 있기로 했습니다."

"그 배를 꼭 타야 한다는 거지?"

라이너스는 대답하지 않았다.

"좋아. 내가 제때 올 테니 기다리게 하지 말라고."

그가 빙글 돌아 자리를 떠나버렸다.

라이너스는 턱을 앙다문 채 조이가 떠난 문간을 빤히 노려보았다.

"괜찮아요?"

"아니, 아닌 것 같습니다."

머리가 아파왔다.

"혹시 두 사람이 걱정하는 게 제 최종 보고서라면, 안심하셔도…."

"그 빌어먹을 보고서와는 상관없는 일입니다."

"알았어요."

라이너스가 느릿느릿 대답했다. 아서가 욕설을 하는 걸 들은 적이 있던가?

"그럼 무슨 일이지요?"

아서는 고개를 저었다.

"고집부리긴."

라이너스는 그렇게 중얼거렸지만, 사랑스럽다는 말투는 숨길 수가 없었다. 그리고 이제 어떻게 해야 할지 알 수 없어서, 할 수 있는 하나뿐인 일을 했다. 문을 향해 걸어간 것이다.

아서와 어깨를 스치는 순간 라이너스는 무슨 일인가가 일어날 거라고 생각했다. 그러나 아무 일도 일어나지 않았다.

"잘 자요, 그럼."

라이너스가 간신히 입을 열어 그렇게 밀한 뒤 문 밖으로 나아가던 순간이었다.

아서가 입을 열었다.

"가지 말아요."

걸음을 멈추고 눈을 감았다. 떨리는 목소리로 입을 열었다.

"뭐라고요?"

"가지 말아요. 여기 있어요. 우리 옆에. 내 옆에 있어 줘요."

라이너스는 고개를 저었다.

"그럴 수 없다는 걸 알잖아요."

"아니요, 모릅니다. 전 *몰라요*."

라이너스가 돌아서서 눈을 떴다.

아서는 창백한 얼굴로 입술이 일자가 되도록 입을 꾹 다물고 있었다. 그의 등 뒤로 불타는 날개가 흐릿하게 보이는 것 같았지만, 아마도 어둑한 조명 탓에 생긴 착시현상일 터였다.

"처음부터 잠시 머무르는 거였어요. 저는 여기에 있어야 할 사람이 아니에요."

"여기가 아니라면 어디에 있을 수 있다는 겁니까?"

"저한테도 삶이 있어요. 집이 있고, 저한테는…."

우리가 사는 그 집이 꼭 진짜 집인 건 아니야. 집이란 내가 함께 하고 싶은 사람들이라고. 당신이 이 섬에 사는 건 아닐지 몰라도, 여기가 당신 집이 아니란 소리는 아니야. 당신을 가두고 있던 비눗방울은 이미 터졌다고, 베이커 씨. 그런데 왜 또다시 비눗방울

속에 들어가려고 해?

"…해야 할 일이 있어요."

비겁한 줄 알면서도 그는 그렇게 말을 맺었다.

"저를 의지하는 사람들이 있다고요. 여기… 뿐만이 아니에요. 내가 필요한 다른 아이들도 있어요. 예전의 당신 같은 상황에 놓여 있을 수도 있는 아이들. 그런 아이들을 위해 할 수 있는 모든 일을 해야 하지 않겠어요?"

아서가 고개를 힘주어 끄덕인 뒤 눈길을 돌렸다.

"그래요. 당연히 그게 중요하죠. 미안해요. 그렇지 않다는 의미로 한 말이 아니었습니다."

다시 라이너스를 바라보았을 때 그의 표정은 아무렇지 않았다. 그가 살짝 고개를 숙였다.

"고마워요, 라이너스. 모든 게 다. 우리를 있는 그대로 봐 줘서 고마워요. 섬에 온다면 언제든 환영할게요. 아이들 역시 당신을 그리워할 겁니다."

그의 표정이 다시 한번 흔들렸다.

"나도 당신을 그리워할 겁니다."

라이너스는 입을 열었지만 아무 말도 나오지 않았다. 그리고 그런 자신이 *미웠다.* 여기 이 남자, 이렇게 근사한 남자가 자기 마음을 열어 보이고 있는데. 라이너스도 그에게 무언가를 주어야 했다. 아무리 작은 것이라도. 라이너스는 다시 한번 애써 입을 열었다.

"만약 상황이… 상황이 달랐더라면 저는… 당신도 알잖아요, 아서.

알 거예요, 이 섬. 이 아이들. 당신. 만약에 그럴 수만 있었더라면…"

아서가 조용히 미소를 지었다.

"알아요, 잘 자요, 라이너스. 조심히 가세요, 몸조심하시고."

라이너스는 포치에 앉아 있었다. 동녘에서 희미한 빛이 터오기 시작했다. 옆에는 여행 가방이 놓여 있었다. 이동장 안에 칼리오페도 있었지만 이른 아침이라 기분이 좋지 않은 듯했다. 라이너스 역시 고양이의 마음을 충분히 이해할 수 있었다. 그 역시 한숨도 자지 못했으니까.

"시간이 된 것 같네."

그는 여행 가방과 이동장을 들고 포치 계단을 내려갔다.

조이가 약속대로 작은 차를 몰고 와서 기다리고 있었다. 조이는 아무 말도 없이 여행 가방을 받아들고 트렁크에 실었다.

그는 조수석에 올라타 칼리오페가 들어 있는 이동장을 무릎 위에 놓았다.

조이가 운전석으로 들어와 차를 출발시켰다.

라이너스는 사이드미러를 통해 서서히 멀어지는 집을 지켜보았다.

메를이 선착장에 기다리고 있었다. 헤드라이트 속에서 그의 찌푸린 표정이 드러났다. 그가 게이트를 내렸다.

"이렇게 이른 시간엔 뱃삯이 두 배예요."

라이너스는 스스로도 놀랄 만한 대답을 했다.

"닥쳐요, 메를."

메를의 눈이 휘둥그레졌다.

라이너스는 시선을 피하지 않았다.

먼저 눈을 피한 건 메를이었다. 그는 투덜거리면서 조종실로 돌아가 버렸다.

바다를 건너는 길은 평탄했다. 바다는 잔잔했다. 하늘은 점점 동이 터와 밝아졌다. 조이는 말이 없었다. 마을에 도착했을 때 메를은 그들을 쳐다보지도 않고 게이트를 내렸다. 차가 배에서 내리기 시작하자 그가 입을 열었다.

"바로 돌아오세요. 오늘 일정이 바쁘니까…."

조이가 요란하게 엔진 소리를 울리는 바람에 메를의 그다음 말은 묻혀버렸다.

플랫폼에 도착했지만 아직 기차가 들어오지 않았다. 조이가 시동을 끄자 저 멀리서 파도 소리가 들려왔다. 그는 무릎에 놓았던 손을 꿈지럭거리며 입을 열었다.

"조이, 저는…."

조이는 차에서 내려 트렁크 쪽으로 가버렸다. 트렁크가 열리는 소리가 들렸다. 그는 한숨을 쉬고 문을 열었다. 칼리오페의 이동장을 들고 비틀거렸지만 다행히 고양이를 떨어뜨리지 않고 내릴 수 있었다. 조이가 플랫폼 옆에 그의 여행 가방을 놔두고는 다시 트렁크로 돌아가 문을 쾅 닫아 버렸다.

"알아들었어요."

조이는 웃었지만 그 안에 즐거움이라고는 하나도 담겨 있지 않았다.

"그래? 궁금했거든."

"이해해 줄 거라고 생각지는 않았습니다."

조이가 고개를 저었다.

"다행이네. 난 이해가 안 되거든."

"여기 머물러 있을 수는 없어요. 규칙이 있으니까요. 규정상…."

"규칙이든 규정이든 지옥으로나 가 버리라지!"

라이너스는 입을 딱 벌렸다.

"인생은… 인생이라는 게 그런 식으로 흘러가는 건 아니에요."

"왜 아닌데?"

조이가 쏘아붙였다.

"어째서 인생은 우리가 원하는 대로 되지 않는 거지? 남들이 바라는 대로만 산다면 사는 의미가 뭐야?"

"이게 최선이라고요."

그러자 조이는 코웃음을 쳤다.

"그래, 이게 당신 최선이야? *이게?*"

라이너스가 아무 말도 하지 못하는 가운데 철길을 달려오는 기차의 호각 소리가 들렸다.

"한마디 할게, 라이너스 베이커."

조이는 운전석 문 위를 꽉 붙잡은 채로 입을 열었다.

"살다 보면 선택을 해야 하는 순간이 와. 무섭지. 실패할 가능성이 언제나 존재하니까. 알아. 나도 *안다고.* 왜냐면 아주 오래전, 나는 내가 예전에 구하지 못했던 한 남자를 선택했어. *무서웠어. 겁*

에 질렸지. 내가 가진 모든 걸 잃을 거라고 생각했어. 하지만 그때까지 내가 살던 삶은 삶이 아니었어. 그저 버티는 것에 불과했어. 그리고 나는 내가 했던 선택을 절대 후회하지 않아. 그 선택 덕분에 난 그들 곁에 있을 수 있게 됐거든. 나는 내 선택을 했어. 그리고 당신 역시 당신 선택을 했고."

조이가 문을 열고 차에 탔다. 시동이 켜졌다. 마지막으로 한 번 그를 바라보며 조이가 말했다.

"상황이 달라지기를 바라지 않아?"

"이곳에 있고 싶지 않느냐고요?"

그가 중얼거렸지만 아마 조이는 못 들었을 것 같았다. 그의 말이 끝났을 때 이미 조이는 타이어로 모래를 마구 튀기면서 저 멀리 떠난 뒤였으니까.

"혼자이십니까?"

그가 열차에 오르자 승무원이 활기차게 물었다.

"보통 휴가철이 이렇게 지나서 떠나는 사람들은 잘 없거든요."

"집으로 가는 겁니다."

라이너스는 그렇게 중얼거리며 기차표를 건넸다.

"아. 집만한 곳은 없죠. 그렇다고들 하더군요. 저는 기차 타는 게 정말 좋습니다. 온갖 근사한 것들을 다 본답니다."

그러면서 승무원은 기차표를 내려다보았다.

"도시로 돌아가시네요! 도시에 폭풍우가 몰아친다고 들었습니다. 아주 오랫동안 비가 그치지 않았다더군요!"

그가 씩 웃으며 티켓을 돌려주었다.

"짐을 들어드릴까요, 선생님?"

눈시울이 따끔해지는 바람에 라이너스는 눈을 깜박였다.

"그래요, 좋습니다. 감사합니다. 이동장은 제가 들겠습니다. 고양이가 웬만한 사람들은 싫어해서요."

승무원이 아래를 슬쩍 보았다.

"아, 그렇군요. 알겠습니다. 그러면 저는 여행 가방을 들지요. 타실 객차는 이쪽입니다. 운 좋게도 텅 비어 있네요. 다른 손님은 아무도 없습니다. 눈도 좀 붙이실 수 있을 거예요."

그는 휘파람을 불며 여행 가방을 들고 열차 안으로 들어갔다.

라이너스는 이동장을 내려다보았다.

"집에 갈 준비 됐니?"

칼리오페가 돌아앉아 그에게 궁둥이만 보여주었다.

라이너스는 한숨을 쉬었다.

두 시간 뒤, 조금씩 빗방울이 떨어지기 시작했다.

18장

도시에는 폭우가 쏟아지고 있었다. 그는 외투를 단단히 여민 다음 가늘게 뜬 눈으로 금속 같은 회색빛 하늘을 올려다보았다.

이동장 윗면에 뚫린 구멍으로 빗물이 뚝뚝 들어오기 시작하자 칼리오페가 하악질을 했다.

그는 짐 가방을 집어 들고 버스 정류장을 향해 걸었다.

버스는 제시간에 오지 않았다.

그는 외투를 벗어 칼리오페가 들어 있는 이동장 위에 내려놓았다. 재채기를 하며 생각했다. 감기에 걸리지 않으면 좋겠다. 감기에 걸린다면 너무 운이 나쁘잖아?

20분 뒤 버스가 세차게 물을 튀기며 도착했다.

문이 스르륵 열렸다.

라이너스는 쫄딱 젖은 채 버스에 올랐다.

"안녕하세요." 그가 버스기사에게 인사했다.

버스기사가 대답 대신 불쾌한 끙 소리를 냈고 라이너스는 간신히 교통카드를 댔다.

버스 안은 거의 비어 있었다. 뒷사리에 고개를 유리창에 기대고 앉아 있는 남자가 하나 있었고, 라이너스를 수상한 양 훑어보는 여자도 있었다.

그는 두 사람에게서 떨어진 자리를 찾아 앉았다.

"집에 다 왔어."

칼리오페는 대답이 없었다.

그는 창밖을 내다보았다.

기차역 옆에 붙은 표지판이 그의 눈을 사로잡았다.

공원에서 소풍을 즐기는 가족의 사진이었다. 해가 밝게 빛났다. 모두 체크무늬 담요 위에 앉아 있었고, 가운데 놓인 열린 등나무 바구니에는 치즈며 포도, 샌드위치가 넘치도록 들어 있었다. 엄마는 웃고 있었다. 아빠는 미소를 짓고 있었다. 아들과 딸은 존경하는 눈빛으로 부모님을 올려다보고 있었다.

가족의 사진 위에는 이렇게 적혀 있었다. **당신의 가족을 안전하게 지켜주세요! 무언가를 보면 말하세요.** 라이너스는 눈길을 돌려 버렸다.

버스를 한 번 갈아타야 했고, 두 번째 버스에서 내렸을 땐 오후 5시가 다 된 시각이었다. 바람은 아까보다 거세졌고, 지독하게 추웠다. 세 블록만 더 가면 집이었다. 여기까지 오면 마음이 놓일 거라 생각했었다.

그러나 딱히 그렇지도 않았다.

그는 이동장과 여행 가방을 들어 올리며 헉헉거렸다.

헤르메스웨이 86번지는 깜깜했다. 집으로 이어지는 벽돌 길도

달라진 게 없고, 잔디밭 역시 달라진 게 없었다. 여전히… 깜깜했다. 예전에 있었던 한 점의 색채, 라이너스의 해바라기가 사라졌다는 걸 알아차린 건 잠시 후였다.

그는 진입로를 걸어 포치에 다다랐다. 여행 가방을 내려놓고 뒤적뒤적 열쇠를 찾았다. 열쇠가 바닥에 떨어지는 바람에 라이너스는 끙 소리를 내며 허리를 숙였다.

빗속에서 그를 부르는 소리가 들렸다.

"집에 온 거야, 베이커?"

라이너스는 한숨을 쉬며 허리를 폈다.

"맞습니다, 클래퍼 여사님. 돌아왔어요. 잘 지내셨어요?"

"자네 꽃이 죽었어. 믿을지는 모르겠지만 익사했지. 사내애를 하나 불러서 뽑아 달라 했어. 썩고 있더라고. 을씨년스러운 집이 하나 있으면 동네 집값이 떨어져. 애한테 준 돈은 영수증을 받아 놨지. 자네가 물어 줘야 할 테니까 말이야."

"당연히 그래야지요, 클래퍼 여사님. 고맙습니다."

클래퍼 여사는 똑같은 테리면 로브를 입고 똑같은 파이프로 담배를 피우고 있었다. 부풀린 머리도 그대로였다. 모든 게 똑같았다.

열쇠를 자물쇠에 밀어 넣는데 클래퍼 여사가 다시 말을 걸었다.

"아주 돌아온 거야?"

라이너스는 비명이라도 지르고 싶은 기분이 되었다.

"그렇습니다. 클래퍼 여사님."

클래퍼 여사는 길 건너에서 눈을 가늘게 뜨고 그를 살피고 있었다.

"해를 좀 쬐고 온 모양인데. 전만큼 창백하지가 않은걸. 살도 조금 빠졌어. 괜찮은 휴가를 보내고 왔나 봐."

정말로 옷이 예전보다 헐렁해져 있었지만, 라이너스는 아주 오랜만에 자신이 그런 것에 조금도 신경 쓰고 있지 않다는 걸 깨달았다.

"휴가가 아니었어요. 출장이라고 말씀드렸잖습니까."

"으흠. 그랬었지. 그래도, 회사에서 사람 잡겠다고 떽떽거리며 난리를 치는 바람에 재활시설 신세를 지고 왔대도 난 신경 안 쓴다고."

"그런 일은 없었다니까요!"

그러자 클래퍼 여사는 그를 향해 손사래를 쳤다.

"있었어도 내 알 바 아니라니까. 그래도 동네 사람들이 벌써 그렇게 수군거린단 건 알아두라고."

그러더니 얼굴을 찌푸리며 덧붙였다.

"집값이 떨어진다니까."

라이너스는 문손잡이를 꽉 움켜쥐었다.

"집을 파시게요?"

클래퍼 여사의 우락부락한 얼굴 언저리로 담배 연기가 구불구불 지나갔다.

"아니, 당연히 아니지. 내가 갈 데가 어디 있어?"

"그러면 도대체 집값 따위는 뭣 하러 신경 쓰시는 겁니까?"

클래퍼 여사가 그를 빤히 바라보았다.

라이너스도 시선을 피하지 않았다.

클래퍼 여사는 파이프를 한 모금 빨아들였다.

"우편물을 받아놨어. 거의 다 광고지야. 개인적인 편지는 별로 안 받는 것 같더군. 쿠폰은 내가 썼어. 신경 안 쓸 거라고 생각했지."

"내일 받으러 가겠습니다."

이것으로 대화는 끝일 줄 알았지만, 클래퍼 여사의 말은 끝나지 않았다.

"자네가 기회를 놓쳤다는 얘길 해 줘야겠어! 자네가 없는 동안 우리 손자가 괜찮은 남자를 만나 버렸거든. 소아과 의사래. 올 봄에 결혼할 것 같아. 둘 다 하느님 자식이니 당연히 교회에서 해야지."

"잘 됐네요."

그 말에 클래퍼 여사는 고개를 주억거리며 파이프 대를 다시 입에 물었다.

"집에 돌아온 걸 환영해, 베이커 씨. 그리고 그 더러운 짐승은 우리 집 마당에 못 들어오게 하라고. 다람쥐가 한 달 동안 마음 편히 살았어. 앞으로도 그랬으면 좋겠군."

작별 인사는 생략하기로 했다. 예의 없는 행동이지만 피곤했기 때문이다. 그는 집 안으로 들어간 뒤 문을 힘껏 닫아버렸다.

집 안은 쾌쾌했다. 그는 여행 가방과 이동장을 바닥에 내려놓고 불을 켰다. 집 안은 달라진 게 없었다.

그의 의자가 있었다. 그의 빅트롤라. 그의 책들도.

모든 게 그대로였다.

몸을 숙여 칼리오페의 이동장 문을 열어주었다.

칼리오페가 꼬리를 바짝 세운 채 튀어나왔다. 빗물에 축축하게 젖은 칼리오페는 기분이 좋아 보이지 않았나. 고양이는 그대로 복도를 지나 세탁실을 향해 사라져버렸다.

"집에 오니까 좋구나." 라이너스가 중얼거렸다. 이 말을 얼마나 많이 읊조려야 정말로 믿을 수 있을까 하는 생각을 하면서.

그는 침대 발치에 여행 가방을 내려놓았다.

젖은 옷을 벗었다.

여벌 잠옷을 입었다.

칼리오페에게 밥을 먹였다.

그도 식사를 하려고 했지만 허기가 지지 않았다.

의자에 앉았다.

의자에서 일어났다.

"음악을 듣자." 그는 이렇게 마음먹었다.

"음악을 좀 들어야겠어."

그는 〈올 블루 아이즈〉를 골랐다. 프랭크를 들으면 언제나 행복해졌으니까.

레코드를 슬리브에서 꺼내고 빅트롤라의 뚜껑을 들어올렸다. 회전반 위에 레코드를 올려놓았다. 레코드의 전원을 켜자 스피커에서 지직거리는 잡음이 시작되었다. 암을 내리고 눈을 감았다.

그러나 빅트롤라에서 흘러나온 것은 프랭크 시나트라의 목소리가 아니었다. 집을 떠나기 전에 슬리브를 바꿔 놓았던 모양이다.

트럼펫 소리가 명랑하게 울려 퍼졌다.

남자 가수의 달콤한 목소리가 노래하기 시작했다.

바다 너머 어딘가를 노래하는 바비 다린이었다.

부엌에서 루시가 온몸을 흔들며 있는 힘껏 노래하던 모습이 떠올랐다. 두 손에 얼굴을 묻었다. 바비의 노랫소리 속에서 라이너스의 어깨가 들썩였다.

잠자리에 눕자 이불이며 베개에서 은은한 곰팡내가 났지만 너무 피곤해서 당장은 아무 생각도 할 수 없었다. 그는 한참이나 천장만 보고 있었다.

마침내 잠 속으로 빠져들었다.

꿈에는 바다 한가운데의 섬이 나왔다.

일요일에는 대청소를 했다. 비가 왔지만 창문을 열고 묵은 공기를 내보냈다. 바닥에 솔질을 했다. 벽도 닦았다. 조리대 위도 씻어냈다. 침대 시트를 갈았다. 칫솔로 욕실 타일 줄눈을 문질렀다. 비질을 했다. 걸레질도 했다.

청소가 끝났을 땐 등이 쑤셨다. 이른 오후였고, 점심을 먹을까 했지만 배 속에 납덩이가 든 것처럼 무겁게 느껴졌다.

빨래. 빨래를 해야 했다.

또 최종 보고서도 완성해야 했다.

그는 침대 발치에 놓인 여행 가방을 향해 다가갔다. 짐가방을 옆으로 뉘어 놓고 버클을 풀었다. 뚜껑을 들어 올리자마자 그는 딱 굳어버리고 말았다.

가방 안,《규칙 및 규정집》위에 갈색 봉투가 하나 놓여 있었다.

그가 넣어둔 것은 아니었다.

적어도 그런 기억은 없었다.

봉투를 들어올리자 손 안에 느껴지는 감촉이 딱딱했다.

봉투에는 사각형에 가까운 검은색 글자로 두 단어가 적혀 있었다. 잊지 말아요.

안에는 사진 한 장이 들어 있었다.

사진을 내려다보는데 눈이 따끔따끔해져 왔다.

조이가 찍은 사진일 것이다. 첫 모험을 했던 날에 찍힌 사진이었다. 루시와 탈리아가 웃고 있었다. 샐은 시어도어를 무릎 위에 앉힌 채로 앉아 있었다. 천시와 피는 마지막 롤빵 하나를 두고 승강이하고 있었다. 그 옆에 아서와 라이너스가 나란히 앉아 있었다. 라이너스는 즐거운 표정으로 아이들을 바라보고 있었다. 아서는 특유의 잔잔한 미소를 띤 얼굴로 라이너스를 바라보고 있었다.

헤르메스웨이의 작은 집 안에서 라이너스가 그 순간 느낀 감정의 이름은 슬픔이었다. 여태껏 겪어본 그 어떤 감정과도 다른, 환하고도 잔잔한 슬픔. 그는 그저 찢어지기 쉬운 얇은 종이일 뿐이었던 것이다. 그는 사진을 가슴에 꼭 끌어안았다.

한참 뒤에, 그는 최종 보고서를 무릎에 올려놓은 채 의자에 앉아 있었다. 도입부 뒤에는 아직까지 단 한 문장밖에 적혀 있지 않았다.

그 후엔 빅 보퍼의 흥겨운 음악에 귀를 기울였다. 마침내 그는 음악에 몸을 맡기고 바다를 향해 잦아들었다. 몸을 떠받친 파도가 찰싹이자, 집에 온 기분이었다.

월요일 아침 이른 시각에 알람이 울렸다.

그는 자리에서 일어났다.

고양이에게 밥을 주었다.

샤워를 했다.

정장을 입고 넥타이를 맸다.

서류 가방을 집어 들었다.

우산 챙기는 걸 잊지 않았다.

버스에는 자리가 없었다. 앉을 자리는 물론 서 있을 공간조차 없다시피 했다. 사람들은 라이너스가 실수로 몸을 부딪쳐 찌푸릴 때 말고는 그에게 눈길조차 주지 않았다. 라이너스가 사과를 하면 그들은 읽고 있던 신문으로 다시 눈을 돌렸다.

DICOMY로 들어섰을 때 라이너스에게 인사하는 사람은 아무도 없었다. 책상들 사이를 걸어가는 동안에도 "돌아온 걸 환영해요, 라이너스. 보고 싶었어요." 하는 사람은 아무도 없었다.

그는 자리에 앉아 서류가방을 옆에 내려놓았다.

L열 6번 책상에 앉아 있던 트렘블리가 이쪽을 쳐다보았다.

"잘린 줄 알았는데."

"아닙니다."

라이너스는 최대한 감정이 실리지 않은 목소리로 대답했다.

"업무가 있었어요."

그러자 트렘블리는 얼굴을 찌푸렸다.

"확실해요? 잘린 거라고 믿어 의심치 않았는데."

"확실합니다."

"아아!" 트렘블리가 안심한 듯한 얼굴을 하기에 라이너스는 기분이 약간 나아지기 시작했다. 어쩌면 그를 그리워한 사람이 한 명은 있었던 건지도 몰랐다.

"그럼 원래 맡았던 건들을 다시 할 수 있겠군요. 다행입니다. 들여다볼 시간이라고는 하나도 없었거든요. 그러니 당신이 어서 처리해야 할 일이 아주 많아요. 지금 바로 갖다 드리죠."

"친절하시네요."

라이너스가 딱딱하게 대답했다.

"저도 압니다. 바클리 씨."

그러자 라이너스는 이렇게 대답했다.

"베이커 씨라고 해야지, 멍청한 자식. 또 틀리기만 해 봐라."

트렘블리는 입을 딱 벌리고 그를 쳐다보았다.

라이너스는 서류 가방을 열었다. 최고위 경영진이 주었던 파일들과 최종 보고서를 꺼냈다. 그다음에는 잠시 망설이다가 가방 안에 마지막으로 남은 한 가지 물건을 꺼냈다.

그는 액자에 넣은 사진을 책상 위 컴퓨터 옆에 올려두었다.

"이게 뭐죠?"

트렘블리가 목을 쭉 빼고 이쪽을 쳐다보며 물었다.

"개인적인 물건입니까? 그런 건 두면 안 되잖아요!"

"자기 일이나 신경쓰는 게 어떨까."

라이너스는 그쪽을 쳐다보지도 않고 대답했다.

"알아서 하시든지." 트렘블리가 궁시렁거렸다.

"다시는 잘해주나 봐라."

라이너스는 트렘블리를 무시했다. 사진이 보기 좋은 각도로 놓일 때까지 액자를 이리저리 움직였다.

그는 컴퓨터 전원을 켜고 업무를 시작했다.

"베이커!"

구두 굽 소리가 바닥에 또각또각 울리며 점점 다가오는 동안 그는 고개를 들지 않았다.

라이너스의 책상 위로 그림자가 드리워졌다.

다들 이쪽으로 귀를 기울이는 바람에 주변 책상들에서 나던 타자 소리가 멎었다. 지난달 이후 처음 있는 흥미진진한 일이겠지.

젠킨스가 평소와 같은 뾰로통한 표정으로 그를 내려다보고 있었다. 당연하게도 건서 역시 그놈의 클립보드를 든 채 젠킨스 옆에 서 있었다.

"안녕하세요, 젠킨스 씨. 반갑습니다."

라이너스가 공손하게 인사했다.

"그래, 당연히 그래야지." 젠킨스가 코웃음을 쳤다.

"돌아왔군."

"관찰력이 여전히 나무랄 데 없으시군요."

그러자 젠킨스는 곧장 미간을 찌푸렸다.

"뭐라고?"

라이너스는 헛기침을 하며 목을 골랐다.

"예, 돌아왔다고요."

"임무 수행을 마치고 말이지."

"예."

"그 비밀 임무를."

"그런 것 같습니다."

젠킨스의 왼쪽 눈 밑이 꿈틀했다.

"최고위 경영진이 감사하게도 당신을 한 달간 없애 줬다고 해서 우리 부서 상황까지 달라진 건 아니야."

"알겠습니다."

"주말 전에 밀린 일은 다 처리하도록."

당연히 불가능했지만, 그건 젠킨스도 아는 바였다.

"그러겠습니다, 젠킨스 씨."

"점심 때까지는 원래 맡았던 담당 건수들을 다시 돌려받게 될 거야."

"알았습니다, 젠킨스 씨."

젠킨스가 몸을 기울이더니 두 손으로 그의 책상을 짚었다. 손톱이 검은색으로 칠해져 있었다.

"승진을 노리는 건가? 관리자가 되기 위해 필요한 자질을 갖췄다고 생각해?"

라이너스는 웃음을 터뜨렸다. 그럴 생각은 아니었지만 절로 웃음이 나왔던 것이다.

젠킨스는 아연실색한 얼굴이었다.

건서도 미소를 싹 거두고 충격 받은 표정을 지었다.

"아닙니다."

라이너스가 간신히 말을 이었다.

"승진을 염두에 둔 건 아닙니다. 제가 관리자 직급에 적합하다는 생각은 들지 않는군요."

"처음으로 의견이 일치하는군. 당신만큼 관리자 자질이 부족한 사람은 또 없을 테니까. 돌아올 책상이 남아 있다는 것만으로도 감사하도록 해. 나한테 권한만 있었더라면 당신은… 아마도… 분명… 베이커! 이게 뭐지?"

젠킨스가 검은 손톱으로 사진이 든 액자를 가리켰다.

"제 겁니다." 라이너스는 대답했다.

"제 것이고, 마음에 듭니다."

"이런 건 금지라고!"

젠킨스가 찢어지는 소리로 고래고래 외쳤다.

"《규칙 및 규정집》에 의거해, 사례연구원은 관리자가 허용하지 않은 한 개인 물품을 소지할 수 없어."

라이너스가 그를 올려다보았다.

"그럼 허용해 주시죠."

젠킨스가 목으로 손을 가져가며 한 걸음 주춤 물러났다. 건서는 클립보드에 대고 뭐라고 신나게 휘갈겨 쓰고 있었다.

"방금 뭐라고 했지?"

그가 무시무시한 말투로 물었다.

"허용해 달라고요."

라이너스는 했던 말을 반복했다.

"허용할 수 없어. 이 일은 인사 파일에 영구히 기록하도록 하지. 감히 어떻게 나한테 이런 식으로—건서! 벌점이야! 베이커 씨에게 벌점을 매기라고!"

건서의 얼굴에 다시 미소가 돌아왔다.

"당연히 그래야지요. 몇 점이나 줄까요?"

"5점! 아니야, 10점. 벌점 10점!"

주위에 있던 다른 사례연구원들이 수군거리기 시작했다.

"저것… 저 물건은 오늘 안에 치우도록 해. 내 말 똑똑히 들으라고, 베이커. 오늘 안에 치워져 있지 않으면 돌아올 자리를 없애 주지."

라이너스는 대답하지 않았다.

젠킨스는 그의 묵묵부답을 받아들일 수 없는 모양이었다.

"무슨 말인지 알아들었나?"

"예."

그는 이를 악문 채로 대답했다.

"예?"

"예, 젠킨스 씨."

젠킨스가 다시 한번 코웃음을 쳤다. "이제 좀 낫군. 건방진 태도는 그냥 넘어갈 수 없지. 당신이… 지난달에 어디를 다녀온 건진 몰라도, 규칙이 변한 건 아니라고. 그 사실을 똑똑히 기억하도록."

"아무렴요, 젠킨스 씨. 그러면 하실 말씀이 더 남았습니까?"

그러자 젠킨스는 독이 뚝뚝 떨어지는 것 같은 말투로 말했다.

"그래. 남았지. 호출이야. 최고위 경영진에서 말이야. 또, 내일이야. 8시 정각. 절대로 늦지 마."

그 말을 남기고 그는 빙글 돌아섰다.

"다들 뭘 쳐다보는 거야? 업무로 돌아가!"

사례연구원들은 즉시 타자를 치기 시작했다.

"옆자리 새 이웃이 누가 될지 궁금한걸?"

트렘블리가 말을 걸었다.

라이너스는 무시했다.

사진을 내려다보았다.

사진 바로 아래에는 새하얀 모래밭과 세상에서 가장 푸른 바다를 찍은 빛바랜 사진이 새겨진 마우스패드가 놓여 있었다.

당연히, 이렇게 쓰여 있었다. *이곳에 오고 싶지 않나요?*

점심시간이 되자 라이너스의 책상 위에 파일이 쌓였다. 수십 개였다. 맨 위의 파일을 열어보았다. 마지막으로 처리한 사람은 라이너스 자신이었다. 지난 한 달 간 그 누구도 손을 대지 않았던 것이다. 그는 한숨을 쉰 뒤 파일을 덮었다.

그날 밤 아홉 시가 조금 못 된 시각에 라이너스가 퇴근할 때는 사무실에 아무도 없었다.

그는 사진을 서류가방에 집어넣고 집을 향했다.

집에 도착하자 포치에 우편물이 든 비닐봉지가 놓여 있었다. 전부 청구서였다. 맨 위에는 쪽지가 한 장 있었다. 그의 화단을 파헤쳐 놓은 값을 물어달라는 클래퍼 여사의 영수증이었다.

그는 서류 가방에서 사진을 꺼내 침대 옆 탁자에 놓았다.

잠이 들기 직전까지 사진을 바라보았다.

다음 날 아침 여덟 시 15분 전, 라이너스는 엘리베이터 안의 금색 버튼을 눌렀다.

엘리베이터 안에 있던 사람들 모두가 그를 쳐다보았다.

라이너스는 그 눈길을 돌려주었다.

먼저 눈길을 피한 건 그들이었다.

엘리베이터의 사람들이 서서히 줄어 가더니 마지막에는 라이너스 혼자 남았다.

최고위 경영진

사전 약속 외엔 출입금지

셔터 옆에 달린 버튼을 눌렀다.

셔터가 쩔렁거리는 소리를 내며 올라갔다.

풍선껌 비서가 분홍색 풍선을 불고 있었다. 그가 잇새로 숨을 빨아들이자 풍선이 보기 좋게 터졌다.

"무슨 일이죠?"

"약속이 있어서 왔습니다."

"누구랑요?"

"최고위 경영진을 만나러 왔습니다. 저는 라이너스 베이커고요."

풍선껌 비서가 눈을 가늘게 뜨고 그를 훑어보았다.

"기억나네요."

"그으-래요?"

"죽은 줄 알았는데."

"아니요, 아직은 아닙니다."

비서가 컴퓨터 자판 두어 개를 탁탁 누르더니 다시 그를 쳐다보았다.

"최종 보고서는 가지고 오셨어요?"

그는 서류 가방을 열었다. 그의 손가락이 사진 액자를 한 번 쓸고 지나갔다. 그는 최종 보고서가 담긴 서류철을 꺼내 유리 아래로 밀어 넣었다.

서류철을 집어들던 풍선껌 비서가 인상을 찌푸렸다. "이게 다예요?"

"그렇습니다."

"잠깐 기다리세요."

셔터가 다시 꽝 소리를 내며 내려갔다.

"할 수 있잖아, 나 자신."

그는 혼잣말로 중얼거렸다.

시간이 적어도 20분은 지난 것 같았다.

유혹에 굴복하고 서류 가방 속 사진을 슬쩍 볼까 하는 순간 셔터가 쩔렁거리며 다시 올라갔다.

풍선껌 비서가 인상을 찌푸리고 있었다.

"지금 오시라는데요."

라이너스가 고개를 끄덕였다.

"기분이… 좋지는 않으세요."

"예, 그럴 줄 예상했습니다."

"진짜 이상하기 짝이 없는 사람이네."

버저 소리가 나더니 나무문이 열렸다.

분수를 지나 금색 명패가 붙은 검은 문까지 가는 동안 풍선껌 비서는 한마디도 하지 않았다. 그가 검은 문을 열더니 옆으로 비켜섰다.

라이너스는 문 안으로 들어갔다. 들어가자마자 등 뒤에서 문이 닫혔다. 발밑에 길을 알려주는 조명이 켜졌다. 그는 둥근 원 모양의 스포트라이트가 있는 곳까지 조명을 따라갔다. 스포트라이트 한가운데 단상이 있고, 그 위에 아까 제출한 보고서가 놓여 있었다. 그는 침을 꿀꺽 삼켰다.

머리 위에서 조명이 환하게 켜졌다.

그리고 돌벽 꼭대기에서 그를 내려다보는 최고위 경영진의 모습이 눈에 들어왔다.

"베이커 씨." 찰스가 실크처럼 매끈한 목소리로 입을 열었다.

"돌아오신 걸 환영합니다."

"감사합니다." 라이너스는 그렇게 말하면서 초조하게 몸을 꿈지럭거렸다.

"베이커 씨가 제출하신 보고서들은… 음, 상당한 화젯거리가 되었습니다."

"그렇습니까?"

턱살이 젖은 기침을 토해냈다. "좋게 표현하자면 그렇다는 소립니다."

그러자 안경이 얼굴을 찌푸렸다.

"제가 완곡어법을 좋아하지 않는다는 걸 잘 아실 텐데요."

"베이커 씨." 여자가 물었다.

"지금 눈앞에 있는 것이 최종 보고서가 맞습니까?"

"예."

"정말입니까?"

"예."

여자는 다시 의자에 몸을 기댔다.

"혼란스럽군요. 앞서 제출한 보고서들과 비교했을 때, 최종 보고서가 부실합니다. 분명 너무나 부실합니다."

"저는 핵심만 정확히 짚었다고 생각합니다."

라이너스가 대꾸했다.

"결국 저에게 원하셨던 것이 그것이니까요. 한 달간의 관찰을 통해 내린 권고사항입니다. 그렇기에 제가 여기 있는 것이 아닙니까?"

"말조심하십시오, 베이커 씨."

턱살이 눈을 가늘게 뜨고 그를 내려다보았다.

"말투가 거슬리는군요."

그 말에 라이너스는 날카로운 말대꾸가 나오려는 것을 삼켰다.

고작 몇 주 전의 그였더라면 상상도 할 수 없는 일일 터었다.

"사과드립니다. 저는 그저… 제가 맡은 일을 했다고 생각합니다."

찰스가 상체를 앞으로 기울였다.

"소리 내 읽어 주시지 않겠습니까? 귀로 직접 들으면 원래의 의미 그대로 우리에게 다가올지도 모르지요."

라이너스는 그들의 게임에 놀아나 줄 생각이었다. 오랜 세월 그 누구보다 순종적인 직원 행세를 하며 꾸준히 해왔던 일이었으니까. 그는 서류철을 펼치고 고개를 숙여 읽기 시작했다.

"저는 마르시아스 고아원을 계속 운영하며, 그곳의 아동들이 앞으로도 아서 파르나서스의 지도하에 있을 것을 권고합니다."

그게 다였다. 라이너스가 쓴 보고서는 이것이 전부였다.

그는 서류철을 덮었다.

"음—." 찰스가 입을 열었다.

"새로울 건 아무것도 없군요. 아까와는 다른 통찰을 얻은 분 계십니까?"

턱살이 고개를 저었다.

안경은 의자에 앉은 채 등을 기댔다.

여자는 두 손을 앞섶에 겹쳤다.

"없을 줄 알았습니다." 찰스의 말이었다.

"베이커 씨. 좀 더 자세히 설명해 주시지요. 어떻게 이런 결론에 도달하게 되었습니까?"

"아동들이 서로, 또 아서 파르나서스와 상호작용하는 모습을 관찰한 결론입니다."

"모호합니다, 그것만으로는 부족해요." 턱살의 말이었다.

"어째서입니까? 어떤 결론을 원하십니까?"

"베이커 씨, 우리는 당신의 질문에 대답하기 위해 모인 것이 아닙니다."

여자가 날카롭게 말했다. "당신이 우리의 질문에 대답하는 자리입니다. 당신의…."

"제 위치를 잊지 말란 말입니까?"

라이너스가 고개를 설레설레 저었다.

"그렇게 끊임없이 상기시켜 주시는데 제가 무슨 수로 있겠습니까? 저는 17년간 이 일을 해왔습니다. 시키는 일은 군말 없이 모두 했습니다. 그리고 지금 이렇게 여러분 앞에 서 있는 저에게 여러분은 더 많은 것을 요구하고 있고요. 도대체 제가 드릴 게 무엇이 더 있겠습니까?"

"우리가 원하는 건 진실입니다. 관찰한 바에 대한 진실을…."

라이너스는 두 손으로 연단을 쾅 쳤다. 날카로우면서도 단호한 그 소리가 방 안에 메아리가 되어 울려 퍼졌다.

"진실은 이미 전달해 드렸습니다. 매주 제출했던 보고서에는 오로지 진실만이 담겨 있었습니다. 지금까지 맡았던 어떤 과제에서건, 아무리 고통스럽다 해도, 저는 정직했습니다."

턱살이 입을 열었다.

"객관성을 지켜야 합니다. 《규칙 및 규정집》에 따르면 사례연구원은…."

"이미 알고 있습니다. 언제나 알고 있었습니다. 기억합니다. 하나도 빠짐없이 전부 다. 그 아이들 이름말입니다. 제가 지켜본 수백 명의 아이들의 이름을 저는 모두 기억하고 있습니다. 그러면서도 저는 거리를 유지했습니다. 벽을 쳤죠. 당신들도 그렇게 말할 수 있습니까? 섬에 사는 아이들의 이름은 아십니까? 지금 가진 서류를 보지 않고서도 아이들의 이름을 말해볼 수 있습니까?"

턱살이 콜록거렸다.

"무슨 말도 안 되는 소리. 당연히 이름을 압니다. 그 적그리스도 아이…."

"그렇게 부르지 마십시오."

라이너스가 으르렁거렸다.

"그 애의 본질은 그게 아닙니다."

찰스의 얼굴에 의기양양한 미소가 떠올랐다.

"그 애 이름은 루시죠. 그 녀석 정체를 생각하면 참 우스운 별명입니다."

"그다음은요? 나머지 다섯 명은?"

침묵이 흘렀다.

"탈리아." 라이너스가 내뱉었다.

"정원 가꾸기를 좋아하는 노움입니다. 사나우면서도 재치 있고 또 용감한 아이죠. 감정 기복이 심하지만, 그런 모습에 적응하고 나면 숨이 막힐 정도의 의리 있는 아이라는 걸 알 수 있습니다. 그리고 지금까지 그 애가 겪은 온갖 일들, 그 애가 빼앗긴 온갖 것들에도 굴하지 않고, 여전히 사소하기 그지없는 것에서 기쁨을 찾을 줄 아는 아이고요."

여자가 입을 열었다.

"베이커 씨, 지금—."

"피! 그 애는 숲 정령이지요. 거칠고 무심한 듯 굴지만 그 애가 바라 마지 않는 단 한 가지는 바로 집을 갖는 겁니다. 그 애가 속한 종족이 아무런 지원 없이 분리되는 바람에, 피는 성치 않은 상태로 발견되었죠. 그 사실을 아셨습니까? 그 애에 관한 보고서를 읽어는 보셨습니까? 저는 읽어 보았거든요. 그 애 어머니는 그 애가 보는 앞에서 아사했습니다. 피 역시 죽기 직전이었지만 인간들이 캠프로 찾아와서 그 애를 제 어머니 몸에서 떼어놓으려 하자, 그 애가 남은 힘을 짜내서 그들을 나무로 변신시켜 버렸답니다. 그 섬의 숲이 울창한 것도 그 애 덕분이고, 그 애는 사랑하는 사람들을 지키기 위해서는 무슨 일이든 할 수 있는 아이입니다. 피는 저에게 뿌리에 대해 알려주었고, 숨어 있던 뿌리가 적당한 순간이 올 때까지 기다렸다가 폭발하듯 땅을 가르고 튀어나와 지형을 바꿀 수 있다는 사실을 가르쳐 주었죠."

라이너스가 성큼성큼 걷기 시작하자 최고위 경영진은 모두 입을 다물었다.

"시어도어! 이제 몇 개체 남지 않은 와이번입니다. 그 애가 말을 할 줄 안다는 거 아셨습니까? 여러분 중 단 한 분이라도 그 사실을 아셨습니까? 저 역시 몰랐거든요. 그 누구도 저에게 알려주지 않았으니까요. 하지만 그 애는 말을 합니다. 아, 물론 인간의 말을 하는 건 아니지만, 그래도 말을 한답니다. 귀를 기울이고, 그 애한테 충분한 시간을 준다면, 그 애의 말을 서서히 이해할 수 있을 겁니다. 시어도어는 짐승이 아닙니다. 포식자도 아니고요. 그 애는 복잡한 사고를 할 줄 알고, 감정이 있고, 또 단추도 있습니다. 그것도 엄청나게 많은 단추가 있다고요."

라이너스는 외투 주머니에 손을 넣어서 날카로운 송곳니 자국이 팬 놋쇠 단추를 만지작거렸다.

"천시! 그 애는… 글쎄요, 그 애가 무엇인진 아무도 모를 테지만, 상관없습니다! 그 애는 우리 중 어느 누구보다도 더 인간적이니까요. 그 애는 평생 괴물이라는 소리를 듣고 자랐습니다. 침대 아래에 도사리고 숨어 있는 그런 괴물이라고요. 하지만 그건 결코 진실이 아닙니다. 그 애는 호기심 많은 어린 소년이고, 꿈이 있습니다. 그 꿈이 얼마나 단순한지. 또 숨 막힐 정도로 사랑스러운지. 그 애는 호텔 직원이 되고 싶어 합니다. 호텔에서 일하면서 사람들에게 인사를 건네고 짐을 들어 주고 싶어 한다고요. 그게 *다입니다.* 하지만 여러분 중 그 누구도 천시에게 그런 기회를 주지 않으시겠지요?"

아무도 대답하지 않았다.

"샐." 라이너스가 으르렁거렸다.

"학대당하고 방치당한 아이입니다. 그 애가 가진 능력 때문에 이리저리 떠돌게 된 아이입니다. 맞습니다. 그 애는 어떤 여자를 물어서 변신시키고 말았죠. 하지만 그 여자는 샐을 때렸습니다. 어린아이한테 손찌검을 했단 말입니다. 아이 앞에서 손을 올려 위협하는 일을 자주 하다 보면 아이들은 움츠러들지요. 그러나 아주 가끔 아이들이 반항하기도 합니다. 할 수 있는 게 그것뿐이니까요. 샐은 수줍음이 많습니다. 그리고 말이 없죠. 자기 걱정보다는 다른 사람 걱정에 여념이 없습니다. 그리고 샐은 글을 써요. 세상에, 그 누구보다 아름다운 글들을 써내려 갑니다. 그 애가 쓰는 것들은 *시입니다.* 협주곡이라고요. 제 평생 들어본 그 무엇보다도 감동적인 글이었습니다."

"그러면 그 적그리스도… 그 마지막 한 명의 아이는요?"

여자가 낮은 목소리로 물었다.

"루시. 그 애 이름은 루시입니다. 그 애 머릿속에는 거미가 들어 있지요. 그 애는 죽음과 불, 파괴로 가득한 악몽 때문에 시달립니다. 그런데 제가 누굴 만났는지 아시겠습니까? 바로 모험을 좋아하는 여섯 살짜리 아이였습니다. 상상력이 어마어마한 아이죠. 그 애는 춤을 춥니다. 노래를 하고요. 그 애는 음악 때문에 살아요. 음악이 피에 실려 온몸을 돌아다니지요."

턱살이 입을 열었다.

"당신이 그런 말을 듣고 싶지 않다고 해도 그 아이는 여전히 적그리스도요. 그 사실은 변하지 않아요."

"변하지 않는다고요?"

라이너스가 쏘아붙였다.

"저는 그 말을 믿지 않겠습니다. 우리가 우리인 건, 어떻게 태어났느냐가 아니라 우리가 이 삶을 어떻게 살기로 결정하는가에 달려 있습니다. 그저 흑백으로 나눌 문제가 아니란 말입니다. 흑과 백 사이에 그토록 많은 것들이 있으니까요. 숨겨진 의미를 모르면서 도덕적인 것과 비도덕적인 것으로 나눌 수도 없습니다."

"그 아이는 비도덕적인 존재입니다."

안경이 입을 열었다.

"그가 원하지 않았을지는 몰라도, 그 사실은 변하지 않지요. 그건 그의 계보에서부터 정해진 것이니까요. 그 아이는 사악함을 타고났습니다. 그것이 바로 비도덕의 정의 아닙니까?"

"그런데 당신이 뭔데 그걸 결정하지요?"

라이너스는 이를 꽉 깨문 채 물었다.

"당신이 대체 뭐길래요? 그 아이를 만나본 적도 없잖습니까. 도덕이란 상대적인 것입니다. 당신이 무언가를 혐오스럽다고 여긴다 해서, 실제로 그런 것은 아닙니다."

그러자 여자가 얼굴을 찌푸렸다.

"혐오감을 자아내는 것으로 간주되는 것들은 여러 가지 있지요. 아까, 그 아이가 무슨 꿈을 꾼다고 하셨습니까? 죽음, 불, 파괴? 지난번 보고서에 따르면 그 애가 꾸는 악몽은 현실로 구현될 수 있다고 하지 않으셨습니까. 누군가 다칠 수도 있었습니다."

"다칠 수 있었지요." 라이너스가 동의했다.

"하지만 다치지 않았습니다. 그것은 그가 누군가를 다치게 하고 싶어 하지 않아서였습니다. 그 애는 어둠에서 태어난 아이입니다. 그렇다고 그 아이가 어둠이 될 필요는 없습니다. 그럴 리도 없고요. 지금 그 아이 옆에 있는 이들과 함께라면 그런 일은 일어나지 않습니다."

"당신이라면 그 아이를 지켜보는 감독자가 없는 잠긴 방 안에 다른 아이들과 함께 둘 수 있겠습니까?"

턱살이 물었다.

"예."

라이너스는 거침없이 대답했다.

"망설이지 않고 그렇게 할 겁니다. 저 역시 잠긴 방 안에 그 애와 단둘이 있을 겁니다. 그 애를 믿으니까요. 그 애가 어디에서 왔든, 그 애는 당신들이 부여한 이름 그 이상의 존재니까요."

"하지만 그 아이가 자라면 어떻게 될 것 같습니까?"

찰스였다.

"그 아이가 성인이 되면 무슨 일이 일어날까요? 이 세상이 그가 원하는 대로 돌아가지 않는다고 생각하게 된다면 어떻게 되지요? 그 아이의 아버지가 누구인지 잊은 건 아니겠지요."

"예. 압니다. 그 아이의 아버지는 아서 파르나서스입니다. 루시가 가진 최고의 아버지이자, 제가 아는 한 유일한 아버지지요."

최고위 경영진 모두가 동시에 헉 소리를 냈다.

라이너스는 그들을 무시했다. 이제 시작일 뿐이었으니까.

"그리고 아서. 아마 제가 이곳에 있게 된 진짜 이유는 아서일 겁니다, 아닙니까? 아서의 정체 때문이지요. 마법이 있든 없든, 다른 아이들과 다를 바가 없는 아이들을 당신들은 4등급 위험 요소로 분류했습니다. 하지만 그건 그 아이들 때문이 아니지 않았습니까? 당신들이 위험하다 여긴 건 아서였습니다."

"말조심하시지요, 베이커 씨."

찰스가 경고했다.

"저는 실망하는 걸 싫어한다고 분명 말씀드렸지요. 그런데 지금 저를 실망시키기 일보직전입니다."

"아니요. 말조심할 생각 없습니다. 현실은 오히려 당신들이 아서를 학대했죠. DICOMY는 우리와 조금 다르다는 이유만으로 마법적 존재들을 격리했고, 등록이라는 제도로 그들을 통제하려 했어요. 그것이 사람들에게 편견을 심어 놓은 거예요. 마법적 존재들은 두려운 존재라고, 그러니 '무언가를 보면 말해야 한다'고. 그 말이 혐오를 당연시하게 만들었고요."

그는 눈을 가늘게 뜨고 찰스 워너를 올려다보았다.

"당신은 그들을 통제할 수 있다고 생각할 겁니다. 그를 통제할 수 있다고 생각하겠지요. 당신이 원하는 걸 얻기 위해 그를 이용할 수 있다고 생각할 겁니다. 당신들의 다른 더러운 비밀들과 함께 그를 숨겨놓을 수 있다고요. 하지만 틀렸습니다. 여러분 전부 틀렸다고요."

"이제 그만하시지요."

안경이 말을 끊었다.

"지금 꽤 아슬아슬하군요, 베이커 씨. 선을 넘는 줄 모르시는 것 같습니다."

"맞습니다."

여자가 입을 열었다.

"게다가 한 우려하는 시민으로부터 받은 신고에 따르면, 아서 파르나서스가…."

라이너스가 이를 갈았다.

"아, 우려라고요? 정말 그랬습니까? 말씀해 보십시오. 그러면 그 *우려하는* 시민은 자신들이 애초에 부둣가에서 뭘 하고 있었던 건지도 설명하던가요? 그들이 어떤 계획을 품고 있었던 건지도 말하던가요? 왜냐하면 제가 보기에는 가해자는 그들이었기 때문입니다. 아서 파르나서스가 개입하지 않았더라면 무슨 일이 일어났을지 상상조차 하고 싶지 않습니다. 그가 누구건, 아이들이 누구건, 아이들에게 무슨 능력이 있건, 그들을 해칠 권리는 그 누구에게도 없습니다. 이곳에 있는 여러분은 생각이 다르십니까?"

침묵만이 감돌았다.

"그럴 줄 알았습니다."

라이너스가 최종 보고서에 한 손을 올렸다.

"제 권고사항은 달라진 게 없습니다. 이 고아원은 반드시 계속 운영되어야 합니다. 그들을 위해서, 그리고 여러분을 위해서이기도 합니다. 저는 제 권고가 통과될 수 있도록 제가 가진 온 힘을 다 쓸 것입니다. 저를 해고해도 상관없습니다. 저를 문책하려면 그렇게 하십시오. 그래도 저는 멈추지 않을 것입니다. 변화란 소수의 목소

리에서 시삭되는 것이고, 저는 그 소수가 될 겁니다. 그들이 저에게
그 방법을 알려주었으니까요. 그리고 저는 혼자가 아닙니다."

그는 말을 멈추더니 숨을 크게 들이쉬고 다시 말을 이었다.

"그리고 완곡어법 이야기가 나왔으니 말인데, 제발 장소의 본질
과는 상관 없는 고아원이라는 말은 집어치우시지요. 그곳은 집입
니다. 언제나 집이었어요. 그중에는 좋지 않은 곳도 있었고, 그렇
기에 폐쇄를 권했던 겁니다. 하지만 이곳은 아닙니다. 절대 아닙
니다. 이곳의 아이들에게는 집이 필요없습니다. 당신들 마음에 들
건 아니건, 그 아이들에게는 이미 집이 있으니까요."

"아. 실망스럽군요. 정말 예리하고도 깊은 실망입니다."

찰스가 말하자 라이너스는 고개를 저었다.

"당신은 내가 찾아내게 될 것에 대해 지대한 관심을 갖고 있다고
했습니다. 그때는 당신을 믿었지만, 이제는 당신을 믿을 수 없습
니다. 당신이 듣고 싶은 말은 정해져 있으니까요. 하지만 그건 진
실이 아닙니다. 따라서 제가 해줄 수 있는 말은 이것뿐입니다. 당
신들이 만들어 놓은 세상은 옳지 않아요. 언젠가는 당신이 직접
그곳에 가서 진실을 보길 바랍니다."

그는 도전적인 눈빛으로 찰스를 올려다보았다.

"당신이 기대했던 것이 아니라고 틀린 것은 아닙니다. 많은 것
이 달라졌습니다, 워너 씨. 그것도 좋은 쪽으로요. *제가* 달라졌습
니다. 그리고 그건 당신과는 아무 상관이 없습니다. 당신은 그 섬
에 남기고 온 잔해에서 내가 무언가를 찾아내기를 바랐지만, 저는

그들의 현재를 보았습니다. 모두의 마음을 보았습니다. 당신에 의해, 또는 다른 이들에 의해 겪은 무수한 일에도 불구하고 힘차게 쿵쿵 뛰는 그들의 심장을 보고 온 겁니다."

말을 마칠 때 그는 숨을 헐떡이고 있었지만 머릿속은 깨끗했다.

"여기까지면 된 것 같습니다. 베이커 씨."

찰스가 냉정하게 입을 열었다.

"당신 입장은 무척 분명히 이해한 것 같군요. 당신이 맞습니다. 보고서에 전부 담겨 있더군요."

땀이 온몸에 흥건한데도 서늘했다. 이제 투지는 전부 빠져나가고 지침만 남은 기분이었다.

"저… 저는…."

"그만하시죠."

여자가 입을 열었다.

"당신은… 이제 됐습니다. 우리가 권고사항을 검토하고 곧 최종 결정을 내릴 겁니다. 떠나 주십시오, 베이커 씨. 지금 바로."

라이너스는 서류 가방을 집어 들었다. 가방 속에서 액자가 달그락거리는 소리가 났다. 그는 최고위 경영진을 한 번 올려다본 뒤 몸을 돌려 자리를 떠났다.

회의실 바깥에서 풍선껌 비서가 그를 기다리고 있었다. 눈을 크게 뜨고 입을 벌린 채였다.

"뭡니까?"

라이너스가 싸증 섞인 목소리로 물었다.

"아무것도 아니에요. 전혀 아무것도 아니에요. 당신 굉장히… 음, 큰 소리를 내던데요."

"그래요. 때로 딱딱한 머리뼈를 뚫으려면 큰 목소리가 필요하니까."

"우와."

비서가 중얼거렸다.

"전화를 걸어야겠네요…. 누구한테 전화를 거는지는 신경 쓰지 마세요. 알아서 나갈 수 있죠?"

비서가 자기 부스를 향하는 문으로 황급히 다가가 사라졌다.

그는 느릿느릿 자리를 떠났다. 최고위 경영진 집무실을 지날 때 안에서 열띤 토론 소리가 들려왔지만, 내용을 들을 수는 없었다.

그는 떠날까 하는 생각을 했다. 그러니까 그냥… 모든 걸 두고 떠나면 어떨까.

그러나 그러지 않았다.

그는 다시 자기 자리로 돌아갔다.

사무실로 들어서자마자 수군거리던 소리가 멎었다.

모두가 그를 바라보았다.

그는 무시하고 L열 7번 책상을 향했다. 커다란 엉덩이가 책상에 부딪쳐도 사과조차 하지 않았다.

그의 한 걸음 한 걸음에 수십 명의 시선이 따라붙는 것이 느껴졌지만 그는 고개를 빳빳이 들었다. 지금까지 겪은 일들에 비하면,

지금까지 보고, 또 했던 모든 일들에 비하면, 동료들이 그를 어떻게 생각하는가는 전혀 신경 쓸 바 아니었다.

자리에 도착한 그는 앉아서 서류 가방을 열었다. 액자를 꺼내 책상 위에 세워두었다.

그 누구도 입을 열지 않았다.

젠킨스는 자기 사무실 앞에 서서 그를 보며 인상을 찌푸리고 있었다. 건서는 클립보드에 뭐라고 신나게 휘갈겨 쓰고 있었다. 벌점을 미친 듯이 매기겠지.

그는 쌓여 있던 파일 무더기에서 서류철을 하나 꺼내 다시 업무로 돌아갔다.

19장

3주가 지났는데도 변한 것은 거의 없었다.

아, 물론 꿈에 바다, 그리고 하얀 모래톱이 있는 섬이 나오기는 했다. 정원, 작은 집을 숨기고 있는 숲이 나오는 꿈. 불에 그은 지하실 문이, 음악이 죽은 날이, 루시의 웃음이 나오는 꿈. 노움어로 투덜거리던 탈리아. 덩치가 크지만 품에 안으면 작게만 느껴지던 셸. 거울 앞에 서서 모자를 살짝 들어올리며 '안녕하십니까, 선생님, 환영합니다, 환영합니다, 환영합니다.'를 연습하던 천시. 햇빛을 받아 반짝이던 피의 날개. 단추들과 시어도어라는 이름을 가진 와이번. 차를 몰고 모래투성이 도로를 쏜살같이 달리며 바람에 머리카락을 흩날리던 조이.

그리고 물론 아서가 나오는 꿈을 꾸었다. 언제나 아서가 나왔다. 타오르는 불, 오렌지 빛과 금빛으로 이글거리며 활짝 펼친 날개. 조용한 미소, 재미있다는 듯 살짝 기울어진 고개.

침대에서 몸을 일으키기가 나날이 힘들어졌다. 언제나 비가 내렸다. 하늘은 매일같이 금속 같은 회색이었다. 종이가 된 기분이었다. 얇고 찢어지기 쉬운.

그는 지금까지의 삶을 생각해 보았다. 어떻게 그것으로 충분하다고 생각하며 살았을까. 그의 생각은 모두 푸르디푸른 바다 빛으로 물들어 있었다.

매일 사무실에 가면 시간을 내어 책상 위 사진을 바라보았다. 이제는 그 누구도 감히 사진에 대해 뭐라고 하지 않았다. 심지어 젠킨스마저도 간섭하지 않았던 데다가, 라이너스가 끝없이 벌점을 받는데도 (건서는 신이 나서 클립보드에 연필을 갈겨댔다) 한마디도 하지 않았다. 모두가 그를 무시하고 있었다. 그래도 라이너스는 괜찮았다. 남 이야기를 좋아하는 풍선껌 비서와 관련 있는 일이려니 했다.

매일 비와 먹구름만 드리운 건 아니었다. 그는 예전 파일을 다시 찾아보면서 방문했던 고아원에 대해 썼던 보고서들을 다시 살펴보고, 메모를 하고, 아직까지는 뚜렷이 알 수 없는 희미하게 빛나는 미래를 준비했다. 자신이 쓴 보고서 중 어떤 것은 (솔직히 말하면 대부분은) 읽다가 움찔할 정도였지만, 그래도 그 사실이 중요하다고 생각했다. 결국 아무 일도 일어나지 않을지 몰라도 해보지 않으면 알수 없었다. 최소한 예전에 만난 아이들을 찾아 지금 어디에 있는지 알아볼 수는 있을 것이다. 그리고 라이너스의 바람이 이루어진다면, 그 아이들이 홀로 남겨지거나 잊히는 일을 막을 수 있을 것이다.

그때부터 라이너스는 보고서들을 빼돌리기 시작했다. 매일 조금 더 많이 슬쩍해 왔다. 보고서를 서류 가방에 넣을 때마다 그 장면을 목격한 누군가가 당장이라도 이름을 부르며 무슨 짓이냐고 고함칠 것 같아서 땀 범벅이 되었다. 특히나 이제는 *다른* 사례연구 원들의 파일까지도 빼돌리기 시작했으니까.

하지만 그런 일은 일어나지 않았다.

섬에서 돌아온 지 23일째 되는 날, 사례연구원 사무실 문간에 누군가가 등장했다. 또다시 키보드를 두드리는 소리며 웅성거리던 말소리가 쥐죽은 듯 고요해졌다.

풍선껌 비서가 가슴에 파일 하나를 껴안은 채 껌을 짝짝 씹고 있었다. 그가 눈앞의 책상들을 죽 둘러보았다.

라이너스는 의자에 앉은 채 몸을 웅크렸다. 드디어 잘리는구나.

풍선껌 비서는 젠킨스의 사무실을 향했다. 젠킨스는 그의 방문이 달갑지 않아 보였고, 풍선껌 비서가 뭐라고 묻자 날카로운 눈빛은 더 예리해졌다. 그는 뭐라고 대답하더니 책상들이 놓인 곳을 가리켰다.

풍선껌 비서가 책상들 사이로 걸어왔다.

라이너스는 책상 아래로 기어들어가 숨을까 하는 생각이 들었다.

"베이커 씨, 여기 있었네요."

쌀쌀맞은 말투였다.

"안녕하세요."

라이너스는 떨리는 손을 감추려고 무릎 위에 내려놓았다.

비서가 파일을 책상 위에 내려놓고 그에게 밀어주었다.

"오늘 아침에 내려온 파일이에요."

라이너스는 파일을 빤히 바라보았다.

그러고 나서 비서는 떠나버렸다.

숨조차 제대로 쉴 수 없을 지경이었다.

서류철을 열었다.

안에는 그가 제출했던 최종 보고서가 들어 있었다.

보고서 맨 아래 한가운데에 서명이 네 개 있었다.

찰스 워너

애그니스 조지

재스퍼 플럼

마틴 로저스

그리고 그 아래에 빨간 도장이 찍혀 있었다.

권고 승인.

한 번 더 읽었다.

승인.

그렇다면….

할 수 있어….

그는 책상에서 일어섰다. 차가운 시멘트 바닥에 의자 다리가 긁히며 소리를 요란하게 울렸다.

다들 고개를 돌려 그를 바라보았다.

젠킨스가 사무실에서 다시 나왔고 건서가 그 뒤를 졸졸 따랐다.

마르시아스 집은 지금 모습 그대로 존재할 수 있게 됐다.

바다 소리가 들렸다.

이곳에 오고 싶지 않나요? 바다가 속삭였다.

응, 가고 싶어.

소원이란 참 이상하지. 때로 첫 발짝을 떼는 것만으로도 그 소원은 이루어지니까.

고개를 들었다. 주위를 둘러보았다.

"우린 뭘 하고 있는 거죠?"

그의 목소리가 사무실 안에 쩌렁쩌렁 울려 퍼졌다.

아무도 대답하지 않았지만, 상관없었다. 기대하지도 않았다.

"이런 일을 하는 이유가 뭔가요? 중요한 게 뭡니까?"

침묵.

"우린 잘못하고 있습니다."

그가 목소리를 높였다.

"전부 다 틀렸어요. 우린 우리 모두를 잡아먹을 기계에 연료를 붓고 있는 거라고요. 이 사실을 아는 사람이 저뿐인 건 아닐 겁니다."

만약 라이너스가 좀 더 용감했더라면 더 많은 말을 했을 것이다. 《규칙 및 규정집》을 쓰레기통에 집어던지면서 이제는 모든 규칙을 버려야 할 때라고 호기롭게 외칠 수도 있었겠지. 말 그대로, 또 비유적으로도.

그러면 젠킨스는 입을 다물라고 했을 것이고 만약 라이너스가 더더욱 용감했더라면, 싫다고 대답했을 것이다. 자신은 색채로 가득한 세상을, 행복으로, 기쁨으로 가득한 세상을 보고 왔다고 모두가 들을 수 있게 외쳤을 것이다. 당신들이 사는 세계에는 그런 것이 없다고, 당신들은 자기가 바보인 줄도 모른다고.

책상 위로 올라가서 나는 라이너스 대장이라고, 탐험을 떠날 시간이라고 고함쳤을 것이다. 사람들이 그를 끌어내리러 오겠지만 그는 책상들을 건너뛰며 달아날 테고, 건서가 꽥꽥 소리를 지르며 라이너스의 다리를 잡으려 들겠지만 놓칠 것이다.

용감한 라이너스는 문 앞에 착지할 것이다. 젠킨스가 당신은 해고라고 고함치겠지만 그는 비웃으며 *退社*하는 사람을 무슨 수로 해고하느냐고 외치겠지.

하지만 라이너스 베이커는 집으로 돌아가고 싶은 심장을 가진 여린 사람이었다.

그래서 그는 이곳에 왔을 때만큼 조용히 떠났다.

서류 가방을 집어 책상 위에 올려두고 열었다. 사랑을 담은 손길로 액자를 가방에 넣었다. 이제는 DICOMY에서 빼돌릴 파일도 더이상 없었다. 필요한 건 이미 다 챙겼으니까.

심호흡을 했다.

그리고 책상들 사이를 지나 문을 향했다.

수군거리는 소리가 열기를 띠었다.

그들을 무시하고 고개를 빳빳이 들었다.

문에 다가가는 순간 젠킨스가 그의 이름을 큰 소리로 외쳤다.

그는 걸음을 멈추고 어깨 너머를 돌아보았다.

젠킨스는 험상궂은 표정이었다. *"당신 지금 어디 가는 거야?"*

"집." 그는 그렇게만 대답했다.

그렇게 그는 마법아동관리부서를 영영 떠났다.

비가 내리고 있었다.

우산을 사무실에 두고 왔다.

그는 고개를 들고 회색 하늘을 쳐다보다가 마음껏 웃음을 터뜨렸다.

현관문을 박차듯 들어오는 그를 보고 칼리오페는 놀란 듯했다. 그럴 만도 했다. 아직 정오도 되지 않았으니까.

"내가 미쳤나 보다."

칼리오페에게 말했다.

"대단하지?"

칼리오페가 질문을 하듯 야옹 울었다. 섬을 떠난 뒤 처음이었다.

"그래."

그가 말했다.

"그래, 그래."

라이너스는 삶이란 결국 우리가 삶을 통해 무엇을 만들어내는가로 요약되는 것이라는 사실을 알았다. 삶은 곧 크고 작은 선택이었다.

다음 날 아침 일찍 라이너스는 또 다른 삶을 찾아가기 위해 예전 삶의 문을 닫았다.

"또 여행이야?"

클래퍼 여사가 길 건너편에서 물었다.

"또 여행이죠."

그는 순순히 대답했다.

"이번엔 얼마나 가?"

"영영 가는 것이기를 바랍니다. 거기서 저를 받아준다면."

클래퍼 여사가 눈을 휘둥그레 떴다.

"돌아오긴 할 거야?"

"전 떠나는 거예요."

그는 평생토록 이만한 확신을 느껴본 적 없었다.

"하지만… 그래도…."

클래퍼 여사는 말까지 더듬었다.

"집은 어쩌고? *직장*은 또 어쩌고?"

그는 씩 웃어보였다.

"그만뒀습니다. 집이라면, 음. 여사님 손자분과 그 사랑스러운
약혼자가 옆집에 살고 싶어 할지도 모르죠. 결혼 선물이라 생각하
세요. 어쨌든 지금은 중요하지 않은 얘깁니다. 나중에 생각하죠.
지금은 집에 가야 해서요."

"여기가 집이잖아, 이 어리석은 친구야!"

그는 고개를 저으면서 칼리오페의 이동장과 여행 가방을 들었다.

"아직은 아니지만, 곧 집에 도착할 거예요."

"하다하다… 정신이 나갔어? 게다가 지금 입은 그 옷은 또 뭐야?

그는 고개를 숙여 입고 있는 옷을 내려다보았다. 단추 달린 황갈색 셔츠, 황갈색 반바지, 갈색 양말. 머리 위에는 헬멧처럼 생긴 모자. 또 웃음이 나왔다.

"탐험을 떠날 때 입는 복장이라고요. 우스꽝스럽게 생겼죠? 하지만 식인종이나 식인 뱀, 피부를 뚫고 알을 낳아서 제 눈알을 안에서부터 먹어치우는 벌레를 만날지도 모른다고요. 그런 것들을 마주치려면 이런 옷을 입어야 하는 거예요. 그럼 이만, 클래퍼 여사님. 다시 만날 일이 있을지는 잘 모르겠네요. 앞으로 다람쥐들도 평온할 겁니다. 해바라기는 용서해 드리죠."

그는 헤르메스웨이 86번지를 등지고 포치를 내려와 쏟아지는 빗속을 향했다.

"여행 가시나 봐요?"

승무원이 표를 내려다보며 물었다.

"종착역까지 가시는군요. 휴가철도 끝났는데."

라이너스는 비가 똑똑 떨어지는 차창 밖을 바라보다가 대답했다.

"아닙니다. 제가 있어야 할 곳으로 가는 거예요."

4시간 후 열차에서 내린 사람은 라이너스 혼자였다. 남아 있던 승객이 혼자였으니 당연한 일이었다.

"아이고." 플랫폼 아래로 뻗어 있는 텅 빈 길을 바라보다가 그가 입을 열었다.

"여기까진 생각 못했군."

하지만 이내 고개를 저었다.

"상관없어. 시간은 사람을 기다려주지 않는 법이라고."

그는 여행 가방과 이동장을 집어 들고 마을로 향하는 길을 걷기 시작했다.

첫 건물이 눈에 보였을 무렵엔 땀에 흠뻑 젖어 있었다. 얼굴은 벌겋게 달아오르고, 여행 가방은 돌무더기라도 든 것처럼 무거웠다.

마을 큰길가 인도에 닿았을 땐 쓰러지기 직전이었다. 잠시 (아마도 영원히) 누워버릴까 생각했는데, 누군가가 라이너스의 이름을 부르는 소리가 들렸다.

소리가 나는 쪽으로 흘깃 눈길을 던졌다.

철물점 앞에 헬렌이 물뿌리개를 들고 서 있었다.

"안녕하세요." 그는 간신히 인사를 건넸다.

"다시 만나니 정말 반갑네요."

헬렌이 물뿌리개를 떨어뜨리는 바람에 콘크리트 위로 물이 졸졸 새어나갔다. 그를 향해 헬렌이 달려왔다.

"여기까지 *걸어서* 온 거야?"

라이너스의 양 어깨에 얹은 손이 축축해지자 헬렌이 얼굴을 찌푸렸다.

"즉흥적으로 오다 보니까 그렇게 됐어요."

"바보, 이 기막히게 어리석은 친구야. 드디어 정신을 차린 거야?"

"그래요. 어쩌면 정신이 아주 나가 버린 건지도 모르겠지만요.

둘 중 어느 쪽인지는 아직 모르겠어요."

"섬에서는 아직 당신이 온 걸 몰라?"

"모릅니다. 즉흥적으로 왔으니까요. 아직 전 이런 일에 익숙하지 못하지만, 연습하다 보면 익숙해지겠죠."

그가 숨을 씨근덕거리자 헬렌이 손끝으로 그의 등을 톡톡 두들겨 주었다.

"적어도 시작은 좋았어. 물론 그렇다면 메를도 당신이 온 걸 모른다는 소리가 되는데."

그 말에 라이너스는 움찔 놀랐다.

"아, 그렇네요. 연락선. 그게 중요하겠죠. 섬까지 가려면, 그렇죠?"

헬렌은 눈을 굴렸다.

"어떻게 당신이 여기까지 온 건지 난 도저히 모르겠어."

"저를 가두고 있던 비눗방울을 터뜨렸거든요."

헬렌이 이해해 주기를 바랐다.

"비눗방울이 있어서 저는 안전했지만, 진짜 삶을 살 수는 없었어요. 애초에 섬을 떠나지 말 걸 그랬어요."

헬렌의 표정이 누그러졌다.

"알아." 그러더니 어깨를 펴며 말했다.

"하지만 돌아왔잖아, 중요한 건 그뿐이야. 다행히 내가 시장이잖아? 즉 내가 바라는 일은 이루어진다는 거지. 기다려 봐. 전화 한 통 하고 올 테니까."

그가 서둘러 가게 안으로 들어갔다.

잠깐만 눈을 감고 있어야지 생각했는데, 어느새 깜박 졸아버린 라이너스는 경적 소리에 소스라치게 놀랐다.

낡은 초록색 트럭이 길가에 서 있었다. 군데군데 녹이 슬고, 타이어 측면의 하얀 줄은 닳아서 사라질 지경이었다. 운전석에 앉아 있는 건 헬렌이었다.

"밤새도록 거기 가만히 있을 셈이야?"

헬렌이 열린 차창 너머로 외쳤다.

그는 여행 가방을 들어 트럭 짐칸에 실었다. 운전실 안 벤치 위에 이동장을 내려놓자 칼리오페가 골골거렸다. 라이너스도 차에 올라탄 뒤 삐걱 소리를 내며 문을 닫았다.

"정말 친절하십니다."

헬렌은 코웃음을 쳤다.

"당신한테 보답할 게 한두 가지 있어서 그러지. 이제 우리 둘 다 동등한 걸로 치는 거야."

헬렌이 차를 출발시키자 엔진이 신음 소리를 냈다. 라디오에서는 조금만 내 꿈을 꿔달라는 도리스 데이의 노래가 나오고 있었다.

부둣가에 도착하자 메를이 평소처럼 불쾌한 표정으로 기다리고 있었다.

"부탁한다고 아무거나 실어다 줄 수는 없다고요."

그가 헬렌을 노려보았다.

"저도 할 일이… *베이커 씨?*"

"안녕하세요, 메를. 다시 보니 반갑네요."

놀랍게도 거의 진심이었다.

메를이 입을 떡 벌렸다.

"가만히 서 있기만 할 거야? 게이트 열라고."

헬렌의 말에 메를은 정신을 차렸다. "참고로 뱃삯이 *네 배*로 올랐습니다…."

헬렌이 빙긋 웃었다.

"아, 그럴 리가 있나. 터무니없는 값인데? 트럭으로 뚫고 지나가기 전에 게이트나 열어."

"감히 못 그러실 걸요."

그 말에 헬렌은 다시 시동을 걸었다.

메를이 배를 향해 달려갔다.

"진짜 지독한 사람이야. 어느 날 배에서 떨어져 바다에 떠내려가도 아쉽지 않겠어."

"너무하신데요?"

라이너스는 그렇게 말했다가 덧붙였다.

"우리가 해낼 수 있지 않을까요?"

헬렌이 놀란 듯 웃음을 터뜨렸다.

"세상에, 베이커 씨. 당신한테서 그런 말을 들을 줄은 몰랐네. 정말 기분 좋아. 자, 이제 당신 집으로 가보자고. 할 말도 있을 테고."

라이너스는 등받이에 더 편안하게 등을 기댔다.

섬은 떠날 때와 달라진 점이 하나도 없었다. 고작 몇 주 만에 돌아왔으니까. 그러나 평생처럼 느껴지는 시간이었다.

메를이 헬렌을 향해 좀 서두르라고 불평을 하자 헬렌은 알아서 할 테니 단 한마디도 보태지 말라고 대답했다. 메를은 헬렌을 노려보면서도 느릿느릿 고개를 끄덕였다.

해가 서서히 지는 가운데 섬 뒤편으로 구불구불 이어지는 익숙한 흙길을 달렸다.

"당신이 떠난 뒤로 여기 두어 번 왔었어."

라이너스가 그를 쳐다보았다.

"정원 때문에요?"

그는 어깨를 으쓱했다.

"또 당신이 남기고 간 것들을 보려고."

라이너스는 다시 창밖을 바라보았다.

"좀… 어떻던가요?"

헬렌이 손을 뻗어 그의 팔을 살짝 쥐었다.

"다들 잘 있어. 당연히 슬퍼하지만, 그래도 잘 있어. 처음으로 저녁도 같이 먹었어. 음악도 들었지. 참 좋았어. 당신 이야기를 많이 하더라."

라이너스는 목에 큰 덩어리가 걸린 것 같아 침을 꿀꺽 삼켰다.

"이 섬에 있는 동안 당신이 사람들한테 참 깊은 인상을 남겼더라고."

"그들도 저한테 마찬가지였어요."

"산다는 건 참 신기하지? 예상치 않은 일들은 그걸 구하려 들지 않을 때 나타나니까."

그는 고개를 끄덕이는 수밖에 없었다.

본채 2층에 불이 켜져 있었다.

정원 정자에 달린 종이 등에도 불이 밝혀져 있었다.

5시 반, 아이들의 개인 취미 시간이었다. 샐은 자기 방에서 글을 쓰고 있겠지. 천시는 거울 앞에서 연습 중일 테고. 피는 조이와 함께 숲에 갔을 거야. 시어도어는 아마 소파 밑에 있을 테고, 탈리아는 정원에 있겠지. 루시와 아서는 2층에서 철학이며 머릿속의 거미들에 대해 이야기를 나누고 있을 것이다.

몇 주 만에 처음으로 숨을 쉬는 기분이었다.

헬렌이 집 앞에 차를 세우더니 그를 향해 미소를 지었다.

"여기서 헤어지는 게 좋겠네. 아서한테 내가 토요일에 온다고 전해줘. 그날 무슨 모험을 한다며."

"토요일엔 언제나 모험을 하거든요."

라이너스가 중얼거렸다.

"여행 가방 잘 챙겨."

그는 헬렌을 바라보았다.

"저… 고맙습니다."

헬렌은 고개를 끄덕였다.

"내가 고마워할 일이지. 의도했건 아니건 당신 덕분에 많은 게 변했어, 베이커 씨. 시작은 작았지만 점점 커질 거야. 나도 잊지 않을 테고. 이제 가 봐. 당신을 보고 싶어 하는 사람들이 있잖아."

라이너스는 자리에 앉은 채 초조하게 꾸물거렸다.

"그냥 같이…."

헬렌이 웃음을 터뜨렸다.

"당장 내리라고, 베이커 씨."

"라이너스입니다. 이제 라이너스라고 불러주세요."

그가 다정하게 웃었다.

"그럼 당장 내려, 라이너스."

그는 시키는 대로 칼리오페의 이동장을 들고 트럭에서 내렸다. 짐칸에 손을 뻗어 여행 가방도 꺼냈다. 헬렌이 손을 흔들어 인사 하며 떠나자 타이어에 밟힌 자갈이 으깨지는 소리가 났다.

숲속으로 후미등이 사라져버릴 때까지 그는 계속 트럭의 뒷모습 을 바라보고 있었다.

"그래, 나 자신. 할 수 있어."

칼리오페가 이동장 안에서 야옹 울었다.

그는 몸을 숙여 이동장을 열었다.

"그럼, 멀리 가지는 말…."

고양이는 쏜살같이 정원을 향해 달려가 버렸다.

한숨이 나왔다. "그럴 줄 알았어."

정원 가득 피어 있는 꽃은 기억보다도 더 화사했다. 오솔길을 따 라 걷다 보니 낯선 언어로 툴툴거리는 소리가 들렸다. 산울타리 너머에서 수염 난 작은 노움이 흙을 파고 있었다.

걸음을 멈췄다.

"안녕." 나직하게 입을 열었다.

순간 어깨에 힘이 들어가는 게 보였지만, 아이는 계속 땅을 팠다. 칼리오페가 옆에 앉아 있었다.

그는 한 발짝 더 다가갔다.

"새 연장은 쓸 만하니?"

아이는 대답 없이 사방으로 흙먼지를 날려댔다.

"헬렌이 그러는데 네 정원이 아주 멋졌다는구나. 지금까지 본 정원 중에 최고래."

"그렇겠죠, 뭐." 탈리아가 짜증 섞인 목소리로 대답했다.

"난 노움이잖아요. 당연히 정원을 잘 가꾸죠."

라이너스가 소리 내어 웃었다. "그렇지."

"왜 온 거예요?"

그는 머뭇거렸지만, 망설임은 길지 않았다.

"여기가 내 자리거든. 애초에 떠나지 말 걸 그랬어. 너희들을 안전하게 지켜주려고 떠났던 거야. 너희 모두를 말이야. 그리고 이제는…."

탈리아가 한숨을 쉬더니 삽을 내려놓고 그를 돌아보았다.

아이는 울고 있었다.

라이너스는 조금도 망설이지 않고 탈리아를 번쩍 안아 올렸다.

탈리아가 라이너스의 목에 얼굴을 묻는 바람에 수염이 그의 목을 간질였다.

"아저씨를 여기 묻으려고 했어요."

아이는 서럽게 흐느꼈다.

"아저씨 무덤을 파고 있었다고요. 알고는 있으세요."

"알아." 그는 아이의 등을 손으로 쓸어 주었다.

"그럴 줄 알고 있었다."

"아무도 아저씨를 못 찾았을 거예요! 만약 *찾아내더라*도 그땐 너무 늦어서 뼈밖에 안 남아 있었을 걸요!"

"그 이야기는 조금 이따가 하는 게 어떨까? 너희들 모두에게 해야 할 중요한 이야기가 있거든."

탈리아는 코를 훌쩍였다.

"그래요. 하지만 제가 듣기 싫은 이야기라면 곧장 돌아와서 토 달지 말고 구덩이 안으로 들어간다고 약속해요."

라이너스는 신나게 웃음을 터뜨렸다.

"그러자꾸나."

탈리아가 앞장서서 달려가고, 칼리오페가 뒤를 따랐다. 라이너스는 잠시 발걸음을 멈추고 정원의 내음을 한껏 들이마셨다. 파도 소리에 귀를 기울였다.

때가 왔다.

정원을 나선 뒤 집을 향했다. 그러다가 그곳에서 자신을 기다리고 있는 것을 보고 우뚝 멈춰 섰다.

모두가 집 앞에 모여 있었다. 조이는 라이너스를 보자 어처구니가 없다는 듯 애정을 담아 고개를 설레설레 저었다. 피는 그를 노려봤다. 그를 나무로 변신시켜 버리지 않기만을 바랄 뿐이었다. 천시는 당장이라도 라이너스를 향해 달려오고 싶지만 친구들에게 의리를 지켜야 해서 참고 있는 듯 초조하게 꿈지럭거리고 있었다. 셀은 가슴 앞에 팔짱을 끼고 있었다. 어깨 위에는 시어도어가 앉아서 고개를 갸웃하고 있었다.

탈리아는 눈물을 훔치며 노움어로 투덜거리고 있었다. 라이너스가 아직도 동그란 걸 보니 무덤이 될 구덩이를 더 크게 넓혀야겠다고 말하는 소리가 들린 것 같았다.

그리고 물론 루시도 있었다. 루시는 맨 앞에서 묘한 표정을 하고 서 있었다. 달려와 끌어안으려는 것인지, 라이너스의 피를 부글부글 끓여서 내장을 익혀버릴 셈인 건지 그는 도저히 알 수 없었다. 둘 다 가능성이 있어보였다.

맨 뒤에 서 있는 아서는 무표정한 얼굴로 뒷짐을 쥐고 있었지만, 굳은 어깨만 보아도 라이너스는 그가 경계하고 있다는 것을 알 수 있었다.

라이너스는 그들에게서 멀찍이 떨어져 섰지만 칼리오페는 그럴 생각이 조금도 없는 것 같았다. 크게 야옹거리면서 셀의 다리에 온몸을 부비적댔는데, 섬을 떠난 뒤 그렇게 말이 많은 건 처음이었다.

어쩌다 그런 어리석은 짓을 한 걸까? 이 섬을 떠나겠다는 생각을 어떻게 할 수 있었나? 밝고 따스한 색으로 가득한 섬으로 돌아오자 마침내 다시금 심장이 뛰는 것 같았다. 이곳을 떠났다는 사실이 믿기지 않았다. 그러면 안 된다는 걸 알았어야 했다. 좀 더 일찍 깨달았어야 했다.

"안녕." 그가 나직한 목소리로 입을 열었다. "다시 만나서 반가워."

아무도 대답하지 않았다. 오로지 천시만 몸을 꿈틀거리면서 더듬이를 이리저리 튕겼다.

라이너스는 헛기침을 해 목을 골랐다. "잘 이해되지 않을 거야. 나도 잘 모르겠거든. 난 실수를 했었지. 그중에는 큰 실수들도 있었어. 하지만…." 숨을 크게 들이쉬었다. "이런 이야기를 들은 적이 있어. 중요한 이야기였지만, 그땐 *얼마나* 중요한지 몰랐었지. 어느 현명한 친구가 다른 사람들 앞으로 나서더니 떨면서도 내가 지금껏 들어본 것 중 가장 아름다운 말을 했었어."

미소를 지어보려 애썼지만 생각대로 되지 않았다.

"나는 그저 한 장의 종이. 얇고 찢어지기 쉬워. 해를 향해 들어 올리면 빛이 나를 통과해. 내게는 글자가 씌어지고, 그러면 다시는 쓸 수 없지. 이 자국들은 역사야. 또 이야기야. 다른 이들에게 이야기를 들려주지만 사람들은 글자만 보고 글자가 쓰인 종이는 보지 않아. 나는 그저 한 장의 종이, 나 같은 이들이 많지만 똑같은 건 하나도 없어. 나는 바싹 마른 양피지. 내겐 줄이 있어. 내겐 구멍이 있어. 나를 적시면 난 녹아버려. 불을 붙이면 타올라. 단단한 손으로 나를 붙잡으면 난 구겨지지. 찢어지지. 나는 그저 한 장의 종이. 얇고 찢어지기 쉬워."

샐이 눈을 휘둥그레 떴다.

"계속 이 말을 생각했어. 너무나 중요한 말이었거든. 너희들은 모두 너무나 중요해."

목이 메는 바람에 라이너스는 고개를 저었다.

"마법아동관리부서를 두려워할 필요는 없어. 여기가 너희들의 집이고, 앞으로도 그럴 거야. 원하는 만큼 이곳에 있을 수 있게 됐어. 그리고 내 뜻대로 일이 이루어진다면 너희들 같은 다른 아이들도 이런 평화를 누릴 수 있을 거란다."

탈리아와 피가 놀라 숨을 헉 들이쉬었다. 천시가 입을 헤벌렸다. 시어도어가 신이 나서 날개를 활짝 펼치자 루시가 씩 웃었다. 샐역시 안심했는지 팔짱을 풀었다.

조이가 고개를 한쪽으로 기울였다.

아서의 표정에는 변화가 없었다.

이것만으로는 안 돼. 라이너스는 알고 있었다.

그래서 라이너스는 남아 있는 말들을 전부 털어놓았다.

"너희들은 사랑스러워. 모두 다. 나는 오랫동안 너희들이 없는 세상에서 살아왔지만, 이제는 더 이상 그런 세상에서 살 수가 없을 것 같아. 이곳에 와서 처음에 만난 건 햇살이었어, 따스했지. 그다음엔 바다를 봤어. 살면서 본 그 어떤 것과도 다르더라. 그다음엔 신비롭고 멋진 이 섬을 만나게 됐지. 하지만 내게 처음 느끼는 평화와 기쁨을 선사해준 건 바로 너희들이었어. 너희들이 나에게 목소리를, 목표를 만들어 준 거야. 너희들이 없었다면 아무런 변화도 일어나지 못했을 거야. 그들이 들은 건 나의 말이었지만, 너희들이 가르쳐준 것들이 없었더라면 나는 무슨 말을 해야 할지조차 몰랐겠지. 우린 혼자가 아니야. 한 번도 혼자였던 적 없었어. 우리에겐 서로가 있으니까. 또다시 떠나야 하는 거라면 나는 이곳으로 오고 싶었어. 그리고 이제는 그 바람을 이루고 싶어. 나를 받아준다면, 여기서 살고 싶어. 영원히."

라이너스는 이 말만으로는 충분하지 않은가 하는 생각이 들어서 초조하게 뒷목을 문질렀다.

"잠시만 의논할 시간을 주세요, 베이커 씨."

루시가 그렇게 말하더니 뒤돌아서 다른 아이들을 손짓으로 불러 모았다. 아이들은 고개를 숙이고 뭐라고 열심히 소곤거리기 시작했다. 조이는 웃음이 터지려는 입을 애써 가리고 있었다.

아서의 눈길은 라이너스에게 못 박혀 있었다.

다른 사람들의 토론을 엿들으려 하는 건 예의에 어긋난다는 걸 라이너스도 알았다. 하지만 그래도 자꾸만 그쪽으로 신경이 쏠리는 건 어쩔 수 없었다. 안타깝게도, 아이들은 그가 당장이라도 심장마비를 일으키기 직전이건 말건 신경 쓰지 않는 것 같았다. 그는 아이들이 회의하는 모습을 지켜보았다. 갑자기 루시가 한 손가락으로 목을 긋는 시늉을 하고 눈을 뒤집으며 혀를 쑥 내밀었다. 탈리아가 동의한다는 듯 고개를 끄덕였다. 천시가 식인종에게 먹이를 주겠다는 말을 한 것 같은데, 잘못 들었겠지. 시어도어가 턱을 딱딱거렸다. 피가 어깨 너머로 라이너스를 한 번 보고 다시 고개를 돌렸다. 샐이 작은 소리로 뭐라고 중얼거리자 아이들이 사랑이 듬뿍 담긴 눈길로 그를 올려다보았다.

"그럼, 다들 동의하는 거지?" 루시가 물었다.

아이들이 고개를 끄덕였다.

그들이 라이너스를 향해 고개를 돌렸다.

가장 먼저 입을 연 것은 루시였다.

"아저씨가 여기 온 걸 다른 사람이 알아요?"

라이너스는 고개를 저었다.

"그럼 우리가 아저씨를 죽여도 아무도 모르겠네요."

"맞아, 하지만 가능하다면 그런 일은 피하고 싶구나."

"그러시겠죠." 루시가 말했다.

"조건이 있어요."

"그럴 줄 알았어."

탈리아가 말했다.

"봄이 오면 정원에 와서 내가 시키는 건 뭐든지 해야 해요."

망설임 없이 대답이 나왔다.

"좋아."

피가 말했다.

"한 달에 한 번은 나랑 조이랑 같이 숲에서 시간을 보내야 하고요."

"좋아."

천시가 말했다. "세탁을 저한테 맡겨주셔야 해요!"

"네가 원한다면 그렇게 할게."

"팁도 주셔야 하고요."

"당연하지."

시어도어가 짹짹 울부짖고 목구멍을 울리면서 고개를 위아래로 까딱거렸다.

"나한테 있는 단추는 모조리 줄게."

"우리가 아저씨를 라이너스라고 부르게 해 주세요."

샐이 말하자 눈시울이 시큰거렸다.

"정말 좋구나."

루시가 악마처럼 씩 웃었다.

"또, 나랑 춤을 춰야 해요. 내가 악몽을 꾸면 찾아와서 다 괜찮다고 말해야 해요."

"좋아, 좋아. 전부 다 좋아. 뭐라도 좋다. 너희들을 위해서는 무엇이든 다 해줄 거야."

그때 루시의 미소가 사라졌다. 루시는 어리디어린 꼬마로 보였다.

"그러면 왜 우리를 떠난 거예요?"

라이너스는 고개를 숙였다.

"때로는 잃어버리고 나서야 소중함을 알 때가 있단다. 또, 너희들의 목소리가 되어주어야 했어. 멀리 있는 사람들한테 너희들이 어떤 아이들인지 알려야 했어."

"얘들아." 아서가 드디어 입을 열었다.

"안으로 들어가서 조이와 같이 저녁 식사를 준비해 주겠니? 베이커 씨와 할 말이 있구나."

아이들은 곧장 불만을 토해냈다.

"들어가 있으렴."

루시가 두 손을 들어보였다.

"그냥 키스하고 끝내세요. 어른들이란 진짜 답답하단 말야."

조이는 웃음을 참다가 사레가 들렸다.

"답답한 어른들이 알아서 하게 놔두고 우리는 들어가자. 들어가서 창밖으로 훔쳐보지 않고 저녁 식사 준비만 열심히 하는 거다?"

탈리아가 대답했다.

"으, 알겠어요. 그럼 들어가서 빨리 훔쳐봐요… 아니, 저녁 준비 시작해요."

아이들은 서둘러 계단을 올라 집 안으로 들어갔다. 샐이 마지막으로 뒤를 한 번 돌아보고는 문을 닫았다.

그리고 다음 순간 창가에 모두의 얼굴이 우르르 나타났다. 커튼 뒤에 몸을 숨기려 한 것 같았지만 다 보였다. 심지어 조이마저도 그 자리에 있었다.

라이너스는 그들을 정말 사랑했다.

머리 위 하늘에 별이 하나둘씩 나타나기 시작했다. 하늘은 오렌지색, 분홍색, 그리고 푸르디푸른 색으로 물들고 있었다. 바닷새들이 울었다. 바위에 파도가 철썩 부딪쳤다.

그러나 지금 이 순간 중요한 건 눈앞에 있는 이 남자뿐이었다. 너무나 아름다운 이 남자.

라이너스는 기다렸다.

"왜 지금입니까?"

한참만에야 입을 연 아서의 목소리에는 피로가 묻어 있었다.

"때가 되었거든요."

라이너스가 대답했다.

"저는… 돌아갔습니다. 그래야 한다고 생각했어요. 조사 결과를 최고위 경영진에게 제출했습니다." 그는 잠시 말을 멈추더니 생각에 잠겼다.

"*제출*이라는 말은 지나치게 완곡한 감이 있네요. 솔직히 말하면 호통을 치고 왔습니다."

아서의 입술이 씰룩거렸다.

"그랬습니까?"

"제가 그런 일을 할 수 있다는 걸 처음 알았어요."

"왜 그랬습니까?"

라이너스는 두 손을 펼쳤다.

"제가… 많은 것들을 봤거든요. 여기서. 지금까지 모르던 것들을 배웠어요. 그러면서 저도 변했죠. 얼마나 큰 변화였는지는 떠나고 나서야 알았어요. 아침에 눈을 뜨자마자 아침을 먹으러 본채로 걸어가지 못하게 된 뒤에야. 아이들을 가르치는 당신 목소리를 듣지 못하게 된 뒤에야. 당신이 가진 그 말도 안 되는 철학을 놓고 서로 입씨름하지 못하게 된 뒤에야. 토요일마다 우스꽝스러운 옷을 차려입고 잔인하게 죽을 거라는 위협을 받으면서 모험을 떠나지 못하게 된 뒤에야."

"글쎄요, 지금은 그 옷을 아주 잘 입고 있으면서."

라이너스가 셔츠를 끌어당겼다.

"적응하고 있는 거라고요. 난 과거가 아닌 미래가 두려워서 이곳을 떠났어요. 하지만 이제는 더 이상 두렵지 않아요."

아서가 고개를 끄덕이더니 입을 꾹 다문 채 시선을 돌렸다.

"그러면 이 고아원은?"

라이너스가 고개를 저었다.

"그건… 당신도 고아원이란 허울뿐인 이름이라고 말했었죠. 아무도 아이들을 입양하려 찾아오지 않는다고요."

"그랬던가요."

"그랬습니다. 그래서 최고위 경영진에게 가서 말했습니다. 이곳은 고아원이 아니라고. 집이라고. 그리고 앞으로도 영원히 집일 거라고."

"정말입니까?"

"정말입니다."

"그러면 다른 아이들은? 다른 아이들도 도울 수 있다고 아까 말하지 않았습니까?"

라이너스가 목 뒤를 긁적였다.

"제가 사실… 불법적인 일을 저지른 것 같아요. 파일 몇 개를 훔쳐왔거든요. 시간이 걸리겠지만 계획이 있어요."

"세상에, 라이너스 베이커. 당신 정말 놀랍군요. 다른 것도 아니고 도둑질이라니. 적절치 못한 일 아닙니까?"

"그렇긴 하지만." 라이너스가 웅얼거렸다.

"사실 그건 당신 탓이에요. 당신이 날 타락시킨 거라고요."

잠깐이지만 아서의 눈 속에 불길이 스치는 것 같았다.

"정말 당신이 그 모든 일을 했습니까?"

"예. 겁이 났지만 그게 옳다는 생각이 들었어요."

라이너스는 망설이다가 덧붙였다.

"일은 그만뒀어요."

아서는 놀란 표정이었다.

"어째서?"

라이너스는 어깨를 으쓱했다.

"제가 있을 곳이 아니었으니까."

"그럼, 당신이 있을 곳은 어디입니까, 라이너스?"

라이너스는 마지막 남은 용기를 짜내 대답했다.

"여기. 당신 곁이에요. 당신이 날 받아준다면. 다시 한번 물어 주세요. 부탁입니다. 떠나지 말라고 한 번 더 말해줘요."

아서가 힘주어 고개를 끄덕이더니, 헛기침을 했다. 입을 열자 목소리가 갈라져 있었다.

"라이너스."

"네, 아서?"

"여기 있어 줘요. 우리 곁에, 내 곁에."

라이너스는 숨이 막혀왔다. "좋아요. 영원히 여기 있을게요. 아이들 곁에, 당신 곁에, 또…."

다음 순간 아서의 키스가 몰아쳤다. 아서가 어느새 다가온 건지 조차 알 수 없었다. 쓰러질 것 같다는 생각이 들자 그의 얼굴이 따뜻한 두 손에 감싸이고 아서의 입술이 그의 입술을 눌러왔다. 불이 붙어서 몸속부터 타들어가는 느낌이었다. 이 순간이 영영 끝나지 않았으면 했다. 살면서 그렇게 많은 사랑 노래를 들었는데도 지금 이 순간에 느끼는 감정은 너무나 낯설었다.

아서가 얼굴을 떼더니, 그의 턱과 뺨, 코와 이마에 입술을 퍼붓는 라이너스를 향해 웃음을 터뜨렸다. 양손을 내려 라이너스를 단단히 안았다. 두 사람이 저녁놀 속에서 부드럽게 몸을 흔들기 시작하자 집 안에서 아이들의 환호성이 들려왔다.

"미안해요."

라이너스가 아서의 입술에 대고 속삭였다. 이 순간이 영원했으면 했다.

아서가 그를 안은 팔에 힘을 주었다.

"바보 같은 사람. 미안해할 건 아무것도 없어요. 우리를 위해 싸워줬잖아요. 당신에게는 절대 화를 낼 수 없을 거예요. 내가 당신을 얼마나 아끼는지."

가슴이 뭉클해져 왔다.

두 사람만 들을 수 있는 노래에 맞춰 춤을 추는 사이에 마침내 해가 지평선을 넘어갔다.

모두 세상의 아주 작은 한구석에서 일어난 일이었다.

이곳에 있고 싶지 않나요?

에필로그

어느 따뜻한 봄의 목요일 오후, 낡은 트럭 한 대가 도착했다.

잡초를 뽑고 있던 라이너스가 고개를 들고 한 손으로 이마를 훔치자 흙 자국이 남았다.

"헬렌 같은데, 널 보러 오시는 걸까?"

탈리아는 고개도 들지 않고 페튜니어 화단의 흙을 토닥토닥 북돋았다.

"그런 이야기는 못 들었어요. 또 다른 잡지사에서 제 꽃을 보고 싶어 한다는 이야기는 들었지만 그건 다음 달이라고 하던데요. 지난 주말에 마을에 나갔을 때는 헬렌도 아무 말 안 했어요."

라이너스가 끙 소리를 내며 일어나 섰다.

"무슨 일인지 살펴봐야겠구나."

"만약에 제 팬들이 찾아온 거면, 지금은 만나줄 시간이 없고 이렇게 예고도 없이 찾아오는 건 예의에 어긋난다고 전해주세요."

그는 코웃음을 쳤다.

"꼭 그렇게 전하마."

털리아가 눈을 가늘게 뜨고 그를 올려다보았다.

"그렇다고 잡초 뽑기에서 탈출할 수 있다는 생각은 하지 마세요."

라이너스가 탈리아의 모자 꼭대기를 토닥거렸다.

"그런 건 꿈도 못 꾸지. 하고 있으렴. 금방 다녀올게."

탈리아는 노움어로 뭐라고 중얼거렸다.

그는 고개를 설레설레 저으며 혼자 미소를 지었다. 점점 더 창의적인 협박을 일삼는군. 루시 탓일 테지.

그는 셔츠에 손을 문질러 닦은 뒤 정원을 나가 본채를 향해 다가갔다. 1년 전의 라이너스였다면 지금의 자기 모습을 알아보지도 못했을 것이다. 햇볕에 피부가 타며 살짝 그을렸다. 반바지를 (본인의 의지로!) 입었고, 한 시간 동안 정원에 무릎을 꿇고 있었던 탓에 무릎이 새까매졌다. 아직도 동그란 건 마찬가지였지만, 아서가 그 사실에 감탄하자 치를 떨면서도 인정했다. 머리숱은 예전보다 줄었지만, 이제 그런 사사로운 일을 생각할 시간은 없었다. 태어나서 처음으로 라이너스는 자기 몸이 편안하게 느껴졌다. 어쩌면 아직 혈압은 높을지 몰라도, 삶은 뱃살이나 베개에 떨어진 머리카락을 걱정하기에는 너무나 풍부한 것이었으니까.

버디 홀리의 노래를 흥얼거리고 있는데 트럭이 다가와서 급정거하더니 털털 소리가 나며 엔진이 꺼졌다.

"곧 망가질 것 같은데요."

트럭에서 내리는 헬렌을 보며 라이너스가 말했다. 헬렌은 풀물이 밴 멜빵바지 차림이었다.

"뭐, 그래도 아직 멀쩡하게 굴러간다고."

헬렌이 씩 웃었다.

"엄청나게 지저분해졌네. 탈리아가 실컷 부려 먹었나 봐?"

라이너스는 한숨을 쉬었다.

"요즘 일주일에 사흘씩 그 애랑 정원 일을 해요. 감히 줄여 달라고도 못하겠더군요. 제 무덤으로 쓰겠다며 파놓은 구덩이도 메워야 하고요. 조그만 아이가 정말 협박에 일가견이 있죠."

"잘 어울려."

헬렌이 그의 어깨를 툭툭 쳤다.

"아서는 안에 있나? 둘 모두와 해야 할 말이 있어. 또 제이본이 루시가 주문한 레코드가 들어왔다고 전하라더군."

"아무 문제도 없죠?"

헬렌의 미소가 사라졌다.

"아마. 그래도 두 사람이랑 같이 이야기해야 할 것 같아."

어쩐지 불안했다.

"혹시 마을에서 무슨 일이라도 있었나요? 상황이 나아지고 있는 줄 알았는데요. 지난 주말에 나갔을 땐 몇몇이 빤히 쳐다본 게 전부였거든요."

헬렌이 고개를 저었다.

"아니… 마을 문제가 아니야. 그런데 그런 짓을 한 게 누구야?"

그는 어깨를 으쓱했다.

"뻔하죠, 뭐. 그래도 점점 무시하기 쉬워지고 있어요. 아이들은 필요한 경우에 빨리 회복하거든요."

헬렌이 얼굴을 찌푸렸다.

"아이들이 그래야 *하*는 건 아닌데 말이야. 다시는 그런 일이 일어나지 않도록 내가 꼭 애를 써볼게."

"지금까지도 정말 감사했습니다."

라이너스가 헬렌을 안심시켰다.

"이런 일들엔 시간이 필요한 법이니까요."

그리고 변화를 바라지 않는 사람들도 있지. 하지만 그 말을 헬렌에게 해줄 필요는 없을 것 같았다. 처음 섬에 다녀간 뒤로, 헬렌은 마을이 이 섬의 존재들을 따뜻하게 대해주는 공간이 될 수 있는 걸 자신의 과제로 삼았다. 먼저 마을 곳곳에 붙어 있던 **무언가를 보면 말하라** 포스터가 전부 사라졌다. 반대하는 사람들은 많지 않았다. 하지만 헬렌이 마르시아스섬은 인간뿐 아니라 마법적 존재까지 모두를 위한 휴양지여야 한다는 의견을 밝히자 반발은 한층 거세졌다. 결국 관광객이 많으면 돈도 더 많이 벌게 되는 것이라며 자영업자들을 설득하고 나선 뒤에야 반발이 잦아들었다. 편견도 이익 앞에서는 아무것도 아니라는 사실이 씁쓸하게도 우스웠다. 섬에 관해 입을 다무는 대가로 정부에서 주는 돈도 끊긴 뒤였다. 마을 의회가 헬렌의 손을 들어주었을 때 라이너스는 공허하나마 승리감을 느꼈다.

그게 시작이었다.

그러다 크리스마스가 지난 뒤, 놀라운 소식이 전해졌다. 마법아동관리부서에서 운영하던 학교들이 외부 감사로 인해 차별적인 공간으로 밝혀진 뒤 최고위 경영진 전원이 사임했다는 소식이었다. 이 수사를 촉발시킨 것은 DICOMY 지침이 마법아동들을 2등 시민으로 취급하고 있다며, 이들에 대한 부당 대우를 낱낱이 밝힌 어느 익명 보고서였다. 새로운 이사회가 위촉되고, 그들이 전폭적인 변화를 약속하는 가운데 저항의 목소리가 높아지자 관료제의 쳇바퀴 역시 실제로 서서히 돌아가기 시작했다. 수십 년간 이어져 온 편견을 완전히 해체하기까지는 시간이 걸릴 것이었다. 그러나 DICOMY에서 시작된 변화는 마법아동들을 다루는 다른 기관들 역시 천천히 변화하게 만들 것이었다.

어딘가에서는 시작되어야 할 변화였다.

지난 2월, 라이너스가 DICOMY를 드라마틱하게 그만두고 나온 이야기를 입수한 한 기자가 섬을 찾아왔다. 기자는 정부에 충격을 던진 익명 보고서에 대해 아는 바가 있는지를 물었다. 그 사람을 기자는 "내부고발자"라고 표현했다. "마법아동관리부서 내의 문제에 대해 내부 정보를 가진 사람"이라고 했다.

라이너스는 초조하게 웃음을 터뜨렸다.

"제가 그런 소란을 일으킬 사람으로 보이십니까?"

기자는 호락호락하지 않았다.

"저는 겉모습만으로 그 사람의 능력을 판단해서는 안 된다는 사실을 이미 알거든요. 베이커 씨의 익명성은 보장해 드릴 겁니다."

"정말입니까?"

"약속드립니다. 저는 최선을 다해 취재원을 보호하니까요."

라이너스는 세상 어딘가, 마르시아스섬 같은 곳에 있을 다른 아이들을 생각했다. 그가 만나본 아이들, 그리고 아쉽게도 만나보지는 못했지만, 그가 훔쳐낸 파일에서 읽었던 수많은 아이들. 어쩌면 이 일이 타오르는 불길을 더욱 더 환하게 타게 하는 데 도움이 될지도 몰랐다. 그래, 고요한 심장을 가진 말 없는 남자. 처음에는 깜깜한 지하실에서, 그다음에는 부둣가에서 온 세상이 볼 수 있도록 날개를 활짝 펼쳤던 불사조를 생각했다. 기자가 자신을 찾아낸 이상 어차피 다른 사람들 역시 그를 찾을 가능성이 높았다. 그리고 라이너스는 이제 더 이상 그늘에 숨어 있고 싶지 않았다.

"그러면 제 말에 귀를 기울여 주십시오. 왜냐면 지금부터 할 이야기는 당신이 지금껏 들었던 어떤 이야기와도 다를 테니까요."

기자는 미소를 지었다.

인터뷰를 마치고 떠날 때 기자는 당장이라도 기사를 쓰고 싶어 안달이 나는 듯 눈을 반짝였다. 연속 기사를 완성할 수 있을 만큼 충분한 소재를 모았다고, 발행일자가 정해지면 알려주겠다고 했다. 여름까지는 준비가 끝날 거라고 했다.

"두 분은 이 기사가 어떤 파장을 일으킬 수 있을지 아십니까?"

집 앞에 서 있는 두 사람을 향해 기자가 던진 질문이었다.

"이게 무슨 의미인지 아시겠어요?"

"당신보다 더 잘 알죠."

아서가 대답했다.

기자는 아서를 한참 바라보다가 고개를 끄덕였다. 그는 차 문손잡이를 잡은 채 다시 한번 걸음을 멈추고 뒤돌아보았다.

"마지막 질문이 있어요."

"기자들이란."

라이너스가 투덜거렸다.

기자는 그를 무시하고 아서만 바라보고 있었다.

"어느 취재원으로부터, 그 누구와도 다른 한 남자가 마법아동관리부서의 권한하에서 자신이 겪은 일을 증언하기로 했다는 이야기를 들었는데요. 그 일에 대해서 아는 바가 있으십니까?"

"그 누구와도 다른 남자라. 정말 궁금하네요."

"그게 사실입니까?"

"시간이 흐르면 알게 될 겁니다."

기자는 고개를 저었다. 라이너스로는 정확히 꼬집어 말하기 어려운 어떤 표정이 기자의 얼굴을 스쳐갔다.

"저는 객관성을 유지해야 합니다. 저의 일은 사실을 보도하는 것, 그뿐이지요."

"그런데요?"

아서가 물었다.

"그러나 한 인간으로서, 그리고 어둠 속에서 스쳐가는 빛을 본 사람으로서 말씀드리자면, 그가 이 세상에 간절히 필요한 변화를 가져오길 바라는 사람들이 정말 많다는 걸, 그분 또한 알았으면 좋겠습니다. 좋은 하루 되세요."

그렇게 그는 다시 배를 타러 떠났다.

두 사람은 손깍지를 낀 채 포치에 나란히 서서 차가 흙길을 지나 사라지는 모습을 지켜보았다.

라이너스가 입을 열었다.

"내가 뭐랬어요."

아서는 미소를 지었다.

"그러니까요. 당신 말이 맞았나 봅니다. 정말 그들이 귀를 기울일까요?"

라이너스는 바보가 아니었다. DICOMY는 이 섬의 다른 아이들처럼 그 역시 관찰하고 있을 가능성이 높았다. 물론 그에게는 마법이라고는 조금도 없었지만, DICOMY를 떠나 서류상으로는 여전히 기밀 관리대상인 장소로 왔기 때문이다. 물론 이제 와서 그런 건 다 헛소리에 불과하지만 말이다. 아이들은 자신의 모습을 숨기지 않았다. 때때로 갈등이 발생하기는 해도, 아이들은 원할 때면 언제든 마음껏 마을에 갈 수 있었다. 헬렌이 힘을 써준 덕분이었다.

물론 세상 모든 곳이 이곳 같다고 생각할 만큼 라이너스는 순진하지 않았다. 큰 도시에서 마법적 존재들이 마주하는 분노와 독설은 여전했다. 등록을 찬성하는 집회와 행진이 이어졌지만, 라이너스가 변화를 바랄 수 있게 만든 건, 이에 대한 반대 집회에 모인 사람들의 수가 훨씬 많았다는 것이다. 주로 젊은 사람들로 구성된 이들 중에서는 마법적 존재들도 있고 인간도 있었기에, 머지않아

오래된 체제는 위태로워질 것이 분명했다.

시간 문제에 불과했다.

"그래요, 언젠가는."

라이너스가 말하자 아서는 고개를 끄덕였다.

"당신은 나를 믿는군요."

라이너스가 눈을 깜박였다.

"당연히 믿어요. 여기 있는 모두를 믿죠. 하지만 당신은 불사조인걸요, 아서. 당신은 불을 잘 알죠. 이제 모든 걸 불태우고 그 재에서 무엇이 태어나는지를 지켜볼 때에요."

"야단 법석이라."

아서가 그렇게 말하더니 나직하게 쿡 웃었다.

"당신의 능력을 다른 사람들이 알았어야 했는데."

라이너스는 미소를 지었다.

"알게 될 거예요."

그는 DICOMY가 섬으로 새로운 사례연구원을 보내지 않는지 기다렸다. 어쩌면 헬렌이 무언가 알고 경고하려는 건지도 몰랐다.

"계속 노력할게."

헬렌의 말에 라이너스는 부드럽게 미소를 지었다.

"알아요. 정말 감사드려요."

라이너스는 헬렌과 함께 집 안으로 들어왔다. 행복으로 가득한 집의 소리가 났다. 오래되고, 사람이 계속 살아간 집이 내는 삐걱대는 소리. 소파 밑에서 꼬리 끝이 기분 좋게 바닥을 탁탁 치는 소리가 났다. 헬렌과 계단을 올라가는 동안에는 열정적으로 타닥거리는 타자기 소리, 천시의 방에서 들리는 명랑한 "안녕하십니까!" 소리가 들렸다. 요즘 천시는 연습을 더 열심히 했는데, 호텔 지배인으로부터 한 달에 한 번 호텔 직원들과 함께 일해 달라는 부탁을 들었기 때문이었다. 천시에게 모자를 주었던 직원이 나이가 들어서 곧 은퇴한다는 모양이었다. 그 소식을 들었을 때 천시는 아예 녹아서 웅덩이가 되어버렸다. 라이너스와 아서는 이런 일이 가능한지조차 몰랐지만 말이다. 그러나 천시는 다시 원래의 모습으로 돌아와서는 울면서 그 제안을 받아들였다. 지난주 토요일이 첫 근무일이었다.

침실 문 앞에 도착했을 때 안에서 루시가 고래고래 고함을 치는 소리가 들렸다. 한쪽 눈썹을 치켜드는 헬렌을 보고 라이너스가 설명했다.

"아서의 정체를 안다고 그에게 처음 이야기한 사람이 루시거든요. 다른 아이들도 알고 있었지만, 루시는 직설적으로 묻기로 했어요. 그 뒤로 몇 주 째 아서한테 온갖 것들에 불을 붙여달라고 조르고 있는 겁니다."

"아이고 세상에."

라이너스가 방문을 열었다.

"…생각해 보라니까요, 아서! 세상에 불이 붙는 건 정말 많다고요! 종이! 판지! 나무! 잠깐, 아냐, 나무는 안 돼요. 우리가 나무를 태워버리면 피가 날 죽여 버릴 테니까. 하지만 원한다면 할 수는 있다고요. 우리 둘이선 엄청 많은 것들을 불태워 버릴 수… 안녕, 라이너스!"

라이너스가 고개를 설레설레 저었다.

"루시, 그 얘기는 우리 이미 끝냈잖니."

루시가 그를 노려보았다.

"알아요. 하지만 새로운 걸 배우기 위해서는 일단 물어 봐야 한다고 라이너스가 그랬잖아요."

그 말에 아서가 미소를 지었다.

"당신이 했던 말인 거죠?"

"전부 다 후회되는걸."

라이너스가 투덜거렸다.

"거짓말, 안 믿어요. 라이너스는 날 사랑하잖아요."

루시의 미소가 사악하게 일그러졌다.

"아서를 *사아아라아앙*하는 것처럼."

얼굴이 새빨개졌지만, 라이너스는 반박하려 들지 않았다. 어차피 이 자리에 있는 모두가 거짓말인 줄 알 텐데.

"그건 그렇다 치고, 부엌에 가면 네 이름이 적힌 비스킷이 한 접시 있을 거야. 샐이랑 천시를 불러서 같이 먹으렴."

루시는 수상하다는 듯 그를 올려다보았다.

"혹시 날 쫓아내고 내 이야기를 하려는 거예요? 만약 그렇다면, 무슨 일인지는 몰라도 내가 한 일 아니에요."

라이너스가 눈을 가늘게 떴다.

"내가 알아야 할 무슨 일을 저지른 거니?"

"비스킷이다!"

루시가 고함을 지르며 방을 달려 나갔다.

"안녕하세요, 헬렌! 잘 가세요, 헬렌!"

아이는 문을 쾅 닫고 형제들을 고래고래 불러댔다. 그 기세에 벽에 걸려 있던 그림—아서가 몹시도 흥미로워한, 무척 외설적인 자세를 취한 여우원숭이 그림—이 비뚤어졌다.

"저 조그만 악마 좀 보게."

헬렌이 놀랍다는 듯 닫힌 문을 바라보며 중얼거렸다.

"말 그대로지요. 헬렌, 소식도 없이 무슨 일이세요?"

"그 점은 미안해. 기다릴 수가 없었어. 당장 만나야 했어."

그러더니 헬렌이 라이너스를 바라보며 덧붙였다.

"둘 다 말이야. 중요한 일이거든."

"아무렴요."

그러더니 아서는 루시가 앉아 있었던 의자를 눈짓으로 가리켰다. 헬렌이 의자에 앉고, 라이너스는 아서 옆으로 다가가 섰다. 아서가 손을 뻗어 그의 손을 잡고 손등에 입을 맞추자 라이너스의 얼굴은 더 새빨개졌지만, 손을 빼지는 않았다.

"진도는 잘 나가고 있고?"

헬렌이 눈을 빛내며 물었지만, 라이너스는 그 눈빛이 마음에 들지 않았다.

"찬찬히 나가고 있습니다."

라이너스가 퉁명스레 대답했다.

"아무렴. 알지. 탈리아가 지난 주말에 그러던데, 크리스마스부터 게스트하우스에서 잔 적이 한 번도 없다며? 그리고 아이들이 조이네 집에 가서 잔 날도 많았다더라고. 물론 조이는 영문도 모를 테고 말이야."

라이너스가 신음했고 아서는 웃었다.

"요 녀석들, 안 끼는 데가 없어."

"둘 다 정말 보기 좋아."

헬렌이 나직하게 말했다.

"두 사람이 서로를 찾아낸 게 나도 얼마나 기분 좋은지 몰라."

그러다가 헬렌은 정신을 차렸다.

"이 말을 전하려고 기다렸어. 확실하게 해야 해서 기다렸는데, 이젠 때가 온 것 같아."

라이너스는 혼란스러워졌다. 아서를 한 번 보고, 다시 헬렌을 보았다.

"무슨 말씀이신지?"

그러자 아서가 말했다.

"아이군요. 그렇지요? 새로운 아이를 찾으신 거군요."

라이너스의 뒷목에 소름이 쫙 끼쳤다.

헬렌이 고개를 끄덕였다.

"등록되지 않은 아이야. 하지만 옆에 아무도 없지. 지금은… 친구들이랑 같이 지내고 있어. 믿을 만한 사람들이지만, 아이가 머물 공간이 충분하지 않은 데다가, 임시로 지내는 것뿐이거든. 그리고 그 애가… 어떤 애인지를 생각하면, 그 애한테는 더 많은 게 필요해서."

헬렌이 미소를 지었지만 입술이 떨렸다.

"너무 큰 부탁인 것 알아. 또 이 일 때문에 원치 않은 관심이 쏠릴지도 몰라. 하지만 그 애는 갈 곳이 없어. 친척을 찾아봤는데 찾지 못했거든. 혼자인 것 같아. 수줍고, 겁이 많고, 말이 없는 아이야. 사실 샐이 좀 떠오르더라. 정확히는 예전의 샐 말이야. 지난 몇 달만큼 그 애가 말이 많은 건 처음 봐."

"수다쟁이가 다 됐죠."

라이너스가 힘없이 말했다.

"아이 이름이 뭡니까?"

"이 아이가 여기로 와야 한다고 생각한 이유가 바로 이거라고."

헬렌의 미소가 크게 번졌다.

"방금 그 애가 뭐냐고 물은 게 아니라, 그 애가 누구인지를 물었잖아. 지금까지 그 애한테 이렇게 해준 사람은 아무도 없었을걸."

헬렌이 멜빵바지 주머니서 사진 한 장을 꺼내더니, 한 번 훑어보고 건네주었다.

"이름은 데이비드야. 열한 살이고, 그 애는…."

"예티군요."

라이너스가 경탄에 질린 목소리로 대답했다. 그는 아서의 손에 들린 사진을 바라보고 있었다. 무성한 하얀 털로 뒤덮인 채 웃고 있는 아이였다. 그러나 무엇보다도 그의 시선을 잡아 끈 건 아이의 눈이었다.

푸르디푸른 눈.

"아이를 받아들이겠습니다."

라이너스는 곧바로 말했다.

"그 애가 준비될 때면 언제든 좋아요. 오늘 데려올 수 있을까요? 아이가 지금은 어디 있지요? 짐이 많을까요? 아, 어디서 재울지 생각해야겠네요. 게스트하우스도 괜찮겠지만… 잠깐. 여기서도 괜찮을까요? 예티는 추운 곳을 좋아하지 않나? 방법을 생각해볼 수 있을 것 같은데, 그 애를 편안하게 해줄 수 있다면 뭐든…."

아서가 그의 손을 꼭 쥐는 게 느껴졌다.

라이너스가 아서를 보았다.

"내가 좀 멀리 갔나?"

아서는 이렇게 대답했다.

"사랑스럽고 사랑스러운 사람. 정말 어쩌나 귀여운지."

라이너스는 기침을 했다.

"어, 그래요. 당신도 마찬가지예요."

헬렌이 두 사람을 보며 히죽거리고 있었다.

"그럴 줄 알았어. 이렇게 하면 될 줄 알았다고. 그래, 그 애는 추운 걸 좋아해. 안 추운 곳에서도 여태까지 버텼지만 말이야."

"버티는 걸로는 충분하지 않잖아요."

라이너스가 초조하게 말했다.

"살아가야죠."

"지하실."

아서가 그렇게 말하자 라이너스가 입을 딱 벌렸다.

"지하실을 추운 방으로 개조합시다. 그 애를 위해서."

"진심이에요?"

아서가 고개를 끄덕였다.

"그래요, 때가 된 것 같아요. 과거는 이제 쉬게 해줘야죠. 분노와 슬픔으로 차 있던 공간을 좀 더 나은 곳으로 만들어줍시다."

라이너스 베이커는 말로는 도저히 표현할 수 없을 만큼 아서 파르나서스를 사랑했다.

"혹시 이 일 때문에 다른 아이들을 입양하겠다는 청원에 문제가 생길까?"

헬렌이 걱정스런 목소리로 물었다.

"그 일이 위험해지지는 않았으면 좋겠는데."

아서는 고개를 저었다.

"그런 일은 없을 겁니다. 이곳은 여전히 고아원이잖아요. 물론 DICOMY가 지침을 검토하고 있다고는 하지만. 게다가 그 아이는 … 다른 아이들만큼 특별하니까요. 아이가 이곳을 좋아하고 머무르고 싶어 한다면 우린 적절한 절차를 거쳐 할 수 있는 것을 할 겁니다. 아이가 이곳을 원치 않는다면 그 애가 살 곳을 찾아주고요."

헬렌은 안심한 표정이었다.

"아이들이 더 있어. 아주 많아."

"알아요."

라이너스가 대답했다.

"모든 아이들을 다 도울 수는 없다고 해도, 우리가 만나는 아이들을 위해서는 할 수 있는 것을 다 할 겁니다."

잠시 후, 헬렌은 곧 연락하겠다는 말을 남기고 떠났다. 세워야 할 계획이 있었고, 또 데이비드가 다른 아이들을 보고 당황하면 안 되니까 아서와 라이너스가 먼저 그 애를 만나러 가는 게 좋겠다고 했다.

두 사람도 동의했다.

침실 창 너머로 헬렌의 트럭이 보였다. 헬렌은 열린 창을 통해 조이와 이야기를 나누고 있었다. 둘 다 미소를 짓고 있었다. 라이너스는 두 사람의 사랑이 싹트는 과정을 보지 못했지만, 그 과정을 놓친 게 라이너스뿐만은 아니었다. 헬렌이 어째서 자꾸 이 섬에 드나드는지 알게 된 건 우연히 두 사람이 키스하는 모습을 본 뒤였다.

조이가 헬렌의 손등에 입을 맞춘 뒤 물러났다. 트럭이 방향을 돌리더니, 털털 소리를 내며 다시 선착장을 향해 달려갔다. 그때 허리를 감싸 안는 팔에 라이너스는 깜짝 놀랐다. 고개를 살짝 돌리자 코가 아서의 뺨에 닿았다.

"당신이 할 수 있을 거예요. 아이를 데려올 수 있어요. 그 애를 행복하게 해줘요."

"우리가 할 수 있는 거죠."

아서가 부드럽게 그의 말을 고쳐주었다.

"그 애는 나만큼이나 당신이 필요할 테니까. 그 애한테는 모두가 필요할 겁니다. 우리는 그 아이를 맞이할 준비를 할 거고요."

라이너스가 돌아섰다. 아서의 코끝에 입을 맞췄다.

"고마워요."

"뭐가요?"

"이것. 전부. 이 모든 색깔들."

아서는 라이너스의 말뜻을 곧바로 알아들었다.

"아이의 눈 때문이지요? 당신은 아이의 눈부터 보았을 테고."

라이너스는 고개를 끄덕였다.

"그 눈을 보니 바다가 떠올랐어요. 좋은 징조예요. 그 애는 여기에 있어야 할 아이예요. 그리고 우린 온 힘을 다해서 그 애한테 그 사실을 알려줄 거고요."

"아이들한테 이야기하는 게 좋을까요?"

"데이비드 이야기요? 당연하지요. 아이들도…."

아서가 고개를 저었다.

"입양 신청서 말입니다. 당신도 서류에 이름을 올린다는 사실."

라이너스는 망설였다.

"아직은 아닌 것 같아요. 우리 둘의 이름이 적힌 신청서가 통과된 다음에 하는 게 좋겠어요. 신청서에서 내 이름을 빼고 당신 이름으로 변경해야 할지도 모르니까, 만약에라도 우리가…." 그가 거칠게 헛기침을 했다.

"무슨 말인지 알잖아요."

라이너스는 바닥으로 꺼지고 싶었다. 아서가 못 들은 척해주기만을 바랄 뿐이었다.

하지만 아서는 그렇게 해 주지 않았다.

"우리가 결혼을 하지 않았기 때문에 말이지요."

"네. 그거요."

아니. 라이너스는 당연히 결혼 같은 건 전혀 하지 않았다. 조금도 하지 않았다. 정말 터무니없는 생각이잖아. 너무 빠르기도 하거니와, 또….

"그러면 그것도 변경해 보죠."

문을 향해 멀어지는 아서를 라이너스는 입을 딱 벌린 채 바라보았다.

"잠깐만, 뭐라고요?"

라이너스가 어깨 너머로 그를 돌아보았다.

"안 따라올 겁니까, 친애하는 나의 라이너스?"

"잠깐만요, 여기 좀 보라고요! 어떻게… 그런 말을 해놓고 아무렇지도 않게… 도대체 당신은…."

아서가 침실 문을 열고는 라이너스를 향해 손을 뻗었다.

라이너스는 여전히 투덜거리면서도 뻗은 손을 잡았다.

걱정할 필요는 없었다. 계단을 내려갔을 무렵엔 아이들과 조이가 이미 부엌에 모여 있었고, 잔뜩 들뜬 루시가 라이너스도 우리의 아빠가 된다고, 아서와 라이너스가 결혼하는 거라고 설명하고 있는 중이었다. 역시 루시에게 다른 사람들의 대화를 엿들으면 안 된다고 또 한 번 주의를 줘야 할 것 같다.

눈물범벅이 된 아이들이 행복의 비명을 지르며 두 사람에게 안겨들었을 때 라이너스는 그 어떤 것도 불안하지 않았다.

푸르디푸른 바다 위의 집에서 그는 혼자 생각했다. 때로 우리는 원하는 삶을 선택할 수 있다고.

그리고 운이 좋다면, 삶 역시 그 답으로 우리를 선택해 준다고.

끝

감사의 말

글쓰기란 외로우면서도 사랑스러운 여정입니다. 작가들은 생각을 글로 옮겨내는 데 몰두해 자기 머릿속에 파고들 때가 많지요. 그렇게 완성한 이야기를 세상으로 내보낼 준비가 된 뒤에야 우리가 그 두렵고도 짜릿한 여정을 혼자 견디지 않아도 된다는 사실을 알게 됩니다.

이 이야기가 지금의 모습으로 완성되기 전 가장 먼저 읽어준 린과 미아에게. 언제나 그랬듯 여러분은 소중한 조언을 주었습니다. 여러분 덕분에 〈벼랑 위의 집〉은 제가 예상한 것보다 더 좋은 이야기가 될 수 있었기에 저는 앞으로도 계속 고마움을 느낄 겁니다. 여러분과 함께할 수 있었다는 건 행운입니다.

저의 에이전트 디어드리 나이트에게. 당신은 신이 보내준 사람이에요. 늑대가 등장하는 제 책을 읽은 당신이 처음 제게 연락했던 때를 기억하세요? 저는 기억합니다. 인생을 통째로 뒤바꾼 경험이었고, 당신은 나를 날개 아래 품고 제가 할 수 있다고 여겼던 그 이상으로 나아갈 수 있게 해 주었습니다. 당신의 노력 덕분에

이 책, 그리고 앞으로 나올 책들이 서의 마음을 일고, 퀴어 경험이 가진 중요성을 이해하는 출판사를 만날 수 있었습니다. 당신이 이런 일을 가능케 할 수 있는 폭탄 같은 존재라는 걸 모두가 알았으면 좋겠네요.

저의 편집자 앨리 피셔. 사랑합니다. 처음 통화를 할 때 저는 *엄청 긴장했죠.* 저에게는 감당할 수 없는 일처럼 느껴져서, 디어드리가 옆에서 손을 잡아주었는데도 떨려서 기절할 것 같았어요. 하지만 당신은 제 횡설수설을 아무렇지도 않게 받아 주었고, 그 통화가 끝난 뒤에는 당신이 일하는 토르 출판사만큼 제 이야기에 딱 맞는 곳은 어디에도 없다는 것을 알게 되었습니다. 제 인생 최고의 짜릿한 일을 만들어 주서서 감사합니다. 당신의 노력 덕분에 〈벼랑 위의 집〉이 최선의 모습으로 완성되었고, 당신만큼 뛰어난 편집자는 없다고 믿습니다. 함께 대박을 내자고요.

그리고 다른 모든 이들에게도 감사를 전하고 싶습니다.

솔직한 퀴어 이야기를 (심지어 적그리스도까지도) 믿는 출판사가 있다는 걸 알려주신 토르 출판사에 감사합니다.

저를 (좋은 의미로) 괴롭혀 주신 홍보담당자 사라시아 페넬, 그리고 함께 도움을 주신 아넬리제 메르츠, 로런 레비트에게 감사합니다.

아름다운 책 표지를 만들어 주신 디자이너 피터 루틴과 레드 노즈 스튜디오에게도 감사를 드립니다. 진심입니다. 독자 여러분께서는 책을 다 읽고 난 뒤 책 표지를 봐 주세요. 예술입니다.

앨리뿐 아니라 보조 편집자 크리스틴 템플은 제가 옆길로 새려 할 때마다 막아주었죠. 고마워요, 크리스틴.

제작에 참여해 주신 멜라니 샌더스와 짐 캡, 맥밀란 영업팀, 토르 출판사의 마케팅 팀(레베카 예거, 당신은 끝내주는 록스타라구요), 그리고 디지털 마케팅 팀에도 감사드립니다.

그래요, 장편소설을 쓰는 과정은 고독하고 외롭지만 저는 혼자가 아닙니다. 제 뒤에 좋은 사람들이 함께해 주었으니까요. 그 점에 앞으로도 감사드릴 겁니다. 덕분에 더 나은 작가가 될 수 있었습니다.

마지막으로 독자 여러분께. 여기까지 읽으셨다면, 지금까지의 여정이 즐거우셨기를 바랍니다. 저라는 작가를 처음 만난 독자들도 있겠지요. 또 처음부터 저와 함께한 독자들도 있을 테고요. 모든 독자들 한 분 한 분이 소중합니다. 여러분이 없었다면 그 누구에게도 제 이야기를 들려줄 수 없었을 겁니다. 제가 가장 사랑하는 일을 할 수 있게 해 주셔서 감사합니다.

2019년 8월 22일
TJ 클룬

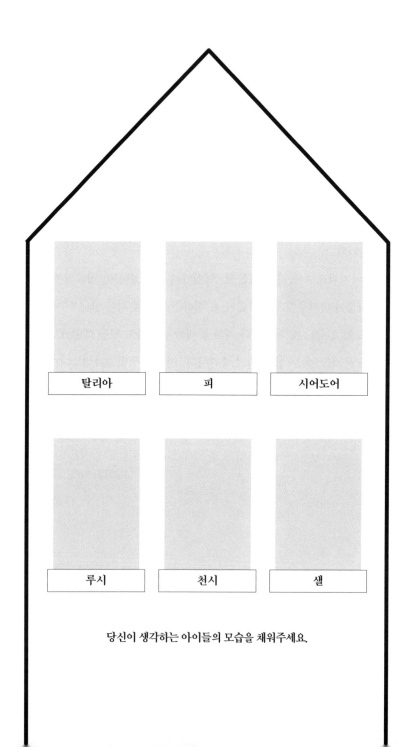

탈리아

피

시어도어

루시

천시

샐

당신이 생각하는 아이들의 모습을 채워주세요.